Standish H. O'Grady

Silva Gadelica (I-XXXI)

A Collection of Tales in Irish With Extracts Illustrating Persons and Places

Standish H. O'Grady

Silva Gadelica (I-XXXI)
A Collection of Tales in Irish With Extracts Illustrating Persons and Places

ISBN/EAN: 9783744786331

Printed in Europe, USA, Canada, Australia, Japan

Cover: Foto ©Andreas Hilbeck / pixelio.de

More available books at **www.hansebooks.com**

SILVA GADELICA

(I.—XXXI.)

A COLLECTION OF TALES IN IRISH

WITH EXTRACTS ILLUSTRATING PERSONS AND PLACES

EDITED FROM MSS. AND TRANSLATED BY

STANDISH H. O'GRADY

IRISH TEXT

"... cum in hyemis tempore post coenam noctu familia divitis ad focum (ut potentibus moris est) recensendis antiquorum gestis operam daret et aures accommodaret, tandem occurrit ab indigenis praetaxatum mirabile recensitum."—GERVASIUS TILBERIENSIS, *Otia Imperialia*, cap. lix.

WILLIAMS AND NORGATE,

14, HENRIETTA STREET, COVENT GARDEN, LONDON;
AND 20, SOUTH FREDERICK STREET, EDINBURGH.

E 172
1892.

Loc aimsir pearsa agus tugaid déanmha do'n leabharsa.
an tiodal laidne tra atá ina éadan ionann brigh sin
agus an ní as bolg an tsoláthair le gaodhlaib.

Loc do Lonndain mór na Saxan. Aimsir do an tan ba haois do'n
tigheama míle agus ocht gcéad bliadhan cheithre fichid a dó déag.
Pearsa dho Stainndis mac an Aodhaig mheic Dhiarmada óig úi Ghráda
do'n treibh luimnighig is gurab ann rugadh i ndúithche Mheic Bhriain
ua gCuanach ag fíorbhun chnuic aoibhinn Ghréine do shonnradh . clann
Ghráda iomorro risa ráidhtear fós ceinéal nDúnghaile craobh iadsan do
chraobaib shíl Aodha dá bfuil Mac Conmara agus a lán . agus roinn do
dhál Chais i dTuadhmumhain síol nAodha féin .i. O Gráda (Ainéislis)
mac Muirchertaig mheic Edruth meic Mhaelmaith mheic Ghráda (ó a
sloinnter Grádaig) mheic Thresaig mheic Airt mheic Chuinn mheic
Fhollachtna mheic Chormaic mheic Shechnasaig mheic Fhlaithrí mheic
Ruadghusa mheic·Fhodalbaig mheic Dhúnghaile (ó a bfuil an ceinéal)
mheic Thiopraide mheic Fhoranáin mheic Fhionáin mheic Bhrénainn
mheic Eachach mheic Chaisín mheic Chais (is ann choindrecait uile dál
gCais) mheic Chonaill eachluaith mheic Luighdeach mhinn mheic Aon-
ghusa thírig mheic Fhirchuirb mheic Chormaic chais mheic Oililla óluim
mheic Eoghain mhóir dá dtugthar mogh Nuadhat. Tugaid a dheanma
a riachtanas a leasa atá isan am so do láthair re gach neach dá anbfainne
do Ghaodlaib do chur le chéile agus feacadh ar a lá mbágha do thabairt
go dúthrachtach d'fios an dtiocfadh leo blogh ná blúire éigin d'ealadhain
agus d'ollamnacht na sean do thárrtháil feasda gan bádhadh gan buan-
chailleamain ós anois as dol i ndéidhenaighe do'n ló agus an teanga
bhinn mhátharda beag nach tráighte.

Monuar iar sin ní ar thalamh na hEireann ná ar shliocht Ghaodail
ghlais mheic Niuil mheic Fhéiniusa fharrsaig andiu budh dhócha aon-
dream taidhbseach agus drithleoigín dúile aco i bfinnsgéalaidheacht ná
i bfionnstaraidheacht a dtíre . ionnus má b'fíor do Dháibhí O Bhrua-
dair dhá chéad bliadhan ó shoin ar chan sé do chloinn Chonchonnacht

SILVA GADELICA.

Betha Chiaráin tSaighre.

Beatisimus episcopus Ciaranus sanctorum Hibernie primogenitus
.i. is é an tesbog Ciarán saighre cédnaomh do geinedh i nEirinn
agus do'n rann tsiar do chúigedh Laighen é re a nabarthar
Osraighe . agus do bhádar Eirennaigh ina nainchríostaidthib
agus ina ngeintlib uile san aimsir sin . agus Laighne do b'ainm
dá athair agus ba d'uaislib na nosraighech é . agus Liadain ainm
a mháthar agus do'n rann tes do'n Mhumain í do chorca Laigde
iar gcinél. agus atchonnairc a mháthair aisling sul ar ghab sí
Ciarán ina broinn .i. mar do thuitfedh rélt ina bél . agus d'innis
an aisling do dhraoithib agus do lucht iuil na haimsire sin agus
adubradar ria : bérair mac mírbhuilech agus bud mhór a chlú
agus a shubhailceda go deiredh an domain. ina dhiaid sin do
geinedh an mac naomtha sin .i. Ciarán agus is ann rugadh agus
do hoiledh é i gcorca Laigde san inis re a nabartar Cléire . agus
go fírinnech do thoghaib dia i mbroinn a mháthar é. ar gclos a
anma d'Eirinn an tan sin do thionnscain intinn an chrábaidh
chrístaidhe i gCiarán . do b'ingantach go mór a thúismigtheoiredha
agus gach nech eile atchonnairc é ar a mhéid do ba shubailcech
a ghníoma . ba mhín ó nádúir é agus do ba mhilis comrádh agus
ba chonách tréithe agus ba fhoirchedal a chomairle . agus mar
sin do gach ní eile do bhain le duine naomtha .

Lá éigin dá raib sé san inis adubramar .i. i gCléire is ann
dorigne sé tosach a mhírbuiledh agus ba lenbh óg an tan sin é.
táinic priochaigh ós a chionn san aedhar agus do thúirling ina
fhiadnaise agus do thógaib én beg do bhí ina luighe ar a neid i
bfiadnaise Chiaráin agus rug leis gur chréchtnaig é. do ghab
trócaire Ciarán do'n én bheg agus do b'olc leis a bheith isan riocht
ina raibhe . d'iompaidh an priochaigh agus d'fágaib an tén i
bfiadnaise Chiaráin agus é lethmarb créchtnaighte agus do ráidh

Ciarán ris éirghidh agus beith slán . do éirig an tén agus do chuaid slán ar a neid le grásaib dé .

Deich mbliadna fiched imorro do chaith Ciarán i nEirinn i naomthacht agus i nimláine chuirp agus anma sul do baistedh é óir do bhádar Eirennaig ina ngeintlib mar adubramar . gidedh ar náitrebh do'n spirad naomh ina sherbhóntaidhe féin i gCiarán do mhair sé i gcrábhad agus i mbésaib foirbthe an chomfhaid sin.

Atchuala sé an tan sin tuarasgabáil an chrábaidh chrístaide do bheith san Róim ‖ agus do fhágaib Eire agus do chuaid do'n Róim . do baistedh é san Róim is do múinedh san chreidiomh chatoilce. do bhí ann sin fiche bliadan ag léighedh an scriptiuir dhiada agus ag tiomargan a lebhar agus ag foghlaim riaghlach na hegailse . agus mar atchonnairc an pobal rómhánach egna agus glicas crá- badh agus creidemh an tí Chiaráin do hóirdnedh isan eglais é. do riacht i nEirinn as a aithle sin agus tarla dho ar shlighe na hIdáille Pátraic áirdesbog na hEirenn agus ar bfaicsin a chéile dhóib .i. do mhuintir dé dorignedar gáirdechas is subachas mór . agus ní raibe Pátraic ina esbog an tan sin gidedh do bhí ina dhiaid .

Celestinus dorigne espoc de agus do chuir ann sin é do shen- móir do na hEirennchaib . óir gidh do bhádar naoim eile roim Pátraic i nEirinn do choiméd dia a maigistrecht agus a háird- espocóidecht dosan nó go dtáinic sé . agus nír chreidedar a rígthe ná a dtigernadha tré nech eile go techt do .

Adubairt Pátraic re Ciarán : éirig romham i nEirinn is do ghébair tobar i gcóigcrích an rainn tuaidh agus an rainn tes di ina medhón agus cumhdaig mainistir duit ag an dtobar sin . agus is edh as ainm do uarán . is ann bhias t'onóir agus t'eiséirgidh go bráth. do fhregair Ciarán agus adubairt : aithin damsa an tinad a bfuil an tobar sin. adubairt Pátraic ris : biaidh an tigerna maille riot agus gluais romhat go dírech agus gabh mo chluigínse chugat agus biaidh gan labairt go roichir an tobar adubramar . agus mar roichir é laibheoraidh an cluigín do ghuth sholusbhinn agus aichneochair mar sin an tobar . agus i gcionn naoi mbliadan fiched lenfadsa thu gusan ninad sin .

Do bhennaigedar agus do phógadar a chéile agus táinic Ciarán ina shlighe féin dochum Eirenn is do an Pátraic isan Iodáil. do bhí clog Chiaráin gan labairt nó go dtáinic sé chum an ionaid a raibe an tobar adubairt Pátraic .i. uarán . óir ar dtecht do

Chiarán i nEirinn do dhírig dia é chum an tobair sin . agus arna
rochtain do do labair an cluigín go luath do ghuth sholusghlan .
barcán Chiaráin adeirther ris . atá sé anois mar chomartha i
bparóiste agus i gcathraig Chiaráin agus beirter é ar fud na
dtíorthadh ina timchioll chum a thabartha mar luighe idir ríghaib
i bpéin a bfírinne do choiméd . beirter fós d'faghbáil a riachtanais
a leas do chomarbaib mainistrech Chiaráin ‖ chum na bpoiblech
i gcoitchinne . agus is ann dorignedh é ag *Germanus* espoc ag
maighistir Phátraic agus is é tug do Phátraic é .

An tobar sin adubramar is ann atá sé i gcóigcrích dhá rann
Eirenn .i. Mumha rann teas agus . . . . rann tuaidh . gidedh isan
Mumain atá an talam re a nabarthar Eile . do thionnscain Ciarán
áitrebhadh mar dhíthrebach isan ionad so . óir do bhí sé ar
dtimchelladh do choilltib móra an tan sin . agus do thinnscain
ar dtús sella beg do dhénam d'obair dheireoil . ann sin do thinn-
scain sé mainistir agus cathair fá dheoid maille grásaib dé darab
ainm saighir Chiaráin ag cách i gcoitchinne . an tan táinic Ciarán
ar dtús ann sin do shuidh ar scáth chroinn agus d'éirig ó'n dtaobh
eile do'n chrann torc allta róchuthaig . mar atchonnairc sí Ciarán
do theich sí agus d'iompaidh arís ina serbhóntaidhe chennsa
dochum Ciaráin arna dénamh mín ó dhia . do b'é an torc cédna
sin céddeisciopal agus cédmhanach do bhí ag Ciarán isan ionad
sin . do chuaid imorro do'n choill agus do bhuain slat agus tuighe
idir a fiaclaib mar chongnam chum an tsella . ní raibe tra duine
i bfochair Chiaráin an tan sin óir is ina aonar óna dheiscioplaib
táinic sé chum na dítrebhachta sin . tángadar iar sin ainmidthe
éigciallda chum Chiaráin as gach áird a rabadar do'n fhásach .i.
sionnach agus broc mactíre agus eilit . agus do bhádar cennsa
do Chiarán agus d'umhlaigedar dá thegasc mar mhanchaib agus
doghnídís gach ní adeiredh riu .

Lá dá dtáinic an sinnach do bhí ainmhianach celgach mailísech
chum bróg Ciaráin : agus do ghoid iad agus do shechain an
coimthionól agus do chuaid sé roime dá uamhaidh féin agus do
shanntaig na bróga d'ithe ann sin . arna fhoillsiugad sin do
Chiarán do chuir manach eile do mhanchaib a mhuintire .i. an
broc ar chionn an tsinnaig dá thabairt gusan ionad gcédna .
táinic an broc go huaimh an tsinnaig agus do fuair ag ithe na
mbróg é óir d'uaidh sé a gcluasa agus a nialla . do choiméignig
an broc é im thecht leis chum na mainistrech agus tángadar im

thráthnóna go Ciarán agus na bróga leo . do ráidh Ciarán risan
sinnach : a bhráthair créd im a ndernais an ghadaighecht úd nár
dhegmhaisech do mhanach do dhénamh . agus ní rángais a leas
súd do ‖ dhénam óir atá uisge nemmhailísech againn isan gcoit-
chinne agus atá biadh mar an gcédna . dá dtugadh imorro do
nádúir ort gomadh fherrde let feoil do chaithem doghénfadh dia
dhuit do chroicennaib na gcrann so ad thimchioll í . d'iarr an
sinnach ann sin ar Chiarán loghadh a phecadh agus breithemnas
aithrige do chengal air . dorignedh amlaid agus nír ith an sinnach
biadh nó go bfuair cead ó Chiarán agus do bhí fírénta ó shin
amach mar chách .

Is ina dhiaid sin tángadar a dheiscipail féin dochum Ciaráin
maille re mórán eile . is do thinnscain ann sin manistir dhellraig-
thech do dhénam agus do bhádar na hainmhinte sin ina stáid
féin ó shoin amach i bfochair Chiaráin óir do b'ait leis iad . do
fhás iar sin an creidem crístaide i nEirinn . do bhádar triar espoc
rónaomtha i nErinn ar dtecht do Phátraic innte .i. Ailbhe imlig
iubhair agus *Braus* espoc agus Declán ina thír agus ina dhúthaig
féin isna déisib Muman . agus do iompaig an tí naom Ciarán
daoine iomdha dá dhúthaig do Osraighib chum an chreidim
chatoilice .

Is ina dhiaidh sin táinic an táirdespoc glórmhar Pátraic ó
Celestinus pápa i nEirinn . ba lán Eire uile do'n chreidemh
agus do'n bhaistedh chrístaide uaidhe. táinic iarum ainder chum
Ciaráin agus dorigne crístaidhe dhi agus serbóntaidhe fírinnech
do dhia . agus do chumdaig Ciarán di sella beg onóirech i gcom-
fhogus do'n mhainistir . agus do chruinnig ógha naomhta eile
ina timchioll agus ba dhíobsan an ógh róscothamail dar b'ainm
Bruinnech agus ba hingen tigerna uasail do'n Mhumain í . fa
hinmhain go dil is go díochra le máthair Chiaráin í agus ba
dhalta do Liadain í agus do ba shochrach ó bhésaib í . an uair
atchuala imorro taoisech ua bFiachrach tuarascbáil deilbe na
hingine adubramar táinic maille ceithirnib móra agus rug leis
ar éigin í . is edh do b'ainm do Díoma . agus do bhí sí aige ina
chaislén re haimsir fhada agus do chodail ina fochair agus do
b'inmhain leis í go mór . táinic Ciarán go Díoma d'iarraidh na
hingine air is nír aomh Díoma a léigen uadha . adubairt fós
nach léigfedh uaidh ar aonchor í munab guth corrghlaise do
dhúisceochadh as a chodla arna mhárach é . agus do b'aimsir

geimhrid an tan sin agus d'fer snechta mór ann agus in tinad a
raibhe Ciarán gona dheiscioblaib nír ſher aonréd do'n tsnechta
ann. isan maidin 'arna mhárach gidh do bhí sin i naghaidh
nádúra ‖ do labair corrghlas ar mhullach gach aointighe dá raibhe
san dúnadh. mar atchuala Díoma sin táinic go luath mar a raib
Ciarán. do luig ar a ghlúinib ina ſhiadnaisi agus do léig an ingen
uadha. ba thorrach an tan sin í agus nír mhaith le Ciarán é. do
chuir ſíoghair na croiche césta ar medhón na hingine agus do
chuaid an toirrches ar nemhní agus rug leis í dá sella féin re a
nabartar ceall Liadain.

Gidedh do bhí Díoma arna chengal i ngrádh na hingine go
mór agus do b'aithrech leis a léigen uadha agus táinic arís dá
breith leis. gidedh dorigne dia do réir thola thriair .i. Ciaráin
agus a mháthar naomtha agus na hingine féin ag techt do'n
bhaile dhosan go bfuair Bruinnech bás. agus ba holc le Díoma
sin agus adubairt re Ciarán : créd fár mharbais mo bhen phósta
ar sé. óir nír bh'aichnidh dhi ſer romham agus do chenglas dam
í mar mhnaoi phósta. agus ar an adbhar sin ní bhiaidh th'áitrebh
isan inad so óir cuirfedsa as tu. adubairt Ciarán : ní uait féin ſuilid
na comhachta sin óna ndiongantá sin ná ní eile. acht dia ar
dtabairt comachta dhuit mar scáile thalmaidhe an ſedh bhus áil
leis. tríd sin tra ní ſhúigfedsa m'inad duit acht biad ann gidh
[maith] olc letsa é. ótchuala Díoma sin d'imthig maille re feirg
mhóir agus dorigne bagar ar Chiarán. agus táinic anfhochain ó
dhia ar Dhíoma i ndíogail a aindlighidh. óir an tan táinic chum
a chaisléin fuair tré theinidh é agus a raibe ina thimchioll do
thigthib. agus do bhí mac muirnech aige agus do dhermaid isan
tig é agus é ina chodladh i lebaidh Dhíoma. agus adubairt a
bhuime do ghuth árd arna ſhaicsin di nach raibe ar chumus do
dhuine a ſhurtacht ó na teintib : bronnaim thu a mhic ghrádhaig
do Chiarán tsaighre agus cuirim ar a chomairce thu. cid tra
acht ar dtuitim do na teintib agus ar bfuaradh do na háitib do
fríth an lenbh ina imshláine mar budh ina chodladh do bhíadh.
amhail atchonnairc Díoma sin do chuaidh mar a raibe Ciarán
agus an tespoc dar b'ainm *Edus* leis. agus do ghab bruth aithrige
chuige ó Chiarán agus tug a dhias mac do .i. Donnchad an mac
úd do shaor féin ó na teintib agus mac eile gona síol agus gona
sliocht ina ndiaidh idir mhainistir is chíos agus adhlacan. agus
d'iompaig Díoma dá inad féin maille re gáirdechus agus re

bennachtain Chiaráin. Ciarán imorro do b'olc leis a dhalta do dhul a chomluath sin do'n tsaogal . agus do bhí a fhios aige nach diongnadh Díoma éigen air ó shoin suas agus do chuaid mar a raibe corp na hingine agus || dorigne úrnaigthe chum dia ar a son gur éirig sí ó bhás go raibhe aimsir fhada ina bethaidh iar sin .

Lá eile táinic chum Ciaráin an fedhmanach do bhí aige re haghaid oibre na mainistrech agus adubhairt : atáid muca d'uiresbaidh orainn ar sé. adubairt Ciarán : amhail dobheir dia gach ní eile dhúinn dobhérfaidh muca. táinic imorro arna mhárach cráin rómhór agus dhá mhuic dhég léi dochum na saor go dtángadar muca iomdha uatha iar sin.

Lá eile d'iarr an fer cédna caoirig ar Chiarán . adubairt Ciarán : an té tug muca dhúinn bhérfaidh caoirig . agus ar ndul do'n fhedmanach amach atchonnairc sé ocht gcaoirig fiched gela ar an bfaithche ag ithe feoir . agus tug leis iad agus tángadar caoirig iomdha uatha .

Do bhí fer comhachtach dar bh'ainm Fionntan isan talamh sin agus tug leis a mhac marb dochum Ciaráin dá aithbeochan . Laogaire ainm an mhic . agus ar ndénamh úrnaigthedh do Chiarán chum a thigerna d'éirig an mac ó bhás agus' do mhair go fada iar sin. tug an fer sin do Chiarán ina chumaoin sin an ferann dar bh'ainm ráth feráin agus dá chomhorba go bráth .

Iar sin tra táinic Pátraic senmóraidhe na nEirennach go ríg Muman go hAonghus mac Nadfraoich . agus do chreid do dhia agus do Phátraic is do bhaist Pátraic é .

Agus táinic an tan sin nech do shíol Duach do dhúthaig Osraighe agus do mharb sé ech Pátraic dá dheoin féin . agus do gabadh le muintir an ríg agus do cuiredh i gcuibrech gan fuirech rena chur chum báis. agus do ghuidhedar a charaid Ciarán ar a shon agus táinic chum an ríg agus tug saidhbres óir agus airgid do dá chionn agus do léigedh saor dá dhúthaig é agus ar nimthecht do do chuaid an tionmhas ar nemhní . agus do ghab ferg an ríg tríd sin agus do ghairm Ciarán chuige agus d'fiarfaig dhe créd fá dtug faonmhaithes do .i. neithe bréige ar son an chiontaig do bhí aige. adubairt Ciarán : gach uile maithes is ó nemhní tángadar agus is i nemhní rachaid . agus do ghab ferg an ríg agus dorigne bagar ar Chiarán. táinic imorro díghaltas ó dhia dochum an ríg óir do bainedh a radharc de fó chédóir is do thuit chum talman i

bfiadnaisi cháich. do bhí ar an láthair an tan sin Carthach dalta
do Chiarán agus do bhí gaol aige risan ríg agus do ghuidh sé
Ciarán ar a shon . agus táinic do ghuidhe Charthaig agus mhóráin
eile gur shoillsig Ciarán ‖ a shúile do'n ríg agus gur éirig slán .
agus is amhlaid do conncas [*ms.* do connarcas] do mhórán do
dhaoinib go raibe an rí marb agus gur b'é a aithbeochan ó bhás
dorigne Ciarán. ar néirgidh do'n ríg tug almsana iomda do
Chiarán agus tug grása do dhia.

Do bhádar crutairedha maithe ag Aonghus an tan sin agus fa
cheolmar iad ag gabáil dána agus ag seinm a gcrot . agus do
bhíodar ag siubal lá tré Mhúscraighe tíre i gcóigedh Muman agus
do marbadh ann iad ó esgcáirdib dhóib . agus do foilghedh a gcuirp
i loch láim risan maigh inar marbadh iad agus do cuiredh a gcrota
i gcrann ar bhruach an locha . agus ba holc le hAongus sin agus
do b'olc leis nach raibh a fhios aige cia tharla riu. agus do bhí a
fhios aige Ciarán do bheith lán do rath an spioraid naoim agus
táinic d'faghbáil a fhesa uaidh cia tharla risna crutairedhaib . óir
nír bh'áil leis a fhiarfaighidh dá dhraoi ar son gur ghab sé creidemh
Críst chuige. is é ro ráid Ciarán ris : do marbadh do chrutairedha
go folaigthech ar sé agus do foilghedh a gcuirp i loch láim risan
inad ar marbadh iad agus do crochadh a gcruite (*sic*) i gcrann
ar bhruach an locha. do ghuid an rí Ciarán im dhul leis dochum
in locha innus go bfuighbhedh a gcuirp rena dtógbáil . do chuadar
chum an locha agus dorigne Ciarán trédhenas innas gomadh
fhéidir na cuirp do thógbáil . agus ar gcríochnugadh an trédhenasa
do thercaig uisge an locha an mhéid sin nach raibe folach ar
domhan orra . do tógbadh iad agus rugadh i bfiadnaisi Chiaráin
iad agus dorigne úrnaighte chum dia gur éirgedar na mairb i
bfiadnaisi cháich uile amail is ina gcodla do bheidís . agus is é
nuimhir do bhádar ochtar agus is é faid do bhádar isan loch mí
imlán. do ghabadar chuca a gcruite as an gcrann amhail do
thegasc Ciarán dóib agus dorinset ceol toltanach i bfiadnaisi in
ríg agus Chiaráin agus cháich i gcoitchinne . agus do bhí an
oired sin do chaenbharraighe isan gceol sin gur chodail sochraid
do na sluagaib leis agus tugadh glóire agus moladh do dhia agus
do Chiarán . agus an loch inar báidhedh iad nír fhás uisge ó
shoin suas ann acht amháin go nabartar mar chuimniugad na
mírbhuile sin loch na gcrutairedh ris. agus ar ngabáil bennachtan
an ríg agus na gcrutairedh do iompaig Ciarán dá chathraig féin.

Lá eile do bhí maor an ríg .i. Aonghus ag siubal tríd an dtalamh dá nabartar Múscraighe tíre táinic tréad muc do agus adubairt rena mhuintir muc díobh do mharbad . do mharbadar agus rucsat leo í fó'n gcoill ba neasa dhóib dá caithem . tarla dhóib a nesgcaraid is do mharbsat an maor agus fiche fer dá mhuintir ar bhruach na habhann re a nabartar an Bhrosnach. arna fhios sin do Chiarán do guidedh é ‖ óna dhalta ó'n Carthach adubart shuas fa bhráthair do'n ríg d'Aongus nó gomadh mhac meic do é agus ó dhaoinib eile go ndechadaois ar chionn chorp na droinge úd dá nadhlacan ar nach ithedaois bethadaig allta iad . atchonnairc Ciarán ar rochtain na gcorp dóib nár leor a raibh do shochraid chum iomchair na gcorp gusan eglais agus adubairt do ghuth mhór : i nainm ár dtigherna Iosa Críst éirgidh a dhaoine truagha agus tigidh leamsa . d'éirgedar i gcédóir agus an torc leo agus do iompaig chum a thigherna féin .i. nech naomtha dar bh'ainm Eochaid agus do dhúthaig an tíre sin féin [é] . agus do bhí an drong sin do haithbeodhadh ina manchaib cráibthecha ag Ciarán ó shoin suas .

Lá eile do Chiarán ag siubhal agus tarla muine dho ar a raib mórán do sméraib . agus do thuig ó na fháidhemlacht féin go mbiadh riachtanas leisna sméraib agus do chuir cumhdach ina dtimchioll [innus] nach bainfedh fuacht an gheimridh riu . agus do b'intinn do dá mbiadaois go cenn bliadna ann sin nach budh mheisde iad munbudh fherrde . iar sin tra do hollmaigedh fledh ag taoisech dá mhuintir do ríg Mhuman .i. d'Aongus . Concraidh rí Osraighe ba hé in taoisech . tangadar do chaithem na fleidhe an rí agus a ríghan agus sluag iomda leo agus do b'í aimsir [ann] sin i ndiaidh chásca. tug an ríghan grádh do Choncraid ag in bfleidh sin agus do ghuidh é im luighe léi óir ba dhegdhelbda go mór é . agus do dhiult Concraid an ní sin. iar sin do léig an ríghan galar fallsa [*leg.* bréige] dá hinsaighidh innus go nanadh tar éis an ríg san mbaile i bfochair Choncraidh agus adubairt go mbiadh slán dá bfuighbedh sí sméra re a nithedh . óir nír dhóig léi gomadh éidir sméra d'faghbáil san inbhuidh sin. ba hegal imorro le Concraidh a beithse san mbaile ar son an ríg agus do chuaid mar a raibh a phátrún féin .i. Ciarán agus do fhoillsig do gach ní dá ndubramair . óir is do pharráiste Chiaráin gach aon mhagh a nOsraighib . agus mar chuala Ciarán sin adubairt : do ghébhaidh sí sméra ar sé . agus do chuaid chum an mhuine ar

ar fhágaib na sméra i gcumdach isan bfoghmar roime sin agus
tug lán soithig leis díob agus do chuir iad chum na righaine le
Conchraid agus do chaith iad agus do bhí slán . óir ní raib spéis
aice ann do láthair . agus fa blas meala do bhí ar na sméraib sin
ag an mbainrígain agus ag gach nech dar chaith iad . do thuig sí
gur mírbhuile dorignedh uirre ó Chiarán . agus táinic sí chuige
agus do umhlaig do agus do admhaig a pecadha agus d'iarr
maithmechas . tug Ciarán díolgadh dhi agus tug a bhennacht fós ‖
agus adubairt Ciarán : ní fhédaimse do shaoradh ar an mbás do
gelladh duit . óir do ghébair féin agus Aongus bás i naon ló i
gcath agus doghéna dia trócaire orraib. Eithne uathach is í
inghen Chrimthainn mheic Enna chinnselaig . do thairrngir Pátraic
sin dóib agus dorighne Ciarán mar an gcédna an tan sin agus ba
fhíor sin . óir do thuit Aongus agus an righan sin i gcath chille
hosnadh ar muigh Fea i núibh Fháilge (*sic*) le Muirchertach mac
Erca agus le hIollann mac Dúnlaing ríg Laighen agus le leith
Chuinn. is é lá tugadh an cath sin an tochtmadh h*idus* do mhí
October aois an tigerna an tan sin trí bliadna dég ar cheithre
fichid agus cheithre céd bliadan. bás Patraic an bhliadain chétna.

     Lá eile táinic Pátraic agus Aongus mac Nadfraoich maille re
sluag mór go Saighir mar a raib Ciarán agus do marbadh ocht
ndaimh dóib maille re biad eile. adubairt nech eile re Ciarán : gá
tarbha a bfuil do bhiad ann so do'n imad daoinedh úd. adubairt
Ciarán : an té do shásaimh mórán do mhíltib isin bfásach le begán
aráin agus éisc doghéna sé go maith gomadh shásam do na
sluagaibh úd an begán bídh so. do bhennaig sé a thobar féin
agus do chlaochlaig i bfíon é . agus táinic ó ghrásaib dé agus
Chiaráin an gcéin do b'áil dá raib do shluagaib ann sin go bfuar-
adar a ndóithin bídh agus fíona.

     Aimsir eile táinic rí Temrach maille re nert sluaig do ghabáil
ghiall bfer Muman agus nír bh'áil le hOilioll ríg Chaisil umladh
do thabairt do . dorighne mórthinól ina naghaid agus tángadar i
gcoinne a chéile láim re cathair Chiaráin agus do b'áil le Ciarán
síthcháin do dhénam etorra agus nír aomsat sin uaidh. agus do
fuair seisean ó dhia an ní nach fuair ó na daoinib diomsacha . óir
d'éirig coill mhór re hagaidh na Muimhnech ag dul dóib chum
an chatha . agus d'éirig sruth na Brosnaighe tar a bruachaib re
hucht leithe Chuinn innus nár láimh nech a gabháil . agus mar
atchonnarcatar na mírbhuiledha sin do ghabh egla iad. agus

d'iompaig an rí ó'n tsruth sin agus do imthig dá thír ódchonnairc
an sruth do bhí sodhola dá shluagaib roime sin d'éirgidh rompa.
do anadar Muimnig an oidhche sin i gcomharsanacht chathrach
Chiaráin agus do chuir Ciarán mart agus muc arna hollmughad
chum an ríg . do sásadh an sluag uile ó'n mbiad sin agus do
fhágsat || fuighlech agus do móradh ainm dé agus Ciaráin tríd sin
ó na mirbhuilib égsamhla sin .

Aimsir eile tángadar ceitheirne móra do shladaidhthib do thírib
eile i gcóigcrích Muman do shladaighecht agus do mharbadh
dhaoinedh. rug duine maith do'n Mhumain orra dar bh'ainm
Lonán agus do ghabadar na díbfergaig teichedh. ótchonncadar
nár bh'féidir dóib dol as ar aon chor do ghuidhedar Ciarán im a
saoradh ar an éigen sin . agus an tan ba áil le Lonán agus lena
mhuintir a ngabáil sin agus a marbadh do thuit caor theintidhe
etorra agus na sladaidhthe . do ghab egla mhór Lonán agus a
mhuintir agus nír lensat tairis sin iat agus d'iompaigedar chum a
nárais fein. d'aichnigedar na sladaidhthe gurab iad mírbhuiledha
Chiaráin do shaor iad . tángadar chuige agus d'innsedar a sgéla
dho . agus is í comairle ar ar cinnedh leo aibídedha crábaidh do
chur iompa agus foghnamh do dhia agus do Chiarán ó shoin
amach . do críochnaigedh an chomairle sin leo agus do bhádar
fó láim Chiaráin i ndeghoibrighthib agus i gcrábhad nó go bfuar-
adar bás.

Lá eile táinic gadaidhe do chóigedh Laighen agus do ghoid bó
rómhaith do bhí ag manchaib Chiaráin . agus is edh do b'ainm
do Cairbre . agus ag dul chum sléibhe Bladhma dho do fher ceo
agus dorchadas do innus nár léir do an tslighe agus do thuit sé i
nabhainn agus do báidhedh é . d'iompaig an bhó tar ais chum
Ciaráin agus chum na manach arís.

Lá eile do chuir Ciarán seisrech damh chum a bhuime .i.
Coinche gan nech leo do threabhadh dhi. ó rángadar na daimh
chum Coinche d'aichin gur bh'é Ciarán do chuir chuice iad chum
treabhtha agus do ba fhada an tslighe idir Chiarán agus mhainistir
Choinche .i. ros bennchuir . óir is i gcomarsanacht na mara san
rann oirtherach d'Eirinn atá. do threabadar na daim sin uatha
féin agus ar gcríochnugadh aimsire an treabhtha do iompaigedar
chum Ciaráin gan nech leo. do ghnáthaigedh Ciarán gach aon
oidhche nodlaice iar dtabairt chomaoinech dá mhuintir féin i
Saighir dá láim féin dol go mainistir a bhuime go ros mbennchuir

innus go dtugadh sé comaoin chuirp Chríost dá láim féin di . agus
do iompaigedh dá mhainistir féin an oidhche chédna. is amlaid
tra thuigmíd gur b'é dia doghníodh sin amail doghníodh re
h*Abacus* a thabairt ó'n Innia .i. óna thír féin go *Caldea* agus tar
ais arís do'n Innia re tamall gerr do ló. do bhí cloch mhór [ag]
sancta Coinche ar a ngnáthaigedh sí beith ag guidhe agus ag
urnaighthe chum a tigerna tamall ó'n mainistir i dtráig an
mhara agus is é a hainm anois ‖ carraig Choinche . do tigdís tonna
an mhara ina timchioll go minic . do chuaid Ciarán lá ar an
gcloich sin agus do shnáimh ar muir agus d'iompaig arís chum a
hionaid féin an tan ba thoil le Ciarán é . agus ní hiongnadh sin
óir atá scríobhta : *mirabilis Deus in sanctis suis (Ps. 135)* edhon
is mírbuilech dia ina naomhaibh.

An dalta adubramar beith ag Ciarán .i. Carthach tug sé féin
agus ógh do mhuintir Liadain grádh dochoimsech dá chéile . agus
do bhí intinn truaillighte an phecaidh aco agus dorónsat inad
coinne re chéile do choimlíonadh a dtoile . agus ar ndul dóib san
ionad choinne an tan do b'áil leo luighe do chríochnugadh a
dtoile do thuit caor theinedh etorra agus is ar éigin do chuadar
as gan losgadh . do ghab egla mhór iad agus nír labradar aon-
fhocal ar mhéid a negla . do iompaigedar tar ais agus do dalladh
an ógh sin agus do bhí dall co haimsir a báis . óir nír bh'aind-
ligthech an breithemhnas an bhen do dhall a hintinn féin chum
an phecaidh a súile do dhalladh ó sholus chorpordha. do ghab
Carthach breith aithrighe chuige agus do chuaid dá oilithre
iarum agus is follus naomthacht Chiaráin de sin . óir nír bh'áil le
dia go bpecóchadaois an dhá ógh sin do bhí ar a choiméd . óir
do bhísean deghoidech go mór ag coiméd a thréda.

Tángadar dís bhráthar dá chéile chum Ciaráin dá chomair-
liugadh dol dá noilithre i ninadaib imchiana . Odhrán agus
Medhrán a nanmanna . do Mhúscraighe thíre dhóib ó'n mbaile
re a nabarthar Letrach. ar dtecht dóib go Saighir do shanntaig
an dara fer díob anmain i bfochair Chiaráin agus do b'é sin
Medhrán. adubairt Odhrán : ní mar sin do ghellais a bhráthair .
agus adubairt re Ciarán gan a bhráthair do chongbáil uaidh.
adubairt Ciarán : breithneochaidh dia edrainn cia againn aga
mbiaidh sé . gabhadh sé an lócharnn so ina láimh agus cuiredh
sé a anál fúithe agus dá lasaidh an lócharnn anadh agamsa agus
muna lasaidh éirgedh letsa. tugadh do an lócharnn ina láimh

agus do shéid a anál fúithe agus do las i gcédóir agus do an
Medhrán ag Ciarán go haimsir a bháis i naomthacht mhóir agus
i ndeghoibrechaibh. agus adubairt Ciarán re hOdhrán : adeirim
riot a Odhráin dá gcuardaighidh tu an domhan gurab ad bhaile
féin i Letrach do ghébair bás . ar an adhbar sin iompaig agus
caith t'aimsir ann óir is uait ainmneochar é go bráth. || d'iompaig
Odhrán dá bhaile féin tré bhriathraib Chiaráin agus dorigne main-
istir onóireach ann agus fa mhór a shubailcedha agus a naom-
thacht . agus ar ndénam mírbuiledh niomda dho mar léghtar ina
bhethaid féin do chuaid dochum nime agus do fíoradh briathra
Chiaráin . óir is é as ainm do'n ionad sin .i. letrach Odhráin .

Do bhí ben dar bh'ainm Eitill ag siubhal lá agus tarla leagadh
dhi gur brisedh a cnámh go bfuair bas. d'aithbeoaig Ciarán i
gcionn trí lá í . tug sise do Chiarán an ferann [ar] ar legadh í . is
é a ainm léim Eitille . agus tug grása do dhia agus do Chiarán .

Fedhmanach do mhuintir an ríg dar bh'ainm Cennfhaoladh : do
mharb sé Cronán .i. cara do Chiarán . do aithbheoaigh Ciarán é
agus i gcionn an seachtmadh lá dorigne Ciarán sin i nainm
Chríost. ar mbeith slán do i bfiadnaise cháich adubairt Ciarán :
an té do mharb thu go haindligthech .i. Cennfhaoladh is túsga
muirbfither é féin agus loiscfither a chorp isan chaislén re a
nabarthar ráth muighe ó éilech (*sic*) .

Lá eile do labair rí Muman .i. Oilioll re Ciarán do bhriathraibh
gruama agus do chuaid go bfeirg mhóir uaidh . agus nír chian
iar sin go ndernadh an ríg balb go raibh ocht lá gan labhra.
táinic go Ciarán agus do leag é féin ina fhiadnaise . do chionntaig
é féin ina aindligthib agus do iarr maithmechas . agus arna
thuigsin do Chiarán go raib aithrighe fhírinnech aige do bhennaig
a thenga gur labair go hobann do ghuth sholusghlan . agus ar
ngabáil bhennachtan Chiaráin chuige do imthig slán dá thig agus
do mhédaig ainm dé agus Chiaráin .

Araile d'oidche do chuaid Ciarán agus oilithrech dar bh'ainm
Germán do bhí ina fhochair i sruth uisge fhuair agus ar mbeith
go fada dhóib ann adubairt Germán : ní héidir liomsa a Chiaráin
fulang nís sia isan uisge. do chuir Ciarán sighin na croiche césta
ar an uisge agus do chlaochlaig mesarda é mar theas fothraicthe
agus do bhádar ag moladh dé .

Adubairt Ciarán : a Ghermáin ar sé ticfaidh aoighe grádhach
chugainn amáirech .i. Carthach mac ríg Mhuman mo dhalta féin

do chuires dá oilithre ar son phecaidh do shantaig sé do dhénam
muna dtoirmioscadh dia agus mise é óir nír b'áil liom a chrábadh ‖
agus a shaothar do mhilledh dho . agus atá anois ag impódh iar
bfaghbáil logha ina phecadhaib agus arna ghlanadh ó choir .
gabsa an tiasc sin ad thimchioll go mbiaidh ar chenn mo mheic
ghrádhaigse. do ghab Germán iasc mór mar adubairt Ciáran ris
agus arna mhárach táinic Carthach mar adubairt Ciarán .

Aimsir eile do gabhadh Ciarán cluana mheic Nóis leisan rígh
dar bh'ainm Furbaidhe agus do cuiredh i gcuibrech é . do b'é a
adbar sin maithes an ríg do bhí ar choiméd Chiaráin agus tug
Ciarán mórán de do bhochtaib dé ar mbeith [dho] lán do
thrócaire. lá éigin táinic an rí mar a raibe Ciarán agus adubairt
ris tré adhbacht : dá bfuighbinn cheithre bá maola cuirpdherga
agus cinn gheala orra do léigfinn amach thu. adubairt Ciarán :
is tualang dia ris sin agus léigse mise amach dá niarraidh sin
agus muna bfuighbed iad tiocfad féin arís fád bhreith. do scaoiledh
do Chiarán ann sin agus táinic go Saighir mar a raibe [an] Ciarán
eile agus d'innis an ní sin do agus do bhádar an tan sin i bfochair
Chiaráin an dhá Bhrénainn . ba fhorbfaoiltech leo Ciarán cluana
do thecht agus adubairt rena fhedhmanach : créd do ghébaid na
naoim sin anocht re caithiomh . adubairt an fedhmanach nach
raibe biadh aige acht feoil. adubairt Ciarán : ullmaig go luath
an ní atá agat. ar mbeith beirbhte do'n fheoil do bhennaig
Ciarán í agus do chlaochlaig i bfiadnaise cháich i nola agus i
niasc i bpraisig agus i mbiadaib égsamla do réir a thoile féin .
agus táinic ó ghrásaib dé gur líonadh soithighe an tighe uile
d'ffon uasal chum coda na naom adubramar. do bhí manach
astig leis nár bh'áil biadh do chaithemh i bfochair na naomh
.i. mac Congair agus adubairt nach caithfedh na biadha dorignedh
do'n fheoil. adubairt Ciarán : caithfir feoil isan charghais agus
muirbfid do námhaid thu an lá chaithfios tu í . bainfer do chenn
díot is ní sheilbheochair flaithes dé . is nemchonáig tra chaithfios
tu do bhetha óir cuirfir th'aibíd mhanaig díot. do fióradh imorro
briathra Chiaráin óir do marbadh eisean i ngar do shaighir
Chiaráin .

Is ann sin dorignedar an cethrar naom sin .i. an dhá Chiarán
agus an dhá Bhrénainn cumann etorra féin agus idir a gcomh-
arbaib dá néis . agus ar ngabáil ceada agus bennachtan na
naom sin do Chiarán chluana d'imthig chum na slighe agus ní

raibe a fhios aige cá rabhadar na ba do ghcall sé do'n ‖ ríg. do chuaid Ciarán saighre lcis tamall do'n tslighc dá shcoladh agus tugsat bcnnacht dá chéile. adubairt Ciarán cluana : bíodh do thoradh mo bhennachtan saidhbrcs agus imad inmhasa agus spréidhc ad bhailc go bráth. adubairt Ciarán saighrc : bíodh saidhbrcs cgna agus crábaidh do bhrígh mo bhennachtan at inadsa choidche . agus do fíoradh na briathra sin do gach lcith. ar dtccht dóib chum an átha rc a nabarthar áth salach fuaradar ar bhruach na habhann chcithre ba maola cennfhionna . adubairt Ciarán cluana : an bfaicir mar [tug] dia dhúinne na ba d'iarr an rí orrainn . agus do dhelaigedar ann sin re chéile ar dtabairt ghrása agus mholta do dhia agus ar ngabáil bhennachtan agus phóg a chéile mar chomartha shíthe agus ghrása. do iompaig senChiarán go saighir agus do chuaid [an] Ciarán eile go cluain . do chuir na ba chum in ríg agus do b'ingnad leisan ríg cinnus do b'féidir a leithéidedha sin do bhuaib d'faghbáil . agus ar mbeith do Chiarán saor óna gheallamhain do chuadar na ba ar neimhní go nár fríth a dtuarasgabáil ó shoin a lé. do thuig an rí ann sin gur b'égcóir a nderna re Ciarán .

Do bhí i mainistir chluana mhic Nóis leanbh dar bh'ainm Crithid . fa amadánta isna deghoibrigthib é agus fa urchóidech isna hoibrighthib mailísecha . tánic sé go saighir Ciaráin agus do bhí ann seal re senChiarán. do aichin Ciarán gan teine choisrectha do bhennaig sé an cháisc roime sin do mhúchadh go cenn bliadna isan mainistir acht a bethugad agus a coiméd innte . tánic an lenbh adubramar ar furáilemh an diabhail agus do mhúch dá dheoin an teine. adubairt Ciarán : an bfuil a fhios agaib gur mhúch an lenbh mallaighte re a nabarthar Crithid cluana an teine choisrectha do bhí againn . tiocfaidh díghaltas air ann óir do ghébaidh sé bás amáirech. ba fhíor sin . do mharbsat na meictíre arna mháirech ar an bferann amuich [é] agus do fágbadh ann é . adubairt·Ciarán : ní bhiaidh teine isan eglais so go cáisc muna gcuiridh dia ann í. do chuala Ciarán cluana go bfuair an lenbh bás mar sin agus tánic go luath go Saighir agus do gabadh maille re honóir mhóir ann é. do bhí teine d'uiresbaidh ar an mainistir óir ba as an teinidh choisrectha úd do hadaigthí teine gach noidche innte agus do ghell Ciarán nach biadh teine go cáisc innte muna gcuiredh dia do neimh í ‖ tángadar an lá sin do'n bhaile aoigheda .i. Ciarán cluana agus a chuidechta agus do bhí fuacht mór orra óir do b'aimsir shnechtamail ann . do chuaid senChiarán amach agus do shín a lámh chum dia maille re húrnaigthib diochra . do thuit caor theintidhe ina ucht agus do iaidh benn a bhruit uimpe agus rug leis [í] do'n tig a rabadar na haoighedha. arna ngoradh dhóib do hullmaigedh suipéir agus ar suidhe dóib dá chaithemh adubairt Ciarán cluana nach· caithfedh biad nó [go] bfuighbhedh aisec an leinb. adubairt senChiarán : atá a fhios againn gur bh'í sin do thoisc . doghéna dia dhúinne go dtiocfadh sé ina bhethaidh chugatsa agus caith do chuid óir atá an lenb sin chugainn. táinic an lenb fá bhréithir Chiaráin agus arna fhaicsin dóib tugsat grása do dhia agus dá naomthacht . do chaithset a gcuid agus d'imthig Ciarán cluana agus a lenb leis go Cluain ar ngabáil bhennachtan tsenChiaráin .

Lá eile táinic bráthair do bhráithrib Chiaráin dar bh'ainm Báithín agus do mhúch an teine arís go heisinnill dá aimdeoin . dorigne aithrighe agus do ghab absolóid. táinic an lá sin Ruadhán lothra ar cuairt do'n bhaile chum Ciaráin . ni raibe teine re linn na naoighedh isan mainistir . do chuaid Ciarán chum cloiche do bhí láim ris agus do bhennaig i . do las an chloch i gcédóir agus do ghab Ciarán an chloch chuige idir a dhá lámhaib agus rug leis í mar sin gusan tig a rabadar na haoigheda. mar atchonnairc Ruadhán sin gona dheiscioblaib tucsat glóir agus moladh do dhia agus do Chiarán .

An bráthair adubramar .i. Báithín : do dhoirt sé soithech bainne do bhí dá iomchar aige agus do chuir Ciarán comartha na croise césta ar an soithech agus do bhí lán . do ghab egla an bráthair do dhoirt an bainne agus drong eile do na bráithrib roim a maighistir roim Chiarán . agus do daingnigedh isan gcreidiomh agus isna deghoibrigthib dá éisi .

Do bhí Ciarán lá ag dénamh úrnaigthe chum a thigerna agus táinic an taingel agus d'foillsig do go raib aimsir a bháis leth astig do láthair ghirr [*ms.* gerr] . do iarrsan trí hathchuinge ar dhia i bfiadnaise an aingil agus do fuair sé mar do iarr ó'n aingeal arna ngealladh dho ó dhia : an chéd athchuinge dhíob gach nduine do hadhnaicfidhe ina chathair agus ina reilig féin gan dóirse ifrinn d'iadhadh orra d'éis laithi an bhrátha . an dara hathchuinge gidbé dobhéradh onóir dá ló féin gan uiresbaidh saidbhresa an tsaoghail do bheith air agus neamh thall do . an treas athchuinge || an cine dá raibe sé féin .i. an cine osraighech agus d'ar phátrún é gan chlaoidhe i gcath go bráth ó chine echtrannach dá dtiocfadh go haindligthech do ghabáil a ndúithche féin orra . agus gan iadsan do dhul do dhénaṁh ghabáltais égcóir i dtalam eile .

An nech naomtha so d'ar labramar .i. Ciarán saighre ba mhór [a] umhladh in gach inad agus do b'inmain leis an scriptúir diadha d'éistecht agus do léghadh agus d'foghlaim go haimsir a bháis. agus aithrister go raibh sé maille re naomhaib Eirenn ina aimsir féin ag Findén chluana heraird agus go ndeachaidh i naois fhoirbthe agus i ndiadhacht mhóir isan sgoil sin . agus go nabarthaoi dalta Finnéin ris mar ráidhtí le naomaib eile Eirenn . agus ar mbeith dho isan aois ársa ocus i negna mhóir agus arna mhúnadh go foirbthe mar adubramar agus ina esbog onóirech do ba dhingbhála leis bheith ag foghlaim agus daoine eile aga dtegasg uadha do ghradh na humhla agus na hegna. Ciarán imorro óna aois óig go haimsir a bháis nír ibh sé deoch óna mbiadh sé ar meisge agus nír ghab édach clúmhach ná bog uime agus nír chaith fledh agus nír chodail a sháith agus nír choimling i ninad ar bith tré ól na daoinechta . agus do iompaig sé a chine féin .i. an cine osraighech chum creidimh agus a lán do dhaoinib eile . do fiosraigedh é go minic ó na hainglib agus do óirdnestar nuimhir mhór do espocaib agus do shagartaib agus do ghrádhaib eile na heglaise. do thegaisc an taingel tobar onóireach dho agus slánaigther mórán do ghalraib agus d'esláintib ó'n tobar sin . is é [a] ainm tobar Ciaráin .

Tríocha bliadan do chaith Ciarán ag seirbhís do dhia go dúthrachtach roim a bhaistedh . agus ar mbeith dho arna eslánugadh ó'n tsenndacht agus ó'n teinnios do chomfhoicsedar laithe a bháis do . agus do thogairm chuige a phobal agus a pharráistighe as gach áird a rabhadar agus do bhennaig iad. do aichin dóib aichenta dé do choiméd agus do ghab sácraimeint na heglaise chuige ann sin idir choraib naom an tres *nonas* do mhí mhárta maille re síthcháin Chríost agus do léig as a phobal uadha. agus do bhádar deich nespoic fhiched do óirdnestar féin do chead dé ar ndul i naon oidche ris dochum flaithis dé .

Críoch do bhethaidh Chiaráin . iarna sgríobhadh le Muiris O Conchubhair saor loinge a gCorcach (*sic*) .

Betha Mholaise Dhaimhinse in so.

Araile erlam [*ms.* erum] uasal adamra somholta [soer]cheiné-
lach dua righradh Eibhir fhinn . . . . Chaisil do
chaithestar a colaind i nanáir [in] aondia uilecumhachtaig aga
timtirecht fecht naon .i. Molaise mór mírbhuilech mac Nad-
fráich mheic Barra meic Corbrainn meic Tuaisléin meic Degha
meic [Aedh]a finn meic Eachach meic Lughdach meic Aen-
ghusa tírigh meic Nadfráich ineic Chuirc chaisil meic Lugh-
dach meic Oiliolla flannbicc meic Fiachach muilleathain meic
Eogain mhóir meic Oiliolla óluim meic Mogha nuadhat meic
Mogha néid meic Dheirg meic Deircc meic Enda muncháimh
meic Lóich mhóir meic Mofheibhis meic Echaid faebarghlais
meic Duach duinn meic Cairpri ruiscl[etha]in meic Luigdech
luaighne meic Indadhmair meic Nia seghamain meic Adamair
fholtcháin meic Firchuirp meic Moghacuirp meic Cobthaigh cháim
meic Rechtaidh rígdeirg meic Luighdech laighi meic Echach
meic Oiliolla finn meic Airt imligh meic Luighdech láimdheirg
meic Echach uaircheis meic Luigh[d]ech meic Anradaig meic
Enda deirg meic Duach find meic Senda inndarraidh meic
Breisrígh meic Airt imligh meic Feidhlimidh meic Rothechtaigh
meic Ruaain rígoirligh meic Failbhe . . . (?) meic Cais cétaicne
meic Aildergóid meic Muinemoin meic Cais clotaigh meic
Iraraa(?) meic . . . . meic Arusa(?) meic Glais meic Nuadat
deghláich(?) meic Echach faebarglais meic Conmháil meic Eibhir
fhind meic Míledh espáine meic Bile || meic Breogain meic Bruta
meic Detha meic Erchadh meic Allsid meic Nuadhat meic
Nenuaill meic Eibhir scuit meic Srú meic Esrú meic Gáidhil
glais meic Niuil meic Féniusa farrsaigh meic Bhuath meic
Mhaghog meic Iáfeth meic Laimhiach meic Mhatasaliam meic
Eonocc meic Íareth meic Malaleit meic Cáinen meic Enos meic
Sheth meic Adhaim meic DÉ BHÍ .

Monoa imorro inghen Midhlogha do chorca Raighe máthair
in Mholaisi sin . ocus gér íséin ann ro b'uasal a hincholnugad
ar comáiremh a geincalaigh . uair ro b'é Feidhlimid rígoirrderc
rechtmar mac Tuathail techtmair áirdríg Erenn a senathair co

sunnradhach ocus a coll fine co fiadhnach . dóigh ámh is soiléir co
sighnighit in dá ghlanghcinclach sin rc [a] ngnáthgabháil gurab
uasal ro hórdaighedh co huilidhc in Erinn adhbar in árdnáim as
dá áirdthellach airechais Erenn .i. a Caisiul ocus a cáimhteamraig
amail asbert in file gá [fh]oirgcll :—

> U asal Mlaise mírbuilech . mac Nadfráich ba feart fednaigh !
> a leth ó Caisiul na cét . a leth ní brég ó Themraigh

Do thairrngir imorro Pádraic prímda paidirbhinn in daigh
dherglasrach iarthair Eorpa .i. Molaise mírbuilech mac Nadfráich
trícha bliadan réna gheinemhain dá táinic in prímfáidh co beinn
osnadh . condebhairt in file in foirgeallsa ag fíradh fháistine in
táilgind :—

> M ochen aoighe ilbuadhach . grian gnáth geanmnaidh glansholus !
> credhal cráibtech coinnirclech . feichmheoir féta fírinnech ||
> I cionn sesca sáirbliadhan . geinfidh Molaiss mírbuilech !
> a carnn daire bhairrbeannachtach . budh feartach in fírchléirech
> N óimh Erenn gan imresain . is a rabhradh beidid sin !
> re díchracht a dhúrchrábaid . ar chruas chreidme inchathaichti
> B eg sníma isin saoghalsa . mór a thoirt na thigerna
> bud díles do induthar . ráidhim[se] ris is mochean

Atchonnairc máthair Mholaisi imorro aislinge isin oidhce .i.
secht nubla cumhra d'fagbáil di ocus in tuball déidhenach do gab
ina láim díob nír tacmhaic a glac é re [a] mhét . andar lé nír
áille in tór iná in tuball . innisidh dá fior in aisling sin . tuicimse
sin ámh bar in fer ocus bérasa gein amhra airegda d'an bud lán
beoil fher nErenn de ocus cindfidh ar a chomhdhíne .

Cid tra acht táinic aimsir asaide mháthar Molaisi ocus ro
gabsat idhna hí . adubairt in drái fria : dá fuirghe do ghein gan
a breith nó go turgabha grian amárach bud airderc ocus bud
órdan mór mírbuilech fírén fíruasal ocus bud gein sochair shlánaigti
iarthair in domain in deighgein béra a ben . ocus asbert :—

> A márach dá mbéra mac . a Mhonoa bud noem co neart !
> bud fer co nairbert ar tain . bud airrdherc ar druim domain
> B ud sgiath dítin do gach dreim . ar phianaib aidbli iffeirnn !
> fear gan liamhain is gan locht . a riaghail ní bud róbhog
> R achaid co Róim raith na rann . ar maith re feraib Ereann !
> dobéra mar chluin anair . úir ocus seoid co suaichnidh ||
> B ud hé in bán na mbreth ndlighidh . nach maith a cháin ná a chinaid !
> ar mét a egna ro feas . biaidh a egla in gach eolas
> M ongénar duit a bean bán . is tuic in ní atá id dál !
> dá rabais ac gleic sin cath . gan breith meic cotí amárach

Do fhuirigh in fírdia in ghein a mbroinn Monoa gur thúismi[g]
inairiudh bhairr fó'n leic chloichi ar néirghi ghréine arnabárach
ocus tucad chum espuic Eocho cor baistead ocus gur beannaigead .
ocus is éiséin tuc cétgrada fair iartain . amail asbert :—

E scop Eocho ainglidhe . ro bhaist Mlaise mírbhuilech !
uadh ro ghabh gradha co fír . rí na rígh de sírbuidhech

Ba follus tra rath in spirait náimh i coimitecht Molaissi . uair
do labair ocus do mhol in coimdhe a cionn mhís arna bhreith do
comhailliudh in tsalmcetlaidh amail asbert :—

A mail asbert salm *ex ore* . *infantium* gan time !
i cionn mhís ar mbreith Mholaissi . ro mhol ríg fraisi finne

Ní shluicedh biadh inmar(?) ná biadh eisinnraic ná cinél gadai-
ghechta . ocus in uair ro biadta dá aindeoin ro scéadh fó chétóir.
acht aonní gach forbairt do bíodh ar cholaind Mlaisi do bíodh
ar a umhla ocus ar a uaisle ar a escas ocus ar a innracus . amail
asbert Críost :—

I n tí thóicébhus é féin . is nach dingne cách do réir !
is é sin bhus ísel ádhbaidh . is é bhus fá ghlas a péin

D'óirdnigh tra Molaise a fhoghlaim gur ba ecnaidh airdeolach
ocus gur ba ceannmanach mírbuiledh . ocus ní bíodh díles etir
acca acht inneoch do gheibhedh dobeiredh do bochtaib ocus do ||
dheiblénaibh dé ar ghrádh a dhéntaidh ocus a dhúilemhan . do
dheismirecht frisin salmcetlaid *dicens dispersit dedid pauperibus*:—

A r dia [dobheiredh] do bhochtaib . a dhéirc dhíchra in gach tráth !
eolus d'aineolchaib ó phortaib . édach do nochtaib co gnáth

Feart eile do fheartaibh Molaisi dar cumuisc manach dá man-
chaibh mein ar uisce ocus do fuin bairgin ocus ní raibhe teine
aicce ocus do acáin re Mlaise sin . ocus adubhairt Mlaise frisin
manach : tuc dá athinne leat dam . ar séin tucadh na haithindedha
chum Mlaisi ocus do leic a anál fúthib cor lasadar mar lóchranna.
ro b'ingnadh frisna manchaibh sin ocus ro ba maith leo cér
b'ingnadh . a macu inmhaine ar Mlaise in ní as doirbh le dáinibh
is soirbh le dia . amail asbert :—

D á creidi co díles dligtech . gach duine do dhia na ndúl !
biaidh go socair dó gach slighe . rí nimhe roichfidh na rún

Do bhí Molaise mírbuilech imorro cethracha laithi in charghais
cona manchaib cin mír cen digh cin bhiadh ar doman do tomailt

C 2

acht toirthi crann ocus losa ocus luibhe in talmhan. carghas ele
imorro dó .i. cethracha laithi cona manchaib can cenél bídh ar
bith acht lán boisi in cheallórach do ghrán eorna cacha manaig
ó'n medhón lái co araile . amail asbert :—

> C arghas do Mlaise is dá mhanchaib . ar tairtib talmhan is crann !
>   gan bhiadh dar blais duine ar doman . ar oman ruire na rann
> C arghas eile dó is dá mhanchaib . ar grádh in coimdedh roscar !
>   do cach fior díob ba cuit || choissi . lán a bhoissi do ghrán ghlan
> B a beg a snímh isin saogal . ní dhéndáis adhlais na lag !
>   mór brígh a tráth ina ndoirrthech . ar grádh in coimdhedh roscar

Fecht ann dá tángadar dá chlamh ar áighidhecht co Molaise
inbhaidh nach raibhe biadh airithe aige ocus do gair a chellóir
cuige ocus adubairt fris : tabhair a sáith do dhig ocus do bhiadh
dóib siud. asbert in cellóir : ní fuil beag ná mór in bhídh agum .
éirig isin cuiligh ar Molaise risin ceallóir ocus do ghébha innti dá
bairgin cona nannlann ime ocus dá órdain éisc ocus dá soitheach
lán do bhainne. téid in ceallóir ocus fuair in chuile amail asbert
in naomh ocus tuc ar séin do na bochtaib a sáith . amail asbert :—

> F eacht do Mlaise nár mhian báis . fear rug gan braisi co bás !
>   co faca chuici dá clamh . d'iarradar ann maith dá sás
> G airis in ceallóir gan cin . do ráid ris tabair dóib biad !
>   na léic uait in dana bocht . nó co nderna anocht a riar
> N ocho né a riar bud lesc leam . ar in ceallóir thall istaigh !
>   acht mo beith féin gan ith bídh . do iter mo rígh ar nim
> E irig sin cuilig a cheallóir . ar Mlaise na tráth nosdligh !
>   do ghébha innti fód mhiadh . do sháith do bhiadh is do dhig
> D á bairgin nár becc re mes . cona nannlunn feib co fír !
>   dá chuaic loma dá mhes éisc . fuair ar méis ó rígh na ríg
> B iadhtair aici in dana bocht . do bhiudh parrdais mar budh || dlecht !
>   sáithigh súntaigh iat is buidhigh . dáibh nochor dhuilig in fecht

Fecht eile do fheraib Erenn fó bhrón bháis ocus éga ina nim-
snímh ó'n bhuide Conaill ar tabairt áir adbulmhóir ar dhegdháinib
Erenn dú adbath Diarmaid ocus Bláthmac dá rígh Erenn ocus
Feichín fabair ocus Oilerán inecna ocus mórán do maithib Erenn .
co ndechaidh tar áiremh ocus tar innamail tar chéill ocus tar
cuimhne inneoch adbath ann . do réir droinge duine ar leith fer
nErenn . foirend cá rádh is dá trian fer nErenn fuair bás ann . co
ndernsat fir Erenn comhairle cinnus do dingébtái in teidm sin
díob ocus is edh adubhradar uile troscadh lái co noidhche do
dénam re Molaise ocus re dia dá furtacht ocus dá fóiridhin . amail
asbert in file :—

tréidhenas troiscthi toghnamaigh . cinnet comhlán cinedha . tedhmanna
tuath tarrastair . maithi Erenn orthatha . aitcidh ardnaom órduinte .
mochen Mlaise mírbhuilech . is de tic bar trénchabair . císcháin cinnte
cuinnighidh . do do chind bhar cobartha . biaid in bhuidhe becnertach .
ó'n chredhal cháid chumhachtach . do choraigh dia degchobhrach . a
hErinn in taimsiugad . tréna naomaib niamghlana . doní mór do mhír-
builib . na tuatha co toghnamach . tuirmet trénas tré[idenach]

Cidh trácht troiscit fir Erenn re Molaise ocus troiscidh Molaise
rena dhia co fuaradar furtacht ocus fóiridhin ó['n] teidm sin .
conadh and sin tucadar fir Erenn screball as gach aontaigh do
Mholaise acht combiadh triur do mhuintir and . agh trí nglac
ó gach rígh thriucha cét ocus ech sliasta gach cúicedhaigh ‖ ocus
each rígh Erenn ocus a catheirredh . a comhailliudh sin gacha
lughnasa do Molaise ocus dá mhinnaib ocus dá mhuinntir co
honórach ina diaidh co bráth . amail asbert in file :—

T ei[d]m gubhamnach ghalair ghránna . tuc díth mhór ar feraib Fáil !
 in bhuide Chonaill chruaidchnedaig . dogaing mhór d'feraib 's do mnáib
D á trian fer nErenn do dhula . ro b'adhbar ecla co holl !
 a roibhe beo díob na mbethaid . bítís ar crethaib gan conn
T roiscid re mac Nadfráich fertaigh . re Mlaise ba róghlan rún
 troiscidh Mlaise re mac Muire . do cur na buide for cúl
A innséin fuaradar fir Erenn . cobair re Mlaise na mionn !
 tucsat do Mhlaise na dhegaid . comha gan debaid dá chionn
S crepall as gach aontaigh uile . ar fut Erenn comhall ngnáth !
 bó nó ech ó rígh gach triucha . díth air dá ndiulta co bráth
E ch sliasta ó rígh gach cúicidh . eirredh ech rígh Fotla féin
 gacha bliadna comhall fedhma . dóib ar son in tedhma thréin

Ar séin tángadar mic Decláin d' innsaigid Molaise condébert
friu sosscéla do sgríbhunn dó . ro scríbhsat inna soscéla uile ré
dhá lá co naidhci ocus nír díbadh soillsi sin aidhci dóibh acht a
beith amail gach lá . ro móradh mírbhuile Molaise trésan fiort [*ms.*
ft.] sin co mór . do chuaidh co hiffern ocus cocholl do chroicnib
broc ime . ocus is uadh ainmnighter in brocainech .i. mionn maith
do mhinnaibh Molaise . [ocus] minleadbán ina láim do toghairm
in druith .i. Manann ‖ clamh . co tuc dia do a hifernn é cona trí
caoca comanmann maille fris . amail asbert an file :—

T rí coeca Manann tuc Mlaise . a hiffernn gan bhréic mbraissi !
 ac toghairm Mhanann druith dhil . ar bhru iffirnn adhuathmair
N ír léic Manann díobh ar cúl . co tí bráth brethach na rún !
 beidit can chonus gan chol . gan a comus ag diabhal
M ór in onóir tuc dia deas . do Mhlaise gan ceilg gan chleas !
 ba maith a taradh gach dú . mar do chanadh gach caocú

Araile laithe do bhí Molaise lomnocht gá fhothrucadh i nuisce
ocus cidh do biadh a oighredh fair ní tairmisced desim. ní lamadh
dono nech a déchain fó'n samhla sin uair ní roibhe acht a chra-
cann a[c] lenmain a chnám uair ní chaithedh do biadh etir re
sechtmain próind énoidhchi do neoch eile. táinic manach dá
mhanchaib ina cheann . nír mhaith le Molaise sin ocus asbert
fris : ná déna aitherrach ocus déna aithrighe san gním dorighnis .
doghén dot réirsiu bhar in manach. tairr sin uiscesiu másedh
bhar Molaise. rachad imorro bhar in manach . ocus ní fada do
bhói in manach ann in tan adubairt re Molaise : ní fhuilngim
in tuisce re mét a neimhe ocus a fhuachta. más edh sin adeiri
bhar Molaise tairr san uiscesiu eile. ar séin téid in manach isin
uisc[e] sin . gairde do bhí in manach ann sin do bhí dá róthes
leis ocus asbert : a tigerna tabair cabhair orm uair ní fhuilngim
na docracha so . ocus is follus dam rath dé it choimidecht ocus
ní dingnem ar sé ní dá tairmiscfeá. sénais Molaise in tuisce cor
bo mesraighthe etir fhuacht ocus tes é. ‖ is cinnte ámh cor ba
mesraighthe na dúile do Mholaise do réir a thoile ocus cor ba
humal do réir a aicenta . amail asbert in file :—

D úile dé ón dúile dé . ac riar Mlaisi ba glan gné!
   teine talamh aor uisce . do'n fhior co tuicse réire
S oillse séimh ón soillse shéim . dobeiredh dorcha mar ghréin!
   dogníodh dorcha do'n ló gheal . chum rígh na reabh do bhí a réim
O ighredh ar uisce san tsam . fiuchad fair san ghamh rosmúin!
   ní léicenn a cara i péin . is dá réir do bhí gach dúil

Oen do [*ms.* oenna] oidhci do Molaise cona mhanchaib ac
caithiumh a próinde co facadar mullach in toigi tré theinid is é
ar máidium a lasrach de . do mhidhradar na manaigh in tech
d'fágbáil ar ecla a loiscthe. ac etir ar Molaise : cromaidh bhar
cinn ocus fillidh bar nglúine ocus bídh urlamh chum báis ocus
léicidh etromsa ocus in teine ocus ná féchadh nech suas uaibh.
ocus dorónsat na manaigh mar sin ocus ní cian do bádar ann as a
aithli in tan atrochair féice in taighi ar lár ina fiadnaise ocus ní
derna in teine d'urchóid friu acht sin. tuicidh a bráithre inmhaine
bar Molaise gurob follus ac dia bar foighide ocus is meic togha
dé sibh . ocus éirgidh suas ocus rodarsaor dia ó'n teinidh . amail
asbert :—

D á raibhe Mlaise 's a mhanaigh . ac próindiugad thall na thaigh!
   co facadar ann ar castadh . teine ar lasadh thuas na thaigh

F uabrait teichedh ar gach ndorus . manaigh mic Nadfráich na fert :
  co ndebairt Mlaise riu anaidh . ná lamhaidh dul tar mo recht
C romaidh bar gcinn do'n righ rathmar . léicidh bar nglúine re lár :
  saorfat sibh a hucht rígh gréine . ar comramaibh phéine is phlágh ‖
C reidit uile mar adubairt . cuire genmnaidh ba bec glár :
  ní bert bhréige dóib gan chaire . gur thoit féige in taige ar lár
D o tracthadh tennail na teinedh . Mlaise do begaigh a brigh :
  creidit na manaigh co hanbail . cabair d'faghbáil dóib ó'n righ
D o móradh ainm dé do'n dul sin . mírbuilech Mlaise re lá :
  nír caith cuid ocus nír thoirbir . nach tuic in coimdid mar tá

Feacht oile do Mholaise i taigh rígh maith do ríghaib Erenn
gur ghabh teine isin taigh gu nár fétadh a anacal. sénais Molaise
in teach ocus sínis a lámha fri croisfhighill ocus nír loisc in teine
acht trí cleatha istaig . ocus is é ainm an inaidh sin aniu druim
cleathchóir . ocus no edhbair an rí do dhia ocus do Mholaise in
tinadh dá éisi co bráth. oen do lá do Molaise co tárla senodh
cléirech do ocus do bhí leabhar maith slighedh accuséin ocus
ro b'áil dosom ní do scríbeann ass ocus ní roibhe peann aigisium
ocus ní roibhe ag in [*ms.* gun] cuiteachta . atchonnairc Molaise
ealta ar eitealaigh uasa ocus ro shín in láimh chuca gur thoit
eite cuige uaithib conadh de sin ro scríbh in leabhar as a aithle .
amail asbert :—

D o rat in tén a eiti . do Mlaise ba cruaidh creitmi :
  ódconnairc dia gur ba cóir . an ní do iarr na onóir

Feacht dá raibhe Molaise ac imtheacht i crích Cairbri ocus
dream dá cléircib maille fris co faca in mnái ac bleoghon ocus do
chuinnig deoch loma dá ghilla fuirre . ocus adubairt in ben : nocha
do'n gilla amháin dobérsa in bainne acht dúib uile. is ferrson ar
Molaise. masedh a thigerna ar in bean isam bean aimritsiu cosé
ocus dénsa furtacht form ocus déna ‖ urnaighthi leam fá ghein
chloinne do thecmáil damh. gair th'fear dár ninnsaighidh másedh
ar Molaise ocus beiredh mo chopán leis dochum in tobair ocus
tabhradh a lán uisci fair d'ár ninnsaighidh. iarsin doberar in
tuisce a láim Molaisi ocus sénais ocus credrais in tuisce ocus tuc
do'n mnái dá ibhe . bíodh a dheimin agutsa a bean bar Molaise
gur bud torrach thu ó sho amach ocus béra mac maith mírbhuil-
ech noemhfheartach fírén . budh do dobhéra dia dúilech ocus
noeimh Erenn uile onóir adhbhal ocus cadhas comlán . ocus budh
mac na creatra a chétainm ó'n chreatra ocus ó'n coisecrad tucassa
ar in uisce . ocus budh espoc Finnachadh fíruasal imorro a ainm

bunaidh co bráth . ocus mochensa do ocus fáiltighim fris réna
theacht . ocus asbert na briathrasa :—

F áiltighim fis fírinneach . geinfidh grian ós gnáthreannaibh . ticfa sunn
sái sárbuadhach . mac na cretra cumachtach . cétainm cuingi in cruadh-
cráibdech . espoc Finnchad fírfeartach . ainm díles in deghnóim sin .
budh ceall carga a fírarus . ceann sléibhe na seinsligheadh . láich ní
lémha a lámhugad . sluaigh sirteoraigh sochaide . ná samhlait a sárugad .
fágbaim dóib is dá fírfhoghlaib . can a beith beo oenbliadhain . ac
fillcdh na fal

Bennaighis Molaise espoc Finnachadh a mbroinn a mháthar
ann séin ocus is edh do ráidh : dobérad nóim Erenn ocus dúilemh
na ndúl ar séin onóir adhbhal ocus cadhas ocus comairce dó .
ocus budh é féin in cúicedh árdnaom ina inadh aca imchoimét
ocus ac comhall gach itchi dá sirfider fair ac díghailt a sháraigthi
ocus ac aithbhi gach uilc ocus gach égcórach dá ndingintar ‖ fris .
gairdi shoeghail ocus iffernn dá fhaghlaibh . neamh dá chomarba
acht nach coilleadh a chadhas ocus nach bégochadh a chomada .
amail asbert :—

G ein bhuadha atá id bhroinn a bean . mochen mac na credra cáidh !
béra espoc soer co soirbhes . do toirrces duit ní budh náir
I cionn sléibe rebháin róruaidh . conair mhórshluaigh ann rosbia !
gér in leaba ar a mbia a thaobh . foighénaidh go daor do dhia
N aeimh Erenn uile as gach dú . ticfaidh fá chlú caingean ceart !
doghébhad a toil gan dimbladh . ó espoc Finnchadh na feart
B eidit ule mun eo fhuar . do'n taobh atuaidh d'éis a tráth !
tegaid in cuire glan glébhinn . ag luadh léighinn mar ba gnáth
T uitfit caora in bhile bharrghlain . a nochtaib na naomh anuas !
gabaidh gach aon a chaor cródeirg . drem nár ghaol comfeirg ná cruas
I arraim oirbh ar espoc Finnchadh . ascaidh nach doirbhide dúibh !
na caora do chur im reilic . combudh héndeirrit gan dlúigh
D obéram duit an ní iarrai . ascaidh oirches ní saob sleo !
cuirfimít na caora cruinne . duit gan luinne combudh heo
I bhar na naomh a ainm bunaidh . ainm do in fertach leithi Cuinn !
re iarraidh nocha bia in adhbha . a macsamhla ar tír ná ar tuinn
M eath na dúthaig do'n tí ledrus . úr ibhair na naom co nert !
foclaim co teann do réir riaghla . co mbé re ceann mbliadna a lecht
C úicer do bunadh sin bhaile . fírnaoim can tatháir ó dhia !
ré fhata fhuirghios dá námaid . cé thánaic ann ní ba lia
B eoith Mlaise ocus Moedhóic . espoc Finnchadh cruimter Fraoch !
fertaigh ac feichiumh in bhaile . dlechtaigh gá fhaire ar gach saoth ‖
B iaidh in naomh fó'n leic ar lasadh . ar lár in bhaile nosgeib !
nocha lémthar hé re hiomadh . mongenar ionadh nar gein

Cidh trácht ro hairrdircedh Molaise . ar foirbtiugad a áisi ocus
ar nairrdercugad a chreidme ocus a chrábaid a ecna ocus a eolais

do chuaidh co Finnén cluana iraird amail gach abstal ar ceana
cor légh in sosgél ann. ar sin ro ráidhset na habstail fri Finnén
condechsadh lá gach fear díobh d'innsaighidh a reiglesa dá
coisecradh . nochar bh'áil le Finnén séin uair senoír é ocus asbert
Finnén : raghadsa frisin naom leanfus mh'odhar cidh cuich uaibh
é. scáilid na náimh ar séin ocus leanaidh in odhar Molaise ocus
Nindidh . ocus leanaidh Finnén cona dhá apstal déc iat co
Daiminis ocus do bhádar bliadain ac Molaise ann :—

D á noemh déc do hóirdnedh thall . im mo Mlaise san caomcharn !
   fó nuimir na napstal ndil . dia mbadar fó'n dúilemhain
C oluim Féichín is Cainnech . Maodhóc in lés lánlainnech !
   cruimther cluana cáidh ro cinn . ocus espoc mac Cairthinn
M ochta is Tigernach trén . espoc ibhair is Beccán !
   Arnain inmhain co nglaine . ocus Enna ainglide
M omlaise is Arnain án . espoc ibhair is Beccán
   biathsat na habaidh gan gait . náim in cataigh re caocait
M laise ó mudh Críst ro char . iatsan ó mudh na napstal !
   can bréig cinnset gach astar . dá naom déc ro taghastar

Is é ro bo rí ar in ferann sin in tan sin Conall derg mac Daimín .
adubairt a dhrái frisséin : mina innsaighe Molaise co Daiminis ‖
ocus mina bháidhi a theine anocht is é bhus tigerna ar in críchse
ocus ar in loch ar a fuil . ocus is é a comarba ina dheghaidh bus
mó guth ocus neart ocus cadhas. ar séin gabtar a eich do Chonall
derg ocus táinic roime d'innsaighidh Daiminnsi ocus do eachlaisc
co díghair iat co ráinic cusin inadh frisanabar omhna gabtha . uair
ro gabadh cosa na nech ann sin co nach raibhe caiscéim imtechta
acu acht ba machtnugad frisin rígh sin ocus lá mhuinntir. ro b'in-
gnadh ocus ro b'olc leo fós ocus asbert óclách dá mhuinntir frisin
rígh : sóither cinn na nech sair ocus dá nimthighset can fhuirech is
duine dé Molaise . ro sóadh cinn na neach sair ocus ro imtighset
fó chétóir. imthúsa Chonaill deirg imorro do léic [a] oenar na
heich ocus ráinic reime dá chois dochum Molaisi . ocus tuc in
tethar draighin do bhí aice ar linn in tairbh ocus tarbh bruithte
ar a lár cor ling in tarbh isin loch ocus gur báided in teathar . dá
each gheala imorro ro bhádar ag in righ . monga ocus scuaba
corcra forra . adbathatar fó chédóir. do ghabh ecla Conall derg
ann séin ocus docuas uadha ar ceann Molaisi ar co todhúiscedh na
heocha a bás . táinic Molaise ocus tuc na heocha chum beathadh
dorísi ocus ro bo maith lasan rígh séin. dénam cennach anois bar
Molaise : dobérsa a hucht mo thígerna righe na críchise duit féin

ocus dot mhac it dhegaid ocus léic damsa in ferannsa forsatú .
asbert in rí : nocha beirim a bhuide fritsa mo ferann féin ocus
ferann m'athar ocus mo sheanathar romam . máseadh sin ráidhe
bhar Molaise nír ghabha do mhac ná duine dot shíol co bráth ‖
ríghe in fearainnsi . ro shódh Molaise a druim fris ocus rucad a
shúile a cédóir ó'n rígh . imthúsa in rígh imorro is dáine do bhí
ina chionn ac breith eolais do co ráinic a theach. ar séin dorighne
fleidh móir ar tinnenus ocus do ionnlaic do Mholaise í . ocus tuc
an fearann do léi ocus tuc a mainchine co bráth as a aithle.
dobeirimsi a hucht mo tigerna ar Molaise do shúile slán duit ocus
ní ticfaidher red rath ná red righe féin eiret mhairi . ocus is cinnte
nach gébtar righi ót shliocht etir . amail asbert :—

T arla cagadh cruaidh gan cert . etir Mlaise na móirfert !
     dar doghaing cach celg do'n righ . is Conall derg mac Daimhín

E irg ar an draoi ro chlaon ciall . innsaigh daimhinis co dian !
     cuir Mlaise co neamhfhann tra . dot ferann is dot fhorba

G abthar a eich do'n rígh ruadh . nír ísligh aithesc an druadh !
     ní dá tseomra táinic tra . co ráinic magh gabhta

G abtar cassa na neach ann sin . co derb ocus co deimin !
     bátar gan tsegh gan tairm tra . dar lean in tainm in omhna

S óitear cinn na neach fó dhes . ar fer dá mhuinntir gan ches !
     dá mbérat raon luath mar sin . is é in naom tuc [a] fhuath oraib

A r sódh na neach socair seang . ba luaithi iná gaoth tar gleann !
     lasin rígh nír mhaise sin . do bhí Mlaise ina agaid

M arbtar tarb bruitter ar sin . ac Conall derg co deimhin !
     berar na ethar leis é . ar lethan locha Eirne

N í cian dá rabhadar ann . in tan do éirig in tarb !
     tuc léim láidir ocus car . nó gur bháidh sin in teathar

A r éicin in rígh fó thír . báidhter an muinntir nár mhín !
     linn in tairbh go ngrinne nglan . ainm an inaidh ar báidheadh

D á each gheala co folt nderg . do bádar ac rígh na redg !
     gér mhór in béd mar do bhá . tiaghait d'ég san ló cétná

A r séin téit Conall na cealg . co Mlaise gér mhór a fhearg !
     a náim thaghaim as mo thaigh . tabhair ainim im eachaib

D obérsa tré dia na ndúl . ainim it eachaibh co húr !
     co mbeit na srianaibh mar sain . fregair mo riar na degaid

D ogní Mlaise ba maith mod . fert fiadhnach gan chlaon gan chor !
     éirgid na heich suas ar sein . leor a luas ar in láitheir

D énam cennach nach bia cealg . ar Mlaise re Conall ndearg !
     righe nErenn duit 's dot shíol . damsa in ferann gan imshníom

A sbert Conall atái ar báis . a chléirigh ní chanai gáis !
     atái ar thí thachair go trom . mh'athair ro bo rígh romham

B udh rí romam in rí áig . ort nocha n[an]fa[m] a [dáil] !
     . . . . ire duit . co tidhlacad rige . . . .

M ásedh sin raidhe co . . . ar Mlaise . . . .
     dot shíol nocha bhia afos . na ríg budh [o]r[t] co follos

S óais Mlaise a dhruim co dian . re Conall nderg ba maith sgiam !
fácbais in ríg gann iartain . co roibh dall ar in láthair
D aigh adbatar imaithber oll . acon ríg gér gharbh comlonn !
do smuain fá thrí gan taisi thair . síth re Mlaise gan meabail
D orighne flead tall na thigh . ruc leis dochum an cléirigh !
do shlécht do'n naom innraic ann . is do tinnlaic do in fearann
T uc a mainchine co fír . do Mhlaise is do rígh na rígh ! ‖
tic craidhe in chléirig gan cheilg . gur réidig as [a] ardfheirg
D o slánaighedh súile in rígh . tucadh dó cobair co fír !
ríghe dó féin céin budh beo . is gan a beith cá iarmhó
O chagadh Mhlaise na mionn . nír éirig duine dar liom !
ba leis cach acra re la . is gach taccra má tarrla

Feacht naon dia tángadar na hapstail co hinis coimhéta ocus do bhádar adhaigh gan teinidh ann cor fháidedar mac beag do bhí acu ar ceann teinedh co hEdardhruim co tug dá aithinne leis cor báidhedh é féin ocus a dhá aithinne . do siredh ar sin in mac beg ocus do tógbadh é ocus na haithinne dubha ina láimh. do ghair Molaise tré nert a tigerna chum bethadh hé ocus táinic a ainim ann in uair sin . ocus tuc a anáil fó na haithinnibh dubha fliucha co ro lasadar mar lóchrann. ro móradh ainm dé ocus Molaise de sin ocus adbert in láid :—

T ángadar apstail na hErenn . maille re Mlaise gan tnúth !
do chantain a tráth gan toireth . co hinis coimet coclú
B átar i tennta can teinidh . ba mór in deiffir sin leo !
do chuirset mac beg gan liamain . dá hiarraid mar a mbiad beo
F uair ac ethardruim na náighedh . teinidh ac tarba na tréd !
tuc dá aithinne leis uaithi . co luaithi amail ro fhéd
D o bí dá thinneasnaighe tháinic . i neathar bhiuc báidhtir é !
lá co noidhci do co hanbháil . can a fhaghbáil de ó dheoin dé
A r sin tic Mlaise can meirtin . d'iarraidh in mhic bhic san loch !
fuair a cétóir é mar chanaim . tuc a anaim ann co moch
A ithinne dubh in gach deghláim . in mhacaoimh báidhigh nar bras ! ‖
léicis Mlaise a anáil foillsigh . fúithib gur shoillsigh 's gur las
D o muinntir mhic Muire móire . fer na fert sin in gach lá !
mairg ro thogh in duine sínes . a mogh díles mar atá

Feacht eile do Mholaise i nDaimhinis can bhiadh aicci ocus tángadar áighidh imdha dá innsaighidh uair ba chonair ghlamh ocus áighedh ocus echtrann é . ba chonair fós bocht ocus nocht ocus deiblén ocus díchumgach . gach neach nach faghbadh a chabhair a háin eile in Erinn ocus do nach ticcedh obair ná humalóit ná hingaire ticedh fó dheoidh dochum Molaisi . co cabradh Molaise é ar fhuacht ar ghorta ar ítain ar ocarus. acht aonní . issedh doróine Molaise re áighedhaibh ocus re bochtaib

do'n dul sin tuc chuici a raibhe i nDaimhinis do shcanchoircdaib
crína dubha . do bhris ocus do roinn iad ocus tuc do chách amail
dobheircdh [arán] . cach biadh imorro ba háil re gach ncch do-
gníod dá chuit do na coircdaib é . cach ncch ris ba háil ba hétach
fós dóib do réir a meanman ocus a naiceanta . amail asbert :—

  D aiminis inis na ndamh . i mbíodh Mlaise na mórgradh !
     fecht do'n fhial ecnaidh gan ghái . gan biadh aici d'airithi
  T ángadar glamha gruaide . ocus coin as gach cuaine !
     bochta is deibléna dé dhil . a naoinfheacht dá innsaighid
  F éghaidh suas ar dhia do nim . mar as a faghbadh cabhair !
     ar dhia cumachtach can chair . fá fhurtacht isin éicin
  C oiredha crína in bhaile . tuc chuice mar a raibhe !
     do bhris do roinn ar gach leth . tuc do gach droing gan deibech
  G ach aon dá tuc a cuid díobh . do réir a thoile do bíodh !
     etir bhiadh ‖ is étach sin . ní brégach do gach buidhin
  T uc ann rí gréine gile . do Mlaise na mírbuile !
     onóir adhbhal ba fír fis . dá adhradh i ndaiminis

Fecht noen dar luidh Molaise co mag carna dá raibhe fledh
mhór acon ríg ac Aodh fáidhis Molaise a ghilla ocus a bhallán
leis do chuincidh leanna ocus bhídh ocus do héradh é ocus táinic
mar a roibhe Molaise ocus do innis dó . másedh bhar in naom
téighedh in fhledh ar neimhní etir lionn ocus bhíadh. imthúsa in
rígh imorro dorighnedh uisce searbh da lionn ocus otrach brén
dá biadh. táinic in rí ocus adubairt : crét ro mhill in fhledh. ní
annsa bhar in rechtaire : táinic gilla Molaise ann so ocus do érassa
é ma lionn ocus ma biad. olc an gním doróinis bar in rí ocus in
tinadhsa do ar son na héra tucais fair ocus foghnadh dó co bráth .
ocus tucadh Molaise chucu ocus do slécht dó in rí ocus do idbair
in ferann dó. do beannaigh Molaise in ferann ocus in fhledh ocus
in biadh ocus do athnúidhigh iat gur fleadh dingbhála do'n righ
ocus do Mholaise féin í dá éisi . amail asbert in file :—

  M agh carna conair na cét . costarla Mlaise for sét !
     doreincne ar righalaib co mbloid . do shflad creitme is cráboid
  F ledh ann ar inis Aodha . do bí ac Aodh arna caomhna !
     in tan do fhuair deghfhóir di . do bhí ac fledhól na fleidhe
  E irg ar Mlaise ba maith mod . re [a] ghilla go céill can col !
     sir ó'n fleid co falláin dam . lán mo bhalláin is biadhad
  A r séin tucadh deiredh dó . do ghilla Mlaise gan ghó !
     tig arna éra dá thigh . gan séna chum in cléirigh ‖
  L inn na fleide téigedh dó . ar Mlaise ná canadh gó !
     in biadh mán docht gach duine . biaidh na otrach éilnidhe
  I n tan do mhothaigh in rí . in fhledh do dhul ar neimhní !
     bái ac tur fhesa thall na thaig . d'iarraidh chlesa dá chabhair

T áinic ann rechtaire in rígh . chucu co follus co fír!
mar do ér gilla Mlaise . nír fhégh gan a innisi
O tharla dhuit an gním olc . éirg ar ceann Mlaise co grot!
dús co faghbha a riar ibhus . fó [a] mhiadh féin co fírfollus
A r riaruga in chléirigh cháidh . do rad in fhleidh fó lionn láin!
tucadh dhó gach ní do thagh . dá táinic Mlaise sa[n] magh

A haithle na mírbuiledh sin dorigne Mlaise ar fud Erenn is í
comhairle doróine Molaise dul do Róimh dús co scríbha a beatha
innti ocus co tucadh ní dá húir ocus dá minnaibh leis dochum
Erenn. is í conair do chuaidh do Ferna mhóir Mhaodhóig . do
foillsigedh sin a cétóir do Mhaodóig ocus asbert in láidh :—

D áil dáimhe chugainn anocht . is coinnemh crábaid co beacht!
Mlaise ro shamhlaigh in séd . nach can báis na bréc co beacht
C oinneam beg as mór ar nim . d'iarraidh ecna for muir sair!
do réimse ricfad co Róim . do icfat fá buaid anair
M ása ceat re rígh na renn . gurub les dáibh a theacht sunn!
ocus corub ferrde damh . ó'n fhear romchar is romchum
M ochean do'n bhán nach can brég . fris sech cách ní bhia mo mhóit!
anocht budh tóisech d'ár féis . m'itchese leis chum gach róit
R í nimhe cabhrus cach ces . dogní mo les mar nach náir!
nocho ceilenn orm a rúin . is é rommúin fá gach ndáil ||

Ar sin imorro ro shoich Molaise co Ferna ocus éirgis Maodhóc
ina aghaidh ocus ferais fáilti fris . ocus frestlais Maodhóc do réir
a thoile ocus a aicenta ina dhiaidh sin é do bhiudh ocus do dhig
do lepaidh ocus do dheirridius cacha comráidh . cor aontaighedar
in dá árdnaomh sin a nitchi ó aoneolus ac atach fo chleith : cach
aon do beinneochadh Molaise comadh beannaighthe ó Mhaodhóig
é . ocus gach aon do mhailléchadh Molaise comadh mhallaighthe
ó Mhaodhóig é *et e contrario* . ocus cacha fácbhála dá fáicfedh
aonnaom díobh co mbeidís cá comall. ocus dénsa urnaighthi
leamsa bar Molaise corob sochar do'n eclais co coitcheann ocus
do'n Erinn co huilide in toiscsi má téighim. ocus adubhradar in
láidh mbic etorra ann :—

A ilim th'itchi a Mhaodhóig mhais . ar cach ais co roicher Róim!
tabair co torus arís . ó atámáit nár ndís co hóin
D uthraiccimsi féin dul leat . a Mlaise na feart co ffor!
co sirinn co teann in doman . leam is oman rí na ríogh
N í homhan duit etir é . ar Molaise co ngné nglain!
m'ainimse ar comairci th'anma . duit budh tarbha mo dhul sair
M ina dhechar leat ar séd . ar Maodhóc na céd gan chair!
a ghein shochairsi na trét . ná tréic mhé ar tiacht anair
N ocho tréiciubh etir thú . ar Mlaise co clú is co cáil!
bidhim soinmech séd seirigh . ticfad co deimhin it dháil

Ar séin téid Molaise tar muir dochum na Róma. go toirinis ‖
Martain do . do fuair tempall neimhidh Martain foriadhta ocus
oenchoimétaidhe ó dhia fair ocus ó Mhartain cá fheichium . do
shir Molaise oslacadh reimhe . ní foislécc etir ar in coimétaidhe
acht oslaicedh dia ocus Martain romat mása chet leo . ar séin do
oslaicedar na secht nglais do bhí ar in dorus a noenar ré Molaise
ocus do chuaidh in chomhla ar cúla co roibe in dorus oslaicthe .
dorigne Molaise aiffrend ann ann sin do dhia ocus do Mhartain
ocus do ghab slighe na Rómha chuigi as a aithle. mar do bhádar
ann araile aidhci in tan bói Molaise ac próindiugad co facadar in
nathair chuici . do ghab ccla mhór ocus gráin cách reimpi . gairis
Molaise chuice hí ocus minaighis ní do'n arán di ocus a duaidh é
ocus ro ligh a bais [as] a aithle ocus ní derna urchóit do. i naraile
laithi aile do Mholaise ac imteacht in domain thair co tarladar
sáir do ac dénum a ngresa . d'aigh Molaise aca nincrechadh uair
nír thaithin leis mar do bái in gres . do éirgedar na saeir d'inn-
saighidh Molaisi ocus tucsat lámh co foiréignech inn . ro b'olc le
dia sin ocus impóis na sáir ar cúla ocus gabais a lámha ocus a
cosa riu . ocus leanaid a cossa do lár ocus téid a teangtha uaithibh
nó go nderna Molaise trócaire orro ocus co tug a ciall ocus a
cétfadha dóibh chum creidme . ocus do chreidset co díchra as [a]
aithle do dhia ocus do Molaise ocus táinic rath dé orrtha . amail
asbert :—[*teasda in laoidh*].

Cidh trácht ro shiacht Molaise co Róim i fescar trátha nóna
ocus ro dúnadh in cathair roime etir ocus ro shir oslucadh ocus
níroslaic in doirrseoir roime . ‖ ocus ro bean Molaise fó trí baschrann
for chomla na cathrach. táinic tairmchrith mór ocus torannchles
ainnséin isin cathraigh cor gabh ecla adhbalmór lucht na Rómha
reimhi ocus adubhradar gurab é in laithe brátha . ro oslaic imorro
dorus mór na Rómha ocus gach uile ní ar a raba glas ocus iadhadh
san mbaile do oslaicedar a naonar uile etir medhón ocus imeall.
téid Molaise san Róim ar noslacadh an dorais roime mar sin .
d'aig innti an aidchi sin . tinóilit imorro popal na Rómha uile co
haoninadh arna bhárach mar a rabha pápa na Rómha co ro
fhiarfaig in pápa díobh uile i naoninadh : an fedabair créd in
tairmchrith mór út táinic isin Róim frisar ghab ecla cách co
coitchenn. táinic in dóirrseoir ocus adubairt séin : táinic cléirech
bánaightheach mór do gháidhealaib co dorus na Rómha i fescur
aidhci iréir in tan bádar na dóirrse druidte ocus do shir oslacad

ocus ní ro oslaiceas roime . ocus cen co ro oslaiceas do oslaic dia
roime. tabair chucainn in cléirech góidhelach sin ar abb [na]
Rómha. ar séin tucadh Molaise dá saighidh ocus do feradh
fáilti fris ocus adubradh fris aiffreand do rádha i fiadhnaise in
phápa ocus lochta na Róma uile. mása dhuine dé thusa ar siat
faomhábha in feidhm sin. ní roibhe dícheall dóibh sin ac dimhicin
Molaisi ocus aca mhealladh ocus aca dherbhadh. téid Molaise
leo co haltóir mhóir Phedair issin Róimh . do héidedh in altóir
fó chomhair Mholaise ann sin ocus ní tucadh leabar aiffrind etir
do ocus ní tucad crúisci nó clog ‖ . do éit Molaise imorro é féin
an uair sin ocus atbert nír inaiffrind in altóir i nfécmais in
tréidhe sin . adubradar na Rómhánaigh : tabradh in dia dobeir
gach ní dhuit in tréidhe iarrai óirne. dearbadh ormsa séin ar
Molaise ocus atchluin mo tigernasa ar nim é. ocus is cuma do
bí gá rádha ocus do thógaibh a dhá láimh suas re [a] thigerna
ocus do ghuidh rígh nime má chabair do'n chur sin. ódchuala
dúilemh na ndúl sin do chuir leabhar aiffrind nár mhór ar in
altóir . do chuir crúisci ocus cloc imaille fris . ro ba maith le
Molaise sin ocus doróine aiffrend ocus idhbairt idhan ann i fiadh-
naise in phápa ocus na Rómhánach ar cheana . ocus doróine
seanmhóir as a aithle gur ghlan gach craidhe i raibhe olc ocus
égcóir ocus aingidhecht doneoch dochuala hí . ocus tuc in pápa
ocus a dhá chairtinoil déc ocus a roibhe ann sin uile beannacht
fós ocus tucsat grádh a nanma do uile a náinfheacht tar éis in
aiffrind ocus na seanmóra doróine. ocus asbert Molaise ann séin :
cidh dogéntar frisin tréidhesi tuc dia ar in altóir. beirsiu do
ragha leat díob bar in pápa uair is tu as mó saothar ocainn
andiu. bérat ar Molaise in soscéla bec út. asbert in pápa : budh
bec a ainm tria bithu . conadh aire sin adberar in soscéla beg
Molaise fris. d'aigh Molaise fó buaidh áibhe ocus onóra creitmhe
ocus crábaidh ecna ocus eolais . ocus ro bói athaidh isin Róim
do'n chur sin cor scríbh innti inneoch ráinic a les do reacht ocus
do riaghail ocus do gach fios nach raibhe roimhe in Erinn.
táinic do réir cetaighthe in phápa ina áirdleghóid aireghda
dochum nErenn as a aithle . ocus in tan ‖ táinic dá tigh fuair
in clog tucadh ar in altóir do san Róimh ar cráib beithi ocus
do fuair in crúisci i ninadh eile . ocus co ba trí do hinnlaicedh
do'n Róimh eiséin ocus do élodh i ndeghaidh Molaisi re gach
feacht conadh aire sin tucadh in téloidhech fair. tuc leis imorro

eirc d'úir na Róma ocus taisi Póil ocus Pedair ocus Luirint ocus
Clemint ocus Steafáin . ocus ní do folt Mhuire . ocus mudhorn
Martain . ocus mórán do thaisib naomh uasal eile . ocus ní do
thaisib na comarbad naomda doncoch ro hadhlaicedh isin Róim.
ar sin tig Molaise co hEirinn . do foillsighedh do Mhaodhóic sin
ocus asbert na briathrasa and :—

M ochean Mlaise mirbuilech . do ruacht Eirinn ainglidhe . tarbhach toisc
in tairrngeartaigh . ráinig Róim gan fhreasabhradh . buaidh co bráth
do'n Banbasa . airbert ordan ainglide . ní fríth cúis dá chronugad . idhna
a chuirp 's a cháinbésa . ecnaidh urrlamh irisech . geanmnaid glórbinn
gnáithcinig . niamhda naomhdha neartchráibteach . dúrchráibteach gan
diumsaighe . ailitre gan aithrechus . áighe uasal acainne . do Molaise
is mochean .

Ní cian diambói Maodhóc ann as a aithle sin in tan táinic
Molaise co Ferna . éirgis Maodhóc ina aghaidh ocus fáiltighis
fris . fiarfaigis Maodhóc a imthechta uile do Molaise ó'n ló ro
imthigh a hErinn nó co tórracht dorísi . innisidh Molaise do uile
mar do ghlé isin Róimh ocus in gach inadh eile. fácaibh mo
chuid acamsa do na haiscedhaibh tucais leat ó'n Róim bar
Maodhóg. fáicfet imorro bar Molaise ocus scáil ucht ‖ do chubail
co tucar inn duit . ar séin scáilis Maodhóg a ucht ocus tairbiris
Molaise inn .i. ní d'folt Muire . ocus mughdorn Martain . ocus ní
do thaisibh Póil ocus Pedair . ocus ní do thaisib Luirint ocus
Cleminn . ocus ní do thaisíbh Steafáin mairtir . ocus ba maith re
Maodhóic na taisi naomhdha sin do fhaicsin ina ucht ocus asbert
re Molaise : breac go maith uait mhé anossa. budh breac Mhao-
dhóic co bráth a hainm sin bar Molaise ocus budh comlán a
cadhas ocus budh imdha a fcarta . ní lémhthar a sárugad . ocus
budh gao[th] derg báis do shíol Fergna . ocus budh teine neimhe
do chlannaibh Briain uile etir tiar ocus toir . ocus budh díth ocus
budh duinebádh do chlannaibh Néill nó do Oirgiallaib gan a riar
in tan teicémha chucu . ocus cumdaighter co maith ocus ní
dleacht acht fer graidh gá himchur nó neach gan éillnedh etir .
ocus asbert in láidh ann :—

S céla Mlaisi luaidhter linn . ó'n ló ro fhácaib Erinn*

Ac taidhecht ó'n Róim tarrla do Molaise araile fer naomh .i.
fer comanma do féin Molaise ebhraide ar aonleic cloichi ar lár in
mhara . is ann ro chlaochla Molaise inadh ocus in fer sin conid

* *Et reliqua* ocus ní leanmait ní is mhó do'n láidh óir ní uil innti acht in
ní atá roimpe ocus is fearr mar tá ná na dhrochdhán

for in cloich sin táinic Molaise chum nErenn . maraidh fós in
cloch sin i nDaiminis do derbadh na mírbhuiledh sin ocus do
cuimniugad in sceoil sin. cidh trácht ráinig Molaise co Daimhinis
ar techt ó'n Róim ocus ro annlaic taisi Póil ocus Pedair ocus
Luirint mhairtir ocus Clemint nae[i]m ocus Stefán (*sic*) martir
ocus Muire ocus naomh na Róma ar cheana . ocus is aire tucsan
na taisi ocus na húra sin illé co ná budh éicen do gáidhelaib
dul do Róim mina dhechtáis ‖ tré tromadbar nó mina dhechad
naomh do sgríbeann a bheathadh :—

F ó fríth fearann fuaramar . loch lethan ar sliabh achad ⸰
  róim coitchenn do gáidelaib . domh[gh]nás díles dé athar
M ór in buaid do'n reilic bic . cibé rosic iarna ghnáis ⸰
  dá húir cach gnúis acht co niamtar . nocho phiantar iar ndáil bháis
T aissi Pedair ocus Póil . tuc Mlaise as in Róim anair ⸰
  is é tuc fós leis a nErinn . taisi Clémint atá ar nim
D á mairtir as truimiu dáil . atá ar nim náir ac rígh reann ⸰
  Lurint is Stefán gan braissi . tuc a taisi leis dar leam
C ach taissi noem dá fuair tair . tuc leis can cair fíor an fáth ⸰
  atát san reilic bic go himtheann . mochean dogní timcheall tráth
C ach aon taghus is é leo . reilec bec Mlaise go fíor ⸰
  i pardhus go héimh bias a anaim . mar chanaim do réir in ríog
R óim na hEirenn hí as gach mudh . ní dlug do saoradh na slógh ⸰
  a cadhas nocha bia críon . is é rí na ríogh rosmór

Ar nannlucadh na taisi naem sin do Molaise isin reilic bic
amail adubramar nír chian dó i nDaiminis in tan do chuiredar
na hapstail teachta ar a ceand ó Teamraig . uair is í sin uair ocus
aimsear do bí in cagadh ocus in coinflicht mór etir Diarmaid
mac Cerbhaill ríg Erenn ocus Ruadán lothra ocus na hapstail ar
chena ar son a sháraigthi im Aodh nguaire fa ríg Connacht . uair
ruc in rí Diarmaid ó Ruadán ocus ó naomaib Erenn ar éicin é
ocus sé ar a comairce . uair Aedh guaire rí Connacht do marbh
Aodh baclámh gilla Diarmada mic Cherbaill gar roime uair ro
b'anait leis é. ráinic Molaise co hairm i rabadar na hapstail ina
puiblib ar faitchi na Temhrach . do éirghedar uile ina aghaidh ‖
ocus do chromadar a cinn dó ocus do suidhighedh pupall Mlaisi
annséin a mesc pupall na naomh ar chena. is é cathugad dognítís
ocus rí Erenn : iadsan a hucht a naomdhachta ocus a nurnaighti
ocus a mírbhuiledh ac troscadh [adhaigh] . rí Erenn imorro a
hucht a fhírinne ocus a rechta rígh ocus a chirt flaithesa ac
troscadh in adhaigh eile ina naghaidhsium. oennaom déc conici
sin dóibh gun troscadh . a dó déc ó táinic Molaise. ocus ro b'iat

árdnáim na hErenn na habstail sin .i. Ruadhán lothra ocus
Maodhóc ferna ocus Féichín fabair. Coluim cille ocus Cainneach
cráibdeach ocus Tigernach chluana cois ocus Enán ainglide ocus
cruimter Fraoch. Becán mac Culu ocus espoc mac Cairthinn.
seanMhochta lughbaidh Mochuda cráibteach ocus Molaise daim-
innsi. fescar nóna imorro do Mholaisi co Teamraig ocus in
snechta co trom ac snigi. acht is iat na náim do bí ac troscadh in
aidhchi sin ocus troiscis Molaise leo. nir léicedh a chórugad ná
cumsanadh do rígh Erenn in aidhchi sin ocus nír chodail locadh
ná tinnabhrad. ocus tarfas do leatromán do muintir dé nach bíd
cach naidchi ar in faithchi ac troscadh ina aghaidh. fota la
Diarmaid co táinic lá. ocus ó táinic ba neart mór na dóirrsi d'fos-
lucadh le tighe in tsnechta. éirghis rí Erenn ocus féghais na
puipli uadha ocus is amhlaid ro bátar oengela do snechta uile
acht pupall Molaise a aonar. nír adhair sneachta fairsium itir
ocus nír ghab talam sneachta seacht traigthe ar gach leath uadha.
cia atá san pupall úd nachar ghab in sneachta etir bar in rí.
Molaise daimhinnsi táinic im nóna ané ann ar cách. ‖ is do
trascradh ormsa sin bar Diarmaid ocus is trom ro cumaing ní
dam aréir in bánaightheach lacha hEirne. ocus is teine beo for
lasadh. ocus dar leinn nír dlig laighi formsa uair adbal m'eire
roimhe. ocus ar a chomairci damhsa ocus ar comair[ci] rígh nime
ocus talman dá creidmit leath ar leath. foillsigter do Molaise sin
ocus ro bo truagh leis. ocus dáil ríg Erenn d'acallaim na naom
in lá sin ocus fuabraidh Molaise síth eaturra ocus Ruadhán ocus
ní ro fét. ocus ó nár fét tuc Molaise a ragha do rígh Erenn .i. a
saogal do timdibe ocus a chorp do chrád ocus neamh dá anmain.
ríge ocus oirechas dá shíol co bráth ina dhegaid. nó fat saoghail
ocus ifern do ocus can neach dá síol do gabáil ríge ná fhlaith-
emhnais dá éisi go bruinne brátha. is í ragha ruc in rí a chorp do
chrád ocus a shaogal do timdibe. neam dá anmain ocus airechas
dá shíol ar a éisi. do chomaill dia co maith mar sin ocus ar a shon
sin dlegait clann Colmáin ocus síol Aodha sláine cíos gacha bliadna
do Molaise in gach geimredh go gnáth. amail asbert :—

D á apstal déc innsi Fáil. mór a ngráin re silledh sluaigh!
   is dáibh ba treisi fá deiredh. is iad dobeiredh gach buaidh
R uadán lothra Maodóc mais. Tigernach nachar tais treoir!
   cruimter Fraech Cainneach gan ces. dognídís mór les dá ndeoin
F éichin fabair Coluim cáidh. ba mór a mbáidh maith a mod!
   Enna ainglidhe co náibh. espoc mac Cair cian ó chol

M ochuta cráibhteach na cros . dos dítin can chur ar cúl ⸴
  dias naomhdha gan dochta nedráin . Mochta ocus Becán mac Cúl ‖
F áidhit fesa ar ceann Mlaise . dá chur ar aonrian riu féin ⸴
  i naghaidh in rígh co creitim . co ngabadh do gleitin géir
I nnsaighis Mlaise gan meirten . co ráinic Teamraig na tres ⸴
  éirgit na hapstail na aghaidh . ba derbh leo a cabair dá ces
C óraighter pupall in prelait . gairit ó puplaib na naomh ⸴
  gabaidh ina aghaidh ac snechta . cor ba geal teachta gach taobh
E irghis in rí mucha mhaitne . nochur léicedh taibredh dhó ⸴
  puipli na naom garb ro gelta . lomnán do shnechta for ló
C idh cian do bí in snechta ac snighe . pupall Mlaise nochor gab ⸴
  do thuic in rí co mba ferta . óir trén ro gealta gach mag
D o ghabh eacla áirdrígh Erenn . ré Mlaise táinic na dháil ⸴
  do shlécht Diarmaid dó go deimhin . ná ceilidh ar feraib Fáil
D éana síth eatrum a áirdrí . is Ruadhán in reachta móir ⸴
  tusa ní claonfa chum lethtruim . réidhigh eatruinn mar as cóir
T uc Mlaise taircsi fa tulcoir . do féimset gach ní ro ráid ⸴
  do'n chléiriuch nír chóir a comaidh . mór a domhain d'feraibh Fáil
S uaill nár feargaigh[edh] in prímáit . re Ruadán in ghrema chruaidh ⸴
  acht nír scáil aonta gan adnad . gér claonta Banba gan buaidh
B eir do ragha saogal suthain . ar Mlaise a hucht ríg na rann ⸴
  gan nech dot shíol gébus Eire . co fíor thu ar lár phéine thall
N ó oidhedh anabaidh urlam . neam dhuit righe ar do shliocht ⸴
  mar sin a Dhiarmaid adeirim . is ní cheilim as gach ciort
N ocho nfuirigh etir ormsa . sé mo rogha neamh na naom ⸴
  ritsa nocho bhia mo dheabaid . cé rabh ár ndeghail araon
D o milledh Temair do'n toisc sin . rí Erenn do chuaidh ar ceal ⸴
  atát cealla Ruadháin ‖ ródheirg . dá choimfeirg gan sódh re seal
S íol Aodha sláine is clann Colmáin . dlegait riar Mlaisi re lá ⸴
  sé do fágaibh mar a atchuala . dáibh biathra is buadha mar tá

Imthúsa Mholaisi imorro ina dheghaidh sin nír an etir ar cathugad na Teamrach maille frisna naomaibh uair ba dímbáidh leis Temair do dilsiugad ocus cathair airechais Erenn do chur dá treoir . uair do bhí a fhios aigi comad treisi do na naomaibh ná do rígh Erenn fó dheoidh. is do'n taisc sin tucadar náim Erenn ocus fir Erenn airechas na mírbhailedh ocus céimennas bfetr naomh Erenn uile do Molaise . uair ní anadh ac dénam mírbuiledh ocus ac díth mac mallachtan ocus ac tócbáil fírén ocus ac bennachadh na tuath ocus na triucha go coitchenn ar fut Erenn uile.

Tainic dochum Daiminnsi as a aithle ocus tarladar dream do na macaib ecalsa do ac réidiugad dres ocus draighen . ocus do bhádar ac acáine a lám ocus a cas fris uair do tolladar deilg iat . tucsan a chaba a cétóir dóib go ndernad lámanna lógmara do

bloidh de amail budh leathar suaiti scingedórach . ocus bróga
tiugha cairtighe amail leathar súdaire do'n blaidh eile de.

Isan aimsir sin do bádar Dartraighe ar deiredh na hinnarba
móire miscnighe tucadar fós Muimhnigh forra re holcus a tigernais
do Chaisiul . ocus re [a] mhét do mharbhadar do húibh Conaill
gabra . ocus ar a mhét do chongnadar le gallaib ocus le geinntib
i ceann gáidheal ac breith eolais cacha cái ocus gacha conair do
bítís a nescarait . ocus a nécóir ar cheana . conidh aire sin do
hinnarbadh Dartraighe dá ferann bunaidh ocus dá lesc lámha
dílios edhon ‖ .i. triucha cét co leith a seandúthchais a leith Mogha
.i. ó chéiti ua Cairpri andes co huamha in fhómhorach siar ar airer
Chechtraighe . ocus ó abainn na heachraide aniar i críchaibh ua
Conaill gabra co loch leithit siar i crích thoradh . ocus ceathracha
bliadan do bádar ar innarba ar fut Erenn co forlethan ocus cúic
cét fer narmach ba hed a líon . ocus ní rabadar fuilled trí mbliadan
ar aon ferann frisin ré sin . acht do bítís ar cor ocus ar comairci
guna cúicedhachaib re hed ocus re hathaidh nó co ticed a cinta
féin friusom . nó co ticed toirrse in chúicedhaigh friu ar méd an
fearainn do súightís chucu . ocus ar a ndíghaire ocus ar a mburba .
ocus ar meinci a troit ocus a tachar i coinnedaib ocus a naonaighib
ocus in gach comdáil ar chena . dognítis féin imorro forbais ocus
foiréicin ar oirrighaibh Erenn ac cosnam a ferann ar éicin friu .
comba héicin dáibséin a casáid ré cáirdib ocus ré comarsannaib .
ocus is a Connachtaib as faiti do bádar frisin ré sin nó gur
milledar féin Connachta umpu ar marbadh rígh Umhaill dáib
ocus rígh Partraigi i naonló ac forbhaisi for iarthar Connacht nó
co ruacatar tar áth luain sair i Mide iat . do shuidigedar ann sin
ar lár Dealbna . do éirgedar Dealbna ocus iarthar Mide chuca
gur airgsedar iad . ní mó ná sgabhala ráinic oeninadh acu in
uair rucadar Dartraighe orra ar lár Durmaighi . tucadar cath
cobsaidh cróda ann cor meabaid ar Dealbna (*sic*) ocus ar iarthar
Mhidhe ocus tucad dergár adbal orra ann . do shidaigheadar ‖
ar cúla re Connachtaibh ann séin ocus do ghabadar Dealbna ar
éicin re trí leithbliadnaibh . rángadar a séin co feraib ceall . do
chosnadar a ferann riuséin re hedh ocus re hathaidh . ar sin
timaircset fir ceall ocus Dealbna ocus fir Mide dochum Dartraigi
nó cor airgsetar iad acht suaill . beirid Dartraighe orra a ndegaid
a mbó . tucsatar cath ann sin ar fán na neach frisa ráidhter fán
in ghribaigh andiu . mebais ar Dhealbhnaib ocus ar fheraib ceall

ann . teagar ár adbalmór forra ocus fácbait buar Dartraighi. do
bhí fili imorro ac Dartraigib ann ocus dorigne láidh ann :—

B uadach in tres tucsabair . a clann Eathach na nairer!
   in gach réim do airgsebair . do dergsabair mór ndaiger
G ach cúicedh ac coiméirghi . ar son bar catha claidhmhig!
   ní mó iná sibh féin rostuic . imad uaibh uilc is airlig
B ar coinnmedh i Connachtaibh . do fhuarabair mór creidim!
   nír sheachbaid dáib cranngail cruaid . ó loch uair co ráith fremainn
R í Umaill rí Partraighi . dáib dorónsat mór suabach!
   in tan d'fearsabair riu gleo . ní deachaidh leo co buadach

Finit do bethaidh Molaissi ann so .

Betha Mhaighnenn Chille Mhaighnenn in so.

Maignenn ocus Toa ocus Cobthach ocus Libréan ceitri meic
Aoda meic Colgan (*sic*) meic Tuathail meic Feidlimidh meic
Fiachra meic Colla fó crích . tuir crábaid in tespoc sin ó Shinainn
co beinn Edair . ocus soitheach toga ocus ecna ina aimsir . ocus
fer ná ro ráid bréig riam ó chionn a shecht mbliadan immach .
ocus nír shill ar mnái riam ina hagaidh ar ecla in diabail comai-
dechta do fhaicsin dó .

Fecht dia ndechaid espacc Maignenn ar céilide co tech a coiccle
ocus a charad .i. bail irroibhe Lommán locha huair imMidhi .
ocus do bói cara do isin baile sin ocus coistidhe dó é. is amlaid
atchonnairc hé ocus dá shreim móra fair . bidgais i[n] noem-
chléirech ac faicsin a charat ocus is edh adubairt : *Deo gracias* ar
sé .i. ar dhia a buidhechas sin . ocus is truagh a chara mar atá
do rosc ac fanámat fó'n saegal ocus in saegal ac fanámat fútha .
ocus trícha bliadan gusindinbuidsea ótchonnarcsa thú . ocus dia
nder[n]tá mo chomairlesea gusandiu do choiséntái do chuit
d'oighrecht na cathrach nemda . uair in tén as luga ocus as seirbe
glór isin cathair nemda is áibhni é ocus is binne iná maitheas na
talman uili ar Maignenn. mu chomairce fort a chara ar sé ocus
dogén do chomhairle ó sunn immach . ocus gabais Maighnenn a
chomairce ar dia ocus adubairt ris : in ní bus olc let do dhénum
rit féin ná déna é re nech aile ocus gébhaid dia chuicci thu gé atái
isin aimsir déidenaig. céilebrais espoc Maignenn ocus Lommán
locha huair ocus dogniat oentaid ocus bennaigíos cách a chéile
díobh .

Ocus dorighne Maignenn indinbuidh sin senmóir do Dhiarmaid
mac Fergusa cerrbeoil do ríg Erenn. mar do chuala Lommán
locha huair airdena lái brátha ocus cruaidbretha na trínóidi
togaide nuallais ó gul árd i fiadnaise in rígh ocus a muintire .
mar do chualatar muintir in ríg aithesca ocus cruaidbreatha ocus
cruadcomráidte in noemchléirig do scarsat deichneabar ar fichit
díob risin saegal mbrécach i fiadnaisi in ríg . ocus dorighne Diar-
maid mac Fergusa a les féin re dia ó shin immach ocus tuc
coibsena ocus almsana móra do Maignenn .i. screball ar cech
sróin ocus uinge d'ór ó cech ingin táisig do gébadh fer . nó dámad
ferr lena maoraib in dechealt édaig no biad impu . ocus do rat
in rí damna trostáin ocus damna bhaichle d'in nór fuair i comhadh
ó na hallmarchaib do. ocus fa horderc indinbuid sin senmóir
Maignenn illoch uair ocus fós a chatach ré ríg Erenn . ocus do
rat bennachtain do Diarmaid ocus dia shíol ina dhiaid ocus atbert
fris : *misericordia domini super uos et super filios uestros* .i. co tí
trócaire dé fort ocus for do macaib.

Feacht dia ndeachaid easpoc Maignenn co tech Finnéin muigi
bile bennaigios cách a céile díob ocus éirgit immach im espartain
in domnaig . ac cluinsin cluicc indespartain ‖ dóib nochtait a
cridedha dochum dia ocus mar do bátar ann atchonncatar lína-
nairt altóra ar dtiachtain innuass ar tonngail as in fírmameint.
tócca lat sin a Finnéin ar espoc Maignenn . ná habair a naem-
espoic ar Finnén is frit féin as cuibde a macasamla sút ocus ní
damsa as cosmail . bíodh [*ms.* bith] ocut. dar na hainglib ar
espoc Maignenn nó cu fagarsa ó dia a macasamla sút ní tóicébsa
é . sillid ar dia in dara fecht ocus itchít eturra in dara línanairt .
ocus mórthar ainm dé trésin mírbuile ocus dogniad ilaige móra
ann sin ac mórbuaid a crábaid . ocus marait na línanarta sin beos.

Fecht naen dia táinic maor ríg Erenn do cuingi císsa for
bhuime [*ms.* mbuime] Maigninni (*sic*) ocus é i cionn a trí mbliadan
in nucht a mbuime nír gab in maor in ní ro dlig ann . acht in ní
nár dlig issedh ro shir. do guil buime Maignenn nuall mór ocus
é féin ina hucht . téid iar sin a leth choss ocus a lethlámh ocus a
lethshúil ó'n moer . éigios indmaor ocus issed atbert : atchonnarc
aislingi ar sé mar do beinn cintach re huan trócair ocus is dóig
liom is é in lenab fil agut in tuan trócair . ocus dá faghtái dam ó
dia furtacht in nainm do leinib ní thóigébainn cís fort co bráth
ó shunn imach. féchaidh a buime forsin mac ocus isedh atbert :

a meic inmain do ricfed a leas an daidhbres furtacht d'fagbáil ar
sí . mar do chuala in leanab briathra a buime do thógaib a roscc
[ocus] a dí láim dochum dia etarbuass ocus fóirther an maer fó
cétóir co luath . éigter astig ocus innister curab leanab naom
Maighnenn . conid iat sin cétferta Maignenn .

Fecht naon do bí reithe caorach ac coimitecht Maignenn ocus
induair ba siubal dóib no imchuiredh indreithe leabar irnaigthi
Maignenn . ticc araile drochduine dochum Maignenn ocus do
ghada (*sic*) in réithe. téid Maignenn cona trí nónbaraib clérech ar
a lorg co tech indméirlig . sénaiss indméirlech for minnaib ocus
for láim Maignenn nachar cintach é imman rcithe . do bí an
reithe i pull talman i tig in méirlig coscartha ocus aroibe ina broinn
arna ithi . dorighne dia firta follus for in noemchléirech cur labair
an reithe fós isin poll iroibe . féchus Maighnenn ocus a trí nón-
bair naomchléirech suas ar dia ocus beirit a buidi ris mar do
médaig a mírbuile féin. imthús imorro in mhéirlig ro benad a
radarc as a rosc ocus do chuaid a lúth as a cosaib ocus a lámaib
ocus do himrcd anbforlonn mór for a chorp uili . ocus adubairt ó
guth mór : mo truaigi mé féin im phectach . ocus ar dia frit a
Maignenn ná beir nem dím budesta. mar do chuala Maignenn
indpecthach a[c] gabáil aithrigi do gab báidh ocus trócaire ocus
dorighne guidi díchrai co dia . ocus fuair tria rath irnaigthi ó dia
a shúile do thecht do'n dall ocus a cur ina inat féin arís. rom-
mórad ainm dé ocus Maignenn trésin mirbhuile sin *etrl.* ||

Fecht aile dia ndechaid Maignenn ar cuairt chrábaid co teach
Mlaisi lethghlinni .i. mac Cairill meic Muiredhaig muindeirg .
ocus is amhlaid do bói Mblaise ocus trícha galar ina churp ocus
é a cró cumang crábaid . ocus is amlaid do bí ina crois ocus a
bél re lár ocus é a[c] cái co díchra ocus an talam fliuch fái ó [a]
déraib aithrighi. ar dhia rit ar Maignenn innis dam cat fár shiris
ar dhia na deich ngalair fichet do beith it chorp . inneosat a
noemespoic ar Mlaise : is amlaid taisbéntar damsa beith ocus mo
pecadh ina laom trém chorp . ocus is amlaid atú commadh maith
lim mo phurgadóir d'fagbáil dam ibhus ocus an betha shuthain
thall . ocus an fedarais a Mhaignenn mar bhís an gráine cruith-
nechta sul [*ms.* cr. ria sul] cuirter é annsan ithir curob éicin a
shúisdedh ocus a bualadh . is fó'n innus sin as maith limsa mo
chorp do shúisdedh do na galraib sul do curthai mhé isin uaidh .
ocus atbert Mulaise : a bhuidhechas ar dhia ar sé tusa do thecmáil

chugumsa ria nég dá mét as comfhogus ég damsa festa ar sé .
ocus cóirighse co maith mhé ar dia ocus déna órd uaidhe ocus
adhlaici dam. dorighne Maignenn in tórd adlaici sin ocus is é
sin an treas adhlacadh as uaisle dorignedh an Eirinn .i. Pádraicc
i ndún dá leth nglass ocus Mochuda a ráithín úi Shuanaig ocus
Mlaise iarna adhnacadh d'easpoc Maignenn .

Feacht naon dia ndechaid espoc Maignenn in bail i roibe
Finnchú brig gobann [*ms.* gobo] ocus do shir leis é ar cuairt in
Arainn in bail i roibe edne áro ocus tathaige naom Erenn ocus
naom na hEorpa uili ocus ina roibe mórphopa pápa. luid iar sin
Maignenn in Arainn ocus doróine a chatach fria naomu Arann .
ocus tánaic aisti iar mbuaid aitrigi ocus ailithri ocus a trí nónbair
naomclérech do bí ina coimidecht a hArainn. ocus aidche dóib i
comfhocus Garmna cin biad : truag dúinn a naemcléirig ar a
mhuintir re Maignenn nach bfuilmid anocht i Tamhlachta mar a
fuigmís sássadh na hoidchi innocht ocus sinn lonn. ná rádaid a
óca ar Maignenn . uair furtachtaigi dia na tróig ocus na tréin
ocus ní mó fédus sinni d'furtacht i ninad aili inná in bail atámm.
nír cian dóib ann in tan do chualadar nuall ocus guth gadair
ocus fiad roime . ocus in tan ráinicc i gcomfhogus na naemcléirech
rucasdair baethléim bidgamail cur bris a muinél ina fiadnaise .
Deo grasias ar Maignenn caithidh co mesarrda ocus beirid a
buidi re bar cruthaigtheoir a febas atáthar rib . ocus dognít
muintir Maignenn amlaid sin ocus rucsat leo a fuigle feola ocus
mar sin dóib ac siubal co táinic aimsir na háine. ar dia frit ar
fer dia muintir fri Maignenn innis dúinn aithesca ocus senmóir
na háine . innisim ar sé nach fogain in áine in uair shechaintear
biad fort ‖ nach fagann tu in biad . nó áine ar uaill ocus ar díomus
fá sechóntái féin biad . nó áine ar shaint do choigill do bíd nó do
spréide . uair ní mó dligios nech áine an bíd do shechnadh iná
áine an beoil ocus na locht do shechnadh . ocus adeirim rib a
tróga ar Maignenn nach mó agrus dia na hulca dogní iná agrus
sé ar duine do fédfadh maith do dénum ocus gabus uime gan a
dénum . ocus mairce tra ar sé dochí na hulca aga ndénum ocus
nach imeaglaigenn an coimdi tré bithu sír .

Fecht aile dia ndechaid Maighnenn ar chuairt co hairm irraibe
Maolruain tamhlachta [*ms.* tablachta] ocus is amlaid fuair ocus sé
ac techt a tiprait uisci tar éis trí caoca salm na saltrach do [*ms.* dé]
gabáil . ocus bennaighios Maolruain tré umlacht do'n noemespoc

[*ms.* dondoem] ocus dognı́ fáilti mór ris ocus tuc páxa dó ocus
do ráid ris : tabair th'aire frim a chara ar sé. cuiris a láim tairis
ocus tuc dealg dronglanach a beinn an bruit róinnig do bı́ fá
caomthach a cuirp ocus tuc buille ina lethchı́g shoiscéla ocus nı́
táinic fuil a hinat in deilg acht ruai[dh]teach bec. ocus ba hé
fáth na féchsana sin dá innsin do espoc Maignenn nach roibe
diumus i curp Maoilruain. decimse sin ar Maignenn ocus iss ime
thánacsa d'fagbáil procepta crábaid uaitse ocus d'iarraid m'fáisit-
neach ocus mo glanta óm uilib pecthaib ocus cintai (*sic*). ar dia
rit ar Maelruain abair th'fáisitin colléic [*ms.* haisitin colh.].
adeirim rit fá trı́ ar sé déna trócaire orm. innisim duit ar sé
nachar léices trátha ná huaire riam ina [*ms.* ann a] chéile ó'n ló
ro gabas grada form. ocus innisim duit nachar choilles m'óigi
ná [*ms.* inna] mo genmnaidecht riam ó in ló do baistedh mé.
ocus nach roba riam ó adubrad sacart rim én lá cin aiffrend. in
dénai obair láime ó shaethar do chuirp a naemespoic ar Maelruain.
nı́ dénaim obair ná saethair ar Maignenn ocus nı́ dual dam a
dénam do leth mo lái [*ms.* molai]. truagh sin ar Maelruain
nı́r éistessa fáisitin duine riam nach dingnad saothar a chuirp
féin. ocus tabair anóir damsa a naemcléirig ar espoc Maignenn.
dobér co deimin ar Maelruain. innisim duitse nár chuires dá
chruaidi breth riam ar duine dá [*ms.* ar duin tá] tánaicc chuccam
nach cuirfinn ar mo chorp féin breth bud chruaidi inássı́. tánaic
fecht aile chucam ar sé mac rı́g Saxan dá fáisitin ocus d'iarraid
aiccepta crábaid ocus do fiarfaiges de in dénad obair láime.
adubairt sin nach dénadh ocus adubartsa nach millfinn recht dé
ocus an comairli tuc do Adam in uair adubairt ris a bethugad le
saethar a láime ocus a chuirp ocus dá allus féin. is truagh mo
chuairtse ocus mo céilide do beith mar sin ar easpoc Maignenn.
nı́ truagh ar Maelruain. bud orderc fri deiredh ndomain ac
sáithib ocus ac seinleabraib do turus ocus na diamra dogéntar
uait. teaccaisc mé ar dia frit ar espoc Maignenn. adeirim rit
ar dia cáin pecadh na carat ocus na comarsan. ocus cuir do
smuaintigthi a ndia ocus ná smuaintig cara ná compánach ór ná
airged ná taidhbsin in tsaegail brégaig. acht cuir do coibsena
ocus do chroide a ndia ocus smuain Muire máthair na glóiri. ‖
ocus smuaintig na fáiti móra .i. in dá mórfáith dég i timchioll
Eoin baisti. ocus in dá minfáith i timchioll Abacúb. ocus smuain-
tig an cetharsoiscél [*ms.* suigisc.]. ocus an dá espal dég. ocus

an taen deiscipal décc bís ina ndaltaidhib aici . ocus an macradh
ina cethairn tigi ac an ríg suthain ocus is é comharda na cetheirne
tigi sin cross óir ina nédan ocus cros airgit do leith a ndroma .
ocus smuain tig na nái núird ainglidi ocus áibnes glóiri na
cathrach nemda. ocus biaid ratha móra for do chathair comar-
bais ocus do gébair an glóir marthanach thall . ocus is í sin [mo]
comairlesi duit a naemespoic. ocus fós biaid ratha móra for do
chathair comarbais ocus bud hí in treass teine ar a mbiad ratha
a nErinn hí . i. tene sheinnLianán (*sic*) cinn mara ocus an tene
beo bithbeo bís a ninis Muiredhaig meic Sédna ocus tene espoic
Maignenn a cill Maignenn. ocus bud tu bus breithem brátha fri
láim naomPátraicc ocus naem Erenn for do manchaib ocus for
lucht comaillti do timna ó thá Sinann co fairgi.

Ocus do righnedar sin a cadach ocus do fágadar a mallachtain
ar an lucht do ticfa[dh] tar a timna . ocus fós a nguin d'armaib
loma límtha ocus a tabairt a nifern Máilmantais ocus Sailemais
ocus *Belsibub* .i. na cinn tsluaig as luga trócaire a nifern . ocus a
nanam do chur a níchtar uaigi ifirn.

Ocus fuair espoc Maighnenn trí hitcedha ó dia ann .i. ána ocus
órdan ocus toicthi for an lucht do riarfa[dh] a chlérig ocus a
comarba dia éis . ocus ro fágaib trí fágbála ag lucht ingrema a
thermainn ocus a naemchathrach féin .i. saegal gearr duthain
ocus scrioss for a shliocht . an talam cin torad do tabairt dóib
ocus mairce do lucht a comairci benus céill do cabair easpoic
Maignenn . do geib se ó dia dóib an atcuingi cóir sirit air ocus
fot saegail abus ocus frecnarcas na glóire marthanaige tall ocus
talam torrthach . ocus cidbé duine lemad inmain espac Maignenn
comad inmain leisna dáinib é . ocus cidbé lemad eagal olc do
dénum do comad eagal leisna dáinib hé.

Ocus ac so ní dia tesmoltaib easpoic Maignenn : in uair do
téigedh dochum próindtigi nó dochum óla digi doghní[odh] sé
cúic smuaintig[th]e riasiu do promad a próind nó a somultas . an
cét smuaintiugad díob cinnus rucad hé ar tús ocus a deróile táinic
a broinn a máthar . an dara smuaintiugad díob cinnus rechus a
naimsir a hécentus a báis . ocus in tress smuaintiugad díob mar
berar an tanam do féchain ifirn . in cethramadh smuaintiugad mar
téid do féchain na cathrach nemdha ar teichem co mbérthaide arís
hé ocus is móide a mídóchas as féin é . an cúicedh smuaintiugad
mar doghní carn do na pectachaib cromad becán coimseach

iardain . ocus a deiredh rena manchaib ‖ inad luirg in spirut (*sic*)
nóim do fágbáil folam ina mbroinn cin an biad saegalta do dul
ann . ocus adeiredh fó trí curab buaile arna brath an saegal . ocus
féchaid a muintir gradach ar sé ocus tabr[aid] do bar núidh dá
ndiulta sib aitnedha dia cinnus féchébus sib ar dia suas ac iarraid
bar nathcuingi air . nó cinnus cluin[fios dia] bar nuaill nó bar
ndiprecóit [*ms.* nebrugoit].

   Fecht do chuaid espoc Maignenn ar cuairt do'n bail irroibe
Moling . tucad próind ocus tomaltas chuca [*ms.* qk] ocus do
bennaigedh a próind do réir foircetail . atchonncamar ar fer dia
muintir cross ocus adnacal nua an diu ar sé ocus ní fetarmar
créd do hadnaiced ann . cá háit a facabair sin ar espoc Maig-
nenn . ard fil i taob berna na gáithi ar sé. ní faca cross riam
nach diongnainn sléchtain fó trí di ar espoc Maignenn . fácaid
ém a próind iarna bennugad ocus gluaisis roime ocus a trí
nónbair naemchléirech ina coimidecht . ocus ránaic co berna na
gáithi ocus do bói co cian ac feichem na croissi ocus an adnacail
ocus nír labair re neach ocus nír shlécht do'n chrois. do fiarfaig
a muinnter de cid fodera do beith ina tocht . ní ro frecair iad .
ar fed trí nuaire do mar sin ocus adubairt ó guth mín cennais :
forchumal fort ar sé co ninnisi [*ms.* co ninnisedh] cia do cuiredh
isin nadnacal sin . cá fáth imm nach faca an cros ocus mé ar
ngabáil láime ria . inneosadsa sin a naemespoic ar an tanam aga
freagra ocus ní fagaim anacal otharcongal . geintlidhe mise ar
sé ocus nír fét olc riam nach derna . do airginn étréin ocus
am tuillmech buide fri trén . doghninn ingreim for na heacailsib
anbfanna ocus do fuaras gáir clog ocus caindell ocus mallachtain
fírénach ocus fuaras bás cin aithrigi . ocus ní fétfadais feallsa-
main an domain a innisin leth mo péinne acht muna innised dia
uilecumachtach . ocus is aire sin a naemespoic nachar lic an taingel
coimidechta do bói agad m'faicsin duit . ocus ar dia rit a naem-
espoic guid orm ocus tig (*sic*) do trócaire form. ocus féchus suas
ar dia iar sin . atbert a aingel coimidechta fris : ná tóg fercc dia
ocus ná caith th'aimsir co dímáin ní ass mó . sléchtus Maignenn
fó trí ocus impaidhios for cúla isin conair c[étna] in bail irroibe
Moling . ocus an próind do bennaig espoc Maignenn n[ír] blais
Moling ná a cóimtinól di co tánaicsium doridisi . [écs]amail sin
a naemcléirig ar Maignenn ocus cid fodera cin an biad út do
caithem . nír díngbála sinn dochum a chaithme iar mbennugad

duitse. ná ráid a fíreoin ar sé . uair dá mbeidis naoim Erenn
aga bennugad ro budh tusa a díol ocus is frit ro budh cubaid a
caithem.

Doghniad a naentaidh ocus a cadach iar sin ocus imges easpoc
Maignenn ocus a trí nónbair ocus tegmus do b[eith] ar mearu-
gad in aidci sin . ocus do gab ic írnaigti co díchra dia breith ó'n
merugad ocus tarla do a beith a teglach irroibe sochaidthe móra do
dáinib aniarmar[tacha]. ∥ truagh sin ar sé gér b'olc an merugad
is mesa in tsochaide a gráin ocus [a] briathra anmianacha . ocus do
fiarfaig in roib inad cunnail a ngar do. [do] hinnseadh do bain-
treabtach bocht deróil do beith i ngaire . ocus do chuaid in baile
irroibe in baintreabtach ocus ba fáilid in maintreabtach (*sic*) risin
cuire naom atchonnairc dá hinnsaighidh . bennaigid na cléirig di
ocus ligit fútha isin maigin ocus molus Maignenn co mór in conn-
lacht ocus in ciunas . is mochen bíos isin bethaid boicht a bfuili
[*ms.* fhbuil.] ar sé acht nár budh derólacht aindeonachta . mad
edh ón ní moltar isin neclais óir cuirid a compánach a pecadh
ocus a ndercáinedh.

Eirgios Maignenn arna mháirech ocus do bí féin ocus a trí
nónbair ac siubal fedh in tsathairn . ocus an uair tánaic críoch in
domnaig tarla do'n naemespoc beith ar maig réid ocus ligit
fútha in aidchi sin . ocus tarla dóib mórán fleochaid ocus gáithi
cruaide codarsna ar fedh na haidchi fuaire flichi . ocus do sháidh
espoc Maignenn a trosdán cetharuillennach ós a cionn ocus do
sháidh cach fer dia muinntir a croind croma a timcioll a tros-
dáinsium . ocus do thógaib in naemespoc a cochall cethirbennach
ós cionn a cuire clérech ocus dorighne firta co follus forsin mbui-
dhin sin . gér mór doinenn ocus dertan na hoidci ocus cér ba lán
cach linn ocus cach laithreach nír fer bainne di'n doininn for na
naema (*sic*). ocus do éirgedar co moch isin maidin dia luain ocus
fa follus na firta sin dorighned for na naemaib ocus rángadar na
mírbuile sin fó Erinn uile .

Do thesmolta (*sic*) espoic Maignenn amail do bói fá thoicthi :
nír ghlac ór ná airged ná mital re a nabarthar monad . ocus do
rat céile dé do bí a cill Maignenn in teisteamain móirsi fair
ocus issedh atbert : Maignenn firtach . nár cintach riam re mnái .
Maignenn fáthach . fer lé [an] gnáthach beith ac cái. occus as a
haithle sin ní ro ráid in taenfhocal fá dhó riam ac senmóir . ocus
nír fhác senmóir riam nach tibredh duine dochum creidme. ocus

nír shuid riam ar gualaind ríg nó flatha ar teichem co ngébad
méid menman . ocus do thatháiredh commór anóir na ríg ocus
na tigernadh trén ocus adubairt cur mairg diana[dh] sásad anóir
na trén ar bfágbáil [*ms.* ar ſhagb.] in tsaegail do neoch. occus as
a haithli sin tánic méirlech ó beinn Edair do goid bó chlaimsigi
cilli [*ms.* cidli] Maighnenn . ocus is amlaid do bói an chloimsech
ocus bó bithblecht aici no sásad boicht ocus lucht miana [*ms.*
miā] ocus crithgallraig . fuair sí fios in méirlig ocus do chuaid
ocus a héigem eisti in bail irroibe easpoc Maignenn cona coim-
tinól naom ocus clérech . ocus do inniss dóib co serb amail ro
hairged í imon naenboin ocus co ro[ibhe] féin ac dul i cáile ocus
a tróigi dá bríg sin. do fergaigedh commór in noemespoc ocus
a chuire clérech imon scél sin . bentar na cluig ocus na ceolána
isin baile ocus tucait [*ms.* ticit] gáir cloc ocus esgaine ocus
mallachtan do'n méirrlech. assa haithli sin ‖ nír labair in noem-
espoc [*ms.* indoemespoc] ocus do bí ina thocht gan chor do chois
ná do láim ná do ball dá ballaib . ocus do labair co cunnail assa
haithli sin ocus adubairt gur fóbair a bennacht do thabairt do n
méirlech do bói do méit a grúigi [*ms.* gruaigi] ris ocus ní fuair
naom ná fírén uaid itchi ná osna do tabairt dó. innis a fíreoin ar
siat crét as a ndénai sin. inneosat ar sé : méit mo gruaigi (*sic*) ocus
truime mo irbaide ocus cur b'áil lium ferg dé do dúscad dochum
médaigthi na péinne marthanaigi thall . in baile nac fagthar [*ms*
fagar] cobair ó charait . ocus inn bail nach fagann naem ná fírén
a itge ó roiches in tanam a nglaic Máilmanntais a níchtar uaime
ifrinn.

Dobeirim ó sunn amach trí tromgáirthi do lucht mo sháraigthi
ocus sáraigthi mu manach .i. iadad a súl frisin doman do charsat .
ocus iadad na cathrach nemda [*ms.* nedmai] riu gan beith ar
comas a fagbála dóib . ocus fágaim dóib bás do rinn ac lucht mo
sháraigthi ocus teirce thoraid for a comarb[aib] dia néis amail
atbert Dáuid isin tsaltair : *semen impiorum peripit* .i. athcuingim
ar dia in lá beid in dá rígsuide déc i sliab Sióin . ocus an lá beid
na ceithre srotha teinedh imon·sliab . ocus in lá beid na trí
muinntira ann .i. muinntir uime ocus talman ocus ifrinn . comad
bidba báis an nifrenn lucht mo sháraigthi. lucht mo mórtha ocus
mo dítin comad mé féin bus breithem brátha forru do cet Críst
fri láim Pátraic.

Ocus bud truag ar espoc Maignenn mar aithrisit na croinici

[*ms.* cr¹] ocus na scribenda airde na cúic lá ndécc ria mbráth ná bí fír fcidil fosaid cunnail ailgen ainmnithach indlá sin . gen grúig cin gairbi mic dé ris ic techt co taitneamach i coinde a chuirp isin lá sin bail ná biaidh frithbert ná fóircenn. mairce tra do muintir Luxifir tic a coinni a corp cealgach in lá sin do médachadh a péinne . ocus atberait na scríbenda curab amlaid sin bit mael círdub gan finna cin fiacla . ocus dia mbiadh a athair nó a máthair nó a ben phósta cecha taebha [*ms.* taemba] de ní déchfad forru acht beith fó comcrith ocus a aire for a pectaib ina fiadnaise. ocus ní téid duine do muintir Luxifir trí muintir Isu acht a mbeith ina [*ms.* ana] caire círdub ar leth .

Fáistine espoic Maignenn co ticfad aimsir a mbeidís na hingina aithgéra cin urraim [*ms.* oirraim] dia máithrechaib . ocus commad immda achmusán do na dereóilib . ocus senóire cin a ngaire . ocus tuatha cin trócaire . ocus escuip écráibdeacha . ocus breithemain chlaena cholacha . ocus anurraim do na seinnseraib . ocus talam cin torad . ocus sína saeba . ocus aimsera anmesarrda . ocus mná ubthacha . ocus eclais cin tathaighi . ocus croidhedha cealgacha . ocus meabal ac médugad . ocus aithnedha cá sárugad . ocus airde lái brátha cach bliadain. mairce thátruig in aimsir sin .

Fecht naen dia ndeachaid easpoc Maignenn ar céilidi co háth luain for tráig átha luain . ocus mar do chonnaircc in lobar in naomespoc uada do goir comarc adbalmór ocus atbert fris : guid an coimdi[dh] cumachtach ocus cluin no nuall. mar atchuala [*ms.* mairit cual.] ‖ in naemespoc sin nochtaidh a chraide dochum dia ocus féchaid óssa cionn . ocus tánaic a trócaire forsin clam ocus do shir uisce ocus innail a láma féin corp in lobair.

Occus ba do buad[aib] in naomespoic sin nach dechaid a ninad riam ina mbiadh cogad nó coinbliocht ná ti[c]fad trócaire ná truaighe [*ms.* truaidthi] ar a naibéradh ocus nach biadáis sidaighthe résiu nó fhágad iad . ocus adeiredh friu co buidemail : in ní do caitheadh [*ms.* do caitheam] do bí sé agaib . ocus ín ní tucabair atá sé acaib . ocus an ní do thaiscebair do chuirebair amuga. ocus an ní fár érabair nech co hécóir atáthar agá dígailt foraib. mar do chluindís na tuatha ocus na cinéla sin no sídai[ghi]dís fó chétóir. adeireadh fós curab é in treas ní dar buideacha dia isin bith .i. grád do féin ocus dérca troma do dénum ocus comall na sídha [*ms.* sigai]. innis dúinn ar mac óigi .i. a cionn a secht mbliadan dia muintir rís cinnus dlegmaid in crábad do dénum a

naomespoic. teirt moch ocus nóin fata . sáith mic bicc . codla
cimedha amail no biadh dochum báis . imrádugad minic i ndia .
cin in uair do legan ina chéile cin imrádugad . ilar irnaighti cech
aen aidchi amail bud hí [a] aidce déidhenach . ocus bud í a
críoch déidh[e]nach dá cionn sin beith cin crích cin foircionn
annsa[n] bethaid suthain thall ocus saegal suthain nemimsnímach .
ocus cid bé millfios na timnada sin fúicfid trí neithe .i. ulad mac
molad.

Ocus do bí bés ac espoc Maignenn ní roibe nech trí huaire ina
coimidecht riam nach tibred taidbsi do cat í an spirat do biad
ann . ocus do tuicedh colluath in naingel maith nó in drochaingel
do biadh ac leanmain cuirp cach áin. ocus dorighne foglaim
díchra [*ms.* dichai] ag an dá aspal déc na hErenn ocus [i]s iat so
a nanmanna .i. dá Finnén . dá Cholmán . Ciarán . Cainnech . Com-
gall . dá Brénainn . Ruadán . Nindid . Mobí mac Natfráich .
conad iat sin in dá árdnaem déc do bí in nErinn frí láim Pátraic .
ocus do b'iat sin fa hoitedh[a] crábaid ocus foircetail fri láim
easpoic Maignenn . ocus do bennaigedar uili é in cach foirbriugad
crábaid dar cuimnig[e]ter .

Fecht aile dia ndechaid espoc Maignenn ar cuairt crábaid in
bail arraibe Mochuta ráitín ocus do fiarfaigh Mochuta de : cinnus
atái a chara. ní fuilim mar do bí mé . ocus ní bia mé mar atáim .
ocus rachaid mé ar neimní budesta . ocus adeirim rit a Muchuta
[*ms.* ammuchutai] cu faca duine senórda acá iarraid ar a chloinn
beith co hinnraic ocus nachar smachtaig a boill ná a chétfada
[féin] ó míbésaib in tsaegail.

Dá éis sin do fiarfaigh Mochuta : crét dogénam risindaes ngráid
coillis a ngráda. inneosatsa sin do ched aingil dé ar Maignenn .
ocus adeirim rit ar sé cid bé sacart coillis a ngrada nó a genmnai-
decht curab bidba báis do dia é . ocus cidbé ainder mná dobéra ||
toil do'n fhior gráid is inann lim ocus a beith cin sechna fir a trí
rannaib in domain aicci . ocus issé [a] adbar sin curab dílis do'n
tsacart siubal indanóir a grád a trí rannaib in domain . nó dono
deich míle fer ós áird aicce ocus deich cét *supra* [*ms.* s^a] míle .
ocus is é [a] adbar sin deich míle leigión do ainglib bís ac
coimidecht cuirp cacha sacairt geanmnaid . nó dono aenadall
sacairt . ocus is é [a] adbar sin ar a beith i nail tsuthain amail
Issu for an naltóir nainglidhi. mairc tra ar Maignenn dianad
frithi in bean sin d'éis in tsacairt . uair is cenn a labbán ocus is

gael re nathair neme . ocus is diultachad [*ms.* diultadach] baistid
ocus creitme ocus crábaid . ocus is comaenta fri *Lucifer* ocus
Dathan . ocus fri hAipirón ocus Plutón . ocus fri *Belsibub* . ocus
frisin Maelmantais . ocus frisin cráin círduib . ocus fri cennaib
slóig ifrinn ar chena dul ina gnáis nó ina caemtach d'éis in
tsacairt [*ms.* in shacairt]. conid iad sin tesmolta espoic Maignenn
fri caradrad na mban ocus na sacart sin .

Innis dúinn a naemespoic ar Mochuta cinnas dlegar in ailitre
do dénum. atáit trí hérnaile ar a fácbann nech a dúthchas in
uair téid ar turus na hailitri . ocus atá aenadbhar as a faghann
sé in cathair nemda ó dia ocus is é so sin .i. in uair scarus nech
ó craide ocus ó menmain ocus ó cáindúthracht fri duailcib in
tsaegail do geib sé dia co dírech fó'n cuma sin. induair téid
ar ailitri ocus bíos a menma for a cloinn nó for a mnái nó for a
ferann ocus beirios do rogain iat tar dia . is dímáineach a ailitre
ocus ní fhagann tarba di acht imluad cuirp ocus saethar dímáin .
ár is bec a tarba do neoch éirgi assa atharda dúthchais mina
derna in ai[lithre] dia éis. ocus induair do chuaid Abratham
iriseach ass[a] atharda dúthchais do rat in coimde comairli do
ocus is í comairle tuc : ben do chéill festa dot tír ocus dot talam
[*ms.* dotir ocus dotal.] ocus ná bíodh do menma ris aris . ocus comad
í sin comairle an aingil collus re cach uile dhuine dá ndingna
ailitri ocus gan bésa an tíri irroibe do dénum aríss ar fedh a
ailitri ó shed cos ná lám ná chuirp. ocus trí dénum sobés ocus
uasalgníom meissemnaighis dia cach aen do'n droing daenna.
fecht aile dogní nech ailitri ocus é fén ina conmaide ammeasc a
muintire .i. induair do geib a craide leis dochum na hailitri ocus
ní léicenn dochma nó daidbres nó muirigin dó dol san ailitri iar
fagáil a chraidi leis . is inann do sin ocus dul co leacaib Pedair
ocus Póil ocus co hadl[ac]ad Críst diamad ann do triallad ocus
diamad í in colann no bacad ocus do gébad eire anma na hailitri
uirre féin. dligid cach crístaide beith fó riagail na heclaisi uair
gabaid in congain craidi gairm caendúthrachta acon coimde
certbrethach . ocus issí sin in cest comráid ocus caradraid do
fiarfaighis díom . ||

In fetarais a Maignenn ar Mochuta cuin [tic in] roth rámhach
ac tarrngaire in tsáebaigteoir indErinn. is amlaid tic Ainticríst :
fer trén glicc aimglicc .i. aimglicc fri dia ocus glic fri dénum a
aimlesa féin . ocus deirbshiur dó féin a máthair ocus ingen doghní

rena hathair é . ocus aenclár a édan uile ocus sé meoir ar cach
coiss dó . ocus is amlaid bíos ina breithem diandub ocus tomm
gléliath ina édan . ocus doghní ór do cach mitain ocus tódúiscid
mairb . ocus ní bí trócaire ina aimsir sin nó co tic Elí ocus
Enócc . . . [*testa ní do shuim na bethadh so*].

Betha Chellaigh chille Alaidh in so.

Rí ro ghab for Connachtu .i. Eogan bél mac Cellaig meic
Oililla muilt meic Nathi meic Fiachrach meic Echach múig-
medoin . ro airced cach cúiced in Erinn ocus ticced co mbuaid
ocus a crech leis ocus ní beirthea crech uad as a cúiced uair ba
raen remi do grés . ocus in tan nach beired for a creich dogníthea
crech lessium in lá sin for in tír a mbeirthea a crech . cid diu bat
riaraig do Muimnig ocus Laignig ocus dognítís tuillem buide friss
ar mbreith a mbuar co menic dá naindeoin.

Acht aenní . dorála conblicht mór iter Eogan ocus chlanna
Néill co mbátar in dá chúiced i cend in cúicid .i. Connachta ocus
Ulaid . acht ní ba comlín a ndál ór nír brissed cath for Eogan
bél riam ocus nír benad de . ocus ní fhil nuimir for menci a
chrech ocus a chathréimenn for Conall ocus Eogan ocus Oirgialla.
uair ní denta lá sída céin ba beo acht a gcrechadh cacha mís
ocus cacha ráithi ocus a gcur fó ghin claidim . ba decair ocus ba
doilig lá clannaib Néill beith oc fulang anforráin Eogain bél
ocus cloinni Fiachrach ocus Connachta olchena forru . conad hí
comairle dorónsat Ulaid uli do thinól ocus crechsluaiged do
mórad ocus crích Connacht d'innsaigid.

Dá ríg bátar forru in inbuid sin .i. Fergus ocus Domnall dá
mac Muircertaig meic Erca . dorónsat sin crecha móra for Con-
nachtu co ro airgset rompu co Muaid co léir lángrind ocus bátar
cúic catha do shochraiti oc dénam na gcrech sin . ro triallad tra
tóraigecht forru ó ghasraid cloinni Fiachrach ocus Chonnacht ar
chena . cér b'ead nír benad bó díb ocus nír maelad forru nó co
ruc lucht tige Eogain ocus a mhuinter forru ic drochat martra.
ocus do fásatar sin debaid díchra forru nó co ruc Eogan féin forru
beos oc sceichín na gáithe . otchonnaircsium tra in slóg mór do

E

chuir techta do lucht éicsi ocus eladan uad co Fergus ocus co
Domnall ocus co maithib in chúicid archena dá rád friu in chrech
cona hóige d'fhácbáil ocus imthecht imshlán iarum . ocus mina
dernsatsom sin cath do fógradh i cétóir forru. tiagait co hairm a
mbói Fergus ocus Domnall co maithib Ulad archena ocus sloinnit
dóib aithesc Eogain bél . nír fhaemsat aisiuc itir ar ba menmnach
suilbir iat do chur in chatha ocus a gcrech rompu . cúic catha
cloinni Néill ocus Ulaid ocus Oirgialla ann sin . aenchath adbal
do chloinn Fhiachrach ocus dírmada do ghasradaib in chúicid
archena fá Eogan bél mac Cellaig.

Tairlingis Eogan ann sin oc éistecht re haithescu a fhiled ó
chlannaib Néill in uair sin. do innisetar do comad chath a choma
do'n turus sin ocus nach fuighbead bó ar aba in chatha do chur.
cid tra acht do éidetar Connachta iat ocus do insaigetar clanna
Néill co hobann éscaid aniarmartach. ótchonncatar Ulaid onchú
Eogain ocus na meirgeda ruc a gcrecha co menic do intótar ocus
do ghráinetar ocus do chrithnaigetar dochum a chéili co tucad
cath Slicigh eturru ann sin. do brissed for tuaiscert Eirenn in
cath sin ocus do marbad Fergus ocus Domnall ann ocus do
benad beos a gcrech díob ocus ár dí-áirmithe leiss forru . ocus
tromghontar Eogan bél ann conad for crannu sleag ro himairced
hé. trí tráth do beo doréir foirne ocus sechtmain doréir dreimi
eili . maithe in chúicid chuige ocus uada . adbal diu méid a
acáine accu.

Iar sin tra ro himred lámu for in ríg for Eogan co mbí ina
chinnte bás d'fhaghbáil do . ocus bátar clanna Fiachrach ica
chomairle friss cia ro rigfatáis ina inad. is decair atá bar ndáil
ar Eoghan bél : atát dá mac ocumsa .i. Cellach in cléirech dalta
Ciaráin cluana ocus Muiredach in mac óc nach inrígtha ar a óice
co sé . ocus is í mo chomairle díb insaigid do chluain co Ciarán
airm a bfil . cuinchid fair ocus cedaigid dó Cellach do léicean lib
dá rígad ó nach fil adbar ríg eili ocaib . ocus guidid cu mór hé
fá in adbar sin. iar sin atbert Eogan a adnacal ocus a gae derg
ina láim isin mhuig : ocus mh'aiged for in tuaiscert ocus ar taeb
nairceat .i. ua Fiachrach ann sút . ocus in oiret rabursa ocus
mh'aiged forrusom ní gébat fri cath inaghaid Connacht ocus
aigead m'uaige forru. [ro cuired] budéin innte fór in órdugud
sin. ro comailned co fíor in s[in uile] uair cach inad a tecmad
clanna Néill dá chéili ocus Connacht[a iar sin is] ‖ maidm do

[bíodh for sluag] cloinne Néill ocus for in tuaiscert ann . conid
hí comairle dorónsat clanna Néill ocus tuaiscert Eirenn techt co
sluagud mór co ráith ua Fiachrach ocus Eogan do thócbáil ocus
a bhreith leo tar Sligech bud thuaid . ocus ro hadnaicedh hé
thall i naenach locha Gile ocus a bhél fri lár . . .

Acht aenní chena . táncatar clanna Fiachrach mar do tecaisc
Eogan bél dóib dul co cluain meic Nóis co hairm a mbói Ciarán
oc érnaigte . ocus ó ráncatar ferais Ciarán fáilte friu ocus cuiris i
tech leptha iat . ro frestlad co maith in oidche sin iat . do innisetar
do Chiarán a dtosca ocus nír fhaem Ciarán itir a dhalta dóib.
ocus cin cor fhaem do ansatsom in dara agaid i cluain co táinic
Cellach for cuairt chuca . ro aicletarsom é ocus do guidetar um
thecht leo ocus do fhaem iarum dul leo . ocus d'imthig iarum
abárach cen céilebrad dá oite itir . do hinnised do Chiarán sin .i.
a dhalta do élód uad cen comairle frissium . má d'imthig ol Ciarán
nárab soraid do in roga ruc ocus beiread mallachta leisin comairli
doróine . ocus gurab drochdiach bérus fá deoidh ocus gurab bás
do rinn nosbéra . fácbaim fós a hucht mo thigerna .i. rí nime
ocus talman cach aen fhúicbios a légend choidche gurab bás do
rinn bérus can chabair can chuntabairt é . dála Cellaig tra berait
clanna Fiachrach leo é co tucsat rige ua bFiachrach dó .i. ó
Ródhba co Códnaig . bói seal innte mar sin ocus ní ba maith lais
a bhetha ótchuala a oite dá escaine.

Is amlaid tra bói Guaire mac Colmáin ann sin ar néirghi a
nóis ocus a einig fá Eirinn ocus úí Fiachrach Aidne uli aice for
ferannus . ocus ní ba maith eturra i cétóir ina bferannus ocus
adfess forru cor ba miscais leo a chéile . ocus gér b'ead dorónsat
coinne ocus comdáil cor shidhaighset re chéili . ocus bói celg i
cuit Guaire do'n tshíd sin uair do fhellsom ar Cellach ocus do
marb uli cach aen ar a ruc dá muintir ann sin . do chuaid Cellach
ocus trí nónbair dá muintir fá láimh as in longport amach.

Dála imorro Cellaig do bói bliadain lán fo choill as a aithli
sin nó cor líon toirse ocus aithrechas é fóna légend d'fácbáil ocus
im thuilleam doróine Ciarán fair . co mbói oc imaithber fair féin
for doilgi leis na comairle dorála do. is mairg damsa ol sé dá
tárla in chomairle dar thréices mo légend ocus mo naemoite ar
thuatacht in tsaegail dímbuain truaigse . *ut dixit* :—

M airg thréicios cléirchecht ar cheird . do cherdaib in domnáin deirg ᶠ
mairg tréicios róghrád dé dil . ar ríge in domnáin duthain

M airg ghabus arm for bithcé . mina derna aithrigé !
ferr do neoch libair bána . leisangabar salmthrátha
A cht cid maith in ceard gaiscid . bec tuillim is mór naistir !
betha bithsheng beidhther de . do gabar iffern aiste
D iogha cerdi cerd gaite . siblech luigdech luathbraide !
acht cid maith in té doní . tar a héis bud drochduiní
I s mór do cach ulc díob sain . do fuair Cellach mac Eogain !
sechnad cera ó cheirn do cheirn . ac imthecht le droichcetheirn
M airg tréicios neam naemda naem . for iffern ndub ndorcha ndaer !
a Chríst a choimsid na tres . in mórchoimde is mairg thréices

Ocus a haithlc in aithrechais mór sin rosgab Cellach is í
comairlc doróine na trí nónbair bói ina fharrad for in cocud
imthecht co hairm a mbói a oite .i. Ciarán cluana . ocus ba
hédána leis taeb fri Ciarán arna aimréir roime ocus d'fuirig
allamuig do chluain nó co fuair dreim dá chomdhaltaib ocus dá
chléirchib allamuig do chluain . do fersat sin fáilte frissium ocus
do phócsat é iarum . tánaic isin mbaile leo co mbí in adaig sin
ann cen fhios do Chiarán . ocus táncatar maithe in tshámaid leis
arna mhárach co hairm a mbói Ciarán d'iarraid shída ocus trócaire
air ocus sléchtais dá oite ann sin . acht gér mór móit Chiaráin ris
roime do fhaem a shíd iarum ocus ba haithrech leis in escaine
dorighne fair . a meic ol sé dá bfédainn do chuirfinn t'escaine for
cúlu . ocus ó nach fédaim nárab misde dia fritsa í ocus nírab
lugaide t'inad for neam a dénam dam.

Is ann sin tánaic rath in spirta naeim ocus grád na trínóiti i
Cellach ocus atbert fria muintir imthecht ina bfrithing co hairm
a mbói Muiredach a dherbráthairsium . is ann bói in maccaem
óc in tan sin i tig a oite .i. ríg Luighne . blid ina fharrad or
Cellach ocus lenaid do do ghrés . do imthigset rompu mar do
thecaisc Cellach dóib ocus bátar ina muintir oc Muiredach iarum.

Imthúsa Cellaig tra chromais a chenn dochum a légind co
díchra ocus bói oca dénam co sanntach fríochnamach . ocus cach
bisech bói for a légiund bói a trí coibéis for a crábud ocus for a
déirc ocus for a ghenmnaigecht ocus for a dhegbésaib archena.
do éirig clú a crábaid ‖ for Eirinn . tucsat cách uli comgrád do
ocus ba buidech a aite .i. Ciarán de uair bói doréir a chomairle.
tucad iarum gráda sacairt fair ocus bói fó na grádaib sin co cian.
ar sin táncatar cléirig a airechta féin chuice ocus do thogsat é
dochum espocóiti ocus tucad gráda espuic fair ocus cell Alaidh
do chathraig espuic do . do thathaig in espocóite már ocus menci
no bíodh i cluain meic Nóis ná ina fhairchi féin . acht ní bói in

Eirinn aenduine ba mó clú einig ocus crábaid ocus cléirchechta
oldás ocus frisa mó grád aesa eladan . ocus no bíod cach drong
díob ina lenmain.

Fecht naen ann táinicsium marcshluag cléirech for cuairt
espocóiti co cill móir Muaide. is ann tárla Guaire mac Colmáin
in lá sin i nDúrlus co mórán dá aes gráda mar aen friss . do bói
Nár mac Guaire a mhac ina fharrad ann ocus Nemed mac Firchoga
dalta nemclach do Ghuairiu. adubairtsen .i. Nemed fri Guaire :
is nemhmuinterda miscnech do chuaid Cellach in tespoc sechainn.
cuma ón ol Guaire cuirfetsa techta ina dhiaidh dá rádha fris
techt dom acallaim . ocus fóidis fer dá aes gráda co hairm a
mbói Cellach . nóin in tsathairn do shunnrad ann sin. atbert in
fer sin : is diumdach Guaire díot ol sé tria thecht tairis . acht tar
anois dia acullaim. ní rach tra or Cellach : is esparta ann ocus ní
dénaim tairmthecht domnaig . acht doghén mo thrátha ocus
m'oiffrend imáirech ocus mad áil dosom ticed dia éistecht ocus
do chomrád frimsa uair is gairit uada . ocus minab áil rachatsa
dia luain airm a mbiasom mad áil leis.

Imthigis a thechtaire co hairm a mbí Guaire ocus imat na
haithesca ro chan Cellach ro innis do Ghuaire . ocus atbert beos
gur fhéimid Cellach techt lais ocus do innis fair co nach roibe
grád Guairi itir oc Cellach. téit ferg mór trít sin i nGuairiu ocus
atbert frisin techtaire : éirig co Cellach ocus fócair do m'ferannsa
d'fhácbáil anocht ocus mina ndéna loiscfither in chell a bfil ina
chenn . í cona muintir uli. iar sin téit in techtaire cétna co Cellach
ocus nír cheil fair aithesc Guairi. dia etramsa ocus in tanfhírén
or Cellach . ocus gér bh'ead nír fhác in baile co maitin in luain
ocus téit as sin co ráinic oirer locha con . bói iarum adaig ann
sin . ráinic iarum cusin loch frisa ráiter claenloch indiu ocus bói
oc décsain in lacha co bfaca oilén uad immach .i. oilén Etgair a
ainmsium . ocus tádbas do timthirecht aingel co mór ós cionn in
oiléin sin. téit ann as a aithle cor fhiarfaig an roibe bendachad
naem ann. atbertsat co nár bendaig naem riam ann. is fíor or
Cellach : is innte atá damsa díthrubacht do dénam. bátar diu a
mhuinter oc fonómat faeisium ocuš trell eile oca dhímolad do
smuaintiugud anta isin oilén. is cinnte anad damsa ann bar
Cellach . ocus dénaidsi imthecht bar Cellach uair is imda bar
ninata im espocóitisea.

Ba head sin tra dorónsat cér ba lesc leo . ro fhácsat Cellach

ann sin ina aenur acht cethrar do chléirchib óca ina fhail .i.
Maelcróin ocus Maeldálua ocus Maelsenaig ocus Macdeoraid
ocus comdhaltada do Chellach beos iatséni . bátar diu ó init co
cáisc oc dénam a dtráth ocus a nduthrachta do dia. do hairdercad
fá Eirinn uli .i. Cellach mac Eogain bél in tespoc naem do beith
i ndíthrub iar bfácbáil a espocóiti do. táinic tráth na cásc ann
sin ocus do bói Muiredach mac Eogain bél a bráthair oc athaige
co menic chuicesium ocus ní dénad ní acht doréir comairli Cellaig.

Otchuala Guaire in scél sin ro lín dásacht ocus miscais Cellaig
é ocus gér b'olc remi eturru ba mesa co mór dá éissi . ór ba hecal
lais ríge do ghabáil do Mhuiredach tria thecosc Cellaig a bhráthar
ocus for a fhebus féin ocus for a mhéit ro thuiced cor b'adbar
ríg é féisin. bói tra Nar mac Guairi ocus Nemead mac Firchoga
oca fhuráil co síor for Guaire Cellach in tepscop naem do marbad
ocus do bítís oc cumadh mísceoil itir lá ocus oidche do Ghuaire
for Cellach. do chumsat tra celg eturru féin .i. Cellach do thoch-
uiredh chucu ocus neim do dénam fá a chomair . uair cér fuath le
Guaire é nír lainn leis airm d'imirt fair ina fhiadnaise. ba hamlaid
dorónsat . do chumsat neim fá chomair Chellaig ocus curthar
techta for a chenn cosin inis a mbói for a loch . ocus ro aithniged
díob dia bféimdhed Cellach tuidecht a rádha fria dhaltadaib
techt co Guaire co ndernaitís techtairecht tairise eturru ocus
Cellach in cléirech. cid tra acht ráncatar na techta sin co hairm
a mbói Cellach ina oilén ocus do bendachtsat do ocus sé oc
dénam a thráth ann sin . bendaigios Cellach dóibsium . adbertsat
fris corub for a chend táncatar ó Ghuaire dochum fledi móiri bói
aice fá a chomair ocus dá acallaim co huaincech. ní rachsa ann
sin festa bar Cellach óir ní thréiciub mo thrátha for aba fhledóil
nó múirne dímáinighe in domnáin duthain. cin in chomairli bar
na daltada bátar oc Cellach : is doirb do Ghuairiu a chreitem do
bheithsi i ndegaicniud do de sin. massad ar na techta léic do
dhaltada linne ocus bud buide Guaire díot ocus dosbérat chucat
cach comrád ocus cach comairli deirrit bias aice chucatsa. ní
bhacub ocus ní fhuráiliub forru bar Cellach. oca chloistecht i
cétóir do Maelcróin ocus do'n triar eili do insachsat ina gcethrar
foraen frisna techtaib co hairm a mbói Guaire i nDúrlus . ferais
Guaire fáilte friu ocus ba maith ‖ a dtecht chuige . do frestlad co
fríochnamach iat do biad ocus dig.

Oirecthar iar sin tech nóla uaincech fá a gcomair co tucad in

deoch is ferr bói isin dúnad chucu inn . córaigther dias do cach
táib do Ghuairiu díob. gelltar iarum comada aidble dóib ar
Chellach do thréicen .i. tír nAmalgaid uli ocus na cetri mná
aentuma dobertís féin isin chúiced cona ndáithin bó ocus each.
do nascad dóib for cura na comada sin ocus tucad fós a ndáithin
airm uli dóib. bátar ann in oidche sin ocus d'fhaemsat co haen-
tadach for cédlongad Cellach do mharbad. do ghluaisetar rompu
ó tá sin cu loch con . fuaratar in tethar isin inad ar fhácsat é co
ráncatar as co hairm a mbói Cellach. is amlaid bói cona shaltair
ina fhiadnaise oc gabáil a shalm acht ní ro labair friu . no táirnic
do a shailm do gabáil . dercais forru iarum co bfaca a súile for
crith ina gcennaib ocus lí na finghaile forru ann. olc bar ngnee
a óca bar Cellach : ro chlaechlobar aicned ar ndul uaimse ocus
dosbeirim aichne forraib co ro fhaem sib mo marbadsa do
Ghuairiu. nír shénsat a bhec fris. olc in chomairle bar eissium
acht ná dénaid bar naimles ní bus mó ocus do gébthar uaimse
féin comada bus ferr díb inás ar ghell Guaire. ní diongnam itir
bar iatsom do chomairlisi a Chellaig ór ní bfuighbimís ár ndíon
in Eirinn ar Ghuaire di sin. cuma ro bátar oca ráda ocus do
sháidseat a slega i naenfecht i Cellach . ocus ro tharrangsat leo
iarum dochum in ethair é ocus do chuirsium a shaltair eturru
ocus a chubal . do cóirgedsom i medón in ethair ocus dias díobsom
ina thosach co ráncatar cu port mar sin ocus rucadarsom fó
diamair in fheda móir ocus na coille é.

Dar lemsa ám a óca bar Cellach is olc darírib in comairle do
b'áil lib do chríochnugud . ocus do gébthái bar ndíon i cluain
meic Nóis co bráth ar Ghuaire ocus dámad fherr lib dul co
Bláthmac ocus Diarmait dá mac Aeda sláine ocatá ríge nEirenn
ut dixit Cellach :—

A óca romuaimnigios . olc uabar ac ríg nime !
    cid saeb suidiugud bar súl . is mesa rún bar cride
R o faemsabar orumsa . cinnead cruaid nach téit taithlech !
    bud fota díb a dhimblad . fell is fingal bud aithrech
C id sib ní sib chreidimse . mharbus misi béim mbraite !
    is mó as loscad sin iaráig . acht osnad Chiaráin m'aite
C id olc damsa in escaine . ní shechnaim martra foram !
    bud f in phláig díbse is a bedg . in lám derg d'imbert oram
A tá acum airithe . nocho nfil a macsamla !
    is dlúith fri Críst mo chaingean . bud neam na naingeal m'adba
C innead acaibse ba fhell . orum réim nachas córa !
    bás do rinn do bar bfodbad . iffern orlam a óca

Is dímáin comairle dúinne festa bar iatsom im in adbar sin uair ní dingneam fort í. massa bar Cellach tabraid cáirde na haidche anocht ar dia damsa. dobéram diu acht cid lesc linn a tabairt. do thócsat na cloidme bátar fó a nétaigib i bfolach ocu. gabaid ecla mór Cellach oca fhaicsin sin. do shirset iarum in choill co bfuaratar cuas darach innte ocus éndorus cumang fair ocus do cuired Cellach ann anunn. do shuidsetsom fá in ndorus oc faire Chellaig co matain . mar sin dóib co ham deirid oidche. tánaic iarum mian codalta dóibsium co ro thuit a suan trom forru ann. ní ro chotail itir Cellach fri himshním a oideda ocus bói for a chumus ann sin élód dámad áil leis . ocus atbert ina mhenmain comad drochchreidem do imgabáil ar thoicib dé bí. ocus do sháil fós co mbértáisseom fair dá ndernad in nélód ór ba seng tróg meirtnechsom a haithle in chorgais. acht bói in matan ann sin ac soillsiugud forru . druitidsium in dorus ann sin for ecla na maitne d'faicsin do for óman in báis. is olc in creidem dam ol sé imgabáil breithi dé ocus Ciarán m'oite ar ngellad in bháisse do thecht am chenn. cuma do oca ráda ocus do scáil dorus in crainn. do ghair in fiach ocus in fhennóc ocus in dreán ocus na heoin archena ann sin . tánaic diu seirrfhiach ibair chluana eo ocus cú ruad droma meic Dáir .i. in brécaire no bíodh fá port na hinsi do ghrés. is fíor tra mh'aislinge adaig cétáine do chuaid or Cellach .i. ceithre coin allta dom rébad ocus mo bhreith dóib triasin raithnig ocus mo thuitim i nallt mór ocus cen mh'éirghe itir as . *ut dixit* in láidsi ‖ :—

I s mochean in maiten bán . no taed for lár mar lasán!
  is mochen do'n té rusfói . in maiten buadach bithnái

A mhaiten bhán co nuaille . a shiur na gréine gluaire!
  is mochen a maiten bán . foillsigios orm mo lebrán

A tchí aiged cach tige . soillsigios tuath is fine!
  is mochen a muinghel mas . acainn a órcháin amnas

A tbeir frium mo lebrán brec . ní fhil mo shaegal erchóir!
  Maelcróin is cóir dam a uaman . é tic dom bualad fá deoid

A eannach ón a eannach . a énín bhratghlas bhennach!
  léir dam forcla do mhana . nírsat cara do Chellach

A fhiaich dogní in ngragarnaig . másat acaraig a eoin!
  ná héirig sunna do'n ráith . co netha do sháith dom fheoil

S eirrfhiach ibair chluana eo . freigéraid co garb in gleo!
  béraid lán a ingan nglas . riumsa ní bud min scéras

I n sinnach fil sin choill chéir . freicéraid co luath in béim!
  fsaid ní dom fhuil's dom fheoil . i críochaib uara aineoil

I n cú ruadh fil isin ráith . i noirther droma meic Dáir !
 tic chucum fri head nuaire . comad táisech caemchuaine
A tchonnarcsa aislinge . adaig cétaine do chuaid !
 coin allta dom comtharraing . sair siar trésin raithnig ruaid
A tchonnarcsa aislinge . mo breith dóibseom i ngleann glas !
 is cethrar acom breith inn . andar linn nimthucsat as
A tchonnarcsa aislinge . mo dhaltáin dom breith dia dtig !
 do dáilsetar formsa dig . ocus atibset form dig
A dreolláin cusin eirr máil . is truag thairngirios tu in láidh !
 masad tánacais dom brath . 's do tharraing mo shaegulrath
C id fá a mbiad dam Macdeoraid . oc fell orm ní gním dreolaid !
 dá derbráthair m'athairse . ocus athair Meicdeoraid
C id fá a mbiad dam Maeldálua . do fhell form ocus ní gua !
 dá deirbsiair mo máthairse . ocus máthair Maeildálua
C id fá a mbiad dam Maelsenaig . do fhell orm isin mebail !
 dáig is macsom d'fior idan . Maelsenaig mac Maeilibair
A Maeilchróin ón a Maeilchróin . do chinnis gním nár ba chóir !
 ní léicfedh mac Eogain t'éc . ar deich cét do thinnib óir
A Maeilchróin ón a Maeilchróin . maith do ghabais com bithfeill !
 do gabais ar cend tsaegail . do gabais ar cend iffeirn
G ach séd maith do geibinnse . ocus cach óicech sleman !
 do Maelchróin dobeirinnse . co ná dernad orm mebal
C onamfiadusa friumsa . mac mór Muire ós mo chiunnsa !
 rotfia talam rotfia neam . duit a Cheallaig is mochean .

Ar sin tra ro tócbad Cellach accu as in chrunn amach . ocus
ro buail Macdeoraid i tús é ocus do buail Maeldálua ocus Mael-
senaig ocus Maelcróin fá deoidh é . co ro marbsat ann sin in
tespoc naem .i. Cellach mac Eogain bél . ocus táncatar rompu a
haithli a noidi ocus a dtigerna ocus a naembráthar do mharbad
co ráncatar airm a mbí Guaire . ba faeilid Guaire friu cin cor
chóir a ndernsat.

Táncatar iarum fiaich ocus fennóca ocus ethaite na coilleadh
chuice uli amail do thairrngir féin dóib ocus aduadarsom ní dá
fheoil ocus dá fhuil. cach ethaid tra aduaidh bec nó mór de
atbathatarsom fó chétóir a mírbuil dé ocus Cellaig.

Dála imorro Muiredaig meic Eogain bél bráthar Cellaig in
naemespuic ránaic in lá sin d'fios a bráthar mar do théiged co
menic do chomrád ocus do chomairli fris . ór ní dénad ní acht
do chomairli Chellaig . ór ba hé a oite múinte ocus a bráthair ocus
a athair spirtálta ule é . tánaic diu co port na hinse amail ticed
cach nuairi acht ní chuala comrád ná fáscad gotha Cellaig thall
isin oilén . fuair in nethar isin purt ocus tiagat isin inse ocus
fuaratar falam í .i. cen Chellach itir innte. ráncatar amach co

luath ocus tug Muiredach aichne ótchuala na cléirig óca do dul
co tech Guairi corub é Cellach do foirgled forru do mharbad
ann sin. ocus is í slige ránaicseom co hairm a mbói in choingelt
itir loch con ocus loch Cuilinn . ocus d'éirig onchú neimi for in
coingeilt dóib co ro marb nónbar dá mhuintir ina fhiadnaise ann
sin. cáinis a chomdhalta .i. Conall mac Eochaidh eisium trít sin
ocus atbert friss cor mídlach mac ríg do léic a mhuinter do
mharbad do'n bhéist ina fhiadnaise. téit Muiredach iar sin for
iarmoracht na piasta . foronfoisse fá'n loch acht nísfuair do'n cét
fecht í. téit in tánaiste . ocus in tres fecht fuair slicht na péiste ‖
ocus ro lean í as in loch anís conusfuair ina suan í ann ocus í sái-
thech. sáidis in claidem tríthe co lár . rucside a léim isin loch ocus
in claidem aiste . lenais Muiredach í for a lurg cor comraic fria.
créchtnaigther co mór Muiredach isin gleod sin ocus marbais in
péist *post*. beiris tra a cenn di for tír co hairm a mbói Conall a
chomdhalta ocus a mhuinter archena. atbert Conall tra : is cróda
in comrac sin dorónais a meic .i. cú na coingeilti do marbad
ocus bud cúchoingelt t'ainmsiu de sin. conad de ro lil in tainm é
.i. cúchoingelt do ráda fris.

Táncatar amach iarum co ro lensat slicht in chóicir for fhut
na coillead fásaig . do lensat co fríochnamach é co bfuaratar a
lorga mar ar fhácsat iat. fíor sin ol Muiredhach is mar amru
tucad na lorgasa do marbad Chellaig ó Ghuairiu . tréicid na
lorgasa ol sé ocus co lenmáis lorg na fedna. ar sin dóib for a
lurg co bfuaratar in crann ocus corp Cellaig ann iar nithe de do
na piastaib . do luid co mór for Muiredach in técht sin . *ut dixit* :—

I   nmain cách is a chorp so . samlaim rem éc in téc so!
   acht dar lium is lán dá fhuil . corpán Cellaig meic Eoguin
F   arír ní bfuil deirbshiur dam . i niaith Eirenn nó Alban!
   marb m'athair is mo máthair . domrat dia cen derbráthair
M ina bfuil oc Gelghéis glain . nó ac Conall mac Eochaid!
   ní fhetar má atá ac duine . m'einechras ná mh'inmuine
A   loch chlaein ón a loch chlaein . festa nocha bfuil do mhaein!
   ó nár aincis ar a ghuin . corpán Cellaig meic Eoguin
D   o thréicis cetharna de . ar salmchetla co soillse!
   do thréicis gníma gaile . ar leabraib co lánghlaine
D   o thréicis tige nóla . ar aithighe altóra!
   do léicis uait císa a fhir . tucais grád d'Isa inmhain
D   ofaeth liumsa Macdeoraid . i ndígail meic airdeogain!
   biaid Macdeoraid lán dá fhuil . do cherb mac Eogain inmhuin
F   a maith a chléirchecht chrábaid . na chill álainn iubránaig!
   inmain foltán co finne . is corpán co ninmaine

D ofaeth Maeldálua dom láim . i ndígail Chellaig chnesbáin !
ocus dofaeth Maelsenaig . má do bhí con mórmhebail
ar Mhaelchróin co garb dá ghuin . dobérainn ór cid inmhuin

Iar sin do thócsat corp Cellaig leo co druim mór frisa ráiter
turlach acht nír léicset muinter turlaigh a adnacal occa for ecla
Guairi. ráncatar asséin co lis Calláin ocus d'féimdigset muinter
cille Calláin a adnacal beos for ecla Guairi . ba holc la Coin-
choingeilt sin ocus atbert co ndigélad forru a néradh fair. ní cian
tra ó'n chill do chuatar ocus Cellach leo in tan atchonncatar in
chell tria theinid aird .i. do nim oca loscad ó nár léicset corp
Cellaig innte . ocus nísfil áittreb innte dia éis co bráth.

A mbátar ann iarum atchonncatar dá dham allaid chucu ocus
fén co coimniurt oca imorchur eturru co ránaicset comárd frisin
corp . do léicset a bfén for lár immedón na ceitheirne . ingnad lá
cách inní atcess ocus ba subach iat ó'n mírbuil móir dorigne dia
for Cellach in naemespoc. cuirit iarum in corp isin cróchar bí for
na damu allta sin . iomaircset tra é co ráncatar eiscrecha aniar.
atchonncatar cell ann sin ocus durrthech innte . do léicset na
daim in corp díb i ndorus in durrtige . do bensat cluig na cille
uathaib féin ann sin . táncatar na cléirig ós cionn in chuirp co ro
fiarfachsat cuich é. iarna fhios dóibseom do chansat na salmu
co sanntach for a anmainsium ós cionn a uaige ocus a adnacail.
ocus do thórainn cró aingel beos do nim oc onórugud a anma
ocus a adnaicthe i talum. tictís tra na daim sin cach lae co
mbítís oc trebad mar na damu eili . tictís d'éis a nair cach nóna
co mbítís oc lige uaige Cellaig. tánaic Cúchoingelt iar sin co
mbói ós cionn uaige a bhráthar co nepert :—

T ruag toirrsech atúsa sunn . d'éis mo bhráthar bói im chomunn !
budesta ní rach dá thaig . ó'n ló ná mair mac Eogain
B ud olc do'n tí ro fell fort . bud fás dá éisi a ardport !
biaid in tí rotletair thair . for lecaib dorcha diabail
M airg dobeir taeb friu cá dtaig . fri cloinn Cholmáin meic Chobthaig !
in gním dorigne Guaire . dombeir fá brón bithtruaige

Iar sin tra tinólait lucht bága ocus caratraid Cellaig cu Coin-
coingelt as cach áird do Chonnachtaib co mba hé a lín uile trí
cét bfear narmach i naeninud. is í tra a chomairle ó nach fuair
conair chogaid for Guaire dol dó co Marcán airm a mbói .i. rí ua
Máine ocus Medhraige eisside . ór bói comairce bliadna aice ó
feraib Erenn. tuc tra Cúchoingelt a lám ina láim sen ocus tuc
Marcán coinnmead bliadna dá mhuintir . ocus bói féin i tig Marcáin

frisin ‖ ré sin co nonóir móir co nepert Marcán iar mbliadain :
déna imthecht imbárach a Chúchoingelt. acht ní doichell dosbeir
sin do ráda fritsa ór ní lamait oc Guaire do chongbáil nís mó
acainn . *ut dixit* Marcán :—

I　s maith do thurus im thaig . a Chúchoingelt meic Eogain !
　　do bhisech atá ar tuili . a meic Eogain fholtbuidi
E　irig reomat imárach . tús na maitne co bágach !
　　ocus bí bliadain maille . oc cloind Aeda meic Sláine
R　op soirb in turus téigi . a meic Eogain co bféili !
　　ó thig Marcáin co réim raith . do thurus budéin as maith

Imthigit rompu iarum a dtrí cét tar Sinainn sair co ráncatar
Temair airm a mbói Bláthmac ocus Diarmait ruanaid dá mac
Aeda sláine uair is accu sin bói Eire in tan sin. ferthar fáilte friu
iarum . do coinnmead iar sin muinter Choncoingelt for thuathaib
Breg ocus Mide ocus bói budén i coimitecht Bláthmaic ocus
drem dá aes gráda maille fris co nonóir adbail. ingean uallach
aentuma oc Bláthmac .i. Aife a hainmside co tarla suirghe eturru
ocus Cúchoingelt mac Eogain bél . tucsat araen grád díchra
d'aroile ocus is uathad oca mbí fioss a suirge ann sin. laa ann
dia mbói Cúchoingelt oc imbert fidchille ocus tánaic Aife ingen
Bláthmaic ós a cionn ocus in cluiche oca bhreith for Choin-
coingelt . tecascaid sí bert chluichi for a hathair ann. rodfhéch
Bláthmac co féig fuirri ocus atbert : is díchra do thecaiscis form
a ingen ol sé uair rucais in cluiche uaim . ocus is fíor suirge etrat
ocus Cúchoingelt. ní cheilim bar isse. mad atmai bar Bláthmac
cid nár chedaigebar damsa. ní dernsam cin beos ar Cúchoingelt
ocus ní dingneam acht dot chetsa. massad bar Bláthmac ní
thiciubsa etraib ocus bar ngrád . ocus dusbér duitsi í cid iomda fir
oca hiaraid uair is dingbála lium do chliamain tú. do fhaeidetar
in oidche sin iar ndénam a mbainnse ocus ba maith eturru fria
head naimsire co tarla cáin comráid aen d'oidche ann itir Aife
ocus Cúchoingelt co nepert sí frisseom : cid maith do dhealb
ocus t'einech is mór in locht duit olcas t'engnama ocus do dhím-
beodacht. cid dia fil acut a ingen ar Cúchoingelt. atá diu ol sí
ar a olcas díglair do bráthair ar in lucht rotmarb. fíor a nabrai a
ingen bar Cúchoingelt . ba nár leis tra a nepert in bean fris ann
sin. éirgis co moch iarnabárach ocus cuirid fios folaig uad for
cédaib a muintire co táncatar as cach áird chuice iarum . do
éirigseom eturru as in baile amach . tánaic tra Bláthmac co
maithib in dúnaid dia fhastad acht nír fhaem anad fair. do

chuir sin brón mór for Aiſe co mbói oca furáil for cách cen
imthecht do léicean do Choinchoingelt : uair dá bfaicet mná
Connacht é dobérat a ngrád dó ocus ní ſhaiciubsa doridise co
bráth . ocus ba trom lé a craide ó ar chan friss ó nár ſhét a
ſhastad . *ut dixit* :—

A ithrech in ní do ráides . fer do cháines cen cinaid !
   ní hé mac dé ro deonaig . mac Eogain dochum sibail
R omlín i cétóir cuma . bisech ní bia ar mo rónert !
   ferr lium ná beith i mBregmaig . dol i lenmain Choncoingelt
E cal lemsa in fer ſócrach . beirios báire ar cach cuaini !
   dá ró ina thír ſéin timchell . a bheith ſó indell Guairi
N ſ dingén áines festa . ro líon cuma mo chraide !
   táisce mo bás cen deibe . ná le nech eile laige
D ursan a thoisc co Temraig . fri hainnrib is mín maithmech !
   cid éscaid co tír nGuairi . biaid ar nuairi bhus aithrech

Imthúsa Chonchoingelt cona muintir ráncatar siar ſó'n samla
sin for ſut tuath mBreag ocus Mide ocus tar Sinainn for ſhut
Connacht co tír nAmalgaid .i. a ſhlesca fírdúiche ſéin . ocus ba
doirb dóib mar do bói a ndál isin chrích i cétóir .i. a nimat innus
nár fétsat a gcleith ocus cen biad ina bfocus . rucsan eolas iarum
co tech ro b'aithnid do reimi i ngliunn meic ú Arann tiar co ro
thuillset uili ann in oidche sin . ocus tánaic Cúchoingelt a aenar
uathaib do chuardugud na críche i comfochraib . ní cian tánaic
in tan atchonnairc in mórthréd muc ocus bí cá bfégad co bfaca
torcc trom dígna ina ſhocus ocus tuc urchar slegi ind cor marb é.
tánaic an muccaide chuice ina rith ocus atbert : cid imar marbais
in muc nach leat a dhuine ol ſé. mian a marbtha tánaic dam ar
Cúchoingelt uair atá acoras form. bud aithrech sin ol in muccaide
in gním dorónais. druit bec chucainn co ndernsam comrád or
Cúchoingelt. bói tra in gilla oca imgabáil acht ní ránaic leis co
mbíseom for cumas Choncoingelt cor ſhiarfaig iarum de : cuich
na mucasa ol ſé : an le nech isin chríchse iat. ingnad leam ol in
muccaid más do chrích Olnégmacht duitse cen a fhios acut in
chethrair oea fil in tírse .i. Maelcróin ocus Maeldálua Maelsenaig
ocus Macdeoraid ceitri daltada ‖ Cellaig meic Eogain bél . ór do
chuala cách uile is uada tucad in ferannsa dóib.

Is fíor a gcanai bar Cúchoingelt . ocus bói in muccaid co
fríochnamach oca ſhégad Choncoingelt. cid dia dtái ocam
shilled mar sin bar Cúchoingelt. más fíor dam ol in mucaid is
tu Cúchoingelt mac Eogain bél cid cian ótchonnarc roime seo.
is deimin in aithne bar Cúchoingelt. iadais in gilla a di láim im

a bhrágait iarum co tuc teora póca do. in tabraise aichne ormsa ol in mucaid. ní thabraim fós ar Cúchoingelt. mise in daltán bec atchítheása oc Cellach ocot bhráthair féin bar eisium . ocus atlóchur do dia t'urmaise formsa i tús isin chríchse . acht an fil ceithern acut. atát diu ar Cúchoingelt ocus d'iarraid bíd dóib tánacsa ann so. cia a líon ol in mucaid. trí cét ar galaib énfhir ann bar Cúchoingelt. ró bec dóib sin aen muc ol sé : acht tabairse colas dóib chucumsa co mbérat leo cuit na cétoidche do na mucaib . ór is it fhailse biad ó shunn immach ocus atlóchur do dia t'faicsin . is mise stiurfus tu budesta ol in gilla isin chríchse ocus doghén brath na críche duit ocus baegal in cethrair rotmarb Cellach do bráthair . uair atát i ndún fhidne ocus bruiden arna dénum acu ann ocus ceithri dorais fuirri .i. dorus i comair cach fhir díob .i. Maeldálua ocus Maelsenaig ocus Maelcróin ocus Macdeoraid . ór bátar a noirechta ina nagaid cusandiu . ocus bératsa na mucasa chuca for banais a mbruidne ocus bert luachra lium fós . acht marbaidsi in ní as lór lib díob beos. mise leat ar Cúchoingelt ocus is mé imoircios do bhert. is mochen ol in mucaid.

Ráncatar rompu fá'n samlaid sin ocus do ráid Cúchoingelt fria mhuintir techt ina dhiaid acht co ndorchaiged agaid forru iar caithem a bpróinde i raenaib diamra dó-eolais co dún fhidne. do imthig in mucaid do'n dún cona mucaib ocus Cúchoingelt lais cona phurt luachra for a mhuin ocus a ghaisced i nimfolach fó a étach uime . cach nech diu no fhiarfaiged do'n mucaid cia so fó'n mbert issed atbeiredsom : compánach mucada damsa sin ol sé. ráncatar muinter Choncoingelt iarum iar toitim in lái comfhocus in dúnaid acht ní ro marbad a bhec do na mucaib ann sin . ocus bátar cách uili oc ól ocus áines ocus dorus ag cach fer díobsom cona mhuintir do'n chethrar bátar innte. téit Cúchoingelt iarum isin mbruidin ocus étach in mucada uime cona mhucaid maraen friss ocus cuirid a bhert de for lár in tige . suidit araen i mesc in lochta frithólma ocus téit Cúchoingelt uadasom for lár in tige. tuc in mucaid corn co nór i láim Choncoingelt conusib dig mór as ocus bói co fuirechair oc feichem a escarat sechnón in dúnaid. atbertsom tra frisin mucaid : ní rachsa diu as in tigse amach anocht . acht éirigse for cenn ár muintire ocus tabair leat iat uair is mescda míchéillidh na slóigse uili. do éirig iarum in mucaid mar do thecaisc Cúchoingelt do co tuc cách leis cosin mbruidin. acht aenní . nír mothaiged iatsom do'n turus sin co ro lingset na ceithri dóirse i naenfecht anunn isin mbruidin . ocus

do gabad ann occu i cétóir in cethrar rosmarb Cellach mac
Eogain .i. Maelcróin ocus Maeldálua ocus Maelsenaig ocus Mac-
deoraid. do marbad tra a naes gráda uili umpu ann sin ocus do
fócrad do'n airecht anad ina ninadaib óil ocus áinesa ór ba carait
do Choinchoingelt iatsom uili. suidis Cúchoingelt cona mhuintir
i cumasc cáich co mbátar oc ól ocus oc áineas co madain iar
ndíth a námat. do éirigset co moch iarnabárach co tucsat aniar
for fut in tíre in cethrar sin craipilte co ráncatar dúrlas nGuairi
ocus tar lic turscair lám dess fria Muaid murghlóraig athach nár
bh'fota . tucad ceithri suinn fhota remra chuca ocus cuirthear
iatsom forru sin cor ciorrad a mbaill uili díob ocus iat beo . ocus
do crochad a gcolna as a aithle sin ocus do riagad iat . conad
árd na riag ainm in inaid sin dá éisi . *ut dixit* :—

  I s inbaid na héchtasa . a Chúchoingelt meic Eogain !
      Maeldálua is Maelcróin cain . Maelsenaig is Macdeoraid
  C idead éirlig anabaid . is a gcolna do chrochad !
      a dé is mochean a nimrád . is dingbála dóib dochar
  N ó co tí in bráth béimennach . bud fota dóib a dhimblaid !
      a nanmanna co diabal . a riagad sunn is inbaid

A haithli in chethrair sin do chrochad dóib ránaic Cúchoingelt
roime i tír Fhiachrach co ro gab bráigde ocus nert forru iar ndíth
móráin dia ndáinib . ba mór tra a chlú einig ocus engnama iar
sin ocus gér mór allad Guairi ba hannsa le haes cacha dána in
Eirinn Cúchoingelt oldás. cid fil ann acht ro gab Cúchoingelt
ríge ua nAmalgaid ocus ua bFiachrach in tuaiscirt uili ann sin
ocus Guaire for úib Fiachrach aidhne theas. do ‖ éirig coinbhliocht
cocaid i cétóir itir Guaire ocus Coinchoingelt . acht nír budh éidir
a fhaisnéis a mhét d'ulc ocus d'anforrán do imred Cúchoingelt
for Guaire . acht ba suail ná ro chuirset do láthair in dá oirecht
eturru ocus forba in chóicid archena.

Is amlaid tra bói Gelghéis ingen Guairi ina lennán grádach do
Choinchoingelt ór ní ro fhaem sí féis le fer riam for a grádsom.
arna toirrsiugud do leith for leith do'n chogad .i. Guaire ocus
Cúchoingelt do bí Cúchoingelt oc iarraid a ingine for Guaire
acht nír b'áil le Guaire itir a tabairt dosom . ocus gér b'ead do
fhaem for impidhib ocus erchosc in chocaid . is amlaid tra do
fhaem ocus é budéin do dénum a mbainnse ocus Cúchoingelt do
techt dia thigsium. ní ro fhaem Cúchoingelt itir in ní sín co
mbátar co cian immar sin oc cur chocaid fria céli nó cor b'éicen
do Ghuairiu fá deoidh do dénam dia mhuintir uile Dúrlais

aicc féin . ocus iarna thoirsiugud mar sin do hídhlaiccd Gelgéis cu Coincoingelt co mbói co grádach cturru ocus ba mór ann clú cinig Choncoingelt fá Eirinn uili in inbaid sin . acht gér ba maithincchsom do mhuintir Ghuairi dobeircad cella in tíre uili i bfásach ocus ba holc lá Guaire in ní sin. is í tra ccelg dosgní Guairc ann sin tocht co hairm a mbói Ciarán cluana mac Nóis cona chléir ocus a fhuráil for Ciarán dol co Coincoingelt ocus a thabairt leis dochum shída ocus caratraid . do gcllad rigi beos friss i mbeol Chiaráin acht co tísad i tech Guairi. iar sin tra ránaic Ciarán co hairm a mbói Cúchoingelt ocus bói ocá fhuráil fair cen ríge Connacht do léicean uad ar aba thaebtha fria Guaire. ocus bói diu Gelgéis oca fhuráil fair ór bói a fhios aicc nach roibe celg oc Ciarán ocus do sháil beos nach dingnead Guaire celg fria Ciarán. do fhaem Cúchoingelt dul i nagaid a aicenta le Ciarán ann ór ba hiomda aen oca fhaslach fair . *ut dixit* :—

   L easc liumsa dola for sét . acht cé triallaim ann fó cét !
     cidead is córa dam dul . cé roiser cin co roisiur
   A tchonnarc aislinge nolc . muca meic Colmáin dom lot !
     bud olc damsa in ní bias de . dá bfíortha in aislinge
   A tchonnarc aislinge nolc . muca meic Colmáin dom lot !
     má dia bfaghbainnsa bás de . dá fhios ní dingninn leisce

(Oidead Choncoingelt iarum cen fhaghbáil ocus ní dár ndeoin).

A haithle na laoidhe sin ránaic Ciarán in cliar ocus Cúchoingelt go dúrlas Guaire . ro freasdlad ocus ro fritháiled ann iad co cenn teora haidchedh ocus dorónad cengal ocus caradradh eidir Guaire ocus Coinchoingelt i bfiadnaisi Chiaráin. fágbhus Ciarán in baile iar sin ocus is í comairle ar ar chinn Guaire co grodúrlamh ina dheoid sin fingal aille do dénam ar a bhráthair ocus ar a chliamhain ar chétna naem Eirenn. cid tra acht do críochnaiged in comairle sin le Guaire mac Colmáin meic Echach i ndúrlas Guairi co ro básaiged leis Cúchoingelt mac Eogain bél do'n chur sin . . . . . . *ut dixit* :—

   F ás anocht áittreb Eogain . ór is é dia do deonaig !
     nír fás ó shoin crann ná clach . beid esbadaig na fásach
   B a cend degban is deorad . in laechmílid cen leonad !
     ba cend ceithern ocus cliar . nír b'ingnad cách cá chomriar
   M aith é ac cumdach a charat . nír ghell aimless escarat !
     laemscar fá innmas d'filid . nír ib cuirm i cúltigib
   M ian leis ceol téd in cach than . ba binn leis gotha gadar !
     mian leis sluag mór fá medaib . nír fhaem ól ar insedhaib
   T an ruc a mháthair cen lén . ua Oilella Eogan bél !
     do bhíodh risin súlgorm seng . bél cach tuaithi ina thimchell

A ire do len Eogan bél . do lennán Chonnacht ní chél !
 bél cach flatha ina lenub . ar ó Fiachrach foltlebur
I cionn a sé mbliadan déc . do ba lór do'n mhac a mhét !
 ní lámthai ó shoin immach . crech ná faghal ua bFiachrach
A mhenma ar Mide meic Fhlainn . a dhess fri ráith mbuig mBrénainn !
 a cháin re Cruachain cliaraig . a escáin re hOirghiallaib
M ian leis Oirgialla ána . do chothugud a chána !
 ocus síol Eogáin d'argain . ocus cosc a chomardaig
N í hé do biad ná do bí . ní bud uilli iná énmí !
 can seolad ar tír nó ar tuinn . do chrechad cheníl Chonuill
N ír fhácbadh Eogan in áig . tar es ruaid ba ruac dígáir !
 boin ac ulltach tiar ná tair . can tabairt i Connachtaib
G abais ferg clanna Néill náir . líonaid iat borrfad is báig !
 cor aircset ó Drobháis duinn . co céis collchailltig Coruinn
N í roibi Eogan ann sin . acht mad becán dá mhuintir !
 coin is eich is mná malla . i nardbrug úi Oilealla
M ar atchonnairc na crecha . cá gcur sin sligid secha !
 téit fúthaib cuirid na gceann . mar dham ndásachtach ndileann
B enais a chreich do chloinn Néill . gontar rí ó bFiachrach féin !
 co fuair bás ar tocht dá thaig . fás anocht áittreb Eogain
I s fás áittreb choemchellaig . arna rubad do rennaib !
 ó atbath mac Eogain cen acht . dofaethsat cella Connacht
I s fás áittreb coemchellaig . arna || rubad do rennaib !

   .   .   .   .

I s fás áittreb Chonchoingelt . dá tucsat tuatha tromserc !
   .   .   .   nsa cró . mar   .   .   niarmó
I ntí ba mó tnúth Muaidi . do thuitim le gus Guairi !
 tróg in ní a dtarla a spéis . dursan éistecht fri Gelghéis
D ia m'fess do Chiarán ó chluain . ní bfuighbed in noided fuair
 is Brénainn in chrábaid ghlain . is mac Duach ó Chonnachtaib
N í dechaid lasin tréda . co tuc athaidh dá néra !
 co ndernsat fair fri denus . troscad ocus trédenus
D o ráid Géis ós in ngruaid nglain . fri mac nildelbach nEogain !
 in dingéntása féin fell . ar einech ardnaem Eirenn
D ia tintása do Guaire . Dúrlas mínriascach Muaide !
 ní bud dolta duit dá thig . ar einech nóim ná neimid
N i hinann glicas ná gáis . ní hinann engnam ná áis !
 ní hinann buca ná báig . dáibse is do chlannaib Cholmáin
D ia marbthar mise imbárach . bar Cúchoingelt comdálach !
 rachat oraib ós maith lib . co tech meic Cholmáin chliaraig
G abait umpa co héimid . Cúchoingelt is na cléirig !
 co ráncatar uainn co cert . co Dúrlas fá Choinchoingelt
G ér bfercach Ciarán ó chluain . cér bfertach Brénainn co mbuaid !
 nír dhéch mac Colmáin na gcrech . do'n chuire chomhslán chléirech
A r sin iurait in arcain . itir fhán ocus ardaib !
 co bfuair bás mar do bí i ndán . le cloinn chúillebair Cholmán
E scanait é can fhuirech . na naeim sin Guaire guinech !
 millseat a bhetha is a bhás . co bfuil a phort folam fás [. *Finit* .]

F

Stair ar Aed baclámh.

Aed baclám gilla gái Diarmada mcic Cerbeoil ro gabh slaotán tromghalair hé ocus ro búi bliadain a serg sírgalair. cu bhfuair sláinti iarum co ndeachaid d'agallaimh Dhiarmada ocus atbert fris : cinnus atá córachadh do smachta ocus do shidha frisin mbliadainsea atúsa im luighi. ní airighimsi turbhródh fair ar Diarmaid. atá ní ar a bhfindubsa sin ar Aed baclám . ragatsa ar sé fiarlait Eirenn siardes ocus do•gáise liom tarrsna ar bacánaibh mo lámh co roisear doras gach lis in Eirinn ocus co rugar in gái tarrsna thairsibh . ocus finnfaidear smacht ocus síthcháin Eirenn trít sin.

Do riacht imorro Aedh baclámh ó Themraig a cóicedh Connacht ocus callaire righ Eirenn leis d'urfhógra síthchána Eirenn. co ráinic co teach Aedha ghuaire a cenél Fhéichín i crích Mháine. is amhlaid ro bháiside ocus sonnach dergdharach a timchioll a dhúine ocus tech nua aige arna dhénumh ar dáigh baindsi a mhná . ocus do chuala sechtmain roimh Aed baclámh do thecht a bheith chuige ocus do uráil an sonnach do scáiledh roimhe.

Táinic Aedh baclámh iarum ocus fearaidh Aedh guaire fáilte friss . adubairt Aedh baclámh an teach do ghearradh roimhe. órdaigh féin ar Aedh guaire mar as áil duit a ghearradh . ocus is amhlaidh adubhairt tuc béim cloidhimh dh' Aedh baclámh cor ben a cenn de.

Ba hé tra smacht Eirenn fá an am sin gébé do mharbadh duine cen chinaidh ann gan crodh ná comha do ghabháil tar a chenn acht a mharbadh budhéin . acht muna órdaigedh nó muna cheadaigedh rí Eirenn crodh do gabháil ann.

Ar cluinsin in marbhtha do Dhiarmaid do chuir a ghlaslaith ocus a aes fedma d'innradh ocus d'argain Aeda guaire . ocus teichis Aedh guaire co hesbac Seanán ár ba hinann máthair dhóibh. téit diu easpac Seanán leis cu Ruadhán lothra ár dá derbhshiair do Ruadhán ro oilestar espac Seanán . Cael ocus Ruadhnait a nanmanna. ocus ní fhuair Aed guaire comairghi ac Ruadhán ‖ cor hinnarbadh i mBretnaib é co raibhe bliadain innti. ocus do chuatar muindter Diarmada dá iarraidh a mBretnaibh

gur cuiredh arís co Ruadhán hé . ocus téit Diarmaid féin dá
iarraidh co Ruadhán gur cuiread a poll talman ag Ruadhán hé
frisa ráidhter poll Ruadhán aniu. cuirid Diarmaid a gilla do
shirthain chuili Ruadháin dús in mbiadh Aedh guaire innti . iar
ndul do'n gilla isin chuili dalltar a shúile fó chédáir. ó atconnaic
Diarmaid éséin do chuaidh féin isin chuili ocus ní fhuair Aedh
innti . ocus do fhiarfaig do Ruadhán cia áit i mbói Aedh guaire
ár dóigh lais ná hebéradh Ruadhán brég. ní fhedar ar Ruadhán
muna fhuil fó'n tuiged sin.

Imthighis Diarmaid iar sin dia thigh . ocus cuimnighis briathar
an cléirigh ocus impódhais arís ocus tic isin recleis . ocus atchí
an choinneall oca breith cusan inad i mbúi Aedh guaire ocus
cuiridh gilla gradha dho ar cenn Aedha . Donnán donn ainm an
gilla . ocus tochlaid in bfalchus [*ms.* fhalcus] ocus in lámh ro shín
ar cenn Aedha feoididh in lámh co ráinic a gualainn . ocus
sléchtaidh do Ruadhán iar sin ocus anait a ndís oca ocus atáit a
pull [*ms.* pup.] Ruadháin ó shin alé. beiridh Diarmaid iardain
Aedh guaire leis gu Temhraig.

Téit Ruadhán co seinBrénainn birra ocus co dá easpal déc na
hEirenn . ocus tiagait dibhlínaibh a ndegaid Diarmada co Team-
raig ocus troiscit in oidhchi sin ar Diarmait ocus troiscios Diarmaid
orrosom a niurt [*ms.* nirt] a fhlatha ocus a fhírinne. tiaghait dana
écc in adaigh sin meic dá columan déc na Temhrach bátar oc
reachtaire rígh Eirenn . ocus todhúiscios Ruadhán iat ar madain
iar natach anma dé do'n rechtairiu fris.

Co cenn [bliadna] dóib amlaid sin i ndorus na Temrach fó pupaill
Ruadháin re sín ocus re fleochadh . ocus gach re nadaig dhóibh
gan biadh Diarmaid ocus na cléirig ac troscadh ar a chéile.

Is ann do bhí Brenainn mac Findloga in tan sin oc sirthain
mara ag iarraidh thíre tharrngaire . cor fhoillsigh in taingeal do
dá esbal décc na hEirenn do bheith a ndorus na Temhra og
cathughadh fria rígh Eirenn iar sárachadh Ruadháin do. táinic
Brénainn do'n muir gur gab port a ndún rosarach ocus do bhí
ann in aghaidh sin ǁ ocus do bennaigh an dún iar sin. cid tra ó
atchuala Diarmaid dáil Brénainn do thecht d'fóiridin na naemh
ocus na cléirech ro ghabh uaman mór hé co ndubhairt frisna
naemhaibh : dá tucadh sibh damhsa ar sé coeca ech súlghorm
co srianaib órdha dobérainn Aedh guaire dháibh. ra siacht co
Brénainn sin. togairmios Brénainn cocca rón ocus sódhais iat a

ndealbhaib ech ocus do chuir roime iat co faithchi na Temhrach.
is ann sin ro fersat na cléirig ocus sluag na Temhrach fáilti re
Brénainn . ocus ro ghabh iar sin ag innisi dhocra na mara dhóibh
ocus ba binn le sluaghaibh na Temrach innscne Brénainn. do
fhiarfaig Brénainn iar sin do Dhiarmaid in ngébad crodh ná
comha tar ceann Aedha guaire. gébatsa ar Diarmaid in coeca
each súlgorm úd acht co mbeither fúthaibh dhamh ráithe ocus
bliadain. tugadh tra in eachradh do Dhiarmaid ocus ro bói in
cléirech friu frisin naimsir sin . ocus ro coimhleangait na heich
ar faithchi na Temhrach . ocus nír lór leisna marcachaib luas na
hechraide gur gabhsat fleascadh dá neachlascaib dhóib co ndea-
chadar ar dásacht . ocus nír fétad ní dhóibh nó gu tucsat a cinn
fó'n muir guna marcachaib leo co nderna[dh] róin díobh diblín-
aibh. feargaigter Diarmaid de sin ocus do chuaidh a Temhraig.
ocus do hiadhadh secht leasa na Temhrach air gu nach tístais na
cléirig a Temraig ar nach fácbhaitís miscaidh náid drochfhácbhála
innti.

Bearar iar sin biadh ocus lionn dóib ocus lucht freastail ocus
forchoiméta forro co tairseadh tomhaltas ocus caithemh do na
cléirchib ina bhfiadhnaise. tuc tra Brénainn comairle dóibsium
in agaid sin .i. a cochaill do bheith uma cennaibh ocus a cuit
bídh ocus lenna do leacan tar a mbéalaibh ina mbrollaigibh síos
co ria thalmain ocus dorónsat amhlaid sin. do hinnisedh do'n
rígh tomaltas bídh ocus leanna do dhénum do na cléirchib.
do chaith Diarmaid biadh in oidhche sin ocus traiscit na cléirig
tré ceilg fair in agaid sin.

Atchonnairc dono ben Diarmada aislinge .i. Mughain in ben.
ocus ba hí so in aislinge . bile díghainn doislethan ‖ do bheith ar
faithchi na Temhrach ocus aen mhogh déc oca ímmbualadh.
ocus gach slisne no bendais de do théighedh ina hinad arís ocus
do tháthaigeadh fó chédáir . co riacht in taeinfer fá dheoidh co
tuc builli isin mbile gur trascair d'aeinbéim . ocus atbert in fili in
láidh :—

A tchonnaic aislingi olc . ben rígh Temra na tromthorc!
    gé do rat brón is béd di . nír fhéd gan a hinnisi
A tchonnaic bili trén tenn . do dítnedh eonu Eirenn!
    ar an tulaig gá thuaghadh . is curaid gá chommbualadh
A tchonnaic fer fá hard rath . ag bualadh bile Themhrach!
    gur lái in bile do bhuail féin . ina lighi uaidh d'aeinbhéim
D o righ Temhrach gan time . do innis a haislinge!
    ruc do'n mhnái mhéirshing gin cleith . sái na hEirenn a fírbreith

I s iat do bhói mon mbili . in dá fher dhéc deinmnidi :
   mé in bile ar flaith na séd slán . 's a dá naem déc um Ruadhán :
I s misi féin ar in flaith . in crann fár iad in énlaith :
   is mé in bile sochair saer . dorochair leisin mórnaem
A Mhughain éirigh san tech . a raibhi in cumann cráibdech :
   cia naem dhíob ro throisg istaigh . gu mín cennas is fiarfaigh
M á ro chaithset na naeim ní . do fuair a fhios in táirdrí :
   gu ná ro throisc naem istaigh . acht mad Ruadhán saer sochraidh
M ór ferg meic Cherbhaill fá crios . fá troscadh air a nainbhfios :
   gé biadh fearg a ngruaidh in fhir . is do'n ceilg fuair a oidhid
D o budh mhaith lim tene istech . ar rí Eirenn go huaibrech :
   a cléirigh do loscadh leis . isin troscadh ra throisceis
T usa loiscfios tene thenn . istighsi a áirdrí Eirenn :
   do loiscedh flaith saer na slegh . is ar naemh raith dorinnedh
D obérsa ar Diarmaid duilig . sódh maith ar do mhírbhuilib :
   an atbert in ghég dá beol . is becht nár fhéd a aithcheol
D o fhógair an rí gu recht . do na hesbalaib imthecht :
   do fhregair in sámaid sin . a cánaib is a caingnibh
T ugad aigi tene istech . ar nimthecht uaid na cléirech :
   an féice cóir cruinn do chuir . san tuinn ag Bóinn a mBreguib

Dála Dhiarmada meic Cherbaill a haithle na haislingi sin ro
éirigh mochtráth gu cuala na cléirig ag salmghabáil . ocus do
chuaidh isin tech a rabhadar. truagh ámh ar Diarmaid in gleo
inndlighthech do fhersabhair frimsa . uair maith na hEirend
iarraimsi ocus a smacht ocus a reacht ríghi do choimhéd . cocad
dna eisíth ocus dunorcain ‖ na hEirenn iarrthaisi. uair dia féin
dobeir gradha flatha ocus fírénaig ocus fírbreathaigthe do neoch
.i. gu rabh coimhét a fhírinne ocus a fhlaithi ocus a fhlaith-
emhnasa aige . ár is edh dleghar do rígh trócaire co ndlúthadh
reachta do beith aige . ocus síth do thuathaibh . ocus géill a
nglasaibh . ocus furtacht truagh . ocus báthadh bidhbhadh . ocus
díchur in éithig . ár mina derna nech réir righ nimhe ibhus ní
gabhthar taithlech thall uadha. ocus tusa a Ruadháin ar Diar-
maid is tromhat táinic lot ocus leadradh mu ríghisea ocus
mh'fhírinne re dia . ocus ailimsi dia gurab í th'fhairchesea cét-
fhairche dhiultfaider a nEirinn . ocus gurab é cétneimheadh frisa
tégar. atbert Ruadhán : gurab túsca dhech do fhlaithessa ar
neiffní ocus ní ro gabha mac ná ua dhuit i Temraig tria bithu.
atbert Diarmaid : gurab bithfásach do cheallsa. atbert Ruadhán
ro b'fásach Temhair tria bhithu sír. asbert Diarmaid : easbaidh
bhaill dot ballaib ortsa gin techt lat fó thalmain . easbaidh do
leathshúla ort fós ar sé. drochaighidh fhiadhnach ortsa ré néc ar

Ruadhán . ocus gurab fortail do namhait fort . ocus an tsliasait
ná ro thócbhais romhamsa fria coimhéirghi gu cirrthar a rannaibh
hí. atbert Diarmaid : an ní um atá ár nimresan beiridhsi lib hé.
ocus gu rabh éighem it cill gacha nóna a Ruadháin . ocus gid
síthcháin d'fearaibh Eirenn gurab sithcagadh do cheallsa. ocus
comhalltar sin ó shin illé.

Ocus ro ghaibh aithrechas Diarmaid co mór um coimhfheirg
frisna cléirchib . ocus ro chan an láidh so sís :—

M airg thachrus fri clérchib cell . mairg nostriallann tenn fri tenn!
   dá rabh Teamair co fás fán . dom deabaidh ocus Ruadhán

M airg chuiris cath gan chóra . fri marcachaib gach nóna!
   ní thicfa taithlech do'n dáil . budh aithrech a nímarbáig

I s misi ro búi ar in ciort . gia romairgset is tria fhiort!
   gia biadh fir talman am thigh . isat calma na cléirigh

D ia bhudhéin dobeir ratha . ocus grádha árdfhlatha ;
   is dílgadach ac día a bhreth . gach fírbreathach fírénach

I atsom roghabh na salma . is aire dhóibh as calma ;
   romcuirset gin cáirdi di . do chrích Banbha bruachairdi

L easc dho tachar tul i tul . frisin eaclais roní dlugh!
   nenaidh co bráth ina ucht . gan Temair ina prímhpurt

B anbha gidh bladhach in ben . ric a leas féis le deighfer!
   nocha conair bórd go col . in tórd nach bí ag bithlongodh ||

C léirigh romcuirset fá dhi . do crích Fódla fonnáibhni!
   nighfid a mbróga na tigh . na ríghóga inndírigh

D íthfaider a fhairche ind . cacfait coin ina caeimchill!
   a mbaili Ruadáin na ráth . beidhit éigme in gach éntráth

A ir rom dilsigh rí nimhe . mac maith Muire ínghine!
   ó ro ghabhsat in cuire . salma arda escuine

C ath re clérchib mairg do chuir . do bud ferr a breith na fhuil!
   nocha nfuigbhe gíallus as . is mairg triallus na tacras

B iaidh Temair na aithli sin . i rechtaibh uilc inndlighidh!
   budh mesaiti cádhas cáich . gan áras isin ríghráith

M una derntar réir mheic dé . co nimut a trócaire!
   ní gébhthar flaitheas a fhir . gibé thachrus fri cléirchibh

B iaidh gan buachail inis Fáil . déis nuachair mhaith dá fácbháil!
   rí mar mhisi sunna dna . ní tháinic is ní thicfa

N ochar aisces duire riamh . gémad imdha a sheoit 's a bhiadh!
   nír maithes a olc do trén . ocus nír airges éitrén

N ocha rucas crodh a cill . ó ro gabhas Banba bind!
   ní riacht mo choinneam dia tigh . gé romoirgseat na cléirigh

D ingna Eirenn ard a mbladh . imon lia Fáil rá fégadh!
   a mbeith i fás is a fán . is edh sin ro geall Ruadhán

T emair gan tech gan teinid . tar mh' éissi co lainndeimhin!
   misi do loscad am lios . imam troscad tré ainbhfios

R uadhán lothra ba lia óir . Brénainn in sruith 's a[n] senóir!
   ro mhillset ar mbein a cluic . troscad Eirenn ar Diarmuid

R uadhán lothra garbh atá . frimsa is fri Temair ro lá !
nocho lind a buaidh amuigh . ár gcath cruaid frisna salmuibh
G id olc dhamsa bhudh olc dhó . Eire dar m'éisse fá brón !
fátha a dhíghla is mór an béd . in recht rígda gin choimhét
I s misi ro búi ar in cóir . is iatsom ar an écóir !
gia romdilsigh dia do nim . is mairg thachrus fri cléirchib ‖

Feachtas do Diarmaid mac Cerbhaill ro bhátar in taos adhm-
olta oc molad an ríogh ocus a thsídha ocus a shoibhéss. ro búi
Aedh dubh mac Araidhi ar bélaibh Bhic mheic Dhé . Diarmaid
imorro ro mharbh in tAraidhe do Ulltaib ocus ro gab for altromh
(*sic*) a mheic .i. Aedha duibh. *dixit* Bec : atchiusa an coin gcona-
mhail loitfios an síodh saineamhail. a Bhicc ol Aedh dubh cissi
cú. bés bhudh tu ol Bec. caide amae ol Diarmaid. ní annsa ol
Becc : in lámhsa Aodha duib issí dobéra dhigh tonnaigh dot
bheolsa a tigh Bhanbháin ocus Bhainbhsighi . ocus léne aonroisne
imut ocus brat aonchaerach . ocus coirm aongráinne it churn . ocus
saill mhuice ná ro dóíththe for do mhéis. níconbiasom ‖ indEire
ol Diarmaid céin bhaam beosa. a mharbadh ol cách. nitó ol
Diarmaid : dlomhfaider imorro a hEirinn. dlomhthar iar sin an
tAodh dubh i crích nAlpan.

Laa nann do Dhiarmaid confaca in laech isin tech : can do
dhechadhais ol Diarmaid. ní do nach céin ol sé : tar leamsa co
tormhula oidhche naeighighechta leam. maith ol Diarmaid : apair
fri Mughain. ní raghsa ol sí for cuiredh céin baam beo. tiaghait
ar [a] ái sin la Banbán do ráith Bhic. ó do eisetar iarum confa-
catar ógmhnái gcaeimh gcruthaig co ndeigherriudh seacha for
lár an tighi. can do'n mhnái ol Diarmaid. inghen damsa ol
Banbán. maith a ben ol Banbán fria inghin : in fil étach lat do
Dhiarmaid. fil éimh ol in ben. dobeir léinid as in criol ocus
brat ocus nosgeibh uime. is maith an léne ol cách. is maith ol
Banbhán in léne aenroisne . inghen imtholtach linne an inghen
út is í doróine aonroisne do chur co nderna scuap dhe cu mba
imaire a sennath. is maith an brat ol cách. is maith ol Banbán :
d'olainn aencaerach dorónta. tucad iar sin biadh ocus lionn
dóibh. is maith an tsaill ol cách. maith ol Banbán : do shaill
mhuice ná ro dóíththe. cindus ón ol siat ní annsa ol sé : muca
ro bátar áinidhi . ro gabhtha scena dháibh co tuctha a noirc
eisdibh ité beo ocus cu ro biathta. is maith an chuirm ol cách.

maith ol Banbán madh do chuirm aongráinne . lá do chuadhassa
amach do décsain an arathair ro mharbhas ferán eidhinn . fríth
gráinne ina eccán . niconfeas cidh arbhar . ro laadh i ciond imaire
co tudhchaidh serrmhír dhe i seannath . conadh é a arbhar ocus
a choirm ann so.

Dondéca iar sin Diarmaid suas : is nua ar sé íchtar an tighi
ocus ní ba hócc a uachtar. fechtas do chuamarne ol Banbhán a
gcurachaibh do ghabháil éisc cu bhfacamar clethe an tighi
chugainn forsin fairrgi . dorónadh leamsa tech fá an gclethe
sin. is fíor ol Diarmaid : féice mo thighisi sút ro cuired ocumsa
isin mhuir . ocus issed ro gheallsat naeibh Eirenn damsa ná
fuigbinn bás nó gu mbeidís na derbairdhe sin uili dham . ocus
comad fó fhéice mo thighi féin foghébhainn bás . ocus is airi
sin do chuiressa an féice úd isin muir . ocus in fégadh doróine
Diarmaid darsan bhféice adchonnaic indailbín ceinnderg find
og ingheilt . ocus ba geis dosom sin. ticidh romainn immach ol
Diarmaid. nitó ol Aodh dubh mac Suibhne iar toidhecht do a
hAlbain iarna innarba do Dhiarmaid ocus iar tabhairt dímhiadha
do a naonach Tailltenn.

Gabhthar an teach for Diarmaid ocus loiscter an tech fair.
ocus doghnísium aithrighi ndíchra ocus fogeibh bás . ocus téit
dochum nime iar faghbáil na péne sin abhus amail ro gheall
Brénainn do Fhlann mainisdrech . *ut dixit* :—

A ed dubh mac Suibhne na Sreath . ba rí Ulad airmitneach!
    is é sin gan diamair daill . do marbh Diarmaid mac Cerbhaill

. *Finit .*

Aided Diarmada meic Fergusa cerrbeoil in so amail
ispert leabar Sligig.

Dia mbúi Diarmait mac Fergusa ceirrbeoill for loingius ó
Thuathal maelgarb for loch rib ocus for Sinainn . isin aimsir sin
tra [*ms.* trath] do luid Ciarán mac in tshaoir do gabáil a mainist-
rech co druimm tibrat áit a fil cluain macc Nóis inniudh. ochtar
for loch do théigedh (.i. do chuaid) Ciarán ocus dá chét déc for
tír. ataiter teni oc na cléirchib.

Is ann búi Diarmaid ina loingius ic snám dá con for Sinainn

.i. dá én ro marb Nár mac Finnchad micc Conaill cernaigh for
gualainn Eistine banſhéinnedha [*ms.* b-ſheinnighi] ann conad
de ráiter snám dá én. atbertsat a dráidhi ſri Diarmait : in ní
dia ſataigter in teni út anocht ní báidfigter ar siat. bud hinnoss ón
or Diarmait oc tiachtain na luingsi co port ngrencha áitt a
bfuil tipra Fhingin andiu [*ms.* innidh].

Is ann sin búi in clérech ic sádhud eculsa in tan sin. cissi
hopair dogní or Diarmait. eglais beg do chumtach ol Ciarán.
cumma dono gid edh a hainm ar Diarmait : eclais bec. sáid in
cleith lium ol Ciarán ſri Diarmait : ocus léic mo lám uas do láim
ocus biaid do lámsa ocus do righi ſor feraib Erenn sul bus
tráthsa nach noirrther. cinnus dogéntar ón ar Diarmait : ár atá
Tuathal i righi nErenn ocus atúsa for innarba. is ſolaidh dia in
nísin ol Ciarán. luidh Mael mór ú hArgata comalta Diarmata
co hairmm immbúi Tuathal oc grellaigh eilti ſri ross ech inairdes
ocus ro sáidh in ‖ tsleg immbruinni Thuathail co farcaib cin an-
main . marbtar dono Moel mór ſó chétóir inn conad de ráiter
echtra Máil móir . do conallaib Murtemne dono Moel mór . rop é
sin in tress comalta do Diarmaid .i. Luchta átha ferna ocus
Enna mac ú Laigsi in dá comalta ali. ro rígsat iarum fir Eirenn
in tí Diarmaíd siu ro bo cenn sechtmaini.

Dogníther mórdáil Uisnig la Diarmait ocus la firu Erenn um
beltaine . ár roptar iat trí harddála Erenn issin aimsir sin .i. dál
Uisnig um beltaine . ocus aenach Taillten im lugnassa . ocus
ſéiss Temrach im shamſhuin . ocus cid bé no ticedh tairrsib sin
ó feraib Erenn ba bidba báis in tí no milledh in cáin sin. ticc
fiss ó Diarmait co Ciarán do techt isin dáil . ocus ticc ſéin co cnoc
mBracáin ina agaid ocus búi i comnaide and . conad de sin
dogarar tilach na comnaide. luid iarum Ciarán dia shaighid.
cid fil and tra ar Diarmait : ár is ann so ro cétcomraicseam iar
ngabáil ríghe damsa triat bennachtainsi in mag so amail atá cona
damaib ocus cona buaib duitsi a ſót fri haltóir. bái náma do'n
rígh isin magh .i. Flann find macc Díma ó a ráiter telach Díma nó
tilach Fhloinn . loiscter a thech oc an rígh ocus gontar astigh é.
luid in tóglaech i ndabaig fotraiccthi búi isin tigh conad innti
fuair bás. is luath tánacais tar do thimna ar Ciarán ſri Diarmait
ár sárgud mun ferann tucais dúind . cid fil ann tra ar sé acht ní
benubsa ‖ nem ná talam fort féin ná for do clainn . acht in aidhed
[*ms.* aig.] do fuair sin letsa bid sí sin aidhed do gébasa .i. guin ocus

bádud ocus losccad. atagat a chlérigh ar Diarmaid do óighriar duit. nító ol in clérech : in turchur tuccassa [*ms.* tucusa] rotngona de mina tegba samlaid. conad de do rat bás Diarmata amail ro tarrngairedh.

Lotar diblínaib in rí ocus in clérech i comdáil fer nErenn co hUisniuch ocus bátur coicdighis ann. dusfic tart mór dóib isin dáil gur bo guasacht dá ndaoinib ocus gur bó marb a cetri co mór. lotar iarum a muinigin Chiaráin im fhurtacht dóib. dogni Ciarán irnaigthi ocus tic flechad ann sin dofarcaib dá prímglaisi déc an Erinn i comarta na mírbaile . conid de sin dlighis Ciarán in chána choitcinn fó Erinn. ro slécht Diarmait do Chiarán ann sin a fiadnaise fer nErenn ocus do rat a maincine ocus mainchini a chlainni do tré bithu.

Búi dono Ciarán i naenach Taillten im lugnasa iar sin ocus doróine firta imda ann ocus mírbaili aidhble [*ms.* aible]. is and sin imorro dorónad in firtsa .i. duine tuc luigi néithig fó láim Ciaráin co raibi bainne aillsi for a muinél condechaid a chenn de . co mbái i fiadnaisi fer nErenn oc imtecht ocus sé gan chenn isind-aenoch . conad é sin in bacucc búi i gcluain fri tréimsi fota .i. fri ré secht mbliadan oc na manchaib. bói Diarmait iar sin i ríghi nErenn fri ré fota. ‖ ocus ní tánic isna haimseraib sin rí bud áiniu ná bud óirdnigi ná bud ferr cruth nó delb nó ergna nó innscni nó ríge innás.

Fechtas do Diarmait i Temraig oc fledugud . Mugain ingen Concraidh mheic Duach do Eoghanacht chaissil for a láim .i. máthair Aedha mheic Diarmata . torrach annsin dono for Aedh sláine . do lotar dono ammach forsin faithchi in líon ro bátar oc in ól dia ninnfhuaradh. ambátar ann confhaccatar cucu [*ms.* qq] ua Diarmata isin faithchi .i. Suibne mac Colmain móir. cét marcach ro b'é a líon . tii dubglass[a] co lúbáin (*sic*) airccit imm leith in dírma ocus lenna corccra imman lith anaill co corrtaraib óir ocus arccait . eich dubglasa fó leith in tslóig . gabra geala fó'n leith ale . caeca mílcon co slapradaib créduma forro . scéith copra-dacha foraib uile. amail do riacht Suibne issin airecht géisis brú na mná .i. Mugaine co clos fá'n airecht uili. cid so a ben ol Diarmaid : in ar an ngilla atá th' aire. ní tú in fáid ol Becc mac Dé : atá fáid occut. finntasa dono ar Diarmaid órot fáid. rot-fetarsa dono or Becc : in mac fil i mbroinn na mná is é muirfius in gilla nucut. ba fíor son . ro marb Aed sláini Suibne. ro

fhácaibsen mac .i. Conall mac Suibne conad é sin ro marb Aed
sláini doridisi . is de ro chet in rann :—

N f fó airmirt in araile . do na hócaib a tuirme !
Conall rombíth Aed sláini . Aed sláini rombíth Suibne

.i. Conall mac Suibni issé ‖ ro marb Aed sláine oc loch semdidhe.
Aed gustan comalta Conaill is é ro marb Aedh buidhe rí Teftha
a mbruidin dá choco ocus Aedh róin rí ua Foilghe i noenló.
conid í cétfhingal clainni Colmáin ocus síl Aedha sláini ann sin
.i. Aedh sláine do marbad a bráthar .i. Suibne mic Colmáin . ocus
mac Suibni .i. Conall dia marbad som ann sin.

In Becc mac Dé sin dana is é fáid as ferr bái ina aimsir . is é
adubairt frisin triar iar tiachtain dóib a dúnadh Themrach amach.
maith thra ol in triar : Becc chugainn amne . abéram fris . fochen
a Bicc. maith ar Becc. cia hairet beithir isin dúnad ol fer díob.
cia doimne in abann ol araile. cia tige na sailli a mbliadna ol in
tres fer. pas go tóin amarach ar Beg. is é ro aiglestar in naen-
mhur ocus dobert aenaithesc dóib gonusícc na noe naithesca. is
é dono ro ráidh fri Diarmait mac Cerpaill isin Temraig dia
mbátar in taes admolta ag molad in righ ocus a shídha ocus
a shobés . ro bói Aed dubh mac Suibne mac ríg dál nAraidhi for
bélaib Bic meic Dé . ocus Diarmait ro marb in Suibne sin ocus ro
gab Diarmait in mac for altrum .i. Aedh dub mac Suibni . conde-
bairt Bec : atchiusa in coin conamail loitfios in síd sainemail. a
Bic cia cú ar Aodh. cú ruad cú áirithe bés is tú ol Bec [*ms.* hipic
ciæ quo araoth qur. quairie pes is tua alpec]. caide amae ol Diar-
mait. ní annsa. in lámsa amne Aodha duib ar Bec : is é dobéra
dhigh thondaigh it beola a tigh ‖ Banbáin brughaid ocus léne
oenroisni immut ocus bratt oenchaerach . ocus cuirmm oenghráinne
it curn . ocus saill muicci ná ro genair for do méis . ocus issí ochtach
in tighi .i. féicc thuitfios it chenn iar th' airlech ód naimtib. Aedh
dub do marbad or cách. nató ol Diarmait : acht dlomfaiter do
as indErinn amach chena ocus ní taidheolla céin bám beosa.
cuirter iar sin Aedh dub i crích nAlban for innarba la Diarmait.
ocus nír léiced indErinn iartain céin bái Diarmait i ríghi.

Bái tra cáin ocus smacht ocus recht Diarmata fó Erinn co
coitchenn . bátar a maeir ocus a rechtaireda ocus a fhianna for
coinnmedh sechnón [*ms.* sethnon] Erenn. lotar i crích Connacht
in inbaid sin máir ocus baccláim ocus callaire [*ms.* cuallaire] in
rígh i mailli fris . ocus is éisidéin no bíodh [*ms.* bith] ic irfhócra

rompo do'n tigh dia téighdís for oedhoighecht (*sic*) . is amlaid
dogníodh in callaire a irfócra .i. dorus in bali ocus in chaisteoill
a rachtáis a minugud rempu ocus contoigecht gái Diarmata
tarsno inn . ní lámtha la hómun indríg cin a dhénum sin rompo.
diabal imorro is é ro ling isin challaire do fhasluch in uilcc sin
fair ar dáigh cu ro fhásad olcc budh mó de.

Lotar fecht ann do thegh Aedha guaire i crích Máine i Con-
nachtaib ocus rop égen a chaistiall sin do brisiud rempo ocus ria
ngái in ríg. rusgab iarum ferg in tí Aedh ocus marbus gilla in
gái .i. in callaire . ocus do chóid for teichem Diarmata iar sin i
crích Músgraidi for comaircci espoic Senaigh . ár dá derbshiair
máthair espoic Senaigh ocus máthair Aedha guairi. ‖ tánicc
espoc Senach leis iar sin co Ruadhán lotra ocus do rat ar cho-
mairce Ruadáin é. dá shiair ro bátar oc Ruadán .i. Coel ocus
Ruadhnat . ocus is iat sin ro oil espoc Senach [*ms.* Senaidh]. ro
hidhnaiccedh imorro Aedh guaire la Ruadán co Bretnu ár ní ro
fhét beith indErind la Diarmait. bái iarum do méd smachta Diar-
mata ocus a neirt for chách co nár fhét beth in Albain ná i
mBretnaib oca . co tánic indErinn doridissi co Ruadán gur foil-
gedh i talmain oc Ruadán. is ann búi Ruadán in tan sin áit a fuil
poll Ruadáin innidh. ro hinnised do Diarmait Aedh guaire do toi-
gecht co hErinn doridisi ocus a beith i bhfoluch i talmain oc Ruadán.

Luid Diarmait iarum do shaighid Ruadáin iar sin ocus ro
chuir a ara carpait uadh do thabairt Aedho guairi ar écin amach
ó Ruadán . do chóid imorro in gilla isin regles ocus berar a ruscc
uadh fó cétóir. rosgab ferg imorro in rí de sin ocus tánicc féissin
co hairm ambúi Ruadán ocus ro fiarfaig do Ruadán cia hairm
ambúi Aedh guaire . ár ro fhidir ná habrad Ruadán brég. ní
fhetarsa or Ruadán cia hairmm atá acht minab fil fout áit atái.
do chóid in rí ass in regles amach iartain ocus ní tard dia óidh
andébairt in clérech. ro athchuimnig ann sin ina menmain andé-
bairt Ruadán ocus forfetair conad i talmain fói ro búi Oed
guaire. tánicc Diarmait doridisi issin regles ocus atchonnaircc
in choinnill for adhnad issin talmain fói áit ambúi Oedh guaire.
ocus ro chuir Diarmait fer dia muir .i. Donnán a ainm do shaigid
Aedha . ocus ro gab for tochuilt in talman fair ocus ro benad ‖
a sedh fó chétóir as a lámaib. tánicc co Ruadán iar sin ocus ro
shlécht dó ocus ro slécht in fer do dallad remi . ocus ro bátar a fail
Ruadáin iar sin ocus is iat ata naeim a poll Ruadáin inidh.

tánic dono Diarmait féisin issin rigles . ocus do rat féin Oedh
guairi as in talmain ocus is é sin poll Ruadáin aniud. ructha
laisin rígh Oedh a forcomul co Temraig co ro crochta oca é isin
glés doróine.

Do chóidh Ruadhán co Brénainn mbirra ar sin dia breth i
ndeoidh a chomaircci ocus lotar diblínaib co Temraig . bátar iar
sin ac iarair a comairci ar in rígh . ispertsom nár dlecht do'n
eglais comairce do dénum forsin tí no millfed in recht rígda . ár
búi sárugud dé ocus daoine ann. ro gabsat na cléirigh iar sin
salmu escaine ocus ro bensat a cluco forsin rígh. atbathatar dá
mac rígh déc i noenuair i Temraig indoidhci sin .i. dá dalta déc
do'n rígh . táncatar a naidedha do shaidin na cléirech ocus bátar
ocá [*ms.* oco a] nertugud im tathbeoghugud na mac. rogníset
irnaighthi ocus ro tathbeogadh na micc.

Bliadain lán dóib iar sin oc escaini Diarmata ocus oc imirt
mírbul fair . ocus dobeired Diarmait firt for araile dóib. nír
chuimgiset iarum nach ní dó nó cor gellsat nem do'n ferthigis
conaprad fria Diarmait na cléirig do chaithcm [*ms.* chathaim] a
cotach. luid in feirtighis co Diarmait ocus innisid dó na cléirig
ac caithem a cota . conad amlaid sin fuaratar boeghal troiscci
fair. atchí Diarmait aislingthi in oidhci sin .i. crann mór do
beith i Temraig ocus a barr do rochtain co neola nime ocus a
fhoscudh tar Erinn uili. atchí caecait [*ms.* .l.] ngall ocus dá gall
aireghda atorro ac tescad in croinn ‖ . ocus cach ní no bendáis de
no fcadhsom fó cétóir cur chuirset [in] oenfecht eisim ó'n chrann
ocus cur trascuirset é . conad é fuaim in chroinn ac tuitim ro
dúisig eisim. fíor ón ol Diarmait : misi in crann ocus is iat na
gaill oca letradh na cléirigh oc timdibe mo shaegail . ocus is leo
ro thuitessa [*ms.* thuitisa].

Atracht in rí iarna márach ocus do chóid co hairmm a rabatar
na cléirig. olc a ndernsabair ar sé mo fhlaithessa [*ms.* fhlaithiusa]
do lot ar bithin dam oc díten na fírinni . cid fil ann ar Diarmait
corop sí cétfairche millter indErinn t'fhairchese a Ruadáin . ocus
do mhanaig dot fhácbál. gu rab scíth lim co luath ar do rígise ar
Ruadán. bud fás do chathairse a Ruadáin ar Diarmait ocus
toichélait mucca a reilci. bud fás Temair dono ol Ruadán ocus
ní bia áitreb co bráth innti. go rab aithis for do chorpsa ol Diar-
mait . ocus ro mebaidh lethroscc Ruadáin fó cétóir. go ro cirrtar
do chorpsa ó naimdib ar Ruadán . ocus co ro scáilter do boill ó

chéile co ná fagbaiter i noeninad. go tí torc allaid dono ar Diar-
mait co ro thochla in tilaig inadnadhnaiccfiter co ro scáilter do
thaissi . ocus co rab conuall con allta fót reilic gach nóna ocus
éigem gacha etarthratha innti . ocus nárab [*ms.* nar rab] iat a
manaig féin áitrébait innti. in glún ná ro tócbadh remomsa dono
ar Ruadán ná ro hadhnaicter frit chorpsa é. is ann sin atchuingid
Ruadán in dubthemell isin tellaig co ná bia dé do chlethi i
Temraig co bráth.

Is ann sin ro bái Diarmait oc déchsain chleithi in tighi. is bidba
duit || in cleithe úcut ciadonéchnagtar or Ruadán : is é in cleithe
sin dobibar it étan iar do chláidedh do allmarchaib. t'óigriar duit
a chléirig ar sé. lecar in cimid dóib ass iar sin ocus dogniat síd.
conad ann aspert Diarmait in so :—

> M airg thochrus fri cléirchib cell . mairg nó iarrann tenn i tenn !
> biaid Temair de co fás fán . dom thocharsa ocus Ruadhán

Olc a ndernsabair a chliarcha ar sé mo fhlaithessa do milliudh.
ár ní bia Eire issna haimseraib déidhencha [*ms.* déigenco] ní
bus ferr anás amail ro búi anossa . acht cidh fil ann ar sé acht
co ndernat drochríga ocus rígdamnada [*ms.* domno] ocus cuit-
chetharna coinnmed for bar cellaibse ann sin . ocus gurab iat féin
benfus a mbróga díob in bar tighib ocus ní raibe do chumang
acaib a gcur uaib.

Lotar na cléirig dia tigh ocus a cimidh leo co ráncatar poll
Ruadáin . ocus atchiat trícha ech ndubghlass co ndealbaib derr-
scaighthecha forro oc tiachtain ass in muir cucu ocus do radsat
do'n righ iat . ocus ro fromad iat imm a rith ocus robtar luatha
iat . ocus do chótar na heich issin riocht cétna doridissi bail as a
táncatar. batar sídaigh iar sin Diarmait ocus na cléirig.

A mbúi Diarmait i narali oidhci ocus atchí dias dia shaighid.
andar leiss écosc cléirigh forsin dara fer ocus écoscc láich for
araile. tecait dia shaigid ocus benait a miond ríg de ocus dog-
niat mionn cechtar de . ocus búi a leth o[c] cach fior díb ocus
rannat atorro amlaid sin . tiaghait uadh la sodhain. diuchrus
Diarmait as a chotlud iar sin ocus innissid a fhís. fíor ol Bec
mac Dé ocus ar Cáiridh mac Finnchaeime .i. fili Diarmato : atá
lindi breth th'aislingi duit . táirnic do fhlaithes || ar sé ocus is
deired dot righe ocus do bíth do greimm flatha festo for Erinn
.i. roinn etir chill ocus tuaith issedh bias ann festa . ocus issedh
tirchanus roinn do minn rígsa .i. roinn fhlaitheasa [*ms.* ruinnd

flaithisa] Erenn etir thuaith ocus eglais . acht chena ar sé tiuccfo
aimser bus docr cglaiss do thuaith co ná bia neimtheas egulsa
acht a beith fo chuinnmedh cáich . tiuccfa dono olcc do'n tuaith
ann sin co commuirfi do'n mac ocus do'n athair ocus do'n bráthair
fri araili coma[dh] derga airmm cáich as a fuilib . conbcbaid
talam ocus mess crann ocus torad uisci tria ainfhíor cáich.

Dogníter féiss Temrach la Diarmait iarsin. marbaid Curnán
mac Oedho mic Echach tirmcharna ó [a] fuilit síol Máilruain la
Connachto duine ocon fleidh . ocus luid for comairce dá mac
Muirchertaigh mic Ercca .i. Fergus ocus Domnall. cuirit sin ar
comairce Choluim chilli é. marbthar oc an rígh é a cinaidh a
écóra. sóait Connachtaig for Diarmait a cinaid mic in rígh do
marbadh .i. Churnáin. luid Diarmait do innrad Connacht co
ránicc cúil sibrinne .i. a ngar do dreimne. tinólaid Colum cilli ú
Néill ín tuaisceirt do dighail a chomairci for Diarmait. tecait
leis dono Fergus ocus Domnall dá mac Muirchertaigh mic Ercca.
ocus Ainmire mac Sédna rí chiniuil Conaill . ocus Nindidh mac
Duach . ocus Aed mac Echach tirmcharna co Connachtaib laiss.
doghní tra Fraechán mac Tenesáin drái Diarmata airbri druadh
etir in dá shluagh . is ann atbcrt Colum cilli : a dia cid nach
ndingma itir in cco ciachsa in Erind ‖ ar líon in tslóigh do boing
bretha díob :—

S lóigh do ching a timchioll chairn . 's macán bithi nodusmairn !
  is é mo drái ní méra . mac dé is ferr nach congéna
I s álainn ferus alluag . gá [mbíth] Baetán rissin sluag !
  fola Baetán fuilt buidhi . bérad a héraic fuirri

Ticc Tuatán mac Dímáin mac Sharáin mic Chormaicc mic
Eogain mic Néill ocus cuiridh in airbri ndruadh tar a chiond
ocus lingid tairsi . ocus benaiss in gái do'n leth anaill inn ocus
marbtar é . ocus is hé oeinfer namá ránicc bás do muir Choluim
chilli. muidhidh for Diarmait iar sin. isfri féine ndremain ar
Colum cilli . conad de ro lil in ainm ann .i. cúil dremne nó
dreimféne.

Luidh Diarmait co Temraig ocus aspert fri Beg doridisi : a
fhioss deimin cissi haidhed nombérad. aspert Beg : ní cunnta-
bairt són :—

C ichse a Temair . tar fert . a fert fogamraig . a fód . a muir . for iláthaib
  Bóinne . seoch lecco mic Mani . for Sadhb . for Sadhbrann . seoch Fhor-
  brech . for camn dreimni . for Dollad . for Daboll . for Daiblíne . for
  Callainn . for Macho . for Tórainn . for Aiss . for Foidhne . etir Chall-

ainn ocus loch . do fomna Déissi . do lith áinfir . foilcfid Macha do
chenn . atcifi bu bairrne . íba dhigh do duirb . génaid fer dub tuath-
chaech muicc nduib a ceandaib mucc . cichsi domni . atcí éclaind fó
mindaib . íba brachdig oenghráinne a ráith Bic . ann notcurthar a
Diarmait.

Mo fhlaith dom éisi cia cruth ambia ol Diarmait. is ann
cachain Bec so || :—

O lc bith aromthá . daera fir . saera mná . mess fás . fidh cáin . olcc
bláth . ili gáith . samh fliuch . ith nglass . immat buar . terc ass . midh-
buidh tromm in gach tír . caeil tuircc . uilcc ríg . fíor nolcc . guin
gnáth . bith críon . líon ráth . atiat flaithi dodufiucfat . ó Niall co
Niall . ó bruidhi co bruidhi . Niall i muir . Niall i nguin . Niall i
tein . Niall dia . Niall fuba in cach naidhigh . iar coscradh Ailigh.

Tabar chucainn ár ndráithe [*ms.* ndraidhiu] ar Diarmait co
finnam an inann ní contirchanat dúinn ocus Becc. amarus
dogní foromsa ol Becc. luidh Bec as iarum tria luinne ocus
ainnseirrg ó Diarmait . sluag már ina deoidh oc cuincid fháistine
fair . conacca Colum cilli ar a chionn . bennachais dó. is amra
in fháistine ar Colum cilli : is ó dia atá in fioss mórsa tucad
duit. atlóchamar do dia ol Becc. in fetarais lá do báis féin ar
Colum cille. rotfetar ám a chléirig ar Bec : atát secht mbliadna
dom shoegal. is amra sin ar Colum cilli dia ndéntar friss . má
fíor dono or Colum cilli. ní fíor or Bec : ní fil acht secht
míosa dom shaegul. iss maith más fíor or Colum cilli. ní fíor
ar Bec : ní fil acht secht nuaire in lái dom shaegul . comman
ocus sacarbic dom co luath. is iar sin ro berr in cléirech é ocus
do rat commun ocus sacarfic do ocus do chuaid dochum nimi.
ro bói i tarrngairiu do Bhiuc trí góa [*ms.* do big .3.ª goo] do
radha ria techt do écaib . ar nidébairt gaoi riam gusan uair sin.
ar oenlus iarum do dechaid || Colum cilli ar a chionnsom . ár ro
fhitir a ég isin ló sin fó chétóir.

Tuccaid iar sin a dráithe gu Diarmait ocus ro fhiarfaig díob
cissi bás no ragad. marbodh ol in cétna drái : ocus léne oen-
roisne ocus brat d'olainn oenchoerach bias umat a naidhci do
báis. uruso lium a sechna ol Diarmait. bádhud ol in drái ali :
ocus cuirmm oengráinde rusfáidfe in adhaigh sin. losccud ol in
tress drái : ocus saill muicci ná ro genair issedh bias for do méis.
is écsamail [*ms.* exsamail] sin ar Diarmait.

Luid Diarmait iar sin for a cuairt rígi deissil Erenn . ár iss amlaid
no caithedh rí Temrach Erinn .i. a Temraig illaighnib . ocus a
sidéin a Mumain . ocus as sin i Connachtaib . ocus for cóicedh

Ulad fó deoidh . contoirched co Temraig i gcionn úidhe na bliadna forsin samfuin do fritháilim na samhna ocus fer nErenn im féiss Temrach.

Dia mbái Diarmait laa nann forsinn cuairt sin confaco in laech cuice issintech. can do dechais or Diarmait. ní do chéin ar sé. tair liumsa ol in tóglaech co tórmala adhaigh noeghoidhechta lium. maith ol Diarmait : abair fri Mugain. nitó ar Mugain : ní raghatsa [*ms.* radhatso] for cuiredh [*ms.* cuirith] céin bam beo . ocus is tar mo shárughad dia nísairsi (*sic*) ár is drochscél duit tocht for cuiredh.

Téit Diarmait la Banbán do ráith bicc. ó ro deissedar ann issin tigh confaccatar ógmnái gcoeim co nerrad nderrscaighthe istech. can do'n mnái ol Diarmaid. inghen damsa ol Banbán ocus fáidfidh latsa innocht ar ulccaib ri Mughain [*ms.* ria Mumain] ór ná tánicc liumsa. is maith lium or Diarmait. dergaiter [*ms.* degoiter] leabaidh dóib co róisc taiscalbadh bíd. ||

Maith a ben ol Banbán fria a ingin : in fil étach lat do'n rígh. fil ol indingen. dobeir léne as in crieol (*sic*) ocus [bra]t . ocus nusgaib in rí uimmi. is maith in léne or cách. is dingbhála [*ms.* dinmalo] duit ol Banbán in léne oenruaissni . ingen imtholtanach lium inningen uccut . issí dorinne [inn]oenróissne do chur co nderna scuab de . comlán immaire eiscin. is maith in brat or cách. is maith ol Banbán : d'olainn oenchaerach dorónad.

Tucad iar sin biadh ocus lionn dóib. is maith in tsaill [*ms.* in shaill] muici nad ro genair or Banbán. cinnus or Diarmait. ní annsa . muc[a] ainighi ro gabtha scena dóib co tucta a noircc cistip até beoa ocus gurro biata. is maith in choirm ar cách. iss maith or Banbán : is coirmm oengráindi. laa do chuadassa [*ms.* chódusao] amach do deiscin m'arathair ocus ro marbas ferán eighinn fríth grainne ina egán ocus ní fess cid arbar. ro laad i cionn imaire co tucadh serrmír de . ro cuiredh iarum conad é a arbar ocus a chuirmm in so [*ms.* ann so].

Ro déch iar sin Diarmait suas. is nua íochtar in tighi ar Diarmait ocus ní hóg a uachtar. fechtas do chuamarne [*ms.* comarne] ar Banbán i curchaib do gabáil éisc conaccamar cleithe in tige cugainn do'n fairge . dorónad liumsa ar a ingantus tech de. is fíor olse Diarmaid : dobretha fáistini Big ocus na ndruadh dom oidhidse ocus dobretha aithrigi co léir . is é so mo techsa ar Diarmait . amach dún a óga ol sé. lais sin [*ms.* laisin] lingidsium

G

féisin do dul amach. Acc . is í so do shlige [*ms.* shligid] ar Aed
dub a ndorus in tighi ac tabairt in gái ina bruinni co ro éimid a
druim tríd. sóaidh issin tech iar sin . gabsat ‖ Ulaid amuig
immon tech ocus loiscter iarum in tech forru . luidsium in tí
Diarmaid issin dabaigh chormma co ro thuit féicce in tighi ina
chionn [*ms.* cn.] comba marb de.

Marbtar ocus loiscter corp in rígh ann a négmais a chind.
dobretha iar sin a chend ocus a thaissi co cluain mac Nóis cor
hadhnaicedh isin chlaoin ferta nó isin céiti . ár is ann ro thogh
féin a adnacal in tan do throiscc i neglais bicc dia ro híccadh
do'n chenngalur iar fertain a throsci fri noemaib Erenn ocus iar
néimded a ícca co riacht sin. is do'n aidhid so ro canadh so :—

> I ndóin dítin i ráith Bic . díth Diarmata fa muiric!
> díbdath flatha ilar cath . mairg fairccfi a imbrath.

Conid í aidhed [*ms.* ag.] Diarmata mic Cerbaill in so .i. cerr-
ball .i. cerrbeol .i. bél cerr.

. *Finit* .

Genemain Aeda sláne in so síos.

Temair na ríg issí ba domhgnás díles do cach ríg no gebed
Erinn . ár ba choitchenn dosom cára ocus smachta ocus císa fer
nErenn do conici sin. ba choitchenn dana do feraib Erenn tiach-
tain as cach áird co Temraig do chaithium féissi Temrach ar
cech samain . ár ba hiat dá chomthinól no bítís oc feraib Erenn
.i. féis Temra cecha samna ár ba híside cáisc na ngente . ocus
oenach Tailten cech lugnasaid. cech smacht imorro ocus cech
recht no órdaigthea ó feraib Erenn in nechtar díob sin ní láimthea
a sárugud co dtísed [*fcs.* thísed] áige na bliadna sin.

Bái tra móraenach mór fecht ann i Tailltin la goedelu. issé
imorro ba rí for Erinn in tucht sin Diarmait mac Fergusa
cherrbeoil. ro hórdaigit tra fir Erenn for foradaib indoenaig .i.
cách ar miadaib ocus dánaib ocus dlestanus ann amail ba ghnáth
cossin. bái dana forad ar leith oc na mnáib im dá sétig indríg.
ba hiat rigna bátar i fail Diarmata in tan sin .i. Mairenn mael
ocus Mugain ingen Chonchraid maic Duach duinn do feraib
Muman. bái tnúth mór oc Mugain fri Mairinn . ocus asbert

Mugain frisin mbancháinti dobérad a breith féin di diambérad a
mionn óir do chiunn na rígna . ár is amlaid bói Mairenn cen folt
conid mionn rígna no bíod oc foloch a lochta. tánic tra in ban-
cháinte co airm i mbúi Mairenn ocus bói oc tothlugud neich
fuirri. asbert in rígan ná bái aicci. biaid ocut so or sí oc tarraing
in chathbairr órda dia ciunn. dia ocus Chiarán risside imorro or
Mairenn oc tabairt a dá lám má cenn. ní thárnic imorro do
neoch isin tsluag dercad fuirri in tan ro siacht áth a dá hiomdadh
in folt fann flescach fórorda ro asair fuirri tria nert Chiaráin.
machthaigit in slóg in mírbail ocus ba maith leo cen meblugud
na rígna. tucu dia friss or Mairenn (.i. fri Mugain) corotimderg-
thar inn i fiadnaisi fer nEirenn . ocus ro fíorad ón. ||

Bói Mugain iar sin i fail Diarmata ocus sí aimrit . ba thoirsech
Mugain deside ár ro midair in rí a trécad uile . ocus dana ba
thoirsi léisi inna mná aile bátar con ríg iatsaide oc breith clainne
.i. Eithne ingen Brénainn daill do chonmaicnib cúili talad in
tsainred . ba híside máthair Cholmáin móir . ocus Breo ingen
Cholmáin maic Nemáin ó dún suane máthair Cholmáin bic. ba
brónach tra Mugain de sin .i. a bith cen mac cen ingin ocus in
rí oc fulmaisi a léicthi.

Dorála Finnén maigi bili i mBregaib ocus espoc Aed mac
Brio. tánic in rígan dia saigid ocus bói oc etargudi na clérech
im furtacht di. ro bennach Finnén ocus epscop Aed usce ocus
tuc di coneissib . ocus ba torrach sí deside. issed trá ro uc sí do'n
toirrchius sain uan. am mairgsea desuide or Mugain .i. cethir do
chompert dam . ár nipam com chirtisea do neoch as a aithli. ní
hed bias ann or Finnén acht bud chosecrad dot bhroinn a ní sin
.i. intsamail induain nemlochtaig ro hedprad dar cenn in chineda
doenna.

Ro bennach in clérech daríssi usce di ocus ba torrach sí desuide.
ro chompir annsuide bratán airgdide. am mairgsea de seo ar sí :
is mesti trá damsa inandéni a chlérig . uair bud ardairc ic feraib
Erenn an dá geinsea ocus nimthasa maith disiu. ní hed bias ann
or in clérech acht bératsa in mbratán airgdide ocus dogénaiter
methla lim de . ocus bérasa mac dá chiunn ocus forbéra a brái-
thriu . ocus bud lia rí uad for Erinn andás ó na maccaib aile.
maith lem or Mugain acht coro cómaltar frim na ráidi. comalltar
or in clérech.

Dogní iarum Finnén ocus epscop Aedh beus bennachad na

rígna ocus bennachad in tsíl no genfed uadi . ocus atnaig usce
ina chuach ocus atnaig do'n rígain . ocus ibis ocus fothraicis ass.
ro toirrched trá in rígan de sin ocus beirid mac ocus rop éside
Aed slánc. maith tra in gen ro compred ann .i. Aed sláini. at
maithi a chland .i. fir Breg .i. im ghart im allud im ordan . im
chruas im chána im forlámus . im dírgi im dretlacht im toinnci.
im órd im brugas im buici . im ghnáis im alaidh im sotlatus . im
blad im báig im chridhechairi . im chruth im chéill im ergna.
im muad im maithius im roithinchi. ár rop é in sithbe óir dar in
clár findruini síol Aeda sláni dar Bregmag . ár cach maith [ocus
cach] mórtheglach mórecarthach doneoch as uilliu cech maith is
co Aed slánc cutromaigter [iat] . ‖ conid do chuimniugud in
gníma sin ocus dia thaiscid i cuimni do chách ro chan in senchaid
in so .i. Flann mainistrech :—

M ugain ingen Chonchraid chain . maic Duach do'n Desmumain ⸗
    ro chren fialgharta cen faill . ben Diarmata maic Cherbaill
C achtsus rósacht indrígain . ba fó salt co fírdígail ⸗
    uair ná tarmaltad a suth . co tarmartad a lécud
A nn dolluid ba gialltach gnia . ua féig in fiatach Finnia ⸗
    [co] rath Bregmaige co mblait . co ár ndegduine co Diarmait
D olluid dochum in ríg ruaid . cen dochunn is cen dimbuaid ⸗
    ná bad ann ba chathalt blad . ann rodnanacht in rígan
R áidis fris ránic a les . ní no íccad a ances ⸗
    dia chlói bud gell co nglicce . ár bói trell i naimrite
R odusbennach Finnia féig . combad chennach dia coemréir ⸗
    as a chuach forodail dig . do'n mnái forráin étrochtghil
I arom ba hálacht Mugain . slánalt rodia sam subaid ⸗
    combert uan nár ba deilm di . nár ba dual do deilb duini
D e ro dubaig dar gruad nglan . Mugain maith in mórrígan ⸗
    ferr lé a fethim cen chlaind chirt . indá cethir do choimpirt
N á sireclaig de ar dia . ar in fírecnaid Finnia ⸗
    taraill cosecrad do bronn . in tuan álainn étrochtoll
I aram ba hálacht in ben . ropo máralt áirmiten ⸗
    é maccán ro lamnad de : bratán algan airgdide
E dprais do Finnia fonnghlan . ar in dia dia fégfognad ⸗
    a bratán ós brí cia pé . is maccán dí dia éssé
D ognith la Finnbarr fuaim nglan . cumtach dindmall daigfethal ⸗
    ba blathdál cen brón cepé . do bratán mór Mugainé
C ompert Mugain mó cach claind . do macc chóir chubaid Cherbaill ⸗
    iarom ós roen ruamach ré . in nAed saer sluagach sláné
S egait for nert fótla fia . feib dodarairngert Finnia ⸗
    glana glórda im gním nglé . clanna móra Mugainé
I s í seo cen bétblaid mbrath . cétfaid araile senchad ⸗
    cona ollaltaib cen ail . ba do Chonnachtaib Mugain

       . *Finit* .

Tochmarc Becfhola.

Araile bái [*ms* baidh] Diarmaid mac Aedha sláine a righc
nErenn ocus Crimhthann mac Aedha a dhalta i ngiallacht fria
láimh ó Laighnibh. luidhsium [*ms.* lydh] ocus Crimthann a dhalta
lá ann co háth truim ocus a nilfaebhar leo ocus énghilla . co
facadar an aonmhnái tar an áth aniar i carput . áilliu iná gach
ben do mnáibh an betha. canas tánaccais a ingen or Diarmaid.
ní a céin or in ingen. cidh dotbeir [*ms.* dobeir] i nuaithe or Diar-
maid. ac cuinchid [*ms.* achuinch-] cruithnechta or in ben. foghé-
bha acum or Diarmaid. ní obam or in ben. tuc iar sin an ninái
lais co Temraigh combái ina coemlebaidh. can do'n mnái a Dhiar-
mait or cách. ni innisiubh [*ms.* ni innisibh] or Diarmaid. is bec
a fhola or cách. budh é a hainm or na dráithe : becfola.

Tuc an ben iar sin grádh do dhalta an rígh .i. do Crimhthann
mac Aedha tar cenn Diarmada ocus ro gabh for a guidhe fria ré
fhoda. adubairt dono an gilla do róised ar a cenn co cluain dá
chaillech um tráth teirte dia domnaigh dia breith ar aithed . acht
chena ro thoirmisc a mhuinnter uime ben rígh Erenn do breith
for élódh.

Eirgis iar sin madan mochthráth [*ms.* mochráth] dia domnaigh
ó Dhiarmaid. cia leth in mochéirge a bean or Diarmaid. do chlu-
ain dá chaillech or inningen. cidh ón or Diarmaid. do fhrecair
an ingen : ocht léinte co nimdénum óir ocus ocht ndeilgne láin-
ecair ocus trí mhind óir ro fáccas accá taiscedh innte. ná érigh
dia domnaigh dia niarraidh or Diarmait áir ní maith aister domn-
aigh. neich liumsa or an bhen ár is deimin co nimtheochad. ní
budh uaim [*ms.* ba huaim] or Diarmaid.

Luidh sí dono ocus a hinilt a Temraigh budhess co Duibtir
laigen . ocus dorála for merughadh [*ms.* merudha] ann iad co
haidhche co faccadar an cuan con allaidh chucu [*ms.* qq] san
sléibh . ocus téidsidhe i crand ar a teichem ocus ethaid na coin a
hinilt . ocus nír chian di san crand co faccaidh in teinidh for lár
na cailledh. luidh sí dochum na tineadh co faccaidh an tóclách ‖
fá cáime cruth sa[n] chruinne itir arm ocus deichealt icon teinid

ocus suidhid ina farradh. emarccus (*sic*) an tócclách fuirre ocus
nír labhair fria . ocus ní tuc aghidh fuirre nó co tairnicc dó fuine
an tuirc allaid bói oga. dorighne bromuc dia muicc ocus innlaidh
a lámha ocus luidh ó'n teinidh conuige in loch. luidh sí ina
diaidh. téid an tóglách ina luing ocus isse lais. imrit iar sin co
ráncadar co hinis [*ms.* innis] nuráird nóibhinn ocus tiaghaid isin
ríghthoigh rómhór [*ms.* romóir] ró-álainn ocus ní roibe nech ann
for a cionn. caithid [*ms.* cathaid] biadha écsamla iar sin ocus
midh somblasda. luidhid iar sin a ndís a nénimdhaidh ocus nír
impo fria co madain [*ms.* madan] ocus ní ro shaethraigh [*ms.*
shaeraigh] fria.

An tan táinic an maidin adchualadar an gairm [*ms.* gairmh]
.i. tarr amach a Flainn for an guth. táncadar na fir . éirgidsium
iar sin ocus geibid a ghaiscedh . luid sí dá féchain co dorus
na cathrach [*ms.* kr^c] co faccaidh an triar comaesa comdhel-
bha comcródha fairisem . atchonnairc dono cethrar [*ms.* .iiii.] ele
do'n dara leith fó a narmghaiscedh. cathaigit iar sin co ferrdha
feramail an tochtar sin .i. cethrar do gach leith . tucsum iar sin a
chethrar [*ms.* cethrar] maidm ar in cet[hr]ar ele . acht cena attor-
cradar bonn re bonn can anmain marb acht eisem a aenar [*ms.*
isem aenar] ocus luidh iar sin isin cathraigh anunn. buaidh
th'einigh duit ol sí : is laechdha [*ms.* laechaidhe] in gníom doró-
nais. ro budh maith cena bar esen diamadh fri naimdibh no
ferfainn. can do na hóccaibh or sise. mic bráthar damsa an cetrar
úd bói am aigid . trí derbráithre dam an triur ele. cidh ro cosain
frit ol an ben. an innsese or sé. cia ainm na hinnsise or sise. innis
Fedaigh mic an daill ol sé. can duitse or seise can féis liumsa.
ar m'olcus do nuachar duitsi a haithle rígh Erenn d'fágbáil duit
ar in tóclách ocus nách lium fén antoilén . ocus mad lium ragad
ar do cennsa ocus biair d'oenmnái agum ‖ má maith let . ocus
imthigh [*ms.* imidh] do'n chursa dochum an rígh ocus atá th'inilt
imslán can béd can baeghal a mbun an chrainn chétna . ocus ra-
ghadsa do bar nidhnacul co Temraigh.

Ro gabhsat rompu iar sin co Temraigh . ocus an tan ro siacht
sise tech an rígh is ann bhói Diarmaid ac érge as a lebaid isan
domnach cétna. nír cóir duit ámh in domnach do thoirimtecht
tar sárughadh [*ms.* sarudh] dé. ní dernas itir ol seise.

Amail do bátar ann confaccadar cethrar maccléirech ac toid-
hecht astech. cidh fodera díbh an domnach do thoirimthecht·

or in rí [*ms.* rígh]. cedughadh ár sruithe ar na cléirigh .i. Mol-
aise daiminnsi ro fái sinne chugatsa. ocus is edh fodera dóibh
.i. colamhan do mhuintir Daiminnsi ro bói ac mochéirge a bhó co
faccaidh an tochtar coemócclách cumdhachta fó armghaisgedh
ac cathugad fria aroile . ocus ro marbh cách díobh a chéile isin
cath acht éinfer namá . ocus ro adhnaicc Molaise in móirseser ele
ocus do fhácsat acainne ere déise di ór ocus airgiod [*ms.* airgid]
doneoch bói fó a mbráighdibh ocus fá a lámhaibh ocus fá a nar-
maibh . ocus is aire táncamairne co fesairse do chuid féin do'n
innmus sin. ac [*ms.* ach] etir ón ar in rí : a ní tuc dia dosum ní
chuidemsa fair é . acht déntar cumdach minn ocus fethal do'n ór
sin ocus do'n airgiod. ocus is edh ón ro comailledh . conidh do'n
ór sin do cumdaigedh scrín Molaise ocus a bachall.

Ro innsedar iar sin na maccléirigh do'n rígh co roibe in ríghan
ar láthair in chatha ac marbad in chatha uile. ro hédaighedh in
rí de ocus adbert fri Becfola toidhecht tar a hais co Flann ua
Fedhaigh. do érigh co héscaidh iar sin ocus do chuaidh ina frith-
ing co Flann ocus ni ro scarsat riam.

. *Finit* .

Imthechl Caenchomraic.

Easpac uasal ra bhái i cluain meic nóis Caenchomrac a ainm.
ocus Mochta a ainm ar tús . mac óighi hé ocus comarba dé ocus
dá oilitre do chóidh co cluain. ba mór tra a airmitin ocus a
chadhas i cluain. ár ro fhinnad ó dia gach aen díobh no gheibedh
bás in fuighbed fochraic nó in fuighbedh pian . ocus no indisedh
do chách in bliadain do gheibedh bás in ráithi déidhenach do'n
bliadhain a imthús. ba mór lais iarum a airbhidin i cluain ocus
táinic co hinis éndaim for loch rí ocus a oilitri do dénamh innte.
ar ba huaigneach leis hí fria hórd ocus oifreann ocus irnaighthi.

Bátar dream úrnaightheach do mhanchaib ina fharradh innti
ocus no theighidís for tír immach ar cenn almsan ocus primh-
idin i Tethbha . ár do bátar fir Tethba i ngéillsine mhóir dhó .i.
cét orc ocus cét laegh ocus cét uan ocus bairgen cacha loisdi
ocus screapall gacha caithreach . ocus nach rachadh a nár tar
nónbar acht co mbeidís fó screapall dosom . amail isbert :—

A tlóchur dom rígh . fir Tebtha dia tír . nír gonadh nech dhibh . ní ro gonsat nech. ‖ adeirimsi fribh . ní ba bréc in bágh . mad dia luaitti mhé . budh nónbar bar nár.

Ocus dono for sé gid sochaide bés in bar tograim giamba huathad dáib acht co nderntai m'iimrádhsa raghthai slán . dia nebairt :—

N ónbar a Tethba thíri . fri cét míle do mhílib!
dénat Caenchomrac dh'imrád . ragat im slán dia tírib
N í bérat buidne a mbuadha . do shluaga domon cia!
acht co mbiat cum fhognumsa . is m'foghnamsa do dhia

Do bísium amlaid sin itir chluain ocus inis éndoim seal . fecht dia mbúi i ninis éndoim lotar na manaig imach . luidh Eogan ocus Ecertach dá mac Aedhacán (*sic*) d'íb Máine dá bronndalta in cléirigh co ráncatar sliabh Liatroma a níb Máine. is ann bátar í Fhannáin oc seilg isin tsléibh . ocus ro mharbhsat drécht do mhucaibh allaid ann ocus do ratsat banbh do na cléirchib dhíobh . ocus tucsat leo dia tigh é ocus ra chuirset forsin gabail i cionn na teined . ocus mar do bí in cléireach ac gabáil a shalm co facaidh in fer mór chuigi ó bhun na tuinne as in loch . bennachais do'n cléireach ocus bennachais in cléircach dosom . is maith ar sé no freicéradh in tí atá forsin ngabhail i cionn na teined thú ocus no gébad salma let . crét sin itir ón ar Caenchomrac . ní annsa ar sé : mainistir fil lindi fó'n lochsa thís. ár ní doilghi lasin coimdhi áitrebh dháine fó na huiscibh iná isna hinadaib aili . ocus dorónsat macaeim na mainisdreach imarbhas cu ro cuirit imach i riocht muc ocus curob iat ro marbadh aniugh i sléib Liatroma . ocus aen díobh sin in tí fil forsin ngabhail i cionn na teined. ocus is misi a athair collaidhe ocus ac so a shaltair am láim ocus dobeirim duitsi í. saltair na muici atbeirthi fria iarum ocus ra mhair fri ré fada i cluain meic Nóis. in banbh dono idbeirthi fri hEogan ocus ba hé sin in banb fri beol tuirc. ocus cedaighis Caencomhrac dosom a breith leis dia adhnacul. cidh duit a cléirigh ar sé nach tice limsa d'fégad na mainistrech atá fó'n lochsa tís. ragat ar Caencomrac. lotar a ndís fó'n loch ocus tiagat isin mainistir . ocus tic Caenchomrac ó'n tráth co araili innti . ocus tic arna bhárach dia tigh ocus sé lán do thurrscur in locha. ocus do thathaigedh co minic fó'n loch ocus ní bíodh dícleith dó uirre ó sin imach céin ba beo.

Tictís cléirigh locha rí gach dardáin cásc co hinis éndoim do

shaigidh Chaenchomraic fó daigin ola do choisercadh dhóibh
ocus dogníodhsom órd ocus oifrenn ocus coisercadh ola ocus
próicept dóibh. ba gnáth fledhugad isin ló sin iar núrd ocus
iar naifreann . doberar iarum lionn ocus biad do na cléirchib
amail dobeirthi do ghrés . luid Caencomhrac uaithib imach ocus
tuc [*ms.* tic] úrmór in lái na nécmais . ocus tic dia saigid iar sin
isin teach i mbátar ic próinniugad ocus bennachais dóibh ocus
bennachais cách dosom ó'n mudh cétna. atcí na miasa lán do
shaill aca icá tomailt ocus gabais for a cairiugad im tomailt na
sailli isin corgais ocus do rat cúrsachad mór forra . ocus ro ghab
ferg ocus lonnas dermair é co nár fétsat fégad ina agaidh fri
ruitnech na diadachta búi ina gnúis. teichit na cléirig roime ocus
rongabh[astar] Caencomrac imach uatha ocus ní facas ó sin illé.
ocus ní fes in fó loch do chóidh do áitribh isin mainistir co
bfoghnum do dhia ocus do . . . ocus fri forbannuibh ársata.
nó in aingil rucsat a ainim dochum nime. ocus nír chaithset
sruithi gaeidel feoil isin caplait ina aithle sin.

. *Finit* .

Teasmolad Corbmaic úi Cuinn ocus Finn meic Cumhaill sunn.

Airdrigh uasal óirbítnech ro gab uas Erinn .i. Cormac mac
Airt meic Cuinn cétcathaig. búisim iarum cetrachat bliadan irri-
ghi Erenn iarmóthá na dá bliadain do gobsat Ulaid .i. Fergus
duibdédach bliadain ocus Eochaid gonnat bliadain eile. ro athri-
ghsat Ulaid Cormac fá dhó. do bói dono in Cormac cétna sin
cetri mísa for esbaid óna muir ocus ní fes cia leth in ro luidh nó
co tánic fésin ocus gurro innis a echtra.

Ní rabi iarum isin domon rí ro bo samalta fri Cormac acht
Solum mac Dáuid ar áine a ecna is ar saibris a fhlatha . ar ní
rug Cormac breth riam gan teora hailgi breithi occa .i. ail aignid
ghaeisi ocus ail fhásaig breth ocus ail bai bias . conad do réir
egna ocus eolusa na mbreth sin doberthai in laegh i gcinn hi
ráithi re ré Cormaic. miach dá gach immuiri ina ré. laeghleoghá
na colpacha ina ré. gach aband acht co roiched glún do geibthi

bratán in gach aenmogall isin lín inti ré linn. lán a srebuinn do
nús ag in boin ina ré. do barr meoir do cnuasaighthi in mil ina
ré arna fertain do nim tria fírinne fhlatha Corbmaic. is re linn
nach faightai soithighe do'n lemnacht . ar no bídís na ba oc siled
a loma gan anadh.

Ba samolta iarum fri hOctafín Aughust in rígh sin ar an ní no
íccadh gach aen cís cesarda as a dúthchus . is amlaid sin do
íccadh gach aen an cís rígha fri Corbmac as a inad dúthchais.
ar nír ben Cormac a dúthchas do nech riam.

Ní rabi iarum isin domun rí ro bo cosmuil fri Corbmac . ar is
é ba ferr cruth ocus dealb ocus deichcalt . itir méid ocus choire
ocus chóimi ocus chutrumma . itir rosg . ar do bátar secht meic
imlesan i cechtar a dá shúilsim (*sic*) amail atfet Senuath égis.
conebert :—

> D eochair álainn aturo . na ndís brec sroin bil ʃ
> cetri meic déc imlesan . hi súilib in fir

Is é [nár] ba fann ar ái ngáisi ocus aladh ocus urlabra . itir
gním ocus gaisced . itir righe ocus forlámus . itir chéill ocus
tidhnacal . itir eirred ocus arm ocus áine ocus imadh ocus ordan
itir gnáis ocus chinél . dorinne tír tairrngiri d'Erinn ina ré .i. gan
goid . gan broid . gan foiréigin . gan faire . gan ingaire . gan ceist
bidh nó étaigh ar duine.

Beg tra do tesmoltaib Corbmaic inn sin . ar ní fédann duine
acht mina tecuscad aingel é a ninnisin uile. ba mór tra a smacht-
som ocus a cumachta for feruib Erenn . ar ní lomhadh nech
d'feruib Erenn beth dímaein ‖ acht mina beth ag dénum amsaine
la Corbmac.

Is he iarum ba tóisech teglaig ocus amhusgilla con la Corbmac
.i. Finn mac Cumaill . ar is í cethern is ferr la righ Erenn do grés
a gilla con. ní tuc a lám a láim tigerna riam óglaech bud ferr
iná Finn . uair ba hóglaech ar ógl. chus . ocus ba brugaid ar
brughachus . ocus ba rí ar righacht . ocus ba laech ar laechacht.
ba hamus ar amsaine . ocus ba ríniadh ar nert . ar is fri Finn
samhailter gach ríniadh ó hoin gusinniudh. ba coitcenn iarum
d'Finn sechnóin Erenn ag scilg ocus oc fiadhach re ceithirn
in ríg.

Is ann imorro is mó ro búi airisim Finn a nAlmuin laigen.
iar luighi imorro fhoirbtechto ocus arsaidhechta ar Find ocus ar
ndíth Corbmaic do bídh ina gnáthcomnaidhe i nAlmuin acht

mina thísadh do tadhall eisti. is hí fa banchéli d'Finn .i. Smirgad
ingen Fatha canann . banfáidh ocus banfisidh isidhe . ocus is í ro
ráidh re Finn in tan no ibadh digh a hadhaircc goma deiredh
saeghail do . co nach ibedsum deoch a corn ó shoin imach acht
is a cuachaib do ibedh digh iarom.

Luid Finn lá ann a hAlmain gonustarrla a nadarccaib iuchbad
i náib failge . conusfuair tibro isin tulaig gur ibh deoch as in
tibrait. ocus do chuir a órduin fó déd fis gur can tria teinm
laegha . gur foillsiged do crích a hsaegail ocus a betha do techt.
conid ann ro ráidh na rainnsi sís :—

  T ánic in tairrngeri d'Finn . nemed do linn folai digh !
    a dul tar sruth ségda slóigh . d'féis le ingin móir meic Lir
  N eim a hadhaircc uathmar sruth . romsái mo cruth comall nglan !
    ro derg mo croidhi 's mo crí . is fuil ní fós dam
  A dibis digh do'n linn nglais . do ibis neim nuall namnais !
    is demin lim ó so imach . bidh é in sásad déighinach
  D ar lim ní hí in deoch do rad . in lá ar brú inbir abrat !
    as in escra airgid báin . Aine ingen Manannáin
  N í hí in deoch milis midh cuill . tuc dam ingen meic meic Cuind !
    maiden moch ro dergad drech . Diarmada i ninis dairbrech
  N í hí in deoch ler canadh ceoil . dam ar brú shescinn uairbeoil !
    diar dáilsit orm buidhnib bann . dá ingin Conáin chualann
  N í hí in deoch gan damna duilb . do rad dam Sadb ingen Buidb !
    cona feraib for femin . conamfargaib fó themil
  N í hí in deoch milis medha . in lá ar brú inbir bera !
    is demin tánic mo lá . is gním uathmar armothá

Docomlui iarum Finn iar sin go ránic ‖ druim Bregh. bátar
iarum anbfolta d'Finn ocus do'n féin isin tír sin . ar is leisim do-
rochair Uirgrend do luaighnib Temrach. ocus ro tinóilset Lua-
ighne iarum . ocus trí meic Uirgrend ocus Aichlech mór mac
Duibrenn .i. mac in tres fir do macuib Uirgrend. fertar iarum
cath amhnas édtrócar fortrén ferrda síchdo feramail aturru . gur
chuimnigh cách díb a nanbfolto hi céin ocus hi fogus diaraili ann
sin. ag Breaa for Bóinn is ann tucad in cath sin . ocus ro bás co
fada isin imguin gur bo mór a nuilc diblínaib. ro sráinedh imorro
in cath for Fhind ocus dorochair ann. Aichlech mac Duibrend is
leis do thuit Finn ocus is é rosdíchend é . conid do cuimniugud in
gníma sin ocus do breith na naineolach for fiss ro chan in sen-
chaid in rann so :—

  M órchath Brea na ngním ngrinn . fersad Luaighni is fiana Finn !
    díth na féini isin chath . ocus Luaighni co coscrach
  A nn do cirrbad ríniadh réil . Finn mac Cumaill co mórméin !
    dia mbeidís in fhian for leth . nocho tuitfedh la hAichlech

A dhbol in gnſm tairpthech tenn . dorónsat trii meic Uirgrend !
díth na bſian ſa mór amach . guin in ríniad sa mórchath

Is hſ sin iarom aghaidh Finn iar ſſrinni senchusa amail atfiad-
hait na heolaig . acht cena is éxamail forchanuid a bunadhus.
atberad ſoirend díb is do corca Oiche ua Fighinti do . adberaid
arali ocus is fſr sin comad do ſb Tairrsigh ua Failgi do ocus
gomadh do aithechthuathaib iadsighe . amail atbert Maelmura
isin cronic : sé cinedha nach do muir Breoghuin gébus maighin.
Garbraide hsucca . úi Thairrsigh . Galeon laigen.

Issed imorro adberait Laigin comad innua do Nuadaidd necht
Finn . ocus is ſ so a ghenelach .i. Finn mac Cumaill meic Sual-
taigh meic Báiscni meic Nuadhat necht.

Conid iad tesmolta Cormaic ocus agaid Finn sin.

. *Finit* .

Airem muintiri Finn.

Airem muintiri Finn in so .i. dechnemar ocus secht fichit
ríſhéinnidh a lſn . co trſ nónbaruib laech la gach fior díb sin.
co ngiallcerdacht leo feib búi la Coinculainn isin aimsir hi raibi.
gan crodh do ghabáil na sárugud . gan duini d'éra im shéd ná
im biadh . gan teitheadh ré nónbur laech do gach ſir díb.

Nſ gabthái fer díb sin isin bſéin nó a mórdáil Uisnigh ‖ [nó a]
nóenach Taillten nó a ſéis Temroch nó go tucdais [a] naitri ocus
a máitri a tuatha ocus a finedha [slána] tairrsib cidh in uair sin
do mui[bſit]he iad gan a nagra . ar dáigh ná beith a súil [re ne]ch
eli dá ndſghuilt acht iad ſén. ocus cid iad [som] do derna mór-
olca gan aithi ar a mui[nter]aib.

Nſ gabthái fer díb so co mbo rífili dá leabar déc na filidhechta.
nſ gabtha fer díb ſós co nderntái latharlog mór co roiched fillidh
a uathróigi . ocus no chuirthe (*sic*) ann é ocus a sciath les ocus
fad láime do chronn chuill . [ocus nó]nbar [lae]ch iar sin chuigi
co nái sleguib leo ocus deich [n]imuiri atturru co ndibruigidſs i
nóinfecht é . ocus dá ngontai thairis sin é nſ gabtai a bſianoigecht.

Nſ gabtái ſós fer díb so co nderntai ſuiltſighi fair ocus go
cuirthi trſ ſeduib Erenn ina rith é co tigdſsim uili ina diaid ar

eiccill a gona . ocus ní bídh aturro acht in craeb do ega. dá
rugta fair do gontai é ocus ní gabthai iar sin . da crithnaidhidís
a airm ina láimh ní gabtai. dá tucad craeb isin choill ní dá
fholt as a fhige ní mó no ghabtai. dá minaigedh crand crín fá
a chois ní gabtái. mina lingedh tar crann bud comard r[e a]
édan ocus mina cromad fó cradd bu[d coma]r[d] rena glún ní
gabtai é. ocus mina tucad in dealg as a chois dá ingin gan
toirm[esc] a retha uime ní gabtai a bfianaigecht é. ocus dá
ndernadh sin uili fa do muir Finn é.

Maith tra in fer agá rabatar in fhian sin . ar nob é in secht-
mad rí ro búi for Eirinn é .i. cúig rí na gcóiged . ocus rí Eirenn.
ocus eisim in sechtmad rígh fri láim rí Eirenn *etc.*

Dá chúlcoimétaidi Finn .i. Nóenelach ocus Raer ua in gairb.
dá maer a chon .i. Crimthan ocus Connla cass. a rannaire .i.
Catluan mac Crimthain. táisech a comóil .i. Corc mac Suain.
a trí dáilemuin .i. Diarmait ua Duibne ocus Failléne ocus Colla
mac Cáilti. a dá tháisech tellaig .i. Cáilti ocus Glanna. a dá fer
dergaithe a leptha .i. Adhmoll ocus [mac Neri]. a dá fer déc
chiuil .i. Fergus finbél . Fianu . Bran . dá Réidhe . Nuadho ocus
Aithirne aghmar ocus . . .   Flann ocus Aedh airdcheolach. ‖
Cobthach ocus Cethern. a liaig .i. Lerthuili. a dá sithealcoimé-
daighi .i. Braen ocus Cellach muel. a berrthóir .i. Scannal. a
círtóir .i. Daelgus. a ara carpait .i. Rinnchú. a dá tháisech
marcsluagh .i. Aena ocus Becán. a trénfer .i. Urcraidhe ua
Bregaidhe. a seisir dóirseor .i. Cuchaire ocus Bresal borr . Finn-
chadh ocus Mac dá fer . Imchadh ocus Aithech mac Aithech
bail. a saer .i. Donngus. a goba .i. Collán. a cerd .i. Congurán.
a chornuiri .i. Cúlaing ocus Cúchuailgni. a dá fáidh .i. Dirinn
ocus Mac reith. a tinnmedóir .i. Cuinnscleo. a chainnleoir .i.
Cudamh. a dá fer imchuir sleighi .i. . . .   ocus Uadhgarb.
a fer imchuir scéithi .i. Railbe . ocus araile.

. *Finit* .

Agallamh na Senórach in so.

Ar tabairt chatha Chomair ocus chatha Ghabra ocus chatha Ollarbha ocus ar ndíthiugad na féinni . ro scáilset iar sin ina ndrongaib ocus ina mbuidnib fó Eirinn co nár mhair re hainm na huaire sin díob acht mad dá óclách mhaithe do deiredh na féinne .i. Oisín mac Finn ocus Cáilte mac Crunnchon mhic Rónáin ar scíth a lúith ocus a lámhaig . ocus dá naonbar óclách mar aon riu [*ms.* rú]. ocus táncatar in dá naonbar laoch sin a himlíb shléibe Fuait fonnscothaig foithremail co lugbartaib bána amach . risanabar Lugbadh isin tan so . ocus do bhádar co dubach domenmnach ann re fuined néll nóna in oidchi sin.

Is ann sin adubairt Cáilte re hOisín : maith a anam a Oisín cá conair no rachmáis ria ndeoid laoi d'iarraid áighedechta na hoidchi so. ní fhetar ar Oisín ó nach mairenn do shenaiþ na féinne ocus do shenmuinntir Fhinn mhic Chumaill acht triar amháin .i. mise ocus tusa á Cháilte . ocus Cámha in bhanfhlaith ocus in banchoimétaid ro búi ac coimét Finn mhic Chumaill ó'n uair fa macaem é gusin laithe a fuair bás. dligmít féis dithat na haidche so di ar Cáilte . uair ní éiter a ríomh ná a aisnéis in mhéit ro thoirbir in flaithféinnid Fionn disi do shétaib ocus do mháinib re taob in tres sét as ferr fuair Fionn riam do thabairt di .i. in tanghalach . cornn tuc Moriath ingen ríg Gréc do Fhiunn ocus tuc Fionn do Chámha.

Ocus fuaradar féiss na hoidche sin ac Cámha . ocus ro fiarfaig díob a nanmanna ocus ro innsetar di . ocus ro chái ann sin frasa díchra dér . ocus ro fiarfaigset scéla d'aroile ainnséin. ocus táncatar iar sin isin tech leptha ro hórdaiged dóib . ocus ro bói in bhanfhlaith .i. Cámha ac órdugad a cothach .i. nua cacha bídh ocus sen cacha dighi do thabairt dóib . uair ro b'aithnid dissi mar do biadtai a samlasum . ocus ro b'aithnid di fóss in ní bud daoithin d'Oisín ocus do Cháilte co minic roime sin. ocus ro éirig sí co hanbfann [*ms.* anmfhann] étláith ocus ro búi ac imrád na féinne ocus Fhinn mic Cumaill . ocus táin[ic sí] tar imrád Oscair mhic Oisín . ocus tar mac Lugdach . ocus tar chath [Gabra ocus aroile] . ocus ro muidh tocht mór orrosum uime sin.

[Is ann sin ad]ubairt Cáilte : ní doilge linne sin anois iná mar ||
as éicin dúinn in dá nónbar atámait do deired na muinntire móire
maithe sin do scarad ocus do scáiled ó chéile. ro frecair Oisín
sin : dar mo bhréithir ámh ar sé ní fhuil innamsa níth ná nert ina
ndegaid sin . ocus gérsat calma na ferógláig ro cháisetar co dubach
dobrónach domenmnach maraon risan mbanfhlaith [*ms.* mban-
laith] .i. re Cámha. tucad a ndaoithin dighe ocus míre dhóib ocus
ro bátar teora lá ocus teora oidche ann sin . ocus do chéilebairset
do Chámha iar sin ocus ro ráid Oisín :—

   I s toirrsech indiu Cámha . dorála i ciunn a snámha!
   Cámha gan mac is gan ua . dorála conad senrua

Is ann sin táncatar rompu ass an bhaile imach ar an bfaitche
bféraig . ocus gníset comairle ann sin ocus is í comairle dorónad
accu ann scarad re chéile . ocus ba scarad cuirp re hanmain a
scarad. ocus dorinset amlaid sin . uair do chuaid Oisín co sid
ochta cleithig bhail a raibe a mháthair .i. Bla inghen Deirc dhian-
scothaig . ocus téit Cáilte roime co hinnber mBic loingsig i mBre-
gaib risaráidter mainistir droichid átha isin tan so .i. Bec loingsech
mac Airist atorchair ann .i. mac ríg Rómán táinic do ghabáil
Eirenn co rusbáid tonn tuile ann é . ocus do linn Fheic ar Bóind
bhánsrothaig . ocus tar senbregmaig bhudhes . ocus co ráith droma
deirc áit arraibe Pátraic mac Alprainn.

Is ann sin do bói Pátraic ac cantain na canóine coimdeta . ocus
ac etarmolad in dúileman . ocus ac bendachad na rátha arroibe
Fionn mac Cumaill .i. ráith droma deirc. ocus atconncatar na
cléirig dá ninnsaigid iatsum . ocus ro ghab gráin ocus egla iat
roim na feraib móra cona conaib móra leo . uair nír lucht coimré
ná comaimsire dhóib iat.

Is ann sin do éirig in teo flaithemnais ocus in tuaithne air-
echais ocus in taingel talmaide .i. Pátraic mac Alprainn .i. apstal
na ngaoidel . ocus gabus in tesriat do chrothad uisce choisrectha
ar na feraib móra . uair ro búi míle léighionn do demnaib uas a
cennaib conic in lá sin . ocus do chuatar na demhna i cnocaib
ocus i scalpaib ocus i nimlib na críche ocus indorba uatha ar cach
leth . ocus do shuidedar na fir mhóra ina dhegaid sin.

Maith a m'anam ar Pátraic [cia] comainm thu a ócláig ré
Cáilte. Cá[ilte] mac Crundchon mic [Rónáin] mise ar sé. ro
bádar [na cléirig] || ac ingantus mhór acá féghad re tréimhse chian

ocus ní roiched acht co tana a tháib nó co formna a ghualann in
fer ba mó do na clćirchib do'n fior díob sin ocus iat ina suide.
Athchuingid do b'áil liumsa d'iarraid ort a Cháilte ar Pátraic.
dá raib ocumsa do niurt nó do chumung sin do ghćbthar ar Cáilte.
ocus abair cid edh í. topar fíruisci d'fagbáil inár bfocus ann so
assa bfćtfamáis tuatha Bregh ocus Midhe ocus Uisnig do baisted
ar Pátraic. atá ocumsa dhuitse sin a uasail ocus a fhíreoin ar
Cáilte . ocus táncatar rompu tar cladh na rátha a[mach] ocus ro
gabsum lám Pátraic ina láim ocus atchonncatar in lochtobar grinn
glainide ina bfiadnaise. ocus ba hadbar leo mét ocus reime in
bhilair ocus indfochlachta ro bói fair . ocus do bói ac tabairt a
thesta ocus a thuarascbála ocus adubairt Cáilte in laoid ann :—

> A thobair trága dhá bhan . álainn do bhilar barrghlan !
> ó ro tréiged do chnuas ort . nír léiced fás dot fhochlocht
> D o bhric ód bruachaib amach . do mhuca allta it fhásach !
> doimh do chrega cháin selga . do láig breca broinnderga
> D o mhes ós bharraib do chrann . t'iasc i ninnberaib th' abann !
> álaind lí do ghlas ngedhair . a ghlas uaine fhoithremhail
> I s uait do chuadar in fhian . dar marbad Coinchenn coimfial !
> dar cuired ár féinne Finn . isin madain ós maolghlinn
> U ait do chuaid Fathad na bfled . ba laoch do fhuilnged imned !
> dá bfuair rath in talman toir . dar marbad i cath chlároig
> T áinic ós cionn in tobair . Blaoi ingen Deirc dhianscothaig !
> gol ard con atha aicci . dar cuired cath confaiti
> A [r] marbad chon ocus fer . ar nathchuma laoch láinghel !
> co cuala glaod Gharaid ghlain . adaig re taob in topair

Maith ar Pátraic : in táinic ár próind ocus ár tomaltas chucainn
fós. táinic ón ar espac Sechnall. roinn ár próind ar Pátraic . ocus
tabair a leth do'n naonbar óclách mór [*ms.* mhór] út d'iarsma na
féinne. is ann sin ro éirgedar a espoic ocus a shacairt ocus a
salmchétlaid ocus ro choisrecsat in biad ocus ro tho[muls]at a
lórdóthain bíd ocus lenna ‖ amail ba les anma dóib.

Is ann sin adubairt Pátraic : nár maith in tigerna acá rababh-
airse [*ms.* rabhuirsi] .i. Fionn mac Cumaill . ocus ro ráidh Cáilte
in formolad bec so ann sin :—

> D ámad ór in duille donn . chuirios di in caill !
> dámad airget in gheltonn . ro thidlaicfed Fionn

Cia ro choimét sibse mar sin ar Pátraic in bar mbethaid . ocus
ro frecair Cáilte .i. fírinne inár croidhedaib ocus nert inár lámaib
ocus comall inár tengtaib.

Maith a m'anam a Cháilte ar Pátraic : a rabadar cuirnn ináit copána ináit bleideda buis ocus bánóir isna tigib arrabais riam romainn . ocus frecrais Cáilte sin : is edh do búi i tig mo thigerna do chornnaib :—

> D á chornn déc ocus trí cét . do chornnaib co nór̄ac Fionn !
> mar do éirgidís do'n dáil . ba hadbal a láin do'n lionn

Munbud coll crábaid ocus munbud mainnechtnaige urnaigte ocus munbud tréigen acallma rig nime ocus talman dúinn ro bo gairit linn t'acallaimse a ócláich ar Pátraic.

Do bí Cáilte ac innisin na triath ocus na tigernad acá rabatar . ocus adbert in láid :—

> C uirnn ro bhátar i tig Fhinn . is mebair linn a nanmann !
> macalla is grugán gann . cornn na mban ocus adhmall
> M acám na corn corn Aillbe . co nochtaib aidble uile !
> ac an tsluag ó láim do láim . moille a tráig iná a thuile
> A dharcán corn bói ac Diarmáit . dobeirthea a fialghoit do mhnáib !
> ól dá fer ndéc fá chethair . dar mo bethaid ba hé a lán
> D á chorn mhic Lugach in láich . órsholus odhrán indóir !
> órsholus inmain fer forlán . scarad nech re comrád cóir
> M ar do éirgimís do'n comól . i teglach Finn ba hárd blad !
> macalla am láimsi budéin . mudhán ac Diarmait ro char
> grugán i láim Finn na féinne . a corn féine i láim na mban
> D eoch dá fichet i macalla . deoch trí fichet corn na mban !
> deoch cheithri fichet immudán . deoch cét laoch i ngrugán ghlan
> T amgasta corn Oscair áin . is leis do éirgedh do'n dáil !
> ba minn súla slóig tar ler . ris ro tibed mór ningen
> L escach ba leor a áille . corn Aillinne co náine !
> Fionn ro tidlaic dá bélaib . i láim Gotháin gheilméraig
> I arla ba lór a shuarca . do cuiredh na caomchu[acha] ! ||
> Fionn do rat i tig nóla . do Dubán mac Dubnóna
> F er uaine corn do bhí ac Finn . dobeirmís linn tar gach ler !
> dá mbeth ac ól nír bho díthat . do bhiad ann ól tríchat fer
> I s é as lugha bhói nár comól . a meic Chalpuirn itam tig !
> fer tuillid corn Ghlais meic Gathail . a luag agaib nocho nfil
> D obrón re feraib ba cáid . corn meic Rethi co mórghráin !
> miste leo beith i tig Finn . in tan no bithea i cromghlind
> B rec derg ba mór a chaire . corn Cháilte go caemghlaine !
> uime tuc Fionn in tres trén . na torchair Lughaid trí rém
> C enn álainn corn ríg Alban . ris téigmís fardul feda !
> corn in rígfhéinnid Rónán . as nibhmís mórán meda
> F er mar Fhionn ní thic co bráth . ní thabair fáth ar foglaib !
> rí ar doman gá mbiad a muirn . is samail cuirn dá chornaib

Adrae buaid ocus bennacht a Cháilte ar Pátraic : is urgairdiugad menman ocus aicenta dhúinn sin . ocus innis óirscél eile dhúinn. inneosat ón ar Cáilte ocus abair gá scél as áil duit. in

rabatar eich nó echrada acaib isin féinn. do bátar imorro ar
Cáilte : trí caoca serrach aenlárach [*ms.* lára] ocus aeincich. cánas
ar fríth sin ar Pátraic. adér frit a fhírinne a anam ar Cáilte :—

Oclách do búi ac Fionn .i. Artúir mac Béine [*ms.* benne] brit
ocus ba hedh a líon trí naenbair. ocus dorónadh selg beinne
hEdair le Fionn . ocus ba tuillmech toirtech in tselg soin . ocus
do scáilset dá conaib ocus do shuid Fionn i carn in fhéinnedha
idir beinn Edair ocus muir . ocus ba maith lais a menma ag
éisdecht re raibhcedaig na ndam ndíscir ndásachtach acá lúth-
marbad do chonaib na féinne.

Is ann dorala d'Artúir mac Béine brit beith ac coiméd in mara
idir an [fi]adach ocus muir co nach snáimdís in [damhrad] uatha.
ocus mar do bhí Artúir amuich ‖ i cionn in chuain atchonnaic trí
coin do chonaib Finn .i. Bran ocus Sceolaing ocus Adhnuall.
ocus is í comairle ar ar chinn Artúir .i. é féin ocus a trí nónbair
do imthecht tar muir ocus na coin sin do breith leis ina tír féin.
ocus do críchnaigedh in comairle sin. dóig ám do chuadarsom
tar muinchionn mara ocus na trí coin sin leo . ocus ro gabsat cuan
ocus calad ac innber mara gaimiach i crích Bretan . ocus tiagat a
tír ocus lotar rompa co sliab Lodáin meic Lir ocus dorónad selg
in tsléibe sin· acu.

Dála na féinne iar sin tairnic leo a bfiadach ocus a bfianchoscar
do dhénam ocus roghabsat longport ag beinn Edair meic Etgacith
in féinneda . ocus ro háirmit coin tigi Finn ann sin amail ba
ghnáth aca . ocus ba himda a coinsium amail atbert an file :—

A irem craeibe ar conaib Finn . cona chuanart bláith bhithbinn!
    trí cét gadhar comall nglé . ocus dá cét gaidhriné

Ba mór do dháinib acá rabatar sin ar Pátraic. is fíor ám duitsi
sin ar Cáilte ór ba hé so in líon no bhíod i tig Finn :—

T rí caoca ro búi i tig Finn . do tháisechaib fiann fírghrinn!
    is trí cét gilla gráda . dhá chét dalta dingbála

Ar náirem na gcon fríth móiresbha forro .i. Bran ocus Sceolan
ocus Adnuall ocus ro hinnsed d'Fionn. sirther ar sé trí catha na
féinne . ocus gia ro siredh ní fríth na coin.

Is ann sin tucad loingsithal bánóir chum Finn ocus ro nig a
ghnúis rígda ocus tuc a órdóig fó a dét fis . ocus do faillsiged
fírinne dó ocus adubairt : ruc mac rig Bretan bar coin uaib . ocus
toghaid nónbar do dhul dá niarraid. ocus ro toghad amlaid ocus
ba hiat so a nanmanna .i. Diarmaid mac Duinn meic Donnchada

meic Dhubáin do ernaib Muman andeas [*ms.* aneas] ocus Goll
mac Mórna. in mac ríg Goll nó in mac ógláich ar Pátraic. mac
ríg ar Cáilte . ocus atbert :—

  M ac Taidg meic Mórna do'n maig . mac Faeláin mac Feradaig !
    mac Fiacha meic Airt do'n maig . meic Muiredaig meic E[chaid]

ocus Caol cródha cétghuinech ua Nemhna [.i. cur] ‖ conáich co
neim ro búi ac Fionn . ocus ba hí so neim ro bái fair . ór nír dhiu-
braic a lám urchar nimroill riam ocus nír fuiledh a lám ar dhuine
riam nach bud [*ms.* bhudh] marb ria cionn nómaide . ocus Oisín
mac Finn in té nár ér duine riam acht gu mbiad cenn re caithem
neith aigi ocus cosa re himtecht. is mór in teisd sin a Cháilte ar
Pátraic. is fíor cid sin ar Cáilte . ocus adubairt :—

  N ír ér Oisín duine riam . im ór ná im aircet ná im biad !
    ní mó do chuinnig ní ar nech . gémad inríg a oinech

ocus Oscar mac Oisín .i. in mac ríg ba ferr lúth ocus lámach ro
bái i nEirinn . ocus Ferdoman mac Buidhb derg meic in Daghda.
ocus Raighne roisclethan mac Finn . ocus Cuinche corcairderg
mac Finn . ocus Glas mac áincherda Bera . ocus mac Lugach.
ocus mise féin ar Cáilte. ocus ba hí ár cétfaid dinn féin a naemh-
Pátraic co nach raibe ó Theprofáne co garrdha na nIsperda i
nairrther in domain ceithri cét laech nach dingébmáis i láthair
chatha ocus chomlainn . óir ní raibe guala gan gelsciath . ná cenn
gan cathbarr . ná desdorn gan dá manáis móirlebra. ocus luidsem
romainn fó'n réim sin co ráncamar sliab Lodáin meic Lir . ocus
nír chian dúinn ann co cualamar comrád na bfer ag dénam shelga
ar in muig.

  Dála Artúir meic Béine brit do eisid ina dhuma shelga ann sin
cona mhuintir. innsaigter linne iat co hathlamh ocus ro mharb-
sam muintir Artúir uile . ocus iadhus Oscar a dá láim um Artúir
ocus ainicios é . ocus tucsam ár trí coin linn. ocus déchain ro
dhéc Goll mac Mórna secha confaca in tech bocóidech dubghorm
co srian co cumdach óir fria . ocus in décsain ro dhéc dá láimh clí
confaca in nech ndonn ndóghab[á]la ocus srian línaide láingel
d'airget aith[legtha] fria co mbéilgib óir fris . ocus g[abus G]oll
in tech sin ocus cuiris í i láim ‖ Oisín ocus cuiris Oisín illáim
Diarmada í Dhuibne. ocus táncamar romainn iar mbuaid coscair
ocus commáidme ocus cinn na trí naonbar linn . ocus ár coin ocus
ár neich ocus Artúir féin i láim . co hairm ambúi Fionn co senmag
nelta nEdair. ocus táncamar ar in pubaill arraibe in rígfeinnid

ocus atbert Cáilte : do ratsamar Artúir linn . conderna a cura re
Fionn comba óglách d'Fionn iar soin cusin laithe luid d'écaib.
ocus tucsam in dá nech sin d'Fionn .i. in feirech ocus in bainech.
ocus is dá síol sin do bí echrad na féinne uile . ór nír chlechtsat
eich co sin. ocus ruc in bainech ocht tairberta ocus ocht serraig
gacha tairberta . ocus tucad do drongaib ocus do dhegdáinib na
féinne na serraig sin ocus dorónta carpaid acu iar sin.

Adrae buaid ocus bennacht a Cháilte ar Pátraic ocus innis
dúinn anmanna na triath ocus na tréinfer acá rabadar na heich
sin. conad ann asbert Cáilte ocá innisi :—

A ithnid dam eich na féinne . gibé adéradh re chéile !
   in uair thiced in sluag seng . co haenach Tailltenn taeibsheng
I n coinchenn Eochaid meic Lir . in aignech Diarmada dil !
   in coscrach Finnchaid na gcath . in gormlasrach meic Lugach
I n badb ac mac Lugach lán . éirim cruthach ag Conán !
   ben mhanann tucad tar muir . do bí ac Fionn bhán ua Breasuil
I n échtach Oscair co nágh . in dubluirgnech ag Donnán !
   midhach mairg is scal fó caill . is fer baeth ag mac Sidhmaill
F rancán ocus lúth re srian . dá ech tháisig scuir na bfiann !
   lúth ac Scuirín codhnaib gal . is fraechán ac Dubdruman
G err in óir gerr in arcait . maraen do chinndís carpaid !
   dá ech do bhí ag Aillmi ann . ag ingin airdríg Eireann
D ub esa is dub tuinne . dá ech Aenguis angluinne !
   Cáilte is Oisín amach . maraen téigdís gach naenach
E ch Guill meic Mórna do'n muig . fer fairi do búi i maenmhuig !
   tan do léicthe ar sliab nó ar maig . fá comhluath r[e gaeith] nerraig
E ch dá nach dechaid ní riam . do choin [ná do mhíol] ná d'fiad !
   conchenn do bhí . . . . . || tucad a tírib Saxan
A n glas gaillmhe mór in mod . ferr ná cét ech a haenor !
   do bhí ac Fionn in crotha buain . i mbrollach gacha mórshluaig
C etra fichit is dá cét . ocus míle nocha bréc !
   d'feraib trí nech fáth co lí . i marcshluag Fhinn almhainí

Adrae buaid ocus bennacht a Cháilte ar Pátraic : is gairdiugad
menman ocus aicenta dúinn sin acht minbhud coll crábaid ocus
minbhud mainnechtnaighe urnaighthe dhúinn é.

Ocus do bátar ann sin co táinic maiden arna márach. ocus
gabais Pátraic a eirred uime ocus táinic ar in faitche amach . ocus
trí fichit sacart ocus trí fichit sailmchétlaid ocus trí fichit naeim-
escub ina fharrad ac siled creidme ocus crábaid sechnón Eirenn.
ocus do riachtadar a dhá aingel fhorcoiméda chum Pátraic ann
sin .i. Aibelán ocus Solusbrethach . ocus fiafraighios díob in bud
móid le ríg nime ocus talman beith dosom ag éisdecht re scéla na
féinne. frecrait na haingil dosom co comnart cubaid : a anam a

naeimchléirigh ar siat ní mó iná trian a scél innisit na senlaeich
út ar dáig dermait ocus díchuimne . ocus scríbthar letsa i támlor-
gaib filed ocus i mbriatraib ollaman . ór bud gairdiugad do dron-
gaib ocus do degdáinib deirid aimsire éisdecht frisna scélaib sin.
ocus do imtigset na haingil iar sin.

Is ann sin do cuas ó Pátraic ar cenn Cailte ocus tucad dá
innsaigid é in nónbar óclaech do bí . ocus ba hiat so a nanmanna
.i. Failbe mac Flainn . ocus Eogan airmderg mac ríg Ulad . ocus
Flann mac Fergusa mac ríg cenéil Conaill . ocus Conal coscarach
mac Aengusa mac ríg Connacht . ocus Scannlán mac Aililla meic
ríg Osraige . ocus Baedán mac Gairb mac ríg corco Duibne . ocus
Luaimnech linn mac ríg érna Muman . ocus Aed lethderg mac
Eogain meic rig Tuadmuman . ocus Failbe ocus Uanchenn dá
mac rig dháil nAraide atuaid . ocus Fulartach mac Fingin mac
ríg tuath mBreg ocus Midi.

[In] bfedabair cid fá tucad dom acallaim sib do'n [chu]r so ar
Pátraic. ní fhedamar imorro ar Cáilte. ar dáig ‖ co ro shléchtad
sib do shoiscéla ríg nime ocus talman .i. in fírdia forórda. is ann
sin tucad tonn baitse Críst tairsib ac Pátraic i gcionn baitse ocus
creidme bfer nEirenn.

Is ann sin tuc Cáilte a láim secha i comrad a scéith . ocus tuc-
astar lia druimnech dergóir arrabatar trí caeca uinge do Pátraic
ar baisted in nónbair do bhí. tuarastal déidenach na flatha Finn
damsa sin ar Cáilte do raith mh'anmasa ocus do raith anma in
rígféinneda duitse a Phátraic. ocus issed do ghabad in lia do
Phátraic ó bhárr a meoir medoín co mullach a ghualann . ocus do
bhí ferchubat ar lethet ocus ar reime innti . ocus do cuired in tór
sin ar finncheolánaib tráth in táilchinn ocus ar saltrachaib ocus ar
lebraib aiffrind [*ms.* aithfrinn].

Maith a anam a Cháilte ar Pátraic : gá selg as ferr fuaradar in
fhiann riam i nEirinn nó i nAlbain. selg Arann ar Cáilte. cáit a
bfuil in ferann sin ar Pátraic. idir Albain ocus Cruithentuaith
[*ms.* tuath] ar Cáilte . ocus trí catha na féinne téighmísne laithe
mís trogain risaráidter in lugnasad . ocus do gheibmís ár lórda-
ethain selga ann nó go ngairedh in chái do barraib biled i nEirinn.
ocus binne iná gach ceol éisdecht re binnghothaib a hénlaithe ag
éirge do thonnaib ocus d'aireraib na hinnse .i. trí caeca ealta bítís
ina timchioll co taitnem gacha datha idir gorm ocus uaine ocus
glas ocus buide . ocus do ráid Cáilte in láid :—

A rann na naighed nimda . tadall fairge re a formna !
  ailén a mbiadta buidne . druimne a ndergtar gái gorma
O ighe baetha ar a bennaib . monainn mhaetha ar a mongaib !
  uisce fuar ina haibhnib . mes ar a dairghib donnaib
M folchoin innti is gadair . sméra is áirne dubdroigin !
  dlúith a fraigred re fedhaib . doim ac dedhail má doirib
D foglaim corcra ar a cairrcib . fér gan locht ar a lergaib !
  ós a creca cain cumhdaig . surdghail laeig breca ac bedgaig
M ín a mag méith a muca . suairc [a guirt scél as creidte] ||
  a cnó ar barraib a fidcholl . seolad na sithlong seice
A ibinn dóib ó ticc soinenn . bric fá bruachaib a habann !
  fregrait fáilinn má fionnall . áibinn gach ionam Arann

Adrae buaid ocus bennachtain a anam a Cháilte ar Pátraic : is
tairise linn do scéla ocus tu féin budhesta.

Is ann sin adchonnaic Pátraic dúnad ocus degárus uaid gach
ndírech. cia in baile úd a Cháilte ar Pátraic. baile as uaibrecha
arrabadhas i nEirinn ná i nAlbain sút ar Cáilte. cia do búi ann
ar Pátraic. trí meic Luigdech minn meic Aengusa .i. tri meic rígh
Eirenn . Ruidhe ocus Fiacha ocus Eochaid a nanmanna. crét tuc
dóibsium in maithes mór sin ar Pátraic.

Fecht naen dá táncatar d'agallaim a nathar co fert na ndruad
fria Temraig aniartuaid : cánasa táncabair a óca ar sé. a hechlais
banghuba andes [*ms.* anes] ar siat a tig ár mbuime ocus ár naide.
cid ro imluaid sib a óca ar rí Eirenn. d'iarraid críche ocus ferainn
ortsa ar siat. do bhí in rí ina thosd re hed ocus adubairt : ní
hathair ar sé tuc crích ná ferann damsa acht mo rath féin ocus
mo ruithendacht . ocus ní thibér ferann dáibse acht cosnaid féin
ferann dáib. is ann sin do éirgedarsum eirge athlaim aeinfir ocus
tángatar rompa go faidche in brogha ocus do eisetar ann gan nech
ina bfarrad. cid as comairle lib anocht ar Ruide. is comairle linn
ar a bráithre troscad do dhénam re tuatha dé danann re rath
críche ocus forba ocus ferainn ocus re maithes máinech móradbal
d'fagbáil uatha. ocus nír chian dóib ann sin co facadar in tóclách
suairc sidhamail dá ninnsaigid . bennaighis do macaib ríg Eirenn
ocus frecraitsium fó'n samla cétna. can duit a ógláich ar iat ocus
.. canas tice. as in brugh brecsholus i comfocraib dúib ar in tóclách.
carsat comainm a óclách bar iatsomh. Bodb derg mac [in D]a-
ghda mise ar sé . ocus ro foillsigedh [do thuathaib dé] danann bar
tiachtainse do throscad || sunn anocht re ferann ocus re mórrath.
ocus ticid lemsa a óca. ocus do éirgedar i naenfecht ocus do
chuadar isin mbrug . ocus tucad próind dóib ocus nír chaithset.

do fiafraig Bodb díob cid um nár chaithset biad . rí Eirenn ar siat
ár nathair féin dár nérad um crích ocus um ferann . ocus ní fhuil
acht dá airecht chudrama i nEirinn .i. meic Míled ocus tuatha
dé danann . ocus táncamarne d'innsaigid in dara hairecht díob sin.

Is ann sin do chuadar tuatha dé danann i comairle . ocus is é
ba huaisle ocus ba hoiregda [*ms.* huir-da] isin comairle sin .i.
Midhair mongbuide mac in Dagda . ocus adubairt : tabraid trí
mná dóib súd ar sé . ór is ó mnáib do gabar rath nó amhrath.
ocus tucad trí hingena Midair dóib .i. Doirenn ocus Aiffe ocus
Aillbe. abair a Bhuidb ar Midhair cid dobérthar dóib sút. adér
ar Bodb : trí caoca mac ríg atámaid isin tsíd so . tabar trí caoca
uinge do dergór ó gach mac ríg dhíob sin dóib . ocus trí caoca
édach uaimse dóib ar Bodb co saine gacha datha. ascaidh uaimse
dóib ar Aed mac Aeda na nabusach a cnuc ardmulla amuich do'n
muir risanabar Rachlainn isin tansa .i. macám tuath dé danann
sin . corn ocus dabhach uaimse dóib ar sé . ocus in dabach do
líonad d'uisce eocharghorm ocus doghéna mid soóla somescda de.
ocus sáile serbdhomain do chur isin corn doghéna fíon i cétóir de.
ascaid uaimse dhóib ar Lir sída Finnachaid .i. trí caoca cloidhem
ocus trí caoca sleg seimnech sithfoda. ascaid uaimse dhóib ar
Aengus óg mac in Dagda .i. dúnad ocus dingna ocus baile rígda
rómhór co sonnadaib sithárda ocus co ngrianánaib gleorda glain-
ide ocus co tigib rinnradharcacha rómhóra isin ninad bus áil dóib
.i. idir ráith Chobthaig ocus Temair (*sic*). ascaid uaimse dhóib
ar Aine ingen Modairn .i. banchóic atá acum ocus geis di nech
d'éradh fá bhiad . ór doghéba ní mar dobhéra u[aithi]. ascaid
uaimse dhóib ar Bodhb derg : airpéit[idh maith atá acum .i.] ‖ fer
tuinne mac Troghain a ainm . ocus ruidhb arna ruachtad ocus mná
re gúrlámnad ocus mílid arna mochledrad do choidéldáis frisin
ceol sirrechtach doghní [*ms.* doní] . ocus ní mó as airfítid do'n
dúnad ambí inás do lucht na críche. ocus do bhátar re teora lá
cona noidchib isin tsíd.

Ocus adubairt Aengus riu trí habla a fidh omna do breith leo
.i. aball fó bláth ocus aball ac tuitim a blátha ocus aball abaid.
ocus do chuadar chum in dúnaid iar sin ocus do bátar trí caoca
bliad[an] ann nó go ndechaid díth ar na rígaib sin . ocus do chuatar
ar cúla chum tuaithe dé danann tréna clemhnus ocus do ansat ann
ó sin amach . ocus is é sin in dún do fhiarfaigis díom a Phátraic
ar Cáilte :—

Cáilte *cecinit.*

T rí thuile ón trí thuile . ticed a dún árd Ruide !
  tuile ógán tuile ech . tuile mfolchon mac Luigdech

T rí ceola ón trí ceola . ac rígnib seghda ar sodhain !
  ceol crot ceol timpán co mblaid . dórd Fir tuinne meic Troghain

T rí gáire ón trí gáire . bhfodh [*ms.* bidh] ann gan uair fá terca !
  gáir cechnata dá faidche . gáir graifne is gáir erca

T rí gáire ón trí gáire . gáir a muc ndornmar ndega !
  gáir a shluaig ós blai bruidne . gáir muirne is gáir mheda

T rí cnuasa ón trí cnuasa . bítís ann uas a slataib !
  cnuas ac tuitim foram ngnáth . crann fó bláth is crann abaid

T rí meic forfhácaib Lugaid . gérsat ruladh a bfedma !
  Ruide mac Luigdech lethain . Echaid is Fiacha ferda

D obhérsa teisd ar Echaid . nach dechaid traighid madma !
  ní bfodh gan airfitiud gnáth . ní bfodh tráth gan ól carma

D obérsa teisd ar Fhiachaid . gérsat ruladh a fhagla !
  nocha nebert guth bud ró . is ní bhfodh bud mó calma

D obérsa teisd ar Ruide . custicdís na trí thuile !
  nár érastar nech um ní . is nár iarr ní ar dhuine

T ríocha ruirech trícha triath . trícha nía ba foramh rí !
  ba hé líon a sluaig cétaig . trícha do chétaib fá trí

Adrae buaid ocus bennachtain a Cháilte ar Pátraic is urgairdi-
ugad menman ocus aicenta dhúinn sin.

Ocus nír chian dóib [ann co] facadar in taenóclách andes gach
ndírech dá ninn[saigid co ndeghéc]usc. brat corcra uime. delg
óir isin bhrut . [léine d]o shída bhuide re grian a chnis . urtlach ‖
do chnóib corra cennbhuide ocus d'ablaib áille órbhuide leis
ocus cuiris ar lár i fiadnaise Pátraic. canasa tucais in cnuasach a
mhacáim ar Pátraic. a fidh gégálainn gaible ar eisium. carsat
comainmsiu a ógláich ar Pátraic. Falartach mac Ferghusa mise
ar sé. cid as duthchas duit ar Pátraic. ríge thuath mBreg ocus
Mide ocus Déise temrach as dúthchas dam ar in tóclách . ocus
foghlaid ocus díbergach mhé. cia ara ndéne foghail ar Pátraic.
derbbráthair dam féin . Becan mac Fergusa. do dhuthchas duit co
gairit ar Pátraic. foirchenn air a naeimchléirig ar an tóclách. isin
bliadain atám ar Pátraic : canasa tucais in cnuas. ro fedarsa ám
ar Cáilte cáit as a tucad . is a ros meic Treoin i fid gaibhle anall.
ocus lubghort selga é do bhí ag óclách grádha d'Fionn mac
Cumaill .i. mac Lugach láidir láinéchtach. maith a anam ar
Pátraic : is ann sin atá fer grádha dom mhuinntirse .i. Oessán
mac ríg Alban . ocus sacart méisi damsa é. lubghort selga do'n
fhéinn sin ar Cáilte . ocus in tráth ticed dochma shelga do'n
fhéinn idir Eirinn ocus Albain do gheibdís a ndaethain selga re
teora lá ocus re teora aidche i ros meic Treoin :—

Cáilte *cecinit.*

C luain cesáin ro clos amach . cus tathaigedh mac Lugach !
 ba ros meic Treoin foram ngrinn . fria ré thuidechta in táilchinn
G id cantar na sailm fá sech . i cluain cesáin na cléirech !
 dochonnac in cluain cremaig . fó damraid ruaid róirebaig
G é atá léighenn uas in linn . do bí tan nár bo toill cill !
 ba fót abla is snáma a sruth . adba cána in chluain chremuch
T áinic in tarrngaire áig . táilginn trebsat cluain cesáin !
 adubairt Fionn fial failgech . cumad neimed naemainglech
M einic sinn 's ár coin fá sech . i ndiaid dhamrad nóc nuaibrech
 ár laeich ár ngadhair co huain . ac faghail um an caemchluain
T rí fichit rigan go recht . bátar acum i naoinfecht !
 doghninn a lesa uile . fa mé in clesach cluanuide

Gá tráth do ló ann anois ar Pátraic. is fogus d'aghaid ann bar
Beneoin. in táinic ar próind fós chuca[inn ar Pátraic.] ‖ ní tháinic
ón ar Beneoin. a anam a naemPhátraic ar Fulartach mac Ferg-
usa dobhérainnse eolus duit in bhaile a bfuigbitheá [*ms.* ifhuigh-
bhithea] próind ocus tomaltas anocht. cá hinad sin ar Pátraic. i
tig Becain mo bhráthar féin i tuathaib Breg ocus Mide.

Ocus luidset cléirig roim Pátraic co tech Becain . ocus is
amlaid ro bóiséin ocus ocht fichit finnairge aige ocus érais um
biad iat . ocus táinig Benén ocus na cléirig ar cúl ocus inniset
scéla do Phátraic. is ced liomsa ar Pátraic a bfuil aigesium do
chrudh ocus do mhuinntir gan élaidthech i mbethaid amárach
dhíob. ocus ro fíorad an ní sin . *ut dixit Patricius :—*

B ecan ón is ón Becan . nírab ilar a tredan !
 oiret rabh grian ar deseal . nírab séise dóibh Becan

is ann sin ro shluic in talam uile i naeinfecht Becan cona mhui-
nntir ocus cona mhaithius idir mhíol ocus dhuine. féis dithat na
haidche [*ms.* haighthi] anocht uaimse duit a naeimchléirig ar
Fulartach mac Fergusa .i. nái mbai fichet atá ac biathad mo
cheitheirne acum anallana ar fogail ocus ar díbfcir[g]. ríge uaimse
duitse ó mhedón lái amárach ar Pátraic ocus dot shíol ad dhegaid
nó go ticthe risin eclais . ocus do cuired Becan i talum mar sin
ocus dofuc Pátraic ríge d'Fulartach.

Is ann sin ro fhiarfaig Pátraic do Cháilte : cá líon mbráthar do
bí ac Fionn. do bátar dá bráthair aige ar Cáilte .i. Fithal ocus
Dithran :—

Cáilte *cecinit.*
D iamair ár senchaidi sunn . na trí meic do bhí ag Cumull !
 Fionn ocus Dith[ran na bfled] . ocus Fithal na bfiled

Cia dar mac mac Lugach ro fhiarfaiges díot [*ms.* did] aréir ar
Pátraic. ro bud ceist ar nech eile sin ar Cáilte ocus ní hedh
orumsa : m[ac] do Daire derg mac Finn ar Cáilte ocus do Lugaig
ingin Finn .i. ingen díles aindíles do bhí ac Fionn ocus tucsat in
bantracht uile luighe cor ingen díles d'Fionn [in ingen] . co com-
raic a derbbráthair féin ria iar [nól fleide r]ia i Temair luachra
ocus dorigne ‖ in mac sin ria .i. mac Lugach. ocus in agaid rucad
an mac táinic Fionn ocus trí catha na féinne do'n bhaile ocus
athair in mheic .i. Daire derg . co Temhair luachra . ocus do hinni-
sedh dóib sin. is gáine leam ar Fionn ór as mac rucad ann . ocus
dámad ingen ro bud olc a breith disi dá derbbráthair.

Adrae buaid ocus bennacht a rígféinnid ar cách : is buadach in
tainm tucais air .i. Gáine . amail asbert in file :—

> G aeine ainm meic Lugach luinn . Daire a athair ós gach druing !
> Cúmaighe ainm meic rethe . Briun a athair dairethe

Tucadh i nucht Finn in mac iar sin . ocus tuc Fionn i nuchd
Moingfhinne ingine Dubáin .i. bainchéile d'Fionn . ocus is í ro
thócaib ochd cét sciatharmach do'n fhéinn . ocus ro ail in mac sin
cur ba slán a dhá bliadain déc. ocus tuc a dhaethain airm ocus
éidid do ann ocus táinic roime co carraic conluain co cenn sléibe
Smóil meic Edlecair risanabar sliab Bladma andiu . airm arraibe
Fionn ocus in fhiann. ocus táinic i bfiadnaise na flatha Finn ocus
ferais Fionn fírcháine bfáilte fris . ocus dorigne in mac a coraid-
echt ocus a mhuinnterdhas [*ms.* mhuinnterus] re Fionn ocus tuc
a láim i láim Finn . ocus do bhí re bliadain isin féinn ocus dorigne
liosdacht mhór risin féinn in bliadain sin ocus ní mó iná fine
naenbair do'n fhéinn ro soichedh [do] ghuin muicci nó fhiada
ocun gilla sin re taeib bhuailte a gcon ocus a ngillanraide.

Is ann sin tángatar in fiann co ros in fhéinneda ar brú locha
línide Léin tes . ocus ar rochtain [*ms.* arochtain] do trí cathaib na
féinne conice [*ms.* connuice] sin dorónsat casáit meic Lugach re
Fionn . ocus adubratar trí catha na Féinne : do rogha duit sinne
acut nó mac Lugach a aenar.

Is ann sin tucad mac Lugach d'agallaim Finn ocus do fhiarfaig
de : maith a anam a mheic Lugach ar Finn gá holc dor[ignis]
risin féinn in tan atá do miscais aco uile. dobeirim dom bréithir
ar sé nach [fuil fios] a bfochuinn munab olc leo [clesa] ‖ lúid nó
lámaig do dhénam damsa etorra.

Is ann sin tuc in flaithféinnid comairle do mac Lugach ocus do

bhí buaid ar a chomhairlesium . ocus do mhair in comairle sin ag
mac Lugach . ocus atbert Fionn :—

A meic Lugach tolaib snas . más e th'órd an tócláchas:
  corbat sídaig teglach tréin . gurbat duilig i ndroibhéil
N á buail do choin gan chinaid . ná lí do mhnái co finnair:
  ná ben re genaide i cath . gid meraige a mheic Lugach
N á himderg duine mad cáid . ná héirig re himarbáig:
  náratarraic imale . ar amaid ná ar drochduine
D á trian do mhíne re mnáib . is re hechlachaib úrláir:
  re haes dána dénta duan . nárbat dian re daescarshluag
N á geibh tosach leptha de . ret t'aes cumtha is comairle:
  imghaib luige claen is col . ná haem uile th'fiadhugod
N á habairse bréithir móir . ná habair nach tibre chóir:
  ór is nár a rád co tenn . muna fédtar a chomall
N á ro tréice do ruire . in chéin bheir ar bithbuide:
  ar ór ná ar shéd ar bithcé . ná tréicse do chomairce
N ár écnaigi co ferda . a mhuintir re tigerna:
  ór ní hobair duine maith . écnach a shluaig re prímflaith
N árbat buainscélach brégach . nárbat labar luathbédach:
  gérsat imda do ghartha . nírsat bidba oireachta'
N írsat siblech thige nóil . nársat ingnech ar shenóir:
  in dáil adcluine is í in cóir . ná ben re duine nderóil
N ársad diultadach um biad . nárab cumthach duit ainfhial:
  nárad furáil féin ar flaith . ná hécnaiged gach nárdfhlaith
L en dot édach len dot arm . résiu thair an gleo glasgharb:
  ná déna díbe fád rath . len [d]o'n míne a mheic Lugach

[Adra]e buaid ocus bennachtain ar Pátraic is maith in scél sin
[d'inni]sis dúinn . ocus cáidhe Brocán scríbnaid. [sunn] a naeim-
chléirigh ar Brocán. scríbtar ‖ an scél út lat . ocus dorigne Brocán
i cétóir.

Is ann sin ro fiarfaig Pátraic do Cháilte in rabatar airfítig
acaibse isin féinn. do bhí imorro ar Cáilte in ténairfítech as ferr
do bí i nEirinn ná i nAlbain. cá hainm séin ar Pátraic. Cnú
deróil ar Cáilte. cáit a fríth é ar Pátraic. eidir chrota chliach
ocus síd ban bfionn tes ar Cáilte. crét a thuarascbáil. ceitri duirn
Finn do bí ina áirdi ocus trí duirn do isin crann chiuil do shein-
nedh . ocus airfítig thuaithe dé danann dorigne tnúth ris.

Luid Fionn in lá sin co sid ban fionn siar do sheilg ocus d'fiadach
ocus suidis ar in bfirt fótbaig ann sin. sillis iarum in flaithféinnid
secha confacca in fer bec ac sefnad ocus ac sáirsheinm a chruite ar
in bfód [*ms.* in fhod] ina fhochair . ocus is amlaid ro búi ocus folt
fada fionnbuide co clár a dhá les fair. ocus ar faicsin Finn dó
táinic dá innsaigid ocus tuc a láim ina láim . ór is é céd duine

tárla do é ar tuidecht as in tsíd amach. ocus ro búi oc seinm a
chruite i fiadnaise Finn nó go táncatar in fhiann . ocus ar techt
dóib atchualatar in ceol sirrechtach síde. maith a anam a Fhinn
ar an fhiann : is é sút in tres turchairthe as ferr fuarais riam. ocus
do bí ac Fionn nó go fuair bás . ocus adubairt Cáilte in láid :—

A bac do fuair Fionn ferda . do bí d'febus a mhebra !
   gach a cluinedh tiar is tair . do bíodh aige do mebair
C nú deróil a ainm in fhir . i nEirinn nír anaithnid !
   inmain leinbín fa glic nglóir . dar ba comainm Cnú deróil
I nneosat dáib fáth gan locht . mar do fuair Fionn in taboc !
   ba gein shochair do fríth ann . énmac Logha meic Eithleann
D o bámar i farrad Finn . idir chrota is shléib ban finn !
   co cualamar ceol gan chol . ar an bfót inár bfarrod
D o bámar ag éisdecht ris . a cheol nír [ba fáth] néislis !
   beg nachar chuir sinn n[ár suan] . in ceol sirrechtach sírbhuan
A nn sin atbert [co nglaine] . ‖ Fionn mac Cumaill almaine !
   canas ticise a fir bhic . sheinnios in cruit co caeimglic
T ánacas a síd ban fionn . áit a nebar med is lionn !
   is do tháncas lem co becht . do beith trell ad chomaidecht
D o ghéba seoit is máine . is ór derg is degdáine !
   ór thaitnid frim do dhála . doghéba mo lánghráda
D o rad a láim i láim Finn . ann sin ro ba subach sinn !
   is tucmaid é linn alé . do ba caem ár turchairthé
C etra duirn i náirde in fhir . trí duirn ina chruit chaeimdhil !
   mór tairm na bláithe buige . binn fogar na caemchruite
D o ratad chuige maille . cúic óirfítig na féinne !
   cur fhoglaimset ceol síde . thall ó Chnái go caeimlíne
D íob sin mac Senaig maille . Senach ocus dá Dhaigre !
   dorónsat foglaim co hán . ocus doróine Cuán
B a cheisd le Fionn na féinne . a abac gan bainchéile !
   ór nír áil do'n fhior chróda . na mná remra rómhóra
A dubairt Fionn in flaith m[ór] . co tibredh aircet is ór :
   do'n tí uainn do fhionnfadh sain . i nEirinn ben a chosmail
A dubairt Scí mac Eogain . óglách co naicniud leomain !
   inneosat is scél ága . baile a fuil a dhingbála
B eir mo bennacht éirg dod thoig . a mheic Eogain a Mumoin !
   ocus innis dúinn tré spéis . in crích a bfuil re aisnéis
R oich co tech Duinn i Mumain . a Fhinn chróda chomramaig !
   atá ann is oirfidh dait . ingen dar comainm Bláthnait
A nn sin ro triallsam co tric . is flaith na fiann faebairglic !
   co tech nDuinn d'iarraid na mná . ba móide sin ár menmá
F uaramar Bláthnait san tsíod . tucamar linn í co fíor !
   ro fháiset tall istig mhóir . Bláthnait ocus Cnú deróil
T ucmait uinge d'ór gach fhir . in lín do bámar d'fiannaib !
   i coibche na mná gan locht . do ratadh [ann] do'n nabhoc
C etra duirn ináirde in fhir . ‖ trí duirn ina chruit chaeimghil !
   áirde in ben inás in fer . inmain lánama láimghel

L ámdha in domain acon mnái . imirt óir aircit gan gái⁝
  lasin bfer fa mór in modh . slóig in domain d'áirphéiteodh
N í raibe rígan san féinn . ná táisech ná flaith co céill⁝
  nach tuc grád ocus máine . do'n lánamhain lánnáide
M ar do thiced doinenn dúr . ar in bféinn fa rigda rún⁝
  do bítis ac Fionn fó a bhrat . Bláthnait ocus in tabac
I n tan ticed maith do'n fhéinn . ní cheiled Bláthnait co céill⁝
  in tan do thiced dóib olc . ní cheiled orra in taboc
N ocha nfuil ceol ar talmain . inneoch bud mhian le menmain⁝
  nár shuaill fogar i tig óil . acht a canadh Cnú deróil
T rí turchairthe as ferr fuair riam . Fionn in flaithféinnid fírfial⁝
  Bran ocus Sceolan gan locht . Bláthnait araen 's an taboc

Nír chian dóib as a haithle co facadar in móirsheiser gilladh
mór dá ninnsaigid . canas táncabair a óca ar Pátraic ocus cia sib
féin . ó Eogan leithderg mac Aengusa ó ríg dá chóiced Muman
táncamar ar do chennsa a naemhPádraic . rachmaitne ann sin ar
Pátraic ár dlegar mar a bfuigter na mainchesa a ngabáil ann .
crét dogéna sinne in nónbar óclách so ar Cáilte . fáilte mhís ocus
ráithe ocus bliadna im fharradsa dháib ar Pátraic.

Is ann sin táinic Pátraic roime ocus is í slige tháinic i bfiodh
[*ms.* bhfhigh] gaible . ocus i ndruim criad risaráidter cell dara isin
tansa . ocus tar sruithlinn ar Dermagh . ocus tar Berba . ocus i
tóchar Léige ingine Cuarnatan airm i torchair Liagh . i senmag
Roichet ingine Déin meic Dilenn risaráidter mag ruad Roichet . i
senmhag neo risaráidter mag láighise [*ms.* láissi] . tar [in bFeoir]
niucharbhradánaig ocus d'achadh bó ba . . . . trénbhuillig
risaráidter achad . . . . ‖ i sligid Dhála meic ú mhóir . ocus
do ros in churad re [a] nabar ros caemálainn cré . ocus láim dhes
re lathaig bó Lodáin meic Lir risaráidter clár daire mhóir . ocus
do chorrócaib cnámchoille . ocus do chuillenn ua cuanach siar in
baile atorchair Cuillenn mac Mórna le Fionn . ocus do léim in
fhéinneda . ocus d'aenach Cuile mná Nechtain re [a]nabar aenach
sétach senchlochair . ocus do chenn fhebrat [*ms.* abrat] sléibe cáin
bud dhes . ocus do thulaigh na féinne re [a] nabar ard Pátraic
isin tan so . áit a mbái Eogan leithderg mac Aengusa rí dhá
cóiced Muman co maithib in dá chóiced Muman uime.

Is ann sin do scáiled a phuball tar Pátraic . ocus táinic rí
Muman co maithib a muinntire ocus tuc a cenn i nucht Pátraic
ocus ro shlécht do . ocus ro búisium sechtmain ann sin ac to-
dhúscad mharb ocus ac slánugad dháine ngalair ocus esláinte
ocus gacha haincesa ar chena.

Is ann sin tucad a bhreith féin do Phátraic. ocus táinic Eogan leithderg roime co rosaig na ríg dá dúnad féin . ocus do chuatar maithe Muman dá ndúintib ocus dá ndegbhailtib iar sin.

Maith a anam a Cháilte ar Pátraic : crét uma tucad fionntulach ar an tulaig so atámaid. adér frit a fhírinne ar Cáilte : as so do chuamarne trí catha na féinne do tabairt catha fionntrágha . ocus tucad ár slega dár ninnsaigid ocus tucad fethána fithnais do chrannaib ár sleg. ocus ro dhéch Fionn in tulaig uime ocus adubairt : is fionn in tulach . ocus gá ferr ainm dá mbiadh [*ms.* mbia] uirre iná fionntulach :—

Cáilte *cecinit.*

A thulach árd áibinnsi . cus ticdís fianna fionna !
   fa ghnáth longphort lánadbal . ort is gasrad ghlanghiolla
B a hí ár cuit re comáirim . ticmís ard maige míne !
   sméra sciamhda scechaire . cnó do chollaib Cinntíre
[M ae]tháin [drisse] dealgnaige . gasáin creama gan [cin]aid
   do [chaith]mís gach belltaine . buinnéin bláithe [barr] biorair
E oin a doirib diamaire || ro soichtís fulacht féinne !
   togmaill breca a Berramain . nit breca a bennaib sléibe
B ratáin luatha a Linnmhuine . escanna Sinna sóire !
   cailig fheda fhidrinne . dobráin a diamraib Dóile
I ascach mara muiride . a críochaib Bái is Béire :
   medbán Fáide fírghlaine . duilesc a cuanaib Cléire
S nám na loingse lochaige . fa meinic le mac Lugach !
   ticmís sluag is sochaide . ar do thaeb thall a thulach
M eise is Oisín ollbladach . téighmís i corraib curach !
   fuaras gaibhte glasmara . i timchioll tonn is tulach

Ocus is as so do chuamarne do chur chatha fionntrágha . ocus atchonncamar óclách do mhuinntir Finn d'ár ninnsaigid .i. Cael cródha cédghuinech ua Nemnainn. can as a tánacais a Chaeil ar Fionn. as in brug braenach atuaid ar Cael. crét d'iarrais ann ar Fionn. d'acallaim Muirinne ingine Deirg no muime féin. cid a adbar sin ar Fionn. ar bhithin leannáin tsidhe ocus ardnuachair ocus toraid [*ms.* torad] aislinge .i. Crédhe ingen Cairbre cnesbháin ingen ríg Ciarraige luachra. in bfedrais a Chaeil ar Fionn conid í sin bainmhealltóir ban Eirenn . ór is terc sét maith i nEirinn nár bréc chum a dúnaid ocus a deghárais. ocus in fidir tu gá comha iarrus ar chách ar Cael. do fhedar ar Fionn .i. gibé agá mbiadh do dhán nó d'filidecht duan do dénam di . ocus tuarascbáil a cuach ocus a corn ocus a cupad ocus a hian ocus a háirdleastar ocus a rígthech rómhór. atá urlam acumsa arna tabairt dam ó Muirinn ingin Deirg óm buime féin.

Ocus do áilsighemar [*ms.* áilsedhmar] in cath do'n ndula sin
[*ms.* donuladh sin] . ocus táncamar romainn tar trebaib cnoc ocus
carrac ocus tulach co loch cuire i niarthur Eirenn . ocus táncamar
co dorus in tsída ocus do chansam in dórd fiansa re crannaib ár
sleg nur[ard] nórchrái [*ms.* norcrai]. ocus do éirgedar ingena
macdachta [mongbuide] ‖ ar sceimealbórdaib grianán . ocus táinic
Crede d'ár nacallaim ocus trí caoca do mhnáib uimpi. ocus do
ráid in flaithféinnid ria : is dod thoghasa ocus dod thochmarc
tháncamarne ar sé. fiarfaigios an ingen cia dar áil a tochmarc.
do Chael chróda chétghuinech ua Neamhnainn do mac ríg Lai-
gen anair. do chualamar a scéla ar an ingen gen go facamar é.
ocus in bfuil aige mo dhuan damsa. atá imorro ar Cael . ocus
do éirig ocus do ghab a dhuan :—

T urus acam dia háine . gé dech isam fíráige !
    co tech Créide ní sním suail . re hucht in tsléibe anoirtuaid
A tá i cinned dam dul ann . go Créide i cíchaib Anann !
    co rabar ann fo dhecraib . cetra lá is leithsechtmain
A ibinn in tech inatá . idir fhira is maca is mná !
    idir dhruidh ocus aes ceoil . idir dháilemh is dhóirseoir
I dir gilla scuir nach sceinn . ocus ronnaire re roinn !
    atá a comus sin uile . ag Créide fhinn fholtbhuide
B ud áibinn damsa ina dún . idir cholcaid ocus chlúm !
    mad áil do Chréide ro clos . bud áibinn dam mo thuros
S ithal aici a sil sugh subh . as dognfedh a blai dhubh !
    dabcha glaine gairdhesca . cupáin aici is caeimescra
A dath amar dath an aeil . coilcid eturra is aein !
    sída etorra is brat gorm . dergór eturra is glanchorn
A grianán ac loch cuire . d'arcat ocus d'ór bhuide !
    tuige druimnech gan dochma . d'eitib donna is dergchorcra
D á ursain uainide adchí . a comla ní dochraid í !
    aircet échta cian ro chlos . in crann búi ina fordoros
C atháir Chréide dot láim chlí . ba suarca isa suarca í !
    casair uirre d'ór Elpa . fá chosaib a caeimleptha
L eba luchair na líne . fuil ós cionn na catháire !
    dorónad ac tuile thair . [d'ór] bhuide is do lic logmair
L eba eile dod láim dheis . d'ór is d'aircet gan éisleis !
    co pubaill co [mbriocht mb]uga . co caemshlataib créduma ‖
I n teghlach atá ina tig . is dóib as áibne ro chin !
    nidat glasa slíma a mbruit . at casa finna a forfhuilt
D o choidéldais fir ghona . cona taescaib tromfhola !
    re hénaib síde ac sianán . ós bhórdaib a glanghrianán
M adam buidechsa do'n mhnái . do Chréide dá ngairenn cái !
    méraid ní bus lia a láide . mad dá ndíla a commáine
M ad áil le hingin Cairbre . nídamcuirfe ar chóir cháirde !
    co nabra féin rim abhus . is mo mhóirchen dod thurus

C éd traigedh i tigh Créide . ó'n chuirr guroich a chéile!
  is fiche traigedh tomhais . a leithet a degdhorais
A hudhnacht is a tuighe . d'eitibh én ngorm is mbuidhe!
  a hurscar thair ac tobar . do ghlain is do charmocal
C etra huaithne um gach leabaid . d'ór is d'airced coimecair!
  gem glaine i cionn gach uaithne . nídat cenna anshuairce
D abhach ann do chruan fhlatha . a sileann sugh suarcbracha!
  abhall ós cionn na daibche . co nimat a tromhairthe
I n uair líontar corn Créide . do mhidh na dabcha déine!
  tuitid isin corn co cert . na cethra habla i naeinfecht
A n cethrar út do háirmedh . círghit isin frithdháilemh!
  tabrat do'n cethrar anunn . deoch gach fhir ocus abull
I n tí gá táit sin uile . idir tráigh ocus tuile!
  ruc Créide a tulchaib trí mbenn . edh urchair do mnáibh Eirenn
L áidh sunn chuice ní crodh cas . ní greas luighthe co luathbras!
  co Créide cruthaig abhus . bud luchair léi mo thurus

Is ann sin ro fháietar in lánama sin ar féis leaptha ocus
láimdhergaithe . ocus do bátar ann re secht laithib ag ól ocus
ag áibhnes gan esbhaidh bhídh ná leanna ná leasaighthe orainn
acht mad inmedh eile a[r Fionn] .i. allmharaigh do bheith ac
fionntráigh . ocus tuc an inghen eirredh díleas dingbhála [do
gach] aen díob fó leith ocus do tiomn[amar céilebhradh dá
chéile]. ||

Ticeadh an inghen linn ar Fionn co bfionnam cia uainn dá
mbiaidh [*ms.* mbia] maith nó saith do'n ndula so. ocus rucastar
an ingen dréchta móra do chrudh lé do fritháilimh a naesa gal-
air ocus othrais . ocus is í an ingen rosbiath d'as ocus d'fírleamh-
nacht iat céin ro bás ag cur in chatha . ocus is ina tigh do bhítís
lucht ícce ocus othrasa na féinne. ocus mar do chinn an ingen
ar mhnáib na féinne um thidhnacul sét ocus máine do chinn-
esdar a fer i ngail ocus i ngaisciudh ar trí cathaib na féinne
isin cath sin. ocus fa bét in ní dorónad lá déidhenach in chatha
.i. bádad Caeil . ocus do bhádar bethadaig eile ocus comsaegal
acu re Cael. ocus tuc in tonn amuig arna bhádud é . ocus do
riacht an ingen ocus maithe na féinne dá innsaigid . ocus do
tócbad leo é cusin tráig ndeiscertaig leth andes d'fionntráig conad
tráig Caeil ainm na trága ó sin ilé ocus fert Caeil.

Táinic an inghen ocus do shín re [a] thaeib í ocus dorigne
nuallghuba ocus toirrse mhór. cidh dhamsa ol sí gan bás d'fa-
gháil do chumaid mo chéile in tan atát na fiadmhíla foluaimnecha
ac fagáil bháis dá chumaid. ocus atbert Créide :—

G éisid cuan ón géisid cuan . ós buinne ruad rinn dá bhárc !
  bádad laeich locha dhá chonn . is ed cháinios tonn re trácht
L uinche corr ón luinche corr . i seiscean droma dá trén !
  sisi ní aincenn a bí . coinfhiad dá lí ar tí a hén
T ruag an fháid ón truag an fháid . dogní in smólach i ndruim cháin ;
  ocus ní nemthruaige in scol . dogní in lon i leitir laeig
T ruag an tséis ón truag an tséis . dogní in damh i ndruim dhá léis !
  marb eilit droma silenn . géisid dam dilenn dá héis
B a saeth liom ón ba saeth liom . bás in laeich do luiged liom !
  [mac na] mná a doire dhá dhos . a bheith [is t]ros fá a chionn
[S aeth liom] Cael ón saeth liom Cael . do beith i riocht mairb rem thaeb ! ‖
  tonn do thecht tar a thaeb gel . issed rommer mét a aeb
T ruag in gháir ón truag in gháir . dogní tonn tráchta re tráig !
  ó do bháid fer seghda saer . saeth lem Cael do dul na dáil
T ruag in fuaim ón truag in fuaim . dogní in tonn risin trácht tuaid !
  ag cennghail um charraic cháin . ag cáined Chaeil ó do chuaid
T ruag in tres ón truag in tres . dogní in tonn risin trácht tes ;
  mise do dechaid mo ré . mesaide mo ghné ro fes
C aince corr ón caince corr . dogní tonn trom tulcha léis !
  mise nocha nfuil mo mháin . ó rommáid an scél romgéis
O do báided mac Crimthain . nocha nfuil m'inmhain dá éis !
  is mór triath do thuit le a láimh . a sciath i ló gáidh nír ghéis

Ocus do shín an ingen re taeb Chaeil ocus fuair bás dá chumaid. ocus do hadlaiced iat araen i naeinfhert ann sin . ocus is mise féin ar Cáilte ro tócaib in lia fil ós a lige conad fert Caeil ocus Créide aderar ris.

Adrae buaid ocus bennachtain a Cháilte ar Pátraic : is maith in scél d'innisis . ocus cáidhe Brocán scribnaide. sunna ar Brocán. scríbtar lat gach ar chan Cáilte . ocus do scríbadh.

Nír chian dóib iar sin co facadar in dírim degshluaig dá ninnsaigid ocus amdhabach do sciathaib donnchorcra ina nuirthimchioll ocus fidneimhed do shlegaib urárda órchrái re guaillib dóib. ocus táncatar isin phupaill arraibe Pátraic . ocus tucastar a tigerna a chenn i nucht naemPádraic ócus ro shléchtsat do. cia thu féin a ógláich ar Pátraic. Bran mac Deirg mise ar in tóglách : mac ríg Muman. cid um a tánacais alé ar Pátraic. fiannaigecht do b'áil dam d'foglaim a naeimchléirig . ór [do chuala] óclách do mhuintir Fhinn do [bheith i]t farradsa ocus do b'áil lem [foglaim] ‖ dúird fiansa do dénam aige.

Atchluini sút a anam a Cháilte ar Pátraic. atchluinim ar eisium. maith a Bhrain ar Cáilte : cinnus dogníthí féin fiadach. iadmait mon tulaig nó mon carn nó mon caill maigshléibe . ocus bímít re hedh in chaemlái i ndegaid an fhiadraidh ocus marbmait fiad fecht ann ocus fecht aile téit uainn. ro cháiestar Cáilte ann sin i bfiadnaise Pátraic co dérach dobrónach cor bo fliuch blái ocus bruinne dho.

Is ann sin ro éirig Pátraic ocus Cáilte in líon ro bhátar do shluagaib co cenn fhebhrat sléibe cáin suas . ocus is amlaid do bhí suidiugad an inaid sin arráncatar trí glennta imon sléib ocus loch eturra . loch bó a ainm . ocus osmetal ainm in tsléibe . ocus cnoc na haeirc allaniar do'n loch . ocus finninis ainm in chnuic airtheraig . ocus cnoc maine ainm in chnuicsea. ocus ann so do bhí in brécaire daimh .i. liath [*ms.* luath] na trí mbenn . ocus téiged ó'n féinn idir choin ocus duine re ré secht mbliadan fichet. ocus ro marb óclách do'n fhéinn é ocus is mise in tóclách.

Ocus do éirig Cáilte iar sin ocus do chóraig a mhuintir immon loch anair ocus aniar andes ocus atuaid . ocus deisidh Pátraic ina shuide conad suide Pádraic ainm an inaid sin i cenn fhebhrat sléibe cáin. ocus tócbais Cáilte a shuasán selga ocus fiadaig ocus fian-choscair ós áird ann sin . ocus ro léicestar a trí barannghlaeda badbda as . co nach raibe i comfhocraib ná i coimnesa dho fiad fódilmain i maig ná i móin ná i maigshléib ná i coill gan techt ina ruamannaib róretha co ndechsat dá ninfhuarad tar éis a naistir illoch brígach bó ina bfiadnaise . cor ghab gráin ocus egla ocus uaman iat resin fidhrén ocus resin fothram adbal sin .i. re damaib alltaide ocus re heilltib ruada róimhera ocus re torcaib taebtroma . ocus ní mór nach muirbfidís [i cétóir] iat le fad a retha ocus le scís anála. ‖ ocus ro leth in sluag imon loch . ocus ní dhechaid éloidech beo as do'n tseilg. ocus do roinnset in tselg . ocus ráncatar ocht cét chum ronna acu. tabar dechmad in fhiadaig dúinn ar Beneoin. nír éscaid le Bran mac Deirg in chuid ráinic do féin do roinn re nech.

Gabus galar ina [*ms.* ana] broinn mac ríg Muman. do lám air so a naeimchléirig ar Bran. dar mo bréithir ar Cáilte nó go tarda a luach uait ní raga. gá luagh ar Bran. uair as at broinn atá in galar táirr gacha bó ocus gacha muice ocus gacha caerach uait do Pátraic do'n naeimeclais co bráth. dobérsa sin ar Bran ocus dobéra mo mhac am diaid . ocus do chuaid sin i ngnáthugad ac feraib Eirenn ó sin imach . tuc iar sin Pátraic a láim ar broinn Brain meic Dheirg ocus ba slán fó cétóir.

Imthecht againn budest[a] ar Cáilte. gá conair sin ar Pátraic. is cumain lemsa a naemPátraic nach lémdáis sluag náit sochaide suide ar na trí tulchaibse le ceisd tuaithe dé danann :—

Cáilte *cecinit.*

C umhain lemsa trí tulcha . atáit gan aes gan urchra ፧
   do reithed liath na trí mbenn . ó atá imell co himell
C umain lemsa trí cella . robsat dúine deigthenna ፧
   ní bíodh guth cluic inntib thall . meince snaidm druad na timcheall
I s Cáilte féin m'fírainmse . robsam cenn féinne finne ፧
   nocha dénmais díghairse . ac tairimthecht an glinne
N í fhuilnged Fionn fiannamail . in tan ro bhúi ina bethaid ፧
   bennán baeth ac búiredaig . ós cionn a longphuirt lethain
M ise is Flann mac Failbe . dergmais mór laech do laigne ፧
   is í so mo chubhus tra . mór cath asam cumainsea

Ocus imthigid in sluag cona noirib selga forro.

Déchain ro déch Cáilte dá láim chlí do'n tsléib conacca dúnad
ocus degbaile. mo chubus ámh ar s[é] nír aithnid dúinn dúnad
ann sú[t] . ocus dénam chum in bhaile a[nunn] ar sé.

Ia[r sain] ‖ táncatar rompa chum an dúnaid ocus ro b'ingnad
leo gan slóig gan sochaide d'faicsin ann acht naenbar banmhogad
ocus triar fermhogad. tángatarsom i ngrianán deirrit do bhí isin
bhaile ocus dá mnái isin grianán ocus siat ac cái ocus ac toirrse.
ocus ro fiadhaiged ocus ro fritháiled iat . ocus ro benad a nerrada
aistir ocus imthechta dhíob . ocus do fiafraig Cáilte díob cia an
dúnad . dúnad dá mac ríg fher muigi so . Lochán ocus Eogan a
nanmanna. cid um a bfuiltí dubach dobrónach ar Cáilte. a adhbar
againn ar iatsan : ag dís derbbráthar atámaid ocus dá deirbsiair
sinn féin . ocus do chuatar ár fir do thabairt ban anocht ocus ní
fhuil d'ár bfuirechne isin dúnad acht co toirset ár bfir ocus mná
nuaa leo. ocus déchain ro déch Cáilte secha i niarthar na bruidne
confaca in ríglia cloiche ro bái ag óclách grádha d'Fionn .i. ac
Senach mac Mhaeilchró do shenmuinntir Fhinn meic Chumaill.
ocus is amhlaid ro bái in lia sin ocus inneoch thuc Fionn do
thuarasdal do .i. trí caoca uinge d'ór ocus trí caoca uinge d'aircet
ocus trí caoca uinge d'fionndruine ar ndúnad in lia cloiche sin
impa.

Is ann sin adubairt Cáilte risna mnáib : gá luag dobérad sib dam
dá ndernainn bar bfurtacht ocus bar bfóiridin ocus dá tucainn bar
bfir féin chugaib ar gcúl. dá mbiad [*ms.* mbeth] ar doman againn
luag bud áil let ar siat dobérmáis duit é. atá imorro ar Cáilte : in
ríglia cloiche út i nimell na bruidne. dursan duit a rád ar siat . ór
do bhátar mórshochraide na críche agá córugad isin baile adtá.
ocus ro búi a nobair ina [*ms.* ana] córugad ann gia ro fhédtása
at aenar ní dhi. mise féin as mellta dhe sin ar Cáilte muna

bfédar [*ms.* fhédur]. rachaid uainn duitse sin co mbennachtain
ar na mná.

Táinicsium iar sin as in mbaile amach ocus tuc lán a glaice
deise do losaib síde sainemla leis do b'aithnid do ag rígnaib ocus
ag rómhnáib na féinne . ocus tucas[dar do] na mnáib ocus ro
fhothraicset iat as [na losaib] sin . ocus tuc sin a ngrádh ar a
bferaib féin [cor léicset ar c]úla arís na mná thucsat leo || . ocus
tugad an lia dhosan ocus atbert Cáilte :—

A lia bhelaig átha hí (ocus araile).

Ocus do bhí Cáilte annsin maighin sin ocus [ro f]restlad ocus
ro fritháiled co maith é . ocus do [é]irig d[o] mochtráth arna
mhárach ocus tuc ta[rraing do'n] lic chuige do lár thalman.

Ocus táncatar rompa co finntulaig risanabar árd Patraic andíu
airm arraibe Pátraic . ocus do fiarfaig Pátraic : cáit a rabadais
aréir a Cháilte . ocus ro innis do in scél ó thús co deiredh. ocus
nír cian do bátar ann co bfacatar in móirsheiser dá ninnsaigid :
can as a táncabair a óga ar Pátraic. a cúiged Connacht atuaid ar
iatsan. cid ro imluaid sib ar Pátraic. ar do chennsa ó mhaithib
Connacht a naeimchléirig d'ár mbreith ar do shoiscéla idir fhior
is mnái. adubairt Pátraic : ní cóir fuirech ar an eclais gan a siled.

Do gluais Pátraic cona muinntir ocus táncatar rompa andes tré
medhón Muman . ocus do Luimnech nuladh . ocus i [fio]dh na
cuan re [a] nabar in chretalach . ocus i sliab oidid [*ms.* uighi] in
ríg . ocus i sliab Echtge ingine Nuadhat [*ms.* nuadha] aircetláim.
ocus do chuaille Chepáin i nEchtge airm a torchair Cepán
mac Mórna . ocus do loch na bó girre risanabar loch Gréine
ingine Finn. ocus i mbreicthír risanabar tír Máine isin tan so.
ocus do loch linnghaeth re a nabar loch cróine. is ann sin ro búi
Muiredach mór mac Fínachta rí Connacht ar cionn Pátraic . ocus
ro srethad a phupall ós Pátraic cona chléirchib . ocus luidset
maithe chúigid Chonnacht chuige ann sin . ocus sléchtait do
Phátraic ocus tucsat a cinn ina ucht.

Dála Pátraic imorro táinic amach as in pupaill ocus suidis ar
an bfirt fótbaig . ocus luid Cáilte leis ocus ráidis : ann so a anam a
naemPatraic tucastar Oscar a chétchath. gá hadbar bái aige ar
Pátraic. ní annsa ar Cáilte : um Néim ingin Aeda duinn meic
Fergusa finn ingin ríg [Ulad] ro snadhmad d'Aed mac Fhidaig
meic [Fhionntain ocus tucadh] í do mac ríg Connacht . ocus ní
raibhe sé líon catha || d'Oscar ná do'n fhéinn nó gur sired uaidh

sochraide shlóig ar Chormac ua Chuinn ar ríg Eirenn. ocus do chuir Cormac ceithre cúicid Eirenn lais do thabairt chatha do'n fhéinn . ocus do radad an cath imon ningin isin maigin sin . ocus ba hiat so céitghníma Oscair isin cath sin amail adubairt Fionn :—

> E irig suas a Oscair . ro fes is tu in bunad
> gid lór méid na ndaighfer . dingaibh dinn cét curad
> éirig trítha is tarrsa . gursat maela a méide
> geib sciath engach uaine . geib cloidem co ngéire
> geib sciath is geib slega . o'n arm niad rotruba
> geib lúirig rotmela . nár máided do thuba
> is mór an gníom damsa . i bfiadnaise fhiadan
> derlagadh mo náidhen . i cionn a nái mbliadan
> ní thicfa is ní tháinic . bhud fherr lám na luige
> is ní fhuil crann sleige . as sia do ria i nduine
> mairg gus tibre a shide . le cloidem go ngéire
> ó thic ferg a láime . an fhírghairg ar néirge

Is ann asbert Cáilte :—

> C éitghníma Oscair co mbuaid . rí Ulad gusan narduaill !
> ocus rí Laigen gan acht . ocus rí cróda Connacht
> I s dorála chuige iar soin . Aed mac Fhidaig meic Fhionntoin !
> ocus fácbais é gan chenn . ní gnáth an comhrac coimthenn
> A ed donn mac Fergusa finn . rí Ulad gusan imrinn !
> a los scéith is cloidim cruaid . do marb Oscar i naenuair
> B aedán mac Firnairb co nim . do ba rí lonn do Laignib !
> do mharb gér lór a cruaide . re hathlad na haenuaire
> A chomdalta caem críonda . Oscar álainn inríogda !
> Linne mac Ligne go nglonn . do mharb Oscar i nimroll
> T áinic d'féchain in chatha . Niamh an édaig ildatha !
> mebhais in cath ina cenn . marbtar in rígan róithenn
> A deirimse ritsa dhe . a Phádraic co bfírinne !
> ro ba mór a recht ríogda . nír ba chert a chéitghníoma

Adrae buaid ocus bennachtain a Cháilte ar Pátraic ocus caidhe Brocán . scríb[tar in] scél út lat gombud gairdiugad ‖ do fhlaithib deirid domain é . ocus do scríb Brocán.

Maith a anam a Cháilte ar Pátraic : cia in fertsa ar in tulaig ar atám. ní annsa ar Cáilte : óclách d'fiannaib Eirenn fuair bás ann so .i. Airnélach mac Adhmalláin mac ríg Laigen. ocus táinic fer dána le duain do ann so ocus do ghab a dhuan : maith a anam a fhir dhána ar eisiumh léic cáirde dam nó go rabat mo sheoit ocus m'innmusa am fharrad. dar mo bhréithir ámh ar an fer dána ní léiciub gan do ghlámad ocus t'aerad isin ló andiu munbam [*ms.* munbá am] buidech. mar atchualasom [*ms.* seom] sin tug a aigid re talmain ocus nír thócaib a ghnúis nó go bfuair bás do

náire . ocus do múiredh in tulach thonnghlas so air ocus ro
tócbad a lia ós a chionn . gurab ris atá do dhruimse a naemh-
Phádraic. nemh uaimse dho ar Pátraic i lógh a náire . ocus a
thabairt a péin. ocus táinic a anam a péin isin uair sin go raibe
ina cholum ghel ar in cairthe cloiche ós cionn Pátraic.

Cia atá isin chionnsa thes do'n tulaig a Cháilte ar Pátraic.
Sálbhuide mac Feidhlecair mac ríg Muman fuair bás ann i nde-
gaid fhiada síde . trícha con ocus trícha gilla ocus trícha óclach.
ocus ro múiredh in tulach orro . *ut dixit* Cáilte :—

> A tá isin chionnsa thes . mac Sálbuide na ndeices!
> ní háirimthi mar mháin bhic . caoca conghlann fionnaircit

Do bud maith linn ar Benén na seoit sin d'faghbáil. foghéba-
sa sin ar Cáilte . ocus ro oslaic in fert ocus do bhí lán crainn a
shleigi d'failghib ann. tucais nemh ar a náire do'n fhior ó chian-
aib ar Beneoin ocus tabair nemh ar a shédaib do'n óclách eile úd.
dobérthar ar Pátraic.

Is ann sin do fhiarfaig Pátraic do Cháilte : créd do díthaig sib
uile in bar bféinn ar sé. in dá chath tucsam fá deired ar Cáilte .i.
cath gabra ocus cath ollarba. trí catha do chuamarne do chur
chatha innbir ollarba ocus ní thóracht acht sé cét uainn as . ocus
nír cheis menma Fhinn ar an bféinn riam co sin i gcath ná i
gcomhlonn. ocus tuc dá úidh an uair sin esbada na triath ocus
na tigernad ocus na curad ocus na caithmíled ocus an aesa grada
do thuit isna c[athaib sin]:—

> F innaidh dún in líon atám . ní meisde nech uaib [a rád]!
> co finnam sunn líth go ngal . in lia dhúinn n[á dhóib sin chath] ||
> E cóir d'Fathan tachair frim . mór lá ro leasaiged lim!
> ní do deoin Luigdech meic Con . do thaichérad frim Fathon
> I s lesc liom tachar do'n tres . giamad lim no ricthe a les!
> mo chéim as céim co nglaine . go dubthor dháil nAraide
> O chtar is sé fichit fer . doneoch ba dingbála dam!
> do marbad ag árd abla . fá Donnghus mac Lánamna
> T rí cét cath do chuir in fhiann . itir tuaid is tes is tiar!
> nochar chuirset riam co sé . énchath as mó égcáiné
> A n lucht sin do chuadar dínn . no dhingébdais a dhá lín!
> andiu dá mairdís ar magh . ní hé Fathan nach finnfadh

Adrae buaid ocus bennachtain a Cháilte ar Pátraic.

Is ann sin ro fiarfaig Cainén mac Failbe meic Fhergusa meic
Eogain mhóir do Cháilte : cáit ar marbad Oilill ólom mac mogha
Nuadhat. freagrais Cáilte sin : marb é do chróbainne chumad i

mulluch sléibi Claire thes . ocus is marb Sadb ingen Chuinn do
chumaid a meic mórghrádaig .i. meic con i Temraig ar Cáilte.
cáit ar marbad Ferchis mac Comáin éices ar Cainén. urchar ar
sé tuc Ael mac Dergdhuib do bhior chruaid chuilinn i mullach
sléibe crot do dham allaid gur mharb Fairchis de. ocus secht
meic áille Aililla ar Cainén : cáit a fuaradar bás. Béine brit ros-
mughaig iat i cath mhór mhuige Mucrama ria mórshochraide
meic Con. áth íssel ar mag mínadbul cid diatá ar Cainén. Connla
derg a cnuc dhen ro ghonasdar Fiacha muillethan mac Eogain
ann . ocus áth tuisel de sin é . ocus atbert :—

A th tuisil ainm an átha . do chách as fios fírfhátha !
tuisel tuc Connla cnuic dhen . ar Fiacha maith muillethan

Ocus cath samna ar Cainén : cia lasa tugadh ocus cia thorchair
ann. Cormac cas mac Aililla óluim tucastar é d'Eochaid abh-
ratruad do ríg Ulad atuaid . ocus do thuit ann Eochaid abratruad.
ocus do buailed Cormac cas ann . ocus ro búi trí bliadna déc ocá
leighius ocus a inchinn [ac si]led ocus sé i ríge Muman ris sin.
ocus dorónad dúnad [ocus degbai]le aige ac dún ar sléib . ocus
is amlaid ro bái [in dúnad s]in ocus lochtopar grinn glainide ar
lár an [dúnaid] . ocus dorónad rígthech rómhór aige imon ‖ tip-
rait . ocus ro sáidhit trí liagána cloiche uimpe ocus ro suidiged
leabaid in ríg ocus a cenn siar idir na trí huaithnib cloiche sin.
ocus óclách gráda dá mhuintir ag tabairt uisce a cuach nó as
sithal ima cenn. ocus fuair bás iar sin ann gur cuired fó fhochlad-
aib talman é isin dún sin . ocus is de sin atá dún trí liacc d'ainm
fair ar Cáilte . ocus is é sin in scél ro fhiarfaigis díom a Chainéin
ar Cáilte . ocus adubairt Cáilte in láid :—

A ibinn gid in dúnsa thair . risanabar dún eochair :
  is áibne fós o thic lá . luige Sadba is Oilillá
M arb Sadb do chumaid meic Con . rogaeth Ferchis d'aenurchor !
  do'n fhairinn ina fharrad . marb Ailill do thámghalar
B a marb Eogan mór gan meth . i cath Mucrama maeithnech !
  borrshlat ro las ó ghnímaib . marb Cormac cas d'fuillídhain
G oin Fiacha muillethain mas . meic Eogain go nairechas !
  lór a sholma ro bái tan . ro gaet Connla ac áth lethan
C ath samhna ro ládh ann sain . do rala ba raen madma ar Ulltaib !
  do buailed Cormac san cath . do marbad rí na nUlltach
T ángadar a chneda ris . re mac ríg fega fidhlis !
  gilla nár ba dimbuan blad . usce infhuar no fhóiread
G ach lá do théiged fó'n es . mac Oililla Cormac cas !
  an les dia mbí do ba ghar . dul fó es maige mórghlan

D o luid as co dún ar sléib . co dún a athar budéin :
　　ro sáidtea trí liaga lais . d'ionnfhuarad a chinn chaemchais
D o na trí liacaib atciat . aderar ris dún trí liac!
　　is é a ainm ó sin alé . tar éis Chormaic chinn chlairé
M arb mac ríg Muman iar soin . do chnedaib is d'fuillídoin!
　　ro adhnacht san dún glan grinn . i leabaid ionnfhuair áibinn

Dála Mhuiredaig meic Fhinnachta ríg Connacht ro bói mac
grádach aige .i. Aed mac Muiredaig. ocus ro fuacrad imáin ac
macraid chóicid Ch[onnacht] in tan sin ocus ruc Aed mac Muir-
edaig sé [báireda] ar an macraid gan nech dá chuid[iugad. || ocus
ro shuidestar iar sin . ocus ro ghab slaedán tiughmaine tromghal-
air é ocus fuair bás ann sin. ocus ro hinnisedh dá mhuinntir sin
ocus dá mháthair .i. Aife ingin ríg Ulad . ocus dorónad nuallghu-
ba mór ag mnáib an chóicid do bhás in macáim sin . ocus adu-
bairt a mháthair a thabairt i nucht in táilchinn .i. in tí dar thidlaic
dia Eire uile ocus comas lesaigte cháich innti. is imdergad mór
lemsa sin ar rí Chonnacht munbud [*ms.* bhudh] deoin do féin é.

Is ann sin do cuas ar chenn Pátraic as in pubaill arraibe rí Chon-
nacht cona slógaib . ocus in mac marb ann ocus brat corrtharach
thairis ocus culpait chaem chorcarda ina thimchioll. ocus adu-
bairt a mháthair ocus a trí comdhaltada ocus a deirbshiur cumad
marb dá chumaid iat . ocus ótchuala naemPátraic sin ba truag
lais ocus táinic a chraide forro.

Is ann sin tucad loingsithal bhánóir chum an chléirig ocus a
lán d'uisce innti . ocus coisercaidh in tuisce ocus tucadh i cuach
féta fionnaircit an tuisce. ocus éirghis an naemchléirech ocus
tócbais in chulpait caeim corcorda . ocus tuc trí bainne do'n uisce
i mbél Aeda meic Mhuiredaig . ocus in tres loim tuc ina bheol ro
éirig óghslán ocus tuc a láim dara agaid ocus do éirig as an im-
dhaid amach. ocus ba subach somenmnach na slóig de sin . ocus do
chreitset do dia . ocus tucsat a cinn i nucht Pátraic . ocus tucsat
a comas ó bhiuc go mór do. ocus do bádar ann sin re hedh na
hoidche [*ms.* hoighthi] sin . ocus ro fhácbatar in baile arna
mhárach. ocus táncatar na slóig uile rompa i ngannmagh ris-
anabar magh Finn isin tan so . ocus i tóchar an bhanchuire re a
ráidter tóchar Finn isin tan so . ocus lám dhes re ros na fingaile
re anabar ros comáin isin tan so .i. nái meic Uair meic Idhais
ocus ro marbsat a chéile ann conad de aderar ros na fingaile ris.
ocus do ráith Ghlais re anabar ráith Brenainn. ocus ro sáided
pupall ríg Chonnacht ann sin . ocus do riacht Pátraic ocus Cáilte

ocus ro shuidset ar an firt fótbaig ós or na rátha . [ocus táin]ic rí
Chonnacht co líon a shlóig ocus suidit i farrad ‖ Pátraic ocus
Cáilte.

Is ann sin ro fhiarfaig Muiredach mac Finnachta do Cháilte :
cid diatá ráth Ghlais [*ms.* ráith] ar in ráithsi. adérsa rit ar Cáilte :
Glas mac Dreacain mac ríg Lochlainn táinic cúic catha fichet do
ghabáil ríge nEirenn (*sic*) . ocus is ann tángatar go cathair Dhaim
dilenn risanabar dún rosarach . ocus is ann bái Fionn mac
Cumaill i nAlmain laigen in tan sin. do fiafraig Muiredach do
Cháilte : cid fá tucad Almha uirre. freagrais Cáilte : óclách do
thuaith dé danann do bí isin brug braenach brecsholus . Bracan
a ainm . ocus do bí ingen i nóighe aige . Alma a hainm. ocus
tucastar Cumall mac Trénmhóir í . ocus ba marb do bhreith
mheic do Chumall í ocus ro múired in tulach tonnghlas so
thairrsi . gurab uaithi ainmnigter an tulach . ocus tulach na
faircsena a hainm co sin. nó Alma ainm an tí ro ghab re linn
Neimid. nó dana Nuada drái doróine dún ocus dingna ann
ocus do ghab almain do'n dún . cunad de atá Alma. ocus
adubairt Cáilte :—

A lma laigen lios na fian . baile ar ghnáthaig Fionn fírfial !
    atá sunn do réir gach shin . an ní dia fuil in tainmsin
A lma ainm an fhir do ghab . re linn Neimid co nertblad !
    marb thall san tulaig uaine . do thám obunn énuaire
O clách d'feraib bolg nár bhaeth . Iuchna ba hainm do'n óclaech !
    ba lán an dún tiar is tair . dá éidib is dá almaib
L uidset a táinte le tart . d'ól uisce chum na tiprat !
    glecsat le trumu a tarta . gur fhácsat a nadarca
D' adarcaib na mbó mbrec mbán . ro fhágsat imon uarán !
    is de fhuil ann sunna na . adarc bó adbal Iuchna
C óic ingena ac Iuchna ard . con óclách ghasda glégharg !
    is uathaib sin leth i fat . gach ferann mar do ghabsat
C armann i carmann nach mín . gá mbítís báird [sel] combríg !
    ben Trega ina thig treorach . [nír bh'í] ben ná haithgeonadh
M ag life [ar lí an óir] . ‖ gun ógmhnái gasda gelmhóir !
    dar lem ní senchas soeb so . san cúiced ingen Almo
N uada drái ba gilla garg . dorónad lais dún dronard !
    i nAlmain go ngloine ngrinn . do shonnach a dhúin díghainn
A einghel an dún dreimnib drenn . mar do ghabadh ael Eirenn !
    do'n almain tuc ó a thaig . is de atá Alma ar Almain

Is maith do hinnisis an scél sin a Cháilte ar Muiredach mac
Finnachta.

Is ann do bámarne ann sin ar Cáilte i nAlmain laigen ocus

ráinic fios na loingse sin chugainn . ocus is í tuc an fios sin léi
[*ms.* lé] Sprédh aithinne ingen Mughna mucraesaig bainechlach
ríg Eirenn. ocus do gairmed a bhainechlach chum Finn do thinól
ocus do thoichesdal fhiann Eirenn ocus Alban . ocus do thinóil
Cormac ua Cuinn tuatha Temra ocus buidne Bregh ocus mór-
shochraide bfer nEirenn . ocus táncatar cúic catha fichet cusan
mag so. ocus dorónad crannchar (*sic*) idir in bféinn ocus aes na
trebhaire cia díob dá roised do thabairt an chatha do na hallmar-
chaib . ocus ro siacht do'n fhéinn in cath do thabairt ar tús.
tucad in cath gach lái co cenn sechtmaine ocus ro marbad cúic
cét déc d'allmarchaib ocus d'éirenchaib . ocus tucad in mórchath
iar sin ocus torchair Glas le [Fionn] mac Cumaill ocus torchratar
a secht meic leisin féinn. ocus trí caoca óclách do chuamairne
mar aen re Fionn do chur in chatha . sin ocus do thuit caoca
laech la gach nech uainn. ocus do chuamarne triar óclách do'n
fhéinn mar aen re Fionn isin phupaill arraibe Glas mac Dregain
ocus fuaramar nái nuaitne óir ann . ocus an tuaitne ba lugha
díob ba chommór re cuing nimechtair. ocus ro fholchamar isin
móin ruaidse do'n taeib tuaid do'n ráith iat . ocus do cuiredh
Glas mac Dreacain fó thalmain ann so . conad uaidhe atá ráth
Glais ar in ráith so.

Adrae buaid ocus bennachtain a Cháilte ar Pátraic : is maith an
scél do innisis dúinn ocus scríbtar an scél út lat a Brocáin . ocus
do scríb Brogán. ocus do bádar ann sin re hedh na haidche sin
ocus do éirghetar co moch arna mhárach [ocus t]áncatar rompa i
ré carpait Fergusa fris[ar]áidter imaire meic Chonrach isin tan
so . ocus do chnuc [na] ríg frisanabar uarán nGarad. ocus do
gabad ‖ sosad ocus longphort leo ann ocus do srethad a phuball
tar Pátraic . ocus do chan a thrátha ann sin ocus do bennaig an
tulach taebálainn togaide ocus do ráid : bud hí so an tochtmad
relec dhéc bhus dile lem i nEirinn. is edh as doilge ar rí Chon-
nacht gan uisce i comfochraib di. mad deoin do'n dúilemain ar
Pátraic biaid uisce ann so.

Is ann sin adracht Pátraic . ocus benn cairrge adchonnaic i
nimeal in bhaile táinic dá hinnsaigid . ocus sáidhis a throsdán isin
carraic gur ben re grian ocus re grinnell gur mebadar trí sreba
d'uisce eocharghorm as in carraic. fácbála ar in tiprait a naem-
Pátraic ar Beneoin. coimge go cenn nómaide do gach nech ibios
a huisce ar Pátraic . ocus uisce Eirenn uile do dhiobugad fó trí re

deired an domain tré mhóid in dúileman ocus Eire do leasugad
as in tipraitsi . ocus in tuiscese fó trí do thabairt chum duine ocus
ní fhuil aincis nach fóirfe.

 Innis scél dúinn a Cháilte ar Pátraic. innésat ar Cáilte scél im
a tarmairt fianna Eirenn etir choin ocus duine do mharbad ar an
tulaigsi adtái .i. Guaire goll ocus Flaithes faebrach dá ghilla
imairchthe fidchle Finn . ocus táinic óclách d'imirt fhidchle re
Guaire ar an tulaigsi .i. Fionn bán mac Bresail mac ríg Laigen.
imératsa gell friut ar Guaire goll. crét in gell ar Fionn. trí uinge
d'ór ó chechtur againn ar Guaire. ocus is amlaid do bí Fionn
bán is é an tres fidchellach as ferr do bí isin féinn é .i. Fionn mac
Cumaill ocus Diarmait ó Duibne ocus Flaithes faebrach gilla na
fidchle. ocus do imredar an dias sin re trí lá ocus ní ruc Guaire
énchluiche ris sin ocus do thuit a ghell uadha . ocus tucastar ail
ocus aithis ar an óclách eile ocus adubairt nár ghilla i ngillaigecht
é . ocus nár óclách i nóclachus . ocus nár ghaiscedach i ngaisced.
ocus tócbus Fionn bán in láim ocus tuc dorn do Ghuaire co tuc
trí cláirfhiacla as a charpat uachtarach . ocus do tarla ina luighe
ar chlár na fidchle. innister [sin d'Fionn] ocus adubairt Fionn
bán [cona mhuinntir do mharbad]. dom bhréithir ar Oisín ní
muirbfider acht ra[chaid i mbreith] Cháilte ocus Diarmata í
Dhuibne ocus Fher[gusa fhinnbeoil .i.] ‖ ollaim na féinne duitse
a Fhinn. ocus rucsat an triar sin a mbreith .i. áit a gcomraicfise
ocus gilla Finn bháin tabairse dorn do . ocus rachaid ascaid duitse
leis .i. uinge d'ór ó gach tháisech féinne d'fiannaib Eirenn . ocus
dorónad síd amlaid sin acu.

 Ocus i cionn fichet bliadan tángamar go coill coiméda i crích
ua Tairrsigh laigen risaráidter druim criadh isin tan so. ocus do
chuadar an fhiann do sheilg . ocus do fhácbatar óclách do'n
fhéinn ac coiméd in banntrochta dar bo comainm Garad mac
Mórna . ocus is amlaid do bhí Garad ann sin ar techt urmhóir
a aeise ocus ar marbad a bhráithrech. ocus adubratar na mná
risseom : maith a anam a Gharaid in áil letsa fidchell d'imirt
frinne. ní háil imorro ar eisium. cid ón ar an banntracht. láithe
naen do bámarne ac tulaig na ríg ocus ag loch an eoin i cúiced
Chonnacht . ocus do innis an scél dóib ocus is é so é a naem-
Pátraic. ocus adubairt ben díob nach uime do fácbad Garad
inár farradne do dhénam theined dúinn ocus d'imirt fidchle rinn.
uair do chuaid ar a lúth ocus ar a lámach ocus luighe aeise dho

in luighe adtá. d'ár mbréithir ar Garad is glór ban mbidbad sin.
ocus gid fada do beinnse i coimlenmain na féinne nírsat caraid
bunaid damsa iat.

Is ann sin ro addá theinid mór isin mbruidin ocus ro dhúin
na secht ndorais búi uirre . ocus táinic féin amach ocus tuc a airm
leis . ocus adubairt riusan an senrann:—

A mhná áille féinne Finn . imridse féin bar bfidchill !
  sibse sósar in ríg ghlic . mise senóir sen m'imirt

B ruth aeise orm snas ár sin . am comaes re bar naithrib !
  is áithe cach ndelg as so . im chomaeis ár comchluicheo

C umain lim lá ag loch an eoin . ní maith senóir gan seinsceoil !
  dá tarmairt a nár uile . tré imarbháig énchluiche

D o bí Guaire gilla Finn . ag fáithimirt ar fidchill !
  ocus Fionn bán mac Bresail . dá tarla dóib imresain

D o b'ferr [d'imertach] Finn bán . iná Guaire a glais bemann !
  ruc Fionn bán cetra cluiche . ní ruc Guaire [acht énchluiche]

[F ásaid ferg mhór] i nGuaire . re mac Bresail bratuaine !
  do ráid olc [darírib ris . tré]na beirt ndírig ndílis ‖

B a mór imnáire Fhinn báin . is tócbaid go luath in láim !
  gur ben tar bél Guaire gloin . dorn ó mhac bhuadach Bhresoil

E irgit suas an fhiann amra . fhial oscarda fhírchalma !
  saeth leo gilla na flatha . do bhualad tré drochfatha

E irgit suas fianna Finn bháin . is fiann mheic Chumaill d'énláim !
  fiann Cháilte fiann Chonáin chain . fiann Oisín fiann Fherdomain

I s ann adubairt Fionn féin . déch amuich a mheic mhóirthréin !
  cid má fuil ferg na féinne . crét adbar a coiméirge

G uaire do ghillasa a Fhinn . óclách do bí fót fhidchill !
  ní maith in tadbar dá fuil . a marbad do mhac Bhresuil

G abtar mac Bresail ar Fionn . ná gabtar comha dá chionn !
  ní bud comairce dho dhe . Diarmait Oisín ná Caoilte

D ar do láim a Fhinn go nglóir . dar th'uaisle is dar th'onóir !
  ní muirbfiter mac Bresail . ó tarla ina imreasain

A athair oiris gut chéill . a mheic Chumaill ar Oiséin !
  breth dírech as dú do fhlaith . is ní briathar bhaegalbhraith

G id sinne no biadh gan chosc . díotsa dlegar ár tecosc !
  tabair fód déid fis do mhér . ná beir luaithbreith ar leithscél

G abtar Faelchú mac Fir chruim . gilla meic Bhresail bharrthruim !
  mad do marbsan Guaire glan . marbtar latsa féin Faelchon

T iagmait i ndegaid Fhinn bháin . ó mac Chumaill einechnáir !
  co tucsam mac mBresail linn . co rígféinnid fhiann Eirinn

D o fhiafraig Fionn d'Fionn aile . Fionn mac Cumaill almaine !
  créd má raibe do Ghuaire . ar nimthecht ar nanbhuaine

G uaire do ghilla a Fhinn . bachlach do bí fád fhidchill !
  táinic trí maitne muiche . romgrennaig fá enchluiche

R ucas cetra cluche ann sain . ar Ghuaire mac Bheobertaig !
  romloisc in uair fa lonn leis . tré fheirg ocus tuc aitheis

O rat orum aithis tenn . i bfiadnaise fhiann Eirenn ⸴
  nírbam gilla nírbam laech . tan ba hairc nírbam óclaech
T ócbaim mo láim ndírig ndeis . nocha ndernas ann éisleis ⸴
  do radas dorn dar a bhél . ní innisim acht fírscél
B ennacht do'n láim do rat dó . ar Oisín ní him[argó] ⸴
  do ghillasa a Fhinn na flath . ní gan fáth [fríth a marbadh]
M una maithi in dorn co daith . ícfaiter rit a [rígflaith] ⸴
  rotfia screbal óir gach fhir . olc dia [mbítheá gan chluinsin] ‖
D óig dámad maith letsa sin . a nolc do chosc ót ghillib ⸴
  Guaire Comán Saltrán seng . ag imdergad fiann Eirenn
G uaire do imderg Fionn bán . Glas d'imdergad do Chomán :
  mó gach scél Saltrán solam . do rád uilc re Ferdoman
F ionn mac Bresail ó ráith chró . mad thuc dorn dod ghillasó ⸴
  tabair a fhlaith na corn cain . dorn do gilla mheic Bhresail
B eir mo bhennacht éirg dot thaig . ar Fionn re Fionn mac Bresail ⸴
  luach a ndubairt Guaire féin . dligid sáirbriathar sáirbéim
I s í ascaid iarraim ort . a fhlaith na fiann faebarnocht ⸴
  nárab bés ó andiu co bráth . gilla d'fuigell re hóclách
T ucsam luighe lám do láim . fiann meic Cumaill einechnáir ⸴
  nach lémadh beith i bféinn Fhinn . gilla nach tibredh uirrim
M ise as gilla dháib anocht . urraim uaim dáib a bhanntrocht ⸴
  tucas fóm bhréithir dhegláich . nach trotfainn re hingenráidh
G id cian do bheimís maile . a bhanntracht Fhinn almaine ⸴
  céin bus cumain lim rem lá . ní imérsa rib a mhná

Adrae buaid ocus bennachtain a Cháilte ar Pátraic : is maith
an fios ocus an forus sin do innisis.

Ocus do éirghetar in slógh rompu do charn Fhraeich meic
Fhiodhaig ocus táinic Pátraic suas isin cnuc. maith a anam a
Cháilte ar Pátraic : ar chreidebairse do ríg nime ocus talman nó
an fedabair a beith ann etir. frecraidh Cáilte sin : ro fitir in flaith-
féinnid ar Cáilte . ór ba drái ocus ba fáid ocus ba flaith é. ocus
do thuicemarne uile co raibhe dia ann tré urchra aenoidche ad-
chonncamar. crét an urchra sin ar Pátraic. teglach mór bái ag ríg
Eirenn ac Cormac mac Airt . deich bfichit mac ríg ba hedh a líon
ocus ní bái duine díob sin acht mac ríg ocus rígna . ocus ac ros
na ríg fri áth [na Bóinne] anoirthuaid no bítís. crét in ros éiséin
ar Pátraic. ros cailledh ar Cáilte ocus míle do chenél gacha crainn
ann . ocus do bí rígbruiden rómór ann ag na macaib ríg sin ocus
ní déntái acht a cuid do thidlacad ó Themraig dóib. ocus do
bádar iar nól ocus iar náibnes agaid ann . ocus ro dérgat a nim-
daidhe dóib [ocus d]o bátar ann re hedh na hoidche sin.

Is ann sin [tái]nic prímrechtaire na Temrach .i. Binnde . . .
d'agallaim meic ríg Eirenn do bí isin bruidin. [do hoscladh r]oime

in tech ocus is amlaid do bátar ‖ marbh uile ocus do thuicemar
as sin go raibe in fírdhia forórda ann .i. in nech acá raibe comus
ocus cumachta orainn uile . ocus atbert Cáilte :—

B aile na ríg ros Temrach . ann ba meinic mórtheglach !
  ba himda sluag is groige . ar a thaeb go tonnghloine
D eich bfichit mac ríg ba ráin . do bí san teglach tromnáir !
  an coimlíon cétna do mnáib . do bí san tulaig thonnbháin
N í fada urchra mar soin . a Phádraic uasail idhoin !
  iar ndul uile as maile . in slóg do bí i nénbhaile

Ocus do hadlaicedh isin tulaig sin na deich bfichit fer ocus na
deich bfichit ban sin . conid cnoc an áir ainm in chnuic ó sin alé.
ocus dála na cailledh arrabatar ro shluic an talam fána comair in
ros uile . ocus ro thuicsem ríg nime ocus talman trít sin ar Cáilte.

Adrae buaid ocus bennachtain a Cháilte ar Pátraic.

Is ann sin adubairt Cáilte : is mithigh damsa imthecht amárach
a anam a naemPátraic. crét um a nimthighi ar Pátraic. d'iarraid
cnoc ocus céitedh [*ms.* céite] ocus dingnadh an bhaile arrabatar
mo choicli ocus mo chomdhaltada ocus in flaithféinnid ocus
maithe fiann Eirenn am fhochair . ór is fada lim beith i naeininad.
ocus do bátar ann in agaid sin . ocus do éirig in slóg uile ocus do
éirigh Cáilte ocus tuc a chenn i nucht Pátraic . ocus adubairt
Pátraic : nemh uaimse duit gibé inad i muich nó i tigh angébha
dia lámh ort.

Is ann sin do éirig Muiredach mac Finnachta rí Chonnacht
roime d'imluad a ríge ocus a fhlaithesa . ocus táinic Pátraic roime
do shíolad chreitme ocus chrábaid ocus do dhíchur deman ocus
druad a hEirinn . ocus do thócbáil naem ocus fhírén ocus cros
ocus ultadh ocus altóiredh . ocus do thairnemh idhal ocus arracht
ocus eladhan ndráidhechta.

Dála Cháilte imorro ráinic roime bud thuaid co lethanmagh
luirg in Dagda . ocus tar coirrléim na féinne risaráidter es meic
Néira (*sic*) isin tan so . ocus i sliab seghsa ua Eibric bud tuaid.
ocus i mbernaidh na cét risaráidter céis Chorainn . ocus i clár-
machaire in Chorainn amach.

Ocus is ann sin atchualadar in fidhrén adbal dá ninnsaigid.
ocus déchain [dá dtuc] Cáilte secha co bfacaid [*ms.* fhacaidh] na
nái n[daim díscre] alltaide . ocus rucsat nái nur[chair dóib ‖
gur] marbsat na nái ndaim go raibe cuid na haidche acu. ocus
do thócbatar orro iat ocus tucait co hes meic Modhairn re ana-
bar es dara . ocus i crích in chosnama re anabar crích Chairbre.

ocus do rinn Ebha ingine Geibhtine meic Mórna áit ar bháid
[*ms.* bhaith] tonn tuile í . ocus do druim deirg re anabar druim
cliabh . ocus d'áth in chomraic re anabar áth doim ghlais. ocus
luidset as sin rompo co lecht na muice áit ar marb an muc Diar-
mait ó Duibne . ocus go mullach na tulcha áit adtá [*ms.* ita]
lebadh Dhiarmada. ocus do chuir Cáilte a arma re lár ann ocus
do luig ar lecht ocus ar lighe a chomdalta . ocus ro cháiestar déra
falcmara fírtruaga gur bo fliuch blái ocus bruinne dho . ocus adu-
bairt : truag ám mar do chuaid mo chomdalta uaim. ocus do bátar
ann ó medón lái co crích fuinid nóna : truagh sin a cháirde ar sé
ní bud dúthracht limsa dul ó'n lighese co bráth do chumhaid
Dhiarmata ocus a chloinne. cid ón ar Failbe : in rabatar meic ag
Diarmait. do bátar imorro ar Cáilte ocus ac so a nanmanna:—

A nmann mac nDiarmata duinn . re hingin Chormaic í Chuinn !
  . . . chad is Illann is Uath . Selbach Sercach is Iruath

Ocus in táth daim glais sin adubramar is ann do chomraic
Cáilte coscair ríg re Díthramach mac in Scáil meic Eogain mac
ríg Muman ocus mac máthar d'Fionn é . ocus atbert Cáilte:—

D o chuirset comlann co cruaid . i fiadnaise in tslóig mhóir mhais !
  tócaibset fidbad ra feirg . ar in leirg ós áth daim ghlais
C áilte ro dhiubraic ar tús . in sleig tré dlús gaiscid grinn !
  nír mhó iná a cur as a láim . in uair tarla an tsleg áig inn
A lám dhes is a chos chlé . do bhen do Dhíthramach dhian !
  a cenn do fác Cáilte cruaid . do'n táib atuaid do dhruim chliab

Ocus lotar rompo go coill na mbuiden re anabar coill Muadh-
natan . ocus tar beinn Gulbain guirt mheic Mhaeilghairb . ocus
go garbros re anabar daire na damraide . ocus dogniat fianbhoth
fairsing fulactaidh ann ocus do dhíonadar í do sheisc barrghláis
buinghil [ocus doghníset a] fornasc . ocus dorónad inneonad ‖
ocus fulachtad leo ann. in bfuil uisce i nimfogus dúinn ar fer
díob. atá ám ar Cáilte .i. tipra Oisín. is dorcha an adhaig ar
na hócláich. ní damsa as dorcha ar Cáilte . uair ní fhuil inadh
as a tabar lán énchuaich a haill ná a habhainn i cúic ollchóiged-
aib Eirenn nacham eolach itir lá ocus oidche. ocus ro gab cuach
airgididhe [*ms.* airghidhi] isin dara láim do ocus a shlega crainn-
remra cródhaingne isin láim araill ocus táinic roime dochum na
tiprat. ocus atchuala in mblaisechtaig ocus in mbuaidirt ar an
uisce . ocus is edh búi ann torc taeiblebar ag ól an uisce. ocus
tucastar a mhér i suainem na sleige scimnige sodiubraicthe . ocus

tuc urchar do'n mhuic corosmarb . ocus ruc leis ar a mhuin ocus
in çuach ina láim.

Ocus do bátar ann re hedh na haidche sin . ocus tángatar rom-
pu arna márach tar es ruaid mheic Mhodairn . ocus co síd Aeda
esa ruaid . ocus ar tiachtain dóib ann atchiat in tóclách ar an
tulaig tonnghlais ar a cionn ocus brat corcra corrtharach uime.
ocus delg aircit isin brut ós a bruinne . ocus geilsciath co tuaig-
míolaib óir dheirg fair . ocus cuachsnaidm ar a fholt . ocus dá
choin shelga ar slabradaib sníomacha senaircit ina láim . ocus
airm tréna tromglasa ina láim. ocus ar rochtain do Cháilte dhá
innsaigid toirbiris teora póg co dil is' co díchra dho ocus suidhis
ar in firt ina fhochair. cia thusa a ócláich ar Cáilte. Derg dian-
scóthach mac Eogain a tuathaib Uisnig amuich . do chomdalta
budéin. cinnus atá do betha ag muintir do mháthar ar Cáilte.
ní fil ní i nuiresbaid dúinn do biudh ná d'étach ar an tóglách.
ocus ba hiat triar as mesa betha búi isin féinn .i. Ligairne licon.
ocus Semenn sacaire . ocus Bec gilla na mbromhac . ocus ro bud
fherr limsa beith ina mbethaid sin iná beith isin bethaid a fuilim
isin tsídh. gid uathad duitse oc seilg andiu ar Cáilte atchonnarcsa
thu co mórbhuidnech i comar trí nuiscedh tes áit a comraic Siuir
ocus Beoir ocus Berba . cúic cét déc óclách ocus cúic cét déc gilla
ocus cúic cét déc ban . ocus atbert :—

> U athad selga sin a Dheirg . do scarais red tféinn 's ret sheilg !
>> in at eolach comall nglé . i noidhedaib na féinne
> A m eolachsa línib gal . gach baile a torchratar ! ||
>> gé bhiadh i sídh mo chú chain . fuil mo menma ar na fiannaib
> N ocha rabhasa fós riam . toir ná tuaid ná tes ná thiar !
>> baile bud ghairde rem ghal . ná ina mesc gémad uathad

Maith a anam a Dheirg cia do'n féinn atá isin firt fótbaig ar
atám ar Cáilte. is mise ocus tusa ro adhlaic é ar Derg : cóir gia
bhiadh a fhios acam . ocus atbert :—

> C uinnscleo gilla mac Ainnscleo . rosfoirrged fira i fuirrsceo !
>> naenbar fó dairbre nduillech . foirrgedh in cuingedh duinnscleo
> C uinnscleo gér bhaeth nír bhriathrach . do ba laech i ló luaithchrech !
>> áit a tollta scéith breca . nochar é in tegal uaimhnech

Cia risanderna an rith dian doilig a Dheirg ar Cáilte. risan ech
ndubh ro bái ac Dil mac dá crec ar Derg :—

> E ch dubh ac Dil mac dá crec . in gach cluiche ro chuirset !
>> ocon carraic ós loch gair . ruc trí lánbhuada an aenaig

Gá tech arrabamar in adhaig sin a Cháilte ar Derg. i tigh

Catháir mcic Ailella ar Cáilte ar mbreith Finn ocus na féinne
leis ar cuiredh. ocus do bámar teora lá ocus teora hoidche i tig
Catháir gan uiresbaid bídh ná lenna ná leasaigte ar ár sluagaib.
in tucsam ní dho a Cháilte ar Derg. tuc Fionn ar Cáilte trí cét bó
ocus trí cét brat ocus trí cét uinge d'ór . ocus adubairt Cáilte :—

T rí cét bó is trí cét brat . trí cét cloidem ba comnart !
  do rad Fionn fiach a lenna . do Chatháir mac Ailella

Cia tuc in tech dub d'Fionn ar Derg : an é Dil mac dá [c]reca
nó an é Catháir mac Ailella. Fiacha muillethan mac Eogain ar
Cáilte . ocus adubairt :—

A c súd duitse in tech dub dian . ar Fiacha re flaith na fian !
  ac sút mo chloidem go mblaid . ocus ech uaim dot araid
L uid Fionn d'imluad a[n] eich duib . gusin tráig ós Berramuin !
  is teichimse di fó trí . ór bam luaithe iná gach ní

ocus luid an tech go cenn iartharach na [trá]ga ocus fuair bás
ann do ghal retha . conad tráig in [eich] duib ainm na trága ocus
tráig Berramain a hainm co sin.

[Deiredh lái atá] ann ar Cáilte ór do chuadar neoil áille étrochta
an lái as ocus táncatar damalta dorcha ‖ na haidche chucainn.

Is ann sin táinic Derg dianscothach roime isin síd anunn d'ur-
fhuigell Cháilte re hIlbrec esa ruaid ocus re hAed minbrec mac an
Dagda . ocus do innis a imacallaim re Cáilte ó do riacht chuice
co haes na huaire sin. a thabairt isin síd ar siat . ór do chualamar
a einech ocus a engnam. ocus luid Derg ar a chionn ocus ruc
leis é cona mhuintir ocus ro [suidigedh] iat ina ninadaib dilse
dingbála isin tsíd. ba hí sin aimser dorála cocad mór idir Lir
sída Finnachaid ocus Ilbrec esa ruaid. ocus ticedh én co ngob
iarnaide ocus co nerr teinedh ar fuindeoig ordaide isin tsíd . ocus
do chrothadh é gacha nóna ann co nach fácbadh claidem ar cenn-
adairt ná sciath ar delgain ná sleig ar aidhlinn gan lecadh i cenn
lochta in tsída. ocus do bítis lucht an tsída ocá dhiubracad . ocus
is edh do thecmadh ar cenn mheic nó mhná nó dhalta do lucht
in tsída. ocus ro hecradh a tech nóla in adhaig sin aca . ocus
do riacht in tén cédna chuca ocus doróine in taidmilledh cédna.
ocus do bádar lucht in tsída gá dhiubracad ocus nír chuimngedar
a bec do. cia fot atá in tén mar sút ar Cáilte. ré bliadna anosa
ar Derg ó ro gabsam cocad ocus lucht an tsída aile.

Is ann sin tuc Cáilte a láim i comradh a scéith . ocus flesc
umaidhe bái aige ocus tuc urchar do'n eon di co rusmarb co tarla

K

ar lár in tsída chuca é, in nderna nech riam lámach bud fherr
iná sin ar Ilbrec. in raibe isin féinn ar Aed minbrec esa ruaid
nech bhud commaith lámach fritsa. báigimse mo bhréithir ris
ar Cáilte nár ba chóir do neoch sech araile díob bocasach do
dhénam . ór do bí a lórdhacthain lúidh ocus lámaig in gach fhior
díob ocus do bí innamsa dno ar Cáilte.

Is ann sin tuc Ilbrec a láim secha suas ocus tucastar gái áith
uillennghlas dá haidhlinn ocus tuc i láim Cáilte í : décha lat a
anam a Cháilte cia in tsleg sin ocus cia d'fhiannaib Eirenn ocá
raibe. ro benastar Cáilte a foirtched ocus a hinchasnaide do'n
tsleig . ocus do bátar trícha semann d'ór thíre Aráibe [ar a chró
. . . . . .] sleg Fiachach meic Chongha [. . . in tsleg
sin . ocus is tríthe] ‖ do ghab Fionn mac Cumaill ríghe fiann
Eirenn ar tús . ocus a síd fhéruaine Fhinnachaid tucad í. ocus
Aillén mac Midhna do tuathaib dé danann do tigedh ó charn
Fhinnachaid atuaid co Temraig . ocus is amlaid ticed ocus tim-
pán ciuil ina láim ocus do chodlad gach nech atcluined é . ocus
do chuiredh ainnséin cairche teined as a bheol. ocus ticedh co
Temraig i líthláithe na samhna gacha bliadna ocus do sheinnedh
a thimpán ocus do chodladáis cách risin ceol síde dogníodh
[*ms.* do níth]. ocus do shéidedh a anáil fó'n cairche teined ocus
no loiscedh Temair cona turrscar gacha bliadna amlaid sin fri
ré trí mbliadan fichet. ocus ba sí sin aimser a tucadh cath
Cnucha . ocus do thuit Cumall mac Trénmhóir ann . ocus do
fhácaib ben torrach dá éis .i. Muirne mhunchaem ingen Taidg
meic Nuadat.

Ar ndíth Chumaill tugad rígféinnidecht Eirenn do Gholl mór-
ghlonnach mac Mórna ocus do bí deich mbliadna aige. rucad
iarum mac do Chumall .i. Fionn . ocus do bí ar foghail ocus ar
díbfeirg co cenn a dheich mbliadan. ocus dorónad féis na Temra
isin dechmad bliadain le Conn cétchathach . ocus amail bátar
fir Eirenn ag ól ocus ag áibnes i tig mhór midchuarta nír
rathaigset ní nó gur riachd in maccám óg ildelbach chucu.
ocus ro shuidestar i bfiadnaise Chuinn chétchathaig ocus Ghuill
meic Mórna co maithib fhiann Eirenn uime isin tig. ocus ba do
bhuadaib féise na Temra ná lámadh nech fala ná frithfala do
thabairt fri ré caeicdigse ar mhís . airet bíte ag ól féise na Temra.
ro dhéch rí Eirenn in macám . dóig nír aithnid do é ná do nech
ele dá raibe isin bruidin.

Is ann sin do riacht a chorn dála go rig Eírenn . ocus tuc i láim
in macaeim é ocus do fiarfaiġ cuich in macaem. is mise Fionn
mac Cumaill ar an macaem : mac do'n óclách ocá mbái ríge na
féinne anallana . ocus tánac do dhénum mo mhuinterdhais ritsa a
rí Eirenn. mac carat ocus fir gráda thu a mhacaeim [ar Conn].
ocus do ċirig in macaem ocus dorigne a chora[igecht ocus a
mhuinterdas fri] ríg Eirenn. ocus gabus Conn ar lethláim é ‖
ocus tic ar gualainn Airt meic Chuinn . ocus do gabsat ag ól
ocus ag áibnes re hedh is re hathaid.

Is ann sin adracht rí Eirenn re beinn mbláthcháin mbuabaill
do bí ina láim ocus adubairt : dá bfaghainn agaib a fhira Eirenn
nech do choimétfadh Temair go tráth éirge do ló amárach gan a
loscad d'Aillén mac Midna dobhérainn a dhúthchas do gémad
beg gémad mór é. do éistetar imorro fir Eirenn co tái tostadhach
ris sin . uair no choidéldáis mná co nidhnaib ocus laeich ledartha
[*ms.* leadairthe] risin ceol sírrechtach síde ocus risin ngadán
nglésta nguithbinn do chanadh in fer soinemail síde no loiscedh
Temair gacha blíadna.

Is ann sin do éirig Fionn ocus adubairt re ríg Eirenn : créd
bus cuir ocus bus tennta damsa tar do chenn im a chomhall sin.
cóicedaig Eirenn ar Conn . ocus Cithruad cona dráithib. ocus
tugaid uile isin coraigecht ocus gabus Fionn do láim Temair
cona turrscar do choimét go tráth éirge arna mhárach. ocus
do bí óclách grádha do Chumall i comhaidecht ríg Eirenn .i.
Fiacha mac Conga. maith a mhacaeim ar Fiacha : cá luaigidecht
dobérthá damsa dá fagainn sleg neimnech duit ocus nír diubraic-
edh urchar nimroill riam di. gá luach chuingi oram ar Fionn.
gid beg mór do rath ghéba do lám dhes a trian damsa ocus
trian do chocair ocus do chomairle. ragaid duit ar Fionn . ocus
naidm air fó a bhréithir. is ann do ráid Fiacha : mar atchluinfi
in ceol síde ocus an timpán téitbhinn ocus an fedán fogharbinn
ben a cumdach do chenn na cráisige ocus tabair red tédan nó re
ball eile dot ballaib . ocus ní léicfe gráin na sleige neime codlad
fort.

Is ann sin do éirig Fionn i fiadnaise fher nEirenn do choiméd
Temrach . ocus tuc Fiacha mac Congha sciath ocus sleg do gan
fhios do mhacaib Mórna ná do neoch eile dá raibe i tig Themra
ocus tárla roime mar sin i timchell na Temra. ocus nír chian do
go cuala in ceol sírrechtach . ocus tuc slinn na sleige ocus a for-

gráin re a édan . ocus gabaid Aillén ac seinm a thimpáin ‖ nó gur
chuir cách ina codlad mar do chlecht . ocus léicid iar sin a chairce
teined as a bhcol do loscad na Temrach. ocus chuirios Fionn in
brat corcra corrtharach búi uime i nagaid in chairche . ocus tuitid
anuas isin aier co ruc in cairche in brat ceithirfhillte sé láma
fichet i talmain . conad árd na teinedh ainm in áird ocus conad
glenn in bhruit ainm an ghlenna. mar do rathaig Aillén mac
Midhna a dhráidecht do mhilled uime táinic tar a ais d'innsaigid
sída Finnachaid ocus go mullach sléibe Fuait. ocus lenus Fionn
é co carn Finnachaid . ocus mar do bí Aillén ac dul tar dorus an
tsída anunn tuc Finn [mér] i suainemh na sleige ocus tuc urchar
ágmar urmaisnech co tarla í mullach a dhroma i nAillén gur
chuir a chroide ina lia dubfola tar a bhél . ocus rosdíchenn Fionn
é ocus tuc in cenn for cúla co Temraig ocus do chuir ar chuaille
bhadbda . ocus do bí ann co héirge gréine ós áirdib ocus ós inn-
beraib an talman. táinic iarum a mháthair co hAillén ocus tuc
tres ar thoirrse ocus do chuaid d'iarraid legha dho:—

T oirche a bainliaig immar tá . do gaet Aillén mac Midhna !
  do shleig Fiacha meic Congha . do'n brat bodbda do'n birgha
U chán adrochair Aillén . táncatar a trí tonna !
  atá sunn fuil a chroidhe . mar aen is smior a dhroma
U chán adrochair Aillén . sídhaide beinne Boirche !
  anois táirnic a mhaillnéil . a Boirche a bainliaig toirche
U ch ba suairc ón uch ba shuairc . Aillén mac Midhna a sléib Fuait !
  co fa nái ro loisc Temair . ar gach nardblaid ba hí a chuairt

Is ann sin do éirgetar fir Eirenn uile um a ríg ar faidche na
Temrach airm ambúi Fionn. atchí a rí ar Fionn cenn an fir do
loisced Temair ocus a fhedán ocus a thimpán ocus a chairche
ciuil . ocus dar lem do saeradh Temair cona turrscar.

Is ann sin do líonadh láthair leo ocus do cruthaigedh comairle
ocus is í comairle do críochnaiged acu rígféinnidecht Eirenn do
tabairt d'Fionn. maith a anam a Ghuill mheic Mórna ar Conn
cédchathach : [cá ro]gha duit Eirc d'fácbáil nó do lám do thab-
airt i láim Finn. [beirim b]réithir ar Goll is í mo lám dobér i
láim Finn.

Is ann [sin imorro táinic] a nert isin sén ocus isin soladh . ocus
do éirgetar [maithe na] féinne ocus tucsat a láma i láim Finn ‖
ocus tuc Goll mac Mórna rompa comad lugaide an náire le
nech eile do'n fhéinn a tabairt. ocus do bí Fionn isin ríge sin
ar Cáilte nó go bfuair bás ocus aidhed i naill in bhruic i luachair

degaid. ocus an tsleg dobeirise am láimse a Ilbric is di dorónad
an gníom sochair sin d'Eirinn . ocus is léi fuair Fionn gach rath
riam . ocus birgha ainm bunaidh na sleige. coimét acut in tsleg
a Cháilte ar Ilbrec go finnam in ticfa Lir do dhígailt a c[oin]
orainn.

Is ann sin ro tócbait a cuirn ocus a cupada . ocus do bátar ac
ól ocus ac áibnes ocus ac urgairdiugad [men]man ocus aicenta.
maith a anam a Cháilte ar Ilbrec : c[ia dá tibre] comus in chatha
dá tí Lir do dhígailt a eoin orainn. do'n tí dá tabradh Fionn
comus a chatha .i. do Derg dhianscothach ann sút. in geibe do
láim sút a Deirg ar lucht in tsíde. gabaim cona shochar cona
dhochar ar Derg . ocus do bádar amlaid in adhaig sin. ocus nír
chian dóib ar matain go cualatar séitfedach na nech . ocus cul-
gaire na carpat . ocus glonnbéimnech na sciath . ocus tairm in
mhórslóig. ocus táncadar mon síd . ocus táncas as in síd dá
fhégad gá líon do bádar . ocus is edh do bádar trí catha cródha
commóra. pudhar lemsa ar Aedh minbrec andingéntar ann sin
.i. bás ocus aidhed d'faghbáil dúinn ocus ár sídbrug do beith ag
cloinn Lir sída Finnachaid. nach fedrais a Aedh ar Cáilte go téit
an tréntorc allaid ó chonaib ocus ó chuanartaib . ocus in tan
ghabus a bedg inbúirid an damh allaid téit imshlán o chonaib
mar an cédna . gá comlann as doilge lib isin cath ar Cáilte. in
fer as ferr engnam do thuathaib dé danann ar siat .i. Lir sída
Finnachaid. an ní fá tucassa láim in gach cath riam ar Cáilte .i.
in comlann as ferr do bhiadh ann do fritháiliomh ní léiciub andiu
re lár é. ocus caidhe do chomlannsa dhúinn a Dheirg ar siat. gá
comlann as doilge lib ina dhegaid sút ar Derg. Donn ocus Dubh
ar iatsom. dingébatsa iat araen ar Derg. ocus do éirgedar sluaig
in tsída amach i naeinfecht chum in chatha. ocus do diubraic
cách a chéile dhíob do shaigdib [sochaith]m[e] . ocus do gháib
bega birgheda . ocus do [laignib] lethanghlasa . ocus do chlochaib
m[óra] ‖ ó sholustráth éirge do ló co medón lái. ocus do chomraic
Cáilte ocus Lir sída Finnachaidh co fuilech fóbartach ocus tor-
chair Lir i crích in chomraic le Cáilte. is ann sin do gabsat an
dias deglaoch .i. Dubh ocus Donn dá mac Eirrge anghlonnaig
. . . . ac coimét an chatha . ocus is amlaid ro chuirset an
gliaid .i. Dubh i tosach na dírma ocus Donn re degfheichium
ina diaid. ocus atchonnairc sin Derg dianscothach . ocus tuc a
choirrmhér i suainemh na sleige ocus tuc urchar ágmar do'n fhior

ba nesa do gur bhris a dhruim ar dó ocus go tárla i compar clóib
an fir ba sia uaid go torchratar do'n acnurchar. is ann asbert
Ilbrec :—

> D orochair Lir le Cáilte . ocus ní gníom nach máidte !
> dorochair Donn ocus Dub . le mac Eogain d'acnurchur
> D o mhinaig in cath bud tuaid . ar Lir co méit a mhórsluaig !
> ní dhechaid díob do'n muig as . acht éntriar co ndeigeolas

Ocus táncatar rompa isin síd iar mbuaid coscair ocus com-
máidme ocus do gabsad nert ocus forlámus ar shíd Finnachaid as
a haithle sin riam. do shleg duit a Ilbric ar Cáilte. nír chomadh-
as duit a rád rim ar Ilbrec . ór gin go mbiadh d'arm im Lir acht
an tsleg sin is duitse do rachadh . ór comarba díles dingbála di
thu. ocus do bátar teora lá ocus teora adaig isin síd iar sin.

Maith a anam a Cháilte ar Ilbrec esa Ruaidh : cia airm
anderna Fionn creidem nó in derna riam ar sé. doróine ón
ar Cáilte. cáit anderna ocus crét adbar a dénma ar Ilbrec. i
ndruim ndiamair risanabar druim dá én ar in Sionainn . ocus ba
hé adbar in creitme arbítin Finnine ingine Buidb ro mharb a
céile féin .i. Conán . ocus ro mharb cách a céile díob .i. Conán
ocus Ferdhoman. ocus do riacht an fhiann co fiodh nénaig re
[a]nabar druim ndiamair isin tansa . ocus tucadh loingsithal bán-
óir do shaigid Fhinn . ocus do innail a ghelghlaca ocus do chuir
in tuisce eocharghorm im a ghnúis . ocus tuc a ordain fó a dhét
fis . ocus do faillsigedh fíor do ocus do ceiledh gái fair . ocus do
faillsigedh do go ticfad in táilchenn tabartach re deired domain.
ocus go ngébadh tech ar leth Eirenn .i. Ciarán mac an tsaeir.
ocus adubairt Cáilte :—

> I nmain cell . . . mach . dias fó eochair na habann !
> . . . . mac . bud anacal mór nanam ‖

Ocus do riacht fios an chomraic sin chucainn conice sin . ocus
dorigne Fionn in creidemsa ann ocus fuair nemh trít :—

> M airg féinnid atchuala in scél . ar techt dúinn co snám dá én !
> aided Conáin mhaeil do'n mhaig . ocus aided Fherdomain
> D ruim ndiamair ón druim ndiamair . a ainm so cusna fiannaib !
> druim nénaig ó sin alé . d'énach Fhinn is na féinné
> I s amra in gein bertar ann . do deoin ruire na róchlann !
> mac dingbála ríg nime . aingil ocá fhúrnaide
> B ud eiside Ciarán cáidh . is é bérar san rígráith !
> gébaid leth Eirenn maille . mac in tsaeir a Muirtheimne
> R achait foghlaid a chille . bás obann do ruaidrinne !
> creclad is riagad gan rath . ocus iffern fochtarach

A deirimse ribse de . is fíor dam in fháitsine!
  creidim athair ocus mac . is spirat naem i naeinfeacht
S áilim flaithes ríg nime . as ferr iná gach fine!
  in rí romcuir ar cairde . nímléicfe fó bithmairge

Do bátar isin tsíd iar sin go cenn cáicdigis ar mís. is mithig dúinn imthecht ar Cáilte ór atámait re hathaid abus. bennacht dé ocus dáine abus ort ar lucht an tsída . ocus gid choidche bud áil duit beith acainn foghébthá. ocus ac súd ar Ilbrec ós imthecht dogní nái nédaige lígda lennmhaisecha . ocus nái scéith . ocus nái slega. ocus nái cloidim inntláis órdaide . ocus nái coin caeimshelga duit. ocus do thimnadar céileabrad . ocus do fhácbatar bennachtain ocus rucsat buidechas . ocus gér bfada an cath sin ba fhoide le Derg ndianscothach [scarad] le [a] choigle ocus le a chomdalta budéin . ór nír faide leis in lá do scar re Fionn ocus risin féinn iná in lá sin.

Táinic roime Cáilte ocus in naenbar nóclách sin ocus do bí i sliab cuire . ocus i sliab Cairbre . ocus i sliab céide bud tuaid. ocus do chathair daim deirg. ocus nír chian do bátar ann co facadar in dias niamda ndathálainn ar a cionn isin carn .i. óclách álainn ocus rígan a comaeise ina fharrad. fiarfaigis an tóclách scéla do Cháilte ocus do innis Cáilte a scéla do : do mhuintir Fhinn meic Chumaill dam ocus Cáilte mac Rónáin m'ainm . gá comainm thusa a óclách ar Cáilte. Eoghan flathbrughaid m'ainm ar sé ocus do shenmhuintir Chairbre lifechair mheic Chormaic dam . ocus Becnait banbhrugaid ainm [na] mná maithesi ocus comaeis damsa ocus disi ocus is slán deich bfichit bliadan dúinn araen. na[ch raibe] ‖ maithes móradbal acatsa a óclaich ar Cáilte. ro bói imorro ar Eogan . ár ní raibe ó es ruaid mheic Mhodairn go cnoc in fhomorach bud tuaid re anabar Torach thuaiscirt Eirenn nach raibe fionnairge gach re mbaile nó gach tres baile díob acam. cid ro díobaidh sin ar Cáilte. torathar táide ocus fomor fírghrána ocus mac míraith ro mhill Fionn ocus ro chaith na secht triucha cét comlána co ná fil nech re gabáil forba ná ferainn . co ro fhásaig uile arna ndíthiugadsom. ocus ro díobaidh ocus ro airg mise dana acht ocht fichit fionnairge do deired mo mhaithesa ocum. cáit ambí in fer sin ar Cáilte. carrac comdaingen cloiche atá rinn atuaid ar an cuan coimlethan is ann bhíos. ocus beirid lán a luinge leis a triur muintire . ocus comlann ceithre cét é féin . ocus comlann trí cét a chú . ocus

comlann trí cét a ingen . ocus ní chumngann nech ní dóib. cáit
a ticsium isin cuan ar Cáilte. risin mbaile aniartuaid amne ar
Eogan. do bádar ann re hedh na hoidche sin ocus ro frestladh
ocus ro frithóiledh do gach leith iat.

Do éirig Cáilte a oenar co moch arna mhárach . ocus ro ghab
a sciath ocus a chloidem ocus a dhá shleig . ocus táinic roime
cusin carraic ndíthoghlaide do thaeib an chuain . ocus do bí re
hedh ocus re hathaid ann co facaid in curach dá innsaigid ocus
triar isin curach .i. madra gairbfionnach glasodhar ocus slabrad
agarb iarnaide im a bhrágait . ocus scailp ingine maeile duibe fa
cosmail re beinn cairrge do chéin í i tosach in churaig ocus birgha
imdaingen iarnaide ina láim . ocus in teathach i ndeired in chur-
aig. ocus do gabsat cuan ocus calad i comfocus do Cháilte . ocus
do gab gráin ocus egla Cáilte rompa. adubairt an fer mór re a
ingin : oslaic do'n choin ar sé ocus léic chum in aenduine móir út
í co ro luinge a lórdhaethain de ré ndul ar fecht ocus ar turus.
ocus ro oslaic an ingen do'n choin . ocus gabus gráin ocus egla
Cáilte roimpi nár ghab riam i cath ná i comlann . ocus adubairt :
mo dhúilem ocus mo tháilgenn uaimse in bar [n]agaid ar Cáilte.
ocus gothnait umaide bo bí aige ro di[ubraic r]oth nurchair di
chum na con co tarla in dara [cenn do'n bhio]r isin carpat uacht-
arach ocus in cenn [eile isin carpat] íochtarach co rosdúin a
glomar . [ocus do thuit as in curach co]mad i ndomain in mara
fuair bás ‖ ocus do chuir in tonn i tír í iar sin. táncatar an dias
eile i tír ar amus Cháilte ocus do chomraicset co dána dúrchroidech
ris . ocus tuc an ingen trícha gon ó ladhair a choise co a úrla air.
ocus tuc Cáilte béim cloidim di gur léic a habach ocus a hinathar
aisdi. ocus ro dhánaig ocus ro dhíchraig in comrac risin bfer mór.
ocus dorigne trí hóirdne de ocus ba hí in tres órda díob a chenn.
ocus do ben a trí cinnu díob ocus tuc leis iat chum na bruidne.
do éirig Eogan ocus muinter Cáilte ocus tucsat aithne ar na
cennaib sin ocus ro altaigset in gníom . ocus suidis Cáilte co
hanbfann étlaith ocus ro thuitset taise ocus táimnélla fair. ocus
tucadh lossa ícce dá innsaigid ocus bái re hedh caicdigis acá
leighius co ndernad sleman sláinchréchtach de.

Imthecht acainn amárach ar Cáilte ocus bennacht fhácmaid
acaibse. ocus ro thimnadar céilebrad d'Eogan ocus táncatar
rompa as sin co tulaig na céd risaráidter tulach dá ech isin
tansa. ocus do chúillios na féinne bud tuaid . ocus do churrach

na mílchon re anabar currach cuan . ocus do bhoith chnó bud
tuaid áit ar thaispén an éigse cenn do Lugh lámfada mac Eith-
lenn . ocus in baile arrucadh Colum cille mac Feidlimid [*ms.* feil-]
ocus do dhoire Guill bud tuaid. ocus ac toidecht dóib dar bórd
in daire amach co facadar in taenóclách ocus a dhruim re cairthe
comdaingen cloiche . ocus brat corrtharach uime ocus delg óir
isin brut ós a bruinne . ocus inar maethsróil uime ocus dá choin
caeimselga ina láim . cuanart gadar ina fhiadnaise. bennachais
Cáilte do'n óclách ocus freagrais in tóclách in bennachad. cia
danad muinter sibse ar in tóclách. ní mharann ár triath ná ár
tigerna .i. Fionn mac Cumaill ar Cáilte.

Is ann sin ro cháiesdar an tóclách déra falcmara fírtruaga gur
ba fliuch blaei ocus bruinne do. cia thusa amlaid a ócláig ar
Cáilte. doghén mo shlonnad duitse ar eisium : Donn mac Aeda
mheic Gharaid mheic Mórna mise. do ba mhaith th'athair ar
Cáeilte . ocus adubairt :—

    R o b'é in bríghach buanbladach . do b'é in féinnid fírghalach !
    do b'é in ghég toraid co mblaid . re fogail séd in domain

Maith a anam a Cháilte ar Donn : in fuil sleg m'athar acutsa.
atá cid a sciath ocus a chloidem ar Cáilte. [ar fíor] do ghaile
ocus do ghaiscid frit ar Donn innis d[amhsa in tadbar] bunaid
umar marbad é. inneos[atsa sin duit ar Cáilte ór isam] ‖ meb-
rach ann.

Dubdithre rígféinnid fhiann Osraige do mharbad dot shen-
athairse do Gharad mhac Mórna. ocus carrac Guill do ghabáil
ar Goll mac Mórna thiar . ocus trí catha na féinne do beith ac
forbhaise fair go cenn caeicdigis ar mhís ann . ocus a bheith
nái naidche gan biad ocus scíthlim do dul ar a lúth ocus ar a
lámach. ocus dul do mac Smaile mhac Duibdithre anunn isin
carraic ocus Goll do díchennadh i fiadnaise fhiann Eirenn. ocus
tuc leis in cenn d'innsaighid Fhinn. ocus do bí th'athairse ag
iarraid dligid ocus córa ar mac Smaile .i. inneoch ro búi idir ríg
ocus óclách do tabairt do :—

                Cáilte *cecinit.*
    A dubairt nach tibredh cóir . do'n Aed fhinnghel ba mór ág !
    acht dobéradh corp re corp . in gach olc dorigne a lám

Ocus adubairt th'athairse coimdhilse do léicen etorra ocus mac
Smaile. dobérsa comha duit a Aed ar mac Smaile. gá comha
sin ar Aed. dobér ar eisium da shleig Guill meic Mórna . ocus

sciath Cairill í Chonbroin . ocus corn Duibdithre . ocus cloidem
Muirinne macha do bí ac Goll . ocus muince selga Sigmaill . ocus
misc ar Cáilte do chuaid leisin techtairecht . dia nebrad in láid :—

> T iagat techta uainn co hAed . ráidhid risin ségainn saer!
> ar gelladh do tolaib gal . co brách nocha coiméltar
> T arga do muince selga . tucad d'Fionn assíth Nennta!
> gan cor dno i bfiadh tar cladh . nocha téit gan a mharbadh
> T arga sciath Cairill co mbloid . do bíodh air isin imghoin!
> suairc in sét in sciath scenmda . gráin céd ar a tigerna
> T arga do in cloidem catha . do bíodh ac Muirinn macha!
> targa fós corn Duibdithre . gid do bádhas gá dhicleith
> gell caeca mogadh tar muir . atá d'ór ina bórduib
> T arga dhá sleig monar nglé . co crannaib ruis róbuidé!
> gid beg a fuile nó a loit . is marb gach duine a tiagoit
> O cus gé thargassa sain . nír gabsat clanna Garaid!
> ar imad a slóg má sech . na mac mór fialgharg fuilech
> D o faeth le cloinn Mórna muill . Finntan ferrda a fedaib cúill!
> Banbh Sinna Sciathbrec in áig . ocus Finn mór mac Cuáin
> S irit ar mac Lugach lonn . a éraic ór do gon Goll!
> is ar Cháilte in airm ghéir ghloin . 's ar . . . . a luachoir
> [O clách do thuai]th Temra breg . do fer cuinnscleo re Goll ngel!
> maelgorm ‖ san tres ferda in roinn . dar ainm Flaithes fíráloinn
> D á mbeitís trí caoca mac . ag Goll gasda na ngelghlac!
> nír bó annsa le a chloinn chain . ná limsa mo dhegathair
> M'athairse Dubdithre dian . féinnid forusda fírfhial!
> nír chlos a écnach i cath . fa maith a lúth 's a lámach
> R áidh risna feraib ní gó . uaim ní bérat ní bhus mó!
> nái céd is a ndruim re feart . isin tulaig a tiagat

Ar fíor do ghaile ocus do ghaiscid a Cháilte ar Donn tabair
armghaisced m'athar dam. dobér imorro ar Cailte : dóig ba fialnár
fria hathchuingid é féin. ocus tuc Cáilte armghaisced a athar uile
do. tabair eolus dúinn anosa a Dhuinn ar Cáilte. cia hairm a sire
eolus a rigféinnid ar Donn. do tig Conaill meic Néill ríg ceneoil
Conaill :—

Cáilte *cecinit*.

> A Dhuinn tabair eolus dún . gan mairg ocus gan mhírún!
> ór atái at aenar maille . tar éis th'féinne is th'fairne
> D o chuadar as meic Morna . adbar bróin is bithdogra!
> deich céd laech ba hedh a lín . do b'é in toirecht gan imsním
> A deirimse ribse de . bud ffor gach a ráidemne!
> re taeib óir is arcait uill . foghéba sin uaim a Dhuinn

Ragatsa romatsa ann sin ar Donn . uair derbbhráthair mo
mháthar é ocus is é so oilesdar mé . ocus gid aigesium atá in ríge
is acamsa atá a tóthacht. ocus do ghab Donn a arma ocus táinic

roime co tech Conaill co dún na mbarc. innis scéla dhúinn a
Dhuinn ar Conall mac Néill. do innis Donn mar tuc Cáilte na
hairm dó féin ocus a beith ar sligid chum in ríg. do gébasom
sin ar Conall ór as do leith Cuinn do ocus ar anderna féin
do maith. ro thaidbsen Donn na hairm ocus na hilfhaebair tuc
Cáilte do. is ó degdhuine ar in tairecht fríth na haisceda út. is
degdhuine imorro ar Conall . ór ní dubrad mac óclaich re duine
bud fherr inás. ocus mar atconncus Cáilte chum in dúnaid do
éirig Conall co maithib a shlóig ocus a mhuintire d'ferthain fáilte
re Cáilte . ocus suidis Cáilte ar in carn i ndorus in dúin ocus
suidhit in sluag uime.

Do fiarfaig Conall do Cháilte crét ima tucad carn Gairb daire
ar in carn so. do fregair Cáilte in cesd sin ór is aige do bí a fios :
óclách gráda d'Fionn mac Cumaill do bói ann so ar Cáilte .i.
Garb daire mac Aengusa mac ríg Muman andes . ocus do bói oc
dénum shelga laithe [noen] ann so ocus do marb trí caoca dam
ocus trí caoca eilit ocus [trí caoca torc]. ocus atconncadar lucht
na críche ocus an [fherainn é] ‖ . ocus ro lingset chuige ocus
rucsat a fhiadach ocus a shelg uada ocus torchratar trí céd óclách
leis. ocus do iadsat lucht in tíre uime ocus dorónsat abhall im
rennaib de ocus do mharbsat é . ocus do riachtsamne trí catha
na féinne dia dhígailt ocus do fholmaigsem an crích ocus an
ferann ocus do marbsam trí ríga in tíre . ocus do éladar drong
eile i nailénaib díob:—

> M arbtar Garb daire ar in tráig . le cenél Eogain imláin !
> do marbsam caoca laech de . sunn i ndígail Gairb daire

Ocus is é atá isin charnsa cona armghaisced . ocus is aige ro
búi slabradh Logha mheic Eithlenn do bíod ac coiméd brágat
mac Míled ocus tuaithe dé danann aige. ro bud maith linn ar
Conall na hairm d'faghbáil. mad maith ar Cáilte tochailter in
carn anosa. ní hedh ar Conall acht tochailter amárach é . ór
adaig ann ocus ól ocus áibhnes dogéntar acainn anocht . ocus
tángatar rompa isin mbruidin móir ocus tucad Cáilte cona muin-
tir i tech ndeirrit ndiamair ocus ro fritháiledh iat co maith. is í
fa bainchéile do Chonall Bébionn ingen Mhuiredaig mheic Finn-
achta ingen ríg Chonnacht. maith a ingen ar Conall : fad gairit
bias Cáilte ibhus tabar próind deich céd gach lái dho . ocus
cuirter ocht fichit bó i férghurt ghabála ina urchomair ocus a
mbleghan gach noidche do.

Do bádar ann re hedh na hoidche sin ocus adrachtadar arna
mhárach co carn Gairb daire . ocus ro tochladh in carn ocus fríth
slabrad Logha mheic Eithlenn . ocus fríth in sciath imlán amail
tucadh re [a] thaeib é. tucadh na hairm aníos ocus tucadh in
cenn . ocus in fer fa mó do'n tsluag do thoilledh ina suide ar
lár cinn in ócláich. is mór in cenn a anam a Cháilte ar Conall.
fa mór ocus fa maith in tí ar a raibe ar Cáilte . ocus tuc Cáilte
na hairm do Chonall ocus do bí in slabrad aige féin do thabairt
do naemPátraic . ocus do múiredh in fert iar sin.

Is ann sin ro fhiarfaig Conall mac Néill do Cháilte : atá ailén
ar ár comhair ar in muir amuig ocus dúnad ann ocus adlacad
mór annséin . ocus ní fhedamar crét dá fuil. ro cháiestar Cáilte
acá chluinsin sin. ar fíor do ghaile ocus do ghaiscid tarsa linne
dá fhégain ar Conall. dar mo bhréithir ámh ar Cáilte is é sin in
tres inadh i nEirinn [nár bh']áil limsa d'faicsin tar éis na muintire
do bí ann . gidedh [rachad] letsa amárach ann.

Anaid in adaig sin isin dúnad. [ocus éirgit] arna mhárach
Conall ocus a ben ocus sluag in baile uile [ocus ba mhédugad]
menman ocus aicenta leo Cáilte . ocus táncatar ‖ rompa chum an
dúnaid anunn ocus ro suidh Cáilte ar in fert bói isin dúnad.
secht fichit traigh do Chonall i fad in ferta ocus ocht traigthe
fichet ina leithet. maith a anam a Cháilte ar Conall : ní hinganta
limsa ní dá faca riam iná in fertsa . ocus innis dúinn cia isa [*ms.*
ciasa] fert so. adér frit a fhírinne ar Cáilte .i. fert an cethramad
ben as ferr do luigh le fer i naenaimsir fria. cia na cetra mná sin
ar Conall. Sadb ingen Chuinn chédchathaig ar Cáilte . ocus
Eithne ollardha ingen Chatháir [*ms.* catair] mhóir . ocus Aillbhe
ghruaidbrec ingen Chormaic . ocus ben in lechta so .i. Berrach
brec ingen Chais chuailgne ingen ríg Ulad atuaid . bainchéile
ghrádach Fhinn mheic Chumaill. ocus mad do bhí maithes
d'imarcraidh i mnái díob sin is inntisi do bí. is ina tig do bíod
in táighe ó luan taite samna co luan taite nimbuilc ocus a rogha
do imthecht nó anadh ó sin amach. ocus in duine nach faghadh
a dhaethain airm nó édaig do geibedh uaithi a lórdhaethain.
adbar a hoidheda ar Conall. atá liumsa duit ar Cáilte : máthair
ocus athair Ghuill meic Mórna ro oileasdar í . ocus ní raibe
banchomdalta acusom acht sí. ocus ro chuinnig Fionn ar a
hathair í ocus adubairt nach tibredh d'Fionn í munbud deoin do
Gholl mac Mórna. ocus síris Fionn ar Goll a chomdalta ocus

adubairt Goll : fuil coma ar a tibrinn í . i. gan a lécun tré bithu.
ocus a beith ina tres ben acut . ocus gan a héradh um ní dá
cuinnighfe fort. dobérthar uile ar Fionn. cia bhus cuir dúinn ar
Goll. do rogha cuir ar Fionn . ocus tuc Fionn a trí comdaltada
féin i coraigecht fria . i. Daighre ocus Garadh ocus Conán. ocus
do bí ac Fionn co ruc trí meic do . i. Faelán ocus Aedh bec ocus
Uillenn faebairdherg . ocus do bí ina mnái grádhaig ac Fionn nó
go ndechadar a comdaltada . i. clanna Mórna ar foghail ocus ar
díbfeirg ar Fionn . deich céd ar fhicit céd óclách a líon . amail
do ráidh Cáilte in rann :—

> D eich céd ar fichit cét ann . líon clainne Mórna miadchlann !
> cúig céd déc ó shin amach . líon a ríg is a táisech

Lotar meic Mórna co daire tarbgha i cúiced Connacht . ocus
rucsat trí catha na féinne orro ann résin do éirgetar as a long-
phort amach . ocus ro thuitset cúig fhir dhéc dígraise degharm-
acha do mhacaib Mhórna isin daire. ocus adracht iar sin in
mílid mórchalma . i. Goll mac Mórna ocus tuc sciath tar lorg.
ocus nír fhédsamne a bhec dóib ó ro ghab Goll sciath fair. ocus
dorónsat clanna Mórna comairle gan nech isa caradrad do biadh
re Fionn ocus risin féinn do léicen as cen marbad uile. ocus is é
tuc in comairle sin Conán mael mac Mórna . ár b[a] ‖ debhtach
muinntire ocus ba himchasáidech slóig ocus sochaide é. tángatar
meic Mórna rompa cusin faidche férghlaissi ocus do bádar gá
brethnugad cid doghéndais re Berraig bric re a comdalta budéin.
ocus adubratar coma do tabairt di . i. a seoid ocus a máine ocus a
innmusa do bhreith di léi ocus Fionn d'fácbáil ocus nach bud
ecal di iatsom. truag sin ar sí : an é m'olcsa do b'áil dúib do
dénam a chomdaltada chroidhe. is é imorro ar siat. adubairt an
ingen : ní tréiciubsa ar sí mo chéile ocus mo chédmhuintir ocus
mo chaeimlennán oraibse eitir.

Do éirgedar meic Mórna in cathgrinne do bádar chum an
baile . ocus tuc cách a lám illáim a chéile imon mbaile ocus do
chuirset teinid gacha háirde ann. adracht in rígan ocus trícha do
bhanntracht léi as in mbaile amach . ocus do chonnaic Art mac
Mórna í do sceimel an dúnaid ac dul ar in ngeltrácht ngainmidhe
amach chum a luinge . ocus tuc a mhér i suainem na sleige ocus
tuc urchar di. ocus atchualaid in rígan fidhrén na sleige . ocus
impóis a haghaid ar an sleig co tárla ina huchd ocus ina hurbru-
inne gur bhris a druim ar dhó co fuair bás. ocus rucad suas iar

sin lena muintir féin í ar nargain an dúnaid ocus ro hadhnacht
isin fhiortsa ar Cáilte ocus adubairt:—

B errach brec ón Berrach brec . ingen Chais chuailgne mo sherc!
    do ba rígan fhuilt buidhe . fa ben díola degduine
D o marbadh í forsin tráig . do b'é sin in gníom nár cháir!
    do ratad teine ina dún . do b'í in fhagal co mírún
T rí céd sciath ina tig thall . trí céd brannubh is fidcheall!
    is trí céd bléidhe re hól . frisatabartha dergór
N ochar ér sí duine riam . fa maith a cruth is a ciall!
    in bhaile atá a lecht co mblaid . frisaráidter fert Berraig

Ocus atá fúibse sunn ar Cáilte in ben isa fert ocus isa scéla sin.
Adracht Cáilte iar sin ocus tuc láim risin mbaile bud tuaid
ocus táncadar cách ina dhiaid . ocus tuc a láim ar lia cloiche búi
as slís in dúnaid amach. a fhira ar sé gabaid lethchenn na cloiche
ocus léicidh damsa in cenn eile. ocus tángatar na slóig dá hinn-
saigid ocus nír fhétsat ní dhi. cáit a fil Donn mac Aeda meic
Garaid ar Cáilte. sunn ar Donn. éirig am agaid ór mac curad
ocus caithmíled thu . ocus dá faghainn édáil fó'n cloich dobér-
ainn [a tri]an duit. do éirgetar araen ocus tucsat srengtharraing
ba[dbda] uirre . ocus ro tharrngsat co lonn ocus co láidir í go-
[roschuirset re lár is re] lántalmain. adrae buaid ocus bennachtain
a Dhuinn ar [Cáilte : is ferr do chongnam amáin] iná congnam
ceineoil Chonaill [uile . ocus cáit a fuil Conall ocus in ríg]an ocus
Donn ar Cáilte. ‖ sunn ar siat. éirgid isin uaim anonn ar Cáilte.
ocus atáit trí dabcha innti .i. dabach óir . ocus dabach arcait.
ocus dabach lán do chuachaib ocus do chornaib ocus do chupa-
daib. ocus ná tabraidh do na sédaib damsa acht in craebghlasach
cloidem sliasta Finn ocus escra láma Finn co tucar do Phátraic
iat . ór atát trí caoca uinge d'ór ocus trí caoca uinge d'airget ocus
trí caoca gem glainide ina coimecar. do chuadar a triur isin
uaim ocus tucsat a noireda leo do gach mhaith díob sin . ocus
téit in sluag uile isin nuaim ocus tucsat a lórdhaethain leo co
nach raibe fine nónbair díob gan a lórdhaethain d'ór ocus d'airget.
Is ann sin táinic a charpat chum Conaill. éirc isin carpat a
Cháilte ar Conall. ricim a les ar Cáilte ór am scíth isin oirechtus.
ocus do chuatar isin carpat. do ghreis Conall brod forsin echraid
siar co tráig conbice . ocus do fhiarfaig Conall : cid fá tucadh tráig
conbice ar in tráigse a Cháilte. ní annsa ar Cáilte : cú grádach
do bí ac Fionn . conbec a hainm . ocus in fiad frisaléicthi í ní
fagadh a dhíon i nEirinn nó go tabradh i cenn con ocus gilladh

fiann Eirenn . ocus nír luig cú i nacinlebaid re Fionn riamh acht
sí. ocus is ann so do báidh Goll mac Mórna í . ocus do chuir tonn
tuile fó thír ann so í co fuil fó'n carn nglas adchí i cionn na trága.
ocus atbert Cáilte :—

    T ruagh lem oided conbice . conbec ba lór a gloine !
      ní fhaca bud chroibghlice . i ndiaid mhuice ná oige
    S aeth lem oided conbice . conbec in gotha gairge !
      ní fhaca bud chroibghlice . ac marbad daim gan cairde
    S aeth lem oided conbice . ós tonnaib árda uaine !
      a hoided ba chomraime . a bás fa lór a thruaige

Táncatar rompa co dún na mbarc in adaig sin . ocus adubairt
Conall re Cáilte arna márach : atá druim i comfocraib dúinn ann
so . druim Náir a ainm . ocus atá muc ann ocus ní fhédaid coin
náit dáine ní di. do bádassa lá ar Cáilte ocus ro b'fiadhaide mé.
ocus cáit a fuil Donn mac Mórna ar Cáilte. sunn ar Donn. geib
th'arma co ndechmais d'fiadach na muice in líon féinne atám.
gluaisit rompa isin druim anunn ocus atciat in muic ann ocus nái
fiacla as gach carpat di . ocus ro scréch in muc ac faicsin na con
ocus na fer mór ocus do ghab gráin ocus egla iatsom roimpi.
leacar eadramsa ocus in muic ar Donn . ór cuma mo bhetha nó
mo bás. ascaidh churad chuingi ar Cáilte. ocus do innsaig Donn
in muic . ocus ac drut do'n muic chuige tuc Cáilte sádadh sleige
uirre co riacht ó'n ascaill co araili di co t[orchair in muc] leo fó'n
ninnus sin. ocus nír fhédsat a breith as [co táinic] slóg Conaill
ar a cenn . ocus tucad i fiad[naise Chonaill í. is] mór in muc ar
Conall. is fíor ar Cáilte : [is í in muc] slángha í ocus is um a
leithéit [sin tárla cocad ocus imresain] cloinne Mórna ocus cloinne
Baciscne.

Ocus nír chian [dóib co facatar] ‖ in móirsheiser chucu. canas-
táncabair a óga ar Conall mac Néill. táncamar ar siat ó Phádraic
mhac Chalpuirn ocus ó Oisín mac Finn ocus ó Dhiarmaid mac
Cherbaill ar do chennsa ocus ar chenn Cháilte. ní héitir limsa
dhul ann andiu d'éis mo shelga . ocus éirigse ann a Chonaill ar
Cáilte ocus beir let na haisceda út .i. in tescra do bí ac Fionn do
Phátraic . ocus in craebghlasach cloidem Finn do Diarmait mac
Cerbaill do ríg Eirenn . ocus in muc do marbad ann do ríg Eirenn.
ór is í so in mhuc shlángha ocus co faicit cách í ocus co roinne
rí Eirenn dóib í idir mhaith ocus shaith. dorónad uile mar sin
ocus tucad in cloidem i láim Duinn mheic Aedha mheic Ghar-
aidh mheic Mhórna. a sochar ocus a dochar in chloidim ort a

ghilla ar Cáilte nó go ria co ríg Eirenn. ocus tuc Conall féin in
tescra leis do Phátraic ocus tucsat na mogaid an muic leo . ocus
lotar rompa co ráncadar cnoc uachtair Erca re anabar Uisnech
isin tan so. ocus ar rochtain dóib ann is ann do bói Pátraic i
mullach Uisnech ocus Diarmait mac Cerbaill ar a láim ndeis.
ocus Oisín mac Finn ar a láim clí . ocus Muiredach mac Finn-
achta rí Connacht for a láimséin . ocus Eochaid leithderg rí
Laighen ar a láimhséin . ocus Eoghan derg mac Aenghusa rí dá
cóiced Muma ar láim ríg Eirenn.

Táinic Conall mac Néill iar sin ocus tuc a chenn i nucht
Pátraic ocus do shlécht do. tar sunn a Chonaill ar Diarmait. i
bfiadnaise Pátraic biat ar Conall gurab é bias ós mo chionn i
nim ocus i talmain. ríge uaimse duit ar Pátraic ocus trícha ríg
dot shíol i ríge . mo chathair ocus m'abdaine duit fós ocus in-
neoch foghéb ó chóic ollchóicedaib Eirenn do chaithem acat.

Tuc Conall an tescra óir i láim Pátraic. do chara féin Cáilte
mac Rónáin tuc in aiscidh sin duit ar Conall. is cara dar mo
bhréithir ar Pátraic . ocus tuc Pátraic secha i láim ríg Eirenn é.
ocus do bhí rí Eirenn acá fhégad co fada ocus adubairt : ní
facamar riam sét bud ferr iná in tescra . ocus dégha let a Oisín
cia acá raibe. acam athair féin ar Oisín : ac Fionn mac Cumaill.
ocus tuc do bainchéile do .i. Berrach brec ingen Chais chuailgne.
is í ro marbsat meic Mórna. ocus is deimin lemsa ar Oisín in tí
fuair so co fuair sé in sét eile as ferr do bí i nEirinn ná i nAlbain.
[ocus cá bfuil in] craebhghlasach cloidem Finn. atá acamsa sunn
ar Conall [do rí]g Eirenn . ocus is maith in aithne tucais. éirig
[a Dhuinn] ocus tuc in cloidem do ríg Eirenn ór is do tuc Cáilte
[é . ocus tuc Donn] in cloidem illáim Oisín ocus ba lán glac ‖
Dhuinn do dornchla in chloidim. ingnad lim ar Oisín do ghlac
do líonadh do'n chloidem . ór nír líon glac riamh acht glac fhir
do chloinn Bhaeiscni nó do chloinn Mórna. can duit a ghilla ar rí
Eirenn. Donn mac Aeda mheic Gharaid mheic Mhórna mise. dar
mo bhréithir ar Oisín do ba mhaith th'athair ocus do shenathair.
ocus tuc an cloidem illáim ríg Eirenn. caide dece an chloidim a
rí Eirenn ar Donn. cá dece shire ol in rí. rígféinnidecht Eirenn
amail bái ag derbbhráthair mo shenathar. mad cet le hOisín ocus
le Cáilte ragaid duit. is ced ámh ar Oisín . ór is é mo chetsa ced
Cáilte . ocus is dúthchas do Dhonn í ór ro ghabsat secht ríga
uime rígféinnidecht Eirenn ocus Alban. is amlaid dobeirim duit

í ar an rí gan chíos gan chánachus óir ná aircit do tabairt duit
aisdi amail tucad do gach rígféinnid romat . acht comus selga
ocus fiadaig Eirenn duit. ocus do ghabsom cuir ocus tennta ann
sin . ocus do bí secht mbliadan fichet i rígféinnidecht Eirenn
ocus Alban nó gur marb Dubh mac Dolair i cath cuire thall i
nAlbain é.

Tucadh iarum in mhuc i fiadnaise ríg Eirenn. ac sin ar Conall
in muc ro marb Cáilte ocus Donn . ocus tuc Cáilte duitse í dá
roinn ar feraib Eirenn ar dáig cumad coimghe dóib a cuid do'n
muic slángha do rochtain dóib. ocus do roinn rí Eirenn in mhuc
do na cúig cathaib fichet bátar fir Eirenn i nUisnech gurbat
subach sobrónach uile iat. ocus ba hí sin muc shlánga dhéiden-
ach do roinnedh idir feraib Eirenn.

Is ann sin adubairt Conall mór mac Néill re ríg Eirenn : cá
breth as áil letsa do breith ar Cháilte dá tí dot innsaigid. próind
deich céd óclách do ol in rí ocus ocht fichit bó do chur i férghurt
gabála ocus a thabairt do ré luige ocus dá chomdalta d'Oisín.
ocus do bátar ann in adhaig sin co harabárach.

Dála Cháilte imorro do gabadh eich Chonaill do ocus do hinn-
ledh a charpat ocus táinic roime i fosmhullach sléibe Fuait . ocus
do chaerthann ban fionn re anabar caerthann cluana dá dham.
ocus d'árd in ghaiscid atuaid frisaráidter fochaird Muirtheimne
bhaile anderna Cúchulainn in foicherd gaiscid ar sluaiged tána
bó Cuailgne . ocus d'áth na carpat bud tuaid re anabar áth Guill.
ocus d'echlaisc ech Conculainn re anabar lighe in léith Macha
[eitir] dún dealgain ocus muir . ocus do sliab na con [risaráidter]
sliab Bregh.

Is í sin aes ocus uair ro ghab [Diarmait] ‖ mac Cerbaill mull-
ach Uisnech ocus maithe bfer (*sic*) nEirenn ina fharrad ann . ocus
do fhiarfaig in raibe uisce i comfhocraib do. ní fhuil ar cách.
do chualaid Oisín sin ocus atbert : sithal dam ar sé co ndechainn
d'iarraidh uisce. gilla let ar Diarmait. ní thicfa gilla ná óclách
ar Oisín.

Adracht Oisín ocus do chuir in cain cinn frithroisc for a lurg
co nach fecad nech i longphurt fher nEirenn é . ocus ráinic
d'innsaigid na tiprat .i. in fhinnlescach tipra Uisnech . ocus ó
thucadh cath Gabra ní fhuair nech d'feraib Eirenn í co sin. ocus
ráinic Oisín co griantrácht an tobair ocus atchonnaic na hocht
néicne áille eochairbreca ann . ór do bí do dhiamair an inaid nár

L

ecal leosom ní ann . ocus benais ocht ngais bhiroir ocus ocht ngais fothlachta . ocus tuc in tsithal fó'n tiprait ocus tuc lais na hocht mbratáin beo ac baeithléimnech isin tsithail ocus na gais birair ocus fhothlachta ar a huachtar . ocus táinic roime co hUisnech amlaid sin ocus tuc in tsithal i fiadnaise ríg Eirenn. ocus ba hingnad le cách sin . ocus do théiged glún Diarmada i mbun gach gaise díob. a roinn sút ar dhó ar Diarmaid ocus a leth do Phátraic ocus a leth aile dúinne. ní hamlaid ar Pátraic ór lia dáibse . ocus roinnter ar trí iat ocus tabar a trian do'n neclais ór is í sin a cuit féin . ocus dorónad amlaid. maith a rí Eirenn ar Pátraic : ná benadh in dias út do chuid nime díotsa. cid éséin a naemPátraic ol Diarmaid. a mhéd dobeiri dot úidh iat ar Pátraic.

Dála Cháilte do riachtséin co faidche in bhroga atuaid . tar féig ar Bóinn bhántsrothaig . ocus lámh des re cnoc Tlachtga . ocus lámh clé re cnoc Tailltenn ingine Magmóir . ocus i rót na carpat suas i mullach Uisnech bhaile irrabadar fir Eirenn. toirlingid Cáilte isin aenach ocus táinic mar a raibe Pátraic . ocus táirnios do ocus tuc a chenn i nucht Patraic. éirgis athlaech do mhuintir Phátraic roime .i. Muchua mac Lonáin . maith a anam a Cháilte ar Pátraic : innis dúinn cuich é Muchua . ocus atbert Cáilte :—

[M uchua] mac Lonáin na lenn . meic Senaigh ar nach sáidhfem !
    meic Aenghusa in ghregha ghuirm .   .   .   .   meic Blait brecduirn
M eic Aedáin meic   .   .   Fhergais . meic Chinaetha meic Fhiachaid !
[.   .   .   .   .   meic] Mhuiredaig meic Eogain

Crét fuil acamsa || ar Muchua acht do chuimhnedsa i nocht tráthaib na hecailse.

Alléra aníos ar mo ghualainnse a Cháilte ar Diarmaid. ní fer gualainn ríg mé ar Cáilte acht fer fiadnaise ríg ór mac ócláich mé ocus ferr in té atá ar do ghualainn innúsa. dom bhréithir fris ar Oisín nach ruc ben i comaimsir frit i nEirinn nech dar chóir a rádh gur ferr é iná thusa.

Is ann sin ro fersat fir Eirenn fáilte re Cáilte ocus ferais in rí fáilte fó trí ris . ocus tuc Cáilte teora póc d'Oisín ocus suidhis ar a lethláim. lán duirn do bhiror ocus d'fothlacht búi i láim Oisín tuc i láim Cháilte. birar ocus fothlacht na Fleisce so ar Cáilte ocus in fuarais iasc innti. fuaras ocht maigre ar Oisín ocus atá in tochtmadh maighre acainn araen díob. dar mo bhréithir ar

Cáilte ní roibe mo chuitse riam illáim mná ná fhir bud annsa lim innáise.

Is ann sin tuc Cáilte a láim i comradh a scéith ocus tuc slabrad línide Logha mheic Eithlenn ar lár ina bfiadnaise. i carn Gairb daire fuarais in slabrad a Cháilte ar Oisín. is ann co deimin ar Cáilte ocus tuc Cáilte do ríg Eirenn in slabrad. ocus cúic catha fichet búi in sluag ocus do thicedh ina timchioll . ocus ocht cét óclách do thoilledh ann ocus dúnad ar in cétfer díob ocus gan chomus a oslaicthe nó go noslaiced in cétfher.

Is ann adubairt in rí : maith a Cháilte ba maith in cethrar bátar i nEirinn i naenaimsir .i. Cormac mac Airt ocus Fionn ocus Cairbre lifeachair ocus Oisín. ba maith in tóclách Cormac ar Cáilte ocus do b'aithnid do chách maithes Finn . ocus atbert Cáilte :—

> D ia tísadh fó bhreith dála . a mhac chuige 's a náma !
> ba do maithib líne dó . eturra ní bhéradh gó

Ocus a Cháilte ar Diarmaid inar fherr Cormac iná Fionn ocus inar fherr Cairbre iná Oisín.

> D ar in ríg fhuil ós mo chionn . nír fherr Cormac iná Fionn !
> 's nír mesa Oisín co mblaid . iná Cairbre lifechair

Is ann do fhiarfaig Eochaid lethderg rí Laigen do Cháilte : crét fodera d'Fionn ocus do'n fhéinn gan in péisd atá acainn i nglenn ruis enaig do mharbad sech gach narracht eile dar dhíchuir sib a hEirinn. issed fodera sin ar Cáilte in cetramad rann d'inchinn Mesgedra í . ocus ro sluic in talam ann í co nderna péisd adbal di. ocus ní raibe i ndán dúinne a marbad nó go tóirsedh in táilchenn . ocus deiscibal dá mhuintir chenglus d'aen shifinn luachra ar deiredh na haimsire í . ocus biaidh isin cengal soin co tí in [bráth]. cid uma téigdís an fiann dá marbad féin [ocus do mharbad a con] ar an loch sin do'n phéisd. lennán síd[e ro búi ac Fionn] .i. Uaine ingen Modhairn ocus tuc Fionn éradh [di fá'n] imat d'ilrechtaib a téigedh sí [ór ní raibe bethadach] ‖ ná téigedh sí riocht. ocus táncatar an fhiann laithe naen ar in carn ós cionn in locha sin . ocus táinic in fiad amach ar in loch ocus do lensamne ar in loch é . ocus do éirig in péisd dúinn ocus do marb céd cú ocus céd fer acainn. ocus do fiafraigessa d'Fionn in linn taethsadh in phéisd . ocus dámad edh co cuirmís fria ocus co ndíglaimís ar muintir uirre. ocus tuc Fionn a órdain fó a dhéid fis ocus do foillsiged fíor fáitsine do ocus atbert :—

G lenn rois enaig bud ffor dam . bud binn guth cluic ann nach tan ?
  gé biadh fó damaib ruada . robsat ile a árdbhuada
R o ghab in doinenn dubad . ní soinenn acht ar sclaib ?
  do gab an talam trothall . do ghab cochall cenn enaig
E nach féinne fadb fulaib . im rulaib garb re conaib ?
  siat srotha elta enaig . rian tredain terca trogain
C rotholl féinne fuath curraig . ós duillib ruada rinnib ?
  sceo gaeithe ceo tar glennaib . ós rengaib lebra ar linnib
C oscrach atchiusa in muirbig . rosc drecoin brath tar buidnib ?
  taebuaine taithnem taidlib . biaid ac Caimgin i cuibrech
M uirbech lonn locha enaig . tonn na degaid adraidhe ?
  sisi ac slaidhe na féinne . óic na féinne gá slaidhe
D eich mbliadna for dá bhliadain . a hocht riagail ar relaig ?
  ar dá cét déc sét saeire . cusan áine fár genair
L och nenaig adba elad . scíth cen fhianna ina fharrad ?
  táilginn contaghfat imme . bud binne canfat amhar
L och nenaig adba ela . dinn mbera idir dá broine ?
  enach troghain blái théite . óthá in céite co aroile
G lenn enaig idir dá shléib . is é as áille atchonnarc riam ?
  abhann dá loch ar a lár . is in lán do'n leith aniar
B ud adba ailithrech uar . bud adba truag ná bud tenn ?
  bud adhnacht ríg cenn i cionn . ticfa Caeimgein isin glionn

Cid tra acht ní héidir áirem inneoch ro innisetar do dénam dóib féin ocus do mhaithib na féinne do mhóirghníomaib gaile ocus gaiscid re taeb dhinnsenchais cach cnuic ocus cach ferainn ro fhiarfaigedar fir Eirenn díob.

Is ann sin táinic Trénbhrugaid mac Treoin .i. flathbrugaid cétach comramach do ríg Eirenn ocus trí caoca fer mór ina fharrad . ocus faiderán fírghorm um gach fer díob . ocus léinte líghda láinghela iompaib . ocus trí caoca gaballorg ina lámaib. bennaigid do ríg Eirenn ocus frecraissium iat. atá fledh mór acainn duit [a rí ar sia]t .i. nái bfichit dabach do mhiodh . ocus deich bfichit dabach do chuirm ghlain [ghabált]aig . cona ndaethain do biadaib ilarda écsamla [leo. ocus tucsat in b]iad ocus in lionn leo do'n ríg . do fiarfaig rí Eirenn d'Oisín [in maraen re mait]hib Eirenn raghthaise do'n tech óil ocus áibnesa [mar chác]h. ár cuid bídh ocus lenna ar leith dúinn ar Oisín || ór ní lucht coimdhíne ná comaimsire dúinn na dáine anois. cá líon atáithe ar in rí. dá naenbar ar Oisín .i. naenbar damsa ocus naenbar dom chomdalta do Cháilte. fiche dabach cona ndaethain bídh dáib ol in rí. maith a rí ar Cáilte : ná cutramaigse sinn do biudh ná do lionn . ór in tan dobértha deich ndabcha damsa

trícha dabach bud chóir d' Oisín. do chaithset in adaig sin co
subach somhenmnach gan uiresbaid bíd ná dige.

Do éirgedar na slóig arna mhárach . ocus do cuiredh a pupall
tar ríg Eirenn isin tulaig ocus nír léiced acht rí nó rígdamna
isin pupaill. ocus tucad Pátraic cona chléirchib isin dara leith
do'n phubaill ocus nír léiced acht escop nó sacart nó mac ochta
do ríg nime ocus talman isin leith irraibe Pátraic. suidhis Oisín
i fiadnaise Pátraic ocus Cáilte i fiadnaise ríg Eirenn. cia acaib as
sine ol in rí. mise ar Cáilte ór trícha bliadain ba slán dam in tan
rucad Oisín ocus secht mbliadna déc do am leabaidse . ocus as
mo thig ro ghab fhéinn ocus fhoirinn.

Is ann sin do fiarfaig rí Eirenn : cá líon do rígaib Eirenn lasa-
tucad ferann do'n fhéinn. fregrais Cáilte sin ór do bái a fhios
aige : rí ro gabastar Eirinn .i. Feradach fechtnach ocus do bátar
dá mac aige .i. Tuathal ocus Fiacha . ocus fuair Feradach bás
ocus do roinnset a dhá mhac Eirinn etorra .i. a scoit ocus a
máine ocus a hinnmasa a buar ocus a bótháinte a dúinte ocus a
dingnada do'n dara fer . a halla ocus a hinnbera a mes ocus a
morthorad a héicneda áille cochairbhreca a fiadach ocus a fian-
choscar do'n fhior aile. cáit andernsat in roinn sin ar Diarmait.
imon cnoc so ar a fuilmit inár suidhe ar Cáilte. ní samalta in dá
roinn sin. ar maithe bfer (*sic*) nEirenn. cia díob roinn bud ferr
libse ar Oisín. a fleda ocus a tige ocus a maithes ar chena ar
siat. in roinn bud mesa leosan ar Cáilte is í bud ferr linne. ráidh
ocus innis a fírinne sút a Cháilte ar Oisín . ocus asbertsom :—

R áid a Cháilte cid dia fil . mór neoluis ré fhiarfaigid !
   céd roinn Eirenn leth ar leth . do gach crích fil in Uisnech
C ia do rat fherann do'n fhéin . in abrai frim a Oiséin !
   cia do scar re gillacht con . cia rosdíol fá thuarasdol
M ebair lim in ní dia fuil . a meic ingine in Deirg druin !
   ó[r] lesaig Fiacha in féin . curro tréiged thu a Oiséin
D eich mbliadna do flaithius mhaith . duitse a Oisín a r[ígfhlaith] !
   . . . . Breg fa thuaid in féin . co ro tréicset tu [a Oiséin]
D egmac Feradaig dar liom . dar ba c[omainm Fiacha fionn] ‖
   Eithne ingen Daire dhuib . in mhórrígan a máthuir
F eradach is Fiacha finn . roinnset Eirinn tinn i tinn !
   bátar fir Eirenn co mbladh . gan chogad gan chomardadh
R uc do rogha in mac ba só . beith re féinn ní himargó !
   aibne fásaige feda . ocus alla is innbera
R o gab Feradach dar lem . airdríge ar fheraib Eirenn !
   a fleda a toirthe a taige . a táinte 's a rebraide

R íge Feradaig ba maith . cor thuit le Mál in mórfhlaith ꞉
ba thásc ríg do ruamnad gail . bás na flatha Feradaig

L uid Fiacha i Temraig co rath . ó dorochair Feradach ꞉
gabus nert Eirenn uile . ar Mál mór mac Rochruide

I ar sin do rat Fiacha in féin . do Mórna gusin mórmhéin ꞉
cethrar dóibséin dreimne gal . ina diaid ro gabsatar

M órna mac Cairbre co ngus. . deich mbliadna do i náirdchennus ꞉
a deich do Gharad dar lem . nó gur scarad re [a] chaeimchenn

D aigre mac Garaid co ngus . cúig bliadna dho i noirechus ꞉
áiremh secht mbliadan gan brath . Donn mac Mórna in déidenach

E ochaid mac Marcadha anair . rí fhiann Eirenn a hUlltaib ꞉
bliadain co leith a líne . ós fiannaib i náirdríge

C as mac Cannan cruaid a gail . éinbliadain aige a hUlltaib ꞉
Dubán a mac monar ngrinn . dá bliadain aige áirmim

G absat a Mumain miad celg . Liath luachra is Labrad láimdherg ꞉
deich mbliadain dóib líth nár ghann . do macaib aithech Arann

T rénmhór ua Báiscne fa balc . ba hua do Shétna shithbac ꞉
senathair Finn segda in roinn . athair Cumaill is Crimhoill

T arraid Trénmhór trén a bháid . fianna Eirenn i naendáil ꞉
do rígsat é tuaid is tes . secht mbliadna déc a reimes

D o gab Amhall cruaid a neim . a los scéith ocus claideim
rige fá tuc trícha cath . scannlach congalach cocthach ꞉
secht mbliadna dho sunna dna . co torchair i cath cnucha

A r sin gabsat meic Mórna . ar brón is ar bithdógra ꞉
trícha laech ba mór a mblad . im Daigre im Gholl im Gharad

G oll mór fa mílid i cath . mac do'n Mhórna dhéidenach ꞉
deich mbliadna do líth nár ghann . i náirdríge fiann Eirenn

A r sin ro gab in teo óir . Fionn mac Cumaill mac Trénmóir ꞉
[ár] tabartach saer sluagach . ár sái amra ilbhuadach

[D á cét b]liadan co mbláithe . ocus trícha gan tláithe ꞉
saegal [Finn ba fa]da in ré . co torchair gá léim aeisé

[N a secht ríg déc] as derb lem . do gab ríge fhiann Eirenn ꞉
ferr [Fionn ináit sin ui]le . caithmílid árd Almuine ||

C úiger druad ba dám duilig . as ferr tharaill thír bfuinid ꞉
is mebair liomsa co becht . a naisnéis ina ndráidecht

B a díob Baghna a síd Baghna . is Cathfad drái degamhra ꞉
Stocán mac Cuirc chédaig chaeim . Moghruith is Fionn a formaeil

C úiger legh ba líth namra . as ferr tharaill thír mBanba ꞉
gid cian atúsa dá néis . isam eolach na bfaisnéis

M iach is Oirbedh dálaib drécht . ocus a nathair Diancécht ꞉
Gabrán liaig tar muir anair . Fionn féin ó Báiscne barrghlain

C úiger filed uasal drem . as ferr tharaill iath nEirenn ꞉
is mebair limsa co becht . a bfaisnéis na bfilidecht

C airbre file fuair dar ler . Amairgin innse Gaeidel ꞉
Fercheirtne re Labraid lorc . Moghruith is Fionn faebarnocht

C úiger ba gaeithe um céill ngrinn . do bhí i naeintig i nEirinn ꞉
Fíthal is Flaithrí a mhac . Aillmhe is Cairbre is Cormac

I n cheisd do chuirdís tré chéill . prap ro fhuaslacadh Fionn féin ꞉
in cheisd dogníodh Fionn na fledh . nech do'n chúiger ní chuimgedh

C úiger laech luaidios ferga . as ferr tharaill iath nElga !
    bud gairbe gníom ocus glonn . bud ghairge i cath 's i comhlonn
L ugh mac Céin meic Cháinte anall . Cúchulainn ocus Conall !
    Lugaid lagha lám ar ghoil . Fionn féin ó Báiscne barrghloin
C úiger as féile fríth riam . bud ferr um brat is um biad !
    do chinedh na nGaeidhel nglé . maith ro chaithset a máiné
L ugh mac Ethne Aengus án . Cúchulainn ba laechda lám !
    Conaire caem cruth nár chlaei . Fionn mac Lugach ar aenchaei
C úiger flatha fíorthar lem . as ferr tharaill iath nEirenn !
    is mebair lemsa co beacht . faisnéis ina flaithemlacht
E iremón mac Míled móir . Ughaine d'éis Eiremóin !
    Aengus tuirmhech ba trén gail . Conn cédchathach Fionn fortail
L aech ar ghairbe is ar ghníom lonn . ocus óclaech ar chumonn !
    cléirech ar phróicept mheic dhé . ocus flaith ar fhírinné
N í fhedar locht ar fhéinn Fhinn . dar in ríg fhuil ós mo chinn !
    acht a dhé tadhaill talman . gan in mac do mhóradrad
N í mharat in mhuinter mhaith . ní mharann Fionn in fírfhlaith !
    ní fhuil in cuire ina thig . mon ruire mon rígfhéinnid
F err a sretha iná gach sreth . ferr ná gach triath a táisech !
    mét a con ocus a bfer . mét a sciath is a cl[oidem]
B a rí ba fáid ba file . ba triath co mé[t móirfhine] !
    ár ndrái is ár fisid 's ár fáid . fa bhinn li[nn gach ar imráid]
G id mór lib mo theisd ar Fionn . dar in rí[g fuil ós mo chionn] !
    ferrsom fó thrí comall nglé . gid m[ór lib anabraimsé] ||
C o fa secht do chreit in rí . Fionn mac Cumaill almhainí !
    in sechtmad fecht ro bói ar fás . is de táinic a thiugbhás
L eth Mogha ag Eogan do bói . Trénmór is ré láim ro bói !
    mac do Chairioll chnuic in scáil . fa binn leis gach ní do ráid

Adrae buaid ocus bennachtain a Cháilte ar Diarmaid mac Cer-
baill . ocus cáit a fuilet sáithe ocus senchaide Eirenn. scríbtar i
támlorcaib filed . ocus i slechtaib suad . ocus i mbriathraib olla-
man . combeire cách a chuid lais dá chrích ocus dá fherann do
gach fhios ocus do gach fhorus ocus do gach dhinnsenchus ocus
do na gníomaib gaile ocus gaiscid do innis Cáilte ocus Oisín . ocus
dogníth amlaid.

Is ann sin ro fhiarfaig Fionn mac Faebairdheirg mac ríg ua
Ceinnselaig do Cháilte : crét fodera in giusach Fhinn naeim ocus
fíreoin acá hadhrad sech gach ninad aile isin crích. fregrais
Cáilte sin ocus atbert : lubghort selga d'Fionn í . ocus in tan
nach faghdais in fiann i cúiged ledarthach Laigen óthá inneoin
maige femen co beinn Edair a ndaeithin selga do gheibdís isin
ghiusaig Finn.

Maith a Cháilte ar Fionn mac Faebair : crét imanabar áth ferna
frisin áth atá ar lár na giusaige. fregrais Oisín sin : Goll mac

Mórna ro mharbastar Ferna mac Cairill ann . ár foglaide cloinne
Mórna ocus mac ríg na nDéise andes é ocus óclách gráda
d'Fionn é . ocus arna chur fó fhochladaib talman tuc Fionn
a órdain fó a déd fis ocus ro foillsiged fírinne do ocus adubairt :
mogenar duit a Fherna mheic Chairill ro hadhlaiced isin inad
adtái . ór mór do cheolánaib céilebartha ocus d'finnlebraib tráth
ocus d'edhbairt chuirp in choimded dogéntar uasat . *ut dixit*:—

> A th Ferna ón áth Ferna . áit a mbiaid Maedóc febda !
> andiu gid imda a chuana . bud imda a dhuana nemda
> A th Ferna na feorainne . bud febda in fer acá mbia !
> dá róiset ann anmcharait . bat imfhoicse do dia
> D o ria Moedhóc muinterach . tar áth Finnghlaise fia !
> bud croimchinn rostairceba . bud roibchinn duine dia
> D o ria Moedhóc muinterach . maise gréine tar cithu !
> do ria mac na rétlainne . rétla bhuada tré bhithu
> [C i]dh é in tinad óirdnide . ambít fianna fá fulacht !
> do ria Moedóc muinterach . mochen rí dánad tulach
> [B ud é] in torc trén tulchainim . bud í in lasar borb brátha !
> [do ria] Moedóc muinterach . bud tonn tar ilar átha ||

Maith ámh sin ar Fionn mac Faebair . ocus atá ceisd aile acam
as áil dam d'fhiarfaigid dhíot a Cháilte. abair ar Cáilte. baile atá
acainn ann so i comrac in dá cúiced .i. comar ollbhuidnech na trí
nuisced áit i comraic Siuir ocus Beoir ocus Berbha . ros mbroc
ainm in baile sin ocus do b'áil liomsa a fhios d'fagbáil uaitse cia
fá raibe in dúnad fil ann.

Dá óclách gráda d'Fionn búi ann .i. Cellach braenbile ocus
Muling luath do chóiced Laigen ocus do bádar dá chéd óclách
ocus dá chéd gilla ocus dá chéd con ag cechtarnae. ocus gid iat
trí catha na féinne ro sirthea fa terc ann dias bud ferr lúth ocus
lámach innáitsium. ocus do bói maith eile inntib fós . ór is ina
tighib ro bíodh in fhiann re bliadain gan teirce bídh ná lenna.
ingnad linn ar Fionn mac Faebair usce in baile sin ina árd ocus
a sruth ina all ocus fóiridh gach galar risambenann. adbar in
raith sin ar Cáilte : is é sin cédusce ro bhennachsat aingil dé
i nEirinn ocus is é usce déidenach beos . ocus Táidiu ainm na
habann. ocus do bádar in dá óclách sin ann nó go ndechadar
meic Mórna ar foghail . ocus nír rathaigset adaig nann nó gur
gabsat meic Mórna anair ocus aniar imon mbaile acu. ocus do
bádar teora lá ocus teora adhaig ac dul ar in mbaile ocus nír
fhédsat ní dho ris sin . ocus i cionn in tres lá fuaradar baegal

teined do chur ann . ocus do loiscedh ocus do hairgedh in baile
leo ocus ní terna ben ná fer díob gan marbad nó gan loscad.
ocus mar tháinic leo in baile d'innradh ocus d'argain tángatar
rompa tar scairbh innbir dubghlaise tar Berbha siar ar sodhain.
ocus ráncamarne trí catha na féinne chum in bhaile ann sin gin
gur chabair dóib sin é. ocus suidis Fionn ocus trí catha fiann
Eirenn ar faidche in dúnaid . ocus ro cháiestar co dérach dobrón-
ach ór ní minic dorignedh riamh guin ba dhoilge lasin féinn iná
sin. ocus tucad loingshithal bánóir chum na flatha Finn . ocus ro
ionnail a láma . ocus tuc usce ima ghnúis ríghda róálainn . ocus
tuc a órdain fó a dhéd fis. ocus in tres fios as mó ro foill-
sigedh do riamh is ann sin ro foillsigedh do é . ocus adubairt :
cethra fáide togaide thicfat tar m'éisse i nEirinn [ocus do ríg]
nime ocus talman doghénat a bfáitsine ocus [a bfoirchedal] ‖.
ocus ticfa in cethramad fer díob .i. Moling mac Faeláin meic
Feradaig meic Fidghai . ocus cath chuirfider re deired naimsire
i nEirinn .i. cath muige ráth . ocus Suibne geilt tic as in cath sin
is annsan bhailese muirbhficter é ocus aidhlécthar. ocus ben
d'feraib Muman máthair in chléirig sin . ocus ní lémat fir Mu-
man olc in baile sin do dhénam . ocus adubairt Fionn :—

R os mbroc aniu is conair chuan . romhuir ruad itir dá all ፡
　cian gair co tóirset naeim ann . Moling ainm intí isa ceall
T aeide chorrach chaimlinntech . ar or chairrge is lia ፡
　do roichet sunn sochaide . dá noilithre ar dhia
D o roichfe in fer foluaimnech . atuaid a muig rath ፡
　bud gairdiugad do'n chléirech . maidin co méd rath
T ech Moling mheic Fhaeláin . mheic Fheradaig fhinn ፡
　uinge d'ór [dherg] ó [gach] nech . ar a thech na chill
B ennán Moling luachair . bentar isna tráthaib ፡
　ní lémad laeich Luimnig . ben muimnech a máthair
T icfat fir Chualann atuaid . forbha a sluaig co soich an chill ፡
　ó shoin amach co bráth mbecht . bud ferr sa ferr tech Moling
A deirimse rib reime . bud fíor dam in fháitseine ፡
　geibh re hanmain Fhinn ibhos . tarrngaire Moling do'n ros

Is ann sin adubairt rí Eirenn re Pátraic : is mithig damsa dul
co Temraig budesta ocus in ticthise lem a shenórcha. ní riagam
ar siat co cenn mbliadna.

Is ann sin adubairt Eochaid lethderg rí Laigen : bératsa Oisín
lem frisin mbliadain so ar sé co dún Liamna lennchaeime ingine
Dobráin dubthaire. bératsa Cáilte lem ar Conall mór mac Néill

co dún na mbarc bud tuaid risin mbliadain so. bératsa Pátraic
lem ar Diarmaid mac Cerbaill co Temraig do bhaitsed ocus do
bhennachad ocus d'órdugad fer nEirenn ina chert ocus ina riag-
ail féin.

Ro scáilset fir Eirenn ann sin chum a críoch féin co ro chom-
raicset i cionn bliadna i Temraig . curab í acallaim na senórach
acon cairthe i mulluch Uisnech in sin ocus gach ar chansat d'fios
ocus d'eolus d'feraib Eirenn ó sin amach.

Dála Cháilte imorro ro éirigséin roime mar aen re Conall mac
Néill co ráith Artrach bud tuaid i crích cencoil Chonaill . ocus do
éirgetar [ingena míne] macdachta mongbhuide ocus meic beca
brat[uaine in] dúnaid d'ferthain fáilte re Cáilte . ocus do bádar ‖
ac ól ocus ac áibnes nó gur éirig grian asa cercail teinntide cor
líonastar alla ocus esa ocus innbera in talman.

Ocus táinic Cáilte ocus Conall co maithib a muintire as in
mbaile amach ocus do fiarfaig Conall : cidh fó tucad ráith Artrach
ar in ráith sin ocus ráith Mongaig ar in ráithse tuaid ocus lios na
néices ar in lios so thes. frecrais Cáilte sin : trí meic do bádar ag
Bodb derg mac in Dagda isin brug brecsholus .i. Artrach ocus
Aed álainn ocus Aengus . ocus tarla imresan etorra ocus a nathair
féin. maith a mhacu ar Bodb derg : fácbaidse damsa tuatha dé
danann ocus imthigidh chum rígh Eirenn chum Cormaic úi
Chuinn. atá adbar fá'n cóir dúib tuatha dé danann d'fácbáil . ór
ní fhuil do chrích ná d'ferunn acu a fulang féin ocus fulang a fuil
do mhaithius ag Artrach . ocus is lia d'Aengus mac Buidb iná do
thuathaib dé danann uile idir ghilla ocus óclách . ocus is lia
d'Aed álainn éices iná do chliaraib Eirenn ocus Alban.

Is ann sin táncadar trí meic Bhuidb co Cormac ocus fiarfaigios
díob cidh ro ghluais iat. ár nathair féin do fhógair a tuathaib dé
danann sinn ocus táncamar d'iarraid ferainn ortsa. foghébthaise
sin ar Cormac : dobérsa dúib ceithre triucha na gairbthíre frisa-
ráidter tír Conaill andiu. ocus do bí in mac ba sine díob .i. Artrach
ocus bruiden secht ndoras aige ocus muchen ré gach ndáim. ro
bói Aenghus ilchlesach i ráith Mongaig ocus macu ríg Eirenn
ocus Alban ac foghlaim lámaig aige. do bí Aed álainn i lios na
néices ocus cliara Eirenn ocus Alban ina fharrad ann. ocus trícha
bliadan ro chaithset do fhlaithius Chormaic nó go fuair bás ac
ráith Speláin i mBregaib . ocus táncatarsom for cúla doridisi co
tuatha dé danann . ocus ba lios ballach breicdherg in lios so do

chnóib caema cennchorcra coillide ocus d'ablaib áille órbhuide
gidh ráith ruad andiu :—

Cáilte cecinit.

I s ruad andiu ráith Artrach . gér bó ráith óg ilarmach !
  solus bud des is bud tuaid . in ráithse co nilar bhuaid
I n chloch so leth tuaid do'n lios . sochaide fuil na hainbfios !
  trí caoca uinge fó trí . fuil fó a bruinne i comhnaidí
A inm na rátha rinn atuaid . degráith Mongaig in m[órshluaig] !
  is gairit uaithi bud dhes . co ráith Aeda na n[éices]

Cáit a fuil in chloch fó bfuil in tór ocus in ta[rcat ar Conall]. ‖
ní hí in chloch as doilig d'faghbáil ar Cáilte acht a tabairt a tal-
main. ní doilig ón ar Conall ag éirge co ceithre céd fer ocus
tucsat a láma i naeinfecht mon cloich dá tarraing a talmain.
ocus ní raibe tarba isin trénfheidm ór nír fhétsat a bhec di. ní
fhuil fer cabartha ná tócbála eire acainn anos ar Cáilte ac tabairt
shádhaidh do chenn a shleige fúithi cor thócaib í dia háit. ocus
tuc láim i ninad na cloiche ocus tuc lia Finn meic Chumaill as.
ambátar trí caoca uinge d'airget ocus trí caoca uinge do dhergór
ocus trí caoca slabrad órda ocus claidem catha. roinn na seoit a
Cháilte ar Conall. in claidem ocus an slabrad duitse ar Cáilte
ocus in lia dergóir do naemhPátraic ór is é lia creitme ocus irse
na ngaeidhel é.

Is ann sin do ráid Conall : filet trí tulcha acainn ann so ocus
ní fhedamar cidh dia fuilit na hanmanna atá orra. lecht na
laechraide ar thulaig díob . ocus tulach in bhanchuire ar thulaig
eile . ocus lecht na macraide ainm in tres tulach . ocus tipra as in
tulaig sin ocus abann aisdi ocus glaise na fer a hainm séin. ben
tuc Fionn ar Cáilte .i. Sadhb ingen Buidb deirg mheic in Dagda
ocus ro sirestar coibche air .i. leth féise ocus leth édála do thabairt
di. ocus ba hé adbar a iarrata sin ór is terc mad do bí ó innsib
Teprofane co garrdha na nIsperdha ben bud fherr oldás. ocus ro
naidmedh d'Fionn í ac síd ar Femen re anabar síd ban fionn isin
tansa. ocus arna naidm do do chuaid ar sliochtlorg chloinne
Mórna ro bái ar fogail ocus ar díbfeirg fair co tóracht conicce an
ráithse .i. ráith Artrach . ocus do gabadh sosad ocus longphort
aige ann so ocus do ráid re Ferdoman mac Buidb re bráthair na
hingine : is fada le Saidb ingin Buidb atúsa amuig . ocus adéra is
ail ocus aithis ocus éislis tucassa uirre re bliadain innosa . ocus
techta as cóir damsa do chur ar a cenn ocus cia as córa do chur
ar a cenn ar Fionn. a cethrar comdaltadh féin .i. Conaing ocus

Cathal dá mac ríg Mumhan . ocus Cathal ocus Crimthann dá
mac ríg Laigen. ocus is iat sin cethrar as dile léisi i nEirinn.
ocus in tráth nach bíodh ben i lebaidh Fhinn is iatsan do bíodh
ina fh[ar]rad. ocus cia uaib a fhiora rachus ar cenn na hinghine
ar Fionn. sinne ann ar dá mac ríg Muman .i. Conaing ‖ ocus
Cathal . ór is inár crích ocus inár bferunn atá ocus is í as dile
ocus as dócha linn do mhnáib Eirenn. ocus táncatar rompa trí
cét ocus ceithre cét gilla cona conaib co síd ban fionn . ocus tiagat
isin síd solusmhór anunn ocus ferthar fíorcháine fáilte friu gan
meing gan mhebail ocus tucad dóib nua gacha bídh ocus sen
gacha dige. ocus do bátar ann teora lá cona noidchib ocus do
ráidhset iar sin : is ar do chennsa táncamar ó Fhionn mhac
Chumaill. cidh fil ann ar an ingen acht dul dá innsaigid.

Is ann sin ro ghabsat in banntracht a neirreda ocus a nédaige
aisdir ocus imthechta impaib . céd ingen ríg ocus táisech co
nédaigib gacha datha . ocus táncatar conice in tulaigse ocus do
scuirit a neich ocus ro gheltsad fér . is ann do ghab íota mhór
an ingin ocus in banntracht uile. ní haithnid dam uisce ann so i
comfhochraibh ar Conaing mac Duibh meic Aenghusa tírigh
mac rígh Muman . ocus in ríghlia cloiche ro bhói i mulluch na
tulcha tucsat feidm ferdha gacha fir uirre gur chuirset as a tuinide
in tromchloch ocus ro moidh lochthopar grinn glainide as a
hinad. is feramhail ro tochladh in tuisce ar an inghen ocus cá
ferr ainm dá mbiadh uirre iná glaise na bfer . ocus atibhset a lór-
dhacthain do'n uisce. dála Fhinn do ghellabhair do beith ann so
ar an inghen. dar ár mbréithir ar siat is ann so do ghell beith
ocus atá a fhios acainn is i ndegaidh chloinne Mórna do chuaidh
i cúicedh ollbhladach Ulad ocus co bennaibh Boirche . ocus nír
chian dóibh co facadar in luaithgrinne áigh ocus forghaile atuaidh
gach ndírech arrabhatar ocht cét óclach. in aithentai sút ar
Sadbh. aithnimít ar Conaing : Goll mórghlonnach mac Mórna
sút ocus is d'ár ninnsaighidne thic . ocus do cuired an ingen ina
carpat leo.

Is ann sin adubairt Goll : in aithentai na fir út. aithnimít ar
Conán mac Mórna : dá mac Duib meic Aengusa tírigh dá mac
rígh Muman . ocus dá fer gráda d'Fionn mhac Chumaill iat.

Is ann sin tucsat muintir Fínn glún re gliaidh ocus aghaidh re
híorghail do Gholl cona mhuintir ocus ro dhiubhraic cách a
chéile dhíobh . cidh tra adrochratar ceithre céd fer narmach

ninchomlainn do mhacaib Mórna le muintir Finn ocus adroch-
ratarsom féin gan éladhach i mb[ethaid díobh] . dála in banchuire
tucsat a naighthe ‖ [re lár ocus fuairset bás d'uathbás in] chatha.
conid de atá tulach in bhanchuire [ar] in tulaigsi ar Cáilte.

Is ann sin táinic Fionn ocus trí catha na [f]éinne conice so
ocus atchonncatar in tár . dála dhá mac rígh Laigen táncatar isin
tulaig ocus tucsat a mbeoil re lár ocus fuaradar bás do chumaidh
a comdhaltadh. atchonnaic Fionn sin ocus do thoitset a airm as
a lámhaibh ocus ro cháiestar frasa falcmara fíortruagha cur bho
fliuch blái ocus bruinne dho ocus ro cháiset in fhiann uile . ocus
atbert Fionn : is mairg ar sé ro soichsedh co tech Cuinn chétchath-
aig co sídh Liamhna leannchaeime . ocus is olc in scél inncostar
do Dubh mac Aengusa tírig do rígh dá chóiced Muman bhudh
dhes co cathair sléibe Claire ocus co himlibh sléibe Cua . ocus is
olc in scél ro sia co Bodhb nderg co sídh ban fionn budh dhes .i.
bás a ingine.

Ocus ro éirig Fionn iar sin ocus ro fégadh an tár aige ocus ní
fhuair Sadhb . do éirghedar in fiann ocus do chuiredar na ceithre
cét sin do mhuintir Fhinn fó fhochladaib talman ocus is amhlaid
fogeibthe gach fer do mhuintir Fhinn ocus fer do mhacaib Mórna
marbh fái . ocus ro scríbadh a nanmanna oghaim uasda ocus ro
feradh a cluiche cáintech . gurab de atá cnoc na laechraide ar in
cnoc so ocus tulach in bhanchuire ar in cnoc aile so . ocus ard na
macraide ar in cnoc so thuaidh ó mhacaib rígh Laigen do cuiredh
fó thalam ann . ocus is é sin a Chonaill an ní ro fiarfaighis díom
ar Cáilte.

Is ann [sin] do fiarfaig Conall do Cháilte : in rabhatar gesa for
Fionn . do b'imdha iat ar Cáilte ocus ní hiat táinic ris . ocus do
gab crith ocus uróman mór Fionn ar cur na macraide sin fó
talam . *ut dixit :*—

T ruag an gníom ón truag an gníomh . dá mac Duibh dá mac an ríogh !
  ceithre céd gilla ocus con . adrochratar gan imrol
M ór in scél ón mór in scél . im ráith Artrach imat dér !
  bás Conaing ocus Cathail . do beith um cenn aenachaid
G lais na bfer ón glais na bfer . budh é in topar suthain sen !
  budh urdraic in scél ag cách . méraidh cotí bráth na mbráth
G an imthechd maidne i móin Bregh . gan teichem re dáim fhiledh !
  gan fhéis adhaig ac dún ráth . gan tuarasdal dá nóglách
[G] an féis re hingin Buidb deirg . fescor as faide tar leirg !
  gan imthecht [sídha ar fe]men . re daighir nua ndeirgteined

[N í ro dhiult re duine] riam . fa maith a chruth is a chiall!
    [d'ulc nó do mhaith m]onar nglé . Fionn mac Cumaill almhainé ‖
B ás Cathail is Crimthainn chais . atáit fó'n tulaig tonnghlais!
    cia do chonnaic tes ná tuaid . samail a náir re hénuair
D o marbad Fionn na féinne . ac tabairt a laeichléime!
    uch do bhris mo chroide ar trí . do chuir mo nert ar neimhní

Adrae buaid ocus bennachtain a Cháilte ar Conall : is mór an fios ocus in forus do fhácbais acainn re innisin do lucht deirid na haimsire.

Táncadar isin mbaile anunn ar sin ocus do bádar ac ól ocus ac áibnes co tráth cumsanta. éirgis Cáilte arna mhárach ocus tiomnas céilebrad do Chonall derg mac Néill ocus dá muintir uile ocus adubairt : is mithig damsa imthecht illeth naile fesda. ocus téit roime sair co loch in daim dheirg an lá sin i ndáil nAraidhe. co hairm a mbádar dá chruimter uaisle do mhuintir Phátraic .i. Colmán éala ocus Eoganán ocus siat ac gabáil na canóine caeime coimdeta ocus ac edarmholad in dúileman.

Is ann sin tángatar trí meic ecalsa do mhuintir na cléirech ocus do chuirset a curach amach do gabáil éisc ocus siat ag dénam a núird ocus a tráth . ocus atchonnaic Cáilte iat ocus ro bói ocá néisdecht . ocus adubairt :—

B a hannam lá hó mo chinn . éisdecht re léigenn láinbinn!
    ba mheince liom ro bói tan . éisdecht re dórdán degbhan
G ébé nech ocá mbiadh penn . fada do biadh gá scríbenn!
    gid truag mar atám abus . is mór d'ingantaib fhuarus
M all mo thuras ó thráig Lí . fada atú gá fhúrnaidí!
    liubair léighinn mór in mod . a néisdecht liom ba hannom

Is ann sin táinic Colmán éala ocus Eoganán amach ocus adchonncadar na fir mhóra ocus na coin móra ina lámaib. is fíor ar Colmán : is é Cáilte sút . ocus do mhuintir Fhinn é ocus do mhuintir Phátraic fós do. a thabairt isin oilén d'ár ninnsaigid ar siat . ocus tucait ocus ro cuirit i tech ndiamair ndeirrit ocus tucadh sen gacha lenna dói[b] ann ocus nua gach bídh.

Ocus ó tháirnic dóib a próind ocus a t[om]altas do fhiarfaig Colmán do Cháilte : crét má tucad loch daim dheirg ar in loch so. fregrais Cáilte sin : d[am] derg ar sé ro bói i leslercaib luachra lionn[bh]ra[enaige] thes ocus téigedh d'feraib ocus do chonaib na [féinne] fecht fó trí gacha bliadna . ocus ro lensat a m[bliadna é] ‖ conice so. tarthamairne cethrar do'n fhéinn air .i. Diarmaid ua Duibne ocus mac Lugach ocus Glas mac éincherda Beirre.

ocus is mise ba nesa do ac techt chum in átha so. ocus do chaithsem ár cethra slegha i néinfhecht fris ocus dorochair linn. ocus tarrassa in dara congna dhe ocus tarraidh Diarmait in congna aile . ocus ruc leis co Temair luachra d'innsaigid Fhinn. ocus tuc Fionn bun in chongna ar in traighid ocus do bí an benn uachtarach de ar a bhaithis . ocus is é nech ba mhó do'n fhéinn hé. ocus ro fhácbassa in congna aile i cionn na hinnsesea ocus dámad sholus dam is dóig co mbérainn eolus air . ocus adubairt:—

> I n loch so loch in daim deirg . co a táncamar lerg do leirg!
>   bud é a ainm ó sin amach . co tí an díne déidenach
> M ad sholus damsa co fír . is mad lethan tar gach tír!
>   dobérsa dháib ar an lár . in congna ocus sé comlán
> I n cethrar lodmar aniar . a crích Muman na móirghiall!
>   ba maith ár lúth is ár cloth . nó go ráncamar in loch

Adrae buaid ocus bennachtain a Cháilte ar Colmán is mór in fios ocus an fíreolus do mharthain ac nech. décha lat a mheic ecalsa ar Cáilte ar éirig in tésca ina phupaill aerda. ro éirig ar in mac ecalsa : conad comsholus muir ocus tír de. is ann ro éirig Cáilte i cúil iartharaig in oiléin . ocus tuc a láim síos isin mbruach ocus tuc leis aníos in congna ocus léicid ar lár in tige irrabatar na cléirig.

Is é ba rí Ulad in tan sin Eochaid foebairdherg mac Firghlinne. ocus do bói i comfhocus dóibsium i tulaig na narm re anabar mag ráth. ocus do éirig Colmán ocus Eoghanán co moch sé meic ecalsa . ocus rucsat an congna leo dá thaidbsenad do ríg Ulad ocus d'Ulltaib ar chena . dá chéd fer narmach dóib ann. tuc in mac ecalsa in congna i fiadnaise in ríg ocus ro thuillfitís uile fria doininn ocus derdan fái. cia fhuair in congna ol in rí ocus cáit a fríth. i loch daim dheirg fuair Cáilte é ar siat. mochen damsa ar sé dia tóirsedh dom innsaigid . ór do fhúicfedh senchus gacha críche ocus gacha céite ocus eidirdheiliugad gacha [tír]e acainn.

Dála na cléirech tángatar ar cúl dochum [in oiléin] ocus ro fácaibset in congna ac ríg Ulad. [maith] a anam a Cholmáin ar Cáilte : crét adbar na [nocht trá]th út chum anéirgenn sibse etir lá ocus adhaig. ‖ mór a nadbar ar Colmán .i. ocht caire atá ac lenmain chuirp ocus anma gach duine ocus díolait na hocht trátha sin iat . ocus adubairt Colmán:—

N a hocht caire colnaide . congeillet co grian !
 na hocht trátha togaide . dá ndfochur co dian
P rímh fria craes nach coimside . tert fria feirg na fáth !
 medón lái suairc soillside . uainn re hétradh ngnáth
N óin i nagaid noccabair . ar brú talman teinn !
 esbarta shuairc shocamail . uainn re toirrse teinn
C oimpléid re sníom sechmallach . óir is comroinn chóir !
 iarmeirge fhuar lethrannach . re máidhmige móir
M aiden mheic dhé dhilgedhaig . fria ndiumas ndaor ndrocht !
 curomsoera a ríg bhrethaig . a Isa ar na hocht

Adrae buaid ocus bennachtain a Cholmáin ar Cáilte : is maith
ro fhuaslaicis in cheisd sin . ocus cid damsa ar Cáilte gan na
hocht trátha sin do thathaigid ó ro fhuirig dia mhé i comaimsir
friu.

Is ann sin ro fhiarfaig Colmán do Cháilte : crét má nabar tipra
in bhanntrachta risin tipraitse i cionn in locha. fregrais Cáilte
sin : Niamh ingen Aengusa tírig ingen ríg Muman luid ar aithed
le hOisín mac Finn ó thá dún na mbarc i cóiced Muman conice
an tipraitsea . ocus do bí Oisín ina farrad ann caeicdigis ar mís ac
dénam selga ocus fiadaig cúigid Ulad . ocus ticedh an ingen
trícha ban gacha maitne d'ionnmad a lám ocus a ngnúisedh as an
uisce neocharghormsa.

Do chuir co mór ar ríg Muman a ingen d'élúdh le hOisín.
ocus do tinóiledh dá chúiged Muman leis cúic catha cróda com-
móra ocus tángatar i niarmoracht na féinne conice so. do bí
Niamh cona banntracht ac ionnlat ocun tiprait in tan sin ocus
atchonncatar na cúic catha ar an tulaig ós a cionn. truag sin ar
an ingen : mogenar do ghébadh bás ocus aided sul dochichsedh a
oide ocus a athair acus a trí derbbráithre ocus maithe Muman
amlaid sin [í]. ocus tuc a gnúis re lár ocus fuair bás ann an
trícha ban do bí . ocus do ch[uaid] a craide ina lia dubfola tar a
b[él amach . conid cnoc] in áir ainm na tulcha ó s[in alé . ocus
adubairt Cáilte]:—

 A tá san cnuc in rígan . s[ochaide rissa dígal] !
  cnoc an áir ó sin alé . baile cháich na chomnaidé

Otchonncadar dá cúiged Muman bás na hingenraide adubairt
rí Muman : is olc amus Oisín ocus na féinne orainn. ocus adu-
bairt rena bhainechlach .i. re Muirinn ingin Muirisce dul ar amus
Finn ocus cath d'fócradh air. téit in echlach roimpe co ráith
cinn con i ndáil Araide airm ambái an fhiann. fiarfaigis Fionn

scéla di ocus do innis in echlach a toisc do. ro b'annamh sin
cusandiu ar Fionn cath d'fuacradh oramsa . ocus éirig a Gharb-
chrónáin ocus abair risin féinn éirge chum in chatha. táinic
Garbchrónán amach ós longphort na féinne ocus ro léic a thrí
barannghlaeda badbda co clos ar lár longphuirt na féinne . ocus
do fregradar an fhiann uair forfedatar co raibe deithber mhór
air. ocus ro éirgedar an fhiann ocus ro hinnledh cath cróda acu.
ocus do fhiarfaigset d'Fionn crét adbar in chatha ocus do innis
Fionn dóib . is ann adubairt Fergus finnbhél file na féinne re
Fionn : a rígfhéinnid ní fhuil fíor catha acatsa do thabairt
chatha do ríg Muman i folaid a ingine as marb acat.

Is ann sin do cengladh comairle ag Fionn ocus ag maithib na
féinne ocus atbert Fionn re Smirgait ingin Abhartaig : abair re
hAengus tírech ocus re maithib Muman dobérsa breith Cormaic úi
Chuinn ocus Eithne ollardha ingine Chatháir mhóir ocus Chith-
ruaid mheic Fhirchaecait dóib. do imthig an echlach ocus do
shlonn a haithesc . gébthar ol Aengus dá tuctar cuir ocus tennta
fris. cia na cuir chuingi ar Smiorgait. mac an fir doróine olc friom
.i. Oscar mac Oisín . ocus Ferdhoman mac Buidhb deirg mheic in
Daghda . ocus Diarmaid mac Duinn mheic Donnchada. faemais
Fionn sin ocus do chuadar diblínaib co Temraig . ocus is í breth
rucadh dóib an ingen do thócbáil as in tulaig irraibe ocus a cur i
meidh . ocus a comthrom d'ór ocus a comthrom aile d'arcat ina
héraic do ríg Muman . ocus ér[aic ar leith i]n gach ingin ríg ocus
táisig thorchair ann. [cinnus roinnfe]mait an éraic út a fianna
Eirenn [ar Fionn. a] trian ó chloinn Báiscne ar siat || ocus a dhá
trian uainne inár bfiannaib. gurab í sin ar Cáilte éinéraic do ronn
Fionn ar an féinn . ocus is é sin an scél do fhiarfaigis díom a
Cholmáin ar Cáilte.

Is ann sin do chuir Eochaid faebairdherg mac Firghlinne
techta ar cenn Cháilte ó ráith Aine co loch daim deirg. timnus
Cáilte céilebradh do Cholmán ocus d'Eoganán . ocus gellsat na
cléirig nemh dosom ocus a écnairc do ghabáil ocus ríg nime ocus
talman do ghuide dia raith. luid Cáilte i carpat ríg Ulad co
ráith Aine i nairrthiur Ulad airm ambátar uaisle na nUlltach
ima ríg. ba huasal ocus ba hóirdnide an tí Eochaid faebairdherg.
ár ní aircedh nech cen chóir ocus ní bhenadh a bhunad cenéil
féin do neoch.

Trí catha imorro ba hedh a líon in lá sin. do riacht Cáilte

M

chuca iarum ocus tairrlingidh as in carput . ocus ferais rí Ulad
cona shluagaib fáilte co fríochnamach fris. maith a anam a
Cháilte ol in rí : gá ferr dúinn ní dá fiafrócham díot iná senchas
na rátha so . i. ráith Aine. atá acamsa ar Cáilte in ní diatá:—

Aine ingen Modhairn ingen ríg Alban anall ocus do bádar fir
Alban agá rádh ria : cid dtáise a rígan cen féis la fer maith i
nAlbain nó in nEirinn. adubairt an ingen nach raibe inntib sin
fer bud dingbála léi acht Fionn mac Cumaill. adclos d'Fionn sin
ocus adubairt re Fionn fer in champair ocus re Rónán ríghóclách
dá rígfhéinnidh Alban dul dá tochmharc ar a hathair. gá coma
bérmait linn ar iatsom. comas a fil i nEirinn ocus i nAlbain
acamsa di ar Fionn. maith a rígfhéinnid ar siat : dias gráda dod
ghnáthmuintir féin linn combud móide chreitfios an rígan sinn.
do ráid Fionn friumsa ocus fria mac Lugach dul leo : ocus gidh
mór gébthaise foraib dobérsa di é.

Luidsem romainn an cethrar saeróclách sin co dún mónaidh i
nAlbain ocus tucadh i tech ndiamair sinn . ocus do riachd
Modharn rí Alban isin tech ocus Aine a ingen aroen fris. do
fhiarfaig ár bfecht ocus ár turus dinne ocus ro slonnsam do ár
naithese. atcluine sút a ingen ol in rí : in fer as ferr i nEirinn
ocus i nAlbain dod chuin[gid]. fáifetsa lais ar an ingen . ocus ro
naidmedh in [ingen] d'Fionn mac Cumaill ocus gach ní do shir
sí ar Fionn do thab[airt di]. ‖ ocus táncamarne ocus an ingen
linn dochum nEirenn co nilar gacha maithesa léi chum na rátha-
sa itám . ocus do riacht Fionn co trí cathaib na féinne inár
coinne ocus inár comdháil ó Themair luachra conice in ráithsea.
ocus dorónad dúnad ocus degbhaile ocus grianán aice ann . ocus
do frithóil ocus do fresdail sí trí catha na féinne re bliadain ann
gan uiresbaid bídh ná lenna orro re taeb ár náigedh.

I cionn bliadna adubairt mac Lugach re Fionn : is lór latsa
do chrích ocus d'ferann Aine ingen Modhairnn. dar mo bhréithir
a meic Lugach ar Fionn ní fhetarsa créd do shirfinn i nEirinn
ná i nAlbain nach faghait in fiann i tig Aine. ocus do bí in
rígan sin co cenn secht mbliadan ina degaid sin ag Fionn ocus
do bí buidechas bfer nEirenn ocus bfer nAlban fuirre ris sin.
ocus ruc dá mac d'Fionn .i. Aedh bec ocus Illann faebairdherg.
ocus marb isi do bhreith Aeda ar Cáilte:—

Cáilte *cecinit.*

F alamh andiu ráith Aine . a cuirdís óic ilgháire!
fa meinic slóig is groige . ar a taeb co tonnghloine

T rí cét rígan isin lios . sochaide atá ina ainbfios ⸖
   ocus trí céd fer gráda . trí céd dalta dingbála
F err in ben iná gach ben . do bí d'imat a háighed ⸖
   as marb uile sin maile . gurro fholmaig in baile

Ocus do cuiredh fó fhochladaib talman ann so í ar Cáilte.
ocus ro tócbadh a lia ós a lige . ocus ro feradh a cluiche cáintech.
ocus do scríbadh a hainm ogaim.

Adrae buaid ocus bennachtain a Cháilte ar rí Ulad : is maith
in scél do innisis dúinn . ocus scríbtar lib in scél út i támlorgaib
filed ocus i lechtaib fiann.

Is ann sin do luid rí Ulad cona shlógaib roime co ráith na
sciath ós cionn tráchta rómhir Rudraide . tonn Rudraide isin
tansa. ocus táncatar isin ndúnad anunn ocus tugadh tech deirrit
diamair do Cháilte ann . ocus ro frithóiledh co maith ocus tucadh
in baile ar a chomus ó bhiuc co mór.

Is ann do fiarfaig rí Ulad do Cháilte : atáit dá fhert ar tráig
Rudraide ann so ocus cidh dia fuilet. dá mhac d'Aedh mhac
Fidhaig mheic Fionntain do ríg Chonnacht do hadlaicedh ann.
ocus ba hionmain le Fionn [ocus] lasin féinn uile iat . ocus do
b'é adbar a ngráda dóib [uair] ní raibe do theirce ná d'imad
eladan ag nech [do ra]chadh uathaibseom gan ní . ocus ní bíodh
i ndebhaid [re Fionn ocus risin féinn nach] síodhaigdís re blia-
dain. ocus comlann céd óclách ‖ cechtar díob ar Cáilte ocus bud
dá mhac dhingbála do Chormac mhac Airt nó d'Fionn iat . secht
mbliadna dhéc dóib isin féinn. fecht dana do riacht Fionn ocus
trí catha na féinne co tráig Rudraide ann so ar móirsheilg Eirenn
ocus adubairt Fionn foraire ocus forchoimét do dénamh . uair
dias mac ríg cona muintir dogníodh foraire Finn ocus na féinne
gach noidche. ocus ráinic in foraire in adaig sin do dá mhacaib
ríg Chonnacht .i. Art ocus Eogan . ocus do éirgedar ceithre céd
óclách ocus ceithre céd gilla ocus táncatar co cenn na trága so.
ocus nír chian dóib ann in tan táncatar dá ríg do rígaib Lochlann
atuaid .i. Conus ocus Conmhael a nanmanna ar marbadh a nathar
d'Fionn mhac Chumaill i cath droma deirg thall i nAlbain. ocus
do riachtadar in dá ríg sin dá chath cróda cutruma cosin tráigse
do dhígailt a nathar ar Fionn . ocus atchonncatar na ceithre céd
sciatharmach urlam ar an trácht ar a cionn. ocus is amlaid bói
Art mac ríg Chonnacht ocus gái neimnech áith uillennghlas
aige tucasdar Fionn do bliadain roime sin . in órlasrach a

M 2

hainm . ocus slcgh aile fós tucasdar Fionn d'Eogan . in mun-
derg a hainm.

Is ann sin ro fiafraigset na hallmaraig cia do bói ac coiméd na
trága. adubairt Art curab do mhuintir Fhinn iat. mochen ar siat
do ghébadh in coimlíon so dá mhuintir . ór ní rachaidh éladach i
mbethaidh díb. má frith drem i mbaegal díob riam ar Art ní
sinne fríth. ocus táncatar na slóig i tír ocus ba mór in tanfhor-
lann do na hocht céd óclách in dá chath cróda cutruma d'fulang.
ocus ro chumaisc an imghuin ocus in timbhualad ó fhuined nél
nóna co medhón oidche. ba hí sin uair a facaidh Fionn fís ocus
is edh atchonnaic : dá rón glasa ag diul a dhá chíoch. ro mhús-
cail in flaithféinnid : cáit a fuil Fergus finnbhél ar sé. sunn ar
Fergus : crét atchonnarcais. dá rón mhuiride ac diul mo dhá
chíoch. dá mhac ríg Chonnacht do chuiris d'forchoimét na féinne
anocht atáit i nécomlann ag allmarchaib ar in file. éirgidh a
fhira ar Fionn : is fíor anabair an file. ocus do éirgetar in fiann
i naeinfhechd ocus i naenuair ocus táncatar co tráig Rudraige.
ocus ní fhuaradar beo [dá bféinn féin] acht dá mhac ríg Chonn-
acht ocus irse a sciath ima mbraigdib . ocus ní mó do bí fer do
na ‖ hallmarchaib beo. ocus is amlaid fríth dá mhac ríg Chonn-
acht ocus a cuirp i crólinntibh ocus a scéith ocus a slega gá
congbáil ina sesamh . ocus nír dingaibset dias riam do'n fhéinn
comlann mar sin. luidset in fhiann ocus ro airgset na longa do
bói ac na lochlannchaib ocus do tairrngedh i tír leo iat . ocus do
cuired dá mhac ríg Lochlainn fó fhochlaidib talman .i. Conus
ocus Conmhael. ba marb dá mhac ríg Chonnacht i cétóir . ocus
tócbat an fhiann suas ós cionn tuinne Rudraige ann so [iat] ar
Cáilte ocus ro fhiarfaig Fionn díob : in bud inleighis sib a cháirde
ar sé. dursan duit a rád ar siat ocus febas th'aithne . ór ráncatar
nái cét laech um gach fer uainn . ocus adrochradarsom ocus
torchramarne dana. ocus déntar ár bfert ocus tócaibter ár lia
ós ár lige . ocus na hairm dá ndernsam maith ar siat ocus
tucaisse i tuarasdal dúinn adlaicter iat maraen rinn. ocus do
dheilig anam re corp dóib ocus ro cuirit a ndís bráthar fó fhoch-
laidib talman ann sin . ocus is í sin an chúis ima roibe a mbladh
ocus a nós dia néise.

Ar fíor do ghaile ocus do ghaisgid riot a Cháilte ar Eochaid
faebairdherg tabair na hairm dúinn as in fiort fótbaig aníos. is
lesc lemsa sin ar Cáilte ar son Fhinn mheic Chumaill ocus na

muintire móire maithe ro adhlaic iat . ocus do ghébthaise iat.
ocus do éirgetar ocus do oslaicset an fert ocus tucsat na hairm
ass .i. in órlasrach ocus in munnderg . ocus tucadh in dara slegh
díob d'Aengus do mhac ríg Ulad . ocus in órlasrach ag ríg Ulad
féin. conid cath trága Rudraige ainm in chatha sin ocus tallann
do thallannaib na fiannaigechta. ocus do cuiredh isin bfiort iar
sin iat ocus ro tócbadh a lia ós a lige.

Adrae buaid ocus bennachtain a Cháilte ar rí Ulad : is mór
in teolus do fhácbais acainn. ocus táncadar isin dúnad anunn
ocus ro hegradh tech nóla aca ocus do bádar co subach ann in
adaig sin.

Cáilte imorro robói crotbhall sádhaile ocus senórdachta air in
lá sin . ocus táinic rí Ulad ar a amus ocus suidis ar an imdaid
ina fharrad. cinnus atáthar acat andiu a anam a rígfhéinnid ar
sé. dá bfaghainn selg ocus fiadach beinne [Boirrche do] dénamh
dam is féirrde do bheinn. [do ghéba imorro o]l in rí. ocus no
tionólaid a choin ‖ ocus a chuanarta chuige ocus luid co beinn
Boirche bud tuaid ocus luid Cáilte leis . ocus do órdaig Cáilte in
tselg in lá sin innus co tabradh in fer in coinéill i láim araile ó
ethaig co tuinn tuile bud tuaid i náird thuaiscirt beinne Boirche.

Is ann imorro do bói Cáilte ocus rí Ulad ar thuinn tuile ac
móirdhéchsain in mhara amach . ocus atchiat an ingin macaemda
ar in tuinn imuig ocus sí ag cúlshnám ocus ac taebshnám ocus ac
traighirshnám. ocus ro shuid ar in tuinn ina bfiadnaise mar do
shuidedh ar thulaig nó ar charraic ocus ro thócaib a cenn ocus
adubairt : nach é Cáilte mac Rónáin sút ar an ingen. is mé go
deimin ar Cáilte. is mór lá atchonncamar thu ar in carraic sin i
bfarrad in fhir as ferr do bói i nEirinn ocus i nAlbain .i. Fhinn
mheic Chumaill. cia thusa amlaid a ingen ar Cáilte. Lí bhán
ingen Echach mheic Eogain mheic Ailella mise ar sí . ocus atú
cét bliadan ar an uisce ocus nír thócbas cenn do neoch ó do
chuaid in flaithféinnid cusandiu . ocus issedh fodera dam cenn
do thócbáil andiu Cáilte d'faicsin. ina dhegaid sin tángatar na
fiada amach isin mhuir ar teiched roim na conaib. iasacht do'n
tsleig dam a Cháilte ar Lí bhán co marbar na fiada di ocus co
cuirer ar tír suas dáib iat. ocus tuc Cáilte in coscaraig ina láim
ocus do mharb na fiada di . ocus in tselg as mó dorigne Fionn
riam isin ninad sin ba chommór ria in tselg sin doróine Cáilte
ocus rí Ulad an lá soin. dála na hingine iar sin ro dhiubraic a

shleig chum Cáilte suas ar tír ocus do imthig féin uathaib. ocus
innisid colaig co ráinic muc ocus agh ocus eilid do gach cúicer
d'Ulltaib in lá sin . ocus ráinic trícha fiad fó dhilmain do ríg
Ulad ocus do Cháilte. ocus tángatar rompa co ráith na sciath re
anabar ráith imill isin tan so . conad í selg beinne Boirche ocus
imacallamh Lí báine ocus Cháilte conice sin.

Táncatar anunn isin ráith ocus ro córaigedh tech óil ocus
áibnesa acu. ocus adchonnaic Cáilte réd ro b'ingnad leis isin tig
nóla .i. ingen mín mongbhuide isin fhochla fhéinned ac tidnacul
shét ocus mháine ar son ar gabadh do dhán ocus d'eladain istig.
ro fiarfarg Cáilte do ríg Ulad : cia an ingen dá tabar in miad
ocus in mhóranáir s[in seoch] chách. ingen ócláig damsa ar rí
Ulad ocus ní fh[uil dá] ‖ shíol i mbethaid acht an ingen . ocus is
amlaid atá an ningen a Cháilte ar rí Ulad ocus lethrann aice
ocus ní faghann i nEirinn nech doghní lethrann díles do.
adubairt Cáilte : ní fer dána mise ocus gab a ingen an leth-
rann. ocus adubairt an ingen an lethrann ocus adubairt Cáilte
ina dhegaid :—

> D ún fir dhuib ón dún fir dhuib . is é in dúnad fó atá ár bfuil!
>
> *dixit* Cáilte.
>
> do chuadar as uile in fhian . ní marann fial ar a fuin

Ocus do chuir Cáilte in corn as a láim ocus do cháiesdar déra
falcmara fírtruaga gumba fliuch blái uas bruinne do. ciall in
rainn a anam a Cháilte ol in rí. atá acamsa a chiall ar Cáilte.
ocus dursan dam a tharrachtain in ní diatá. ocus in fedraisse a
rí Ulad in cethrar as ferr einech ro bói i nEirinn ocus i nAlbain
i coimré ocus i comaimsir friu .i. Fionn mac Cumaill ocus a mhac
Oisín . ocus Dub mac Treoin ann so do Ulltaib ocus a mhac féin
Fial mac Duib. ocus ro bói oinech d'imarcraid acu sin . ór dá
tuctha arroibe i nEirinn ocus i nAlbain dóib ro thidnaicfidis acht
go bfaghdais nech do iarrfadh orro hé. ocus ba truag lá Cormac
ocus lá Fionn in toinech sin do bheith acu ocus gan maithes
móradbal acu do dhíolfadh é.

Is ann sin tángatar fir Eirenn fecht co hoenach Tailltenn trí
catha na féinne ocus aes na trebhaire uile . ocus do riachd ann
Dub mac Treoin ocus a mhac Fial mac Duib ocus ro shuidset i
fiadnaise ríg Eirenn . ocus nír aithnid do ríg Eirenn iat co sin
acht a cluinsin. is é ro búi ar ghualainn Chormaic Fionn mac
Cumaill . ocus Oisín ar láim Fhinn . ocus Cairbre lifechair ar

láim aile Chormaic. maith a anam a Chormaic ar Fionn : in
aithnid duitse in tóclách atá it fhiadnaise. ni haitnid ámh ar
Cormac. Dub mac Treoin do chóiced Ulad atuaid ocus a mhac
Fial mac Duib. inné sút ar Cormac in tóclách daidbir déidenach
ar a gcluinmit imrád. is é imorro ar Fionn. ro fhiarfaig Cormac :
caide Fial mac Duib. ac so am fharrad é ar Dub. cid fodera in
teinech atá acaib idir athair ocus mhac ocus sib in bhar macaib
óclách. truag sin a uasail ocus a áirdrí ar Fial : dar linn dá
tucmais eitech nó éradh ar nech do ghébmais bás edir athair is
mhac. truag dáib a fhira Eirenn ar Cairbre [lifech]air ocus ar
Oisín gan furtacht ocus fóiridin do thabairt [ar D]ub mac Treoin
ocus ar a mhac. adubairt Cormac ocus Fionn ocus maithe [fer
nEirenn] : dobéramne in fhóiridin aderthaise orro ‖ ór is re feraib
Eirenn caithfider a tibérthar dóib. dobérsa ar Cormac cét do
gach crudh gacha bliadna dóib. dobérsa in coibhéis cédna ar
Fionn gacha bliadna dóib . ocus do ghellsat maithe bhfer (*sic*)
nEirenn mórmaithes eile dóib. ocus táinic Dub mac Treoin
roime chum a dhúnaid féin ocus ro bói ag caithiumh in maithesa
sin ann co cenn secht mbliadan ndéc . ocus ní héitir áirem an-
dernsat do mhaith risin ré sin nó go táinic toirrchim ocus tubaisd
chuige ar faidche a dhúnaid féin adaig ann .i. marcslóg sírrecht-
ach síde do thoidecht co ráith Duib . ocus do fhiarfaigedar cia in
baile. adubairt nech friu : baile Duib meic Treoin so . in aenócl-
láig as ferr oinech do mhacaib Míled ocus do thuaith dé danann.
adubairt fer díob : is truag gan fer a fresdail acainne do thuaith
dé danann . ocus ro ghabastar fer díob sleg neimnech bói aige
ocus tuc buille do Dhub i nodhur a chíche co rusmarb. ocus
gabus Fial a mhac a inadh fri ré deich mbliadan ocus trí fichet.
maith a anam a ingen ar Cáilte : gá caradrad do bói duitse
friusan in tan ro fiarfaigis in scél díomsa. ingen do'n nóclách
déidenach sin mise ar sí .i. d'Fial mhac Dhuib . ocus ní mharann
do'n mhuintir mhóir sin adchonnacais acht mad mise [am] aonur.
ocus aire sin a anam a Cháilte tuc rí Ulad comus a shét ocus a
mháine damsa re tidlacad. gá comainm thu ar Cáilte. Uainc
ingen Féil ar sisi. cubaid do ríg Ulad ar Cáilte comus a shét
ocus a mháine duitse re a tidlacad.

Is ann sin adubairt rí Ulad re a mhac .i. re hAengus mac
Eochadha : tabair an ingin út do mhnái a anam a Aenguis . uair
ni fhuigbe tu i cóiced aile in nEirinn ben as ferr scéla athar ocus

senathar innás. ocus tuc in tóclách hí iar sin ocus do bói d'aen-
mhnái aige oiret ro ba beo. ocus do bádar ac ól ocus ag áibnes
co cenn trí lá ina dhegaid sin.

Is ann atbert rí Ulad re Cáilte : ro bud maith lemsa dula
d'fiadach ocus d'fianchoscar co forad na féinne ann so. ocus do
éirgedar co moch arna mhárach trí catha co forad na féinne ocus
Cáilte maraen friu . ocus ar rochtain dóib ann táncat[ar na
maithe] ocus Cáilte isin lios mór búi ann [ocus atchonnairc
Cáilte] ‖ an tinad soin ocus adubairt : sochaide ámh ar sé ro
díoladh do'n tellach so d'íotaidh ocus d'ocaras ocus do dhán ocus
d'eladain ac Fionn mac Cumaill. ocus suidis rí Ulad ann sin ocus
Cáilte ocus maithe Ulad . ocus ní cian do bátar ann co facadar in
scolóc dá ninnsaigid ocus brat álainn uaine ocus delg aircit ann.
ocus léine do shída buide re a chnes . ocus inar maethsróill tairrsi
anechtair . ocus timpán togaide ar a mhuin. canas tice a scolóc
ar rí Ulad. a sídh Buidb deirg meic in Dagda a deisciurt Eirenn.
cid rotimluaid andes nó cia thu féin ól in rí. Cas corach mac
Cainchinne mac ollaman do thuaith dé danann mise ar sé ocus
damhna ollaman mé féin . ocus is edh romimluaid d'foglaim
fhesa ocus fhíreoluis ocus scélaigechta ocus móirghníom ngaiscid
na féinne ó Cháilte mhac Rónáin. ocus do ghab a thimpán ocus
doróine ceol ocus airphéited dóib gur chuir i suan codalta iat.
maith a anam a Cháilte gá fregradh dobeiri orm ar Cas corach.
gach ní dá táncais [d']iarraid d'fagháil duit . ocus dá rabh acat
féin d'eladain ocus d'inntliucht gach ní dorónsat in fiann do
ghníomaib gaile ocus gaiscid d'foglaim. ocus ro bói óclách isin
bhailese .i. Fionn mac Cumaill ocus do bud mór do chrodh ocus
do thuarasdalsa uada ar th'airpéited cid falam andiu . ocus atbert
Cáilte :—

F orad na fiann fás anocht . gus ticed Fionn faebarnocht !
   do bhás na flatha gan bhrón . as fás Alma uasalmhór
N í mharat in mhuinter mhaith . ní marann Fionn in fírflaith !
   ní fhuil in cuire gan chleith . ná ruire mon rígféinneidh
I s marb uile fianna Finn . gé do chuadar glinn do glinn !
   truag in betha beith mar táim . tar éis Diarmada is Chonáin
D' éis Ghuill meic Mórna do'n maig . ocus Oilella chétaig !
   iar ndíth Eogain in ghái ghlais . ocus Chonaill do'n chétfhrais
A deirimse rib reime . is fíor inaráidheimne !
   is mór ár nesbada thall . gan Dubh dírma ac tech drumann
A r ndíth na cuire is na cét . is truag nach ann fuaras éc !
   iarna ndul a hor i nor . gér ba [chomlán in fo]rod

[Is ann sin tuc] Cáilte dá úidh ocus dá aire esbada na [cur]ad ocus na ndrongbhuiden ‖ mór idir a raibe . ocus ro cháiesdar co truag toirrsech gur ba fliuch blái ocus bruinne do. ocus táncatar amach as sin co tulaig an trír ocus ro shuidset ann rí Ulad ocus Cáilte ocus cách ar chena.

Is álainn in tulach a Cháilte ar rí Ulad ocus crét má tucadh tulach in trír uirre . ocus abhann déise ar an abainnsea . ocus lecht cinn chon ar in lecht út tall. innésat duit ar Cáilte gen gub nua in ní diatá . ocus ní ba sen mise in tan ro lenadar na hanmanna sin iat:—

Rí ro bói ar Albain .i. Iruath mac Ailpín ocus do bádar trí hingena aige . Muiresc ocus Aife ocus Aillbhe a nanmanna . ocus tucsat grád do thriar óclách i fiannaib Eirenn .i. do trí macaib éincherda Beirre .i. Gér ocus Glas ocus Gaba . ocus tucsat na hócláig sin grád dóibsium ocus ro bói coimsherc re fichit bliadan eturra. ocus do éladar na mná fecht ann ocus táncadar cusin tulaig so . ocus ro thuit a toirrchim suain ocus codalta orra ann so, ba hí sin uair ocus aimser do cuiredh bruiden uathmar ré Fionn mac Cumaill ac mac Meiccon meic Maicniadh i cúiced Laigen . ocus ní fuil áiremh ac filedaib a torchair do'n fhéinn ann ocus do mhuintir Fathad canann. ocus dorochratar ann dana na trí géraite gaiscid sin .i. trí meic éincherda Beirre. dála in trír ingen do mhúsgladar as a cotlud . ocus dochonncadar triar óclách do'n fhéinn dá ninnsaigid ocus ro fhiarfaigedar scéla díob. ocus innisit an bruiden do tabairt ocus ár na féinne do chur ann ocus trí meic éincherda Beirre do thuitim. is ann sin dorónsat na hingena a nuall ocus toirrse isin tulaigsi . ocus fuaradar bás ann do chumaid an trírse. ocus do bádar dá derbchomdalta ag na hingenaib sin .i. dá mhac ríg Catt atuaid . Uillenn ocus Eochaid a nanmanna . ocus dorónsat airbert tenn treorach i ndiaid a comdaltadh co riachtsat cusin nabainnsi ocus ro thuil in abann friu. ocus atchonncadar na hétaige iubhlaide ingantacha do'n leith aile ocus táncadar isin áth co ródhána curro bháid tuile na habann iat . ocus is iat atá fó'n dá fhert glasa út for ur in átha.

Lecht cinn chon dana ar Cáilte : cú grádach ro bói ag Fionn mac Cumaill . Adhnuaill a hainm . ocus dorála ar sechrán ocus ar merugad í ó'n bruidin bud tuaid . ocus ro shir Eirinn fó trí co tóracht in táth so ocus tuc a [trí] donala aisdi ann so ocus fuair bás ann . conad [uaithi sin] atá lecht cinn chon ocus is í sin a anam a rí Ulad [ar Cáilte] an tres cú as ferr fuair Fionn ria[m.

Dála] imorro dá rígféinnedh Ulad .i. Goll gulbain ocus C[as cuailgne] ‖ do bádar ac seilg ocus ag fiadach in mhuigese . ocus adchonncatar na trí hingena mongbhuide ocus siat marb ar an tulaig co saíne étaig gacha datha impaib . ocus do bádar gá nécáine co fada ocus ro chuirset fó thalam a triur derbshethar. ocus táncadar sísd isin náth ocus atchiat an dias óclách ann arna mbádudh ocus ro chuirset fó fhóitib talman iat fós ar Cáilte.

Céilebraidh Cáilte do ríg Ulad iar sin ocus táinic roime i nétnaib cnoc ocus carrac go fosmhullach sléibe Fuait féruaine. co caerthann cluana dá damh ocus co rót na carbat . áit ar chuirset Ulaid a carpait uathaib ac dul i ndegaid catha gairide ocus ilghairide. ocus ar rochtain do conice sin is ann dorála naem-Pátraic co rae na carpat a trí caoca espoc ocus a trí caoca sacart ocus a trí caoca deochan ocus a trí caoca sailmchetlaid . ocus ro shuidset ann ocus ro bái Pátraic ac dénam a tráth ocus ac etarmholad andúileman. is ann do riacht Cáilte cona naenbar féinned ocus Cas corach mac Cainchinne in táirphídech chuca . ocus ro fersat fáilte re Cáilte . ocus do bádar na cléirig ac fiafraigid scél de ocus do innis a imthechta risin mbliadainsi dóib.

Caide Brogán scríbnaid ar Pátraic. sunn ar Brogán. scríbtar ocus lesaighter lat gach ar chan Cáilte ó do delaig rinne ocon cairthe i mulluch Uisnech co ham na huairesea.

Maith a anam ar Pátraic : cia in macaem cennchas álainn abhradghorm úd at fharrad ocus in crann ciuil aige. Cas corach mac Cainchinne súd ar Cáilte mac áirfítid thuaithe dé danann. ocus táinic d'foglaim fhesa ocus fiannaigechta chugamsa. maith in chonair tháinic ar Pátraic . ocus a Cháilte ar Pátraic ro fuirgedh re maithius mór thusa .i. re haimsir creidme ocus naem ocus fhírén ocus re beith i muinnterdus ríg neime ocus thalman. ocus can dúinn a Chais choraig ní dod dhán ocus dot eladhain féin. dogéntar imorro ar Cas corach ocus ní derna romat riam do neoch darab ferr lem a dénam iná duitse [a] naeimchléirig. ocus do ghab a thimpán ocus do ghlés [é ocus do] sheinnesdar cairche ciuil uirre . ocus ní [chuala]dar na cléirig a choimmbinn riam acht mad [claisceta]l na canóine coimdeta ocus eadarmholad ‖ ríg nime ocus talman. ocus do thuit a toirrchim suain ocus codalta ar na cléirchib lasin ceol sírrechtach síde . ocus ó tháir-

nic lais a áirphíted do dhénam do iarr luach a áirfítid ar Pátraic.
gá luach shire a anam ar Pátraic. nem dam féin ar sé óir is é
luach as ferr ann . ocus rath ar m'eladain ocus ar lucht m'eladan
am dhegaid. nemh duit· ar Pátraic ocus gurab í an tres elada ar
a fagaibh nech a lesachad fria deired i nEirinn í . ocus gid mór
in doichell bias ré fer th'eladan acht co nderna áirphíted ocus co
ninnise scéla gan doichell roime ar Pátraic . ocus fer leptha ríg
tré bithu ret th'eladain ocus soirbes dóib acht nach dernat leisce.
ocus ro chuirsium a chrann ciuil ina choiméd.

Maith an elada sin dorónais dúinn ar Brogán. is maith imorro
ar Pátraic muna biadh sianargan in brechta síde ann . ocus ní
fhuil ní bud chosmaile re ceol nime innás muna bhiadh sin ar
Pátraic. má atá ceol i nimh ar Broccán cid nach biadh i talmain.
ocus ní cóir amlaid in táirfíted do dhíchur ar Brogan. ní abraim
ar Pátraic acht gan róchreidem do.

Ní cian do bátar ann co facadar aenóclách forusda finnliath dá
ninnsaigid . brat corcra uime ocus delg óir ann . ocus cloidem
órdaide im a bhrágait . ocus lorg fhionnchuill isin dara láim do.
ocus tuc a chenn i nucht Phátraic ocus sléchtus dho. cá com-
ainm thu a ócláich ar Pátraic. Eogan ardbrugaid m'ainm ar in
tóclách . ocus do mhuintir ríg Eirenn dam .i. Diarmada meic
Cherbaill. in acatsa atclos dúinn in maithes mór do beith ar
Pátraic. is acam ar eisium. in adaig anocht ar do sheilb ar
epscop Soicheill .i. prímronnaire Pátraic. gá hadaig anocht ar
Eogan ardbrugaid. adaig shamna ar Pátraic. dogébtai fáilte
acamsa ó anocht co hadaig belltaine in líon atáthai itir áigedaib
ocus muintir. is méith in manach fuair in cléirech ar Beneoin.
ragaid d'fognam na Macha bud thuaid ar Pátraic . ocus mása
mhéith bud edh a mhac ocus a ua ina dhegaid. gá bferr ainm dá
mbiadh orra ar Beneoin ináit úi mhéith Macha.

Is ann sin adchonncatar an caoca fer [mór dá ninn]saigid ocus
deilge iarnaidhe ina mbrataib. cuich [iat sin ar Pátraic]. mo
bhrugaidese ocus mo bhiat[aigse ar Eogan ‖ . ocus] do shléchtsat
do Phátraic uile. bar mbeomhaicne ocus bar marbmaicne do'n
Mhacha co bráth ar Pátraic.

Is ann sin ro fherasdar troimshnechta ocus aincis fhuardachta
ar an cóiced uile co roichedh formnada fir ocus feirtse carpat . co
nderna gaidshníom do barr na fidbaide forruaide co nach fétaitis
dáine imthecht ann.

Is ann adubairt Cáilte : inam ar sé do dhamaib allaide ocus
d'eilltib dul i nionnaib cnoc ocus carrac anosa . ocus inam éigned
do dhul i cuasaib bruach . ocus adubairt an láid :—

I s fuar geimred adracht gaeth . éirgidh dam díscir dergbaeth !
    nocha te anocht in sliab slán . gé biadh dam dian ag dórdán
N í thabair a thaeb re lár . dam sléibe cairn na comdhál !
    ní luga atchluin ceol cuaine . dam cinn Echtge innfhuaire
M ise Cáilte is Diarmaid donn . ocus Oscar áith étrom !
    no choistmis re ceol cuaine . deired aidche adfuaire
I s maith chodlus in dam donn . fuil is a chnes re coronn !
    mar do biadh fá thuinn tuaide . deired oidche innfuaire
A ndiu isam senóir sen . ní aithnim acht becán fer !
    ro chroithinn coirrshleig co cruaid . i madain oighrid innfuair
A tlóchur do ríg nime . do mhac Mhuire ingine !
    dobeirinn mór sochd ar sluag . geber anocht co hadfuar

Is mithig dúinn imthecht ar Eogan d'ár ndúnad ocus d'ár
ndegbaile . ocus do éirgetar rompa ocus atchonncatar an dúnad
ar a cionn ocus tucadh in baile ar a cumus féin ar rochtain dóib.
ocus tucadh Cáilte cona muintir i ngrianán ndeirrit ndiamair
ocus do bádar ann sin teora lá ocus teora aidche ac ól ocus ac
áibnes acht in comfad do bítís na cléirig ac dénam a núird ocus
a tráth ocus ac edarmolad in dúileman.

Is ann sin táinic Eogan ardbhrugaid d'acallaim Phátraic ocus
do bói gá innisi do gan uisce do beith i comfochraib dóib . ór ba
scíth dáine ag [tabair]t uisce chum an baile sin . ocus ingnad mar
do [bí in baile] sin in lá sin ina latharpholl talman [uair is amlaid
tar]la sliab uime anunn ocus anall [ocus gan dorus air acht in
dorus] ar a ticte amach ‖ ocus nach fétfaitís fir dhomain foghail
ná dibferg air cémad áil leo. do fhiarfaig Pátraic d'Eogan : in
bfuarabar sliocht sluaig ná sochaide romaib isin mbaile. fuara-
mar ar Eogan sleg ocus cloidem ocus iarnlestar ann. do gébtar
a fhios sin ac Cáilte ar Pátraic . ocus docuas ar chenn Cháilte ocus
tucadh d'innsaigid Pátraic é.

Maith a anam a Cháilte ar Pátraic : in fuil a fhios acat cia do
bói isin bailese ria nEogan. urusa damsa a fhios do beith agam
ar Cáilte . ór is mé in tochtmad fer do bí ac tabairt in bhailese
do'n fhior dá tuc Fionn mac Cumaill é .i. aenóclách dorigne a
mhuinnterdas ar éicin riam re Fionn .i. Conán mac in léith
Luachra aniar. ocus dorála do olc mór do dhénam re Fionn .i.
cú ocus gilla ocus óclách do mharbad ó'n tsamhfuin co araile
do'n fhéinn . re taeb an tres duine as ferr do bí do chlannaib

Rónáin do mharbad .i. Aedh rind mac Rónáin cona trí macaib
.i. Aedh ocus Eogan ocus Eobran. ocus do riacht in flaithféinnid
co carn Luigdech thiar i cóiced Muman . ocus ar suide do ann
iar ndénam shelga do riacht Conán dá innsaigid do leith a chúil
ocus do ghabastar tar a fhormna ocus tar a armghaisced in flaith-
féinnid gan rathugad do. aithnis Fionn in té dongabastar amlaid
sin. cid as áil duit a Chonáin ar Fionn. mo chor ocus mo
mhuinnterdas ocus mo thairise do dhénam friutsa . ór atú secht
mbliadna ac foghail ocus ac dibfeirg ort ocus ní fhuil fulang
th'feirgese acam. gid mise rotgabadh ar Fionn atá dá mhét d'ulc
ocus d'écóir dorónais ar fiannaib Eirenn nach sáilim do ghabáil
dóib chum sída. acht go ngabasa mé a rígféinnid léic edram
ocus fianna Eirenn ar Conán. gébat ámh ar Fionn gid coraigecht
ar éicin dam . ocus do ghab Fionn é ocus dorigne a chor ocus a
mhuinnterdas ris. ocus do riachtadar an fhiann ina ndrongaib
ocus ina mbuidnib dá ninnsaigid . ocus ba hingnad la gach
ndroing thiced ann in dias as mó ba námait i nEirinn ocus i
nAlbain d'faicsin i naeininad.

Maith a Chonáin ar an fhiann : cid fil acat dúinn in[ár] mór-
olcaib. fregrus Conán co comnart sin : gach [guais] ocus gach
éicin ocus gach mórolc do ria chucaib cui[ridh mise i]na chenn
ar Conán . acht dá toitersa ann [léicidhse] oram bar bfalta ocus
mina thoiter ann [curab oramsa] ‖ bias a nós ocus a orrdarcas.
dar ár mbréithir ámh ar Oisín ní tucad dúinn riam coma bud
ferr linn iná sin . ocus dorónad sídh re Conán ann sin.

Cá líon atái do mhuinntir a Chonáin ar Fionn. cúic cét óclách
ocus cúic cét gilla ocus cúic cét con ar sé. ó atái in coimlíon sin
ar Fionn sir féin Eirinn ocus in triucha cét thoghfus tu féin innti
dobérsa duit é. ocus do luidsemne ochtar óclách leis ar Cáilte
conice in mbailese atám . ocus ní raibe tairise ag Conán gia ro
gabsat in fian é chum sída nó go táinic do'n bhailese. ocus
ótchonnairc in bailese cur ba dún diamair daingen dothoglaide é
tucasdar grád do . ocus táinic líon a shlóig ocus a muinntire ocus
do gabadh in bailese leis fria ré tríocha bliadan . ocus gach cath
ocus gach comrac thiced chum na féinne fris sin ro dhingbadsom
tosach gacha comraic díob.

Crét aided in Chonáin sin ar Pátraic. an cethramad fer ar
Cáilte fuair bás re hadhart do'n fhéinn é .i. cruimh neime do
ghab ina chiunn ocus fuair bás ó'n tráth co araile.

Créd ro b'uiscc do ann so ar Pátraic. tipra fíoruisce atá san
baile so ar Cáiltc. is diamair an tinad atá ar Eogan ór ní fagh-
mait ar lár talman í. is uathad do'n fhéinn d'ar eolach í ar Cáilte
nó gur urmais acnóclach díob uirre . ocus nó gur urmaisessa ina
dhegaid ocus gur urmais fer in bhaile féin iar sin. cia in chétóclách
ar Pátraic. Aedh mac Finn ar Cáilte . ocus adcirim nach raibe
inad as a tuc duine lán bleidhe nó escra a haill nó a habainn nó
a hinnber nó a hinad díthogla i nEirinn nach béradsom eolus i
medón oidche ann . ocus rucastar eolus gusin tiprait atá san
bailese. ocus is ann atá an tipra ar Cáilte i sliosbórd na cairrge
cennghairbe cloiche ocus faircle comdaingen comdlúthta cloiche
uirre . ocus mór lá fuair Smirgat ocus Derdubh [a d]uibsléib í.
ocus atbert :—

[E ol dam] tipra san leith thes . doghéna dáib bar ndeigles ⁊
[ann atá] dúib for a lár . uisce eocharghorm imslán
[N í biaid uisce] ocon dún . atbert Eogan gan mhírún ⁊ ‖
mina cabra rí nime . mac maith Muire mín[ghile]
R o ba mhaith m'engnam san chath . i nagaid na nallm[arach] ⁊
ro thuitset limsa fó thrí . caoca fer co caeime lí
S mirgat ingen Fathaig fhéil . ocus Derdhub a duibsléib ⁊
inmain dias téiged i fad . do'n fhéinn do brath a námad
R o bo mé in Cáilte co cruth . sochaide dá tucas uch ⁊
dá ro thinóiles dom rith . lánamain gach fiada ar bith
M aith in muinter muinter Finn . mairg fhuil dá néis i nEirinn ⁊
mór mbeodachta in buiden bras . is mór niath ambói a neolas

Dul anois ar Pátraic ocus in tipra d'faghbáil. is egal lem a
fagbáil ar Cáilte . ór naenbar curad no bhíod ac tócbáil a faircle
di ocus in coimlíon cétna gá chur uirre arís . ocus is egal liom
uisce na tiprat do bhádad in bhaile ár Cáilte. is tualaing dia a
dháil mar bhus cóir ar Pátraic. do éirig Cáilte ocus do éirgedar-
sum leis . ocus ríglia cloiche ro bói asslios in bhaile amach iadhus
Cáilte a dhá láim uimpi ocus tairngis chuige í co táinic rod-
bhuinne róimher d'uisce eocharghorm fhírálainn as in carraic go
raibe a[c] dianbhádad an baile. ann sin tócbus Pátraic an láim
caeim credhail ro fhóired gach nairc ocus gach nainches frisa
tabrad í . ocus sluicter in tuisce ar cúl doridise isin sliab ocus isin
charraic chétna co nach raibe acht lán baise Phátraic ac snighe
aisdi amach do'n uisce. bas Pátraic ainm na tiprat budesta ar
Beneoin. is ced lem a beith amlaid sin ar Pátraic nó go nderntar
finghal acá duthaigh isin baile re deired naimsire.
Táncadar ar in faidche imach Pátraic ocus Cáilte ocus an líon

do bátar isin dúnad. ocus nír chian dóib co facadar aenóclách
dá ninnsaigid . ocus is amlaid ro bói an tóclách sin acus léine do
shída bhuide ré chnes ocus brat álainn uaine uime . delg óir isin
brut ós a bruinne. cia thusa a anam a ócláich ar Cáilte. Aedh
mac Aedha na nabasach a cnuc árdmulla amuigh do'n mhuir
risanabar rachlainn (nó rachrainn) isin tansa ocus macaem tuaithe
dé danann uile [mise] . ocus d'fiarfaigid neith díotsa thán[ac
anois]. crét ro b'áil d'fiarfaigid díom [a ócláich ar Cáilte. ‖ ní
túsga n]í dá fiafróchainn díot iná cid fá tucad carn Manannáin
ar an carn so.

   Oclách do thuaith dé danann ar Cáilte .i. Aillén mac Eogabail
tuc grád do mhnái Mhanannáin mheic Lir . ocus tuc derbshiur
Ailléin grád do Mhanannán .i. Aine ingen Eogabail . ocus ba
hannsa le Manannán í iná in drong dhaenda. is ann sin ro fhiar-
faíg Aine dá bráthair . i. d'Aillén : cid ar sí ro tháig in delb rígda
rómhór do bói fort. dar ár mbréithir áimh a ingen ar Aillén ní
fhuil do'n droing daenda nech dá ninnésmais sin acht mad thusa
at aenur . ocus do innis di : grád tucas ar sé d'Uchtdeilb ingin
Aengusa finn do mhnái Mhanannáin. am láimse atá a fhóiridin
sin ar Aine . ór tuc Manannán grád damsa ocus dá tucasom a
mnái duitse fóifetsa lais tar cenn furtachta d'faghbáil duitse.
ocus táncadar rompa ar Cáilte .i. Aillén ocus Aine conice in
tulaigsea . ocus do riacht Manannán ocus a bainchéile lais. ocus
ro shuid Aine ar láim deis Mhanannáin ocus tairbiris teora póg
ndil ndíochra do . ocus ro fhiarfaig cách scéla dá chéile díob.
mar atchonnairc ben Manannáin Aillén tuc grád do. is ann sin
adubairt Pátraic : is gabhlánach in scélaigecht sin .i. siur Ailléin
meic Eogabail do thabairt gráda do Manannán ocus ben Manann-
áin do thabairt gráda d'Aillén . conad de sin atá in tseinbriathar :
gablánach in rét an scélaigecht. ocus tuc Manannán a mhnái
féin d'Aillén mac Eogabail ocus tuc féin Aine siur Ailléin . ocus
is iat sin a anam a Aed ar Cáilte in dá cheisd do fiarfaigis díom.
ocus do bátar isin baile sin re hedh sechtmaine . ocus do
thiomnadar céilebrad d'Eogan ardbhrugaid ocus tuc Pátraic nemh
do ar a nderna dá réir.

   Is ann sin táncadar rompa co glenn in scáil soir risanabar
muinnter Dhiugra isin tan so . áit arraibe Pátraic i ndaeire ac
Milchoin mac úi Buain ac ríg dhál nAraide . ocus atchiat cell
shuthach ar a cionn ocus tríocha mac necalsa innti ac edarmholad

in dúileman co díochra. ocus ac déchsain dóib do'n taeib eile
secha atchiat in cell [ocus caemghort] cluana re a taeib. do ríg
nime [ocus talman atlóch]amar ar Cáilte : ro b'adhba slóg ‖ ocus
sochaide sin gid inat naem ocus fírén anosa. cia do'n fhéinn do
bí isin baile út ar Pátraic. Raigne roisclethan mac Finn isin dara
baile díob ocus Caince corcarderg mac Finn isin baile eile ar
Cáilte . ocus do marbsat clanna Mórna Raigne mac Finn conad
uada atá mag Raigne . ocus ro marbsat in mac aile conad uada
atá sliab Caince.

Ocus nír chian do bátar ann co facadar ingin mín macdachta
mongbhuide dá ninnsaigid . ocus suidis ar in fiort fótbaig. cia
thusa a ingen ar Pátraic. Edáin fholtfionn ingen Baedáin mise
ar sí : ingen ríg dáil nAraide. cid um a táncais a ingen ar
Pátraic. do thabairt ár mbeomaicne ocus ár marbmaicne duitse
a naemPátraic ar an ingen . ór ní fhuil dom shíol beo acht mé
féin ocus mo dherbbráthair. ocus tuc a láim etorra ocus a léinid
ocus tuc caoca bruth óir ocus caoca bruth aircit arraibe caoca
uinge d'aircet ocus caoca uinge d'ór ina screbal soiscéla do
Phátraic . ocus do shlécht do. gá ainm atá ar do bhráthair a
ingen ar Pátraic. Loingsech mac Baedáin ar inningen. ríge
nEirenn uaimse do ar Pátraic ocus triur dia shíol i ríge dia éis.
gach ní bias acainne d'Eirinn co bráth duitse a naeimchléirig ar
an ingen . ocus do chéilebair dóib iar sin ocus do bádar ar in
tulaig re hathaid tar éis na hingine.

Ocus do bí óclách comaidechta do Mhuiredach mac Finnachta
do ríg Chonnacht i farrad Pátraic .i. Corc mac Dairine mac ríg
chorca Dhuibne. fiafraigid ro b'áil lem do dénam díot a anam a
Cháilte ar Corc : cid im a nabar tonn Chlíodna ocus tonn Téide
risin tuinn aile. óclách gráda do bí ac Fionn ar Cáilte .i. Ciabhán
mac Eochaid imdheirg mac ríg Ulad atuaid . ocus is amlaid ro
bói in tóclách sin in derrscugad bheirios ésca ina ollchóiged déc
do rétlannaib nime ruc in tóclách ar chruth ocus ar dheilb
do mhacaib ríg ocus táisech in domain. ocus ro ghab toirrse
fianna Eirenn reime ocus ba hé adbar a toirrse ní raibe ac fior
ná gan fer isin féinn ben nach tuc grádh do . ocus ro dhiult
Fionn roime ocus gia ro dhiult ro ba lesc leis acht ecal lais
fianna Eirenn do ar mét a néda. ocus táinic roime co tráig an
chairn renabar tráig na tréinfher i cúiced Ulad idir dhún Sobh-
airce ocus muir . ocus atchonnairc curach cennárd cóil[deiridh]

créluma ann . ocus dá ghilla óga isin churach ocus tuig[nech]
forra co formnaib a ngualann. bennachais C[iabhán dóib] ‖ ocus
fregraitsium do. cia sib a ócu ar Ciabán. Lodán mac ríg na
h*India* mise ar fer díob . ocus Eolus mac ríg na Gréige in fer eile
út . ocus ro ghluais tonn sinn ar sé ocus ro imáin gaeth ocus
ní fhedamar gá críoch nó cinél do'n doman idtám. in tí le a
mbud áil siubal mara lib ar Ciabán in tibredh sib cumaid do'n
churach do. dámad at aenar duit dobhérmais ar siat. maith a
Chiabáin ar a muinnter : an í Eire as áil duit d'fácbáil. is í ámh
ar eisium . ór ní faghaim mo dhíon ná mo chomairce innti. ocus
táinic isin churach ocus do thiomain céilebrad dá mhuinntir . ocus
do bádar co dubach domhenmnach ocus ba scarad cuirp re han-
main leo scarad fris. ocus dorónsat a caradrad Ciabhán ocus na
hócláich do bí san churach.

Is ann sin ro éirgetar tonna gela gáirechtacha dóib comba
cudrama re sliab gach mórthonn mhuiride díob . ocus na héic-
neda áille eochairbhreca no bíodh re grian ocus re gainimh co
mbítís re sliosbhórdaib in churaig aca . gur ghab gráin ocus egla
ocus urómhan iatsom roime sin. dar ár mbréithir ámh ar Ciabán
dámad ar tír do bheimís do choisénmais sinn féin illáthair chatha
ocus chomlainn co maith. ocus do bádar isin móiréicin sin nó go
facadar aenóclách dá ninnsaigid ocus ech dubghlas fái ocus srian
óir fria . nái tonna fó mhuir do ocus in dechmad tonn do éirged
ar a huachtar ocus ní bha fliuch blái ná bruinne do. do fhiarfaig
in tóclách díobsom cia luach dobhérad sib do'n tí do fhóirfed sib
ó'n móiréicin sin. in bfil inár láim in luach shirter orainn ar iat.
atá ámh ar in tóclách : bar mbeith féin ar chor ocus ar muinn-
terdus in tí no fhóirfed sib. ro aemsatsom sin ocus tucsat a láma
i láim indócláich.

Is ann sin tuc in tóclách chuice as in churach iat ina triur ar
an ech . ocus do bí an curach ar taebshnám re slios an eich co
rángatar cuan ocus calad i tír tharrngaire . ocus ro thóirrlingedar
ann sin ocus táncatar co loch luchra ocus co cathair Manannáin.
ocus táirnic tech nóla do shuidhechan rompa [ocus r]o frestladh
ocus ro frithóiledh iat a cethrar óclách ina [dhegaid] sin. ocus ro
tócbait a cuirn ocus a cuaich ocus a cupada . [ocus ro éi]rgedar
gilli áille abradghorma re bennaib [bláth]chaema buabaill . ocus
ro seinnit leo timpána ‖ téitbhinne ocus cruite nuaibhinne nái-
thédacha co tarrl[a] in tech ina chairche chiuil.

N

Is ann sin ro éirgetar bachlaig shrubfada shálfada sheiredchaela ruadmhaela rionntacha do bíodh ag dénam cles ocus cluiched i tig Mhanannáin. ocus ba hé so cles dogníodais .i. nái mbunnsacha biorghaisc do ghabáil ocus a ndiubracad co féice ocus co formna na bruidne ar lethchois ocus ar lethláim ocus a ngabáil do fó'n cuma cétna. ocus is uime dognídis sin d'imdhergad shaerchlann soicheineoil tictís a críochaib ciana comaithche. ocus dorigne in adhaig sin a chles feib dogníod roime . ocus táinic d'innsaigid Chiabáin chasmongaig ocus tuc na nái mbunnsacha ina láim . ór is é ba ferr delb ocus toichim ocus tuarascbáil do bói do thua-thaib dé danann ocus do mhacaib Míled i tigh Mhanannáin. do éirig Ciabán ocus dorigne in cles i fiadnaise Mhanannáin ocus mhaithedh tíre tarrngaire mar bud é bud aenfoghlaim do riam. ocus tuc illáim Eoluis mheic ríg Ghréc ocus doróine co hathlam urmaisnech . ocus tuc secha in cles illáim Lodáin [mheic] ríg na h*India* ocus dorigne fó'n cuma cétna.

Bái tra prímollamh ac Manannán i tír tarrngaire .i. Libhra prímliaig . ocus do bádar trí hingena aige .i. Clíodhna ocus Aife ocus Etáin fhoiltfionn . ocus ba hiat sin trí taisceda genais ocus aentamha tuaithe dé danann ocus nír ecal ní dá marbadh acht gái cró na genmnaidechta . ocus tucsat in naenuair grád do'n triar sin ocus do chinnset élód leo isin caemlaithe bud nesa dóib. ocus táncatar co caladphort i coinne an trír ócláich sin . ocus táinic Lodán mac ríg na hInnia ocus Eolus mac ríg Ghréc i naenchurach . ocus táinic Ciabán mac Echach imdeirg ocus Clíodna i curach naile . ocus seolait rompa óthá sin co tráig Théite ingine Ragamnach i ndeisciurt Eirenn. ocus is uime tucad tráig Téite uirre .i. Téite bhrec ingen Ragamnach do dhul ann do chluiche tuinne ocus trí caoca ingen léi cor báidedh ann iat. gurab de atá tráig Théite.

Dála Chiabáin meic Echach imdeirg ro ghabastar cuan ocus calad ar in tráig cédna . ocus luid do sheil[g ocus do fhiadach] fó'n chrích ba choimnesa do ocus [táinic in tonn] amuich dochum Clíodna [ocus ro báidedh í ann] ‖ . conad uaithi atá tonn Chlíod-na uirre. ocus táncadar teglach tige Mhanannáin ina degaid .i. Ildathach ocus a dhá mac ar tabairt gráda do'n ingin . ocus ro báidit ar in tráig cédna . amail asbert Cáilte:—

C líodna cheinnfionn buan in béd . ar in tráig táinic a héc !
    damna dá máthair beith marb . in ní dá tárla in senanm

D á ndernad in taenach de . ag lucht tíre tarrngaire !
   is é ruc a mnái tré cheilg . Ciabán mac Echach imdeirg
R ígan in aenaig thall tra . ingen dar comainm Clidna !
   tar an ler lethan longach . ruc leis Ciabán casmongach
R o fhácaib í ar in tuinn . luid uaithi ar echtra nédtruim !
   d'iarraid shelga monar mas . téit Ciabán fó'n bfiodh bfoltchas
T áinic in tonn tar a éis . do Chiabán nír ba degghréis !
   mórrghním ba dimda linne . bádad Clidna ceinnfhinne
T onn dúine Téite na triath . is é ainm ro bói ar in iath !
   nó gur bháid in tonn sin tra . in ben dar comainm Clidna
L echt Téite isin tráigsi thuaid . acaib i mesc in mórshluaig !
   lecht Clidna isin leith bud dhes . re síth Duirn buide buinges
F liuchtar folt in Duirn buide . a tonnaib in tromthuile !
   gid imda doneoch fhuil ann . is í Clidna nosbáideann
C aoca long lotar tar sál . teglach tige Mhanannáin !
   nochar b'í in chongaib gan ghnái . báidter ar tonnaib Clidnái
I ldathach is a dhá mac . báidter in triar ac tochmarc !
   mairg do adhar in long dna . nachasanaic tonn Clidna

Is ann sin do riacht Ciabán casmhongach d'ár nionnsaigid co
druim nAsail mheic ú Mhóir . ocus isin oidche sin ba marb
Eochaid imderg rí Ulad ocus do rígasdar Fionn Ciabán cas-
mongach i ríge nUlad tar éis a athar . ocus is é sin a Chuirc
mheic Dhaire in scél d'fiarfaigis díom ar Cáilte.

Ina dhiaid sin do éirgedar na slóig co ráith Mhedba ocus
Pátraic maraen rú . cia in Mhedb ó nabar in ráith so a Cháilte ar
Pátraic. Medhb ingen Echach feidhlig ar Cáilte. an é so do ba
baile bunaid di ar Pátraic. ní hé etir ar Cáilte . acht fá líthlaithe
na samna ticedh d'acallaim a druad ocus a filed ann dús cid no
biadh ar mhaith nó ar shaith di an bliadain sin. ocus is amlaid
thiced sí ina nái cairptib ann. nái carbait roimpi ocus nái carpait
ina diaid ocus nái carbait cechtar do díb leithib di. crét um a
ndénad sí sin ar Pátraic. co nach róisedh braenscóit na conaire
ocus glomarchinn [na hechraide] ocus co nach salchadais na
dechelta [nuaghlan]a. adbar subachais sin ar Pátraic. ‖

Caide ainm an achaid so a Cháilte ar Pátraic. gort in fhos-
dóidh ar Cáilte. crét in fosdódh ar Pátraic. óclách d'Fionn
tarmairt imthecht uad ar bithin a thuarasdail . ór fada leis co
ráinic do .i. Druimderg dána mac Duibdechelt do Chonnachtaib
ann so. ocus táncadar trí catha na féinne dá fhostód ocus nír
thairis acu. ocus do riachd Fionn dá fhostód ór bádar buada ar
a fhostód ócláig . ocus ba do na buadaib sin acht go ndernadh
Fionn trí rainn do comad sídach iarum . ocus atbert Fionn:—

T u sin a Dhruimdeirg dhána . a uirdeirc na hurbága!
    gé tís uaim aniu co mblad . is cétlad dúinn céilebrad
D o ratas duit oc ráith chró . trí caoca uinge i nénlo!
    lán mo chuaich i carn Ruide . d'aircet ocus d'ór bhuide
I n cumain lat ac ráith nAi . dá fuaramar an dá mhnái!
    ocus aduamar na cná . mise ann ocus tusá

Is ann sin do éirig in sluag uile co ros na hechraide re a nabar
ail fionn. ocus is uime adertai ros na hechraide ris .i. in tan do
bítís cúicedaig Eirenn oc ól i Cruachain is ann do bítís a neich
ocus a nechrada i lubghortaib gabála.

Adrae buaid ocus bennacht a Cháilte ar Pátraic : is mór in
teolus sin acut.

Ocus nír chian do bhátar ann co facadar in aenmnái dá ninn-
saigid ocus brat uaine uimpi . ocus léine maethsróill ria a cnes.
ocus niamlann d'ór buide re a hédan. canas táncais a ingen ar
Cáilte. a huaim Chruachna ar an ingen. cia thu a anam a ingen
ar Cáilte. Scothniam ingen Buidb deirg mheic in Dagda mise ar
sí. cid rotimluaid illé ar Cáilte. d'iarraid mo chaibche ortsa ar an
ingen . ór do ghellais uair éicin dam í. crét tuc ortsa gan techt
dá hiarraid co carn Cáiredha thes i cúiced Laigen ór is ann do
gelladh a fagháil duit. neimfírinnech adeiri sin ar sí ocus in
deiliugad thucadh ó chéile orainn. ingnad linn mar atchiam sib
ar Pátraic .i. an ingen co hóc ilchrothach ocus tusa a Cháilte ad
shenóir chríonchrothach chróinliath. neimingnad in ní sin ar
Cáilte . ór ní lucht coimdhíne ná comaimsire sinn . do thuathaib
dé danann isi ocus neimirchradach iatséin ocus suthain a saegal.
ocus mise do mhacaib Míled ocus dímbuan irchradach iat. tabair
fregrad ar in mnái a Cháilte ar Pátraic. dobér imorro ar Cáilte.
ocus do éirig roime co carn soghradach re Cruachain aniarthuaid
ocus tuc a uillinn clí risin carn ocus do chuir secha é . ocus tuc
a láim fó'n carn ocus tuc in lugbordach aníos .i. crannóc tucadh
i c[omair chísa ocus] chánachais d'Fionn mhac Chumaill ocus tuc
Fionn ina thuarasdal do Choná[n mhael] mhac Mhórna . ocus do
fholaig Conán isin carn í. ocus is am[laid] ‖ do bói in chrannóc
ocus a lán d'ór innti . ocus tuc Cáilte ina coibche do'n ingin í. is
gairit ó'n tsligid ocus ó ré na carbat fuarais sin a Cháilte ar
Pátraic. ocus adubairt Cáilte :—

D áine bátar sunn co sé . saeire aidble a ninnile!
    nocha sochaide rusgaib . cincub cian ó shligedaib
A tá folach i sléib Fuait . do chuirfedh Eirinn má cuairt!
    trí cét uinge do'n ór dherg . maraen is an duille derg

A táit cetra dabcha óir . i fírmhullach sléibe smóil !
in dabach as luga díb . fairsing ndéise cumang trír
A deirimse ritsa de . a mheic Chalpruin co naeime !
go mairit na hinnmusa . is nach mairit na dáine

Ar ndénam a thráth ocus a úird ocus a aiffrind do Phátraic
tucad Cáilte chuige ocus do fhiarfaig de : crét fá tucad glenn na
caillige ar an nglenn so thíos. aen do ló do bí Fionn ocus in
fhiann ann so ocus atchonncamar amait chaillige corrluirgnige
círdhuibe chucainn . ocus ghrennaigios sinn um choimling do
dhénam ria ocus a ngnáithgell ó'n fhéinn uime sin . ocus ba hiat
gellta do snaidmedh ann a chenn do bhein do'n aen do fúicfide
ann. ocus do rithsamne triar do'n fhéinn ria .i. Oisín ocus Diar-
maid ua Duibne ocus mise . ocus do rithamar co háth mór re a
nabar áth mogha isin tan so . ocus is mise fa túsca ac dul tar in
áth siar ar Cáilte. ocus d'impódhas i nagaid na caillige aniar
ocus tucas béim cloidim di gur chuires a cenn dá colainn . ocus
is uaithi ainmnigter an glenn ó sin alé. ocus táncatar isin mbaile
anunn iar sin ocus do bennachad acu é . ocus do bí légeon d'ain-
glib ós a chionn arna bhennachad . ocus do bádar ann iar sin co
cenn caeicdigise ar mís.

Araile laithe dóibsium isin dú sin co facadar in taenóclách dá
ninnsaigid ocus ba maith a dhelb ocus a dheise. cia thusa a mhac-
aeim ar Pátraic. Aedh mac Echach leithdeirg mise ar sé : mac
ríg Laigen andes . ocus imáin dorónad acainn ac síd Liamna
lennchaeime ocus do bí m'athairse ocus mo mháthair i fiadnaise
na himána .i. Bébionn ingen Chuain mheic Fhionntain ingen ríg
Chonnacht . ocus ní fhuil gein cloinne aca acht mise am aenar.
ocus [ruc]assa secht cluiche ar in macraid. ocus in cluiche d[éid-
enach ru]cas is ann domriachtsat in dá·mhnái ocus [dá bhrat
uaine] umpaib . ocus dá ingin Buidb deirg meic in [Dagda iat .i.
Slad ocus] Mumain a nanmanna . ocus ghabsat lám [cacha mná
dam] ocus rucsat leo mé chum in bhroga ‖ bhrecsholuis . co fuilet
mo mhuinnter gom cháined tar m'éise re trí bliadnaib ocus lucht
in tsída acum lesugad ó sin illé nó go fuaras etirbhaegal in tsída
aréir . ocus táncamar trí caoca macám amach ar in faidche as in
síd. is ann tucassa dom aire in móiréicin irraba ac lucht in
tsída . ocus tánac am rith ó'n brug conice so dot innsaigidse a
naem Pátraic. bud chomairce ámh duitse sin innus nach bia a
nertsom ná a cumachta fort.

Is ann asbert Cáilte re Pátraic : is mithig dúinn dul i cóiced Laigen bud des ocus a mhac do breith do ríg Laigen ocus creidem do shíolad ann ocus mainchesa do ghabáil. cáit a fuil Cas corach mac Cainchinne . sunn a naeimchléirig ar in táirfídech. bíodh mac ríg Laigen i naeinlebaid ocus i naenchumaid nó go rísem cóiced Laigen.

Táncatar rompa iar sin d'innsaigid chóicid Laigen ocus ráncatar co fert Raeirinne ingine Rónáin ruaid ar laechmachaire Laigen . ocus innisid Cáilte dóib cid fá tucad in taïnm sin ar in fert : aeinndeirbshiur ro bhói acamsa ar sé . Raeiriu a hainm. ocus ba ben do Gholl mhac Mhórna í ocus marb do bhreith mheic ar an tulaig so í ocus marb in mac léi . ocus do b'áil lemsa ascaid d'iarraid ort a naemPátraic ar Cáilte. cia ascaid sin a anam a Cháilte ar Pátraic. mo dheirbshiur do thabairt a pianaib ór tarrassa do mhuinnterdas ocus do ghráda. do mháthair ocus t'athair ocus do thigerna Fionn mac Cumaill do thabairt a pianaib ortsa ar Pátraic mása maith le dia é. ro altaig Cáilte sin do dhia ocus do'n táilgenn . conad í sin étáil as ferr fuair Cáilte riam. ocus tángatar rompa iar sin co carn na curad re a nabar in gharbthanach i núib Muiredaig isin tan so.

Innis dúinn a Cháilte ar Pátraic cid fá tucad in gharbthanach ar an inadsa. fregrais Cáilte sin : airdrí ro ghabastar Eirinn .i. Tuathal techtmar mac Fiachach fionnolaig mheic Feradaig finnfhechtnaig . ocus is é in Tuathal sin do bhen a cinn do chúicedachaib Eirenn . curab uime adubrad Tuathal techtmar fris ó'n techtad thucastar ar Eirinn ocus ó'n techtad thuc ar chóigedachib na hEirenn re Temraig na ríg dá foghnam. do bádar dna dá ingin soinemla aige .i. Fithir ocus Dairine [a nanm]anna . ocus táinic rí Laigen d'iarraid in[gine díob] .i. Eochaid mac Eochaid ainchinn. do fhiarfaig [rí Eirenn : cá hingen] do na hingenaib as áil duit. F[ithir ar rí Laigen]. ‖ adubairt rí Eirenn ná tibredh in sóiser amach i fiadnaise in tsinnsir . ocus tucad Dairine ingen Tuathail do ríg Laigen ocus tuc cét do gach crudh ina tionnscra. ocus ro bói bliadain aige isan bailese . ocus nír inmain leis í. ocus do chum cheilg ocus eladain aige féin ina imdaidh adaig nann .i. ingen ríg Eirenn do bhreith co lár in fheda diamair . ocus a shlechtad uimpe ocus tech deirrit diamair do dhénam di ocus naenbar comdhalta do bí aice léi . ocus a rád a héc ann. do gabad a eich do'n ríg ocus do hinnled a charbat ocus táinic

d'agallaim ríg Eirenn co Temraig . ocus do fhiarfaig in rí scéla
de. scéla olca ar rí Laigen : an ingen tucaisse dúinn a héc aréir
againn. cid um a tángaisse dom innsaigidse ar Tuathal . ór ní
chualasa scél as doilge lem iná in scél sin. tánacsa d'iarraid na
hingine aile ort ar rí Laigen . ór ní háil dam scarad red charadrad.
dar mo bhréithir ar rí Eirenn ní thaidbsenann sáime ná subaige
damsa m'ingen do tabairt duit. ní hacamsa do bí cumus a hanma
ar rí Laigen. ocus tucadh an ingin aile dosom ar Cáilte . ocus
tuc leis cusin mbailese í ocus amail do riacht an ingen do'n baile
is ann do bói a siur isin tig ar a cionn :—

Cáilte cecinit.

T uc Fithir a bél re lár . nír é in caradrad comlán ⸗
  gur brised a croide ar trí . ar ndul dia niort ar neimní

Ocus ótchonnairc an ingen aile sin fuair bás do chumaid a
sethar :—

F ithir ocus Dairine . dá ingin Tuathail tsubaig ⸗
  marb Fithir do nairine . marb Dairine dia cumaid

Ocus dorónad a tanach ann so ac ríg Laigen ocus asbert an
rí : is garb in tanach ar sé . conad uada atá garbthanach ar an
inad so. ocus do cuirit maraen annsa[n] bfiort fótbaigsea a naem-
Pátraic ar Cáilte.

Adrae buaid ocus bennachtain a anam a Cháilte ar Pátraic is
maith in scél sin.

Is ann sin atchonncatar férbrugh gabála i nimfhocus dóib.
ocus aenmhacaem soichim sainemail ann ocus trí caoca ech ina
fhiadnaise isin férghurt. tic Pátraic chum in mhacaeim ocus
éirgios in macaem reime. uaitne ríg umat a mhacaeim ar Pátraic
ocus ac fer th'inaid ad [dhegaid] . ocus gá chomainm thu ar
Pátraic. Muiredach mac [Tuathail] mheic Fhionnachta mac ríg
in tíresc mé [ar in macae]m. cia in dúnad úd atchiam ar Pátraic.
[dúnad brugaid] do mhuinntir ríg Laigen ar Muiredach : ‖ Cos-
crach na cét a ainm. crét fá a nabar in tainm sin ris ar Pátraic.
ní fédtar a crodh ináit a alma d'áirem nó go náirmher ar chédaib
iat. in bfuigem féis na hoidche anocht ann ar Pátraic. doghéba ar
in macaem . ór is coimsech ocus is cumasach mise isin baile ocus
ní fhuil óclách in bhaile féin ann. ocus táncatar chum an baile
ocus do chuir in macaem Pátraic cona mhuinntir isin rígthech
rómhór ro bói isin baile ocus dorónad a numalfhósaic ann.

Dála Cháilte luid roime co cloich na narm illeith thes do'n

dúnad . in baile a ndéndais in fhiann a nairm do bhleith gacha
bliadna re ríglia cloiche. ocus ro cháiesdar déra fírtruaga falemara
ann sin ós cionn na cloiche ag cuimniugad na muinntire móire
maithe do bí maraen fris ós cionn na cloiche sin co minic. ocus
nír chian do bí ann co facaid aenóclách dá innsaigid ocus brat
corcra uime ocus delg óir isin brut . ocus delb degduine fair ocus
foramh flatha lais ocus folt caem cas fair . ocus nír rathaig Cáilte
é nó gur shuid ar lethcenn in lia ina fharrad. carsat comainm a
óclaich ar Cáilte. Coscrach na cét m'ainm ar sé . ocus in tusa
m'aithnese ar in tóclách. cia th'aithne ar Cáilte. dar lemsa ar
Coscrach is tu Cáilte mac Rónáin. is fíor curab mé ar Cáilte.
maith lem do thecmáil chucam ar Coscrach. cid ón ar Cáilte.
atáit nái seisrecha fichet agam ar Coscrach . ocus in tan as inam
buana in trebaire tecaidh fiad imdhíscir alltaide ocus loitidh ocus
millidh uile co nach bí tarba dúinne di . ocus ar fíor do ghaile
ocus do ghaiscid fritsa a anam a Cháilte ar Coscrach na cét tabair
furtacht ocus fóiridin orum im dingbáil in daim sin díom. in tan
do bádassa am lúth ocus am lathar ar Cáilte do dhingébainn sin
díotsa.

Is ann sin atchonncatar in luathgrinne áig ocus írghaile dá
ninnsaigid ocus fidneimed do shlegaib urárda re a nguaillib ocus
amdhabach do sciathaib donna deilighte forro. cuich súd a anam
a Choscraig ar Cáilte. Tuathal mac Fionnachta rí in tírese ar
Coscrach . ocus do shuid in t[óclách] ar in faidche ar a rabadar.

Is ann do r[áid Cáilte] re Coscrach : dá fagthá techta co [cluain
cáin] na fairche i cóiced Muman co daire [na finghaile . ocus]
atát mo shecht líona fiadaigse ann [sin. ocus do chuadar na] ‖
techta ar a cenn ocus tucsat na líona leo dá ninnsaigid . ocus ro
chóraig Cáilte in tselg sin ocus ro chóraig tiugh na bfer ocus
imat na con in teolus do shaeil in damh do thoidecht. ocus do
chóraig a líonta fiadaig ar alltaib ocus ar esaib ocus ar innberaib
in fherainn. ocus do riacht in fiad mór dá ninnsaigid mar a ticed
gacha bliadna . ocus atchonnairc Cáilte in dam allaid ac tuidecht
co háth in daim ar Sláine ocus ghabus in coscraig .i. a shleg
ocus tuc rot nurchair do'n damh ocus sé ag lenmain isin líon co
tarla fat láime laeich do chrunn na sleige trít. andar liomsa ro
dergad ar in ndamh ar Coscrach . gunad áth dergtha in daim a
ainm ó sin anall. ocus rucsat a dhruim co druim lethan re a
nabar druim nderg na damraide isin tan so. maith do thoisc d'ár

ninnsaigid a Cháilte ar Coscrach na cét . ocus táncadar chum in
dúnaid mar a raibe naemPátraic. ocus do rat Coscrach a chenn
i nucht Pátraic ocus tucsat a shecht meic ocus a shecht ningena
mar in cétna ocus ro shléchtsat do . ór tárladar a dhá les do in
adaig sin .i. Pátraic do les a anma ocus Cáilte d'anacul a arbha
.i. do mharbad in daim ro bói oc fogail air. ocus do bátar ag ól
ocus ac áibnes in adaig sin . ocus do ruacht in slóg uile arna
mhárach ocus naemPátraic ar faidche in dúnaid amach.

Is ann sin ro fhiarfaig Coscrach na cét do Cháilte : crét fá
tucad cloch na narm ar in cairthe comdaingen cloichese. is í sin
ar Cáilte in chloch risa meildís in fhiann a nairm illaithe na
samna gacha bliadna . ocus ar in cloich sin ro bói in smachdcom-
artha sída as ferr do bí i nEirinn ocus i nAlbain fria reimhes
Cuinn ocus Airt ocus Cormaic ocus Cairbre lifechair .i. fail
druimnech dergóir arrabadar ochd fichit uinge do dhergór . ocus
poll trésin coirthesea ocus sisi trésin poll. ocus do bí d'febus
ríge na ríog sin nach lámadh nech a breith leis . ocus do bí
d'febus fhesa na ndruad co nach lámtha a gluasacht ocus ac
smacht na ríog (*sic*). ocus do chuadar as na ríoga sin co tóracht
Cairbre lifechair mac Cormaic . ocus do thuit Cairbre i cath
Gabra ocus luidsemne in deired féinne do bámar cosin náth so
ar [Cáilte] . ocus ro impaidhessa in cairthe ocus tucas in leth ro
bói [tsua]s de síos co bfuil amail atchíthise. dá feicmis [in poll]
ocus in comartha do chreitfimis sin ar in slóg. léicidse cáirde
damsa ar Cáilte co ro thócbar in leth ‖ atá síos di co rabh suas.
ór deinmnedach in rét in gaeidel. conad de sin atá deinmnedach
in raet in gaeidel. ocus do éirgetar uile i naeinfecht dá hinnsaigid
in líon ro bádar ocus nír fhétsat a bhec di. do riacht Cáilte iarum
ocus tuc a dhá rigidh uimpi ocus tuc a talam í . ocus is amlaid
ro bói ocus a fail óir fá'n poll íochtarach di co facadar cách uile í.
luid Cáilte chum na falach ocus roinnios ar dhó í . ocus tuc a leth
do Phátraic ocus a leth ele do lucht in baile arrabadar . conad
cluain fhalach ainm in baile sin ó sin illé . ocus lia na narm ainm
in lia sin . ocus atbert Cáilte in rann :—

> M ór sleg dá ndéntar pudar . ocus cloidem caemchurad!
> ro líomtha linn risin lia . sunn a Choscraig in gach dia

Adrae buaid ocus bennachtain a Cháilte ar Pátraic : is maith
in senchas do innisis dúinn.

Is ann sin do gabad a eich ocus do hinnled a charbat do

Choscrach na cét . ocus táinic roime d'agallaim ríg Laigen .i.
Eochaid leithderg co druim lethan Laegaire meic Ugaine soir go
ninnisedh scéla Cáilte dóib. is mór mo dhiomda ort a Choscraig
ar rí Laigen gan a innisi dam Cáilte do bheith acat.

Is ann sin adracht rí Laigen trí catha móra d'innsaigid Phátraic
ocus Cháilte co ráith mhóir maighe Fea re a nabar ráith mhóir
ar machaire Laigen isin tan so. ocus suidis naemPátraic cona
mhuinntir í ndorus na rátha conad suide Pátraic ainm an ionaid.
ocus suidis rí Laigen líon a shlóig . ocus tuc a chenn i nucht
Phátraic ocus a chomus ó bhiuc go mór do. gia thánacsa dot
innsaigid a anam a naemPátraic ar rí Laigen ro bói deifir mhór
orainn anallana .i. cath ro fhógair Aillill mac Scannláin mheic
Dhúngaile rí na nDéise orainn i caillidh in chosnama re a nabar
mag Raigne . ocus do léices in crích do loscad dó ocus tánac do
dhénam do riarasa ocus dot acallaim. relecc ríog nEirenn agut
ina inadh ar Pátraic acht co tís timchell na leicesea aratúsa am
shuide . ocus adubairt Cáilte :—

A tá lec ina luige . ac druim lethan Laeguire !
    maidm ré ríg Laigen na ler . dá tí in daigfer na [dheisel]

[Is] ced liom ar Pátraic in bhaile atá a[r maig Raigne] a
shlucad do'n talam ann . ocus dor[ónad amlaid i cétóir] ‖ ór do
shluic in talam é tré bhréithir naemPátraic ocus gan nert do
ghabáil d'fior a inaidh ar ríg Laigen.

Is ann sin adubairt rí Laigen : mo mhóirchen do thiachtain
a anam a Cháilte gid ar th'agaid féin do thísdá . ocus dú duit
toidecht ór Eithne ingen Taidg do mháthair. ocus innis dúinn a
rígfhéinnid crét fá tucad tipra na scaidheirce ar in tiprait atá í
ndorus na rátha acainn.   Scáithderc ingen Chumaill ro báidedh
innti ac déchain na smirdrise locha lurgan . curob eisdi sin do
éirig loch línide linnuar lurgan . co ro lethasdar óthá in corraball
i cionn sléibe Smóil meic Eidlecair re a nabar sliab Bladma isin
tansa connice so . ocus ro bói ac lethnachad tar in cúiced uile.
ocus is ann sin doróine Fionn in airbert trén togaide as ferr
dorigne nech riam ná iarum .i. in sugmaire a tír na h*India* . ocus
na dráithe a tír na hAlmáine . ocus na banghaiscedacha a tírib
Saxan ocus Franc . go ro shúigedar in loch línide linnfuar sin.

Ro ba hurdraic in chéitfhiann sin Fhinn ar rí Laigen. nír
mhesa gach fer díb iná gach fer uainne acht gan a tarrachtain
i coimré ná i comaimsir dúibse. ocus is edh ba ghairdiugad

d'aedairib ocus do bhuachaillib beith ac tinól a nairm ocus a
nédaig ann so . trí catha na féinne .i. Fionn mac Cumaill ocus
Ferdhoman mac Imomain ó láthraig cáin do chúiced Ghailian.
ar fíor do ghaile ocus do ghaiscid frit a Cháilte ar Eochaid leith-
derg rí Laigen innis dúinn ina ndrongaib ocus ina ndíormaib
inneoch ro bháid in smirdris locha lurgan díb. ocus adubairt
Cáilte :—

Faelán fionnlocha aniar a cúiced Chonnacht . ocus Aengus
ocus Dobarchú a cúiced Laigen . Druimdherg daire ocus Dubh
dá dét a cenél Chonaill atuaid . Iubar ocus Aicher ocus Aedh
ocus Art ceitri ríg caille in chosnama re a nabar Osraige isin
tansa . Cairell ocus Caicher ocus Cormac ocus Caemh cheitri
meic ríg dál nAraide atuaid . Máine ocus Art ocus Aralt trí meic
ríg Alban anall . Eobhran ocus Aed ocus Eogan trí meic ríg
Bretan . Uai rí Ilc ocus a dhá mhac .i. Cerda ocus Cernabrocc
dá ríg innse Ghall [atuaid] . Diure ocus Barrae ocus Idae trí
meic ríg [tuaiscirt] Lochlann . Luath ocus Innell ocus Eogan trí
[ríg mairtin]e Muman aniar . Glas ocus Delga [ocus Duibne
trí meic] ríg thuath mBreg ocus Mide . ‖ Illann ocus Aed ocus
Eoganán trí meic ríg chenéil Eogain atuaid . Samaisc ocus
Artúr ocus Inbeir trí meic ríg ghallghaeidel anall . conad iat sin
anmanna na triath ocus na tigernad ocus na bfer bferainn [*ms.*
feruinn] do bháid in smirdris do chéidféinn Fhinn mheic Chum-
aill. ocus gid do chuaid ar mo lúth ocus ar mo lámach tarras
in magsa gur ba loch línide linnuar é ocus ro ba ghlas gleorda a
uisce . ocus atbert :—

U isce glaise gleoraige . féth snaise fuaim niubraige !
   étach fiallaig ó'n gaire . ac brécad mhac ingaire
D eich fir deich fichit deich cét . issed a fhíor is ní brég !
   do laechraid loinn lathar ndil . marb is ní do chloinn éinfir
B ertsa mo chubus co grian . in gach cath andecha riam !
   co nár mharbassa ann de . acht mac ríg nó ródhuine
D o sgáil mo dhelb is mo dhath . am mall meta mirbiollach !
   do chuaid mo chiall is mo chruth . co nach marann díom acht m'uch

Is ann sin tucsomh dá úid is dá aire a bheith i nécmais a
fhéinne ocus a fhóirne ocus a fhírmhuinntire ocus i nesbaid a
lúith ocus a lámaig in lá sin . ocus dorigne toirrse móir ann sin.
maith a anam a Cháilte ar Pátraic : nír chóir duit toirrse do
dhénam . ár ferr do dhluigse ocus do dhíol innáit sin uile .i.
mise do tharrachtain duit ocus maithes an fhírdia fhorórda .i.

creidem ocus crábad ocus croisfhigill sech gach nech aile do'n fhéinn.

Is ann sin táinig deired in lái ocus urthosach na hoidche dá ninnsaigid . ocus adubairt Coscrach na cét re ríg Laigen : atá fled mhórcháin agamsa duit ar sé .i. ocht fichit dabach do chuirm sho-óla shomblasda. ní tucad damsa riam ar rí Laigen fled darab buidige mé iná sin. ocus táncatar rompa chum na fleide in líon do bátar do shluagaib ocus do chléirchib um naemPátraic isin dunad anunn.

Is ann sin ro éirgedar dáilem re dáil ocus dórrsaid re dóirrseoracht ocus ronnaire re roinn . ocus ro benait a ceinnbheca dá ndabchaib dilse deirgiubair leo . ocus do éirgetar maccaeim re hescradaib bánóir . ocus ro forscáiled biad ocus lionn do chách i coitchinne.

Is ann sin adubairt rí Laigen re Pátraic : nach facamarne óirfídech acaibse. atchonnarcais imorro ar Pátraic [.i. Cas] corach mac Cainchinne atá ac dénam fhogl[ama] fhesa ocus eolais ag Cáilte. caide mac [na tráth ar Pátraic]. sunna a naeimchléirig ar in mac egals[a. dó dhuit a]mach ar sé . ocus tícedh Aed mac E[chach lethdeirg] ‖ mac ríg Laigen fá thimpán Chais choraig let ocus cochall ciarlebar uime. ocus do ratadh amlaid sin chum Pátraic ocus chum ríg Laigen é.

Is ann sin ro sheinnesdar Cas corach a thimpán ocus tuc nuallargan síde fuirri . ocus is amlaid innister co coidéldais fir ghonta risin ceol sírrechtach síde dorigne dóib. tucad iarum seoit ocus máine do'n áirfídech ocus dobeiredsom illáim an ghilla ocus dobeired in gilla do chách. cia díob sút as ferr oinech ar cách .i. in lucht dobeir na seoit nó in táirfídech nó an gilla. is ferr oinech in ghilla ar rí Laigen . ór is é dobeir do chách gach ní do gheib. gach ní do ghébsa tabradhsom amach é . ór ní ac iarraid édála atúsa i farrad in táilchinn ocus Cháilte acht do dhénam fhesa ocus fhoglama ac Cáilte ocus d'faghbáil nime dom anmain ó Phátraic. cáit a fuarais in gilla a anam a áirfídig ar rí Laigen as ferr oinech innái féin. i cóiced Ulad tuaid ar Cas corach. gá hainm é ar rí Laigen. gilla fuaramar ar an táirfídech ná fes ainm ná máthair ná athair do.

Is ann sin adracht rí Laigen re beinn mbuabaill bái ina láim ocus adubairt : maith a anam a naemPátraic . dá rabamarne ac síd Liamna lennchaeime ocus do riachtsat chugainn dá ingin

míne mongbuide ocus rucsat leo m'aenmhacsa do lár an aenaig.
ocus ní fhedamar in i firmamint suas rucsat é nó in i talam síos.
ocus is gaeth re héinbhile mise tar éis m'aeinmheic . ocus atúsa
ina uiresbaid ó sin illé nach fedar isin doman a dhíol. ocus do
bud maith lem fios a bhí nó a mhairb d'fagháil uaibse a naem-
Pátraic. mad deoin do'n dúilemain do gébthar a fhios duitse ar
Pátraic. ocus do bádar ann co tráth éirge arna mhárach nó gur
éirig grian as a cercaill teinntide.

Is ann adubairt rí Laigen re Pátraic : maith lemsa ar sé dula
do sheilg 'ocus d'fiadach co tulaig in mháil soir ar machaire
Laigen . ocus is cóir duitse tuidecht linn uair is gairde duit é iná
beith isin baile ór ticfait slóig ocus sochaide Laigen d'ár ninn-
saigid ann. is ann sin do éirgedar dá drongbuidin móra leo .i.
[buiden] re crábud ocus creidium um Pátraic . ocus buiden aile
[re gním]radaib gaile ocus gaiscid fhiann Eirenn um Cháilte
mac Rónáin [ocus um ríg Laigen] . ocus táncatar rompa co tulaig
in mháil [ar machaire Laigen].

Is ann sin ro fiarfaig rí Laigen do Cháilte ‖ : crét fá tugad
tulach in mháil ar ar tulaigsi ocus cnoc Aife ar an cnoc so thíos.
airdrí ro ghabastar rige nAlban .i. Aiel mac Domnaill dubloingsig
ocus ro bói mac aige .i. Mál mac Aieil ocus do bí bainchéile aige
.i. Aife ingen Ailbh meic Scoa ingen ríg Lochlann atuaid. ocus
do bí dúnad ocus degbaile ac Mál ac rinn ruis i nAlbain ocus do
bídís ugdair ocus ollamain ocus aes dána fer nEirenn ac tathaige
uainne ann . ocus do bídís na hollamain sin ac innisin tesda Finn
ocus na féinne i fiadnaise Mháil ocus ingine ríg Lochlann. ocus
do bói óclách do mhuinntir Fhinn .i. mac Lugach . ocus a ndéntai
do dhán mholta d'Fionn eitir Eirinn ocus Albain dogníthea
formolad meic Lugach d'innisin ann. cíd tra ótchuala ingeṅ ríg
Lochlann na móirthesda dobeirtís ugdair ocus ollamain ar mac
Lugach tucasdar grád do ar a scélaib.

Is ann sin do chuaid Mál mac Aieil do dhénam shelga shléibe
móir monaid in nAlbain trí cét óclách a líon. ocus dorigne an
ingen comairle ina grianán tar a éis .i. naenbar derbchomdaltad
búi aice do bhreith di léi d'innsaigid Eirenn . ocus táncatar
rompa tar moing mara in naenbar ban sin co beinn Edair meic
Edghaeith in fhéinneda . ocus táncatar i tír in naenbar ban ocus
in rígan in dechmad.

Ba hé sin lá dorónad selg beinne Edair . ocus ba hé fad na

selga sin óthá goirtín tige Meille mheic Lurgan luime i cionn
sléibe Bladma co beinn Edair. ocus is ann ro bói Fionn ina
shuide shelga ocus a dhalta caem carthanach ina fharrad .i.
Duibrinn mac ríg cheneoil Eogain atuaid:—

Cáilte cecinit.

D uibrinn donn dénta an chomlainn . minic ghairmim um chuirmlinn!
mo dhaltán búilid béilchert . mo chroide in déinmech Duibrinn

Ocus do bí in macám ag móirdhégad uime ar gach leth co
nfacaid in aenluing ag gabáil isin cuantráig ina fhiadnaise . ocus
rígan roscmhálla ar laei na luinge ocus naenbar ban ina farrad.
ocus tángatar co hairm ambái Fionn co nimat gacha maithesa
doneoch tucsat leo ocus suidis Aife ar lethláim Finn. sillis in
flaithféinnid fuir[re ocus fiarfaigis] scéla di . ocus do innis an
ingen a [himthús ó thús] co deired do .i. a tuidecht tar m[uir
d'innsaigid] meic Lugach ar tabairt gráda [do. ferais Fionn
fáilte ria ann sin] || uair foġus a charadrad do'n tí chum a táinicc
.i. mac a mheic ocus a ingine.

Táirnic iarum an tselg ocus táncadar maithe na féinne ina
ndrongaib ocus ina mbuidnib do shaigid Fhinn ocus do fhiarfaig
gach drong ticed ann cia in rígan. ocus do innis Fionn dóib a
hainm ocus a slonnad ocus in toisc uma táinic d'innsaigid Eirenn.
mochen táinic a turus ar siat . ór ní fhuil i nEirinn ná i nAlbain
fer as ferr iná in fer chum a táinic achtmad in flaith Fionn.

Do mhac Lugach imorro ráinic selg. iarthair shléibe Bladma
in lá sin . ocus do riachd fá dheoid chucainn in líon ro bói. ro
srethad a phupall tar Fionn ocus tucad an ingen ocus maithe na
féinne isin pupaill . ocus táinic mac Lugach ocus suidis ar gual-
ainn in rígféinneda ocus an ingen ar in láim araill d'Fionn. fiar-
faigios mac Lugach an ingin mar do fiarfaigedar cách ar chena
ocus do innis Fionn tuirthechta na hingine ó thús co deired :
chucatsa táinic sí ar Fionn . ocus ac so as mo láimse it láim í
ocus a cath ocus a congal . ocus ní bud thruime ortsa sin oldás
ar an féinn uile. ocus táinic Fionn co hAlmain in agaid sin ocus
trí catha na féinne ocus an ingen leo cona banntracht . ocus ro
fhóiset in agaid sin mac Lugach ocus an ingen. do bí aige re
mís ocus re bliadain gan iarmoracht . ocus do bámarne trí catha
na féinne ar an tulaigsi ar Cáilte ocus nír chian dúinn co facamar
na trí catha cróda commóra d'ár ninnsaigid . ocus do fiafraigemar
cia do bói ann. atá ar siat Mál mac Aieil mheic Domnaill dub-

loingsig do dhígail a mhná ar [in] féinn. maith in tráth táinic ar
Fionn in tan atámne uile i nacininad.

Is ann sin adrachtadar na catha chum a chéile . ocus adracht
Aiel mac Domnaill dubloingsig ocus ro ghab a arma ocus táinic
fó dheich trésin féinn ocus torchair cét laech leis re gach fecht
díob sin. ocus ro chomraic ocus mac Lugach ar lár in chatha.
ocus tuc gach nech díob cetra céimenna chum araile tar braigdib
na sleg slemanchruaid . ocus ro ghab cách díob i cennaib a chéile
do na claidmib claislethna . ocus gid cian [gairit ro] bás gun
comrac sin adrochair Mál le mac Lugach [ocus ro cuired fá]
thalam isin tulaigsi ar Cáilte . ocus atbert:—

[I   s i so tula]ch an mháil . is tulach diambói [mór náir]!
     [bá]tar laeich ann i fuilib . ocus nert i laechbuillib ||
S   echt fichit long do lod Mál . tar in sáile solusbhán!
     ní dhechaid díob na mbethaid . acht mad foirenn aenethair
L   os scéith is cloidim catha . ocus édaig ildatha!
     ba chalma Mál tar in muir . ba laechda a lám i níorghuil
M   ór nall ocus ninber nán . mór nabhann is mór sruthán!
     mór cor mór pudhar mór nuch . nó go táinic in tuluch

Conad uada sin átá tulach in máil ar in tulaig sin ocus cath
tulcha in mháil . ocus tulach Aife ainm na tulcha so thíos ar
Cáilte ór is fuirre bái an ingen céin ro bás ac tabairt in chatha.
ocus do bói ac mac Lugach ó sin amach conad í fa máthair
chloinne do.

Is ann sin ro éirig Pátraic ocus in slóg uile i naeinfecht do'n
tulaig for a rabadar ocus luidset rompa co tulaig na fiad allaniar
do'n tulaig sin . ocus atchonnaic Cáilte dá ráith do bói um
thulaig na fiad .i. ráith Speláin ocus ráith in mháil. is mór in
dana ráith a anam a Cháilte ar rí Laigen . ocus cia ro bói inntib.
dá brugaid do ríg Eirenn .i. do Chormac ua Chuinn ar Cáilte . is
inntib sin do bítís braigde Eirenn ó laithe mhís trogain risanabar
in Lugnasad co laithe na samna gacha bliadna acá mbiathad ac
Beccán bóaire ocus ac Spelán mac Dubáin con dá brughaid sin.

Is ann sin atchonncatar tulaig aile i fogus dóib. cid um a
tucad caeilesna ar in tulaigsi a Cháilte ar rí Laigen. is mebair
lemsa sin ar Cáilte : Milid mac Trechosaig anoir mac ríg in
domain móir táinic trí caoca óclách do ghabáil ríge nEirenn.
ocus do bói ac iarraid braiget ar Fionn mac Cumaill . ocus adu-
bairt Fionn ní thibred gilla ná aitire do'n choimlíon sin do
dháinib in domain uile. ocus ro fhógair Mílid comrac éinfir ar

Fionn ocus ro éirgessa dna ar Cáilte . ór ro bói dingbáil deigfir innam in lá sin . ocus torchairsium lem ar scís chomraic ar Cáilte. ocus do bí dá fhebus le feraib Eirenn a thuitim co tugad ní de gach tulcha airegda . ocus ro fácbad dá chaeilesna de ar in tul- aigsi conad de atá in tainm sin.

Ocus táncatar rompa as sin co ráith mhóir mhaige fea co dúnad ríg Laigen. ocus ro hecrad tech nóla in adaig sin ag in ríg . ocus adubairt a thimpán do thabairt do Chas chorach mac Cainchinne [co] ndernad áirfíted do na slógaib. tabrad in gill[a fuar]amar ar Pátraic .i. a ghilla féin a thimpán do. ocus tuc in [gilla in] timpán leis ocus tuc illáim an áirfídig é . ocus [ro ghab Cas corach] an timpán ina láim. ||

Is ann do ghab teine i féice an tíge . ocus ro bói cách oc fégad na teined i naeinfecht ocus ro fhóbair in táirfídech a thimpán do chur as a láim ina choimét. adubairt a ghilla fris : ná tairmisced thu dot eladain ná dot áirfíded . ocus léic damsa in tech d'fóiridin. ocus lia cloiche ro bói i líonscóid a léined con gilla ro dhiubraic rod nurchair di co ruc in teine ocus in féice tar sonnaigib sithárda in baile imach . conad árd féice ainm an inaid ó sin illé. buaid lámaig ort a mheic ar Pátraic . ocus buaid roinne ocus buaid coscair. do ráidset lucht in tige uile ní fhacamar riam ag áirfídech ar siat gilla bud ferr lúth ná lámach ná einech iná an gilla úd. ocus do bádar ann sin co harabárach . ocus do éirgedar na slóig ocus naemPátraic ocus do chuadar ar chnuc na ríg re a nabar Maistiu . ocus suidis Pátraic ann. dála ríg Laigen imorro do córaiged selg ocus fiadach lais isin inadh re a nabar árd na macraide isin tan so . ocus árd scol a chomainm anois . ocus co lios na mórrígna re a nabar Maistiu. ocus ní raibe do mhuinntir Phátraic ina fharrad ocon tseilg sin acht an táirfídech ocus a ghilla . ocus ní riacht nech do mhuinntir ríg Laigen cédghuin mhuice ná áige ag an áirfídech ocus acá ghilla . ocus ní dernad ó do chuadar in fhiann selg bud toirthige iná in tselg sin.

Is ann sin do éirig Pátraic ocus doróine próicept ocus senmóir do chách. ocus tucsat cúiced Laigen trian a cloinne ocus trian a nionnmais do naemPátraic . conad cnoc na dechmaide ainm in chnuic ó sin anall . ocus mag in trín ainm in muige . ocus árd in phróicepta ainm an áird anderna Pátraic in próicept.

Is ann ro ghab íta mhór Pátraic a haithle na senmóra. ocus atchonncatar baile i fogus dóib . tech cruinn ainm in baile . ocus

flcd mhór urlam ann . ocus ro cuinged deoch do Phátraic ar fhior
in baile . Maelán mac Dubáin eiside . ocus érais Pátraic um dig
do'n fhleid sin. ocus lonnaigter in fírén risin leochaill ocus adu-
bairt : ní rabh gein mcic ná ingine acut a Mhaeláin . ocus ná
rabh fer fine ná aicme . ocus ní roibe dna.

[Do chu]adar na slóig rompa iar sin co hárd Cuillinn i mach-
aire [Laigen] ocus ro bádar ac déchain na haille ocus na habann
[uaithib ocus] áirde Cuanaide. is ann sin ro fiarfaig rí [Laigen do
Cháilte :] crét fá tucad árd Cuanaide ar an áird ‖ rinn anall ocus
árd Cuillinn ar an inad so. ro cháiesdar Cáilte ann sin co truag
toirrsech ocus adubairt : aenchomdalta ro bói acumsa ann so .i.
Cuanaide mac Linn meic Faebair mac ríg Laigen . ocus nír bo
deigben a máthair .i. Cuillinn ingen Dubtaig. ocus do bámarne
ar Cáilte ar sliochtlorg cloinne Mórna ocus do riachtamar do
ghillib óca éidedecha fhiann Eirenn trí caoca sciatharmach ann
so . ocus ní raibe guala gan gheilsciath ná cenn gan chathbarr.
ocus adubartsa re Cael cróda cédghuinech ua Nemnainn in lorg
do lenmain. ocus do éirig in tóclách sin ar in sliocht conice
in mbaile irraibe in bhanmuilleoir . ocus atchonnaic in gilla
óc abratghorm i farrad na mná ocá. hacallaim . ocus léine do
shróll ríg ria chnes ocus brat ciumsach corcarghlan uime ocus
dclg óir isin brut . ocus sé ina shuide ar sccimelbórd in léib-
inn ina farrad. a dheigmeic ar Cuillinn déna imthecht bud-
esta . ór ní hinad duit beith gum acallaimsi ann so. ocus do
riachtadar clannmaicne Mórna tar an áth ocus tar an abainn.
ocus bidbada bunaid d'Fionn iat. ocus luid Cael cróda chucainn
ar Cáilte ocus do hinnised dúinn in scél sin . ocus ro éirgemar i
naeinfecht éirge athlam éinfir ocus do riachtsam dá innsaigid
ocus ní tucsam aithne fair .i. ar Chuanaide mac Linn [meic]
Fhaebair ar mo chomaltasa. ro impasom a agaid óirn ocus táinic
fecht fó trí tromhainn . ocus in tres fecht táinic tuc urchar sleige
damsa co ndechaid tria adhám ghlún . ocus gach cnoc ocus gach
carrac frisa riothaimse ar sé iarsma na sleige sin tic friom. ocus
tucassa urchor dosom co tarla tar brollach a inair gur dhúirbris
a dhruim ar dhó ann . ocus ba marb ocun árd út tall é conad
árd Cuanaide aderar fris.

Táncatar rompa in slóg ocus Pátraic maraen friu co ráith móir
mhoige fea . ocus táncadar isin degbaile anunn ocus do bádar ag
ól ocus ag áinius ann re hathaid. tabar do thimpán duit a Chais

O

choraig ar rí Laigen . ocus tucasdar a ghilla a thimpán do. is
ann [sin adubairt] Bébionn ingen Chobáin ingen ríg Chonnacht:
[ingnad liom] ar sí in cochall ciairlebar úd [um chenn ghilla] in
airfídig gan a bhein de [illó ná i noidche]. ‖ gá fios nach cenn
ainmhe fhuil air ar rí Laigen . acht gach ball atchiamne de ní
fhuil esba delba air.

Is ann adubairt Eochaid lethderg rí Laigen re Cáilte: atá
crann sleige acum ocus is áil dam cetri fithsnaise do thabairt
duitse fair . ór atchuala nach roibe i nEirinn ná i nAlbain crann-
aide bud fherr anáisiu. adeirim friut ar Cáilte in crann sleige
nach fétdais fir Eirenn do dénam as mise ro fhédad ní de. ocus
tucad in crann i láim Cáilte ocus dorigne a shnaide co dingbála
co nach raibe i nEirinn ná i nAlbain crann bud ferr dénam inás.
déna ionnsma na sleige anois ar rí Laigen . ocus tucad in tsleg i
láim Cháilte. ocus tucasdar a chois re colba comdaingen in
tige ocus sáidis cenn na sleige isin colba . ocus ro ghab féin
crann na sleige ina láim ocus tucasdar rot nurchair dochum in
chinn ocus aimsig é co comnart co tarla ina halt ocus ina hinad
chóir amail no biadh aimser fhada ina hionnsma. ag so do shleg
duit a anam a rí Laigen ar Cáilte. gabus in rí an sleig ocus maith
ro bói. adhám ech ocus mo charpat duit a Cháilte ar rí Laigen :
fiach ionnsma na sleige. conad iat sin dá ech ocus carpat for a
raba Cáilte fá dheired i nEirinn . Err ocus Innell anmann in dá
ech sin.

Ro búi imorro in tsleg illáim in ríg ocus ro bói ocá sírfhégad
ocus ba dhoilig mhór leis gan chomorba meic lais ina hurchomair.
ocus ro mhebadar déra uiscide dar a ghruaidib. fiafraigis naem-
Pátraic de cid um a nderna in toirrse sin. a hadbar agam ol sé.
crét in tadbar ol Pátraic. a los in mheic adubart friut roime so
ar in rí : gan chomarba dílios dingbála acum do'n tsleig sin ro
innsmasdar Cáilte dam. maith ar Pátraic : tabar illáim ghilla in
áirfídig co fesam in ba lán a ghlac dá hinnsma ocus dá cró. tucad
in tsleg illáim an ghilla ocus ro bhog ocus ro bhertaig í co lán-
chalma. ben díot do chochall ciairlebar budesta ar Pátraic ocus
domhela sleig th'athar. ocus ro ben [in gilla a cho]chall de ocus
ní raibe ann nech [nach tuc] aithne fair. is taisced deig[chléirig
dar ár] mbréithir ar in toirecht. ocus a naemPátraic ‖ ar rí Laigen
ná bíodh comus tuaithe dé danann ar an mac ó ro oilis ocus ro
altromais é cusandiu. an bás ro órdaig rí nime ocus talman isé

foghéba ar Pátraic. is ann sin ro éirgedar sluag ocus sochaide in dúnaid ocus dorónsat a cura ocus a muinnteras frisin macaem co raibe deich céd do shluag im thráth éirge arna márach.

Tángatar rompa in sluag uile ocus Pátraic immaraen friu ocus luid Cáilte isin charpat tuc rí Laigen do. ocus táncadar rompa co hard fostada na féinne amach tar Sláine ocus tairlingid Cáilte as in carpat ann sin ocus ro srethad selg leo. maith a Cháilte ar rí Laigen : crét fá tucad árd fostada na féinne ar an árd so. is mebair liomsa ar Cáilte gingub nua in ní diatá:—

Laithe naen táinic Fionn mac Cumaill ocus trí catha na féinne cusin náthsa. ocus mar do bámar ann inár suide ar Cáilte co facamar indaeiningin ar an cloich cuirr ós cionn in átha thall. inar sróill ocus brat uaine impi. ocus delg óir isin brut. ocus mionn óir i comartha rígna ós a cenn ocus adubairt : ticedh aenóclách acaib a fhianna Eirenn dom acallaim. luid diu Sciath brec mac Dathcháin dá hacallaim : cia as áil duit ar sé. Fionn mac Cumaill ar sí. luid Fionn chum an átha d'agallaim na hingine : cia thu a ingen ar Fionn ocus cid as áil duit. Dairenn ingen Bhuidb deirg mheic in Dagda misi ar sí. ocus d' féis letsa thánac tar cenn tionnscra ocus tirfhocraice. crét tinnscra ar Fionn. coraigecht aenmhná re bliadain dam ar an ingen ocus leth féise do ghrés. ní thabraimse sin ar Fionn do mhnái do mhnáib in domain ocus ní thibér duitsi dna.

Is ann sin tucasdar an ingen cuach fionnarcait as a coim ocus a lán do mid so-óla ann ocus tuc illáim Finn. crét so a ingen ar Fionn. mid so-óla somescda ar sí. ocus ba geis d'Fionn fled d'obad ocus gabus in cuach ocus ibis dig as ocus ar nól na dige do ro mescbuaidred é. ocus tucasdar a agaid ar in féinn ocus gach olc ocus gach ainim ocus gach lén catha do fidir ar gach fer díob ro thuib ina nagaid lasin mescad tuc an ingen air.

Is ann sin do éirgedar maithe fiann Eirenn ocus ro fácbadar in maigin do .i. gach nech díob do [dhul dochum] a fhorba ocus a fherainn. ocus nír fácbad ar in tulaig sin [arsa Cáilte] acht mad mise ocus Fionn. is ann sin ro éirges [i ndiaid] na féinne ocus adubart : a fhiora ná fá[cbaid bar triath] ‖ ocus bar tigerna tré mhilled mhná sírrachtaige síde fair. ocus fecht ar a dhó dhéc ro thiomsaiges iat ocus ro thiomairces ar an tulaigsi. ocus ó tháinic deired do'n ló ocus tosach do'n oidche do chuaid a neim do tengaid Fhinn ocus in fecht déidenach do fhosdas iat táinic a chiall

ocus a chuimnc do ocus do b'ferr lais toitim im a arm ghaiscid
ocus bás d'fagháil iná bcith beo. ocus is é sin in dara lá as mó
fuaras d'ulc riam ar Cáilte : in lá sin ac fosdad na féinne ocus in
lá ro fhuaslaices Fionn ó Chormac in tan tucas in choirrimirce
do. conad árd in fhostada ocus áth in fhosdada iat ó sin illé.

Cáilte cecinit.

A th fosduda fúinne Finn . adér rib co háith imrinn !
    is é a ainm ó sin alé . áth fostada na féinné

B ás Conaing ocus Cathail . dorála um chcnn acnachaid !
    torchratar do'n tsluag iar sin . Bran is Bresal na mbráithrib

A tá i senghabair na sreath . Flann ocus Fionn fionnabhrach !
    Aedh ocus Congal cliodna . siat araen fá aendiongna

F a mór esba féinne Finn . ar ndul dóib a hiubairghlinn !
    mó a nesba i cionn trachta . cath fiothnasach fionntrachta

A r nesba i cath monaid . ar ndíth Deiccill an dolaid !
    ar marbad Failbe mheic Mhain . ocus Meirge ina fhochraib

A r nesba i cath Clidhna . dá táinic rinn a idhna !
    ar marbad cét fer fó trí . do laechraid fa leor luinní

C etri nái créchta is nái céd . inneoch dar sháilessa ég !
    gid fada bias gá rim de . ní horra atá m'éccaine

A deirimse ribse de . is fíor anaráidemne !
    gé bhiadh mo chroide ina mhairg . is maith do anas gun aird

Is mór d'ulc ocus do chathaib ocus do chomracaib fríth ann
sin a anam a Cháilte ar Eochaid lethderg mac Aengusa fhinn
rí Laigen. ní hedh tic andiu frinn díob sin ar Cáilte achtmad
críne ocus senórdacht.

Is ann sin táncadar rompa in sluag ocus Pátraic maraen riu tar
duibfid re a nabar fid dorcha . ocus co sliab na mban re a nabar
sliab Aige mheic Ugaine . ocus táncadar i mullach in tsléibe suas
ocus do bádar re hathaid ina suide ann.

Do fhiarfaig rí Laigen do Cháilte : crét in sliab so ocus in
tinad atám ar sé. [s]liab so ar Cáilte ocus sídbrug ann . ocus ní
fhuair nech riam é [acht Fionn] seiser óclách .i. baethlaeg álainn
alltaide [do dúi]sced dúinn ar Cáilte ac Toraig tuaiscirt [Eirenn
ocus do] lensamne é seiser óclách ó Thoraig conice an [sliab so
.i. co sliab Aige mheic Ugaine] . ocus tucastar in laeg a chenn
i talam ann so ‖ ocus ní fhedamarne cia leth do chuaid. ocus ro
ferastar troimshnechta mór ann co nderna gaidshním do bharr
na fidbaide . ocus ruc ár lúth ocus ár lathar uainn mét na doin-
inne ocus na derdaine táinic ann . ocus a dubairt Fionn friomsa :
a Cháilte in fagha díden dúinn ar in doininn anocht. ocus tucassa
bertugad orum tar uillinn in tsléibe bud dhes . ocus in déchain ro

déchas secham co faca in síd solusmór co nilar chuach ocus
chorn ocus chupad. ocus do bhádas athaid i ndorus in tsída ocá
dhéchain ocus do smuaines cinnus dogénainn re dula isin síd
d'fiafraigid scél in tsída nó in d'innsaigid Fhinn cona uathad
féinne no raghainn . ocus is í comairle ar ar chinnes do chuadas
isin síd anunn . ocus do shuides i catháir ghlainide ar lár in tsída
ocus do déchas in tech umam ocus atchonnac ochtar ar fhichit
óclách isin dara leth do'n tig ocus ben chaemchruthach ar
ghualainn gach fir díob . ocus seiser ingen mín mongbuide isin
leth aile do'n tig ocus tuignech pudraille forro co formnaib a
ngualann. ingen mhín mhongbuide i catháir for laechlár in tsída
ocus cruit ina láim ocus sí acá sefnad ocus acá sírsheinm . ocus
gach uair do ghabad láid dobeirthe corn di co nibed dig as . ocus
dobeired in corn illáim in fhir dobeired di é ocus do bídíssium ag
áines uimpi.

Dam th'umalfósaic a anam a Cháilte ar an ingen. ní démh etir
ar mise ór atá dáni as ferr iná mé féin am fharrad .i. Fionn mac
Cumaill . ocus do b'áil lais féis na hoidche anocht d'fagháil isin
sídh so. adubairt óclách in tsída : éirgse a anam a Cháilte ar
chenn Finn . ór nír dhiultsumh re duine ina thig féin ocus ní
dhiultfaider acainne dosum . ocus do chuadassa ar chenn Finn.
is fada atái inár nécmais a Cháilte ar Fionn . ór ó'n ló ro ghabas
airm laeich am láim ní fhuaras adaig as mó do chuir oram iná in
adaig anocht.

Táncamar iarum isin sídh solusmór in seiser sciatharmach do
bámar ar Cáilte .i. Fionn ocus mé féin ocus Diarmaid ó Duibne
ocus Oisín ocus Oscar ocus mac Lugach. ocus ro shuidsem ar
cholba chiuil isin tsíd ocus táinic [ingen mhín mhacdachta
mhong]buide d'umalfósa[ic dúinn ar Cáilte . ocus tuc in ingen
sinn] i catháir gleorda gl[ainide ar laechlár in tsída] ‖ ocus tugad
nua gacha bíd ocus sen gacha dige dúinn. ocus in uair táirnic ár
naithgéire ocus ar níota do chosc is ann adubairt in flaithféinnid :
cia agaib dá fiafrócham scéla. fiafraig do'n tí darab áil duit ar in
tóclách ba mhó díob. cia thusa a anam a ócláich ar Fionn . ór ní
fhedarsa in oiretsa do dháinib i nEirinn gan a naithne acam. an
tochtar ar fhichit óclách út atchí isin tsídh inann máthair ocus
athair dóib . ocus clann do Mhidair mhongbuide mac in Dagda iat
ar in tóclách . ocus Fionnchaem ingen ríg shída monaid anair
ár máthair. ocus dorónad tinól ocus tóichesdal tuaithe dé dan-

ann trícha bliadan cusin lá amárach ac tabairt rígc thuaithe dé
danann do Bhodb dhcrg mhac in Dagda acon brug bracnach
brecsholus. ocus do bói oc cuingid braghat orainne an líon
bráthar so atám ocus adubramar nó go tucdais tuatha dé danann
braigde do nach tibremis féin.

Is ann sin adubairt Bodb derg re Midair .i. rc ár nathairnc :
muna chuirc do chlann uait múirfimitne do shíd ort. ocus
táncamarne amach ar in tóclách in tochtar for fhichit bráthar so
d' iarraid inaid shída ocus do shiremar Eirinn nó go fuaramar
an tinad diamair deirritsea ocus atámuid ann ó sin alc ar Donn
mac Midir. ocus ochtar ar fhichit derbbráthar atám sunn . ocus
deich cét óclách la gach fer uainn ocus ro díobaigtea uile sin
acht in tochtar ar fichit atámaid do chloinn aenathar ocus aen-
mháthar. cinnus díbaigter sib ar Fionn. tuatha dé danann do
thecht fó trí gacha bliadna do thabairt chatha ar an fhaitche
fhéraigsi imuich dúinn. cia in fert foda nua atchonncamar ar
in faitche amuig ar Fionn. fert Dianghalaig drái sin ar an
tóclách : drái maith ro bói ac tuathaib dé danann . ocus is é sin
an esbaid as mó tucad orro ar Donn mac Midir. cia do marb é
ar Fionn. mise do marb é ar Donn. caide an esbaid aile ar
[Fionn. i]nneoch ro bói do shédaib ocus mháinib ocus [d'inn-
musaib] etir chornaib ocus chuachaib ocus bhleidib [buis ocus
bánóir] ac tuathaib dé danann tucsam linn i [naeinfecht uaithi]b.
caide an tres [esbaid ar Fionn. .i. Fethnaid] ingen Fhidaige ar
Donn [mac Midir banáirfítech thuaithe dé danann .i.] a ceol ocus
a niontlás ‖ menman uile sin . ocus atá a ndáil sunn amárach do
thabairt chatha dúinne ocus ní fhuilmitne do líon chatha acht
an tochtar ar fhichit derbráthar atám ina nagaidsium. ocus ro
rathaigsem ár mbeith i mbaegal in nuathad ocus i nécomlann.
ocus ro chuirsem an ingin maeil út ar do chennsa co Toraig
thuaiscirt Eirenn i riocht baethlaeig allaid ocus ro lenabairse é
cusan síd so. ocus in macaem út atchíthi ocus in brat uaine
immpi ac innail is í do chuaid ar bar cenn . ocus in leth falam
atchíthise do'n tsíd ar Donn inad in tslóig ro marbsat tuatha dé
danann éséin.

Ocus do bádar ac ól ocus ag áinius in adaig sin. ocus mar do
éirgedar adubairt Donn mac Midir re Fionn : tairse lemsa ar in
faitche co faice tu in bhaile a cuirmitne ocus tuatha dé danann
cath gacha bliadna. ocus táncadar amach ocus do bádar ac fégad

na fert ocus na lecht. conice so atá dáil tuaithe dé danann
chucainne ar Donn. cia díol as a dáil atá chucaib ar Fionn
Bodb derg cona secht macaib . ocus Aengus óc mac in Dagda
cona secht macaib . ocus Fionnbarr medha siuil cona secht
macaib déc . ocus Lir sída Fionnachaid cona secht macaib fichet
ocus cona clannmaicne ar chena. Tadg mac Nuadhat a síd
álainn Almaine . Donn ailéin ocus Donn dabhaige . ocus in dá
Glas a síd Glais i crích Osraige . ocus Dobrán dubthaire a síd
Liamna lennchaeime i cúiged Laigen . ocus Aed ailéin a Rach-
rainn atuaid . ocus Ferai mac Eogabail ocus Aillén mac Eogab-
ail ocus Lu mac Eogabail ocus Fainnle mac Eogabail a síd
Eogabail a Mumain . ocus Cian ocus Cobán ocus Conn trí meic
ríg sída monaid anall a hAlbain . ocus Aed minbrec esa ruaid
cona secht macaib . ocus clann na mórrígna ingine Ernmais cona
seiser ar fhichit banghaiscedach . ocus in dá Luath a Lifenmaig
[a maig Life] . ocus Bratán ocus Baillghel ocus Aball roisc a síd
ochta chleitig a Bregmaig . ocus Cathal ocus Caithre ocus Catar-
nach a síd dhroma dheirg a crích cheineoil Chonaill atuaid . Derg
ocus Drecan a síd beinne Edair anair . Bodb derg féin cona mhóir-
theglach .i. deich fir ocus deich fichit ocus deich cét . conad iat
sin na [fla]tha ocus na tigernada ferainn do thuathaib dé danann
tec[ait do] thocailt ár sída orainn gacha bliadna.

Ocus tá[naic Fionn i]sin síd ocus do innis Fionn dá mhuintir
sin . ocus a [aes chumtha ar] sé is mór éicen ocus anfhórlann
s[oithber ocus . . . na muintire acá] fuilmít . ocus dorála i
móir[éicin sibse] ‖ ocus muna dernam maith acár cosnam féin is
cuntabairt nech d'ár féinn ná d'ár foirinn d'faicsin dúinn . cáit a
facaisse a anam a Fhinn ár ndroichengnam in tan atái ac tabairt
rabhaid dúinn. dobeirimse mo bréithir ar Fionn dá sirinnse in
doman uile nach biadh óman ná ecla oram ocus in coimlíon so
d'fiannaib Eirenn am fharrad . ocus do bádar ann co tráth éirge
do ló arna mhárach. ocus do éirgedar lucht in tsída amach ocus
Fionn cona seiser óclách maraen friu. maith a Dhuinn ar Fionn
in i ló nó i noidche theccait tuatha dé danann chugaib. i com-
dáil na hoidche ar Donn mac Midir comad truimide in fhogail
dogéndais. ocus do bádar ann co táinic adaig.

Ocus adubairt Fionn : imthiged nech acaib ar in faitche ocus
dénaid foraire ocus forchoimét dúinn nach tísat tuatha dé danann
chucainn gan fhios gan fhorchlaisdin dúinn. ocus ní himchian

do bí fer na foraire ann co facaid na cúig catha cróda cudrama
dá innsaigid. dar lemsa ar fer na foraire is imda curaid ocus
caithmílid um fhert in druad anosa . ocus is comlann curad
istráthsa iat . ocus atbert Fionn :—

C omlann laech im fhert in druad . co nilar sleg rinnghér ruad !
   eretha ruibne rád ainne . fil i tosach na buidne
I mthiged Diarmaid imach . is Oisín caem comramach !
   is mac Lugach re gníom glé . is Oscar re hursclaidé
R o líonsat slóig in ráith mbáin . rachatsa is Cáilte ina ndáil !
   ocus rachmait uile imach . immaraen is in teglach
N a trí caeca co bha trí . do laechraid as calma i clí !
   dingébat díob gach re bfer . do'n tslóg as calma coimmer
A deirimse fribse de . bud fhíor anaráidemne !
   dá rús in cath cróda crom . mébaid romam in comlonn

Cáit a bfuil Oscar anosa ar Fionn. sunn a anam a rígféinnid
ar Oscar, déna calma andiu i cath thuaithe dé danann . ocus
dénad Diarmaid ocus mac Lugach. mise ocus Cáilte ocus Oisín
as sine acaib ocus léicidh deired in chatha dúinn ocus aincidh
meic Midir dúinn isin chath in tuathad bráthar atáit . ocus fell ar
einech ocus ar inchaib dúinne [ol]c d'fagháil dóib ó tháncamar
chuca.

Is ann sin [do rat]samne in cath ar Cáilte ó fhuin néll nóna
[co crío]chaib na maidne muiche arna mhárach. acht [acnní
chena b]a hí esba thuaithe dé danann isin chath sin deich f[ir
ocus] deich fichit ‖ ocus deich cét.

Is ann sin aduba[irt Bodb derg ocus Midir ocus Fionn]barr :
cinnus [dogénam risin nár so ar] siat. tabrad Lir sída [Fionn-
chaid comairle] dúinn ór is é as sine acainn. dobérsa ar Lir
com]airle dáib . beiredh cách [a carait ocus a comaltada ocus] a
meic ocus a mbráithre leo dá síd[aib ocus tabar múr] teined do'n
dara taeb uainn ocus tabar múr uisce [do'n] taeb aile. ocus iar
sin ro thócbadar tuatha dé danann leo an lecht lige sin ocus nír
fhácbadar ní ar a tairisfedh in brainén do'n ár sin tucsat lucht in
tsída orra.

Táinic tra Fionn ocus clann Midir isin síd anunn co créchtach
cróilinntech . ocus do bói triur co lánolc acainn ar Cáilte .i. mac
Lugach ocus Oscar ocus Diarmait. ocus táncatar tuatha dé
danann fó trí risin mbliadain sin d'innsaigid an tsída chétna ocus
trí catha tucsamne dóib frisin mbliadain sin . ocus ro b'é ár
nesbaid uatha ar Cáilte Conn cruthach mac Midir. ocus gid

sinne ro b'ainicnech sinn ó'n chath dhéidenach . ór ro luig for
Oscar ocus for Diarmaid neim ocus fórlann in chatha . gurab
lúbáin fhionnchuill ro bói oc imfhulang a nédaig tharrsa ina
cosairlebaid chró. ocus luidsemne amach ar in faitche in cethrar
óclách slán ro bámar ocus a dubairt Oisín : is olc in turus tánca-
mar co síd meic Midir d'fácbáil mo mheicse ocus mo chomdalta.
mairg dna ar mac Lugach dobéradh aighid ar in féinn ar fácbáil
Oscair ocus Diarmada . ór ní raibe ac congbáil in fhianghaiscid
dias bud fherr ináit. gibé dobéra ar Fionn ní mise dobéra . ocus
do riacht Donn mac Midir chugainn. maith a anam a Dhuinn
ar Fionn in fil a fhios ná a eolus agat in ní ro ícfadh na fir út.
ní haithnid dam ar Donn acht éinliaig fil ac tuaith dé danann.
ocus munar tescadh smior a ndroma do gébthar furtacht ocus
fóiridin ré nómaide uada combad slemain sláinchréchtach iat.
cinnus do ghébmais é ar Fionn ór ní caraid bunaid dúinne in
lucht acatá. mochtráth do laithe [ar] Donn ticsiumh as in brug
amach do thi[nól Iosa] íce co tairthedh fó lionnbraen [na maitne
iat]. faghaibse damsa a Dhuinn [ar Cáilte nech dobéra] aithne
ar in liaig sin ocus [ticfa a beo nó a marb liomsa]. ‖

Is ann sin adracht Aedh mac Midir ocus Flann fuilech mac
Midir : tar romainn a anam a Cháilte ar iatsom. ocus tángatar
rompa co faitche in broga braenaig . ocus in tan ráncadar ad-
chonncadar flesc gilla óic éidedhaig go mbrat d'olainn na nos-
mholt a tír trédaig tairrngire ocus lán íochtair a bhrait aice do
losaib leigis ocus íocshláinte dá cur i cnedaib ocus i créchtaib in
lochta ro loited isin chath do thuaith dé danann. cia sút a Aedh
ar Cáilte. is é súd in tóclách dá táncamar iarraid ar Aedh . ocus
frithóilidh co maith é co nach dechad uaib isin síd. ocus do
rithsam i naenuair ris ar Cáilte ocus tarrassa ar fhormna é . ocus
tucsam linn é óthá sin co háth fostada na féinne ar Sláine ar
laechmachaire Laigen . ocus ro éirig fédh fia umainn co nár léir
sinn. ocus in uair ráncamar in tulaig ós in áth adchonncamar in
cethrar ocus cethra bruit chorcra corrtharacha impaib . ocus cetra
cloidme órduirn ina lámaib . ocus cetra coin caeimshelga acu.
ocus nír léir dóib sinne trésin fédh fia ro bói umainn ocus ba léir
dúinne iatsom. ocus is iat bói ann dá mac Fhinn .i. Caince
corcairderg ocus Raigne . ocus mo dhá mac .i. Colla ocus Faelán.
ocus ba hé a comrád .i. esbaid Fhinn mheic Chumaill a triatha
ocus a tigerna risin mbliadain sin orra. ocus atchualasa ar Cáilte

comrád mo dhéise mhac ocus dá mac Finn ocus ba truag liom a
nacallam . ocus adubratar : cid dogénat fianna Eirenn bodesta
gan triath ocus gan tigerna acu ar Raighne roisclethan. ní fuil
acu ar Colla mac Cáilte acht dula do Themraig ocus scáiled do
dénam ina dhegaid nó rígféinnid do dénam acu féin ann. ocus
ro cháiset na meic sin co trom taidbsech d'esbaid a dhá nathar
ocus a tigerna. ocus tángamarne uathaib ar Cáilte nó go ránca-
mar co loch dhá én re a nabar sliab Aige meic Ugaine [isin tan
so . ocus [tánca]mar isin síd anunn ocus ferais Fionn ocus Donn
mac [Midir fáilte re] Libhra liaig ocus ro taispénad [Oscar ocus
Diarmaid d]o. ac sin ar Donn dá bráthair [dam . ocus déch let
in] bud inothrais iat nó [in bud inleighis. ocus dé]chaid in liaig
iat ocus atbert : ‖ is inleighis iat mad maith mo luach leighisse.
bud maith ámh ar Cáilte . ocus cá fod beiter acá leighios. ré
nómaide ar Libra prímliaig. dogébasa ar Cáilte luach maith .i.
th'anam do léicen duit . ocus muna térnat na hóic lat ar Cáilte
benfaidh mo lámsa do chenn díot. ocus dorigne in liaig a leiges
ocus a lesugad ré nómaide cur bo slemain sláinchréchtach iat.

Ocus ina dhegaid sin táinic gilla ó Chormac mhac Airt ó ríg
Eirenn ar chenn na féinne co hAlmain ar nesbaid a triatha ocus
a tigerna Fhinn mheic Chumaill dá ndul le Cormac d'ól féise na
Temrach. ocus do riachtsat fianna Eirenn co himlán idir fhior
is mhnái idir ghilla is óclách is áirfídech co fert na ndruad ar
fhaitche na Temrach.

Is ann sin ro shuid Goll mac Mórna ar lethláim ríg Eirenn
ocus ro shuidset cóigedaig Eirenn cona sochraide i Temraig. is
mór bar nesbaid a fhianna Eirenn ar Cormac .i. bar triath ocus
bar tigerna Fionn mac Cumaill. is mór imorro ar Goll mac
Mórna. is mór ar Cormac . uair trí hesbada cudrama tucad ar
Eirinn roime so ar sé .i. Lugh ocus Conn ocus Conaire . ocus is
í so in cethramad esbaid as mó thucad ar Eirinn. gá hionnrámh
no sdiurad dobeirise ar in féinn anosa a Chormaic ar Goll mac
Mórna. dobheirim imorro ar Cormac comus fiadhaig ocus fian-
choscair Eirenn duitse a Ghuill co fesdar in esbaid do bhunad
d'Fhionn . ocus roga selga do chloinn Bháiscne ocus do chlann-
maicne Fhinn uaitse risin mbliadainse . ocus ro aemsat fianna
Eirenn sin. ní thiciubsa re Fionn um rígféinnidecht [ar Goll] nó
go mbiasom trí bliadna d'esbaid for cách ocus go nach rabh súil
duine d'feraib Eirenn fris.

Is ann sin do ráid Aillbe ghruaidbrec re Cormac : cinnus dogénat fionnbhanntracht Finn .i. na secht rígna déc so. dogéntar grianán deirrit degdaingen do gach mnái fó leith díob gona banntracht re mís ocus ráithe ocus bliadain nó go fionntar beo nó marb Finn . ocus a lórdhaethin [bíd] ocus lenna dóib fris sin.

Is ann sin tucsat áirfítig Fhinn a nagaid ar Chormac .i. Daigre mac Mórna . ocus Der ua Daigre . ocus Senach ua Daigre . ocus Suanach mac Senaig . ocus Su[anach] mac Seinchinn senscélaide Finn mheic Chumaill . ocus is é as [binne do] ghab timpán ina láim i nEirinn ná i n[Albain . ocus Cnú] deróil in tabach ocus Bláthnait a bhen. fregrais [Cormac dóib ocus atbert : ‖ maith liom] bar mbeith i Temraig ar sé . ocus lethdliged uaimse dúib ocus coibéis in tuarasdail dobeired Fionn dáib dobérsa.

Do riacht Fergus finnbhél file na féinne dá ninnsaigid . deich cét imorro ba hedh a líon d'filedaib ocus d'aes dána. prímsorrdhan Eirenn acamsa dáib ar Cormac .i. ó thuinn Chlíodna co tuinn Rudraige.

Táinic iar sin meidhescal Finn im Garbchrónán táisech na ngilladh mór. tabair úid orainn a Chormaic ar siat. dobeirim ar Cormac óthá áth lethan lóiche aniar co beinn Edair mheic Edgáith sair do shorrdhan dáib.

As a aithle sin táncadar rompa i Temraig . ocus táinic Cormac i tech mór midchuarta . ocus do córaiged gach nech ar dualgus a athar ocus a shenathar aige ann. ocus tucad Goll mac Mórna i ninad rígféinneda aige ann . ocus Eithne ollamdha ingen Chatháir mhóir i ninad rígna . ocus Aillbe ghruaidbrec ar a láimside. ocus Maiginis ingen Gharaid ghlúnduib ar láim Aillbe ocus cách ar dhánaib ocus ar dhualgus ó sin amach . ocus ro forscáiled biad ocus ro dáiled dig orro iar sin.

Is ann sin ro éirig Cormac re beinn mbláith mbuabaill bói ina láim ocus adubairt : maith a fhiru Eirenn dá bfaghad nech uaib i ndionn nó i ndiamair nó i ndroibhel nó i nall nó i ninnber nó i nabainn nó i síd do shídbhrogaib Eirenn nó Alban scéla Finn dúinn.

Is ann sin do fregair Bernghal bóchétach a heochairimlib sléibe Fuait atuaid ocus flathbrugaid do ríg Eirenn é : in lá tháinic atuaid in flaithféinnid i ndegaid an fiada síde in seiser óclách ro bói ocus do rat in sleig neimnig náith nuillennghlais am láimsea ocus muince con ocus adubairt frium a marthain acum nó go

comraicmís i nacnmhaigin. ocus tuc Berngal i láim Chormaic in
tsleig ocus in muince . ocus tuc Cormac i láim Ghuill ocus do
bádar acá fégad . ocus adubairt Cormac : is esbaid mhór d'feraib
Eirenn in fer isa sleg ocus isa muince so . ocus ro fiarfaig
Cormac do'n óclách in rabadar coin ac Fionn [nó] ag in muintir
ro bói ina fharrad. do bádar ar in brugaid. [cá] coin súd a Ghuill
ar Cormac. Bran ocus Sceolang [i lá]im Fhinn ar Goll . Adnuaill
ocus Féruaine i láim [Oisín . Ia]rratach ocus Fosdadh i láim
Oscair. Baeth [ocus Buide] i láim Dhiarmata. Brec ocus Luath
ocus Láinbhinn [i láim Cháilte] . Conuall ocus Comrith i láim
mheic Lugach. ‖

Caide Fergus finnbhél ar Cormac. sunna a uasail ocus a airdrí
ar Fergus. in fidir gá fad ó t[esta] in flaithféinnid uainn. is
mebair liom ar in file : mí ocus ráithe ocus bliadain ó tesda sé.
ocus adubairt Fergus :—

A irem Finn in fedh dia fuil . sechtmain trí mís ar bliadain !
  mithig andiu d'fiannaib Fáil . deiliugad uile d'énláim
R áithe ar mís is bliadain . ó thesda fer in fiadaig !
  ó do chuaid [amuga] an rí . Fionn mac Cumaill almainí
M ór an esbaid mac Lugach . in tóclách segainn subach !
  ocus Oscar luaidedh gail . is Oisín álainn ionnmain
M ór an esbaid Diarmaid donn . dalta na fiann ba forlonn !
  Cáilte is Fionn ferda na fir . mór an esbaid re a náirim

Is ann adubairt rí Eirenn : is mór an esbaid ar sé . ór ní hí ár
menma fuil re faghbáil in tseisir sin as ferr ro bái i nEirinn ocus
i nAlbain . ocus a Chithruaid ar Cormac is mór do shédaib ocus
do mháinib ocus d'ionnmasaib thucasdar in flaithféinnid duit
cen co ninnisi dúinn in beo nó in marb é. is beo in flaithféinnid
ar Cithruad . ocus mise do dhénam sceoil fair nochu dingén ór
ni ferrde lais féin scél do dhénam fair. ba fáilid cách uile deside
ár ro fhedatar cach ní ro thirchan Cithruad riam co táinic. foir-
chenn fair sin ar Cormac. in adaig dhéidenach d'féis na Temrach
adchichfider in flaithféinnid ag ól ar Cithruad mac Firchaecait.
gurab ceisd sin ar imacallaim na senórach cá fad bói Fionn i síd
dhá én. ocus ina dhegaid sin ar Cáilte bámar isin tsíd frisin
caicdigis ar mhís ro bás ac ól féise na Temrach nó gur ghabsam
braigde tuaithe dé danann do Dhonn mhac Mhidir. ocus ní mó
no chaithdis fianna Eirenn aes na trebhaire ináit tuatha dé
danann ó sin amach.

In am ro bói Cáilte oc innisi in sceoil sin d'Eochaid lethderg do ríg Laigen co facadar aenóclách dá ninnsaigid ocus léine do shról ríg ria chnes ocus inar maethsróill tairsi dianechtair . brat corcra corrtharach uim delg óir isin brut ós a bhruinne . clai[dem órdhuirn] ina láim ocus cathbarr óir imma [chenn . ocus is é] do bói ann Donn mac Midir. ocus tuc a [chenn i nucht] Phátraic ocus tuc comas tuaithe dé danann do ocus [ro shléchtsat uile do Phátraic] . ocus tuc Donn mac Midir féis [dithat na hoidche sin do Phátraic cona mhuintir]. ‖ ocus dá éise sin táncatar in sluag uile ocus Pátraic maraen riu co ráith mór mhaige fea . ocus an oidche sin do riachtadar fesa ó ríg Mhuman ar chenn naem-Phátraic co mbiadh ar a shoiscéla. ocus timnais Pátraic céilebrad [do ríg Laigen ocus] do mhaithib a mhuinntire ocus a chríche uile. ocus táncatar rompa óthá sin co lios na laechraide re a nabar caisel na ríg isin tan so.

Is ann sin táinic Eogan lethderg mac Aengusa rí dá cóiced Muman co sluagaib móra uime i coinne naem Phátraic . ocus ro shléchtsat maithe Muman uile do ocus tucsat a crích ocus a maithes uile ar a chomus. screbal soiscéla do naem Phátraic a rí Mhuman ar Beneoin. cá screbal sin a chléirig ol in rí. críoch ocus ferann do ar Beineoin. .in baile so ar rí Muman d'fognum do co bráth ocus dá mhuinntir ina diaid. cinnus dobérar dúinn sin ar Beineoin. mar so ol in rí : toidecht do Phátraic ar leic na cét ocus inneoch dochichfe do mhín Mhuman ar gach leith do beith aige. ocus táinic Pátraic ar lic na céd ocus do éirig in ghrian re hagaid in naeimchléirig cumba sholus do ar gach leith. ocus amail tuc Pátraic a chois ar in leic ro éirig légeon ocus míle do dhemnaib a bennaib na cloiche amach co ndechadar i naier ocus i fírmamint ar teichium naem Phátraic. bennaigios Pátraic in cloich iar sin ocus fácbus buaid comairle do dénam di ocus bennachtain fuirre ocus aingel dé gacha tráthnóna acá tairmthecht . ocus troscad do ríg Mhuman naenbar mac fírflatha fuirre ocus an itche chuingios d'faghbáil do . ocus in tres teine beo ar a mbia rath fá dheired i n Eirinn í.

Is ann sin fherais rí Muman fáilte re Cáilte ocus ferait maithe Muman ar chena. a anam a Cháilte ar rí Muman crét fá tucad lec na cét ar in leicsi. am mebrachsa in ní diatá ar Cailte . ór ní roibe fios nime riam acainne nó gur shuid Fionn ar in cloich sin ocus co tuc a órdain fá chéd fó a dhét fis ocus co ro foillsiged nim ocus talam do . ocus creidem an fhírdia fhorórda ocus do thoidechtsa d'innsaigid Eirenn a tháilcinn ar Cáilte . ocus naeim ocus fíreoin ocus creidem crosa ocus crábaid innte. cia doróine dúnad ann so ar tús ar rí Muman. Fiacha muillethan [mac Eogain ar Cáilte] ocus do bói trícha bliadan i rígc dá cuiced [Muman ocus is l]ais dorónad cladh daingen [im in mbaile so] ocus ro bói i nárus ann . *ut dixit* Pátraic ||:—

I n chlochsa a hainm cloch na cét . sochaide bhias uimpe ac ét !
bud inad crábaid is cros . d'aithle gach áruis fhuaros
C aisel cenn Eirenn uile . benn im a téigenn teine !
inad a fríth fios nime . ní ró a chíos do ríg eile
B ud maith mo chell istír thuaid . i crích Chonnacht in chathsluaig !
dá fúiciub ann glan a lí . mo bhretha co caemghlainí
M o bhailese i crích nUlad . is lem chraide bhus cuman !
beimid is bud ghlan ár lí . triar álainn i naenbhailí
D eich fir deich fichit deich cét . is é a fhíor is nocha brég !
is é ghébus mo chell chain . d'abaib ocus d'fírénaib
G ébtar sailm gébtar créda . paidrecha is soiscéla !
gébtar sailm sunna co moch . imon carn i fil in chloch

Adrae buaid ocus bennachtain a naemPhátraic ar rí Muman : is maith in fios tucabar dúinn maraen.

Ocus do bádar na slóig uile ann sin nó gur éirig grian as a circaill teinntide ocus cur líon dá soillse in doman. ocus lodar rompa as sin co ráithín na niongnad siar ar mag feimin . ocus do shuidestar rí Muman isin dara cenn do'n ráith co maithib Muman uime . ocus suidis naemPhátraic ocus Cáilte isin chionn aile na rátha.

Is ann sin do fiarfaig rí Muman do Cháilte : crét fá tucad ráithín na ningnad ar in ráith so . conad ann asbert Cáilte in rann:—

I ngnad turchairthe fuair Fionn . ar in ráithsea ar a chionn !
in triar fer ba chaeime i cliu . ocus aenchú etorrú

Laithe naen ar Caeilte dá táncamarne trí catha na féinne conice in tulaigsi ocus atchonncamar in triar óclách ar ár cionn ocus aenchú aca . ocus ní raibe isin doman dath nach roibe ar in coin ocus do bói aidble mhéide fuirre sech na conaib eile. ro shuidset na hócláig i fiadnaise Finn. cánas táncabar a óca ar Fionn. as in Iruaith móir anair ar iatsom. cid um a táncabar ar Fionn. do dhénam ár cuir ocus ár muinnterdais friotsa ar iat. cia maith bias dúinne in bar mbeithse acainn ar Fionn. an triur atám atá feidm ar leith ac gach fior acainn. gá feidm sin ar Fionn. dingébatsa faire fiann [Eirenn ocus Alban] ar fer díob. cach feidm catha ocus comlainn teic[ébus] chum na féinne ar in

dara fer dingébatsa díob [ocus bid] uile ina tost. dingébatsa ar
in tres fer gach doithber theicémus chum˙mo thigerna ocus gach
ní d[ogéntar] d'athcuingid air do gébtar uaimse é . ocus [dála na
con ar in tóclách] in comfad bias fiad i nEirinn dingé[baid sí] ‖
gach re nadaig d'fiannaib Eirenn ocus dingébatsa in adaig aile.
crét shirfidi orainn ar Fionn ocus bar mbeith acainn amlaid sin.
trí comtha dúinn ar iatsom .i. gan nech do thecht chum ar long-
phuirt ó thicfus adaig tré bithu do chian ná d'focus . ocus gan a
bhec ná a mhór do chomroinn do thabairt dúinn tré bithu . ocus
diogha selga dúinn ó fhiannaib Eirenn. ar bar cubhus rib ar
Fionn crét um a sirenn sib gan nech do bar faicsin ó thic adaig.
atá adbar acainn ar siat ocus ná sir ní aile orainn gid fada gairit
bhiam ar aeinrian . ocus in triar óclách so atám ar siat bíd in tres
fer acainn marb gach tres noidche ocus is uime sin nach áil linn
nech d'ár bfaicsin . ocus bíomaitne ac faire an fhir sin. ocus ba
gheis d'Fionn marb d'faicsin acht muna marbdais airm é . ocus
no bíodh a fhóiridin sin i comfochraib ac Fionn ar Cáilte .i.
toidecht timchell na rátha so.

Is ann sin do riacht móirseiser aesa dána co Fionn do mhuin-
tir Chithruaid mheic Airim mheic Fhirchaegait do chuingedh
duaise duaine .i. trí caeca uinge d'ór ocus trí caeca uinge d'aireced
do breith co Temraig do Chithruad. dogébtar againne a fhóiridin
sin ar Scannal ua Liathan .i. óclách gráda d'Fionn. maith a aes
dána ar na hócláich : in ferr lib duais bar nduaine d'faghbáil
anocht iná amárach. is lór linn amárach ar in taes dána.

Is ann sin tángadar in triar óclách sin co lepa in chon ó ráithín
na ningnad amach . ocus ro scéesdar in cú ina fiadnaise trí caeca
uinge d'ór ocus trí caeca uinge d'aircet ocus tucadh do'n aes
dána sin ocus ro imthigset.

Is ann sin adubairt Fionn : cinnus dogénat trí catha na féinne
anocht gan uisce aca . is ann adubairt óclách díobsom : cá mhét
corn comaidechta atá ac Fionn. dá chorn déc ocus trí cét . amail
atbert Caeilte :—

> D á corn déc ocus trí cét . do chornaib co nór ac Fionn !
>   tan no tócaibthea do'n dáil . ba hadbal a láin do'n lionn

Tabair na cuirn am láimse ar in tóglách . ocus gibé ní dobérar
inntib ibidhse é. ocus ro líon in tóglach fó trí na cuirn dóib.
ocus ba mesc medharcháin iat do'n tres fecht ro líon iat. ingnad
ámh ar Fionn in córugad fleidesi. gurab lios ná fleide ainm in

lesa a tucad d'Fionn í . ocus lebadh in chon ainm [na] leptha.
ocus is uime sin ar Cáilte tucad ráithín [na ni]ngnad ar in ráith-
insea ocus ráith chinn chon ar in [raithín] ailesea. ocus do bádar
re bliadain isin féinn mar sin. ‖

Is ann sin táinic Eogan leithderg mac Aengusa meic Nat-
fraeich roime ocus Pátraic maraen ris ocus Cáilte co ráith cinn
chon i ndeiscert maige feimen ocus co lios in bhanntrachta bud
dhes. ocus ro shuid in sluag uile ar in ráith . ocus suidis Cáilte i
fiadnaise ríg Muman ocus fiarfaigios in rí : cid fá tucad ráith cinn
chon ar in ráith so ocus lios in bhanntrachta ar in lios so. flath-
brugaid cétach ro bói ann so ar Caeilte : Cellach mac Duib déd.
ocus in uair ro h[áirimthea] a sheoid ocus a mháine isedh no
bíodh [lán laech]muige feimen aige . ocus ní raibe isin doman
duine ba mhó cuid dibhe ocus leochuillechta inás. ocus tánga-
marne tríchat sciatharmach um rígféinnid Eirenn ocus Alban ar
ndénum shelga shléibe Cua dhúinn ocus ro shuidsem ar cholba-
daib ciuil ann . [ocus sul] táirnic fósaic do dhénam dúinn tuc fer
an tige ail ocus aithis ar gach fer fo leith uainn cenmothá Fionn.

Is ann sin ro labair fer borb do'n fhéinn ris .i. Cuinnscleo mac
Ainnscleo mac ríg Bretan anair ocus adubairt : is mer in scemh
cinn chon dobeir in taithech ar fhiannaib Eirenn ar sé. tarrais
buadfhocal anma air ar Fionn : léic cenn con air.

Ocus crét fá tucad ráith in bhanntrachta ar in ráithsi ar rí
Muman. ní annsa ar Cáilte : caeca ban ngresa as ferr do bói i
nEirinn do thinóil in flaithféinnid d'innsaigid na rátha so fá
chomair erraidh ocus édaig do dhénam d'fiannaib Eirenn . ocus
tuc a cennus sin uile d'ingin ríg Bretan d'ar ba chomainm Der-
goda bainchéile Oscair mheic Oisín. ocus do bádar ré fada do
bliadnaib isin bailese . conad uatha atá ráith in bhanntrachta ar
in ráithsi.

Crét in cairthe comdaingen cloiche út ar lár na rátha ar rí
Muman. caindelbra in bhanntrachta ar Cáilte . ór nír bh'áil leo
teine acht fó trí san bhliadain ar ná róisedh smál ná denngar ná
dethach na teined iat féin ináit a nédach. ocus do bádar isin
bhaile re tréimse do bhliadnaib ac dénam lámda ocus ac córugad
éd[aig do'n fhéinn] . ocus do bói gairdiugad mór cun [mbann-
tracht sin] .i. trí ingena ríg ó Cein[nselaig .i. Fionnchas] ocus
Fionndruine ocus Finningen [a nanmanna] ‖ ocus timpán bec
acu cona leithrinn aircit ocus cona dheilgib óir bhuide . ocus

mná re gúrlámnad no choidéldais frisin ceol sírrechtach síde
dognítis in triur ingen sin do'n bhanntracht.

Crét in dá fhert móra so atchiam a Cháilte ar rí Muman. in
triar óclách doróine a muinnterdas ac ráithín na ningnad re
Fionn ocus in cú aca is iat ro marb in dá óclách as a ferta sin .i.
Donn ocus Dubán dá mac ríg Ulad atuaid. cinnus adrochratar
ar rí Muman. a mbeithsium i ninad ar leith ó'n féinn ar Caeilte
ocus a cú i medón etorra . ocus ó thiced in adaig do bíodh múr
teined impaib co nach [lá]madh nech a bfégad etir. ocus do
bádar dá mhac ríg Ulad ac foraire fhiann Eirenn ocus Alban in
adaig sin . ocus táncatar fó trí i timchioll na féinne ocus in tres
fecht táncatar atchonncadar in múr teined . ocus adubairt Donn
mac ríg Ulad : ingnad mar atáit in triar óclách ocus a cú etorra
re bliadain innosa . ór ro fhógradar gan nech do dhul dá bfégad
ó thicfad adaig. ocus tángadar meic ríg Ulad dá ninnsaigid
trésin múr teined anunn . ocus ó ráncadar tucsat a nairm re a
nais ocus do bádar ac fégad in trír óclách ocus na con . ocus in
chú rómór do bíodh gach lái aca oc seilg nír mhó iná crannchú
bhíos ac rígain nó ac ródhuine an uair sin í . ocus óclách díobsom
ocus cloidem áith urnocht ina láim ac coimét na con . ocus óclách
aile díob ocus cuach fionnaircit aige re bél na con . ocus roga
gacha lenna no shired gach fer díob is ed do chuired in chú tar a
bél isin chuach.

Is ann adubairt óclách díobsom frisin coin : maith a uasail
ocus a fhíreoin a fhermaic . mothaig lat in brath tugad ó Fhionn
fort. is ann sin do chraith in chú a herball co táinic gaeth
dhoilbte dhráidechta co ro thuitset a scéith dá nguaillib ocus a
slega as a lámaib ocus a cloidme dá slesaib co rabadar isin múr
teined ina bfiadnaise. ocus ro marbsat na hógláig sin dá mac
[ríg U]lad . ocus ro impó in cú ar marbad na bfer [ocus tuc a
haná]l fúthaib co nderna min ocus luaith [díob co nach frí]th fuil
ná feoil ná cnáim [díob. ocus is] iat sin ar Cáilte in dá fhert [ro
fhiarfaigis díom . ocus gibé] ro oislécadh orra ‖ ní fhuigbedh a
bheg inntib acht mad a lán úire ocus gainme.

Nír innisis dúinn riam ar rí Muman scél as inganta ocus as
diamra iná sin a Cháilte . ocus crét in sonn árd út do thaeib in
chairthe thall isin ráith. tuarasdal in bhanchuire ó Fhionn gacha
bliadna sin ar Cáilte . ocus Oscar mac Oisín do fholaig é .i. deich
bfichit uinge d'ór fó trí . ocus is ann do fholaig é fó bhun an

chairthe sin. ocus do éirig in sluag ocus ro oslaicset fair ocus
tucsat in tór as . ocus tucad a trian do ríg Muman . ocus a trian
do Phátraic ocus do Cháilte . ocus in trian aile do na cléirchib.
maraid an tór ar Cáilte ocus ní mhar in flaithféinnid ná Oscar
dosfolaig . ocus adubairt Cáilte:—

    M araid andiu ráith chinn chon . gan aille gan imreson!
      is ní mharann mo ruire . Fionn mac Cumaill almuine
    M araid ann lia na rátha . cusa ticmis gach trátha!
      is maraid in tór derg dron . ocus ní mharann Oscor
    O ided Dhuinn is Dhubáin dil . fuaradar bás anaithnid!
      do bói sinne gá niarraid . sechtmain ar mís ar bliadain
    T impán bec ro bói ac na mnáib . cona leithrinn airgid bháin!
      cona dheilgib óir buide . cona thédaib fionndruine
    C aeca lebadh istig thall . caeca corn caeca fidcheall!
      caeca uinge d'ór dherg dhron . gacha bliadna a tuarasdol

Dála an trír óclách sin a anam a Cháilte in acaibse do bádar
as a haithle nó in uaib do chuadar. is acainn do bádar nó go
ndernad becbhuidne do thrí cathaib na féinne .i. naenbar ac
ráithín na naenbar ar laechmachaire Laigen . ocus ráinic nón-
bar óclách ocus nónbar gilladh in gach énbhaile i nEirinn
d'iarraidh dá mac ríg Ulad adrochradar le macaib ríg na
hIruaithe anair.

Dála imorro Finn meic Chumaill ráinic roime co Temair
luachra ar scáiled na féinne do . ocus ní raibe do'n fhéinn ina
fharrad acht daescarshluag ocus gilli [*ms.* gille] fhedma na
féinne.

Dála na naenbar sin dorigne Fionn d'fiannaib Eirenn d'iarraid
dhá mac ríg Ulad táncadar co Temair luachra in naenadaig
d'innsaigid Fhinn gan fhios a mbí ná a mairb na fer sin leo.

Dála Pátraic imorro ocus ríg Muman tángatar secha bud
dhes co beinn mbáin in retha idir shléib chlaire ocus sléib crot.
ocus ro shuid [Pátraic] ocus na slóig uile ann sin ocus do fiarfaig
rí Muman do Cháilte [crét] fá tucad benn bhán in retha ar in
mbeinn [sin . ocus frecrais Cáilte sin]:—

Fecht noen dá raibe Fionn ar in tulaigsi ocus at[chonncadar]
in mnái ar a cionn forsin tulaig . brat c[orcra || . . . . . .
[*ann so bud chóir senchas na beinne agus fochann báis Etáine
fuiltfhinne . an ní dá bfuil Cuillenn ó gcuanach . agus ní do thurus
Bhébhionn inghine Threoin d'ionnsaigid Fhinn*] . . . . . .
ámh ar Goll ní fhaca ocus ní fhaca nech aile. ocus tuc in ingen

an láim lebairghil amach as a coim ocus do bádar trí failghe óir
uimpi ocus dá fhalaig imon láim aile . ocus ba choimremar re
cuing nimechtraig gach fail díob. scéla as cóir d'fiafraigid di ar
Goll. cinnus ro fédfaidhe eiséin ar Fionn muna éirgemne inár
sesum . ocus is cuntabairt dá cluine sinn mar sin.

Is ann sin ro éirgetar in slóig uile ina sesum do chomrád ocus
d'imacallaim ria ocus ro éirig sisi maraen friu. suidh a ingen ar
Fionn ocus tuc th'uillinn frisin tulaig mad áil ní do chluinsin
dúinne uait. tuc iar sin a taeb risin tulaig ocus ro fiarfaig in
flaithféinnid scéla di . cia tír as a táinic ocus cia hí féin. a tír na
ningen aniar mar a fuinidh grian . ocus ingen ríg an tíre sin mé
féin. cá hainm thu a ingen ar Fionn. Bébionn ingen Treoin
m'ainm ar sí. crét um a tucadh tír na ningen ar in tír sin ar
Fionn. ní fhuil d'feraib innte ar an ingen acht m'athairse cona
thrí macaib . ocus nái ningena ocus secht bfichit do geinedh
uada conad aire sin aderar tír na ningen risin tír sin. cá tír as
nesa di sin ar Fionn. tír na fer ar sí. cia as rí fuirriséin ar Fionn.
Cétach croidherg ar sí. ocus ocht meic fichet do mhacaib aige
féin ocus aeningen. ocus tucad mise do mhac do .i. Aedh álainn
mac Chédaig chroideirg . ocus fá thrí tucad mise do ocus ro
élaidhes fá thrí uada . ocus is í so in tres uair díob. crét tuc eolus
in tíre seo duit ar Fionn. triur iascairedh do ghluais gaeth as in
tírsi d'ár ninnsaigid ocus ro innisedar scéla in tíre seo dhúinn
ocus adubradar óclách maith do beith innti .i. Fionn mac Cum-
aill . ocus mása thusa in tóclách sin ar sí tánacsa dot innsaigid
dom bheith ar do chomairce. ocus do bhenastar a lámainn di
ocus tuc a láim i láim Finn. maith a ingen ar Fionn : tabair do
lám i láim Guill mheic Mhórna . ór ní córa duit do char ná do
chomairche re hénóclách [i] nEirinn iná risin óclách sin. tuc
iarum an ingen [a lá]im illáim Guill ocus doróine a car ocus a
com[airche] fris.

Is ann sin adchonncadar dam im[dhíscir] alltaide dá ninnsaigid
ocus araile do chonaib [na féinne] ina dhegaid. léicidh a oenar
do'n dàm ‖ ar Fionn ór ní taeb re seilg ár gcon dobéram anocht
acht toeb re hóclách éicin d'fiannaib Eirenn . ocus cáit a fil Fionn
mac Cuain ar Fionn. sunn ar mac Cuain. éirig romainn dod thig
ocus déntar ár frestal ocus ár fritháilem let anocht. comáin
dúinn ní do thabairt duitse ar Fionn mac Cuain . ór atát ocht
bfichit fionnairghe acamsa i leslergaib luachra ocus is díotsa

tarras iat uile. ocus ba do bhuadaib Fhinn mheic Chumaill gid
mór dobéradh do ncoch nár mháidestar illó ná i noidche fair. is
ann sin do éirig Fionn mac Cuain d'innsaigid a dhúnaid riasin
féinn.

Dála na hingene ro bhenastar a cathbarr caem clochórda dá
cionn ocus ro scáil a folt fionnchas forórda im a cenn ina shecht
fichtib dual . ocus ba hingnad le cách uile méd in fuilt arna
scáiledh. is ann sin adubairt Fionn : a mhóirdhé adhartha bud
mór in tingnad lá Cormac ua Cuinn ocus le hEithne ollamda ingin
Chathaeir mhóir ocus le fionnbanntracht na féinne Bébionn ingen
Treoin d'faicsin . maith a ingen ar Fionn : in beg letsa comroinn
deich gcét do thabairt duit. sillis an ingen forsin abhac .i. Cnú
deireoil bái ac seinm cruite i fiadnaise Finn : gid bec mór ar sí
dobérasa do chomroinn do'n fhior bhec út ac sefnad na cruite ní
bec liomsa a ordail fris.

Is ann sin ro chuindig an ingen digh ar Fhionn. cáit a fil
Saltrán sálfhada ar Fionn. sunn a rígfhéinnid ar in gilla. tuc
let lán chuaich smera puill d'uisce in átha út . ól trí nónbar do'n
fhéinn isin chuach. tuc in gilla leis lán in chuaich ocus tuc illáim
na hingine . ocus ro dhoirt an ingen ar a bois ndeis in tuisce ocus
atibh trí bolgama as . ocus ro thócaib a bois ocus ro chraith in
tuisce ar in sló[g] cur mhebaid a ngáire orro ocus ar in ingin
[féin leo]. ar do chubuis frit a ingen ar Fionn cid tuc or[t gan]
an tuisce d'ól as in chuach. n[ír ibessa] ní a lestar riam ar sí
acht a l[estar] a mbiadh imdhénam óir nó air[cit ris. ocus in
déchain ro dhéchassa] thoram ar Cáilte [atchonnarc] aenóclách
mór d'ár ninnsaigid [ocus gér mhór in ingen] ‖ ba mhó eisium.
tuignech pudraille fair do thiced tar ormnaib a ghualann . gan
ulchain fair . ocus dá mbeidis fir dhomain d'aentaeib ní fuigthe
díob nech bud áille inás. brat uaine ime ocus delg óir isin bhrut
ocus léine do shról ríg re a chnes . sciath craebchorcra fair.
claidem órdhuirn for a chliu . sleg chrannremar churata ina
láim.

Is ann sin ro dhéch in slóg uile air ocus uathad ag[ainn acht]
fir ghaiscid nár ghab gráin ocus egla reime. [ocus] ro bói aicnedh
maith ac Fionn ar Caeilte ór nír ghab egla roim dhuine riam é
illó ná i noidche . ocus is edh ro ráid an rígféinnid : ná labradh
gilla ná gaiscedach acaib . ocus ná gluaisedh nech as a inad.
ocus in aithnenn nech agaib in tóclach út ar Fionn. aithnimse

ar an ingen : is é sút in fer ar a tánacsa teichem . ocus do éirig
an ingen ocus ro shuid idir Fhionn ocus Gholl. do riacht an
tóclách d'ár ninnsaigid ocus in ní ro bói i menmain indócláig ní
raibe in naicned dúinne eiséic. mar táinic áirde i náirde re Fionn
ocus re Goll ro thócaib in sleig ocus tuc sádhad sanntach sotal-
bhorb ar an ingin co mbói fot láime laeich do chrunn na sleige
do'n leith aniar di . ocus ro tharraing in sleig ocus táinic roime
tar in slóg amach. atchíthi súd a fhira ar Fionn . ocus ná bíodh
a mhenma frisin fiannaigecht intí nach aithfe in ainicin út ar an
óclách.

Is ann sin ro éirgemarne ar Cáilte trí catha na féinne i naein-
fecht co nár fácbadh ar in tulaig acht triur .i. Fionn ocus Goll
ocus in bhen beoghonta. ocus gabmait uile i ndiaid an ócláig co
ráith na macraide re anabar ráith na caerach i laechmachaire Lí
tes . ocus do chorcaig maige Ulad siar áit arrabadar Ulaid i
longphurt i forbhaise ar chathair na claenrátha d'ar mharbsat
Coinrái mac [Dair]e . ocus do láthair luinge síos áit ambítís
[longa c]loinne Degaid . ocus d'innbiur labarthuinne re hEirinn
[aniar .i.] Labar ingen Míled esbáine do báidhed ann [nó ro
labair t]onn re tír ann . ocus do thiprait in [laeich leisc s]iar ar
tráig Lí meic Oidhremail . [ocus do rinn chán]a in baile i tab-
raitís na [hallmaraig a cíos cánachais do Choin]rái mhac Dhaire ||
gacha bliadna. ocus tuc a agaid ar in cuan coimlethan [amach]
ocus do bámairne cethrar óclách i comfochraib do ar Cáilte .i.
Diarmaid ó Duibne . ocus Glas mac éincherda Beirre . ocus
Oscar mac Oisín . ocus ba mise in cethramad. ocus tucsam
agaid ar na tonnaib amach . ocus tucassa síde retha rinnluaith
ina dhiaid . ocus tucas sreo nurchair do co tárla in tsleg i niris a
scéith ocus ina ghualainn chlí co tárla in sciath ar in tuinn síos.
ocus do frithóilessa in sciath am láim chlí. ocus tucsomh a láim
ndeis do bhein na sleige as . ocus rucassa ar in sleig bái ina
chléláim ocus ro siacht lem í. ocus in tráth do fhuabras a dhiub-
racad dá shleig féin tárla remhar na tonn ocus domhain in mhara
edram ocus é. ocus mar do bámar gá shírfhégad adchonncamar
in luing lánmhóir aniar d'ár ninnsaigid ocus dias acá himramh.
ocus do chuaidsium isin luing inár bfiadnaise [*ms.* fhiadnuise]
ocus ní fhedamarne cia leth do chuadar uainn. ocus do riacht-
samne aniar conicce in tulaigsi ar Caeilte trí catha na féinne.
ocus ro fiarfaig Fionn scéla dinn ocus do innisessa do . ocus ro

chuirsem na hairm ar lár i fiadnaise Fhinn. maith ámh na hairm
sin ar an ingen : in tsleg darab ainm in torannchlesach ocus an
donnchraebach in sciath. maith a Fhinn ar an ingen : déntar
m'fert ocus m'adhnacal co maith . ór is ar do chomairche ocus ar
th'oinech fuaras bás . ocus is chugat tánac i nEirinn. ocus
tucastar a failghe do'n aes dána .i. do Chnái dheircoil ocus do
Bhláthnait ocus do Dhaighre cruitire. ocus ro dhelaig anam re
corp di ocus do cuiredh fo thalam í ann so . ocus is uaithi tucad
druim na mná mairbe ar an druimse a rí Muman ar Cáilte.

Ocus daire in chocair cid diatá ar rí Muman. an cethrar atchua-
ladhais liom ac ráithín na ningnad .i. in triar óclách ocus in cú
ro chocradar in fhiann a marbad ann so. cá fochainn cocair búi
aca orro ocus siat acu féin ar rí Muman. nír thuicset in córugad
nó in tionnramh tucsat forro .i. longphort ar leith acu ocus múr
teined ar lasad impaib ocus gan nech dá faicsin isin múr teined
sin co tráth éirge arna bárach. ocus adubairt Fionn : ní háil
liomsa a marbad etir . ár [triur] as ferr lúth ocus lámach d'feraib
domain iat . [ocus atáit] trí heladhna acu ocus ní cóir a marbad
[illos na] neladan sin .i. fir dhomain do beith [i ngalur ocus i
nesláinte] ocus in tres fer díob do ch[ur losa ris ‖ . . . . . .
[*deiredh in scéilse annas . agus echtra trí mac Uair mhic Indaist
dá bfuil ráithín na sénaigechta . agus sén na nén do na gortaib.
agus tosach scéil bhreithe Phátraic ar Aillinn ilchrothaig agus ríg
Chonnacht . sin suim na hesbadh so*] . . . .
is mé ar an ingen. is maith do dhelb ocus t'imdhell ar Pátraic.
ocus crét chongbus sib i rinn bar crotha ocus bar ndelba mar sin.
gach aen ro búi ac ól fleide Goibhnenn acainn ar sí ní thic saeth
ná galar friu . ocus a naemPátraic crét do breth orumsa ocus ar
ríg Chonnacht. is maith í ar Pátraic . ro chinnestar do dhia ocus
damsa ar Pátraic beith ar aenmhnái cengailte ocus ní fhuil acainn
dul tar in cinnedh sin. ocus mise dno ar an ingen crét doghén
budhesta. dul dot thig ocus dot shíd ar Pátraic . ocus mad túsca
ingen ríg Laigen innáisiu do beithsi d'aenmhnái ag in bfior [*ms.
agonfhir*] dá tucais serc ó shin amach. ocus dá tucairsi aidmilledh
lái ná aidche ar an ríg ná ar a mhnái ar Pátraic millfetsa thusa
co ná bud áil let mháthair ná let athair ná let toide th'faicsin.
ocus adubairt Pátraic :—

> A Aillinn a fhialchorcra . a ingen maith Bhuidb!
> ní dhechub duit iarmarta . taet romat cót chuirm

N ír bho eolus sídchaire . toidecht co beinn mbailb !
　nír bho einech fírgadair . rachaid duit in phailm
B ud chaem ar ár comairce . an ingen do chéin !
　soiscéla Chríost chomachtaig . d'ár coimét ar phéin
B ennaiginıse in cóicedsa . óm chonn is óm chéill !
　co nach loitet allmaraig . co millet bodéin
N á déna dún tabarta . a íngen mhín mhas !
　éirig is beir bennachtain . is imthig fá bhlas

An í sin dáil cinnte fhuil agat ar an ingen : gan mo thabairtsi
do'n ríg céin bhias in bhen út aige. is í imorro ar Pátraic. crét
fhuil ann a naeimchléirig ar an ingen acht ar fhíor do bhréithre
friut mad túsca ben in ríg innúsa mo thabairtsi do'n ríg. adeirim
i fiadnaise m'fírinne ar Pátraic mad túsca co tibérthar thusa do.

Is ann sin ro cháiesdar an ingen co falcmar fíorthruag. is
inmain let mise ar an rí. is inmain ámh ar an ingen. ní fhuil
do'n droing daenda nech as annsa lemsa innáisi ol in rí acht ná
hétaim techt tar slánaigecht ocus tar sénadh in táilchinn ocus in
fhírdia. ocus adracht an ingen chum a sída nó go tabar in scél
fuirmhed doridise fuirri.

Do bói iarum Pátraic ocus Cáilte ocus in slóg isin dú sin teora
lá cona noidchib . ocus tángadar rompa co fert [F]iadmhóir ar
machaire in scáil renabar magh [n Aei] mhallghuba ocus ro shuid-
etar in sluag uile ann ocus [suid]is Pátraic . conid suide Pátraic
ainm an inaid sin.

[Is ann sin] ro fherastar rí Connacht fáilte roim Cháilte ocus
do [fiarfaig de : cr]ét im a tucad fert Fiadmóir ar an ‖ . . . . .
*[tosach echtra Fhiadhmóir mhic Airist go hEirinn d'iarraidh Aei
inghine Fhinn mhic Chumaill bud dhual ann so]* . . . .
ocus do bámar ar an comrac sin ó fhuine nél nóna co matain
arna mhárach co rabadar ár [cuirp] i crólinntib fola. ar ái tra is
sinne ba choscarach isin chomrac . ocus ro bensam a trí cinn do
na curadaib ocus do chogramar comairle .i. na trí cinn sin do
breith linn ocus techt tar ais . ocus ro locamar in comairle sin
ocus ro impaidhsem chum na loingse ar in tráig. ocus ro mharb-
sam ceithre cét óclách díob inár cétchuinnscleo chatha . ocus ro
dháil[set na trí] catha orainn ocus do bámar oc cathugad riu [re
hed] in chaemlaithe choidche. ocus in uair adcho[nncadar] a
tréinfhir do thuitim ro mebaid [díob] chum a long ocus a lúth-
barc . ocus táncamarne co créchtach cróilinntech as.

Is ann sin ro ghab egla in flaithféinnid as ár [losne ocus]

adubairt : éirgidh a fhianna Eirenn ar sé [i ndegaid] an trír
óclách do chuaid uaib. ocus in tráth do éirgedar in fhiann ina
trí cathaib cengailte is ann do riachtamarne cusin tulaigsi chuca
ocus do chuirsem na trí cinn ar lár i fiadnaise Finn. ocus is mise
ar Cáilte ro mharb Fiadmór. ocus Diarmaid ro marb Circall.
ocus Oscar ro marb Congna. ocus tucad na trí cinn sin ar na trí
tulchaib sin gurab uatha atáit na hanmanna sin orro . conad cath
trágha Eothaile ainm in chatha sin isin fiannaigecht.

Adrae buaid ocus bennachtain a Cháilte ar rí Connacht . ocus
dámad áil duit seoit ocus máine dobérmais duit. is ferrde thusa
a taircsin ar Cáilte ocus ní ricimse a les iat.

Is ann sin táncadar na slóig rompa co breicshliab renabar sliab
formaeile ocus co suide Finn i mulluch in tsléibe . ocus mar do
shuidetar ann ro ɟcháiesdar Cáilte ac fégad an inaid ambíodh
Fionn ina shuide. crét dobeir cái fort a anam a Cháilte ar rí
Connacht : in ac faicsin an inaid ambíodh Fionn ina shuide .i.
formaeile na fiann. is edh imorro ar Cáilte . uair rogha selga na
gnáithféinne in sliabsa .i. loch na neillted renabar loch formaeile.
ocus cluain na damraide renabar cell tulach isin tan so . ocus
baile sin Conáin mhaeil mheic Mhórna . ocus ros na macraide
renabar innairm . baile a[mbítís drong] d'echaib na féinne . ocus
dún Shaltráin shálfada [risaráidter] cell Cháimín ar Shucu . ocus
co móin [na fostada] renabar móin [in t]achair . ocus go car[raic
in fhomorach] renabar [dún] mór isin tansa. ||

Ro fhiarfaig rí Connacht do Cháilte : can d'Fionn mhac Chum-
aill. do Laignib ar Cáilte .i. de úib Tairrsig nó a glaise Bolgáin.
ocus adubairt Cáilte : Fionn mac Cumaill mheic Thréduirn mheic
Chairbre gharbshróin mheic Fhiachach fóbhric de úib Failge.
can dá mháthair ar rí Chonnacht. Muirne munchaem ingen
Taidg mheic Nuadat·do thuaith dé danann . ocus ro b'é sin in
cúicedh gaiscedach as ferr do ghab sciath ocus cloidem i nEirinn.
ocus in lámh tairbherta séd ocus máine ocus mórthuarasdail iar-
thair thuaiscirt in betha . [ocus in tres] fer as ferr taraill inis na
ngaeidel . ocus in tí nár dhiult re nech riam acht co mbiadh cenn
re ca[ithem] neich aige ocus cosa re himthecht . ocus nár dhéch
dar a ais riam ar ná hapradh nech dá [mbiadh] ina dhegaid
comad egla do bhiadh fair ar Cáilte.

Caide anmanna na gnáithféinne ar rí Connacht. Fionn mac
Cumaill ar Cáilte . Oisín cona chetra macaib .i. Oscar ocus Oisín

ocus Echtach ocus Ulach . Raighne roisclethan mac Finn ocus
Caine corcairdherg mac Finn ocus Uillenn faebairdherg mac Finn
ocus Faelán feramail mac Finn ocus Aed bec mac Finn . Fionn
mór mac Cuain mheic Mhurchada rígfeinnid fhiann Muman.
Fionn mac Temenáin rígféinnid na déise Muman . Fionn mac
Casúrla rígféinnid thuath mBregh ocus Mide . Fionn mac Urgna
rígfhéinnid cheineoil Chonaill . Fionn mac Fogaith ocus Fionn
mac Abratruaid dá rígféinnid dáil nAraide atuaid . Fionn bán
ua Bresail rígféinnid ó Ceinnselaig . Fionn fer in champair ríg-
féinnid Alban . Goll gulbain ocus Cas cuailgne dá rígféinnid
fhiann Ulad . trí meic Degóic .i. Fed ocus Faeidh ocus Foscadh.
trí meic éincherda Beirre .i. Glas Gér ocus Gubha . Cáilte mac
Rónáin ocus a dhá mac .i. Faelán ocus Colla . Goth gaeithe mac
Rónáin . is é [bhíodh] urchar saighde roim an féinn in tan ro
[thacra]d a rith féin do . Legán luath [a luachair] aniar . is é no
beiredh na heillte [d'edruth amail] dobeired cách a bhai dilse.
D[iarmait ó] Duibne d'feraib Muman ar ná [raibe scís cos] ná
luas anála ná scís [maige na taige riam . ocus mac Lugach] lonn
láidir [.i. soermacám fhiann Eirenn ocus Alban ocus aidhle]nn ||
ghaiscid na fiannaigechta uile . ocus Bran bec ó Buacacháin .i.
rígrechtaire fiann Eirenn ocus Alban . Scannal ua Liatháin
táisech macám fiann Eirenn ocus Alban . Sciath brec mac
Dathcháin saerfher cluiche fiann Eirenn . Goll mór mac Mórna
cona dhá tríocha derbbráthar ocus cona chúic cét déc d'aen-
maicne . ocus trí fir in chairche ó eochairimlib sléibe Fuait ocus
trí cairche ciuil acu ocus iat ocá chur i nucht a chéile ocus ní
bhíodh duad ná decair ar nech in tan atchluinedh in ceol sin.
caidhét anmanna na nóclách sin ar rí Chonnacht. Luath ocus
Léitmech ocus Lánláidir ar Cáilte ocus do'n ghnáithféinn iat.
conad iat sin anmanna na triath ocus na tigernad ocus na fer
ferainn do bí ac Fionn ocus do bhiathad ina lios féin fó thrí
gacha bliadna é ocus ro chanad in dórdfiansa . conad iat sin a rí
Chonnacht ar Caeilte na cesda ro fiarfaigis díom. ocus ro thuit-
siumh ar in tulaig i támh ocus i taise . ocus do bói teora lá ocus
teora aidche iar sin gan tuailnges aisdir ná imthechta a haithle
a choicled ocus a chomaltad. is ann sin do gabad longport ac ríg
Chonnacht ann sin ocus dorónad fothracad acu do Cháilte.

Ocus táncadar rompa iar sin co cluain na ndamh ré nabar
cluain imdhergta isin tan so . ocus ro gabsat longport ann ocus

do bennaig Pátraic in baile . ocus do fiarfaig rí Chonnacht do
Cháilte crét fá tucad cluain dam ar an inad so ocus cluain
imdergtha ar in cluainse:—

Turchairthe selga fuair Fionn ocus trí catha na féinne ann
so .i. dam gacha déise d'fiannaib Eirenn ocus trí daim d'Fionn.
ocus is uime sin tucad cluain dam ar an inad so. ocus is uime
thucad cluain imdergta fair .i. in tan do bádar clanna Mórna ac
foghail ar Fionn nír rathaigedar an tinam do bádar ar a cuid
ocus a comroinn ina bfiadnaise co táncamarne imon ndruimse
iompaib. is ann adubairt Goll mac Mórna : is mór an timdergad
tucsat na fir dúinn ar sé. bud chluain imdergta a h[ainm] bud-
esta ar Conán mael mac Mórna. ocus a maith ní dhligmit do
cheilt ar chlannaib Mórna ar Caeilte . [acht] táinic in cipe trom
trénlaid[ir tré lár] chatha na féinne amach ocus ní riacht f[uiliu-
gad ná] fóirdergad uainne orro . ocus ro [shuidemar ac na teinn-
tib ann so] ocus tucad [sithal bánóir chum Finn ‖ . . . . . .

[*deiredh an sgéilse chluana imdhergtha thesta ann so . agus sgéal
Raduibh mhic Dhuibh agus Aeife deirge inghine ríg Chonnacht.
doichell Tigernaig mhic Chuinn roim Phátraic agus an ní dá bfuil
ráth Chais agus ráth Chonaill .i. dá mhac ríg chinéil Chonaill
agus tobar Pátraic . díbirt na naoi namaidedh do Phátraic go
hinis scríne ar fhionnloch chera . fochain turuis Chaoilte go hes
ruaid agus a rochtain ar dtús i síodh dhumha i luighnib Chonnacht.
agus loinges Gairb agus Eoluis .i. dá mac ríg Lochlainn agus Bé
drecain inghine Ioruaith go hEirinn do chur in chathasa inár
ndéidh*] . . . .

[is ann sin ro fhiarfaig Cas corach mac Cainchinde do thuaith dé
danann in] bfuil sciath cadat comdaingen [cruaid acaib] damsa
ar sé. atá acamsa ar Donn mac Midir. [tabair] damsa é ar Cas
corach . ocus tucad do in sciath ocus [do ga]b in cloideb ina láim.
ocus táinic roime [mar] a raibe in banghaiscedach ac faire ocus
ac forchoimét a loingse. crét tu féin a mhacáim ar sí. do chom-
rac friotsa tánac ar sé. gusandiu riam ar an banghaiscedach nír
chomrac duine ná déise misi ocus ba mheince lem m'egla ar chath
chróda chudrama . ocus tusa a mhacaeim is becht nach fuarais
inad isin doman in tráth tánacais do chomrac friumsa. ar a ái
sin ro chomraicset co fuilech fóbartach co tuc cechtar díob trío-
cha crécht nadbal ninothrais ar a chéile. táinic iarum in macám
ina timchioll co tric ocus co tinnesnach ocus ro ghab acá hairrlech

ocus tarraid béim baegail tar bile in scéith fuirre cur bhen a cenn
di . ocus tuc in cenn leis d'innsaigid thuaithe dé danann ocus
adubairt Caeilte in rann :—

    D o mharb Cas corach na cét . an ingin nf himerbrég!
    ro fácaib í forsin [tr]áig . is cubar ina comdáil

Mór an gníom dorónais a mhacáim ar an loinges lochlannach
.i. in trén ro bái againn ocus ro dhiongbad gach éicin dinn do
mharbad inár bfiadnaise.

Is ann sin ro rígsat an loinges Eolus bráthair in ríg ocus tán-
catar i tír d'fócrad chatha ar tuaith dé danann. dobéram ar tuatha
dé danann . ór is usa sa chách linn cath do tabairt dóib.

Is ann sin atracht Fer maise mac Eogabail mochtráth do ló
résiu ro éirig nech do'n tsluag ocus ro ghab in fogha foghablach
ina láim . ocus is uime adeirthi fogha fogabhlach fris .i. cúic
gabhla no bhíodh ar gach taeb de ocus corrána ar gach taeb
díob sin . co tescfad gach corrán díob fionna i naghaid shrotha.
a mo dhee ar in macám cá delb duine Eolus. óclách as caeime
ocus as cruthaige d'feraib domain ar in fer bói ina fharrad. ná
héirc i nimchiana uaim ar in macám . acht bí ac múnad eolais
dam.

Is ann sin ro ghabustar Eolus a eirred comlainn ocus catha
uime ocus a armghaisced [ina] láim . ocus táinic ar sceimelbórd
na luinge imach. ac sút [a mhacá]im in fer gá dtái iarraid [orm
do mhúnad duit ocus in mionn óir fá a chenn ocus in sc]iath
croiderg fair ocus [in tétach engach uaine uime. ‖ is ann sin
tucsomh a chos re taca na talman] ocus tuc a mhér i suainem
an fhaga . ocus tuc urchar do co tarla i mbile in scéith ocus cur
bhris a dhruim isin deglaech ocus gur chuir a chraide ina chaeip
chró tar a bhél gur ghab rinn in fagha bórd na luinge trít. cid
tra ótchonncatar in loinges lochlannach in triur sin ar tuitim ro
dhiultsat in cath ocus ro imthigset dá tír féin . ocus adubairt
Caeilte in rann :—

    I s fáilid lucht in tsída . dar linn nf conair chísa!
    a toidecht dóib ó'n chath chas . gan esbaid gan imarbas

Ocus ro horrdraiced fó Eirinn in triur sin do thuitim . ocus ba
hamra le tuaith dé danann ocus le feraib Eirenn in gníom sin .i.
in drem thiced gacha tres bliadain dá nargain is dá nionnrad a
tuitim leisin triur sin.

Cáit a fuil Eogan fáid ar Caeilte. sunn ar sé. faghaib a fhios

ocus a fhíreolus damsa fot mo shaegail . ór is crotbhall senórach
mé ocus is deired aeise ocus aimsire dam. is ann asbert Eogan
in rann:—

S echt mbliadna déc ó'n ló andiu . duit a Chaeilte co caemchlú!
co taethais ac linn Temrach . gid docair leisin teglach

Adrae buaid ocus bennachtain a Eogain ar Caeilte : is inann
in fháitsine sin ocus in fháitsine doróine mo thriath ocus mo
thigerna ocus m'oide caem carthanach damsa .i. Fionn. cá sae-
gal ar siat adeir Eogan do beith agat. secht mbliadna déc ar
Caeilte. bud fíor sin ar siat . ór ní dhubairtsium saegal do beith
riam ac nech nach ticfadh do . ocus do bí ocá innisi rómhór do
bliadnaib co tuitfedh in triur út libse do na harmaib sin.

Is ann adubairt Caeilte : maith ámh a lucht in tsídha in
toisc ·frisatánacsa chucaib déntar mo leighes lib . ór tucas logh
mo leighis dáib . in sochar as mó dorónad dúib riam is mise
doróine dúib é. is fíor ám a dhénam duit ar siat . ocus doghéntar
linne sóud crotha ocus delba duitse co rabhais (*sic*) fó lúth ocus
lánchoibled . ocus saermhacámdacht tuaithe dé danann duit leis
sin. truag sin ar Caeilte : mise do ghabáil deilbe dráidechta
umam ní ghéb etir . acht in delb tuc mo dhéntaid ocus mo
dhúilem orum .i. in fírdhia forórda ocus iris creidim ocus cráb-
aid in táilchinn an tí tarras i nEirinn. guth fíorlaeich ocus fíor-
[ghaiscedaig] sin ar tuatha dé danann . ocus is maith in ní ráidhi.
cá[irde iarrmait um]at leighes ar siat. créd ad[bar na cáirde ar
Cáilte. [ocus atbertatar :] ‖ trí fiaich tecaít chucainn atuaid gacha
bliadna . ocus in uair bít macrad in tsída oc immáin tóirnid ar
in macraid ocus beirit fer gacha fiaich leo díob gach agaid samhna
ar Ilbrec. ocus do bádar ann go táinic lá cona lánsoillse ocus
d'éirgedar tuatha dé danann i fiadnaise na himána . ocus tucad
fidchell gacha seisir dóib . ocus brannabh gacha cúicir . ocus
timpán gach deichenbair . ocus cruit gacha cét . ocus cuislenna
féige forbartacha gach nónbair.

Is ann sin atchonncatar na trí fiaich a himdhomain in mhara
atuaid cor thúrnsat ar in mbile mbuada bói forsin faidche mar
dognítís roime ocus ro léicset trí grécha doilghe duaibsecha
eisdib . ocus dámad díor mairb a talmain nó fuilt do chennaib
dáined dobhérdais na trí scrécha sin . gur mhescbuaidersat in
slóg uile.

Is ann ro ghab Cas corach mac Cainchinne fer d'feraib na

fidchle ocus tucastar urchar d'fiach díob co tarla ina bheol ocus
ina bhragait corusmarb. ro dhiubraic imorro Fer maise mac
Eogabail fiach aile dhíob ocus nosmarb. ocus rosdiubhraic
Caeilte in tres fiach ocus do mharb fó'n chuma chétna. ocus
adubairt Cáilte : adrochradar na heoin ocus déntar mo leigessa
bodesta. adubradar lucht in tsída : nach fedrais a Cháilte glifit
mór i lenmain tuaithe dé danann fada anois. cá glifit sin ar
Cáilte. trí meic ríg Ulad atuaid .i. Conn ocus Congal ocus Colla
atáit ac fogail forro. ocus tecait chugainn gacha bliadna ar Ilbrec
d'iarraid érca Echach mundeirg ríg Ulad a senathar ro mharbsat
tuatha dé danann i cath trága Baile tuaid. ocus sirit comrac trír
gacha sída i nEirinn gacha bliadna. ocus ní coimthenn in comrac
sin ar Ilbrec. ór in triur théit uainne isin chomrac marbtar iat ocus
térnait in triar bráthar as. ocus do lucht in tsída soichios isin
bliadainsi comrac do dénam friu. ba hann imorro do bídis meic
ríg Ulad i mbennaib Boirche i cúiced Ulad thoir a haithle a
fogla ocus a ndíbfeirce ar thuaith dé danann gacha bliadna.

Is ann sin adubairt mac díob [cá síd] as linn a mbliadna d'inn-
saigid. sídh Ilbhric esa[ruaid ar na b]ráithre. atá óclách do
mhuintir Fhinn mheic Chumaill ísin [tsíd sin ar fer] díob. ocus
dias macámh [ina farrad ocus do bud imgabhta cach nath ocus
cach néislinn dóib.] || ocus adéraitsium dá ndernamne [imghab-
áil in tsí]da sin is ar a nadh ocus ar a néislinn féin [dogénamais].
do bádar ann in agaid sin. ocus ro dhaingnigedar a [nairm ocus]
a nilfhaebair ocus do riachtsat co moch arna m[árach co] hes
ruaid. ocus táncadar lucht in tsída amach ar [in faidche] ocus
táinic Cáilte ocus a dhias macám leo. in iat sút ar [Cáilte] in
triar thic do bar ninnsaigid. is iat co deimhin ar iatsom. is maith
delb ocus indell na bfer ar Cáilte.

Maith a fhira ar Cáilte : cá fad atáithi ac comrac re tuaith dé
danann. atámaid cét bliadan ar iatsom. ocus marbmaid triar
gacha bliadna díob. mad dogníthi ro dhíoglabair fá thrí bar
senathair forro. ocus dá comraicthi ar Cáilte is sibse thuitfios
ór as sibse atá for an écóir. dobéramne coma dúib ar Ilbrec as
gach síd i nEirinn .i. fiche uinge d'ór ocus fiche uinge d'aircet
ocus cách do thabairt shlána dá chéile. gébhmaid sin ar siat.
ocus tucad sin dóib ocus do imthigset iarum.

Mo leigessa do dhénam budesta ar Cáilte. ór is mithig lem é.
cáit a fuil Bébionn ingen Elcmair ar [Ilbrec.] sunna ar an ingen.

beir let Cáilte mac Rónáin i ninad diam[air] ocus déntar a leiges
ocus a lesugad co maith acut ór ro dingaib sé fogail ocus díbfeirg
do thuaith dé danann ocus d'feraib Eirenn . ocus dénadh Cas
corach mac Cainchinne ceol ocus áirf[ited] do ocus bíodh Fer
maise mac Eogabail ac foraire ocus ac forchoimét ocus ac frith-
áilem do.

Ocus táinic Bébionn roimpe i tech na narm ocus a dá mac
maraen ria. ocus dorónad lebad luchair leigis do Cháilte isin tig
sin . ocus tucad loingshithal bánóir ar amus na hingine ocus a
lán d'uisce innte. ocus tucasdar lathamar glaine dá hinnsaigid
ocus tuc na losa inn ocus ro minaig iat ar an uisce . ocus tuc in
tsithal illáim Cháilte ocus ibios dig móir eisti. ar nól na dige do
ro scéestar scéith uaine . a inghen ar Cáilte crét in bharamail
fhuil agat disi. [gaeithe] cró na nes ocus na nabhann ocus na
ninber ocus na selg mochtráth rognithe latsa sin ar sí . ocus ibh
d[ig] aile.

Ocus ibios Caeilte ocus scéios cróbhainne [scéithe] ruaide . ocus
crét in sc[éith sin a ingen ar Cáilte. crólinnte] neime na sl[eg
ocus na faebar tucad ort isna comraicib irrabais riam.

Ocus ibios dig aile] aiste ocus scéithidsium scéith círdhuib. ǁ cá
baramail do biadh di sin a ingen ar Caeilte. cumha [do ch]oicled
ocus do chomdaltad ocus do thriatha ocus do thigerna Fhinn
mheic Chumaill sin . ocus ibh in cethramad deoch.

Ocus ro ibh ocus ro scéesdar scéith buidhe iarum. crét in
scéith sin a ingen ar Caeilte. coiméta ocus fuibrechta do neime
ocus do ghái chró doneoch ro bói innat innallana . ocus ibh in
loim ro fhácbais innte ar an ingen. is lesc lemsa sin ar Cáilte ór
ní fhuaras i cath ná i cliathad ná i comlann ní as decra lem iná
a hól.

Ar a ái sin atibsium . ocus scéios scéith co nilbhrechtugad
gacha datha innte. crét in scél sin a ingen ar Caeilte. cumasc
gacha retha ocus gacha róneirt ocus gacha hengnama dorignis i
nagaid gacha céite ocus gacha cnuic ocus gacha cairrge . ocus
dath fola fhuil ar a huachtar crólige do chuirp ocus do cholna
féin sin ocus issed as nesa do shláinte é. ocus tuc an ingen báig-
linn lemnachta do ocus atibh . ocus ro bói anbfann imeslán
d'aithle na scéthrach sin re teora lá ocus teora aidche.

Dar liomsa a anam a Cháilte ar an ingen fuarais furtacht ocus
fóiridin. fuaras ám ar Cáilte acht mét trebhlaide mo chinn ac

toidecht frium. dogéntar folcad Flainn ingine Flidaise duitse ar
Bébionn . ocus gach cenn ar a tabar é ní tic teinnes ná maelad
cinn na esbaid radairc ris . ocus dorónad an leiges soin dosom re
hedh ocus re hathaid. ocus dorónsat lucht in tsída trena díob dá
fios ocus dá urgairdiugad . trian dá maithib ocus dá móruaislib.
trian aile dá macaemaib . trian aile d'ingenraid ocus d'ollamnaib
fad gairit do biadh ina lebaid leigis. ocus gach turchairte selga
nó fiadaig fogeibdis lucht in tsída dobeirte do Chaeilte é.

Bái iarum an ingen ocus a dá mac ocus Cas corach mac Cain-
chinne ocus Fer maise mac Eogabail ac ól ocus ac áibnes i
fochair Cháilte go cualadar in fogar ocus in cairche ciuil chucu ó
es ruaid mheic Mhodairn . ocus do thréicfed nech ilcheola in
domain ar in ceol sin. ocus cuiritseom na cruite i cernaib na
colbhad ocus tecait uile amach . ocus ba hingnad le Caeilte sin
ocus tuc dá úid ocus dá aire ann sin beith i nécmais a lúith ocus
a lámaig ocus a lánchoiblid : ocus mór do bhoirbghleoaib badbda
ocus d'irghalaib ocus do thosaigib cath chum a roichinnse ocus
ná fuil do nert ná do thracht inam dul amach maraen re cách
andiu . ocus ro mháidset déra dar a ghruaidib.

Do riachtsat lucht in tsídha amuigh a haithle in chiuil do
chluinsin ocus ro fhiarfaig Caeilte scéla díob : ocus crét in cair-
che ciuil ‖ atchualamar ar sé. Uainebhu[ide a síd D]uirn bhuide
andes ó thuinn Chlíod[na ocus énlaith] thíre tarrngaire ina
farrad . ocus ba [háirfitech] tíre tarrngaire uile í. ocus a mbliadna
is [léi techt] d'innsaigid in tsída so ocus bliadain gacha sída ar
an ingen . ocus táncadar isin síd anunn iar sin ocus táinic in
énlaith gur shuidset ar chorraib ocus ar cholbadaib an tsída.
ocus táinic trícha én díob i tech na narm in bhaile ambói Caeilte
ocus do ghabsat cliar istig. ro ghab Cascorach a thimpán
ocus gach adhbann ro sheinned ro ghabdais in énlaith leis. is
mór gceol do chualamar ar Caeilte ocus ní chualamar ceol a
chommaith sin.

Ann sin dorónadh folcad Flainn ingine Flidaise dosom ocus
esbaid amairc ná éistechta ná fuilt ní rabha air in céin ro ba beo
ocus ba slemain sláinchréthach . ocus adubairt : in tadbar ocus
in fhochain im a tánacsa do leigios mo choise déntar é budesta.
dogéntar isin madain amárach ar an ingen.

Is ann sin tuc sí dá fhedán Binne ingine Modairn d'innsaigid
Chaeilte . ocus ro shúigestar banmogh fedán díob ocus ro shúig-

estar fermogh fcdán aile co nár fhácbadar esláinte ná galar ná
gái cró ina chois ná tucsat cisti cur ba shlán slemainchréchtach
iar sin. ocus do bátar ann re tcora lá ocus re teora oidche d'aithle
in lcigis.

Is ann sin do éirgcdar lucht in tsída amach [co] or esa ruaid
ocus ro bcnsat a nédaige díob ocus do [chuad]ar ar an es do
shnám . ocus adubairt Cáilte : crét damsa·gan dul do shnám ór
táirnic mo shláinte dam . ocus doróine a mhescad ar an uisce
ann sin. ocus táncatar isin síd anunn iar sin ocus ro hecrad tech
nóla acu in oidche sin . ocus do bói Caeilte ac céilebrad dóib
ocus ac breith buidechais a leigis : ór am slemain sláinchréchtach
ar sé ocus bennacht foraibse . ocus atbert:—

B endacht ar lucht in tsída . ídir rígna is ríga!
an bithslán do'n chuire chas . fuaras uile a nócláchas
M aith mo thurus isin tsíod . dá fuaras ann mid is fíon!
febas a fer 's a mban de . binne ceol a n[énlaithe]
B endacht ar Bhébinn gan chiaich . ingen Elcmair mo bhainnliaigh!
is maith a ciall is a cruth . fácbaim ibhus mo bhenducht

Dar ár mbréithir ám ar lucht in tsída ní fhacamar riam óclách
bud fherr innáisiu ar tonnchlár [talman . ‖ ocus dar linn nír] ferr
Fionn féin innái. t[ruag dono] ar Cáilte : dámad é Fionn bud
a[marc dí]bse dobérad sib in drong dhaenda uile [airgan a fais]néis.
ocus is mithigh damsa imthecht ocus bennacht foraibse. atá dáil
bfer [nEirenn i] cionn bliadna do Themraig . ocus ní fhédaimse
gan [dul d'a]callaim mo choicle ocus mo chomdalta .i. Oisín
[mheic Finn] . ocus tré fhorchongra in táilchinn form do aithin
[díom dul] ann ocus maithe bfer nEirenn i naeininadh·[d'innisin] móirghníom ngaile ocus ngaiscid na féinne [ocus Finn mheic]
Chumaill ocus mhaithedh fer nEirenn ar chena dá lesugad [d'ugdar]aib ocus d'ollmnaib co deired aimsire. fil cabair [again]ne
duit ar an ingen. cá cabair sin ar Caeilte. deoch [chuimn]igthe
céille d'innlacad dúinne duit co Temraig . co nach tarla duit es
na abann ná innber [ná] cath ná comlann nach bia i cuimne acat.
is furtacht fírmhuintire ocus carat ar Caeilte . ocus dá mbiadh
againn ní bud áil dúib do ghébadh sib uainn é.

Is mór in chomáin tucais dúinn ar Bébionn .i. dingbáil in
lochta ro bói ac fogail ocus ac díbfeirg orainn gacha sechtmad
bliadain . ocus atá léine asnadach órsnáith acamsa duit ocus ní
ghéba turbródh thu eisdi etir . ocus brat ciumsach corcarghlan
d'olainn tíre [tarrngaire] anall cona ciumais órbhuide ocus som-

aise [gacha dá]la ocus gacha oirechtais ar in tí umambia. [ocus
aisced sh]ádhail shenórach duit ar sí .i. dubhán . ocus [aiccill mac
m]ogha a chomainm ar sí . ocus ní chuirf[eása i nes ná i ninnber
n]á i nabainn é ar a ticfadh [dilmain ná folam. cinnus dogénasa] a
Fhir mhaise meic Eogabail ar Cáilte. [dogén] beith isin tsíd so ar
eisium nó go nderntar féis Temrach ocus go mberar lem gach ní
do ghell Bébionn duitse. ocus tusa a Chais choraig cid dogénair.
dul letsa ar Cas corach d'foglaim fhesa ocus fhíreolais nó go
ndeiligid fir Eirenn i Temraig. ocus ro thimnadar céilebrad do
lucht in tsída ocus táncadar co cnoc in nuaill imach . ocus tucsat
lucht in tsída nuall mór ann sin ac deiliugad re Caeilte conad
cnoc in nuaill a ainm ó sin illé. ní thiciubsa arís do'n bhailese ar
Cáilte nó go tí in bráth [ocus tiuglai]the in betha.

Ocus tángatar rompu co hes na fingaile re a nabar es Crónáin
meic in bhailb isin tan so . [uair móirsheiser derbbráth]ar do
bádar ann ocus tárla etorra ‖ im an nes [*ms.* ummonnes] curro
marb [cách a chéile díob . conid uaithib sin] atá es na fingaile
fair. ocus ro mharastar a nathair [dia] néis .i. Crónán mac in
bhailb . ocus ticed conice so ocus [do]gníodh Crónán accáinedh
a mhac ocus ro moidh a chroide [ina] chliab agaid nann . conad
uada atá es Crónáin.

Ocus nír chian dóib co táncadar neoil deirid lái chuca . ocus
tecait rompa ó'n es ocus atchiat fer mór ar tulaig ar a cionn ocus
ro shuidset ina fharrad. canas táncabair ar in tóclách. innisit do
a nainm ocus a slonnad ocus a tuirthechta. cuich thusa ar iat.
Bláthmac bóaire mise ar sé ó eochairimlib sléibe luga ó chúil
radhairc frisanabar cúil ó bFinn isin tan so. áigidecht na hoidche
anocht do b'áil linne d'fagháil uait ar Cáilte . ocus fer ba mhó
doichell ocus dibe bói i nEirinn in tóclách sin. dá tucadh sib
luach damsa dobérainn féis ocus fritháilem na hoidche anocht
dáib. cá luach sin ar Cáilte. trí cairtheda cloch atá i cionn mo
bhaile . cairtheda an trír aderar friu ocus ní fhedamar cia ó
sloinnter iat. do fhedarsa duit ar Cáilte ór isam mebrach ann :—

Oclách maith no bói i fiannaib Eirenn .i. Fionn bán ua Bres-
ail ocus do chlannaib Báiscne do . ocus do bádar trí hingena
soinemla aige . ocus ní raibe do chlannaib Báiscne acht mad
triar fer a chommaith .i. Fionn ocus Oscar ocus Oisín. ocus
do bádar tréde ac na mnáib sin i nagaid mhaithesa na fer sin
ór ro chinnset ar' mnáib Eirenn i ndruine ocus i ndeglámdha

ocus ní raibe i nEirinn triur ban ba ferr delb ináit. ór édach
dígraise dathálainn dobeired nech leis i naenach Thaillten nó i
mórdháil Uisnech nó ar féis Temrach ocus ní ba áil le nech
acht in tédach doghnítis na mná sin . ocus adubairt Fionn friu:
a ingena ar sé ná dénaidh féis le feraib acht na fir dá tibersa sib
ocus dá tibrit fianna Eirenn. ocus do bádarsom le bréithir na
flatha Finn i nAlmain laigen amlaid sin re hed ocus re hathaid.
co táncatar triar do chlannaib Mórna sech carraic na hAlmaine
ocus co facadar na hingena ag dénam a ndruinechais ar charraic
Almaine anairtuaid. ocus táncadar in triar óclách sin .i. Conán
ocus Art ocus Meccon a nanmanna . ocus adubradar : is maith an
baegal échta út ar Fionn ocus ar chlannaib Báiscne . ór ní fhuil
díob acht Fionn ocus Oisín ocus Oscar triur as ferr iná in triur út.
ocus ro gabsat na mná ocus tucsat leo iad cusín tulaig [so] ‖ in
bhaile arraibe Goll ocus a mbráithre. canas tugad na bainchi-
meda ar Goll. a hAlmain laigen ar ín ben ba sine dhíob. adbar
sída do dhénam risin féinn sin ar Goll. dar ár mbréithir ám ar
Conán ní do dénam shída friu tucsam linn iat acht dá marbad in
bar fiadnaisese. ár mallacht ar in tí mhuirbfios iat ar Goll . ocus
sinn do beith i fiadnaise a marbtha ní bhiam eitir.

Is ann sin do éirgetar clanna Mórna i naeinfecht do'n tulaig
acht in seiser sin. ocus adubradar na hingena : in é ár marbadne
as áil dúib. is é imorro ar Conán. dobéramne comha mhaith
dáib ar na mná .i. gach olc ocus gach écóir dorónabair re Fionn
ocus risin féinn riam a maithem dáib . ocus síd do dénam edraib.
ocus ár mbeith féin do mhnáib acaib. ocus nír damad dóibsium
etir ín ní sin . ocus tucsat trí béimenna dóib gur bhensat a trí
cinn díob . ocus do cuired fó thalmain ann so iat co fuilit fó na
trí cairthibsea ocus conad uatha ainmnigter iat . Etáin ocus Aife
ocus Aillbe a nanmanna.

Adrae buaid ocus bennachtain a Cháilte ar ín tóclách : is
maith in fios dam féin sin ocus dom mhac ocus dom ua . ocus
rachaid fáilte na trí noidchesea dáib ar in senchas sin.

Ocus táncadar rompa co lios na mban i cúil radairc rénabar
cúil ó bFinn . ocus táncadar isin dúnad anunn ocus ro fritháiled
co maith in oidche sin iat. ocus tuc in tóclách a lán i mbeinn
bhuabaill as in dabaig mheda bói aige do Cháilte ocus adubairt :
in dabach duit a Cháilte . ocus gid re bliadain bud áil let beith
bus doghéba. adrae bennacht ar Cáilte ocus ní bhiam acht anocht.

máisedh ar in tóclách atá ní eile acam ré fhiarfaigid díot . crét fá
tucad lios na mban ar in lios so.

Naenbar derbsethar do mhnáib tuaithe dé danann táinic ann i
coinne naenbair óclách d'fiannaib Eirenn . ocus ar techt dóib ann
so ro urmhaisetar clanna Mórna orro ocus ro mharbsat iat ar
dtecht i coinne in nónbair sin do'n fhéinn . conad uatha atá lios
na mban ar an inad so ar Cáilte. ocus do bádar ann sin in agaid
sin . ocus ro thimnadar céilebrad arna márach ocus fácbait benn-
achtain.

Táncatar rompa co carn na fingaile rénabar dumha na con.
ocus ac techt isin tulaig dóib atchiat nónbar ban mínálainn ar a
cionn ocus rígan chaemchruthach etorra ar medón. ‖ léine do shról
ríg [re a cnes . ocus inar maeth]sróil tairrsi dia[nechtair ocus brat
colpadach] corcra uimpi ocus de[lg óir isin mbrat ós a bruinne.
ocus ann sin ro éirig] an ingen ac faicsin Cháilte ocus ro [thair-
bir póic] do. cia thu a ingen ar Cáilte. E[chna ingen Muir]edaig
mac Finnachta mis[i ar in ingen .i. ingen] ríg Chonnacht. ocus
is amlaid do bátar ocus fidchell acu acá himirt [ocus baiglenn] do
mhid sho-óla acu acá hól ocus [benn bláthcháin] bhuabaill ar
uachtar na banglinne . ocus in tan do tháirsed in cluiche do breith
do ibdís dig ocus dognídís ól ocus áibnes. ocus is amlaid do
bíodh in ingen sin ocus trí buada fuirre . ór ba do mhnáib glica
in domain di ocus in té dá tabradh comairle do bíodh conách
ocus airmitiu [*ms.* airmheidi] air as a haithle. c[áit] a rabadhais
aréir a anam a Cháilte ar an ingen. i tig Bláithmeic bóaire i
cúil radairc thíos [i] luighne Chonnacht. dia do bhetha ar an
ingen : is í do chonair féin tánacais . ocus gab ar sí in dara cenn
do'n fhidchill . ocus gabaidh Cáilte in fhidchill ina ucht. fada
uada ar sé nár imressa fidchill.

[Is ann sin tar] éis a himerta trell do chuirset in fhidchill
uadaib . ocus atchonncadar trí dúinte i nimfhocus dóib ocus do
fhiarfaig Cáilte do'n ingin : cia na dúin sin. acamsa dorónad ar
sí. is ac degmhnái dorónaid ar Cáilte. crét in tairfídech út at
fharrad a Cháilte ar an ingen. Cas corach mac Cainchinne
airfídech tuaithe dé danann uile ar Cáilte . ocus in tairfídech as
ferr i nEirinn ocus i nAlbain. is maith a dhelb ar an ingen mása
maith a airfíted. dar ár mbréithir ám ar Cáilte gid maith a dhelb
is ferr a airfíded. gab do thimpán a óclaich ar sí . ocus ro ghab
ocus ro bói acá shefnad ocus acá shaeirsheinm. tuc iarum an

ingen in dá fhalaig bhói imma lámaib do : adrae buaid ocus bennachtain a ingen ar Cas corach ocus ní ricimse a les iat . ocus ní thibér do neoch eile iat as ferr lem innáisi féin ocus bennacht duitse leo.

Ba dheired do'n ló ann sin . ocus táncadar do'n dún fa [nesa] dóib do na trí dúnaib sin ocus tucad i tech ndeirrid ndiamair iat. ocus d'éirig Etrom mac Lugair a [haite na] hingine ocus ferus fáilte roim Cháilte ocus do [riacht ‖ in ingen istech ina degaid sin ocus] do bádar ag ól ocus ag [áibnes mar sin. maith a mh'anam a Cháilte] ar an ingen : crét im a [tucad carn na fingai]le ar in carn so ocus duma [na con ar in d]uma so amuig. Ben mhe[bla] ingen Rónáin bandrái do thuaith dé [danann ocus tucas]dar grád d'Fionn mhac Chumaill . ocus adu[bairt Fionn] ní thibred bandrái choidche [*ms.* choighthe] [in comfad] dogébad ben eile isin doman. ocus do [riachtad]ar coin léicthe Finn conice so trí caeca cú [ocus tuc an ingen] a hanáil fúthaib gur chuir isin duma [iat ar] ulcai re Fionn . conad de atá duma na con [air so ar sé. ocus] carn na fingaile ar an ingen : cid dia bfuil. [Lámh lu]ath mac Cumaisc dhebtha mheic Dhénta chom[lainn d]o lucht in tíre so é . ocus in comlann thiced [dochum] ríg nEirenn (*sic*) .i. Art ocus Cormac ocus Cairbre eisium ocus a [athair ocus a] shenathair dogníodh gach comlann díob i cionn a chéile.

[Is] ann sin do bí óclách i nduibthír ocus i nduibh[fiodh ocus i] sléib Guaire rénabar sliab Cairbre . Borbchú mac [Trénlámaig] ainm in ócláich ocus do bói ingen aice . Niam a [hainm .] ocus nónbar derbbráthar ro bói ac Láim luaith [ocus táinic] gach fer fó leith díob d'iarraid na hingine ar Borbchoin . [ocus is edh a]deired gach fer díob : muirbfimit thu féin ocus do mheic i naeinfecht muna tuca th'ingin dúinn. ocus issedh a[deired] Borbchú re gach bfer fó leith díob ar egla a mharbta : rachaid duitse í.

Is ann sin adubairt Lám [luath] laithe naen ann ar in tulaigsi : in fíor sibse a bhráithre ar sé d'iarraid na mná ro shiressa ar Borbchoin. is fíor ar siat. is ann táinic idha [éta] dá innsaigid ocus ro éirig ocus ro ghab a chlaidem ocus tuc [béim] do'n bhráthair ba nesa do gur mharb é . ocus in [móirsheiser] derbbráthar do bádar tucsat a mbeoil re [lár ac faic]sin na fingaile ocus fuaradar bás do chumaid [a mbráthar. ocus] do cuired isin carn so iat . conad uatha atá carn na fingaile a ingen ar Cáilte.

conad ina inad sin dorigne[sium buidcchas naemPhátraic] i
Temraig ocus adubairt co ngébad [do chlaidem fair] féin acht co
nabradh Pátraic ris é.

[Adrae buaid ocus bennacht a mh'anam a Cháilte ar] an ingen
is mór in [fios ocus in fíreolus do fhácbais againn] . ocus in fidir
tusa a Cháilte [ar in ingen uiresbaid fil ormsa ocus ní faghbaim]
a furtacht. ‖ cá hesbaid sin ar Cáilte. ceinnesláinte thic formsa
ocus ní fhuil uisce acainn i fogus dúinn dá ionnuarad . ór do
gheibim furtacht in tan chuirim uisce ar mo chenn. cáit a fuil
Cas corach mac Cainchinne ar Cáilte. sunna ar sé. éirig amach
chum na tioprat ocus beir in tuisce coiserctha so let ocus craith
ar in tiprait é . ocus rachaid in fiad dráidechta atá uirre di ocus
foighénaid do gach nech . ocus tipra Aillbe gruaidbhrice ingine
Chormaic in tipra sin. do éirig Cas corach ocus ruc leis amach
an tuisce coiserctha ocus chraithios ar in tiprait ocus tadbaidh do
chách í. fiach do shoichle duit a ingen ar Cáilte in tipra d'fog-
nam duit ocus do lucht na críche. ocus ro bói in tipra soin ac
fognam dóib nó go ndernsat dá ríg ro ghab ar chúiced Chonn-
acht finghal etorra féin . Aedh ocus Eogan a nanmanna . ocus
do marbad Eogan le hAedh ag lic in fhomorach rénabar lic
Gnathail isin tan so. ocus in agaid sin ar Cáilte tucad na trí
hesbada is mó thucad ar chóiced Chonnacht riam .i. in tes do
thicced ó innber na fer rénabar in Mhuaid isin tan so do thrágad.
ocus in lán mára do thicced as in muir ammach ar in ngaillim
ocus co mbíodh lesugad in chóicid air gacha bliadna do thrágad
in adaig chédna . ocus in tipra so fós .i. tipra Aillbe.

Imthecht as linn amárach ar Cáilte . ocus ní thucassa mo
chenn i tech mhná bud ferr innáisiu. rét soidheithfirech do b'áil
lem d'fiarfaigid dhíot ré nimthecht a anam a Cháilte ar an ingen.
cá ní sin ar Cáilte. cuich in tairfídech út it tfarradsa ocus cia a
mháthair nó a athair. Cas corach mac Cainchinne ar Cáilte :
mac ollaman tuaithe dé danann ocus ollam é féin . ocus Bébionn
ingen Elcmair in bhroga a mháthair. dursan dono ar an ingen
nach mac do Bhodb nó d'Aengus nó do Thadg mhac Nuadat é.
créd ón a ingen ar Caeilte. grád trom taidbsech tucas do ar sí
ocus ní thucas grád do neoch roime riam. ní bud ferr nech díob
sin fá deired inássom ar Caeilte tré bhreith naemPhátraic co
mbia ollamnacht Eirenn aige fá deired . ocus cuirfidh tuatha dé
danann i nédnaib cnoc ocus carrac acht muna fhaice trú tadall

talman do thaidbred achtmad in tairfídech so. caidhe th'aicned
uime sút a Chais choraig ar Cáilte. is é mh'aicned ar Cas nach
faca do mhnáib in domain riam ben bud ferr lem inás an ingen
út. c[rét do]beir oraib gan chomaentugad ar Cáilte. do[t dheo-
inse ocus dot chomairle ar in ingen] . . . .

. . . . ‖

ocus dorónad selg sléibe gam ocus sléibe na seghsa ua Eibric ocus
clármhachaire in Chorainn chladhuaine ac Fionn . ocus do rith
in gilla i ndegaid fhiada ann co tárla a shleg féin for forfholum
a chléib co ndechaid fot lámha laeich do chrunn ruad róremur a
shleige féin trít. ocus táncamar trí catha na féinne dá innsaigid
ocus do bói nái noidche ina bhethaid ac taircsin a leigis acainn.
ocus fuair bás iar sin ocus do múired in tulach thonnghlas so
air :—

Fionn cecinit in rann.

T ruag a Eolair ilchrothach . a chur chróda chomramach !
    fuil do chuirp ina crú thécht . do shil tar crécht confadach

Ocus cnoc in eolais ainm eile do ar Cáilte. crét in teolas sin ar
Pátraic. Coinnillsciath drái do mhuintir Fhinn do bí ac cailleo-
racht ar nélaib na firmaimeinte i fiadnaise Fhinn : ac sút ar sé in
bhaile a cuirfider bruiden re Fathad canann mac Meccon mheic
Mhaicniad. atchiu ám sin ar Fionn ocus atbert :—

A tchiu trí neola co nim . a Choindilscéith os bruidin !
    abair re cách mása cet . tucair cá fáth má fuilet
A tchiu nél glan amar ghloin . fil ós bruidin béllethoin !
    biaid triath dáma tailc in mod . cailc na sciath [ocá] scoltod
A tchiu nél glas gellus brón . fuil etorra i ceirtmhedón !
    ticfa mian na mbadb do'n bhert . niam na narm acá nimert
N él derg nach deirge crú glan . atchiu ann ar a nuachtar !
    mad cath bud fatha feirge . dath na fala foirdheirge
T arngairit curpu do chrád . ocus díth mórshlóg mochtráth !
    a rí chliach atgeoin gach lá . na trí neoil ciach atchiusá
A Choindilscéith abair sin . gach ní gá d[tú] i sraithid !
    ná ceil ar do thriath mar tá . na trí neoil chiach atchiusá

Iar sin tra do chuadar co Temraig ocus do innis i fiadnaise
fher nEirenn Cáilte ocus Oisín ocus do lesaiged gach ní adub-
ratar ac ollamnaib Eirenn.

Adrae buaid ocus bennachtain a uaisle ar fir Eirenn : gin go
mbiadh d'fios ná d'eolus i nEirinn acht ar fhácsabair acu anois
ro bud thionóilte d'feraib Eirenn i naeininad dá fhagáil.

Is ann sin do éirig Cas corach mac Cainchinne ocus adubairt :

a anam a Cháilte is mithig damsa imthecht festa ocus bennacht
gacha dalta fortsa. bennacht gacha haide ocá raibe dalta ortsa
ar Cáilte . ór is tu as ferr eladha atchonnarc riam. is ann adu-
bairt [rí Eirenn .i.] Diarmait mac Cerbaill : ollamnacht Eirenn ‖
uaimse duit in comfad rabursa ina ríge.

Is í sin uair ocus aimser táncadar trí naenbair d'iarsma na
féinne do bí i farrad [Cháilte] ar in tulaig leith aniar do Themraig
ocus tucsat dá núid ocus dá naire beith i nécmais allúith ocus a
lathair ocus a lánchoiblid ocus gan a beith do rath ná d'aire orro
nech do beith ac comrád friu. ocus tucsat a mbeoil re lár isin
tulaig ocus fuaradar bás ann ocus do cuired fó thalmain na
tulcha iat . conad cnoc na nónbar ainm in chnuic dá néis.

Truag ám sin ar Oisín : issed sin ro mharastar d'iarsma na
muintire móire maithe do bí ac Fionn mac Cumaill ocus acainn.
ocus do bádar na senóire co toirrsech truag in lá sin tar éis na
nónbar soin ó nár mharastar do thrí cathaib na féinne achtmad
Oisín ocus Cáilte ocus iatsom . ocus do bádar fir Eirenn uile ina
tosd ga[n fer] do labairt re chéile díob ar a mhéid do chuir orro
a ndernsat na senóire do thoirrse tar éis a bféinne ocus a bffor-
mhuinntire. ocus adubairt Oisín :—

> I n bfuil sunn nech ro fheised . gémad fhann gémad eisel !
> in bhaile ar fácbad cuach Finn . ina aénar i croimghlinn

Ní rabasa riam ar Cáilte lá nach bud éscaid lem labra fritsa a
Oisín achtmad andiu . ocus adbert Cáilte :—

> A tá sunn nech ro fheised . mar ar impó Fionn deisel !
> in baile idtá san nglinn nglais . ní fholaig acht fedh fiothnais
> Oisín *cecinit.*
> I n fil sunn nech ro fheised . gémad fann cémad eisel ;
> cia do rat cenn Churraig chain . isin chnuc ós Bodhamair

Tusa do bhen a chenn de ar Cáilte . ocus t'athair do loit é.
ocus mise ro mhúir in cnoc air :—

> Cáilte *dixit.*
> R ucas liom an cenn iar sain . cusin cnuc ós Bodamair !
> co bfil ann ó sin illé . isin chnuc na chomnaidé

Ocus in cumain letsa a anam ar Oisín cia ro diubraic Goll
mac Mórna maiden ós beluch ngabhráin. mise ro dhiubraic é ar
Cáilte : gur chuir an cathbarr óir do bói uma chenn de ocus co
ruc coimremar crainn na sleige dá fheoil de. uallach ro gabad
aiges[ium ar] Oisín : gér ba mór in chned [ro ghab] ‖ in cathbarr

uma chenn ocus ro ghab a airm ina láim ocus adubairt ré bhráit-
rib nach raibe poinn [náire] air. ocus ad[ubairt Oisín:—

I n fil] sunn [nech] ro fheised (ocus araile)

[Is] ann [sin] ro fiarfaig rí Eirenn díobsom : cia do mharb
Cairbre lifechair mac Cormaic i cath [Gabr]a. Oscar mac [Oisín]
do marb é ar Cáilte. [a fhírin]ne as maith a anam ar Oisín. c[ia
chen]a [ro marb é] ar Diarmait. Orlám rí fotharta [andes ar
Oisín] .i. óclách ro bói acamsa [ocus gom athair rom]am. ocus
Oscar ar Diarmait : cia [rosmarb. aen]urchar Cairbre mheic Chor-
maic ros[marb ar O]isín. ocus mac Lugach ar Diarmait : cia
[rosmarb] isin chath chédna. Bresal mac [Eirge mac] ríg ghall-
ghaeidel [anall . ocus táisech teglaig ríg] Eirenn é. ba mór . . .

[Ocus ro b' í sin adaig dé]idenach [féise] Temrach ocus do
[bádar ac ól ocus ac áibnes ann an oidche sin .] ocus do éirgetar
[na slóig] arna mhárach.

[Is ann] sin tra ro scáilset fir Eirenn dá [críochaib ocus] dá
[cúic]edaib féin ocus dá ninadaib bunaid. [ocus atracht rí] Eirenn
ann sin ocus táinic co lic na ndru[ad fri Temraig anair tuaid
ocus] Bébionn .i. ingen Al[aisc meic Aengusa ingen] ríg Alban
a bhen . ocus do [labair léi ocus issed atbert : is áil liom] ar
sé dul ar [saerchuairt] Eirenn . ocus is áil lem do bheithsi [i
Temraig oc friatháilium] na senórach ar ná ria [oil ná aithis]
mise ó fheraib [Eirenn]. dogéntar [a réir mar óirdéchairse
ocus m]ar adérait [féin ar in rí]gan. [ocus táncatar] maraen
isin tech [irrabadar n]a senóire .i. [Oisín] ocus Cáilte ocus do
[innis in rí] dóib in sin. ocus is amlaid ro búi [Oisín issé]
fer ba fhialnáraige ro bói i nEirinn [é . ocus adubairt : ní ham-
laid] dogéntar a uas[ail ocus a ríg . acht bíodh] do bainch[éile
it] fh[arrad féin ocus aithin do'n r]echtaire [sinne. máissedh ar
in rí] tabar [in rechtaire chucai]nn . ocus tucad é féin [ocus
a bhen ann ocus atbert in rí] friu : ac so mar [órdaigim dúib
biathad n]a senórach sunn [.i. secht bfichit ba do chur i bfér-
ghurt ghabá]la ocus a mblegun [sin dóib cach noidche. ocus
próind deich cét ó] fh[eraib Eirenn] ‖ dóib . a lionn ocus a loim
i Temraig ocus a fothracad gach re lá ocus esrad úrluachra ina
lepthaib . ocus co ná táir deired in lenna d'ól in tan bhias in
lionn nua urlamh acu. ocus atáit secht meic acat a rechtaire ol
in rí . ocus muirbfider acam iat ocus tusa leo dá rabh ní i nuires-
baid dóib.

Adubairt Oisín : nír inganta lige indabhaic i Temraig dá tictís
fir Eirenn uile dá fhégad inás ár mbeithne acár naithne do Mhael
mhuirir mhac nDubáin rechtaire na Temrach ocus do Chuarnait
ingin Bhecáin bóaire dá mhnái.

Crét éiséin in tabac a anam a Oisín ar rí Eirenn. turchairthe
flatha fuair Conn cédchathach ar Oisín . ocus trí duirn Chuinn
chédchathaig ina áirde ocus isé fidchellach ocus brannaidhe as
ferr do bói i nEirinn é . ocus uile ghallra in domain do bheith ar
nech acht co tucad a láim air do fhóirfed . ocus fír Eirenn do
beith i láthair chatha ocus chomraic dogénadsan síd eturra. ocus
cloch ro bói sunna i Temraig ar Oisín is uirre sin ro bói a lepaid.
ocus ba hingnad dála a leptha ar Oisín .i. in fer ba mhó d'feraib
Eirenn do bíodh a choimse i lepaid in abaic . ocus in náidhe ba
lugha dogheibthea ní bíodh acht a coimse innti. ocus ba hé sin
ocus in lia fáil bói i Temraig dá ingnad na Temrach.

Cá ningnad ro bói ar in lia fáil ar Diarmaid mac Cerbaill . gach
aen ar a mbiadh leithbriathar d'feraib Eirenn ar Oisín dobeirthea
ar in leic sin é ocus dámad díles é gile ocus deirge dogníodh
do . ocus a chur ar in lia fáil ocus dámad aindíles é ball dub do
beith i ninad suaichnid fair. ocus in tan ticedh rí Eirenn fuirre
do ghéised in lec fái co frecraitís prímthonna Eirenn í .i. tonn
Chlíodhna ocus tonn tuaidhe ocus tonn Rudraige. ocus in tan
ticed rí cóicid fuirre ro bhúired in lec fái. ocus in tan téigedh
ben aimrit fuirre drúcht dubfhola no mhaidedh treimpi . ocus in
tan téiged ben do b . . . ticed braen alaid tríthe. [ocus cia
ro thócaib] in lec sin nó ruc a hEirinn í ar Diarmaid mac [Cerb-
aill]. óclách mórmhenmach ro ghab ríge . . . .‖

[gan chríochnugad mar sin]

Aided Echach maic Maireda in so.

Rí maith ro gab Muma .i. Mairid mac Caireda . bátar dá mac
maithi leis .i. Eochaid ocus Rib. Eibliu imorro ingen Guairi a
bruig maic indóc is í ba ben do Máirid. ro laeside menmain for
a maccsom .i. for Eochaid . is ó'ndEiblinn sin dana ainmnigter
sliab nEiblinne. bái sí tra oc tothlugud in gilli fri ré ciana . ro
lái sí trá fo deoid áilges fairsium co tudchad for aithed léi. asbert

imorro Rib fria bráthair arambérad leis in mnái siu no biadh fó
aithis ocus no ragadsom a tír leis. dobert iarom Eochaid Eiblinn
leis for aithed ocus tic Rib leo. deich cét allíon do feraib. is
amlaid táncatar co nétaib ocus co nalmaib leo. asbertatar a
ndrúid friusom connach i noeninud bói i ndán dóib orba do
gabáil. scarait iarom oc beluch dá liac. luid Rib siar co tír
cluichi Midir ocus in maic óic (.i. mag finn). || luid Midir chucu
ocus capall cengalta oci co srathair fair iar marbad dosom a
neochu remi. dobcratsom a crod uili fair co ruc leo co tici mag
nArbthen .i. áit i fil loch rí indiu. laigid in gerrán occo ann sin
ocus sioblais a fual cor ba thipra. conid é sin tánic tairsibsium iar
sin corosbáid uile conid é loch rí. luid dana Eocho co ránic in
mbruig maic indóc. tánic fer mór chuca ocus dlomaid dóib as
indferunn ocus ní densat fair. marbaid in fer dana a neochu uili
indaidchi sin. tic in fer cétna ar a bárach ocus asbert friu : mair-
fedsa far ndoeine uili innocht for sé mini fágthai in tír forsatáithi.
dorignis mór d'ulc frinn chena for Eochaid ár neich uili do mar-
bad. cia bad áil dún techt ní étam dul cen eochu. dobeir Oengus
ech mór dóib ocus cuirit a crod uili fair. ocus asbert friu cen scor
indeich ocus ar ná léictis airisem dó ar nár sioblad a fual ar ná
bad fochonn báis dóib. imthigit iar sin dia domnaig isin mís
medónaig indfogomair co ráncatar liathmuine in Ultaib. tecait
uili dia saightin indeich ocus benait a crod uili de i noenfecht
ocus ní ro sói nech díb aiged indeich in frithlorg. silis in tech
oco iar sin combo thipra. dogní Eocho iar sin tech immon
tiprait ocus comla fuirri ocus oenben ocá haithigid. ro chosain
Eocho lethrigi nUlad iar sin fri Muiredach mac Fiachach finn-
amnais.

Fecht ann trá ná ro iad in ben in tiprait atráracht linn muini
dar liathmuine ocus ro báided Eocho cona chlaind ann acht Líban
ocus Conaing ocus Curnán óinmit. is ó'n Chonaing sin dana ro
chinset dál mBuain ocus dál Sailne. bái trá Curnán oc taircetul
dóib indlocha do thiachtain táirsib conid ann asbertsom:—

T icid ticid. gebid faebra. snáidid ethra. ticfa muine dar liathmuine
    collethlia. báidfider Airiu ocus Conaing sin linn lethain. snái sair siar
    sanchan tar cach trethain.

Fír ón dosom sin. ár ro bói Líban trí chét bliadan ar fut in
mara ocus a oirce irricht dobráin ina diaid cach conair no théiged
can scarad fria etir do grés. conid sí féin no innis a himthechta

do Beoán mac Inli dia ra gab í ina línaib . conid ann sin ro chan
sí inna briatra sís iarom :— ‖

F ó loch Echach adba dam . ard in sceng dron dringed graig !
    erdálta fó bruinnib barc . tonn mo thuige tracht mo fraig

D úil echnat indairmairi[1] . ní gnáth brónán forsuidi !
    is mairg frisatibi gen . in ben di thonnaib[2] tuili

F ossad a tonn medrach menn . mandra sál fri ainbthe hír[3] !
    tairinn dī etan do fraig[4] . nomléic bicatam do thír

A stu dī etan fort cinn . cian ó ra ét locha linn !
    trí chét bliadan ó atú sunn . ó báite ann Eocho finn

I mda imned in cech dú . ní mád chin dún mac na mná !
    mag imbítís dronga ech . conid ethair immará

T ipra maic Maireda mais . benaid frais fri hadba nuis !
    allinn láichnech lethan glais . imma téged cách dia chuis

D iambá fó linn locha láin . imrórdus ríg richid ráin !
    ateoch[5] in nathair as naem . atlóchur braen batais báin

B ása inón biasta noll . ro snáideas muir medrach menn !
    domfuc tonn ós letha linn . irricht iaich acht mo chenn

C iapsa duine ciapsa bled . romcharsat máil maigi Breg !
    nír ba lesainm bása lí . romanacht rí rethes ler

M áré matan matan mairt . ní fuar ethar ní fuar bairc !
    is ann dolluid ba scél nglé . linn muini dar liathmuiné

F ó mo matan do maig cecht . son forcetal immomracht !
    siachtsam doinenn ocus uacht . domruacht tonn fri trethantracht

M'oenarán im romra ró . ro snó fairrci garba glenn !
    mé muc mara méthas tonn . baithium anfud mílach menn

A rdomneat anfud uar . fri uar fairrci duilgi fál !
    murbrúcht locha Echach áin . cenid mé in muirgelt már

D orairngert Curnán cét gal . in scélsa do deochad dún !
    tipra ro bói inár tig . issí noncuirfed dar múr

F ota mo chomnaide sunn . amail romórdaig mo rí !
    mar romchertaig dia do nim . ar cinn indfir Brénainn bí

N á téig a Brénainn ná téig . conidarlasar do léir !
    innis dam ar dia do nim . cia rí dofil for loch Léin

A tbertsa frit ní rád mer . is rí Fiachna formna gil !
    nothecht aichnid ó mac dé . inné do dechaid do nim

F oimtiu do chách crád maic de . dáig issé connic cach ní !
    co síd na naem násad nán . dia már mided ar cach ní

N ír bo mé in muirgeilt már . nír bo mé in traignech thrén !
    blaisiu maigri matan moch . fó loch Echach adba én

M ithig damsa dul for cel . scarad frim etal bes ní rom !
    blaisiu maigri matan moch . fó loch Echach adba dom

G uidim Brénainn tria bith sír . i céin beo fó linnib ló !
    cobair fír a cuilche chiar . romain co cian fuinche fó ‖

T ipra maic Maireda maiss . for linn laiss lodomar dó !
    uasu immi roas muir . ocus is tír i fuil fó

[1] .i. do'n topur   [2] .i. in tipra   [3] .i. fírinni   [4] .i. tabair th'aigid form
[5] .i. atchim

Issed sin dana as mó ro scáil Ultu fó Eirinn tomadm locha
Echach fó thír . do ratad dana ainm do Líban iarna baisted .i.
Muirgein .i. gein mara . a lleth ina bratán ro bói ocus alleth naill
ina duine . is disi ro chet in senchaid na runnusa :—

M uirgein is gein co mbuadaib . ingen Echach imuallaig ʃ
   do chuaid sech císu co cert . cé do rat Isu inanrecht
R o char in ben secech treib . Líban ingen indfir sein ʃ
   ro airbir bith fó'n tsruth trom . nó co tard guth do Cholom
A llos a lín is a chrainn . Beoán iascaire Chomgaill ʃ
   dosrat iarna taistel tair . co ro baisted indabaig
I ngnad in richt as bái lus . dia dorigne in firt follus ʃ
   a drech abbán cerr bo cacht . alleth do bratán bitbalc
D ia nebart carais maeda . Oengus ua Aiblen aebda ʃ
   moe mo dia is ada sein . gein mór in mara muirgein

Líban trá ocus Airiu dá ingin Echach finn maic Maireda. ro
báided Airiu ben Curnáin ann . atbath dana Curnán dia cumaid-
side. *inde* carn Curnáin *nominatur* . airec Curnáin ann sin.

Bliadain lán trá do Líban ina grianán fó'n loch ocus a mesán
ina farrud ann ocus dia ocá anacul ar uiscib locha hEchach.
conerbairt sí inaraile ló ann : a choimde for sí mogenair no
biad irriucht na mbratán combeth sechnón in mara for comsnám
friu. ro sóied sí iar sin irriucht bratáin ocus ro sóied a hoirce
irriucht dobráin co mbíod ina degaidsi fó na uiscib ocus fó na
muirib cach conair no imthiged sí for cach náird . co raibe sí ó
aimsir Echach maic Maireda co aimsir Comgaill bennchair fó'n
ninnas sin.

Ro lái Comgall uaid Beoán mac Innli ó thig Dabeoc co Róim
do acallaim Grigair for cenn úird ocus riagla. in tan imorro ro
bátar lucht curaig Beoáin oc imram forsindfairrci co cualatar
célebrad aingel fó'n churuch . co ro iarfaig Beoán : cid diatá in
célebradsa for sé. messi dogní for Líban. cia thusa ar Beoán.
Líban ingen Echach maic Maireda missi for sí. cid fodera
duit bith amlaid sin ar eisium. attú trí chét bliadan fó'ndfairrci
for sí . ocus is dó tánac ‖ dia innisin duitsiu mo dála chucutsa
siar co inber Ollorba . ocus fritháilter misi acaibse for naemaib
dáil Araide isindlósa i ciunn bliadna . ocus abairsiu fri Comgall
ocus frisna naemaib olchena in sein. ní ebur sin for Beoán acht
mini thucthar a log dam. cia log conaigi ol isi. t'adnacal
ocumsa féin im mainistir. rotfiasu sin trá ol isi. tánic Beoán
anair iar sin ocus ro innis do Chomgall ocus do na cléirchib
olchena scéla na muirgeilti.

Tánic in bliadain ass fói sin ocus ro inniltea na líona ocus ro gabad sí illíon Fergusa a Míliuc. tucad co tír í iar sin ocus ba ingnad a tuarascbáil ocus a delb. táncatar sochaidi dia deiscin ocus sí isindethur ocus uisce impi ann.

Ro bói tóisech ua Conaing ann cuma cháich ocus brat corcra imi. ro bói sí dana ocá sírdeiscinside. ro iarfacht in tóclaech di : masa th'aire téit do'n brut for sé rotfiia. ac for sí : ní hairi atú cá deiscin etir . acht brat corcra ro bói im Eochaid in lá ro báided é. rath fortsa dana for sí ocus for fiur t'inaid ina log sin . ocus nírab éicen iarfaigid fir t'inaid do grés in cach airiucht imbia.

Tánic laech forgráinni dub mór ocus ro marbsaide a mesánsa. forácaib sí dosaide ocus dia thuaith a ngaisced for a notraigib ocus can a nuilc do dígail dóib nó co ro troisctís aiccisi. sléchtaid in tóclaech di iar sin.

Ro bói iarom imcosnam impisi. asbert Comgall ro ba leis í ár is ina ferunn ro gabad í . asbert dana Fergus ro ba leis í ár is ina líon tarras í. ro ráid Beoán dana cor ba leis í ár ro gell féin do. ro troiscset uili inna náim sin trá co rucad dia breith etorro ima nimresain.

Asbert in taingel friaraile nduine ann : ticfat dá dam allaid imbárach for sé a carnn Airenn . ocus tabraidse in carpat foraib for sé ocus in leth bertait sin í léicidse dóib. táncatar na daim arna bárach amail ro thingell in taingel ocus rucsat í co tech Dabeoc. tucsat na cléirig a roga di iar sin .i. a baisted ocus a tocht dochum nimi fó chétóir isinduair sin . nó a fuirech in comfot cétna ocus a techt dochum nimi iar sírsaeglaib. issé roga ruc sí ǁ a éitsecht ann sin. ro baist Comgall í ocus issé ainm do rat di Muirgein .i. gein in mara nó Muirgeilt .i. geilt in mara. ainm naill di dana Fuinche.

Dogníter dana ferta ocus mírbhaili tréthisi ann sin ocus atá amail cach naemóig cononóir ocus conairmitin amail doridnacht dia di innim.

. *Finit* .

[Echtra ríg thuaithe luchra is lupracán go hEmhain agus fochonn báis Fherghusa mhic Léide ríg Ulad síosana]

Rí fírén forglide fírbrethach ro gabastair flaithes ocus forlámas for clannaib rathmara Rudraige .i. Fergus mac Léite mhic Rudraige . is iad fa churaid ocus ba chathmhílid aige .i. Eirgenn ocus Aimirgin iurtunach . ocus Conna buide mac Iliach . ocus Dubán mac Luigdech.

Dorónad fled mór lasin ríg sin [in]nemain Macha gur bo hullam inchaithme ocus gur bo solum solesaigte í. is í sin uair ocus aimsir dorigned fled ac ríg thuaithe luchra ocus lupracánach .i. Iubd[án] mac Abdáin. ba hiat so anmanna na cathmíled bátar ag Iubdán .i. Conán mac Ruichid . ocus Gerrchú mac Gairid. ocus Rigbec mac Róbic . ocus Luiccín mac Luiccid . ocus Glúnán mac Gabairn . ocus Febal mac Feoirnín . ocus Cinnbec mac Gnumáin. ocus Brigbec mac Buain . ocus Bran mac Luain . ocus Mether mac Mintáin.

Tucad trénfer tuaithe luchra ocus lupracán chucu .i. Glómhar mac Glaiss mic Glomraide . ocus fa hí trénferdacht dogníodh in fothannán do trascairt d'óenbuille ocus do bíodh feidm in dá fer déc acasan ag trascairt in fír sin. tucad tánaiste in ríg chucu .i. Bec mac Bic . ocus tuccad ollam in ríg ocus a fer dána .i. Eisirt mac Bic mic Buaidgeine ocus maithe thuaithe luchra ocus lupra ar chena.

Do cóirged in tech nóla sin aco ar dánaib ocus ar dligtenas. tuccad Iubdán ar slios in tige nóla [ocus a] bainchéile ar a ghualainn .i. Bébó . ocus a ollam ar in gualainn aile do . ocus tucad Bec mac Bicc ar in slios ríg araill ocus ar agaid Iubdáin ocus maithe na táisech uime . tucad trénfer in ríg .i. Glómar mac Glais mic Glomraide i nursainn in tige. ro benad a gcinnbecca dá ndabchaib iar sin ocus is amlaid ro bátar na dabcha sin ocus siad donna ar lí dergiubair. ro éirgedar dáilemain re dáil ocus rannairi re roinn acu ocus ro dáiled lionn sen suain somblasta for na sluagaib comtar mescta medharchain iat [leth] ar leth.

Is ann sin ro éirig a náirdrí ocus a cenn comairle .i. Iubdán leisin corn mbrec . éirgis Bec mac [B]ic do'n tslios ríg i nagaid

Iubdáin dá onórugud ocus ro ba sochomráid Iubdán : in facabair
riam ríg bud ferr iná mise. ní facamar ar siat. in facabair riam
[tré]nfer bud ferr iná mo trénfer. ní facamar ar siat. in facabair
riam curad ná cathmílid bud ferr iná a fuil [sin] tigse inocht.
dar ár mbréithir ar siat ní fhacamar. do[beirim] dom bréithir ris
ar Iubdán co mbud doilig braigde [ná br]aite do breith ar éicin
as in tigse innocht ar ‖ febus a churad ocus a chathmíled . ar imat
a tech ocus a trénfer . ocus le himat a rígdamnad merborb
merláidir midhachda. ro tibestair Eisirt .i. ollam in ríg a gháire
acá chlos sin . fiafraigis Iubdán de : cad fá ndernais in gáire sin a
Eisirt ar sé. is aithnid dam ar in tollam énchúiged d' Eirinn ocus
dobérad énfer díob géill ocus braigde ó na ceithre cathaib atáise
do thuathaib luchra. gabtar lib in tollam ar Iubdán co ndígailter
a mórbriathra fair . ocus dorónad amlaid. bud olcc duitse in
gabáil sin a Iubdáin ar Eisirt . ár biairse féin cúig bliadna i láim
i nemain Macha i níc na gabála ocus ní tiucfair as nó co fácbair
rogha do shét ocus do maoined . ocus is ar son na gabála sin
tuitfios Cobtach cas mac ríg Muman ocus Eochaid mac Néid
mac ríg Laigen . ocus rachadsa féin co tech Ferguis mic Léite
ocus bet san chorn ar eocharsnám ocus is bec nach báidfiter mé
ann . ocus atb[ert]:—

F led mór inocht i nEmain . olc do mnáib f olc d'feraib f
  gé atáit slóig co subach de . bud brónach [d]ubach doirche
R achadsa co hEmain de . co tech Ferguis mic Léite f
  in tráth bias cách ac in ól . bet san chorn ar eocharsnóm
I s trít thuitfios Cobthach cas . mac ríg Muman móramnas f
  is Eochaid mac Néid connim . gid é as áirdríg ar Laignib
B eirse bliadain it chimid . cot choimét ac gairbgillib f
  tré gabáil Eisirt iar sin . tré bithin na fleide sin

Olc in gabáil sin dorinnis ormsa a airdríg ar Eisirt . ocus tabair
cáirde trí lá ocus trí naidche damsa co ndechainn co hemain
Macha co tech Ferguis mic Léite . ocus dá fagar comartha su-
aichnid ar a tiubartháise aithne co fuil in fírinne acom co tucar
lem é . ocus muna tucar dénaidse in ní bus áil lib rim. is ann
sin ro scáiled d'Eisirt . ocus ro éirig ocus ro gabastair léine do
maethsról mínétrocht ré a gheilcnes . ocus inar finnchlechtach
forórda tairsi sin imuig inechtur . ocus brat corcra corrtharach
imálainn lebarboc do chorcair tíre na finn cona ciumais do bánór
brioc . ocus a dá bróic áille fhinndruine co forniamad óir itir a
troigtib ocus talam . ocus a fhlesc fhileta fhinndruine . ocus a

chochallbrat sróill . ocus tánic reime i nathgairit gacha sliged
ocus gacha heoluis ocus ní haitrister a imtecht co ránic co hemain
Macha . ocus ro chroith a fhlesc fhileta fhiled i ndorus in baile
ocus do chuala in dóirseoir in fuaim sin ocus tánic imach ocus do
chonnairc in fer bec beoda bithálainn ocus do roiched fér séta
slím glas na faitche co a glún ocus co remar a sliasta do. ocus
ro gab ingnad in dóirseoir acá faicsin ocus ‖ do chuaid in
dóirseoir istech ocus ro innis d'Fergus ocus do'n tsluag . ocus
issed adeirdís : in luga é iná Aedh. ollam Ulad in tAedh sin
ocus abac é ocus do bíodh ar basaib na fer mór. dar mo
bréithir ar in dóirseoir do thuillfed sé ar bois Aedha. ocus
rucsat in sluag breisim i naenfecht dá féchain ár ba fata le gach
naen aca co faiced é ocus arna faicsin co labrad ris. dorigned
cumus da gach leith de d'feraib ocus do mnáib. atbert Eisirt : a
daeine móra ar sé ná lenaidh bar nanála coirpte coimgerra dún.
acht léicid in fer beg út as luga agaib chucum ocus cid beg
acaibse é do bud mór san crích ina mbímse. ocus ruc Aedh
éiges ar a bais leis sin tech mór é. ro fiarfaig Fergus sc[él]a de
cuich é féin. Eisirt mac Big mic Buaidgeine mise ar sé : ollam
ocus fili ocus éiges tuaithe luchra ocus lupracán.

Is ann sin ro bátar na sluaig ac caithem na flede ocus tánic
in dáilem leisin corn go Fergus : tabair do'n fior bec chucum ar
Fergus. ní chaithiubsa bar mbiad ocus ní hib bar lionn ar
Eisirt. dar ár mbréithir ar Fergus óir asat fer seguinn fochuid-
bithe is cóir do chur isin chorn gumad coimdes duit in lionn d'ól
umat do gach leith. ocus acá chloistecht sin do'n dáilemain do
iad a glaic uime ocus do theilg san chorn é co raibe ar snám ar
uachtar in chuirn. mo chubus ám ar Eisirt a ollamna Ulad is
mór d'fios ocus d'eolus do ricfed sib a les d'fagáil uaim gé licthí
mo bádud. tucad aníos iarsin ocus do niamghlanad do bréitib
búilide brecsróil ocus do léintib sainemla sídaide é. fiarfaigis
Fergus de : cad é in col adubrais ó chianaib fá nach caithfeá ár
mbiad. inneosatsa ar Eisirt an ní muna tí t'fergsa rium. ní ticfa
ar Fergus ocus slonn lim [gac]h ergh[aire] . ocus atbert Eisirt
in láid :—

A Ferguis nadfergaigter . re briatraib féige filed ⸰
    coi[sc] do glór ndúr ndergnertech . ná hérig l[im] gan dlig[ed]
A fir bic na hairide . is do thene bís díthach ⸰
    nó in imthigi aininne . for in linn ag inethach

M ása rimsa bertaigi . bretha forglide fíra!
   usa i ngnáis mná in rechtairi . do dalta i ngnáis na rígna
N a mná finna fáthacha . gé b'edh d'febus a ndelba!
   na ríg garba gnáthacha . ní horra bíos a menma
A Éisirt nit lenbaide . is fer fíre rotermuis!
   a shúil mall ‖ gan ainmide . nocho bia rit ferg Ferguis.

D[ar ár] mbréithir ar Fergus is fíor mo chuidse de sin . [uair is
fíor co mbím]se ag mnái in rechtaire ocus is dóchaide lium in
chuid [eile] do beith ina fhírinne de. caithfetsa bar mbiadsa
festa ar Eisirt ó do atmhaig tusa in tolc . ocus ná déna arís é.
ocus do bí Eisir[t go] subach somenmach ocus adubairt sé :
dorignessa duan dom tigerna féin ocus dámad áil libse [do]
ghébainn dáib í. is binn linn éistecht ria ar Fergus . ocus
atbert :—

I ubdán mac Abdáin . rí buadach blaithbinn!
   [rí m]uige line . rí muige faithlinn
G uth gluair áib uma . gruaid chaeir dath fala!
   rosc séim sruth meda . dath ela uan aba
T ensum sluag buide . roinn buar is boeighe!
   gort congabair buide . dia uidhe oeidhe
F er dara fonn fiadach . tonn fledartach laemrach!
   cenn na sluag srianach . miadach mór maenach
B ró dianmarcc drechda . na srianmarc sruthra!
   barr fraechmin d'afost . ar laechraid luchra
N a hainndiada áille . na bainndiada buide!
   bar r[í] saer slat caeille . Iubdán na finne fuide
M eoir bar chorn cherblán . osnad trom [tiuglán]!
   mian ban serc fort dán . . . . [s]erc Iubdán

A haithle na láide [sin] do egratar na hUlltaig é d'ilimad
gacha maithes[a gur ba] comárd ocus fer mór díob gach carn do
bí do gach [ní] de. mo chubus ám ar Eisirt is frecra degdáined
sin ocus gided berid féin in maithes úd lib . da[r lim ní] ricimse
a les ris ár ní fuil aenduine acom thigerna gan maithes co leor
aice. dobermáit dár [mb]réithir ar siat dá tucmáis ár mná duit
ocus ar crodh u[ainn] nach bérmáisne én rét uait de . ocus a tuca-
mar ní béram. a ollamna ocus a éigse Ulad ar Eisirt roinnid
sút . ocus bíodh a dá trian agaibse ocus tabraid in trian aile
d'ec[hlach]aib ocus d'oblóraib Ulad. ocus do bí Eisirt i nEmain
co cenn trí lá ocus trí naidce . ocus do timain céilebrad d'Fergus
ocus do maithib Ulad. ragatsa let ar Aedh .i. ollam Ulad ocus
a fer dána . ocus do bíodh i nucht no i coim gacha deglaeich aca
ocus fa fomóir é i farrad Eisirt ocus do bíodhsom ar bais Aedha.

ní mesc déra rit ar Eisirt dul lim . óir gémad mait dogentái ort [dérfá] gur gellad duit í dá niarrainnse lium thu . ocus dá nderntar ort í ocus gan a gellad duit bud buidech thu.

Ro imgetar in dá éiges sin rompo a hemain ‖ Macha ocus ba mó coiscéim Aeda : is olc siublus tusa a Eisirt ar Aedh. ruc Eisirt urracht retha co mbúi urchar saigde roim Aedh . atorra sin atá in chóir ar Aedh. dar ár mbréithir ar Eisirt issed sin do chuala do'n chóir acá ráda acaib ó atú faraib.

Tángatar rompo co tráig na tréinfer i nUlltaib . créd dogénam anois ar Aedh. in muir d'imthecht tar a doimnib ar Eisirt. ní roichiubsa co brách de sin ar Aedh. ingnam a rochtain damsa ocus gan a rochtain duitse ar Eisirt . ocus dorigne Aedh láid ocus do fhregair Eisirt é :—

A Eisirt fhéil . cá dluidh dogén . risin muir móir
gaeth dom breith sís . do'n tuinn gan tlás
dá ndech suas . do gébar bás
E ch Iubdáin fhinn . ticfa ar do chenn
éirigse air . tar romuir menn
ech maith ní bréc . séd bíos ag ríg
is commaith lf . itir muir is tír
ech buide bláith . rodbéra leis
an fair gan meirg . is eirg dá fheis

Ni fada ro bátar ann co facatar in foluaimnech tar bárr uachtair na tonn chuco . fair a chol ocus a dhuabais ar Aedh. créd dochí ar Eisirt. in míol mongruad muige ar Aedh. ní hé ar Eisirt . acht ech Iubdáin ac techt ar do chennsa sin. ocus is amlaid do bí ocus dá súil gríbda glanshoillse glóir ina ciunn. ocus mong chóemálainn chorcarglan uirri . ocus cetra cosa uaine fái . ocus erball gnáthchas go [hi]mlebair fair . ocus niam órda ardcherdach uirri . ocus srian óir druimnig ria. ocus do chuaidh Eisirt ar a muin . tarr aníos a Aedh ar Eisirt. ac a ollamain ar Aedh : ní fuil écht do choite féin inti. ná dénasa cesacht uirri a Aedh ar Eisirt . ár gé atá tromdacht na hecna innatsa béraid sí sinn araen léi. ocus do chuadar aroen uirri tar barruachtar na tonn ocus tar laechmuinchinn na fairge ocus tar imdomnaib in aigéin go rángatar gan brón gan bádhad co mag faithlinn . ocus ro bátar tuatha luchra i noenach ar a gcionn. Eisirt chucainn ar siat . ocus fomóir farais. is ann sin tánic Iubdán i gcuinne Eisirt ocus do rat póig do . a ollamain ar sé cid ima tucais in fomóir út chucainn dar marbad. ní fomóir é ar Eisirt . acht ollam Ulad

ocus a fer dána ocus abhac in rig sút . ocus is é sút duine as luga
sin tír asa tánic. dóig bí sút i nochtaib na bfer mór ann ocus i
mbasaib amail do biadh lenb . ocus gidedh rictíse a les bar coim-
ét fair. cá hainm sút ar siad. Aedh éiges ‖ a ainm ar Eisirt.
uch is mór a fhir t'athach ar siat sin.

Is ann sin atbert Eisirt ré hIubdán : cuirimse gesa nach fuilngid
fírlaeich ortsa a Iubdáin co ndechairse féin d'féchain in tíre asa
tángamarne . ocus gomad tu cét duine fecmhus ar tús in lite
coimded dorigned do ríg Ulad inocht. is ann sin tánic Iubdán
co dobrónach domenmnach d'accallaim a mná .i. Bé bó . ocus ro
innis di a chur fó gesaib d'Eisirt ocus adubairt ré techt leis.
rachad ar sí . ocus égcóir a ndernais ar sí .i. gabáil Eisirt.

Ocus do chuatar araen ar in ech mbuide Iubdán ocus Bé bó
ocus tángatar rompo co hemain Macha in oidche sin ocus do
chuatar sin mbaile inonn gan mothugud. sir in baile a Iubdáin
ar Bé bó do'n litin adubairt Eisirt ocus imgem sul éirgius lucht
in baile. cid tra acht do chuatar sin mbruidin istech ocus fuar-
atar coire mór na hEmna ocus fuighell liten na sluag ann . ocus
do chuaid Iubdán chuice ocus ní ránic do lár é. éirig ar t'ech ar
Bé bó ocus éirig do'n ech ar bórd in choire. ocus dorignesium
sin ocus ní ránic a lám cos na léige airgid do bí san choire ár ba
gerr in lám ocus ba fata sís in lite . ocus sínedh dá tuc sís sciorr-
uis a chos gur thuit isin choire co ránic a imlinn ann. mar do
beitís gemla iairn in betha fái is amlaid ro cenglad ocus ro cuib-
riged itir chois ocus láim é. is fata atái a fhir duib ar Bé bó . ár
is amlaid ro búi Iubdán ocus folt cas círdhub fair ocus ba giliter
ocus uan tuinne a chnes . ba deirge iná corcrán caille a dhá
gruaid. fuilt chasa fhionnbuide bátar ar thuaith luchra uile acht
eisium amáin ocus is uime sin adertái fer dub ris. ocus atbert Bé
bó ocus do frecair Iubdán í:—

A fhir dhuib ón a fir duib . is mór in gábad i fuil!
   is gabtha indiu in gabar bán . óir is dolar lán in muir
A bhen fhionn ón a ben fionn . romfost geimel do'n lánlionn!
   ní lecair mé chum mo shlóg . nó co tucar ór dom chionn
A Bé bó ón a Bé bó . tánic matain imthig dó!
   do len mo chos is tuir taeis . atáisi ar baeis a Bé bó
B riathar bil ón a briathar bil . do radaisse thall got thig!
   co nach fastfadh nech fó ghréin . munbud deoin let féin a fhir
B riathar bil ón a briathar bil . do ratassa thall gum tig!
   betsa bliadain línib lá . gan faicsin dam mná ná fir

Imthig a Bé bó ar Iubdán ocus beir in echsa let d'innsaigid

tuaithe luchra. ná habairse sin ar Bé bó : dáig nocho nimtheoch-
adsa uaitse go bráth co faicer cá réim || bias ortsa. ro éirigsetar
sluaig in baile iarsin ocus fuaratar Iubdán san coire liten ocus nár
b'éitir do a fhágbáil . ocus ro léigset na sluaig a niolach gáirc ós
áird acá fhaicsin fó'n innus sin . ocus ro tógbadar as in coire
iarsin Iubdán ocus rucatar leo mar a raibe Fergus é. mo chubus
ám ar Fergus ní hé siut in fer beg do bí ann so roime . uair folt
fionn do bí ar in fer mbec roime ocus casair círdub atá air siut.
cé thusa féin a fhir bhic ar Fergus : nó cá tír asa tángais. do
thuathaib luchra dam ar sé . ocus is mé as rí orra sin ocus Iubdán
m'ainm . ocus ben dam in ben úd atchíthíse im fochair . ocus is
í as baintigerna ar thuathaib luchra ocus Bé bó a hainm . ocus ní
dubartsa brég riam ar Iubdán. aspert Fergus : berar sút imach i
gcenn in gairbteglaig ocus coimétaidh co maith é. rugad Iubdán
immach iarum ocus ro fágbad Bé bó istig i fochair Fergusa ocus
tuc Fergus grád dermhár di ocus do comriacht ria. ocus in uair
ro búi Fergus ic comriachtain ria tug lám ar mullach a cinn ocus
ro fhiarfaig in rigan de cid imar chuir in lám ar a bathais.
ingnam lium ar sé in ball ferrda ina bfuilit secht nduirn ocus gan
innatsa acht trí duirn gan a dhul trét chenn sechtair . ocus is
uime sin do chuires mo lám ar do chenn. léig as alé a Ferguis ar
sí : is mór ní súigios lesrach banscaile.

Tánic Iubdán istech irraibe Fergus iar sin. do chuadassa got
mnái a Iubdáin ar Fergus. maith lési sin ar Iubdán. do chuad-
assa arís ar Fergus. maith letsa sin ar Iubdán. do chuadas
in tres uair ar Fergus. maith lib aroen ar Ibdán. do chuadas
in cethramad uair ar Fergus. cac innti festa ar Iubdán. ocus
mad áilt maith do dénum orumsa a Ferguis ar Iubdán ná léig
atorra so mé . ár dogénait anála na bfer mórsa coirpthe díom
ocus dobérsa mo bréithir duit nó gomad deoin let féin ocus le
hUlltaib é nach rach uaib co bráth. dá sáilinnse sin ar Fergus ní
beitheása itir in ngairbtheglach. ní thánacsa tar mo bréithir riam
ar Iubdán ocus ní ticfat co bráth. is ann sin rugad Iubdán i
seomra deirit degmaisech do bí ag Fergus ocus || ro hórdaiged
gilla gráda d'Fergus ina fhocair dá [fri]thálam. is maith in tara-
culsa ar Iubdán : ocus gidedh is ferr m'araculsa féin iná é . ocus
do ráid in láid :—

> A racul fil acamsa . san talmain atua!
> in dara leth de d'ór derg . airget in leth fil fua

A fordorus d'fionndruine . is a tairrsech d'uma !
  is d'eitib én bfionnbuide . dar lium fil a thuga
A chainnelbra órdaide . mon cainnill is lór glaine !
  co ngeim do líg loghmaire . i certlár in taige
A cht mise is an airdrigan . ní fuil nech uainn fó duibe !
  teglach ann gan arrsaidecht . folta barrchasa buide
F ichellach gan oenduine . dáma maith ann gan tachor !
  ré fer ná ré mnái dá dhul . ní gabtar in taracul

Do bí Fer dédh .i. in gilla tened ac fadódh teined i fiadnuise
Iubdáin ocus do chuir feithlenn fó chrand uirri maille cinél gacha
crainn eile . ocus atbert Iubdán : ná loisc ríg na gcrann ar sé uair
ní dlegar a loscad . ocus a Fhir déd dá nderntá mo chomairlese
ní biadh gábad mara ná tíre ort . ocus atbert in láid ann :—

A fhir fhadós teine . ac Fergus na fled !
  ar muir ná ar tír . na loisc ríg na fed
A irdrí feda Fáil . im nach gnáth sreth sluaig !
  ní fann in feidm ríog . sníom im gach crann cruaid
D á loisce in fid fann . bud mana gréch nglonn !
  ro sia gábad renn . nó bádad trén tonn
N á loisc aball án . na ngéc faroll faen !
  fid man gnáth bláth bán . lám cháich na cenn chaem
D eorad draigen dúr . fid nach loiscenn saer !
  gáirid elta én . tréna chorp cid cael
N á loisc sailig sáir . fid deimin na nduan !
  beich na bláth ac deol . mian cáich in cró caem
C aerthann fid na ndruad . loisc caemchrann na gcaer !
  sechain in fid fann . na loisc in call caem
U innsenn dorcha a dath . fid luaite na ndroch !
  echlasc lám lucht ech . a cruth ac cládh chath
C rom feda déin dris . loisc féin in ngéir nglais !
  fennaid gerraid cois . srengaid nech ar ais
B ruth feda dair úr . ó nach gnáth nech séim ! ‖
  tinn cenn tís ó a dhúil . tinn súil ó a ghrís ghéir
N a fern urbadb fheda . in crann as teo i ngliaid !
  losc go derb do deoin . in fhern is in sciaig
[C ui]lenn loisc a úr . cuilenn loisc a críon !
  gach crann ar bith becht . cuilenn as dech díob
[T] rom dana rúsc ruad . crann fírghona iar fíor !
  loisc co mbeidh na gual . eich na sluag a síod
C id na fharrad faen . béithe ba blad buan !
  loisc go deimin derb . cainnle na mbalg mbuan
[L] éig síos madat maith . crithach ruad na rith !
  loisc co mall co moch . crann 's a barr ar crith
[S] innser feda fois . ibar na fled fís !
  déna ris anois . dabcha donna dis
[D]a nderntá mo thoil . a Fhir déedh dil !
  dot anam dot chorp . ní bud olc a fhir

Do bísium isin baile mar sin ocus saerchoimét air . ocus ba
hurgairdiugud menman ocus aicenta leisna hUlltachaib beith
acá fheichem ocus ag éistecht a briathar.

Lá ann do chuaid Iubdán co tech in banntrachta ocus siat
ag dénum fhoilcthe ocus fhothraicthe ocus ac slemainchíorad a
gcinn tibis Iubdán a gen gháire uime sin. cad fá ndernais in
gáire sin a Iubdáin ar Fergus. is fada ó'n chrécht in tionnrach
ar Iubdán. créd tuicter trít sin ar Fergus. a gcinn dogníd na
mná d'folcad ocus do fríochnam ar son a tón ar Iubdán . ár is
tíos atá in crécht ocus tuas atá in folcad ocus in fothrugud .i. na
cinn dá nige ocus dá sgiamghlanad.

Uair ann do chuaid Iubdán co tech amhais d'amsaib in ríg
ocus bróga nuada aige agá ngabáil uime . ocus ro bí ag techt ar
thanacht bonnadhad a bróg ocus ag cesacht orra. dorigne Iubdán
gáire uime sin. cad fá ndernais in gáire sin a Iubdáin ar Fergus.
adbar gáire dam ar Iubdán in fer úd ac cesacht ar thanacht a
bróg ocus ní chesann ar a shaegal . ar gid tana na bróga úd ní
chaithfidseom iad. ocus ro b 'fíor d'Iubdán sin . uair do chom-
raic in fer sin ocus fer eile do muir Fhergusa re chéile ocus ro
marbsat a céile ∥ ré noidce.

Lá eile do bí fer do'n teglach ag buain brodh d'édach a mná
ocus dorigne Iubdán gáire. cad fá ndernais in gáire sin a Iub-
dáin ar Fergus. maith adbar mo gáire ar Iubdán : in fer úd
benus na brodha d'édach a mná a marbad bud cóir do . uair
fúithe do bí in tétach úd co trátsa ocus fer eile ag dul uirri.

Lá eile do bátar in teglach ag imrád gach neich co ndéndáis é
ocus ní dubratar má áil le dia . ocus do rigne Iubdán gáire umpu
ocus dorigne in láid:—

> L abraid duine . innisid dia !
>   meithel ceithel dóib gach ní . léigid mar do fhidir dia
> A irdrí na ndúla . ro bud cóir gach ní ro termuis !
>   rí na ríg ro fhidir . gach a sirim ort a Ferguis
> S illed súla . saeghal gach duine cid amnus !
>   gid mac ríog . nocho nfitir in fíor labrus

Cid tracht do bí Iubdán i nEmain mar sin nó go tángatar
tuatha luchra secht catha commóra dá iarraid co faitche na
hEmna . ocus ní rug nech díb imarcrad ó chéile d'áirde iná do
méit. ocus tánic Fergus ocus maithe Ulad amach dá nagallam
ocus adubratar re Fergus : tabair ár ríg dúinn rena fhuasglad ar
siat ocus dobéram luach maith dá chiunn. cá luach sin ar Fergus.

dobéram ar siat in mag mórsa na hEmna fá bróin chruithnechta
gacha bliadna gan tsíol gan trebad. ní thiubarsa Iubdán ar
Fergus. dogénamne foghal ortsa innocht ar siat. crét í in fhogal
ar Fergus. léigfemáid laeig Ulad co a máithrecha co nach fuigter
díol énnaoidhen amáin do luim nó do lemnacht i gcóiged Ulad
ar maitin. bud é sin bhus lib ar Fergus ocus ní bud hé Iubdán.
ocus dorignetarsan in fogal in oidce sin . ocus tángatar ar maitin
ar faitche na hEmna ocus do bátar ag iarraid Iubdáin ocus co
neiseochataeis gach ní dar milletar . ocus adubairt Fergus nach
tiubradh. dogénamne dígaltas eile inocht ar siat. cá dígaltas sin
ar Fergus. cacfam i nesaib ocus i ninberaib in chóigid. ‖ fogal beg
sin ar Fergus . conid de sin atá in senfocal .i. cac i tibraid. ní
fuigtíse Iubdán ar a shon sin ar Fergus. ocus dorónsat amlaid
ocus tángatar in tres lá co hEmain ocus do iarratar Iubdán. ní
tiubar ar Fergus. dogénamne dígaltas eile ar siat. cá dígaltas sin
ar Fergus. loiscfemait átha ocus muilte in chúigid inocht. ní
bfuigtíse Iubdán. ro imthigetar rompo ocus dorignetar mar do
gellatar ocus tángatar in cetramad lá co hEmain ocus do iarratar
Iubdán. ní thiubar ar Fergus. dogénamne dígaltas ortsa. cá
dígaltas sin ar Fergus. gerrfam a gcinn do diasaib in chúigid
inocht. ní fuigtí Iubdán ar a shon sin ar Fergus. ocus dorónsat
sin ocus tángatar in cúiged lá co hEmain ocus do bíodar ag iarr-
aid Iubdáin. ní thiubar ar Fergus. dogénamne dígaltas eile
ortsa. cá dígaltas sin ar Fergus. berrfam fuilt bar mban ocus
bar bfer co mbeid fó méla ocus fó aithis co brách. dar mo bréithir
ar Fergus dá ndéntáise sin muirbfetsa Iubdán.

Ní hedh sin as cóir ann ar Iubdán . acht ligter mise féin amach
dá nagallaim ocus dá rád riu imtecht ocus ar milletar do lesugud.
ocus do léiged eisen imach dá ninnsaigid. mar do chonncatarsan
chucta é do léigetar ilgáire móra ós áird ár ba deimin leo gurab
leo do cedaiged dosum dul. a oes chomtha ar Iubdán dénaid
imtecht ár ní ligter mise lib . ocus lesaigid ar millebar ocus ná
millid ní as mó . ocus dá milltí muirbfiter mise. doimthigetarsam
co dubach dobrónach ocus dorigne fer díob in láid ag imtecht:—

F ogal uainne ort inocht . a Ferguis co nimat port!
    benfam a gcinn dot diasaib . ní bud ferrde dod miasaib
R o loiscsem bar nátha de . is ro millsem bar muille!
    ro léigsem bar lacig co becht . dochum a mbuair i noinfecht
T escfamait folta bar fer . ocus folta bar ningen!
    ní ba maise bar norba . bud é deired ár fogla

G urab bán bar nech co hág . a rí Ulad óg óghslán!
  gurab corcra a heirred ann . in uair bes i cath nó i comhlann
N í rotgaba in tesbach oll . ní rodgaba in galar bronn!
  nidria in galar súl i bfus . 's ní ar do ghrád a Fergus. ‖
M ana biadh Iubdán i bfus . ar a chumus ac Fergus!
  ro bud olc diultad gan ail . mar dogénmais ár bfogail

Dénaid imtecht fesda ar Iubdán . uair do tairrngir Eisirt damsa
nach rachainn as ro co fágainn roga mo shét. ocus do bí Iubdán
i nEmain co cenn bliadna acht becán . ocus adubairt Iubdán re
Fergus : beir énroga mo shétsa ocus ní dligi mo chongbáil ní as
sia iná a ndernais . ocus is maith mo sheoit ar sé ocus ro gab ac
áirem na sét ocus atbert in láid ann:—

B eir mo ghó ón beir mo ghó . a Ferguis d'an bidba bró!
  comlann céd i cathaib í . fágaid rí fó rennaib ró
B eir mo sciath ón beir mo sciath . a Ferguis is maith in fiach!
  nocha gontar ar a scáth . ógán go bráth ná fer liath
M o chlaidem ón mo chlaidem . i leith re claidem catha!
  nocho nfuil i ninis fáil . séd as ferr illáim fhlatha
B eir mo bhrat ón beir mo brat . is gé beire lat is nua!
  a Ferguis is maith in brat . méraid dod mac is dot ua
M o léine ón mo léine . gé beth thall ina hinne!
  ben athar mo shenathar . a láma is iat dorinne
B eir mo chrios ón beir mo chrios . ór is airged iarna bfios!
  galar ní géba nech as . in cnes tar a mbia mo crios
M o chathbarr ón mo chathbarr . nocha nfuil séd as cóime!
  gach én gébus má baithis . ní bia fó aithis móile
B eir m'inar ón beir m'inar . édach sídamail socuir!
  gid cét bliadan bés um nech . nocha mistide a chorcuir
M o chaire ón mo chaire . maith in sét ar a ghaire!
  bud biad dingbála flatha . gid clocha dech im chaire
M o dhabach ón mo dabach . illeith re ndabaig ndeise!
  téit i noesaib co fo trí . gach oen fhothraigios eiste
B eir mo mhell ón beir mo mell . ní beri lat sét as ferr!
  illó chomlainn chatha glinn . dideonaid nái gcinn mot chenn
B eir m'echlasc ón beir m'echlasc . echlasc in eich bláith buide!
  féchaid mná in domain do ghnúis . is fort bés a ndrúis uile
M o thimpán co téidbinne . a himlib mara rodain!
  atá i mbun a leitrinne . airfided ban in domain
A rann glésta mo thimpáin . gidbé dá tegma i mboegal!
  gingob é in fer dána ifus . is oirfidech é a oenar ‖
U ch is binn a baegalán . ocus is caem a chédail!
  mar sinnios a haenarán . gan mér ar théid dá thédaib
M o dheimes ón mo deimes . dorigne goba barráin!
  gach aen ghabus ina láim . do geibid uile lennáin
M o shnáthad ón mo snáthad . dorigned d'ór in enaig!
  dá ngabad mullscóid muilech . do bud druinech na degaid

B eir dá muic dom mucaibse . méraid duit go lá t'éga !
    a marbad gach énoidche . 's a mbeith beo sa tráth chétna
M'aghastar ón m'agastar . gid bé do biadh re hédáil !
    gid bó dhub chuiredh nech ionn . do bud bó fhionn i gcédáir
B eir m'asa ón beir m'asa . bróga finndruine go feib !
    cuma imthig muir is tír . is mongenar rí rosbeir

Beir th'énroga seoid díob a Ferguis ar Iubdán ocus léig mise ass.

Is í sin uair ocus aimsir a dtánic Aedh éiges dá echtra, ocus ro bátar ollamain Ulad ag fiarfaigid scél de tige Iubdáin ocus a teglaig ocus tuaithe luchra uile . ocus do bí Aedh agá innisin sin dóib ocus ag tabairt a tuarascbála . ocus atbert in láid :—

I ngnad echtra ingnad echtra . romégla uaib ar filedaib !
    co sídbrug slóig co sídbrug slóig . go rígraid móir go bfinnferaib
D á dorus dég dá dorus dég . ar in treib tolgmóir toebsoluis !
    go mormair móir go mormair móir . co gcomlaid óir gach oendoruis
D erg is buide derg is buide . is uaine glas gorm rochoilcte !
    cumachta cian cumachta cian . fulachta fian is fothroigte
A léibinn bláith a léibinn bláith . do blaeisg uighe Iruaithe énugha !
    colba glaine colba glaine . colba airgitt is crédumha
S ída is sróll sída is sróll . sréin is buabae is birtenga !
    cumachta cian cumachta cian . fulachta fian is fichella
S gélaigecht ann sgélaigecht ann . gach lá do bíodh is fiannaigecht !
    duanaigecht ann colbaigecht ciuil . cornairecht chiuin is cliaraigecht
R í uasal é rí uasal é . Iubdán mac Abdaein echbuide !
    gan deilb do chlód gan deilb do chlód . gan fheidm go mór ar ercnuide
I ngena ann ingena ann . ag snám locha go lérgluine !
    go nétach sróill go nétach sróill . go slabrad óir gach énduine
A mais in ríg amais in ríg . go trillsib folt cas chaemshalais !
    fir fhinna fhois fir fhinna fhois . tuilledh ar bhois gach aenamais
B é bó binn bláith Bé bó binn bláith . rígan Iubdáin na tromtuile !
    ní bí ‖ in gég gel ní bí in gég gel . gan trí chét ben na banchuire
B anntrocht Bé bó banntrocht Bé bó . beg luaidi d'olc nó d'ardfolaid !
    rógela a cuirp rógela a cuirp . soichid a fuilt go fadbronnaib
O llam in ríg ollam in ríg . Eisirt mac Big meic Buaidgine !
    rosg nguba ngorm rosg nguba ngorm . luga ná dorn in duainire
B en in éigis ben in éigis . ba maith gach ní ro adradh sí !
    ben álainn uill ben álainn uill . im lámainn chuirr do chadladh sí !
D áilem in ríg dáilem in ríg . maith in fer comtha cuirmthige !
    inmain Ferór inmain Ferór . do bí i medón mo muinchille
T rénfer in ríg trénfer in ríg . Glómar mac Glais mic Glomruide !
    in glonnmar garg in glonnmar garg . taeth fothannán ard d'aenbuille
S echt ngéise dég secht ngéise dég . im uchtsa do'n lucht cumtha sin !
    cetrar im chrios cetrar im chrios . is fer gan fhios im ulchainse
A deirdís rim adeirdís rim . óig is ánrada in tsíodasain !
    guth na slóg saer guth na slóg saer . uch is mór Aedh a fhíorathaig

S í sin m'echtra sí sin m'echtra . a meic Léide na móirfidbad !
a Fherguis fhéil a Fherguis fhéil . domtánic inné móiringnad

Is ann sin rug Fergus roga na sét sin Iubdáin ocus is í roga
rug sé .i. bróga Iubdáin. is do chéilebair sé d' Fergus ocus do
maithib Ulad uile iarsin ocus ro fhág sé bennacht aca ocus rug
bennacht uatha . ocus fa cumach Ulltaig ina diaid. ní hair aith-
rister in sgél festa.

Dála Fergusa imorro is uime rug sé na bróga do rogain . lá dá
rála sé ocus óglách dá muir ag siubal láim re loch Rudraige ocus
do chuatar isin loch dá fothrugud ocus mothaigis in péist ro búi
isin loch iad .i. in tsinech locha Rudraige . ocus croithis í gur ba
hanfad agarb anbáil in loch uile ocus éirgis suas ina stuaig shes-
maig shírgránda gur ba commór í ocus sduag nime i naer . dochon-
catarsan chucu í ocus snámaid in loch cum tíre . ocus snámaid
sisi ina ndiaid go trén tinnesnach gur ba chosmail re buinne
mborbruad ndilenn in dá buinne bátar ima taebaib. léigis Fergus
a óglaech roime chum tíre . gur ben anál na péiste re Fergus co
nderna cam siabartha saebsúilech de gur ‖ chamastar óna bél co
clais a chúil é . ocus ní raibe a fhios aige féin a beith amlaid sin.
ocus nír lám nech a fhiarfaigid de cad dorigne sin ris ocus nír
lámad scáthán do thabairt i nóintig ris.

Cid tra acht innisis in tóglaech dá mnái féin sin ocus innisis in
ben do'n rígain do mnái Fergusa é . go tarla itir in ríg ocus in
rígain tré imremim fothraicthe go tuc in rí dorn di gur bris fiacail
ina ciunn. gabais ferg in rígain ocus adubairt : do bud chóra duit
ar sí a dígailt ar in sinig locha Rudraige do cham do bél go clais
do chúil iná báinghníma ban do dhénum. tucad scáthán d'inn-
saigid Fergusa iarum ocus do féch é féin ocus adubairt : is fíor
don mnái a ndubairt sí ar sé . ocus is í in péist tuc in díol so
orumsa . conad uime sin rug Fergus na bróga do rogain tar
shédaib Iubdáin uile.

Ro tinólad cúiced Ulad uile le Fergus iarsin cona longaib ocus
allaeidengaib co loch Rudraige ocus ro chuirset a longa ar in
loch . ocus mar rángatar amach ar lár medóin in locha ro éirig
in phéist ocus ro chroith í co hagarb ainiarmartach co nderna
brioscbruar do na huile longaib . cor ba chommin ocus barrgar
crann gcríon fó chosaib echraide gach long díob gur báithed uile
iad sul rángatar tír . ocus adubairt Fergus re hUlltaib : anaid

ann so ar sé ocus suidid uile go faicti cá réim dogénsa ocus in
péist ar a chéle.

Is ann sin ro gab Fergus bróga Iubdáin uime ocus lingis isin
loch ina stuaig niamda neimmertnaig cum na péiste. ótchuala in
péist fothrom in rígmíled ro nocht a fiacla amail coin re luirg
ocus do lonnraig a súile mar dá ríchoinnill ar lasad . ocus ro
garbglés go grod a géiringne . ocus ro stuag go stuagamail a
stuagmuinél . ocus ro nasc go laemda a lipada . ocus ro mael co
mímaisech a motharchluasa . ocus ro éirig gruaim gráinemail
glémer uirre. ro ba mairg duine ar doman dá raibe i ndán beith
i noirchill chomraic na péiste sin . ár ba hárracht cennmór cláir-
fhiaclach í. is amlaid ro búi in torathar trén tailc tinnesnach ||
sin ocus í cíorach cennmór cláirfhiaclach mongach gránda gairb-
fhinnfadach goiblethan garb glennshúilech . ocus trí caeca cos
cruaid coimlethan as gach tóeb di . ocus trí caeca ionga frith-
bacánach ar gach nénchois . ocus corp cosnamach coimremar
aici . motharchluasa móra mímaisecha lé ocus fiacla anarrachta
áithe aici. fá duibe iná gual nó druimne daeil a glúine . trí
chaeca traig a háirde in uair do shíned í. fa chruinne iná aball
in uair do chrapad ocus ba chommór ré cnoc airdsléibe airegda
aitenngairbe (*sic*) . ocus doconnairc in rí in péist ocus ro innsaig
í go urlam obann ocus dorigne in rosgad ann:—

F í domtánic célmaine . cóiged Ulad ollbladhach . sinech shármór
shogherrtha . loch Rugraide rithestar . ochna ré creich ngnáthferge.
comlann catha commaeides . asa ána órdaide . eirred echraide ég-
comlainn . treise triath tuinithe . barca tarbith brúidestair . echna re
sluag sírfhégad . beit gan ríg re róchathaib . asa Iubdáin áilimse.
ag airlech in arrachta . coimsig cruth a coimferge . dotaeth in mbéist
mbithadbail . dom éid is dom mórbuillib . cian ómtanic fí

Iarsin ro éirigset ar lár in locha ocus ro chrithnaigset in loch
go rabatar na héicneda eochargorma ag bidgléimnech tar bruach-
aib in locha . dóig ní fuaratar inad comnaide sin loch uair do bí
gainem fionntrachta in locha ar a uachtar. in dara ham ba
gilither iná lemnacht in loch . in tres am ba chubar forderg fola
in loch uile. is ann sin ro éirig in péist ós cionn in locha ináirde
amail rígdair rómóir ar teichem roim Fergus . ocus gabuis in ríg-
mílid comnert comtrén comchruaid uirri do brathbuillib mera
móraibsecha co torchair leis . co nderna óirdne coimgherra di
leisin claidem do bí ina láim .i. in caladcholg . in claidem as ferr
do bí in Erinn in uair sin . ocus tuc craide na péiste lais go port

in locha mar a rabatar Ulltaig. ocus gid eisium dono nírsat luga
a chréchta . ár nír ba tuille criathar iná a chnes. ocus tuc in péist
fiacail do go tuc dubfhuil a chraide amach . ocus is suaill má do
fhéd labairt ocus tuc a osnad as. ocus gér b'iad Ulaid dono nír
ba sám dóib ag féchain in chomlainn sin . ocus ‖ issed adeirdís
dámad ar tír do choimreogdáis .i. rí Ulad ocus in péist gomad
maith do choiseonatáis é . conad ann sin dorigne Fergus in láid :—

> U chbadach mo chraide inocht . is trén ro cirrbad mo chorp !
>> do luid co trén trém chraide . péist locha ruaid Rudraige
> A sa Iubdáin tuc mé as . gan mo bádad do'n gai glas !
>> do'n chaladcholg is dom gó . díob dorignes in cruaidgleo
> R o díglas ba mór in blad . ar in sinig mo shiabrad !
>> ferr lium bás dom breith a fhir . inás mo bheith fó ainim
> A illin ingen Echach uill . domrad i náit nécomluinn !
>> in tecasc tuc damsa Iubdán . nocha liumsa nach uchbád

Iarsin atbert Fergus : fuarassa bás a Ulta ar sé . ocus taiscid
in claidem so nó go tí tigerna a dingbála féin do Ultaib im
degaidse ocus bud Fergus a ainm .i. Fergus mac Rosa ruaid.
ro bátar tra Ultaig go huchbadach égcáintech ós cionn Fergusa.
ocus tánic Aedh éiges .i. fili in ríg ós a chionn ocus do bí agá
égcáined . ocus dorigne in rann ocus do fhrecair Fergus é :—

> C laidter lib fert Fergusa . in áirdríg móir meic Leite !
>> mór in béd a marbadsan . tré briathraib baethmná beice
> T aiscter lib in cloidem so . arm dá ndingantar ernmas !
>> ticfaid sunn im degaidse . fer dámad comainm Fergas
> C oimédaidh in cloidemsa . nach ruga uaib nech eile !
>> go bráth bud é mo díol de . techt tar sgél in chloideimse

Ro sgar a anam ré chorp d'Fergus iar sin . is do claided a fert
ocus do scríbad a ainm ogaim ocus dorigned a chluiche cáintech.
ocus is ó na hulltaib cloch dorónsat Ulaid agá cháined gairter
Ulltaig díob.

Conid iad imtechta tuaithe luchra ocus aided Fergus conuige
sin.

. *Finit* .

Geinemain Cormaic ua Chuinn in so síos.

Luid Art mac Cuinn chétchathaig do thabairt chatha Mhuc-
rama i nagaid Mheiccon. issed luid co mórsluagaib fer nErenn
dar Sionainn siar. ro fer diu a áigidecht in aidche riasin cath i
tig Uilc acha in gabann. bátar míthurusa ocus drochráidte inn-
aidche sin aco. bái Olc acha gá radha fri hArt nár b'iomaircide
ocus nár coimde do cath do thabairt do Maccon ná do Eogan
mac Aililla úluim . ocus ro b'olc a fola fris ár ro dlig Lugaid
fiacha de. cá mét do chloind fácbaisiu ar in gaba ria hArt. ní
fhedar ar Art acht oenmac nammá. róbec sin ar sé . faei lam
ingeinse anocht a Airt ol in gaba . ár atá i tairrngire damhsa
ordan mór do geinemain uaim. ba fíor ón . ba mór in tordan .i.
Cormac mac Airt meic Chuinn chétchathaig.

Fáidid iarum in rí la hEtain ingin Uilc acha in aidche sin . is
ann concoimpert Cormaic. asbert Art ria no bérad mac ocus ro
bad ríg ar Eirinn é. is ann adfed di cach folach forfolaich dia
tharbugud in meic . ocus asbert ria no muirbfide arna mhárach.
ocus céilebraid di iar sin ocus asbet ria : beir do mac let for
altrom co a charaid do Chonnachtaib .i. Lugna fertrí i Corann.
marbtar in rí iarum isin chath amail adfed féin.

Ba torrach diu Etan ocus táinic for menmain di dul co tech
Lugna fertrí comad ann no túismed in gein búi fó a bruinne.
luid ima carput iarum ocus oenben léi do saigid Lugna sin Chor-
ann. ó ráinic iarum in tír do fea cara alla man ocus tairblingis
as a carput ocus arsisbis mac. luid in inailt ocus benaid fidnaig
fúithi . conid de atá Fidnacha i Corann. do chuaid torrainn-
breisim isinnaer lá gein in meic . asbert Lugna oc cloistecht in
delma :—

D elm . torann . gein ríg . tórmach netha . díbad ngua . for mac náine.
eras céille . adnad fír . dubad nach innsce . ticfa ith sceo blicht
d'echtra Airt do thig Uilc is do gein a meic móir adfet nem fáilte
suba . ár bud sognasaig soacallma in mál mór is in mac dororba
nem a chommáidem . diadrocht cor ndelma

Fíor ar Lugna : is é mac na fírflatha Cormac mac Airt ro

genair anosa . ocus tiagam for a iarair ar sé ór is riom ro herbad
a choimét comad infhorba.

Ro chodail imorro Etan a haithle na seola ocus erbus risin
inailt coimét in meic co róised leo imthecht. cotlus dono in
inailt . ocus do roich chucu mactíre ocus beirid in mac léi co
hairm a mbádar a cuiléin ocus cusin uamaid cloiche fil i cionn
cráibige ocon achail i síde Chormaic andiu. diuchtrais in ben
iarsuidiu ocus dobeir a mairg eisti ór nach uair in mac. do roich
diu Lugna chuici ocus imbafoacht díob cid diambátar. ráidis in
ingen fris uile . conid dia saigid féin do deochaid ár is fris ro
herbad in mac d'altrom. beirid Lugna leis iar sin dia tig in
mnái . ocus asbert cébé ro gébad do fios nó forus forsin mac co
tiubrad a itche féin do.

Bái Grec mac Arodh inaroile ló oc cuartugud in ferainn conus-
tarla forsin uamaid co facaid na cuiléna oc áine i ndorus na
huama ocus in blaicne meic etorro for a láma. síor or sé. luid
iarum co hairm irroibe Lugna ocus naiscis fair a choma dá fagh-
bad do mac in ríg. faemus Lugna in ní sin . conid de do radad
do in ferann forsatát Grecraige . log faghbála Chormaic do
Ghrec. lotar iar sin Lugna ocus Grec cusin uamaid ocus do
benad leo in mac ocus na cuiléna eisti. conid ann ro chachain
Lugna in so oc tairchetail do:—

> M ochen Cuinn comarba buadach fírfios fírinne ina ciurt fri dála deich-
> bire . bud ergnaid ngáise . bud sobraide . bud saitech . bud féinnid.
> bud gartaid . bud sognasaid sofer . bud mer a mórgníma . bud fómám
> mided ar dil sluagaib cengat cách . bud fíorfáid finnchlesa fri hulu
> errudu diambia díobad a ruirech róruanaid . conleicfi loinges diam-
> bia at esbaid fria ré nae mís . fíorfaid caipthiug condathrinne bodb-
> ada . ardibiba sluaga dia luaignib . concertfa claenrecht for iathu
> Banba . biaid airecht fer nEirenn mag concoicerthar a mórbretha
> isin innse so co foirchenn in betha . cuirfid Banba a brón digairse
> dia inorba in ruire rothaigthe . bud ríg Temrach co bo trí . conbeba-
> bat siabra iar caithem cethrachad [mbliadan] irríge for cathair cro-
> ainn . conanebrad fris Temair a Chuinn comarba is mochen

Ailter iar sin in mac ac Lughna ‖ ocus ní lámhtai a lonnugud
fria escáirdib a athar. ba hingelt dono súl sochaide diu in mac
.i. etir dheilb ocus dheichelt ocus chóire ocus chutruma ocus
urlabra ocus áinius ocus mhaise ocus mhiadamlacht ocus bhruth
ocus bhríg ocus bharann. is é ainm dobeirthea do diu Lugna
.i. corpmac irriocht forfhácaib Art a thabairt fair.

Báiseom Cormac ocus meic [Lugna] fírtrí .i. Ochomon ocus

Nathnach oc áine fecht ann. buailisseom fer díob. fa or eside :
rombuail in fer nach fes cland ná cenél acht a bheith tuirigein
cen athair. luid Cormac iarum fá bhrónduba co hairm imbái
Lugna ocus chanus fris a imcháined. ní fíor sin or Lugna : is tu
mac na fírflatha .i. mac Airt meic Chuinn chétchathaig ocus is
duit atá i tairrngire stiuir t'athar do luamairecht . ár ní bia ith
ná blicht ná mes na murthorad ná síon i cóire céin rabaisiu i
Temraig i tigernus. tiagam dono ol Cormac coroilem airneolus
i tig ár nathar i Temraig. tiagam dono ar Lugna.

Lotar iarum .i. Lugna ocus Cormac cona chonaib ocus firchúl
leis do chethairnib bátar i Corann ó aimsir Echach aireman
conici sin . óir is iad ro marb Eochaid airem .i. cíos trom do-
beirthea forro. is iad sin firchúl Breg andiu .i. is iad lotar do
chomaidecht lais.

Tiagait diu co rángatar Temraig . ocus feraid fáilte friu ocus
gabaid Cormac ó mud dhaltasa. bái banbrugaid i Temraig in
inbaid sin .i. Bennaidh. lotar a caeraigechta conduadar glaisin
na rígna . berar in riar co Lugaid. aspertside na cáirig i níc na
glaisne do'n rígain. ac ol Cormac : leor lomrad na caerach i lom-
rad na glaisne ár faide diblínaib. is í in fhírbreth or cách : is é
mac na fírflatha ruc in bhreith. luid fó'n all leth do'n tig irrucad
in ghúbreith . méraid samlaid co bráth . conid sin claenfherta
Temrach.

Ní ba maith imorro ríge Meiccoñ. dlomsad fir Eirenn do
iarum ocus doberaid ríge do Chormac. ba lán in bith do gach
maith iar sin céin bái Cormac beo. bádar imorro a choin la
Cormac iartain . ocus isedh fodera in cadhas mór bái la Cormac
for conaib .i. a oilemain do chonaib.

Conrochd dono in Temair do athnúidedh lais amail nach roibe
roime itir tige ocus chluidhe ocus chumdaige olchena . itir laech-
tigib ocus ghrianánaib ocus tige talman. ba maith tra bái Eire
fri linn in ríg sin. ní féta uisceda abann dol fri slíomrad a héisc.
ní féta a caillte co hurusa d'imthecht fri himad a mesa . ní ba
réid imthecht a maighed fria himad a mela iarna tidnocol do
nim tria fhírinne a flaithesa . nosfóirfed do biud ocus do shásad
a dháined imad a fiaidmhíol cen co bedh arna buain aco.

Bái Cormac iar sin ina ríge i Temraig ocus is leis conrothacht
iar sin in cumdach as airegda dorónad riam i Temraig. ocus nír
scarad fri flaithemnus é ce tháncus fris ó Ultaib . co fuair bás i

ráith Spelláin in brugaid hicheiltech dia ro len cnám bradáin ina
bhraigid ro fuined triasin cruithnecht do radad do . conid de a bás.

Isedh ro fácaib Cormac acá aes gráda ocus do aithin dá aes
gráda a adnocul isin brug ár nír b'inann dia ro adair sin ocus in
lucht ro hadnaiced isin brug . ocus asbert a adnocol i ros na ríg
ocus a agaid sair cach ndírech fri turcbáil ngréine . dia nebairt:—

> D lom mac Airt iath meic moch guid fod fair i ros na ríg . bertha le
> slóg na mbrug mbreg conerracht re ucht Boann bríg.

. Finit . Amen . Finit.

[Echtra Laegaire meic Chrimthainn go magh mell in so.]

Bátar Connachta fecht ann i ndáil oc énloch for maig Ai.
Crimthann cas ba rí Connacht in tan sin. ansat in aidche sin
isin dáil . atrachtadar matan mhoch arna mhárach confhacatar
an fer chuca triasin ciaich . brat corcra cóicdiabail imbe . dá
shleig coicrinn ina láim . sciath co mbuaile óir fair . claidem
órdhuirn for a chrios . mong órbhuide dar a ais.

Tabraid fáilte do'n fhior dothoet chucaib for Laegaire líbhán
mac Crimthainn . macsein as áiniumh búi la Connachta. fochen
do'n loech ‖ nátaithgenmar ol Laegaire. is buide lem ol sé. cid
im a tudchais ol Laegaire. do chuingid shochraite ol sé. can
duit ol Loegaire. do feraib sída dam or sé : Fiachna mac Retach
mo ainm. mo ben rosfucadh dom chionn .i. rosfuc Eochaid mac
Sail. dorochairside liomsa i raei chatha co ndechside co mac
bráthar do .i. co Goll mac Duilb rí dhúine muige mell. do
radassa secht catha dho ocus ro mebhatar form uile . forfuacrad
cath linn inndiu ocus do chuingid chabartha do deochadassa
ocus dobér urrann argait ocus urrann óir do gach aoinfher dia-
nad áil do chionn techta lem. lasodain imsói uadaib.

Is mebal dúib or Loegaire cen chabair indfhir út. forfhuab-
airside coecat lóech ina dhiaid . gabaidside reimib fó'n loch.
gabaitsium dono ina dhiaid. atchonncadar in dúnad ar a gcionn
agus in cath agaid i nagaid . téitsium rempa co ráinic a dhúnad

.i. Fiachna mac Retach confhacatar na dá cath i suidc. maith tra ol Loegaire : coindriocubsa frisin tóisech anall coecat loech. rottioncubsa ar Goll mac Duilb.

Imustuaircet a ndíb coecdaib . do luid Loegaire as i mbethaid cona choecait iar tuitim Ghuill cona choecait ime . máidid in cath reimib iar sin co ro laadh a nár.

Cáit idtá in ben or Loegaire. atá i ndúnad muige mell or Fiachna ocus in tsluaig uimpe. anaid sunn contorossa ocus mo choeca ol Loegaire. ‖ luid Loegaire iarom co dúnad muige mell. ro bás imorro ac gabáil in dúine. bud bec tarba or Loegaire : dorochair bar rí ocus dorochratar bar coeim . léicid in mnái immach ocus tabar slán dúib thairis. dogníther ón . is ann asbert ac tuidecht immach .i. osnad ingine Echach amlabair.

Luid Loegaire iar sin co tard a láim illáim Fhiachna . ocus ro fóided re Loegaire in aidche sin .i. Der gréine ingen Fiachna ocus [tuc]ad coecait ban dá chaecait laech ocus anaid leo co cenn mbliadna. tiagamne d'fios scél ár tíre ol Loegaire. dia tísaid doridise ol Fiachna beirid eocha lib ocus ná túirlingid díob.

Dogníther ón. tiagat co ráncatar in taenach . bátar Connachta ann sin oc cáined in fhiallaig remráidte i cionn na bliadna condasairnectar ós a cionn. ro lingset Connachta d'fáilte friu. ná toeit or Laegaire : do chéilebrad dúib do dechamar. nachamfágaib ar Crimthann : ríge Chonnacht duit . a nór ocus a narcat a neich ocus a sréin ocus a mná coema dot réir ocus nachamfácaib.

Iar sin ro sói uaidib isin síd doridise condofil i leithríge in tsída fri Fiachna mac Retach ocus ingen Fiachna ina fharrad ocus ní tháinic as fós.

. *Finit* .

[*Tóraighecht in ghilla dhecair ocus a chapaill in so*]

Rí uasal oirderc ro ghaib flaithes ocus forflaithemnas for Eirinn fecht naill .i. Cormac mac Airt mac [Chuinn] chétchathaig . ocus do bí Eire co rathmar riagalta ocus co sona síthchánta ocus co saidbir somaoinech le linn in tréinríg sin. ocus nír b'iongnad a beith amlaid sin . óir fa bhrugaid ar bhrugachas ocus fa fhile ar fhilidecht ocus fa rí ar rígamlacht in Cormac sin.

S

Do bí Fionn mac Cumaill mhic Thrénmóir úi Bhaoiscne i náirdchennas ar fhiannaib Eirenn le linn in tréinríg sin .i. Cormac in táirdrí ocus ríg na gcúiced ocus in rígféinnid . ocus do b'é Fionn in sechtmad rí do háirimti in Eirinn in tan sin.

Ba mhór tuillme ocus tuarastal Fhinn ocus na féinne in tan sin .i. baile in gach tuaith ocus cethrama in gach baile . coilén con nó gadhair ann in gach tech ó shamain co belltaine ocus mórán sochar eile nach áirmither ann so. ocus gér mhór na sochair iad sin fa mhó co mór na duaidh ocus na dochair do bí ar Fionn ocus ar fiannaib Eirenn ina dhiaid . mar atá cosc [ocus] díchur danar ocus allmarach gada ocus díbfeirge ó Eirinn ‖ maille le gach olc eile ar chena . innus gur mhór d'olc ocus d'imshníom do gheibdís in fhiann ac cosnamh Eirenn mar foillsigter ann so.

Laithe nann dá raibe Fionn ocus fianna Eirenn in Almain lethanmhóir Laigen ac ól fleidhe meiscemhla medharchaoine samhna . ocus do bátar maithe ocus móruaisle féinne Eirenn ina fharrad in tan sin . ro fhiarfaig Fionn díob inar mithig dóib dul do sheilg ocus do shírfiadach. óir is é fa ghnáth le Fionn ocus le fiannaib Eirenn in bhliadain do chaithem .i. ó bhelltaine co samain le fiadach ocus le fianchoscar . ocus ó shamain co belltaine [le] coimét cinnte comchoitchenn ar fheraib Eirenn.

Cid tra acht do cinnedh as a haithle sin dul do chommórad na seilge móire sin aco . ocus is é inad fá ndechadar dá dénamh .i. fá dhá chúiced mórdhálacha Muman. do ghluaisedar iarum i nathgairid gacha conaire ó Almain co ráncatar crích ó mBuilc. co lár bfer gcell ocus co brosnaig Bladhma . ocus co dá sliab déc Eiblinne . ocus co cnámchoill mic Raighne . ocus co drom collchoille re a ráidter Aine cliach in tan so.

Do srethad ocus do sraonad in tselg le Fionn ocus le fiannaib Eirenn fá imlib na foraoise risa ráidter [fír] muighe indiu . ocus fá dhiamraib dorcha ocus fá fherannaib aimréide ocus fá chríochaib caoináille caoinréide ocus fá shléibtib urárda Desmuman risa ráidter ‖ luachair Dhegaid indiu . fá shliab chaomálainn chrot ocus fá thulchaib mínáille [sléibe] muice . ocus fá chríochaib oirermíne na Siuire srebhuaine . ocus fá mhagaib féruaine fírghlasa Feimen ocus fá Dhéisechaib urárda agarba aimréide Eithne . ocus as sin co belach ngormchoilltech nGabráin.

Cid tra acht ní raib fidh ná mag ná móirshliab in dá chúiced Muman nach raibe taoisech naonbair ac fiadach ocus ac fian-

choscar ac srethad ocus ac sraonad na seilge amlaid sin. is ann
sin do shuid Fionn ina dhuma sheilge ocus d'fanadar drem do na
deglaochaib ina fhochair .i. Oisín mac Finn . Oscar mac Oisín.
Goll mac Mórna . Art mórbhuillech mac Mórna . Sciath brec
mac Dathchaoin .i. fer iomchair scéithe Fhinn . na tri Bailbh ó'n
mboirinn trí meic aoincherda Beirre . Caoilte mac Rónáin . Diar-
mait détsholus ó Duibne . Liathán luath ó luachair Dhegaid.
Conán [maol] mac Mórna .i. fer aithise ocus mílabartha na
féinne . ocus Fionn [bán] mac Bresail. acht atá ní chena fa
bhinn le Fionn ocus le fiannaib Eirenn guth ocus glám na
ngadhar . ocus glaodhach groidmher na ngasradh . ocus tormán
na dtréinfher . fedghail ocus fírgháir na féinne isna foraoisib ocus
isna fásaib ina dtimchioll.

   Is ann sin ro fiarfaig Fionn do'n druing sin do bhí ina fhochair
cia do rachad d'faire ocus d'forchoimét na tulcha. ‖ do frecair
Fionn bán mac Bresail úi Bhaoiscne do'n rígféinnid ocus adubairt
co rachad féin ann. ann sin tuc Fionn bán lám tapaid deglaoich
tar a lethanarmaib ocus do ghluais roime co hárd na tulcha.
ocus ro ghaib ac féchain uada ar gach taobh de [mar atá] soir
siar ba dhes is ba thuaid . ocus nír chian do in tan atchonnairc
sin náird anair gach ndírech dá innsaigid in fomór ferrda fír-
ghránda . ocus in dúil diablaide dodelba . ocus in mogh modarda
mísciamach. ocus is amlaid ro bí ocus sciath dron dubh dath-
ghránda doilbir ar stuaigleirg a dhroma . ocus cloidem claislethan
glainbhéimnech ar a chroisshliasaid chírdhuib chlí . ocus dhá
shleig shénta shlinnlethna nár tógbad cian d'aimsir roime sin i
naimsir throda ná thegmála rena ghualainn amach . brat briste
bogshnáithech ar uachtar a eirrid ocus a éidid . ocus ba dhuibe
iná gual gobhann arna bhádad i nuisce fhuar oigreta cach aighe
de. capall modarda mísciamach cretlom le caoildeired liath
lúdartha fannchosach ocus aghastar agarb iarnaide uirre ocus
é acá tarraing ina dhiaid . ocus ba hingnad mór nach dtairrngedh
a cenn as a caomcholainn nó as a muinél le cach tarraing dá
dtugadh do'n aghastar agarb iarnaide ac iarraidh aistir ocus
imthechta do bhuain aiste. ocus ba mhó iná sin in tingantus
nach tairrngedh sise na láma fada sithremra do bí ac in bfer mór
as ‖ chompar a chléib le cach stad ocus le cach fuirech dá ndénadh
uaid ac dul tar a hais. ocus ba shamail re tormán tuinne trén-
móire cach buille bailcbhrígmar buanláidir dá mbuailedh in fer

mór do'n luirgfhersaid iarainn ar in gcapall ac iarraid aistir ocus imthechta do bhuain aiste. ocus arna fhaicsin sin d'Fionn bhán mhac Bhresail do thuic aige féin nár chóir a leithéid sin d'echtrannach ná d'allmarach do léigen gan fhios ar Fhionn ocus ar fhiannaib Eirenn . ocus do ghluais roime ina chéimennaib trénluatha ocus ina ghaisib cosluatha nó go ráinic Fionn ocus fianna Eirenn . ocus adubairt in laoidh:—

N a dee dot bennachad a Finn . a fir in chomráid chnesda!
   táncas féin dot ghrésachtsa . mar do bí oram egla
C rét fár fágbais t'fornire . a Finn bháin an [re] droichscél!
   crét as fáth dot chorrachad . fár léigis díot do choimét
D úil co ndroichdeilb ndiablaide . as mó gráin do'n druing daonda!
   ac tiacht cusna fiannaibse . atá le siubal saothrach
E ch modarda mísciamach . ina diaid cen chéim deithnis!
   agastar agarb iarrainn . atá ar chenn in eich sin
D á shleig shéta shenlethna . atá aige dá nimchar!
   is lorg d'iarrann aithleghta . a chloidem cruaid le ciorrbad
   ag so fáth mo dheithnisse . ní thiocfainn co tráthnóna ||

A haithle na laoide sin atchonncadar in fer mór dá ninnsaigid ocus gér gherr uatha é is fada do bí ac techt ar olcas a aistir ocus a imthechta . ocus do bhennaig d'Fionn in tráth tháinic dá láthair ocus do chrom a chenn ocus do fhill a ghlún ocus tuc comartha umla d'Fionn. tócbus Fionn a lám ós a chionn ocus tuc ced aithise ocus uirghill do ocus fhiarfaigios Fionn scéla de . cia d'folaib uaisle nó anuaisle in domain mhóir thu ar Fionn. adubairt seisen nach raib a fhios sin aige cia dhíobsan é . acht aonní amháin gur bfomór é do bí ag siubal ar rígaib certbhrethacha na crístaigechta ag iarraid tuillme ocus tuarastail i ngell air féin ocus co gcuala nár eitig Fionn duine ar thuarastal ariam. ní dherna go deimin ar Fionn ocus ní mó eiteochaid sé thusa. créd dobeir gan ghilla thu a fhir mhóir ar Fionn. is maith in tadhbar ar in fer mór óir ní fhuil sin doman ní as decra liom iná gilla do bheith agam . óir is próinn trí céd fer do bhiad ocus do thomaltus fhognus dam co cenn do ló . ocus is beg liom sin dam féin ocus is mór liom gilla ina thimchioll agam. masadh créd é in tainm atá ort ar Fionn. atá orm in gilla decair ar sé. créd fár tugad in gilla decair ort ar Fionn. is maith in tadbar ar in fer mór . óir ní fhuil isin doman ní as decra liom iná aonní || do les mo thigerna ná aonduine agá mbím do dénam. a Chonáin mic Mórna ar in fer mór cia as mó tuarastal marcaig sin bféinn nó tuarastal coiside.

is mó tuarastal marcaig ar Conán . óir atá dá oired risin gcoiside
ag in marcach. cuirim a fhiadnaise ortsa a Chonáin gurab mar-
cach mé ocus co bfuil ech agam ocus fós gurab ar marcaigecht do
bhíos ag techt i gcionn na féinne . a Fhinn mhic Chumaill ar in fer
mór léigfed féin mo ech amach ar do chomairchese ocus ar chom-
airce na féinne i bfochair echrad na féinne. léig ar Fionn. tairrn-
gios in fer mór in tagastar agarb iarnaide do bí rena ech ocus do
ghluais sí roimpe ina céimennaib trénluatha retha nó go ráinic
echrad na féinne . ocus do ghaib dá ledrad ocus dá luathmarbad.
ocus do bhained in tsúil do ghreim as ech ocus do bhained a
chluais do ghreim do'n dara capall ocus do bhrised cos eich eile.
tabair th'ech let a fhir mhóir ar Conán : ranna nime ocus talman
i gcoraigecht orm muna mbiadh mar do léigis amach ar chom-
airce Fhinn ocus na féinne í co léigfinn a hinchinn tré fhuinneog-
aib a cinn ocus a cennmhullaig amach . ocus cid imda droch-
thurchartha do fuair Fionn i nEirinn ariam ní bfuair turchair ba
mhesa iná thusa. ranna nime ocus talman i gcoraigecht ormsa
ar in fer mór má thugaimse liom í . óir ní fuil gilla dogenadh
gillaigecht dam ocus ní hobair liom féin m'ech do beith im ‖ láim
agam.

Eirgios Conán mac Mórna in tan sin ocus ghlacus an tagastar
agarb iarnaide ocus chuirios re hech in fir móir é . ocus tuc leis
mar a raib Fionn ocus fianna Eirenn í ocus do bí i bfad ina láim
aige. a Chonáin mic Mórna ar Fionn ní ghéillfeá gillaigecht do
dénam do dhuine bud ferr iná in fer mór i bfiannaigecht . ocus
dá ndéntá mo chomairlese is é ní dogentá dul ar ech in fir móir
ocus cnuic is cabháin ocus maga mínscothacha do chuartugad
léi nó co mbristeá a croide ina cliab tré ar mharb sí do echraid
na féinne. eirgios Conán in tan sin ocus tuc echléim ar ech in fir
móir ocus bhuailios a dhá sháil co dian ocus co díchellach uirre
ocus nír chorraig ech in fir móir leis sin. aithgnim in ní sin atá
uirre ar Fionn : nó co bfaghbaid sí comtrom a marcaig féin do
daoinib uirre ní bfoghabtar aister aiste. do chuadar trí fir dég
d'fiannaib Eirenn ar chúla Chonáin ar ech in fir móir ocus luigios
fútha ocus éirgios arís. mesaim gurab ag magad is ag fonomaid
atáthaoi faoi mo ech ocus ní saor mé féin uaib mar in gcédna.
ocus is mairg dam do chaithfedh in chuid eile dom bhliadain
agat a Fhinn do ráid in fer mór ocus in mhéid so do bar sgige
d'faicsin in chéd lá . ocus aithgnim gur teist bhréige do chuaid

ort ocus biad ag imthccht uait . ocus adubairt in laoid mar
lenus ‖:—

  B iadsa anois ac delachad . riot a Finn is ret fiannaib!
    ní bfuil ann acht mernachad . do laoch tuidecht dot iarraid
  D o muinter cid mórdálach . a Finn mic Chumaill chrechaig!
    ní mérad it ócláchas . ní anfa in gilla decair
  G id do chuaid do degtáscsa . a Finn ar fed na talman!
    is edh ort nach gceilimse . do chlú éirgenn gan adbar
  G uth orainn ná tabairse . ná himthig uainn fá dólás!
    luigim fá na harmaibse . nár chailles riam ar óclách
  D á bfantása im farradsa . fedh bliadna a ghilla decair!
    dobérainn cen charrachad . ar ghellas duit na degaid
  D á mbud gan do'n bliadainse . a Finn acht aon lá beith ànn!
    ní anfainn it fiannaibse . tré a ndernsat orm do braflang
  C uirim suas dot muinterdas . a Finn cid maith do fregradsa!
    sin bféinn ó nár fuilngebar . ag imthecht uaibse biadsa

Eirgios in fer mór a haithle na laoide sin co meta míthapaid
ocus co hanbfann atuirsech nó gur chuir tulach idir é féin ocus
fhianna Eirenn . ocus ar ndul tar binn áird na tulcha do tógaib
ós mellaib a mhás co lánárd . ocus do ghluais roime mar luas
áinle nó feirbe nó mar shíde gaoithe glóraige ag dul tar cenn
machaire nó móirshléibe i medón mísa márta . ba hé sin trebar-
luas déine ocus dígaire in torainn tennretha do bí leisin bfior mór
ag fágbáil na tulcha.

Mar atchonnairc ech in fir móir a tigerna ag imthecht uaithe
nír fuilnged sin léithe . ‖ gé gur mór a heire ocus a hualach do
ghluais roimpe ina buinne retha róghéir i ndiaid a tigerna . ocus
mar atchonnairc Fionn ocus na fianna na trí fir dég sin ar chúla
Chonáin mhic Mhórna ar ech in fir móir ocus í ar siubal do
scredadar le gáir fonomaid faoi . ocus mar atchonnairc Conán nach
raibhe ar a chumus túirling d'ech in fir móir do scred ocus do
scréch ar Fhionn ocus ar fhiannaib Eirenn fá gan é féin do léigen
leisin bfer mór fírghránda aduathmar nár bfes cá chlann ná cinél
do . ocus do ghaib dá naithisiugad ocus dá nimdergad . nél marb
ós uisce ort a Fhinn ar Conán : mac moghad nó ladrainn na fola
anuaisle bud mhesa iná thu féin do mhac athar is máthar do
bhuain do chinn is do choiméta bethad dhíot muna lenair sinn
ocus gidbé iath nó inse nó oilén i mbéraid in fer mór sinn ár
dtabairt let co hEirinn arís. éirgios Fionn ocus fianna na hEirenn
in tráth sin . ocus do lenadar in gilla decair tar maoilinn gacha
mórchnuic . ocus co híslé gacha glenna . ocus tar snám gacha

hinbir . ocus co sliab lánaoibinn luachra . ocus co tulaig na sen-
ghaoithe risa ráidter berna chabair . ocus co crích corca Dhuibne.
ocus tuc in gilla decair a agaid roime gach ndírech dochum na
fairrge falcmaire fírdhoimne ocus tar sálmhuir srebuaine . ocus
bheirios Liagán ‖ luaimnech ó luachair Degaid a dá láim i nerball
eich in ghilla dhecair ocus do mes a tarraing chuige i ndiaid a
fuilt ocus a sithfinnaid ocus in lucht sin do bí uirre do chongbáil.
tuc sise suinnedh láidir lánchalma do Liagán luaimnech ocus
thairrngios i mbél mara ocus mórfairrge amach é . ocus ghrem-
aigios Liagán luaimnech d'erball eich in ghilla in uair sin . ocus
do bí in fhairrge ina maoltonnaib móráibsecha ag éirghe ina
ndiaid ocus ina tráig ghainme rompa in gach áit ina ngébdaois.

Ba himshníomach le Fionn na cúig fir dég sin dá mhuintir do
bhreith uaid ocus é féin d'fágbáil fá ghesaib. créd dogenam anois
ar Oisín re Fionn. créd dogenmaois acht ár muintir do lenmain
ocus gidbé iath nó inse nó oilén i mbérfaid in fer mór iad a
dtabairt linn ar ais nó ar éigen co hEirinn arís. créd dogénam
gan luing ar Oisín nó luathbarc againn. atá ar Fionn gur fhág-
badar tuatha dé danann do bhuadaib ar chloinn Ghaodail ghlais
mic Niuil mic Fhéiniusa farsaid gidbé aca re a mbiadh gnóithe
le hEirinn d'fágbáil [acht] dul co beinn Edair ocus gidbé líon do
rachadh leis ann co bfuigdís a sáith do luing nó do luathbarc
ann.

Fhéchus Fionn do thaob na fairrge in tan sin ocus atchonnairc
dias gaisgedach sin ‖ chonair chuige ba mhó do mhíledaib ocus ba
láidre do laochaib ocus ba chalma do churaib . ocus sciath
druimnech dathálainn ar stuaigleirg a dhroma ag in gcédfer díob
co ndeilb leoman ocus onchon ocus gríob ingantach arna mbuain
ocus arna mbechttarraing innte. colg toirtemail trénbuillech cru-
adloinnerda lánáibsech ar shliasaid a choise clí . ocus dá mhan-
aois móirremra rena ghualainn . ocus brat buanchorcra uime ocus
delg óir sin mbrot ós a bhruinne . flesc ingantach fhionndruine
ima chenn ocus ór fá gach cois de ocus a leithéid sin d'innioll ar
in dara fer . ocus ní fada in comnaide dorignedar co dtáncatar do
láthair ocus do chromadar a gcinn ocus do fhilledar a nglúine
ocus tucatar comartha umla d'Fionn. tócbus Fionn a lám ós a
gcionn ocus tuc ced aithisc ocus úirghill dóib . fiarfaigios Fionn
scéla díob cia d'folaib uaisle nó anuaisle in domain dóib. adu-
bradar gur chlann do ríg na hInnia iat ocus gurab é fáth a

dturais co hEirinn .i. ar thí beith bliadain ar thuillem ocus ar
thuarastal Fhinn in Eirinn . ocus co gcualamar nach bfuil in
Eirinn duine bud ghlice iná é . ocus breith do breith idir na cerda
do bí aca. créd na cerda atá agaib ar Fionn. atá agam do cheird
ar in chétfer acasan .i. tuag saoir ‖ ocus cranntabaill . ocus dá
bfuighbinn deich gcéd fiched d'feraib Eirenn ar aon láthair dog-
enainn a sáith do luing nó do luathbarc dóib le trí builledaib
dom thuaig do bhualad isin gcranntabaill . ocus ní iarrfainn do
chuidiugad orra acht a gcinn do chromad in fedh do bheinn ag
bualad na dtrí builled sin. is maith in cherd sin ar Fionn . créd
í in cherd atá ag in bfer eile úd ar Fionn. atá agamsa do cheird
arsa in dara fer co mbérainn lorg na crannlachan naoi nimaireda
ocus naoi neitreda nó co mbérainn ina lebaid ocus ina hinad
uirre . ocus is comthrom dobeirim sin ar muir ocus ar tír. maith
an cherd ar Fionn. ocus bud mhór ár bfeidm orraib dá dtuct-
áidhse congnam lorgairechta dúinn. créd dorucad uait ar fer
díobsan. innsios Fionn scéla in ghilla dhecair dóib ó thús co
deired. créd na hanmanna atá oraib ar Fionn. atá orm Ferad-
ach fírchalma mac ríg na hInnia ar in cétfer díob.

Is ann sin do chromadar·fianna Eirenn a gcinn . ocus éirgios
Feradach fírchalma in tráth sin ocus bhuailios trí builleda do'n
tuaig do bí aige sin gcranntabaill co nderna ciumsa in chuain
ocus in chaladphuirt lán do longaib ocus do luathbarcaib. créd
doghenam d'iomad na long úd ar Fionn. dogenam a gcur ar
neimhní ar Feradach acht in méit ar a mbeidh feidm ‖ agatsa.

Eirgios Caoilte in tráth sin ocus do léig trí glaoda móra mór-
áibsecha as ocus atchualatar fianna Eirenn sin in gach áird
irrabatar. ocus do shaoiledar gurab i nairc nó i néigen do bí
Fionn ocus in chuid eile d'fiannaib Eirenn ag echtrannaib nó ag
allmarchaib . ocus do ghluaisetar rompa ina gconlánaib bega
bélscaoilte co ráncatar clochán cinn chait i niarthar chorca
Dhuibne. ocus fiarfaigios fianna Eirenn scéla d'Fionn créd in
téigen nó in tuathbás doruc air in uair do tharraing as a láith-
rechaib léicthe ocus as a bforaoisib fiadaig ocus as a ninnellaib
selga iat. innsios Fionn scéla in ghilla dhecair ó thús co deired
dóib.

Is ann sin do chuaid Fionn ocus Oisín i gcomairle etorra féin
ocus is é atconncus dóib ó nach rucad acht cúig fir dég dá muin-
tir ó Fhionn é féin ocus cúig fir dég eile do dhul dá lorgairecht

ocus Oisín d'fácbáil i gcennas na féinne ag coimét na hEirenn.
ocus do chum Oisín ocus Fionn in laoidh:—

> T usa ar écht ac imthecht . a Fhinn a armruaid fhuilig !
> do thoidecht illuing lebair . co hoirecht in fhuinn fhuinid
> T usa uainn ag anamain . i ndáil in tslóig cen ailbéim !
> a dhuis díona in degshlóig . is a ruisc mhíonla mhaillréid
> E cht ort a Fhinn almaine . écht as oirches ort d'fógra !
> iompádh isin chuan chétna . co tí fionnchlár fuar Fódla ‖
> T usa uainn ac anamain . ní bfuil céim nach bud usa !
> cé do chuaid do chlú chatha . is derb co racha tusa

A haithle na laoide sin do desaiged long luchtmar lánáibsech
d'Fionn ocus dá mhuintir . ocus do cuired biad i ninad a chaithme
ocus ór i ninad a bhronnta innte . ocus do shuidetar na hóicfir
arrachta sin ocus na curada caomchalma ar shlesaib ocus ar
bhórdaib na luinge ina rabatar . [ocus do ghabatar] na ráma fada
slislethna sithrigne ina ndóidib détla dóidlethna doleointe . ocus
dorignetar imram tinnesnach trénláidir tar crioslachaib na fairrge
falcmaire fírdhoimne . ocus tar glenntaib na mara móraidbéile
mellghruamda . ocus tar glenntaib druimlethna drechduba dian-
luatha in chuain chraoislebair chubarbháin.

Is ann sin d'éirig in fhairrge ina huathbás ingantach blaoisc-
ghéimnech . ocus ina bróintib borba brecuallacha baothtroma.
ocus ina cnocaib corracha camthacha cennghruamda . ocus ina
bruachaib dorcha duba doscaoilte . ocus ina tonnaib craoislethna
cnisghela . ocus ina maoilennaib mongruada mera míchéillide.
ocus ina srothaib gáibthecha glaisimda . ocus ina linntib lucht-
mara lethangharba lí-uaine. ba cheol codalta ocus ba mhoch-
chorrugad maidne d'Fionn ocus dá mhuintir beith ac éistecht re
coicetal na mara mongruaide mórfairsinge ac crónán ocus ac
congháir ocus ac ‖ coimdecht le slesaib is le bórdaib na luinge
irrabatar.

Trí lá ocus teora oidche d'Fionn ocus dá mhuintir nach bfac-
atar taob críche innse ná oiléin. i gcionn na ré sin éirgios fer do
mhuintir Fhinn i gcorr tosaig na luinge ocus atchonnairc garbalt
glasmhór uaidh . ocus do sporadar in long d'innsaigid na haille
sin . ocus fuaratar carraic cerchaille comdhaingen ar bhruach na
haille ocus ba shleimhne iná mong escuinne i níochtar aibhne a
slesa . ocus fuaratar lorg in ghilla dhecair ac dul d'innsaigid na
cairrge ocus ní bfuaratar aonlorg acá fácbáil. do labair Fergus
finnbheoil ollam Fhinn in tráth sin ocus atbert : is meta ocus is

míthreorach do theichis a Dhiarmaid úi Dhuibne ar sé . óir is ac
Manannán mórchomachtach mac Lir dorignis foglaim ocus oile-
main i dtír thairrngire i gcríochaib na gcuan . ocus ac Aongus óc
mac in Daghda do bechtmhúined thu . ocus is égcóir nach bfuil
cuid dá ngoil ná dá ngaisced agat ocus Fionn is a mhuintir
dobhreith i nagaid na buinne nó na cairrgesi. dergtar fá ghnúis
Dhiarmada a haithle na mbriathar sin ocus bheirios ar chrannaib
buada Manannáin do bí aige . ocus ar naithdergad do Dhiarmaid
do éirig do léim ocus do chlesaib goile ós crannaib a chraoisech
nó gur ghaib lán a dhá bonn do'n talam tromfhódach ar bhruach
na fairrge. fhéchus mac úi ‖ Dhuibne faoi síos ar Fhionn ocus ar a
mhuintir ocus cémad mhian leis dul síos nír fhét Fionn ná a
mhuintir do bhreith suas. fhácbus mac úi Dhuibne in charraic
ina dhiaid ocus ní fada do chuaid in uair atchonnairc in fiodh
fásaig foithremail . ocus na coillte díona dosmhóra duillebair
as mó fuaim srotha foghar gaoithe glór én ocus dórd bech dar
shiubal ariam. do bhí mac úi Dhuibne ac siubal in mhaige anoir
is aniar andes ocus adtuaid ocus féchain dá dtuc sé uaid atchonn-
airc in bile flescach foithgégach ar in maig . ocus carraic commór
cloiche ac in mbile . ocus benn bláithgér buabaill ar bheinn na
cairrce . ocus tiobraid álainn fíruisce fá bhun na cairrce. ocus do
bí tart ocus tiormlach ar mac úi Dhuibne i ndiaid shiubail na
mara ocus do b'áil leis lán na beinne buabaill d'uisce na tiobrad
d'ól ocus chromus uirre . ocus atchualaid in torann ocus in trostán
mór dá innsaigid. tuicios mac úi Dhuibne gur do ghesaib na
tiobraide gan aonbhraon dá huisce d'ól . ocus [ar a aoi atbert]
ólfad mo dhóithin de.

Ní fada ina dhiaid sin do mhac úi Dhuibne in tan atchonnairc
in gruagach chuige ocus innell ocus agaid forgaile air . ocus ní
bennugad dorigne do mhac úi Dhuibne in tráth táinic do láthair
acht achmasán ainiarmartach do thabairt do . ocus adubairt gur
b'égcóir do beith ac siubal a fhoraoise ocus a fhásaig ocus ac ól
a choda uisce. tuc mac úi Dhuibne ocus ‖ in gruagach agaid ar a
chéile co dásachtach ocus co nimnech míchéillide . ocus co calma
curata . ocus co fraochmar foirniata . co rabatar ac frestal ocus ac
fritheolam a chéile do bhuilledaib gáibthecha gérluatha ocus do
bhéimennaib borba nó co ruc nóin ocus deired lae orra. ocus ba
mhithid leisin ngruagach delugad re comrac mhic úi Dhuibne
ocus tuc a thennléim i níochtar na tiobraide uaid . ocus ba him-

shníomach le mac úi Dhuibne a chéile comraic do dhelugad leis
mar sin. féchus mac úi Dhuibne na ceithre hárda ocus atchon-
nairc elba fiad ac gabáil na foraoise . ocus dhruidios ina gcoinne
ocus tuc roth nurchair ar in naigh allaid ba choimnesa do gur léic
a habach ocus a hinathar co lár. ocus tuc leis í ocus bheirios ten-
lach teined amach . ocus dorigne mac úi Dhuibne teine thrén-
mór ocus dorigne aigeda beca bélscaoilte d'feoil na haige ocus
chuirios ar beraib fada fionnchuill iat . ocus ithios a sháith d'feoil
na haige in oidche sin ocus d'uisce na tiobraide le chéile.

Mhúsclus mac úi Dhuibne co moch arna mhárach ocus fuair
in gruagach ac in tiobraid roime. dar liom féin a mhic úi
Dhuibne ar in gruagach nír leor let siubal mo fhoraoise ná mo
fhásaig do bheith agat gan fiadach mo fhoraoise. acht chena
tucatar goin sin ngoin ocus buille sin mbuille ocus sáthad sin
tsáthad dá chéile nó co ruc nóin ocus deired lae orra. ‖ trí lá ocus
teora oidche do mhac úi Dhuibne ocus do'n ghruagach ac comrac
re chéile ocus agh imdhíscir allta gacha hoidche ac mac úi
Dhuibne. ar in lá déidenach do'n chomrac tuc in gruagach a
thennléim ó mhac úi Dhuibne d'innsaigid na tibraide . dob áil le
mac úi Dhuibne lám do chur fá brágaid in ghruagaig ocus do
chuatar faoi in tibraid re chéile. fácbus in gruagach mac úi
Dhuibne ar ndul faoi in tibraid . lenus mac úi Dhuibne in
gruagach ar bfácbáil na tibraide ina dhiaid ocus fuair in mag
mínscothach fairsing mórálainn roime . ocus in chathair rígda
rómhaisech ar lár in maige . ocus tiug slóig ocus sochaide ar
fhaitche in longphuirt. ocus mar atchonncatar siubal ac mac úi
Dhuibne ar in ngruagach do léicetar ród ríg ocus conair coitchenn
do nó co ndechaid tar dorus in dúnaid istech . ocus do dhruidetar
dóirse na bruidne air ocus tucatar na slóig sin agaid ar mac úi
Dhuibne. ocus ní ar metacht ná ar mílaochas do chuaid sin do
mhac úi Dhuibne. óir do chuaid fútha ocus trítha ocus tarsa mar
do gébadh sebac tré mhineltaib . nó mar fhaolchoin tré thrét
caorach . nó mar thrénbuinne shrotha shaobháird ac dul tar faill
mara nó mórfairrge acá sírledrad ac marbad ocus ac mórmú-
chad na slóg sin . co ndechatar fá fhedaib fásaig fírdaingne na
críche ocus in chuid eile tar dorus in dúnaid istech aca ocus do
dhruidetar dóirse na bruidne ocus na cathrach ina ndiaid. ‖ ocus
luigios mac úi Dhuibne ar in maig ocus do bí co cnedhach
créchtach crólintech a haithle na troda trénmóire sin.

Táinic gruagach láidir lánchalma chuige ocus buailios do phreib do leith a dhroma é. músclus mac úi Dhuibne ocus tuc a lám tapaid laoich tar a armaib. fóill ort a mhic úi Dhuibne ar in gruagach : ní do dénam díthe ná dochair duit táncas chugat acht dá innsin duit gurab olc in tinad suain ocus sírchodalta i bfuilir ar faitche do bhiodbad ocus th'esgcarad . ocus tar liomsa is do ghébair inadh suain ocus codalta as ferr iná sin duit. lenus mac úi Dhuibne in gruagach ocus do chuatar i bfad ocus i gcéin as sin . ocus fuaratar cathair cennárd ar a gcionn . ocus trí caogaid laoch lánchalma sin gcathraig cona ndíol do mhnáib banamla maraon re hócmnaoi déitgil goirmdercaig glaicmínla malachduib ar slios na cathrach sin ocus brat sróil ina timchioll . ocus inar engach órsnáithech impe . calla bláithcert banrígna im a cionn. do ferad fírchaoin fáilte re mac úi Dhuibne ina ainm ocus ina shloinne féin . do cuired mac úi Dhuibe i nadhbaid íocshláinte do bí sin chathraig . ocus do cuired luibe uaisle ina chnedhaib ocus ina chréchtaib ocus ba slemain sláinchréchtach é. ocus do suided búird ocus binnseda na cathrach . ocus nír cuired ísel i ninad in uasail ná uasal i ninad in ísil acht gach aon ina inad imchubaid do réir a uaisle ocus a atharda ocus a eladan ar na bórdaib sin. tucad biada ‖ saora sochaithme chuca ocus deocha blasta brígmara . ocus tucatar in chétshel do'n oidche re hól . in dara sel re ceol ocus re haoibnes ocus urghairdiugad menman ocus aicenta. tucatar in tres shel re suan ocus re sírchotlad do dénam nó gur éirig in ghrian ina circhaill teintide ós cionn na talman tromfódaige arna mhárach.

Trí lá ocus teora oidche do mhac úi Dhuibne sin gcathraig ocus in fled as ferr dá bfuair ariam acá tabairt do. fiarfaigios mac úi Dhuibne i gcionn na haimsire sin cia hí in chathair nó cia in chríoch ina raib nó cia ba chenn uirre. adubairt in gruagach gurab í sin tír fá thuinn . ocus gurab é rí thíre fá thuinn in fer sin do bí ac comrac ris . ocus gurab gruagach na tibraide ba fhorainm gaiscid do . ocus gurab náma ocus esgcara láime deirge do féin é. innsios do mhac úi Dhuibne mar in gcétna gurab é féin gruagach in ghaiscid . ocus co raib bliadain ar thuillem ocus ar thuarastal Finn mhic Chumaill in Eirinn ocus nár chuir tairis bliadain ba haite leis iná í. fiarfaigios gruagach in ghaiscid scéla do mhac úi Dhuibne créd in siubal nó in timthecht do bí roime. innsios mac úi Dhuibne scéla Finn ocus in ghilla dhecair do ó thús co deired.

Acht [atá ní] chena in uair ba fhada le Fionn ocus lena
mhuintir ‖ mac úi Dhuibne do beith ina nécmais dorignedar
dréimreda do thétaib na luinge i nagaid na beinne ocus na
cairrge ar lorg mic úi Dhuibne. do fuair Fionn ocus a mhuintir
fuigell feola mhic úi Dhuibne ocus ní dhuaid fuigell feola dá
raib aige ariam. féchus Fionn do gach leith de ocus atchonn-
airc marcach sin maig dá innsaigid ocus stéd dubdhonn dathál-
ainn faoi shrian degmaisech dergóir ria. bennaigios d'Fhionn in
tráth tánaic do láthair. ocus do chrom a chenn ocus tuc teora
póc do ocus iarrus é leis dá árus. do chuatar i bfad ocus i gcéin
as sin ocus fuaratar longport lethanmór lánarmach rompa ocus
tiug slóig ar faitche in dúna. trí lá ocus teora oidche d'Fionn ocus
dá mhuintir sin dún sin ocus in fhled as ferr dá bfuair ariam acá
degthabairt dóib. fiarfaigios Fionn i gcionn na haimsire sin cia
hí in chathair nó in chríoch ina raibe. adubairt gurab í sin críoch
na Sorcha ocus gurab é féin rí na Sorcha. ocus co raib bliadain
ar thuillem ocus ar thuarastal Finn in Eirinn ocus nár chuir
thairis bliadain ba haite leis iná í.

Do commórad lá aonaig ocus árdoirechtais le Fionn ocus le
ríg na Sorcha in uair sin ocus atchonncatar bainechlach ag techt
sin aonach dá ninnsaigid .i. bainghilla turais. Fiarfaigios in rí
scéla di. adubairt sise co raib scéla aice .i. co rabatar ciumsa in
chuain ocus in chaladpuirt ‖ lán do luathbarcaib. slóig ar fad na
tíre ocus [iat] ac dénam édála na críche. aithgnimse sin ar rí na
Sorcha. áirdrí Gréc atá ann ar sé ac dénam ghabáltais ar fedh in
domain. ocus do b'áil leis in doman mór do chur fá smacht ocus
fá chíos do féin ocus gabaidh in chríchse mar gach crích eile.
féchus rí na Sorcha ar Fionn in uair sin ocus do thuic Fionn
aige féin gurab ag iarraid chabartha ocus chuidigte air féin do bí
in rí. gaibimse cosnam ocus coimét na críchese orm ar Fionn nó
co bfácbad í.

Eirgios Fionn ocus a mhuinter ocus rí na Sorcha ocus do
lenadar in sluag sin. ocus tucatar ár féinned ocus feróglách orra
ocus dorignedar sceolanga scainnerda scélbhuaidertha díob. ocus
elta imeclach édtualaing. ocus ní mó iná lucht scéil d'innsin
do léicetar as díob. do labair áirdrí Gréc in uair sin ocus is é
adubairt : cia dorigne in dianmarbad út ar mo mhuintir. adubairt-
sen nach gcualaid énréd do ghoil ná do ghaisced fer nEirenn ar
marthain nó ar mórchuimne ariam roime sin. ocus co ndíbeorad

sé sliocht nGaodail ghlais mhic Niuil mhic Fhéniusa farsaid as Eirinn co dcod ocus co deired in domain. is ann sin do thógaib Fionn ocus rí na Sorcha puball uaine ilchrothach ós comair choblaig áirdríg Ghréc . is í in phuball irraibe Goll mac Mórna ocus Oscar mac Oisín puball fa choimnesa dóib do shlógaib na críche.

Do labair áirdrí Ghréc in tráth sin ‖ ocus is é ro ráid : cia do ghébainn do dhígail maslaid ocus marbtha mo mhuintire ar Fionn ocus ar ríg na Sorcha. do ghébair mise ar mac áirdríg Frangc. ghluaisios roime ac tinól a thromteglaig ocus tuc agaid ar in bpupaill irraibe Fionn ocus rí na Sorcha . ocus mar atchonnairc Goll mac Mórna sin éirgios ina choinne ocus ina chomairchios. crét sin do b'áil let do dénam a Ghuill ar Oscar. do b'áil liom comrac in lae andiu do dénam ar son Fhinn ar Goll. ná dén ar Oscar . óir is í do lám as mó do fionnad i gcathaib ocus i gcomlannaib ocus léic damsa comrac in lae aniu do dénam ar son Fhinn. tuc Goll ced in chomraic d'Oscar ocus tuc Oscar ocus mac áirdríg Franc agaid ar a chéile in tan sin mar dhá dhrecan ar dhásacht . nó mar dhá ruadbuinne lasrach lethanmóire . nó mar dhá thuinn robarta róghéire ac dul tar bennaib cairrce . ba hí sin teist ocus tuarascbáil na déise deglaoch sin.

Do éirig Goll mac Mórna ar gcengal a chuirp ina chaithéided ocus tuc ruathar léidmech lánchalma faobrach fuiltech foirniata borb tréinbheoda coimnertmar nemheclach fá mhuintir ocus fá mhóirtheglach mic ríg Franc nó co nderna duille siabartha sechránach soghluaiste díob . gur fágbad cinn gan cholna ocus cuirp gan anmanna ocus mná gan feraib ocus máithrecha gan mhacaib do'n mhórruathar sin. ‖

Is ann sin do dhlúthaig Oscar armghlonnach áthasach ar díchennad ocus ar tabairt aididh ar mac ríg Franc . ocus arna dhíchennad do fillios ar Gholl ocus chuidigios leis in méit nár marb do mhuintir ocus do theglach mhic ríg Franc do marbad. ocus do chroith cenn mic ríg Franc i bfiadnaise choblaig áirdríg Ghréc . ocus do léicetar gáir coscair ocus commaoidte re Fionn ocus rena mhuintir ocus gáir dubachais ocus domenman re muintir coblaig áirdríg Ghréc.

Do labair rí Ghréc fá'n am sain ocus is é ro ráid : cia do gébainn do dígail mo mhaslaid ocus maslaid mo mhuintire ar Fíonn ocus ar ríg na Sorcha. do gébair mise arsa in macám mór mac

ríg na hAfraice. gluaisios roime collíon a shlóig cus[in bpupaill
irraibe] rí na Sorcha. mar atchonncatar clann ríg na hInnia sain
do éirgetar ina choinne. crét do b'áil lib do dénam ar Fionn. do
b'áil linn comrac in laoi andiu do dénam ar do shonsa ar Fera-
dach fírchalma mac ríg na hInnia. ní dénfair ar Fionn óir ní
bfuiltí sel comraic ar mo thuarastal. luighim fóm armaib goile
ocus gaiscid nach biam ní bud fhaide ar do thuillem ná ar do
thuarastal muna dtugair ced comraic dúinn ar iatsan. is ann sin
do éirgetar na huaithneda coimchliste catha . ocus na honchoin
oirbertacha ‖ . ocus tucatar in gleo gáibthech gráinemail ocus in
úirlech aduathmar ainiarmartach ocus in torann trénmór dá
chéile . gur bhrisetar craoisecha crannremra cinnderga crófhair-
singa ocus gur scaoiled a gcathbairr chunna cherdamla re tuar-
gain ocus re tinnios na dtrénlaoch sain. imthúsa chloinne ríg na
hInnia do díchennad in macám mór mac ríg na hAfraice leo i
bfiadnaise na sluag sin . ocus chraithios [Feradach] in cenn i
bfiadnaise chatha áirdríg Gréc. do léicetar gáir coscair ocus com-
maoidme re Fionn ocus rena mhuintir ocus gáir dubachais ocus
domenman re muintir áirdríg Gréc.

Do labair áirdrí Grec in uair sin ocus is é ro ráid : cia do
gébainn do dígail maslaid mo mhuintire ar Fionn ocus ar ríg na
Sorcha. do gébair mise ar mac áirdríg Gréc féin . óir dobérad
cúig fir déc liom do chomrac risna cúig feraib déc atáit ac Fionn
ocus dobérad féin cenn Finn chugat ocus dobéraid cach fer dom
mhuintir cenn fir dá mhuintir leis.

Do bí ingen óc aontuma ac ríg Gréc .i. Taise thaoibghel a
hainm . ocus amail téit in mhuir ós na srothaib ocus in tSinann
ós na haibnib ocus iolar ós in énlaith is amlaid do chuaid ar
dheilb ar áilne ocus ar fhaicsin tar mnáib na cruinne . ocus tuc
grád écmaise d'Fionn ‖ ar méit a theiste ocus a thuarascbála ar
fedh in domain. ocus iarrus mar athcuingid ar in ríg í féin do
léicen d'féchain in chomraic sin do bí itir Fhionn ocus a derb-
bráthair. tuc in rí in ced sin di ocus ruc a cumal coimdechta léi.

Is ann sin tuc mac áirdríg Ghréc agaid ar in bpupaill irraibe
Fionn ocus rí na Sorcha. aithgnim so ar Fionn : comrac énfir do
b'áil le mac airdríg Grec d'faghbáil uaimse .i. é féin do chomrac
liomsa ocus fer dom muintir do chomrac leisin bfior dá mhuintir-
sen. is ann sin tuc Fionn ocus mac áirdríg Ghréc agaid ar a
chéile mar dá leoman lánchalma . nó mar dá nathair nime ar

naimdenus . nó mar dá ghríb ingnecha ina ngaisib casluatha nó
cor chrithnaig in talam tromfhódach fána gcosa ocus gur theil-
getar a gcuilg comdírecha á ndóidib ocus á nglacaib re deithnios
ocus le degbualad na déise deglaoch sin gur clos i naltaib ocus
i nimchianaib iat. is ann sin tuc Fionn béim toirtemail trénbu-
illech do mhac ríg Gréc gur dhiubraic a chenn dá cholainn ocus
dá chaolmuinél do'n bhéim sin. do léiced gáir coscair ocus
commaoidme le Fionn ocus lena mhuintir . ocus gáir dubachais
ocus domenman le muintir choblaig áirdríg Gréc. is ann sin do ‖
tócbad a lia ós a lecht ocus do scríbad a nanmanna i nogaim ós
cionn cach énfir díob . ocus cé mór in grád tuc Taise thaoibgel
d'Fionn roime sin tuc a shecht noiret do ghrád do le linn a
derbbráthar do marbad . ocus chuirios techtairecht ós ísel dochum
Finn dá furáil féin air ocus ba luthgáirech láinintinnech re Fionn
sin.

Elaigios Taise thaoibgel in oidche sin dochum Finn ocus
músclus in rí arna mhárach ocus atrubrad leis Taise thaoibgel
d'élódh dochum Finn. nír chaoin sé díth a mhuintire acht Taise
thaoibgel ocus adubairt gidbé dobéradh chuige ó Fionn í co
dtiubradh seoid ocus maoine do. do labair taóisech teglaig do
mhuintir in ríg ocus is é adubairt : comaill damsa a ndubrais
ocus dá gcomallair dobérad in ingen chugat ó Fionn . óir atá
craob derscnaigte álainn agam ocus dá bfuighbinn slóig in
domain ar aonláthair do chuirfinn ina dtoirchim suain ocus
sírchodalta iat re foghar mo chraoibe do chrothad ós a gcomair.
gluaisios in taoisech teglaig ocus tuc agaid ar in bpupaill irraibe
Fionn ocus rí na Sorcha . ocus chroithios in chraob ós a gcomair
ocus do chuir ina dtoirchim suain ocus sírchodalta iat ocus
ghoidios Taise taoibghel in oidche sin. ocus is é comairle dorig-
ned le ríg ‖ Gréc ó rucad Taise taoibghel chuige arís gan ní bud
mó dá mhuintir do marbad le Fionn . ocus do chuaid roime co
críochaib na Gréice.

Chrithnaigios Fionn arna mhárach Taise thaoibgel d'élódh
ocus do bí co dubach domenmnach i ndiaid ingine in ríg. a
Fhinn ar rí na Sorcha ná bíodh dubachas ná domenma ort do
chumaid na hingine . óir rachadsa co dtiug slóig let co críochaib
na Gréice ocus dobéram ingen ríg Gréc linn ar ais nó ar éicin.
ocus adubairt in laoid :—

B uadach sin a mhic Chumaill . fuaras doilges ó'n debhaid !
  ar mbreith buada do bidbad . ingnad do bheith it bethaid
S lóig na Gréice co dtuille . do bátar uile ar th'agaid !
  acht triar ocus trí cetrair . nocha raib d'fedain agaib
L etsa is led becán buidne . a mhic Chumaill na mórslóg !
  duitse ba bec in pudar . rí na gcurad do chlaochlód
A onmac áirdríg in domain . do fuair aided ret armaib !
  le do muintir as a aithle . do thuitset maithe in chablaig
[T aise taoibgel do breith uait . do'n áirdríg saidbir sluagach] !
  fá'n gcás ná bí co dubach . biaid do thuras co buadach

A haithle na laoide sin do commóradh lá aonaig ocus árd-
oirechtais le Fionn ocus le ríg na Sorcha . ocus atchonncatar na
bratacha bláithbreca || breclíomtha ocus na meirgeda maothsróil
ocus na glaschloidhme comrigne catha re guailnib na gcurad
ocus na gcathmíled . doireda dlútha dianmóra do shlegaib séta
sithrigne ós a gcennaib . ocus Diarmait détsholais ó Duibne
dtosach na fedhna fírmóire sin. aithgnios Fionn é ocus chuirios
Fergus finnbheoil chuige dá fhiarfaigid de cia in elada sin . nó
cia in chuidechta irraibe . nó in bfuair scéla a mhuintire chuige.
adubairt seisen gurab é sin gruagach in ghaiscid . ocus gur
fhoillsig do tréna eladain draoidechta gurab é Abartach mac
Allchaid tuc na cúic fir déc sin ó Fhionn co tír tairrngire. is í
comairle dorigned le Fionn ó do ruc mac úi Dhuibne ar Gholl
ocus ar Oscar a gcur co críochaib na Gréice ar chenn ingine in
ríg ocus Fergus do chur do maoidem a néchta ocus a náthasa
leo . ocus é féin ocus in chuid eile dá mhuintir do dhul co tír
tairrngire ocus gidbé aca bud luaithe ann fuirech leisin gcuid
eile.

  Is ann sin do desaiged long luchtmar lánáibsech d'Fionn ocus
dá mhuintir ocus ní haithrister scélaigecht orra nó co rabatar í dtír
tairrngire. ocus atchonncatar in taonach ocus in tárdoirechtas
irraibe Abartach || mac Allchaid . ocus chuirios Fionn techtairecht
chuige d'iarraid a mhuintire air nó cath do thabairt do. is é com-
airle dorigned le hAbartach aisioc a mhuintire do thabairt d'Fionn
ocus a bhreth féin do thabairt do ina mhasla ocus ina mhóirsiubal.
ocus ruc Fionn abhaile dá longport féin ocus do bí in fhled as ferr
dá bfuair Fionn ariam acá degtabairt do ann . ocus fhanus Fionn i
dtír tairrngire nó co mbérfaitís Goll ocus Oscar air.

  Do desaiged long luchtmar lánáibsech bhennchorr bhláth-
daingen do Gholl ocus d'Oscar . ocus tucatar cúl le tír ocus

T

agaid do mhuir ocus do chiumsaib na bóchna brecuaine is do
bhennaib fergacha fiarghruamda fuairfhliucha na fairrge. ocus
do ghluaisetar rompa co láidir saothrach siubalghrod co rabatar
ac éistecht re faoidh na muc mara ocus na murduchan ocus re
piastaib ingantacha na haibéise gur ghabatar cuan ocus calad-
phort i gcríochaib na Gréice glanáilne. ocus do thairrngetar a
long i dtír i ninad nár fhét tonn a tuarcain ná a minroinn ná
carraic a combrised . ocus atchonncatar uatha cathair na haithne
isin nGréic. ocus ar ndul ar tír dóib fuaratar aodhaireda na
cúirte ocus cethra na críche. d'fiarfaigetar scéla do na haod-
airedaib cia hainm in chathair atchonncatar . nó cia ‖ hí in chrí-
och ina raibe . nó cia ba chenn uirre. d'fiarfaigetar na haod-
airedha díobsan in i nglenntaib diamra doeolais rucad iat in
uair nach raibh fios na cathrach sin ná a hainm aca . ocus adu-
bradar gurab í sin cathair na haithne isin nGréic . ocus nach
raibhe isin doman cathair ba lia lám láidir laoch ocus curad ocus
dronga dianmóra le goil ocus gaisced iná í. crét dogénam anois
ar Oscar re Goll. crét dogénmaois ar Goll acht dul isin gcath-
raig ocus Taise taoibgel do tabairt linn ar ais nó ar éicen. ní
dénfam ar Fergus finnbeoil : tabraidse fighe cethardualach ar bar
bfolt ocus innsid gurab fileda faobracha focailcherta sib atá ar
siubal ar rígaib corónta certbrethacha na crístaidechta. crét
dogénam ar Goll dá niarrthar elada orrainn. dogénadsa elada ar
bar son ar Fergus finnbeoil. dorignetar amlaid sin . ocus do
ghluaisetar rompa dochum in dúna ocus do bhuailetar béim
fleisce fri fárdorus na cathrach. ocus adubairt in dóirseoir nach
raibhe in rí sin mbaile . co ndechaid sé dochum seilge ocus nach
raibhe istig acht Taise taoibgel ocus a cumal coimdechta . ocus
nach dticfad aonduine ‖ ina cionn nó co dticfad in rí abaile.

Táinic in rí ocus do commórad selg móráibsech leis . ba chenn-
derg coin ba láimderg laoich ocus ba chenntrom gillanrad
ocus gairbteglach in ríg i ndiaid na seilge tromtorrthaige sin.
bennaigit do'n ríg ocus fiarfaigios in rí scéla díob ocus ruc leis
istech co cathraig na haithne iat . ocus aithgnios Taise taoibgel
iat ocus nír labair riu. ocus in tráth táinic am codalta ocus suain
chuca iarrus Taise taoibgel in taos eladan anaithnid sin do léicen
léi féin dochum scélaigechta do dénam léi . ocus do chuatar i
néntseomra ocus do léicetar a naithgne dochum a chéile . ocus
fhiarfaigios Fergus di crét in tinnell i nélóchad sí dochum Finn

arís. adubairt sisi co rachadh in rí dochum na seilge cétna arna
mhárach ocus co nélóchad féin le Goll ocus le hOscar d'innsaigid
na luinge ó a dtáncatar. do chuaid in rí dochum na seilge ocus
élaigios Taise thaoibgel le Goll ocus le hOscar co rabatar i dtír
tairrngire. ocus ótchonnairc Fionn in cúicer sin uada tuc bara-
mail aithgne dóib ocus adubairt gur b'inmain leis na daoine re
a saimeoladh iat .i. Goll ocus Oscar ‖ . Fergus finnbeoil. Taise
taoibgel ocus a cumal coimdechta.

In uair rucatar a mhuinter uile ar Fionn adubairt Abartach
mac Allchaid le Fionn a bhreth féin do bhreith ina mhasla ocus
ina móirshiubal. adubairt Fionn co léicfedh sé in tuarastal do
ghell sé d'Abartach ocus in bhreth i nagaid a chéile. ní fhuil
maith damsa ann sin ar Abartach ocus fer aithise ocus mílabartha na féinne mar atá Conán mac Mórna gan a bhreith féin
do tabairt do. renna nime i gcoraigecht ormsa ar Conán nach
bud réid mise muna bfuigbed sin. ghellus Abartach sin do
Chonán. ocus is í breth ruc Conán ar Abartach na ceithre mná
déc do b'ferr i dtír tairrngire do tabairt leis re cois a mhná féin.
ocus a bhen féin do chur i nerball eich in ghilla dhecair mar do
bí Liagán luaimnech ó luachair dhegaid. ocus na ceitre mná déc
eile sin dá mhuntir [ac marcaigecht uirre] nó co mbiadh i niarthar chorca Dhuibne.

Ocus bíodh a f hios agat nach ór ná airget tuc Conán do bhreith
acht amail mar adubramar .i. na ceitre ‖ mná déc do b'ferr i dtír
tairrngire do tabairt leis mar aon le mnaoi Abartaig. ocus ben
Abartaig do chur i nerball in eich mar do bí Liagán luaimnech.
ocus na ceitre mná déc eile do chur ar marcaigecht mar do bí
seisen ocus in chuid eile dá mhuintir nó co mbeidís i gclochán
chinn chait i niarthar chorca Dhuibne.

Ag sin do mhuintir a Fhinn ar Abartach. féchus Fionn do
cach taob de ocus ní fhaca sé Abartach shíos ná shuas. ocus ruc
Fionn Taise taoibgel leis co hAlmain lethanmóir Laigen ocus
dorigensat banais na déise sin.

Gurab í sin tóraigecht ocus echtra in ghilla dhecair ó thús co
deired.

. *Finit* .

[*Echtra in chetharnaig chaoilriabaig nó chetharnaig úi Dhomnaill do réir dhruinge*]

Lá dá raibh O Domnaill i mbél átha Senaig .i. Aodh dub mac Aodha ruaid mic Néill ghairb mic Thoirdelbaig in fhíona ag caithem fleide ocus fésta ocus maithe ocus móruaisle a thíre ocus a thalman maraon ris . do fritheolad ocus do frestlad iat le nua gacha bíd ocus le sen gacha dige ar chena. ocus in tráth fa subach sáthach somhenmnach cách uile i gcoitchinne is ann do labair gallóglách do mhuintir úi Dhomnaill ocus is edh ro ráid : dar slán dé ar sé ní fuil as so go múr tige ríg Grég tech as ferr iná in tech so . ná dís ar fhichit as binne iná in dís ar fichit atá sin tech so . mar atá Conán maolruad O Raithbertaig . Diarmaid O Gillagáin . Cormac O Ciaragáin . Tadhg O Crugadáin . ocus muinter eile nach náirmither sonn.

Ar in gcomrád sin dóib atchonncadar chuca in cetharnach caoilriabach ocus in tuisge ac plibarnaig ina bhrógaib . ocus barr a dá cluas tréna shenfuan . ocus leth a chloidim nochtaithe i dtaob shiar dá thóin . ocus trí gaethe boga bunloiscthe chuilinn ina ‖ dhesláim aige. go mbennaigid dia duit a úi Dhomnaill ar sé. go mbennaigid dia duitse ar O Domnaill . cá thaob as a dtángais a óglaoich anaithnid ar sé. i ndún monaidh i mbaile ríg Alban do chodlas aréir ar in cetharnach : bím lá in Ile . lá i gcionn tíre . lá i Manainn . lá i Rachlainn . ocus lá eile ar fionncharn na foraire i sliab Fuait . ocus is duine siofóidech suairc siubail mé ocus agatsa atáim anois a úi Dhomnaill ar sé. goirter chugam in dóirseoir ar O Domnaill . tánic in dóirseoir do láthair : an tusa do léig in fer so istech ar O Domnaill . ní mé ar in dóirseoir ocus ní fhacas ariam roime so é. léig thort é a úi Dhomnaill ar in cetharnach . óir ní usa linn techt istech iná dul immach in tan as áil linn féin. suidh síos ar O Domnaill. suidfed nó ní shuidfed ar in cetharnach . óir ní dhénaim ní ar bith acht mar as áil liom féin. d'éist O Domnaill fris gan fregrad do óir b'ingnad leis cá cinél duine bhiadh ann do thicfadh istech isin dúnad gan dóirseoir ná nech eile dá fhaicsin ag in dorus nó

go dtárla ar lár árais úi Dhomuaill . ocus do bhádar in lucht
eladan go gérshúilech ag féchain fair. ‖

Seinn port ceoil dúinn a Chonáin mhaolruaid úi Raithbertaig
ar in cetharnach . do sheinn Conán maolruad port ceoil ar
chomairle in chetharnaig. seinn port dúinn a Dhiarmaid úi
Ghillagáin ar in cetharnach . sheinnios Diarmaid duan ocus
degcheol do. seinnidh ceol dúinn a Chormaic úi Chiaragáin ocus
a Thaidg úi Chrugadáin ar in cetharnach . ocus do sheinnedar
na fir sin[1] fraischeol do'n chetharnach.

Acht chena do sheinnedar na saoithe sin uile cuir ocus puirt
sligtecha siublacha taigenta taitnemacha ocus cuislenna ceoil-
bhinne cruite . go gcuirfidís daoine ina gcodlad le fuaim in cheoil
shírbinn shíde do sheinnset. dar trí slánaib dé a úi Dhomnaill ar
in cetharnach ó do chualas tuairisc na muintire bhí re seinnim
gach uilc . mar bhí lucht eladan *Bhelsibub Abiron* ocus na prinn-
sada puiblidhe (*sic*) ag imirt na niarann ocus na nórd i bfíríochtar
ifrinn . ní chualas doicheol as mó iná do mhuintir ar sé.

Is ann sin do rug in cetharnach ar in gcláirsig ocus do sheinn
sé cuir ocus puirt shligtecha siublacha taigerta taitnemacha ocus
cuislenna ceoilbinne cruite . go ‖ gcuirfide mná ré nidnaib . ocus
fir ghonta . ocus laoich arna ledrad . ocus curada arna gcrécht-
nugad . ocus aos galair ocus géresláinte in domain i dtoirchim
suain ocus sírchodalta le foghar in cheoil fírbhinn síde do sheinn
sé in tan sin. dar slán dé ar O Domnail ó do chualas tuairisc na
muintire bhíos re seinnim ceoil síde isna cnocaib ocus isin talam
fúinn shíos . mar bhí Fergus fionn mac Forgaide . ocus Sennach
O Doirge . ocus Suanach mac Senaig . ocus scológ chille cuilinn.
ocus bacach beinne Boirche . ós iat do chuired daoine chum
codalta ocus daoine chum gola ocus drong eile chum gáire . ní
chualas ceol bud bhinne iná do cheol óir is duine róbhinn tu ar
O Domnaill. bím lá binn is lá serb ar in cetharnach. éirig suas

---

[1] *Eg. 164, f. 148:*—do shinneadair na saoithe móra sin cuir agus puirt agus
adhbhann ciuil agus silteacha seanma agus cuislionna ted bhinne tiaghur dar
mo bhriathair air an cearnach ó do chual- fn. tuairasgabhail bheilsibub agus
abírón agus shatain dhamhloid agus sop seit agus athuinne agus prions-
dubha dorcha puiblidhe dubhneallaibh íochtair ifrinn ní chuala féin ceol ba
mhesa no sibhse sinn féin raod dhuinn air ó domhnaill do dhéan no ní dhéan
air an cearnach oir ní dhenad acht mur as áil liom fn. *leg.:—* . . .
adbanna ciuil ocus slighte siltecha senma ocus cuislenna teidbinne taidhiuire
. . . agus prionnsada duba dorcha pobail duibnélaig . . .

a chetharnaig ar in fer fritheolta ocus suid i gcumaid ocus i
gcuimhrinn úi Dhomnaill . óir atá sé ag tabairt cuire dhuit. ní
rachad ar in cetharnach . óir ní bhiad acht mar chrochaire
ghránda dhénfadh ealada do dhaoinib maithe. ar in adbar sin
ní rachad tairis so suas acht cuiridís a maith chugam anuas más
mian leo. ocus ann sin do chuiredar inar ocus atán ocus léine
riabach ocus matal ‖ leisin bfer fritheolta dochum in chetharnaig.
sin culaid do chuir O Domnaill chugat ar sé. ní háil liom í ar in
cetharnach . óir ní beidh aonní le maoidem ag in duine maith
orm go bráth.

Is ann sin do chuiredar fiche marcach arna gcengal i narm
ocus i néided ar gach leith do'n dorus immuig . ocus ós a chionn
sin fiche gallóglách ar gach taob de dá choimét istig ocus immuig
im dhóirsib in dúin . óir do brethnaigedar nár ba dhuine saogalta
é. créd do áil lib riu sút ar in cetharnach. dob áil linn tusa do
choimét ar O Domnaill. dar trí slána dé ar in cetharnach cé
maith sibse is bar gcoimét ní hagaib do chaithfed mo phróinn
amárach. a dhé cá heile ar O Dómnaill. i gcnoc Aine ar in
cetharnach : dá mhíle dég ó Luimnech amach áit i bfuil Seaan
mac an iarla i nDesmumain. dar slán dé ar gallóglách díob dá
bfagainn thu ac cur aonchuir díot go maidin dogénfainn mell
comchruinn ar lár le cúl tuaige díot.

Is ann sin tug in cetharnach lám fó'n gcláirsig ocus do sheinn
cuir ocus puirt ocus cuislenna ciuil go gcuirfide fir ghonta . ocus
mná ré nidnaib . ocus aos othair ocus géresláinte in domain ina
gcodlad le fogar in cheoil chaoinbinn tsíde do sheinn sé. cá
bfuiltí ‖ a ghallóglácha ar in cetharnach : so chugaib immach mé
ocus dénaidh gérchoimét nó biad ar siubal uaib. mar do chuala
in chétghallóglách na briathra sin ro éirig ina shesam ocus do
thóg a thuag ocus do bhuail in fer fa nesa do gur thresgair go
lár é. ótchonnairc cách imroll urchair in fhir do thógbadar uile
a dtuaga go síochmar sírnimnech i nagaid in chetharnaig le
béimennaib bríogmara ar amus a chinn . gidedh is ar fer aca
féin do tharla gach buille díob sin. is amlaid do chuir in ceth-
arnach na gallógláig ag gabáil do chúlaib tuag ar a chéile idir
mharcach ocus ghallóglách co rabadar uile ina gcosair chró.
táinic in cetharnach gan fuiliugad gan foirdergad fair d'innsaigid
in dóirseora ocus adubairt fris fiche bó ocus cethrama d'ferann
tsaor d'faghbáil ó O Dhomnaill do chionn a mhuintire d'aithbeo-

ugad : ocus cuimil in luibsi ar sé do charbaid uachtaraig gach
fir díob ocus éireochaid slán arís. dorigne in dóirscoir amail
thegasg in cetharnach do . ocus fuair in fiche bó ocus in cheth-
rama ferainn ó O nDomnaill ar son a mhuintire d'aithbeougad.

Tárla Seaan mac in iarla .i. iarla Desmuman in tráth sin i
naonach ocus i nárdoirechtus ar faitche a dhúna ocus a dheg-
baile || féin. féchain dá dtug tairis atchonnairc sé in cetharnach
caoilriabach chuige ocus leth a chloidim nochtaithe i dtaob
shiar de . ocus a shenbróga lán d'uisge ag fedalaig uime . ocus
barr a dá cluas tréna shenfuan . ocus bonnsach bogloiscthe ina
láim aige. go mbennaigid dia duit ar in cetharnach. go mben-
naigid dia duitse ar Seaan mac in iarla . cánas a dtángais a
óglaoich ar sé. i dtig úi Dhomnaill i mbél átha senaig do chod-
las aréir ar in cetharnach . i ndún monaid i mbaile ríg Alban do
chodlas in oidche roime sin . ocus ann so agat anocht a mhic in
iarla ar sé. cá hainm atá ort ar mac in iarla. Dubhartán O
Dubhartáin m'ainm is mo shloinned ar in cetharnach. cá slige
ar ghabais chugainn a Dhubartáin ar Seaan. d'es ruaid mhic
Modhairn frisa ráidter Sligech ocus go céis caomálainn Corainn.
ó'n gCorann go coirrshliab na seghsa ocus go máig luirg in
Dagda . ocus do leth taoib Chruachna maige hAoi . ocus do
mhaig mhucraime . do chríochaib ua gConaill ghabra ocus go
soiche thusa anois a Sheaain mhic in iarla ar sé. tugad Dubartán
istech ocus d'ól deoch ocus ro niamghlan || a chosa . ocus do bí
ina chodlad go tráth éirge do'n ghréin arna mhárach.

Táinic Seaan mac in iarla ar cuairt chuige fó'n am sin . ocus
do labair sé leis go mín muinterda ocus issedh adubairt : dar
liom is fada do chodlad . ocus ní hingnad duit é óir do b'fada do
shiubal andé . acht do chualas go rabais tréigthech ar lebraib
ocus ar chláirsig ocus bud maith liom do chloisdin ar maidin ar
Seaan. atáimse róthréigthech isna heladnaib sin go deimin ar in
cetharnach. tugad lebar chuige ocus nír léig aonfhocal . tugad
cláirsech dá innsaigid ocus nír sheinn aonphort. is cosmail go
ndechaid do cheol is do léigenn uait ar Seaan mac in iarla . ocus
ar in adbar sin dorignes rann duit[1]:—

[1] *ms.* :—dubhartán ó dubhartáin . nach leighenn aon lebhar ar dia is mór
an clú . nach bfuil maith ina mhebair *Eg. 164, f. 151 b*:—a dia is mór an
chliu . nach leighionn le lebhair dubhartán ó dubhartán . sgan aonfhocal do
mheabhair *Eg. 166, f. 10*:—duartán ó duartán . ní leighenn sé lebhar a
dhiadh is mór a chloigenn . is gan aon fhocall age do mheabhair

U ch a dhia is mór in clú . nach léighenn líne lebair!
Dubartán O Dubartáin . 's gan aonfhocal do mhebair

Mar do chuala Dubartán é féin dá cháined ocus dá imdergad
dorug sé ar shenlebar shenchais Sheaain mic in iarla ocus do léig
sé síos go stuama stuidértha blasta binnbriathrach é. dorug ar
in gcláirsig iarum ocus do sheinn sé fraischeol caoinbhinn cuis-
lennach co gcuirfedh aos galair ocus géresláinte in domain
dochum ‖ suain ocus sírchodalta re fogar in chaoincheoil téit-
bhinn tsíde do sheinn sé. is fírbhinn in fer eladan tu a Dhub-
artáin ar Seaan mac in iarla. bím lá binn is lá serb ar Dubartán.

D'éis medóin lae d'éirig Seaan mac in iarla immach ar chnoc
Aine ocus Dubartán maraon ris . an rabais ar in gcnoc so riam
roime so a Dhubartáin ar Seaan. do bhádas ar Dubartán maraon
re duine maith ar a ndechaid clú selga ocus fiadaig ocus fian-
choscair inallód . mar do bí Fionn mac Cumaill[1] mic Thrénmóir
mic Bhaoiscne mic Fhiacha saidbir mic Bric mic Dhairne duinn
mic Dhegaid. do bádar na móirféinneda ann .i. Oisín mac Finn
ocus Raigne mac Finn . ocus Oscar mac Oisín . ocus Glúndubh
ocus in Dubchosach beinne gulbain . ocus in Dubthuath . ocus
Art mac Mórna . ocus Goll . ocus Conán . ocus Beith barrghlas
mac Mórna maille ris. do suided in tselg fá'n gcnoc so ocus do
cuiredh míl muige re mullaigib . ocus sinnaig ar sechrán . ocus
bruic a broclasaib . ocus eoin ar eitíollaig . ocus laoig arna lua-
ghail linn. ocus do ghabamar ag éistecht re mongáir na míled
ocus re sníom na slabrad . ocus re gothaib na ngadar . ocus re
grésacht na ngillanrad . co ndechaid fiad ballach[2] báinderg ann
so siar reomainn ocus do bí ilar datha ann. do ‖ léig Fionn a
iallchoin dá innsaigid .i. Bran ceoilbhinn in chú ghel ocus in

---

[1] *Eg. 164, f. 152:*—Fionn mac Cumaill mic Trénmhóir úi Bhaoiscne mic
Fiacha saidbir mic Bric mic Daire duinn mic Deghaid . do bhí mac Finn
ann .i. Oisín mac Finn ocus Cairell a mhac agus Roighne roiscethan mac
Fhinn agus Diarmaid ó Duibhne agus Oscar mac Oisín Garadh glúndubh
Dubhchosach agus Dubhach Art mór Goll Conan agus Beithi barrgheal mac
Mórna fairis ann

[2] *Ibid.:*—do cuiredh fiadh ballach báinderg siar ann so romhainn ocus do
bhí iolradh gacha datha innte . do léig Fionn mac Cumaill iallchoin do bhí
aigi léithe .i. sithlear in chú ghel ocus in chú chruadlethan ocus mac an
truim ocus léim tar luachair ocus do chuadar na coin ann ag dul tar in
maoilinn sin siar . fhéchus Seaan mac in iarla do'n taobh shiar de [ocus] síos
ná suas soir ná siar budh dhes ná budh thuaid ní fhacaid sé in cethernach
ocus ní fios do cáit i ndechaid uadh d'árdaibh in domhain

chú chrón Enán . ocus mac in truim ar léimnech luath tar
[sliab] luachra siar.[1] fhéchus Seaan mac in iarla thairis ó thaob
dhes co tuaidh ocus ni fheca sé in cetharnach . ocus nír bfis do
cá háird do áirdib in domain ar ghab sé uaidh.

Tárla fá'n am sin duine maith do laignechaib .i. Mac Eochaid
ollam re dán ocus a chos briste le ré ocht sechtmained dég ag
siled a choda smera ocus fola co féig fírfuiltech . nár bféidir táth
ná leiges d'fagbáil di ocus dá fer dég do laignib ocus do tháith-
legaib do b'ferr i laignechaib aige ar fed na ré sin. atchonnairc
Mac Eochaid in tóglach caoilriabach dá innsaigid ocus fuan-
bratán uime ocus lebar ina láim ocus dórdán abráin dá ghabáil
aige. go mbennaigid dia duit a Mhic Eochaid ar in cetharnach.
go mbennaigid dia duitse ar Mac Eochaid . cá háit as a dtángais
a óglaoich ar sé. i dtig Sheaain mic iarla Desmuman do chodlas
aréir ar sé . i dtig úi Dhomnaill i mbél átha senaig do chodlas in
oidche roime sin. i nOilech na ríg do rugad mé. bím lá in Ile . lá
i gcionn tíre . lá i Manann . lá i Rachlainn || ocus lá eile ar fionn-
charn na foraire i sliab Fuait . óir is duine siublach suarach saob-
nósach mé. cá helada duit ar Mac Eochaid. adbar legha mé ar
in cetharnach. cá hainm atá ort ar Mac Eochaid. Cathal O Céin
m'ainm is mo shloinned . ocus dá léigfeása in doichell ocus in
ghorta ocus in droichbés atá innat díot do leigesfainn do chos
atá sin innam gan amrus ar Mac Eochaid nó go nibim trí deocha
ocus is cuma liom crét dogní cách ó shoin immach. an léigfir
in doichell is in ghorta díot ar mo chomairle ar Cathal O Céin.
léigfed chena ar Mac Eochaidh. tug Cathal O Céin luib íce im-
mach is do chuimil do chois Mhic Eochaid í : éirig suas a Mhic
Eochaid go bfaicem an bfuil ruith agat. d'éirig Mac Eochaid
ina shesam ocus tug sginned immach fá imell in mhachaire ocus
cách ina dhiaid le huathbás . gur fhágaib sé in dá liaig dég do
thorad a retha.

Dorignes do leiges a Mhic Eochaid ar in cetharnach . ocus
má gní tu doichell ná gortad as so suas ticfad chugat ocus brisfed
in chos sin do leigised liom . ocus ní hé sin amáin acht in chos

---

[1] *Eg. 166, f. 10 b*:—tar sliabh luachra siar agus dar liom ar se do chloinim
anois caismirt na bhfer thionnall agus fead ghair na bhfear fiadhach luightha
na laochradh agus maoidhebh na bhfear oglaech ar na morchonaibh agus dar
liom do chim an fiagh ag gabhaill an niar agus an fhiann inna dheigh agus
an conhart ar mirre agus ar dasacht inna dhiadh féachas s. mac an iarla

eile . ocus ní leigisfid lega na bfiann tu as sin suas. ní dhén ar
Mac Eochaid . ocus atá ingen álainn agamsa ocus dobérfad
duitse í ocus trí cét bó is trí cét capall ‖ is trí cét caora is trí cét
muc léithe . ocus biad féin am chliamain mhaith agat. maith sin
ar Cathal O Céin : má atá sí glan nó má atá sí gránda beidh sí
agam.

Do chuir mac Eochaid fled mhór dá hollmugad is dá comm-
órad do Chathal O Chéin . ocus in tan fa hollam in fhled is ba
hinchaithme in chuirm thógbus Cathal O Céin air is nír luaithe
míol mongruad lá márta iná Cathal ag dul tar maoilinn in chnuic
bí ar agaid in bhaile. táinic in fer fritheolta chum Mic Eochaid
ocus issé adubairt : in liaig út bí agat ó hUlltaib dá ngoirter
Cathal O Céin . ní luaithe in míol mongruad dá ngoirter in gerr-
fhiad iná eisen ag dul tar maoilinn in chnuic út thall . is ann sin
dorigne Mac Eochaid in rann mar lenus:[1]—

   I n liaig a hUlltaib inmain . mar is inmain Ulltaig féin !
      mac in athar ó'n áird tuaid . ní mairg fuair Cathal O Céin

Ghluaisios Cathal O Céin ocus ní derna fos ná frithairisem nó
go raib i Sligech. ocus is í sin tráth ocus uair fá a raibe O Con-
chobair ag dul do dígail chléibín na caillige connachtaige forsin
gcaillig muimnig . ocus ar mbeith do ag imthecht atchonnairc ‖
in cetharnach caoilriabach chuige. go mbennaigid dia duit a
úi Choncobair ar in cetharnach. go mbennaigid dia duitse ar O
Conchobair . ocus cá háit arrabais anois ar sé. do bíos aréir i
lagan Laigen i dtig Mhic Eochaid . ocus do bíos in oidche roime
sin dá míle déc ó Luimnech i gcnoc Aine i dtig Sheaain mhic
iarla Desmuman . do bíos in oidche roime sin i dtig úi Dhom-
naill i mbél átha senaig . ocus i ndún monaid i mbaile ríg Alban
in oidche roime sin. i nOilech na ríg do rugad mé. bím lá in Ile
ocus lá i gcionn tíre . lá i Manann ocus lá i Rachlainn ocus lá
eile ar fionncharn na foraire i sliab Fuait . óir is duine suarach
siublach saobnósach mé. cá hainm atá ort ar O Conchobair.
Gilla dé as ainm damsa ar sé . créd ghluaisios sib as bhaile ar

ms. liaigh ó hulltaibh inmhain . mar is inmhain olltaig féin a mhic an
athar ó'n áird shoir . ní mairg fuair cathal ó céin *Eg. 164, f. 11 b*: liagh ó
olltaib inmhain . liagh mar as inmhain olltaigh féin mac an athar ó'n áird
tuaid mo mhairg do fuair cathal ó céin *Eg. 166, f. 155 b*: liaigh a hulltaib
inmhain . liaigh mar is inmhain ulltaig féin mac an athara ó'n áird tuaid . ní
mairg a fuair cathal ó céin

Gilla dé. dochum catha i nagaid na muimnech do thiagaim ar
O Conchobair. dá bfoisteochad sib mise do rachainn lib ar Gilla
dé. dar mo bhréithir ar cetharnach do mhuintir úi Chonchobair
ní hé amáin nach bfoisteochamaois thu acht ní ghébmaois cenn-
ach ná cumha is do leithéid do beith linn. ní libse do rachainn
ar Gilla dé acht le hO Conchobair. ocus do bféidir || nach misde
d'O Chonchobair mise beith leis. crét as cennach duit a Ghilla dé
ar O Conchobair. ní iarraim acht gan lethchuma do dénam orm
ar sé in fedh bím friut. doghébair sin ar O Conchobair.

Do ghluaisetar rompa tar Sinainn siar ocus fir Chonnacht uile
i naonréim go dtugadar sgeimell trí lá i ndiaid a chéile i mesg
muimnech agá slad ocus ag breith leo gach ní ba hinaistir . ocus
ag cruinnechad a mbó is a gcapall is a dtréd co haoninad. fua-
radar trí ba breca ocus tarb maol na caillige muimnige ocus tug O
Conchobair iat sin do'n chaillig chonnachtaig i ndígail a cléibín.
nír bfada dóib ag timáin na creiche co bfacadar gasrad dá
cúiged Muman ac tóraigecht i ndiaid a dtána. is ann sin táinic
in Gilla dé do láthair úi Chonchobair ocus tuc a rogha do in
chrech do thimáin nó in tóir do chosg. adubairt O Conchobair
gur b'ferr leis in tóir do chosg. fillios in Gilla dé ar in tóir ocus
boga ocus ceithre saigde fichet leis . ocus nír léig aonurchar nár
thuit naoi naonbair do mhuimnechaib leis innus nár fhan aon-
duine fó fhad ghona urchair shaigde do . ocus dá || ndechadaois
fir Chonnacht uile i dtimchioll aonfhichet bó díob ní bhérfadaois
fad urchair shaigde leo iat.

Ann sin do chuir O Conchobair iarraid ar Ghilla dé ocus adub-
airt fris in chrech do thimáin. fhregrus in Gilla dé sin co hobann
is do chuaid i dtimchioll na creiche mar luas áinle . corro thinóil
ocus cor thimáin iat uile do dhruim degretha co mbátar i bfad as
amarc fer Muman. mar atchonncatar na muimnig in Gilla dé ac
tabairt a chúil dóib do deifrigetar i ndiaid fher gConnacht co
mbátar agá marbad gan choigilt . innus gurab éigen do'n Ghilla
dé filled ar in tóir arís.

Mar sin do ina rith itir in tóir ocus in chreich nó co ráncatar
tar Sinainn aniar . ocus ó shoin co Sligech ocus co dúnad úi
Chonchobair. téid O Conchobair istech roim chách . tugad deoch
ina láim ocus nír chuimnig ar in ngilla dé nó gur ibh í. tic in
gilla dé do láthair úi Chonchobair ocus adubairt co raibe ac
gabáil a cheda aige . ocus nír maith le hO Conchobair sin ocus

adubairt co dtiobrad a bhreith féin do ar son in lethóil dá nderna
sé fair im in dig sin. adubairt in gilla dé nach ngébadh sin uada
ocus nach bfuireochad ‖ ní bud sia . ocus adubairt co nderna
rann im in adbar sin[1] :—

L ethchuma ar Ghilla dé . ní cuibe do'n té dogní!
   issedh innsimse do'n fhlaith . ní maith in breth ruc in rí
N í mise nach ndechaid leo . ar cenn na mbó co tráig Lí!
   in té do choiscfedh in tóir . ní breth chóir a bheith cen ní
D á mbiainnse is Murchad mac Briain . ac gabáil giall bó is crech!
   tobach císa in domain móir . ní thiubrainn do acht a leth

Féchain dá dtuc O Conchobar tairis nír bfios do cá háird do
áirdib in domain ar ghab in gilla dé uada.

Tárla fá'n am sin Tadg O Cellaig i naonach lánoirechtais a
dúin ocus a degbaile féin. atchonnairc in cetharnach caoilriab-
ach dá innsaigid ocus leth a chloidim nocht do'n taob shiar de
ocus barr a dá cluas tréna shenfuan ocus senbróga lán d'uisge ac
fedalaig uime. go mbennaigid dia díb ar in cetharnach . do
frecradh é mar in gcétna. cá .háit irrabais anois ar Tadg O
Cellaig. i dtig úi Choncobair shligig do chodlas aréir ar in
cetharnach . ocus i dtig Mhic Eochaid i lagan Laigen in oidche
roime sin . ocus i dtig Sheaain mhic in iarla in oidche roime sin.
i dtig úi Dhomnaill i mbél átha Senaig roime sin ocus i mbaile
ríg Alban roime sin. ‖ i nOilech na ríg do rugad mé. bím lá in
Ile is lá i gcionn tíre . lá i Manann ocus lá i Rachlainn . ocus lá
ar fionncharn na foraire i sliab Fuait . ocus is duine siublach
suarach seafóidech mé. crét as elada duit ar Tadg O Cellaig.
clesaide maith mé ar in cetharnach . ocus dá dtucthása cúig
marga dam dogénainn cles duit. dobérsa ar Tadg. chuirios in

---

[1] *ms.* :—Leathchuma ar ghiolla dé . ní cuibhe don té do ni innsighimse don
fhlaith . nach maith an bhreith do rug an righ Misi neoch a ndeachaidh le.
ar chionn a bho go tráigh lí an té do choisgfedh an tóir . nír bhreith chóir a
bheith gan digh Dá mbiainnse is muirech mac briain . ag gabháil giall bó is
crech ag tobhach císa an domhain móir . ní thiubruinn do acht a leth *Eg.
164, f. 157 b* :—Leathchuma ar ghilla dé . neamhchumaoin don té do ní innis
uaim don fhlaith . ní maith in bhreith do thug an rígh Ní mise nach ndech-
aid leo . ar ceann na mó go trágh lí gidh bé do choisgfedh an tóir . ní breith
chóir bheith gan ní Dá mbeinnsi is murchadh mac briain . gabháil giall sa
dénamh creach aig tógbháil chísa an domhain mhóir . ní tiubhrainn se dho
acht a leith *Eg. 166, f. 12 b* :—Ní misie nach decha leo . andhiagh na mbhó
go tráiligh ge bé do choiscéach an tóir . nir bhreach cóir do bheith gan aon
ní Dá mbeinnse mar cháich . agus mhic briain agabhail giall agus dennadh
créach ag tógbhaill císa an doumhuin mór ní thuabharing do acht a leath

cetharnach trí simne ar a bhois ocus adubairt co gcuirfedh in
tsimin medóin as le séideoig ocus co bfúicfedh in dá shimin
foirimellacha ann. déntar sin let ar O Cellaig. chuirios in ceth-
arnach barr a dhá meor ar in dá shimin do b'foide ó a chéile
díob ocus do shéid in tsimin medóin dá bhois. ag sút cles agat
a Thaidg úi Chellaig ar in cetharnach. dar mo chubais ní holc in
cles ar O Cellaig. nár raib maith ó dhia ac fer a dhénta arsa
cetharnach do mhuintir úi Chellaig. ocus dá dtucthása leth na
gcúig marg út damsa dogénainn in cles út. dén in cles út sin nós
chétna ar in cetharnach caoilriabach ocus dobérad leith na gcúig
marg út duit. do chuir in tóglách trí simne ar lár a dhernann
ocus do chuir barr a dhá meor ar in dá shimin leithimellacha
ocus tuc séided do'n tsimin láir co ndechaid barr a dha ‖ meor
tré chlár a dhernann immach ar chúl a láime. ob ob a dhuine ar
an clesaide caoilriabach : is mistuama in cles sin dorignis ocus
ní mar sin dorignes féin . acht chena ó chaillis in tairget dogénsa
do leiges. chuimlios in clesaide luib íce do'n láim corbo slán i
gcétóir í.

A Thaidg úi Chellaig ar in clesaide dá dtucthá cúig marga
eile dam dogénainn cles eile duit. cia in cles sain ar Tadhg.
do bhogfainn mo letchluas ar mo letchionn ocus do bhiadh in
letchluas eile ina comnaide ar in clesaide. dén sin dúinn ar O
Cellaig. chuirios in clesaide a lám suas is do ruc ar a letchluais
ocus do bhog ar a lethcionn í. dar go deimin is maith in cles ar
Tadhg O Cellaig. nár raib maith agatsa ar cetharnach úi Chell-
aig . ocus munab é in donas orm dogénainn féin in cles út.
ó sháraig in cles eile thu arsa in cetharnach caoilriabach dén
in cles út anois. do chuir in tóclách a lám suas ocus do bhog a
chluais ar a lethcionn co dtáinic in chluas ó'n letchionn leis. is
míthapaid in cetharnach so agat a Thaidg ar in clesaide . dóig ní
mar sút dognímse in cles . acht chena dogénad a leiges ocus dá
dtucthá cúig marga eile dham dogénainn cles eile duit. ‖ dobérad
ar Tadhg.

Tuc in clesaide ceirtle sída immach as a mhála chlesaidechta
ocus tuc urchar ináirde de co ndechaid i nél in aieoir . ocus tuc
gerrfiad immach as in mála chétna ocus d'imthig in gerrfiad ina
rith suas ar in tsnáithe . ocus tuc cú bhec ocus do léig i ndiaid in
gerrfiaid í ocus do bí sí ac tafann co binn ar a lorg . tuc gilla bec
immach as in mála chétna ocus adubairt leis dul suas ar in

tsnáithe indiaid na con ocus in gerrfiaid . tuc óigbcn álainn inn-
ellta immach as mhála eile do bhí aige ocus adubairt léithe in
gilla ocus in chú do lenmain[1] ocus in gerrfiad do chaomnad gan
maslad ó'n gcoin. do rith in óigben ina dhiaid co luath ocus do
b'aoibinn lc Tadg O Chellaig beith ac amarc ina ndiaid ocus ac
éistecht re sestán na selga co ndechatar suas sin nél as aithne co
léir.

Do bátar sel fata ina dtost iar sin co ndubairt in clesaide : is
ecal lim ar sé co bfuil drochchor gá dhénam ann sút tuas . ocus má
atá ní rachaid cen dígail. crét sin ar Tadg O Cellaig. atá ar in
clesaide co mbiadh in chú ac ithe in gerrfiad ocus in gilla ac dul
chum na mná. bud dual sin féin ar Tadg. tairrngios in tsnáithe
iarsin ocus ‖ fuair in gilla itir dá chois na mná ocus in chú ac
creim chnám in gerrfiaid. línus ferg mór in clesaide cor tharraing
a chloidem ocus tuc buille ina mhuinél do'n ghilla cor theilg a
chenn dá cholainn. adubairt Tadg O Cellaig nár maith leis
gním chom míchubaisech sin cá dhénam ina fhiadnaise féin. má
ghoillenn sé ortsa mar sin ar in clesaide is furus limsa a lesugud
is do ruc ar in gcenn ocus tuc urchar de ar in gcolainn ocus
d'éirig in gilla ina shesam ocus do leith a dhroma do bí a agaid.
do b'ferr do beith gan anam iná beo mar sin ar Tadg O Cell-
aig. arna chlos sin do'n chlesaide do ruc ar in ngilla ocus d'imp-
aig in cenn ar in gcaoi chóir air ocus d'fág[2] slán é mar do bí
roime . ocus dorigne in rann:—

[1] *Eg. 164, f. 159 b:*—adubairt léi an giolla agus an chú ocus an gearrfhiadh
do lenmhain . dorine an bhen sin ocus bhí tamall eile mar sin ocus adubhairt
go raibhe egla air go raibhe a ghiolla páirteach rena mhnaoi agus go raibhe
an chú ag ithe an ghearrfhiadha . tairrngios an tsnáithe leis anuas

[2] *ms.:*—dobheir begán dobheir mórán . dobheir na fithche marg dobheir beo
fer gan anmain . mian gach righ ar talmhain tadhg *Eg. ibid:*—d'fág slán é mar
do bhí roime. acht a úi chellaigh ar an clesaidhe d'fág mo ghiolla mo bhen féin
torrach agus is é toirrcheas atá aice mac agus tabhairse luach oileamhna an
mhic sin uait . béra ar tadhg . tug tadhg cúig mairg do'n toirrchios do bhí a
mbroinn mhná an chleasaidhe . a thaidhg úi chellaigh ar an cleasaidhe sín
beann do bhruit go náirmhed féin mo chuid airgid . do shín ocus d'áirimh
an cleasaidhe a cuid airgid agus fuair sé fichid mairg aige .i. cúig mairg le
gach cleas agus cúig mairg do'n toirrchios sin do bhí a mbroinn a mhná . a
thaidhg úi cheallaigh ar an cleasaidhe rinne mé rann duit . dar mo bhréithir
maith é ar tadhg . dobeir beagán dobeir mórán dobeir fós na fiche mairg
dobeir ní d'fear gan anmain . mian gach righ ar talmain tadhg *Eg. 166,
f. 14:*—do bheir morann do beir begann do bheir fós an fhithcid mharg do
bheir uaim dfer gan anim lé mian mo croidhe ar talmhuin thaidhg

D obeir begán dobeir mórán . is dobeir in fichid marg !
dobeir beo fer gan anmain . mian gach ríg ar talmain Tadg

Féchain dá dtuc Tadg O Cellaig dá leth taoib nír b'fios do
cá háird do áirdib in domain do gab in clesaide.

Fled do commórad i dtig ríg Laigen fó'n am sain ocus ∥
atchonncatar in cetharnach caoilriabach chuca ocus in tuisge ac
fedalaig ina senbrógaib ocus barr a chloidim nochtaithe do'n
taob tiar de. co mbennaigid dia díb ar in cetharnach. co mbenn-
aigid dia duitse ar rí Laigen ocus cánas a dtáncais chucainn arsa
in rí. ó thig Taidg úi Chellaig tháncas anois . i dtig úi Chonchob-
air i Sligech in oidche roime sin. in Oilech na ríg do rucad mé.
bím lá in Ile is lá i cionn tíre . lá i Manann lá i Rachlainn is lá
eile ar fionncharn na foraire i sliab Fuait . duine siublach suar-
ach siofóidech mé ar in cetharnach. cá hainm atá ort ar rí
Laigen. gilla decair as ainm dam ar sé.

Do bátar sé fir déc re seinm tét i dtig ríg Laigen in tráth sain.
dobeirim mo briathar ar in gilla decair ó chualas féin torann na
nórd i níochtar ifrinn ní chuala comolcas bar ceoil ar sé. a
chladaire smertha arsa in fer fa harrachta do'n aos tét is olc as
fiu thusa sin do rád linn. co deimin adeirim letsa ar in gilla
decair cé doilig dul tarsna cúig feraib déc sin eile le docheol is
tusa féin bheir barr seirbe orra uile. do thóg in fer tét a chloi-
dem is do bhuail[1] in ∥ gilla decair i mullach a bathaise ocus dar
leis féin dorigne dá leith certa dá chionn . ocus is amlaid tarla do
ionad ar bhain in buille dhe féin ina chenn co nderna dá leith
de . ocus in méit do roiched do'n aos tét chuice do bhuailed gach
aon díob lán a láime fair ocus ar cach aon díob féin do bí in
buille fá deoid.

Is ann sin d'fógair rí Laigen de chuid dá derbchomdaltadaib
féin in drochduine sin do breith leo ocus a chrochad. do rucadar
air ocus do chrochadar é dar leo féin . ocus ar filled dóib do láthair
in ríg fuaratar in gilla decair rompa istig. nach tu d'fágbamar
crochta sin chroich ar siat. féch sin ar in cetharnach . d'féchatar
sin ocus fríth in derbchomdalta fa hannsa le rí Laigen crochta

---

[1] *Eg. 166, f. 14 b*:—agus dar leis f- gur bhuail an giolladh decarach a mullach
amhathais ocus do shíol go ndearna 2h leith 2h chenn as amhl- do bhí as ar
f- do bhual se an ii bhuille agus do reinn se 2h leith 2h cheann f- *leg.*:—
agus dar leis féin gur bhuail an giolla decair i mullach a bhathaise agus do
shaoil go ndearna dhá leith dhá chenn [acht] is amhlaidh do bhí is air féin do
bhuail sé an dá bhuille agus dorigne se dhá leith dhá cheann féin

i náit in ghilla decair. dorignedh in cles sin fó trí leisin ngilla decair cor crochad triur do derbchomdaltadaib in ríg ina áitsen ocus cor marbad urmór a aosa eladan.

D'fan in cetharnach i tig ríg Laigen can buidechas co tráth éirge gréine arna márach. do chuaid do láthair in ríg ar maidin ocus adubairt : a rí Laigen ar sé do chuires cuid dot mhuintir chum báis aréir ocus fúicfed slán agat féin arís iat. ‖ is maith liom sin ar in rí. d'fácaib in gilla decair muintir in ríg slán ocus ruc ar chláirsig ocus do sheinn cuir ocus puirt shiublacha binne sídhe co gcuirfedh aos galair ocus géresláinte in domain i dtoirrchim suain ocus sírchodalta re fuaim in cheoil fhírbinn shiabartha do sheinn sé in tan sain. amharc dá dtuc in rí tairis ar a lucht chiuil féin nír bfios do cá ndechaid in gilla decair uaidh. ocus ní comnaide ná fosad dorigne corráinic co [cill] scíre[1] co tig Sheaain

---

[1] *ms.* :—go sgíre go tigh cheasam ui dornáin   *Eg. 164, f. 161 b* :—ocus d'imthig féin roime go ráinig cill sgire go tigh sheaain úi dhomnalláin ocus tugadh meadar bainne reamhair ocus mias d'ubhla fiadhaine chuige ocus chaith a lórdhaothin díobh ocus ghluaisios as a bfiadhnaisi ocus ní fios cáit a ndechaid uatha ó shoin alé . conadh é sin sgéal in cheatharnaig chaoilriabhaig .i. ceatharnach úi domhnaill conuige sin   *Eg. 166, f. 15* :—do thearmgn sé luibh do bhí age amach as a mhála cleasiacht agus do choimmill sé an luibh do charrabad uachtarach .gca. fer dhíobh agus déruigadh slainn mar do bhídar riomhe sin riomh . agus do ghluais uatha amach as a mhbfennuise agus ní dharnna stád na caomhní no go ndecha go teach cheann í dhornainn ocus tugabh meadair bhainne ramhair 5ge agus miadhs dubhadhla fiann agus dith a leor dhaoichuint feinn díobh agus do ghlúis ó amach as a mhbfiannuisa gan chead gan cheluirra dhoibh agus do ghluias se riomhe na dhia deannaraith ar ghléis nar bhfes ff cá hard dardaibh in domhuinn mhóir do ghaibh se uatha acht immacht gan tuarraighe ag sin dhíobhse cuard slanmhnainn mc lir do thuatha dé dd á sé do bhí ar siubhaill mar súid an nfher chleasiachta agus a nfer aillaoidh deoirrachta is draoidhchta ar gc uile dhuinne no go dár fá dhearrh gur uimme sé uainn gan aguinn acht a thuaraiscg mar uimme gach draoidhtheoir ocus aillaoidóir dá raibh an ríomh agus mar sin an nfiainn agus gc draim dá dáinig ó hoinn agus dá dtuicfa go bráich agus sinni leo na nia ar na sgiobha le próinnsias ó mullune ó shráid an dreatheid an fidhthui lá donn mhaoi dheannach ã nóibhar 1740   *leg.* :—do tharraing sé luib do bí aige amach as a mhála clesaigechta ocus do chuimil sé an luib do charbad uachtarach gacha fir díob ocus d'éirghedh slán mar do bíodar roime sin riam . ní derna stad ná comnaide nó go ndechaid go tech Sheaain í Dhomnalláin agus tugad medair bainne remair chuige agus mias d'abla fiadaine agus d'ith a leordaoithin féin díob agus do ghluais sé amach as a bfiadnaise gan ched gan chéllebrad dóib . agus do ghluais sé roime ina diaid i dtennaruith ar ghlés nár bh'fes dóib cá háird d'áirdib in domain mhóir do ghaib sé uatha acht a imthecht gan tuairisg . ag sin díobse cuaird Mhanannáin mhic Lir do thuathaib dé danann ós é do bíodh ar siubal mar súd ina fher chlesaigechta

úi Dhomnalláin . ocus tucatar medar bainne remair ocus mias
do ablaib fiadaine chuice ocus do chaith a leordóithin díob. ocus
do ghluais as a bfiadnaise can fios dóib cá háird ar ghab sé
unatha . ocus ní chuala a bhec do scélaib in chetharnaig chaoil-
ríabaig ó shoin a leith.

. *Finit* .

Ag so turus Caoil an iarainn meic ríg na Tesáille go hEirinn agus chom mífhortúnach is d'éirig a shiubal leis.

Lá aonaig ocus árdoirechtais do commóradh le Fionn mac
Cumaill mhic Airt mic Thrénmóir úi Bhaoiscne le secht gcath-
aib na féinne ocus le secht gcathaib na gnáithféinne ac beinn
Edair mhic Edgaoithe. súil dá dtugadar tar muir ocus tar
mórfhairrge co bfacadar in long luchtmar lánáidbsech fána láin-
réim seoil sin bfairrge anoir co láindírech dá nionnsaigid . innell
cogaid ocus cointinne uirre. ocus nír chian dóib in tan atchonn-
arcadar in taonóglách mór míleta merchalma ac éirghe d'urlann-
aib a shleg ocus do chrannaib a chraoisech nó gur ghab leithed a
dhá bonn do'n tráig ghelghainmide. lúirech líomtha lánmhaisech
air . éidedh daingen dobhriste uime . sciath donnálainn ós áird a
ghualann . clogad cruaidiarainn fána chenn . cloidem claislethan
cuilgdhírech ar a thaob chlí . a dhá shleig chrainnremra chróna
ghéra ina dhá dhorn . brat sciamach scáirléide fána ghuailnib
ocus delg óir loiscthe ina lethanbrollach.

Táinic i láthair Fhinn ocus na féinne ar in innell ocus ar in
órdugad sin . ocus do labair Fionn ocus is edh adubairt : cia thu
a ghaiscedaig d'folaib uaisle nó anuaisle in domain . nó cia háird
do na ceithre hárdaib inar ghabais chucainn. Caol an iarainn as

agus ina fher eladhadóirechta agus draoidechta ar gach uile dhuine nó go
dtárla fá deired gur imthig sé uainn gan againn acht a thuairisg mar imthig
gach draoidedóir agus gach eladadóir dá raibh ann riam agus mar sin don
fhéinn agus gach drem dá dtáinig ó shoin agus dá dtiocfaid go bráth agus
sinne leo ina diaid. arna sgríobad le Próinsias O Maoildúin ó shráid an
droichid an fichmedh lá do mhí dhéidenaig an fhogmair 1740.

ainm damsa . mac ríg na Tesáille . ocus in mhéit do shiublas
do'n chruinne ó d'fágbas mo thír féin conice so nír fhágbas
ionnta innse ná oilén gan chur fá áirdchíos mo chloidim ocus
fám láim féin . ocus is é as mian liom áirdchíos ocus cennas na
hEirenn do breith liom do'n dulsa. ní chualamar ariam laoch
ocus ní fhacamar gaiscedach nach bfuightide fer dá chlaochlód
in Eirinn ar Conán. ní fuil acht glór óinmide ocus amadáin acam
ad ghlórsa a Chonáin ar Caol . óir dá raibe a bfuair bás le secht
mbliadnaib do na fiannaib i gcionn a mairenn díob dobérainnse
braon báis ocus begshaogail orra uile i naonló amáin. acht chena
dogénad ní as réide iná sin lib . má gheibtidh iomorro in bar
mesc aonlaoch amáin bérus barr ormsa do rith ná do chomrac ná
do chorraigecht ní dhénad ní as mó buaidertha ná trioblóide do
chur oraibse ná ar nech eile acht filledh tar m'ais dom chrích féin
arís. maisedh in gilla turuis atá againne ar Fionn . mar atá
Caoilte mac Rónáin . ní fuil sé sin mbaile in tan so ocus dá
mbiadh do chaithfed sé rith letsa. ocus más duine thu a ghais-
cedaig ar sé fhanfus i bfarrad na féinne nó dogénus caradrad
ocus comall leo co dtéighedsa ar chenn Chaoilte co Temair na ríg
muna bfaghbad ann sin é dogébad go derbtha i gcéis Chorainn
na bfiann é. déntar amlaid ar Caol.

Is ann sin do ghluais Fionn sin mbelach ocus ní cian do
chuaid in tan tarla ar choill aimréid dorcha ocus bóthar fírdomh-
ain méise ag gabáil tré chertlár na mórchoille sin. ní cian do
chuaid innte in tan tecmaic ar in ndúil diablaide droichdeilbe
ocus in narrachtach éigciallach ocus in fiadfathach ‖ cretbuide
cnáimremar ocus cóta fada lachtna co colpa a dhá cos síos air.
ba shamalta re crann seoil luinge lánmóire gach cos faoi ag
iomchur chuirp aimriagalta in fhir móir . ocus ba shamalta re
taob báid bronnfhairsing gach bróg do'n dá bhróig do bí fá
chrúba crotacha caimingnecha in fathaig . ocus leithed méise
pétair d'íochtar dhóibe buide ar in gcóta lachtna do bí ar in bfer
mór . ocus gach coiscéim dá siublad do bhuailedh in tíochtar
dóibe buide sin colpada a dhá cos innus go mbainedh fuaim asta
dochloisfide láinmhíle ferainn uada . ocus gach uair dá dtógbadh
a chos do scárdadh lán bairille do'n ghrellaig suas fána mhásaib
ocus fána chorp cretbuide air. do ghab Fionn ag féchain ar in
bfer mór ar fedh tamaill fhada óir ní fhacaid a shamailsen riam
roime . ocus do bí ac siubal roime sin tslige nó gur labair in fer

is co ndubairt : crét é in raon siubail ná sechráin so do bain duit
a Fhinn mic Chumaill ar sé at aonar ocus at aonracht gan duine
d'fiannaib Eirenn at fochair. atá ar Fionn do mhéit mo bhuaid-
ertha ocus mo thrioblóide nach bfuil faill acam ar sin d'innsin
duit. ocus dá mbiadh gan maith acam ann. muna ninnsi dam é
ar in fer mór beir fána dholaid ocus fána dhígbáil co bráth.
maisedh ar Fionn más éicen dam sin d'innsin duit bíodh a fhios
acat gurab é Caol an iarainn mac ríg na Tesáille tháinic istech
co beinn Edair mic Edgaoithe sin medón lae indiu ac gabáil
áirdchíosa is áirdchennais Eirenn acht muna bfagbadh aonlaoch
amáin bérus buaid air do rith do chomrac nó do chorraigecht.
cad as mian daoib do dhénam ar in fer mór. óir is aichnid
damsa go maith é ocus ní fuil énní dá ndubairt in laoch sin nach
dtic leis a choimlíonad. ocus dogénad ár bfer ocus bfcróclách do
thabairt ar in bféinn go huilide. is mian liom ar Fionn dol ar
chenn Chaoilte co Temair na ríg. ocus muna bfagbad ann sin é
dogébad go derbhta i gcéis Chorainn na bfiann é innus co
mbenfadh gell retha do'n laoch út. maisedh ar in fer mór is
duine gan rígacht tu más é Caoilte mac Rónáin do chrann bag-
air. ní fhedarsa tra cad dogénad ar Fionn. atá a fhios sain
agamsa ar in fer mór : dá nglacfá liomsa dar mo mhionna do
bhainfinn gell retha do'n laoch út. mesaimse ar Fionn co bfuil
do dhíchell le dénam acat do chóta is do bhróga móra d'iomchur
aoinleithmíle amáin d'ferann sin ló ocus gan dul i ngell retha
risin laoch út. dar go deimin muna mbainedsa dhe é ní bainfidh
fer d'feraib Eirenn ar in fer mór. déntar amlaid ar Fionn. acht
crét as ainm duit. bodach in chóta lachtna as ainm dam ar sé.

Ann sin fillios Fionn ocus bodach in chóta lachtna tar a nais
ocus ní haithrister a naister ná a nimthecht nó co ráncatar co
beinn Edair mic Edgaoithe.

Is ann sin do chruinnigedar fianna Eirenn uile i dtimchioll in
fhir móir uair ní fhacatar a shamail riam roime. táinic Caol in
iarainn do láthair ocus d'fiarfaig an tuc Fionn leis in fer do
rithfedh ris féin. ocus adubairt Fionn co dtuc ocus do thesbáin
do é. ar bfaicsin in bhodaig do Chaol adubairt nach rithfedh
r∍na leithéid do bhodach smertha choidche. arna chloistin sin
do'n bhodach dorigne glámrad garb gáire ocus adubairt : is
mellta ataoi dom thaobsa a ghaiscedaig ar sé. ocus tabair dam
fios na scríbe rithfios tu ocus muna rithedsa sin riotsa ocus

tuilled más é do thoil é is letsa breith ‖ in ghill. ní háil dam ní
bud lugha iná trí fichid míle do scríb retha do beith reomam ar
Caol. is maith mar tharla ar in fer mór : trí fichid míle go cinnte
ó beinn Edair mic Edgaoithe co sliab luachra na Muman . ocus
muna rithedsa sin riotsa ocus tuilled más é do thoil é is letsa
breith in ghill. déntar amlaid ar Caol. maisedh ar bodach in
chóta lachtna is é ní as cóir dúinn do dhénam gluasacht siar co
sliab luachra na Muman ocus comnaide na hoidche inocht do
dhénam ann innus co mbiam réid do chum ár naistir ocus ár
nimthechta ar a márach.

Is ann sin do ghluais in dias deglaoch sin . mar atá Caol an
iarainn mac ríg na Tesáille ocus bodach in chóta lachtna . ocus
ní haithrister a nimthús co ráncatar sliab luachra na Muman ac
dul faoi do'n ghréin. is ann sin do labair in bodach ocus is é
adubairt : a Chaoil in iarainn ar sé is cóir dúinn árus toige nó
botháin do dhénam bhias ós ár gcionn inocht. dar go derbta ní
rachad do dhénam toige ar shliab luachra na Muman mar ghell
ar chomnaide aonoidche is gan súil agam re techt tar m'ais lem
ló arís. déntar amlaid ar in bodach . acht má thic liomsa árus
toige nó boithe do dhénam is fada uada immach bhias cach aon
nach dtiubradh a chongnam dochum a dhénta.

Is ann sin do ghluais in bodach fá'n gcoill aimréid dorcha ba
choimnesa do . ocus ní stad ná mórchomnaide dorigne nó gur
shnaidm sé ceithre cúpla fiched do móradhmad ocus co dtuc leis
iat fóna ndíol taobán gcoille ocus d'úrluachair in tsléibe do'n
ualach sin . ocus gur chuir tech fada fairsing ina shesam fó
dhíon ocus fó thégar. ina diaid sin do chuir mórthorc móradbal
móirtheined d'úrach ocus do chríonach na coille ar úrlár in lóistín
sin ocus do labair in dara huair le Caol : más duine thu thiocfus
liomsa d'fiadach ar bith fó na coilltib so. ní fios damsa é ar
Caol . ocus dá mb'edh ní led leithéidse do rachainn d'emhnad.

Is ann sin do ghluais in bodach fó'n choill aimréid dorcha ba
choimnesa do . ocus ní cian do chuaid innte in tan do mhúscail
sé scaoth muc bfiadhain . ocus do ghab i naghaid na scaoithe
ocus in torc ba threise atchonnairc sé do scar risin scaoith ocus
do len i réim gacha conaire ocus gacha diamrach é gur sháraig
le tréine retha ocus saothair é. do thrascair co lár ocus co lánta-
lam é . do chóirig co glan degthapaid é . ocus do chuir i gcionn
na teinedh lánmóire sin dá róstadh é ocus glés iompóidh ar na

bcraib sin uathaib féin. is ann sin do ghluais in bodach ocus ní
stad ná mórchomnaidc dorigne co toigh mbarúin innse úi Chuinn
do bí dcich míle fichet ó shliab luachra . ocus tuc lcis dá bairille
fíona dá méis pétair ocus arraibe d'arán ollmaighte sin tcch.
bórd ocus cathaoir . ocus tuc leis do'n ualach sin iat corráinic co
sliab luachra na Muman tar a ais . ocus do fuair a chuid feola
rósta roime. do chuir leth an tuirc lcth an aráin ocus bairillc
fíona i noirchill na maitne . ocus do chuir leth aile ar bórd faoi
féin. do suid síos co sadhail sochma . d'uaid a leordóithin bídh
ocus d'ól bairille fíona ina chorp síos ina dhiaid. do chroith lán-
bhrat luachra ar úrlár in lóistín sin . ocus do bí ina thoirrchim
shuain ocus shírchodalta nó gur éirig grian lántsoillsech arna
márach ocus co dtáinic chuige Caol an iarainn do bí in oidche
sin ar taob in tsléibe gan biad gan dig ocus gur mhúscail as a
chodlad é . ocus adubairt : éirig a bhodaig ar sé is mithig dúinn
dol dochum ár naistir ocus ár nimthechta ‖ festa. Is ann sin do
múscail in bodach ocus do chuimil bos dá shúilib ocus adubairt :
atá uair dom chodlad gan dénam agam go fóill . acht ós deifir
atá ortsa dobeirim mo thoil duit beith ac imthecht ocus biadsa
ad dhiaid gan amrus.

Is ann sin do ghluais Caol roime sin tslige ocus ní raibe gan
móircgla air fó'n nemshuim atchonnairc ac in mbodach acá
dénam de. acht in tan do chodail in bodach a leordóithin d'éirig
ina shuide . d'ionnail a agaid ocus a láma . do chuir biad ar bórd
faoi . do suid síos go sadhail sochma ocus d'uaid lcth in tuirc
leth in aráin ocus d'ól bairille fíona ina chorp síos ina dhiaid.

Is ann sin d'éirig in bodach ocus do chuir cnáma na muice co
bailech i mbeinn a chóta lachtna . do ghluais roime mar luas
áinle nó ferbóige nó mar ghal ghaoithe ruaide mhárta ac gabáil
fó mhaoilinn chnuic nó chairrge cennghairbe nó co ruc Caol in
iarainn istech. ocus do theilg cnáma na muice tarrsna sin tslige
roime ocus adubairt : a Chaoil in iarainn ar sé féch in bfuigtheá
creinnt ar bith ar na cnámaib sin . óir is derb co bfuilir lán d'ocrus
ar mbeith ar sléib luachra na Muman aréir ad throscad. do
chrochad dogébthá a bhodaig ar Caol sul rachainnse ag iarraid
bhíd ar na cnámaib do bís ac crcinnt led chraoisfhiaclaib. maiscd
ar in bodach ní mór duit cor siubail do chur ort bhus ferr iná
chuiris co fóill.

Is ann sin do ghluais in bodach ina réim siubail amail do

rachadh i bfírgheilt ghlinne nó co ndechaid deich míle fiched dá
shlige do'n scríb sin. is ann sin do ghab in bodach ac ithe smér
do na driscogaib do bí ar dá thaob in bhelaig nó in bhóthair co
dtáinic chuige ann sin Caol in iarainn co ndubairt : a bhodaig ar
sé atáit trí míle fichet as so siar in áit i bfaca beinn dod chóta
lachtna casta fó bhrágaid tuim ocus benn aile fá bhrágaid tuim
deich míle uadh sin siar. in iat benna mo chótasa ar in bodach
ac féchain síos air féin. is iad co deimin ar Caol. maisedh ar in
bodach is é as cóir duitse do dhénam fuirech ann so ac ithe smér
co bfilledsa ocus benna mo chóta do thabairt liom. is derb nach
ndénfad ar Caol. déntar amlaid ar in bodach.

Is ann sin do ghluais Caol roime ocus fillios in bodach co
bfuair benna a chóta mar adubairt Caol . do suid ocus do tharr-
aing immach a shnáthaid is a shnáithe gur fhuaig ina náit féin
iat arís . is ann sin fillios in bodach tar a ais. ní fada do chuaid
Caol in tan ruc air ocus adubairt leis : a Chaoil ar sé is cóir duit
cor siubail do chur ort bhus ferr iná mar do chuiris fós más mian
let áirdchíos na hEirenn do breith let mar adubrais chena . óir ní
biadsa ac filledh tar m'ais festa.

Is ann sin do ghluais in bodach mar luas áinle nó ferbóige nó
mar ghal ghaoithe ruaide mhárta ac gabáil fo mhaoilinn chnuic
no chairrge cennghairbe amail is go rachad i bfírgheilt ghlinne.
corop é sin tréinréim ruathair shiubail do bí fá'n mbodach co
ndechaid fó mhaoilinn chnuic do bí fó chúig míle do bheinn
Edair mic Edgaoithe. is ann sin do chrom an bodach ac ithe
smér do na driseogaib co nderna sac sughlíonta de féin. cid tra
acht chuirios an bodach a chóta lachtna de . ocus do tharraing
immach a shnáthaid ocus d'fuaig a chóta co nderna mála fada
fairsing fírdhomain de. líonus in bodach a chóta co bél do na
sméraib ocus do chuimil a lán díob dá chroicionn co raibe chom
dub re gual gobann. do thógaib in bodach in tualach smér sin ar
a ghualainn ocus do ghluais roime co talcanta ‖ traigésga ac
innsaigid bheinne Edair.

Is amlaid do bí Fionn ocus in fhiann co coitchenn lán do
mhóiregla gurab é Caol in iarainn do bí i dtosach . óir do chuir-
etar uile a muinigin i mbodach in chóta lachtna is gan fhios ar
bith aca cia ar bh'é. do bí techtaire áirithe ag Fionn immuich ar
mullach na tulcha d'féchain cia aca do'n lucht retha do bí i dtús.
ar bfaicsin in bhodaig do do chuaid istech ocus d'innis Fionn co

raibe Caol ac techt i mbél in róid ocus in bodach marb ar a
ghualainn. culaidh airm ocus éididh ar Fionn do'n té dobérus
chucainn scéla as ferr iná súd. do chuaid in dara techtaire im-
mach ocus d'aithin gurab é in bodach do bí ann. do chruinn-
igetar fianna Eirenn uile co ró luthgáirech i dtimchioll in bhodaig
ocus d'fiarfaigetar scéla de. atáit scéla maithe acam dúib ar sé.
acht atá do mhéit m'ocrais nach bfédaim a gcraobscaoiled nó go
nithed mo dhóithin mine loiscréin ocus sméra le chéile. tucas
féin [na sméra liom ocus tabraidse] mo dhóithin mine loiscréin
dam. is ann sin do scarad brat mór ar in mbeinn fá'n mbodach
ocus carn mine loiscréin ina chertlár. ocus do dhoirt in bodach a
tsac smér ar fud na mine ocus do chrom ac ithe fó thenn.

Ní cian dóib in tan atchonnarcatar Caol i mbél in róid ocus a
lám i ndornchur a chloidim ocus a dhá shúil ar derglasad ina
chenn ocus é réid le dul fá'n bféinn dá gcoscairt ocus dá
gcnáimgherrad. ar bfaicsin Chaoil ar an órdugad sin do'n bho-
dach thócbus lán a chráige do'n mhin ocus do na sméraib ocus
thucus urchur nertmar ar Chaol díob gur chuir a chenn fedh
maith ferainn óna chorp. rithios in bodach mar a raib in cenn
ocus tucus in dara urchur de d'innsaigid na colna gur dhaingnig
é chom daingen is do bí riam. acht is amlaid do bí a agaid ar a
dhruim ocus a chúl ar a bhrollach. do rith in bodach mar a raib
Caol ocus do bhuail compar a chléib ocus a chuirp go hathlam
sin talam ocus do chengail co cruaid docrach doscaoilte é ocus
adubairt : a Chaoil ar sé nár dhrochbaramlach duit a rádh co
mbiadh áirdchíos ocus áirdchennas na hEirenn let do'n dul so.
acht ní biaidh lena rádh re fiannaib Eirenn co dtiubradaois braon
mbáis nó mbegshaogail d'aonlaoch amáin is gan nech aige acht é
féin dá chosaint. ocus más duine thu bhérfus grian ocus ésca i
dtacaidecht le cíos na Tesáille gacha bliadna red ló do chur fó
dhéin Fhinn ocus fhiann Eirenn biaid t'anam let ar in dóig i
bfuilir anois. tuc Caol grian ocus ésca i dtacaidecht rissin do
choimlíonad gacha blíadna rena ló. ann sin beirios in bodach ar
barr láime ar Chaol ocus treoraigios dochum a luinge é ocus
chuirios ina shuide innte é. ina dhiaid sin bhuailios in bodach
preb i ndeired na luinge ocus chuirios secht léige ar fairrge
immach do'n phreib sin í.

Ag sin mar d'éirig a thurus le Caol in iarainn mac ríg na
Tesáille . a léigen a bhaile ar ghlés óinmide ocus amadáin ocus

gan do nert aige buille do bhualad i gcath ná i gcruadchomrac
rena ló arís. fillios in bodach tar a ais mar a raibh Fionn ocus
fianna Eirenn ocus d'innis dóib gurab é síogaidhe rátha Chruachan
tháinic dá bfuascailt as in ngéibionn irrabatar. is ann sin dorigne
Fionn fleid ocus fésta lae ocus bliadna do'n tsíogaide.

Gurab é sin echtra Chaoil in iarainn mic ríg na Tesáille ocus
bhodaig in chóta lachtna conice sin.

. *Finit* .

<hr />

[*Leighes coise Chéin mheic Mhaeilmuaid mheic Bhriain síosana*]

Laithe naen do chuadar máir Bhriain bhoraime mhic Cheinn-
éidid do thógbáil a chíosa ocus a chánachais in Iarmumain
ocus rángadar co tegh í Chrónagáin choireille ocus ní roibe
O Crónagáin féin san bhaile . ocus óglách do Chian mac Maeil-
muaid O Crónagáin.

Ocus d'fiarfaig ben í Chrónagáin cé hiad féin. máir ríg Eirenn
ar siad. cé as rí ar Eirinn ar ben í Chrónagáin. Brian mac
Ceinnéidid ar iadsan . ocus ac tógbáil chíosa ocus chánachais
atámaidne. nocha tucamarne cíos do dhuine riam ocus ní thiub-
ram dosan. ocus do imthigedar na máir co cenn corad mar a
roibe Brian ocus maithe dháil gCais . ocus do bí fled mór ag
Brian agá tabairt d'feraib Eirenn ocus do innsedar na máir an
esonóir tuc ben í Chrónagáin choireille dóib. ocus do fhedarsa
mar dogéntar sin ar Brian : rachadsa sul sgáilfid fir Eirenn uaim
do dhígailt m'esonóra ar O Chrónagáin. is oirchis sin ar maithe
dháil gCais uile . ocus do ghluaisedar rompa co coireill í Chrón-
agáin ocus do loiscedar in triucha cét fa choimnesa do . ocus ní
roibe O Crónagáin san bhaile.

Ocus dá éise sin do len ben í Chrónagáin iad ocus fuair sí
Brian ocus maithe dál gCais ar deired na crech . ocus do bendaig
dóib ocus do fregair Brian í . ocus adubairt sí : a Bhriain is
écóir dogní tu na crecha so orainn óir ní tucamar cíos do dhuine
riam . óir an tigerna atá orainn nír bhoin sé cíos dinn riam. cé
hé sin ar Brian. Cian mac Maeilmuaid ocus óglách duitse é.

masadh ar isi tabair achuinge dam féin a Bhriain. dobér ar
Brian. masad ar isi tabair mo choin beca ocus mo cháirig dam.
dar mo chubais is achuinge mhná maithe sin ar Briain ocus
doghébairsi sin . ocus éirig a Chéin mhic Mathgamna ocus fasdó
cach ní ar a mbérair do na crechaib ocus tabair di siud iad
d'febus a huirchill . ocus ticedh O Crónagáin am degaidse co
cenn corad ocus dogéba sé a chrecha uile nó a néraic.

Ocus ina ‖ diaid sin táinic O Crónagáin ocus do desaig é do
dhul i ndiaid Bhriain dá fer dég ocus édach odhar can ucadh
umpu uile . ocus do ghluaisedar rompa co sliab na luachra. ocus
dochonnaic O Crónagáin cú chuige ocus a leth gel ocus a leth
eile uaine . ocus do ghab í ocus do chuir slabrad i cédóir uirre.
ocus do chuaid co cenn corad ocus ro fer Brian fáilte ris O Crón-
agáin ocus do shir O Crónagáin achuinge ar Brian. dogébthar
sin ar Brian . ocus do éirig O Crónacáin : masad ar O Crónagáin
tabair an tseisrech ngadar mbec tuc rí Frangc duit damsa. dogé-
bair ar Brian. ocus do éirig O Crónagáin co moch arna máirech
ocus ag imtecht do tarla Murchad mac Briain do ocus adubairt
ris can imtecht nó co fagadh sé a chrecha . ocus adubairt
O Crónacáin gur ferr leis a fuair iná maithes Eirenn uile.

Ocus do ghluais roime co sliab luachra . ocus do gluais in
gadar míol muige ocus do lig. O Crónacáin in cú do'n mhíol ocus
do len in cú in míol . ocus do suidh O Crónagáin féin ocus
adubradar a muinnter co nimtheochdais féin ocus nach anfadais
ris. ocus is gairid do bí O Crónagáin ann an tan atchonnaic in
míol chuige ocus in gadar ocus in cú ris . ocus ba ghairid idir in
choin ocus in ghadar ocus in míol. ocus do luid in míol i nucht
í Chrónagáin ocus adubairt : comairce so a í Chrónagáin . ocus
dorigned macám maisech mná do'n mhíol. dogébthar sin ar
O Crónacáin . ocus adubairt in macám co tiubrad in achuinge ba
[maith] leis O Crónagáin do : ocus tarr lium féin anocht ar in
ingen. ocus do chuaid i sídbrug álainn ocus do bí lánamain
aesda astoig ar a cenn . ocus do chaithedar biad ocus deoch
ocus do cóirged imdaid ocus airdlebaid d'O Chrónagáin . ocus
adubairt risin macám dul roime san lebaid ocus gurob í sin in
achuinge do iarrfadh sé uile uirri. ocus adubairt sisi gér lesg
léi co coimélladh sí sin . ocus adubairt in lánamain aesda gur
fada leo féin sin ocus nach fedadar nach ag Brian do bí in
éirge sin.

Ocus dá éise sin do éirig O Crónagáin ocus in macám mná arna máirech ocus do gluaisedar rompa co coireill í Chrónagáin. ocus ag dul do'n baile dóib tarrla óclách dóib ocus d'innis d'O Chrónagáin co tesda a bhen. ocus dá éise sin ‖ dochonnaic O Crónacáin hallada ocus tige móra ina baile ocus do b'ingnad leis sin. ocus do bí in ben sin aige co cenn trí mbliadan . ocus do bí O Crónagáin ag techt ar a agaid arís innus co roibe sé marc-shluag mór ocus dáine imda. ocus adubairt nach roibe locht air acht énlocht . ocus do iarfaig a ben de cad é in ténlocht. adubairt seisen can fleid do tabairt do ríg Eirenn . ocus adubairt sisi nach ráinic a les ocus co cualaid Brian a áirem ocus a bladh . ocus adubairt seisen nach gébadh can a tabairt do. ocus do ullmaig fled do Brian . ocus do chuaid féin co cenn corad ocus tuc Brian leis ocus maithe fer nEirenn co coireill . ocus do bátar co cenn trí lá san bhaile ar cháin fresdail ocus fritheoilte. ocus tuc Brian ocus Murchad mac Brian grádh a nanma di .i. do mnái í Chrónagáin. ocus do bo bec sin ag féchain in gráda tuc Cian mac Maeilmuaid di. ocus do éirig Brian i cionn in ceithre lá d'imtecht. ocus adubairt O Crónagáin gur b'olc leis Brian d'imtecht an oidche sin . ocus adubairt a ben nár misde imtecht do ligen dóib ocus nach fuighidís i nEirinn fled bhud fherr iná fled trí lá co noidche. ocus adubairt O Crónacáin nach léigfed sé uadh Brian an lá sin ocus anaid isin bhaile in oidche sin . ocus adubairt Cian co nding-nadh féin frithólam in oidche sin. ocus do suidh O Crónagáin ocus do bí Cian ocus ben í Chrónagáin ocus adubairt Cian re mnái í Chrónagáin co tuc sé grád rómór di ocus gur b'áil leis beith aice . ocus adubairt sisi nach biadh sé aici co bráth. ocus do éirig Cian ocus do leg í . ocus do éigh sisi ocus dorigned láir mór groidhe di. ocus do léig sí chum in doruis í . ocus ruc Cian ar chois deirid uirri . ocus do thóg sisi in cos eile ocus do bhuail sí Cian ar a chois ocus do bris in cos ocus d'imthig féin roimpi.

Ocus d'éirgedar na sluaig arna máirech dá tigib ocus d'imthig Cian co hinnis Céin . ocus do bí sé bliadain i nothras a choise nár fédadar legha a snadhmad ná énraed dá nimh do buain aiste. ocus an lá i cionn bliadna ar ndul do muinntir Chéin chum aifrinn táinic macám istech ocus do suidh i farrad Chéin . ocus d'fiafraig Cian de cá roibe sé ag aifrionn. do bhádasa i cathair Rémais na ríg san Fraingc ar sé. mór an tingnad adeiri ar Cian. dochonnac ‖ ingnadh ba mó inásé ar in macám. cad é

féin ar Cian. mac derbráthar duitse mé féin a Chéin . ocus do bí
lennán síde agum i cnoc grafann ocus tucassa grádh d'ingin ríg
na Déise tar a cenn . ocus do chuir sisi fó ghesaib mise muna
fágainn Eire ocus an tan do ghrádóchainn na dáine gurab ann
sin do fúicfinn iat . ocus do chuadassa san Fraingc ocus do
ghrádaigedar a maithe uile mé. ocus ar ghrád t'einig a macáim
cala an tingnad adubrais co trásda. inneosadsa duit sin ar in
macám : do chuadassa co tegh ríg na Dreolainne ocus do bí
ingen álainn aentama ag ríg na Dreolainne. ocus tánacsa san
Fraingc arís ocus do bí rí Frangc can mnái aige ocus d'fiarfaig
díomsa an roibe brath mná agum do ríg Frangc. ocus adubartsa
co roibe ingen ríg na Dreollainne i naentaina ocus gur maith in
ben do í . ocus nár fhogain dosan a hiarraid nó co ndernadh
crecha ocus airce ar dtús. ocus do ghluaisios rí Frangc co ráinic
an Dreollainne . ocus do loisc in críoch i cédóir. ocus do chuad-
assa co dúnad ríg na Dreollainne ocus d'fiarfaig rí na Dreollainne
díomsa : cuich iad na mórsluaig so . ocus adubart gurob é rí Frangc
ag techt d'iarraid a ingine sin. dobérainnse m'ingen do ocus gan
é féin dá hiarraid. ocus do innisessa in fregra sin do ríg Frangc
ocus adubart ris can seoid ná máine do gabáil ó ríg na Dreoll-
ainne acht na ceithre mogha fiched do bí aige ocus na ceithre
ridireda fiched bhíos agá choiméd . ocus fuair sé sin. ocus tuc rí
Frangc in ben leis ocus na moga ocus na ridireda san Fraingc.
ocus dá éise sin do chuadassa amach ar faitche an dúnaid ocus
dochonnac chugum dá manach dég ocus nái moga . ocus tuag
sháirse ag cach mogh díob ocus ultán i nucht an manaig mhóir.
ocus adubairt an manach mór do bí ann : maith an tinadh do
dhénum mainisdrech . ocus do fosgail a ucht ocus do chuir
mesóga ann sin ocus tángadar ina ndarachaib móra . ocus dorig-
nedar na sáir clára díob i cédóir. ocus dorignedar na manaig ael
ocus dorignedar mainisdir mór ocus do bádar ag dénum a tráth.
ocus do chuadassa farrú ocus do benadar cluic ocus adubradar
riumsa ‖ dul ar chenn ríg Frangc. do chuadas ocus tucas ríg
Frangc lium ocus a ben ocus táncamar san mainisdir . ocus táinic
an manach mór inár coinne ocus do shlécht do ríg Frangc ocus
dá mnái . ocus do fiarfaig do ríg Frangc anar misde leis in main-
isdir do dénum. ocus adubairt rí Frangc gur maith leis a dénum
ocus co tiubradh congnam di . ocus is é congnam tuc di triucha
céd ocus tuc a ben triucha céd eile. masad ar in manach mór

bíse farumsa anocht ar bhanais mo mainisdrech . ocus táinic rí
Frangc ocus maithe na Fraingce chucu ocus do fresdlad ocus do
frithólad iad co maith . ocus do cuired ríg Frangc ocus a ben
ocus iarla na comairle ocus a mná (*sic*) i naentseomra . ocus do
b'inmain leo sin a mná. ag éirge do'n ríg ní fuair a ben farais
ocus d'fiarfaig d'iarla na comairle an roibe a ben farais ocus
adubairt iarla na comairle nach roibe a ben farais . ocus is é
inadh arrabadar ann sin ina seomradaib féin. ocus tángamarne
a ndúnad ríg Frangc d'iarraid na mainisdrech ocus ní fuaramar.
ocus an tinadh arroibe sí ní fuaramar crann ná clár ná cloch
ann acht faitche coimréid ocus rucad a mná uathasan. ocus
a Chéin mic Maeilmuaid ar macám in fhagháin is mó d'ing-
nad sin iná mo beith féin ag aifrionn i farrad ríg Frangc ó chia-
naib i cathair Rémais na ríg ocus mo beith ann so anois. is céd
mó arsa Cian. masad ar macám in fagháin is do do leighius
tánacsa . ocus do chuir in macám urbruith síos.

Ar [ghrád] t'einig ar Cian cinnus do chuadar na mná sin.
inneosad duit ar macám in fhagáin : do lenassa ben ríg Frangc
ocus tesda in tiarrla do chumaid a mná. ocus ránacsa san Gréic
ocus tarla duine dam ocus do bhás ag fiarfaigid scél de . ocus
adubairtsen co facaid i cionn bliadna roime sin cethrar ar fichid
do manchaib ocus eich fútha . ocus nach fidir cár ghabadar ó
shoin anuas. ocus do bádassa bliadain ac siubal . ocus i cionn
bliadna tarrla dúnad dam ocus do bádassa ag fiarfaigid a scél.
ocus adubradarsan ‖ co facadar ceithre bráthair fiched ar echaib
i cionn bliadna roime sin. ocus do ghluais mise ocus do bád-
assa bliadain ar fud Gréige . ocus i cionn bliadna tarrla dúnad
rígda romór dam ocus adubradar rium co facadar ceithre fichid
do macámaib óga ocus dias ban acu. ocus d'innsedar dam gurab
é mac ríg na Sorcha do bí ann. ocus dar do láimse féin a Chéin
nír anassa co ránac dúnad ríg na Sorcha . ocus do chuadassa san
ghrianán arrabadar na mná. ocus táinic mac ríg na Sorcha san
ghrianán ocus ro fer fáilte riumsa . ocus do shir mise ben ríg
Frangc ocus ben iarla na comairle . ocus adubairtsen co fuighinn
ocus nár chiontaig fer ria ó shoin. ocus adubairt gurab é adbar
fá ruc leis iad róméd in ghráda do bí agá feraib féin dóib. ocus
do shiressa iodhlacad air . ocus do chuir seisen a derbráthair
féin liumsa .i. fer an bruit lachtna .i. an lám as ferr do bí san
doman ina égmais féin. ocus do ghluaisessa féin le fer an bruit

lachtna ocus na mná . ocus ruc oidche orainn i cédóir ocus adu-
bartsa co rachainn i farrad mhná an iarla . ocus adubairt fer an
bruit lachtna dá ndechainn go rachadh féin i farrad mná ríg
Frangc. ocus an uair dochualassa sin ní dechasa i farrad mná an
iarla.

Ocus rángamar arna márach co dúnad an impir almánaig (*sic*).
ocus do bí ingen ag an impir ocus ní roibe san doman ben do
b'annsa liumsa inásí ocus fós do bí sisi damsa mar sin. ocus do
éirgemar arna máirech ocus do ghluaisemar ó'n bhaile . ocus
adubairt fer an bruit lachtna gur fág sé dermad san bhaile . ocus
d'inntódh do'n bhaile ocus tuc leis ingen in impir dá nainndeoin
ocus do marb mórán do na halmáinechaib ocus ruc orainn i
cétóir. ocus rángamar san Fraingc an oidche sin . ocus do chuad-
assa i farrad mná an iarla ocus do chuaid fer an bruit lachtna i
farrad ingene in impir . ocus dar do láimse féin a Chéin do b'olc
liumsa sin. ocus do chuadassa i farrad mhná an iarla (*sic*) ocus
adubairt fer an bruit lachtna gur ionnlaic sé sinn san Fraingc
ocus co nimthcochad sé féin ocus co mbéradh a bhen ‖ leis. ocus
do chomraicemar ocus do benassa a chenn deisen . ocus tucassa
a bhen féin do ríg Frangc ocus d'ionnlaices ben an iarla dá tig.
ocus d'imthigessa ocus rucassa ingen an impir lium co hoilénaib
ríg innse Orc . ocus do bádassa trí bliadna ann ocus ruc sí triur
mac dam risin ré sin . ocus rucadar triur iarladh lochlannach leo
iad dá noilemain.

Ocus doclos fae sin macám an bruit lachtna do thuitim liumsa .
ocus tángadar sluaig mic ríg na Sorcha dom iarraidse san
Fraingc. ocus do loiscedar críocha na Fraingce ocus dorignedar
airgthe ocus crecha ocus do marbadar ríg Frangc ó nach fuara-
dar mise ann. ocus tángadar trí mic iarla na comairle san oilén
arrabassa dom iarraidse rem marbad trít mar dorignessa mic rena
máthair . ocus dar do láimse féin a Chéin do marbassa ina triur
iad ocus a sluag fós. ocus d'éirges arna máirech ocus do b'áil
lium imthecht ocus an toilén d'fágbáil . ocus tarrla coblach mór
dam ar chuan an oiléin . ocus dochonnac curach chugum ocus
macám mór míleta as amach ocus glún dub aige. ocus táinic mar
a rabassa ocus mo ben . ocus tuc aithne ar ingen an impir ocus
tuc póc di ocus d'fiarfaig dímsa cad é a gael dam . ocus adubartsa
gurab í mo bhen í. ocus adubairt macám an ghlúin duib nár b'í.
óir is é macám as áille dochonnac riam é acht glún dub do beith

aigc. ocus do chomraicessa ocus macám an ghlúin duib fá cenn
sin .i. fó chenn na mná . ocus ar mbrised ár narm dúinn tucamar
cuir diana trice tinnesnacha dá chéile . ocus is deimin gur chen-
gail macám an ghlúin duib misc ocus ruc mo bhen uaim . ocus
do bádassa bliadain san oilén sin cengailte . ocus tángadar triur
iarlad lochlannach noch ruc mo thriur mac leo uaim dá noilemain
chugum ocus is iad sin do sgáil díomsa. ocus do fágassa an toilén
ocus do bádassa ag siubal tíre ocus mé ar merugud re bliadain
innti . ocus is é inadh a roibe mé i cionn na bliadna an tinadh ar
fágas mo long . ocus do ‖ chuadassa innti ocus tarrla i noilén mé
ocus ní roibe do dháinib san oilén acht aen ingen álainn aentama.
ocus do bádassa bliadain ann ocus ruc in ingen mac dam i cionn
na bliadna ocus do fágas í ainnséin. ocus is fada do bádas ag
siubal ocus tarrla i ndeired lái mé indúnad rígda rómór . ocus
do ligessa mo shleg ar lár ocus is é inadh a tarrla am throig féin
ocus do chuaid tríthe go lár . ocus do bhádassa bliadain i nothrus
mo choise san dúnad sin . ocus tucad [lega] ocus fisiceda dom
leigius ocus fa móide mo nimh a nderrnadar dam. ocus i cionn
na bliadna táinic macám ingine chugum ocus tuc ultán losrad léi
ocus do chuir ceirín re mo chois de ocus do bádassa slán dá éise.
ocus dúnad ríg Orc an dúnad sin ocus ingen do ríg innse hOrc
issi . ocus a Chéin is í sin in ceirín tucassa féin chugudsa. ocus
do cuired um chois Céin í ocus do bí slán. ocus dogén féin anois
imtecht ar macám in fagáin. ar ghrád t'einig ná déna fós ocus
innis tuilled dot imthechtaib dam . ocus ní tiucfaid lucht an
aifrinn fós chugainn.

Inneosad fós ar macám an fagáin : do ghluais mise lá ocus
ránac í críochaib Lochlann . ocus tarrla triur macám donn deg-
dhénmusach dam ocus stéda mera fútha . ocus do fiarfaigedar
díomsa cé mé féin. ocus adubartsa gurab mé féin macám an
fagáin . ocus adubradar na macáim gur mic damsa iad féin óir
do b'iad sin an triur mac ruc ingen an impir dam . ocus tángadar
ina triur liumsa d'iarraid macáim an ghlúin duib. ocus adubartsa
riusan cuid do'n doman do gabáil . ocus do gabamar inadh coinne
re chéile i noirther an domain ocus gébé againn chum a teigé-
madh macám an ghlúna dhuib a mharbad do dénum.

Ocus do ghluaises romam trít an Gréig ocus do chríochaib na
Sorcha. ocus do bádassa ac dul sech dúnad ríg na Sorcha ocus
tarrla óclách dam . ocus adubartsa ris a ráda re mac ríg na Sorcha

nach rabas féin am manach riam ocus nár dhelbas mainistir
bréige trí egla duine ‖ riam. ocus nír innis in tóglách sin an
oidche sin ocus d'innis arna máirech. ocus d'aithin mac ríg na
Sorcha gurab mise adubairt sin . ocus do chuir sé nái moga dom
iarraidse fó'n doman.

Ocus do ghluaises ocus do bádassa ar merugud ocus tarrla
macám dam ocus sdéd mer fae . ocus adubairt rium gur mór an
merugud ar a rabassa . ocus adubairt co mbéradh féin eolus dam.
ocus do ghab mo lám ina láim ocus do bádassa aige in lá sin
agum tarraing i ndegaid a eich . ocus do chuir i ndúnad mé ocus
do bádassa bliadain ann ó'n calann co chéile nár fédas a fhácbáil.
ocus ní roibe énduine san dúnad sin acht mé féin am aenar . ocus
do b'imda biad ocus deoch san dúnad sin. ocus i cionn na bliadna
táinic in macám chugum ocus ruc leis mé coruige an tinadh a
fuair sé mé roime . ocus adubairt rium nach bérad sé d'eolus dam
acht sin ocus do fág mé. ocus do ghluais mise romam a Chéin
co dubach dobrónach dérach . ocus dochonnac romum san slige
cethrar ridired ar echaib ocus ultaig óir acu . ocus do fiarfaiges
cé hiat féin ocus adubradar gurab iad féin máir macáim an ghlúna
duib. ocus dar do láimse féin a Chéin do marbas in cethrar sin.
ocus do ghluaises romum ocus tarrla abann mór orum ocus aith-
ech mór ag an abainn . ocus do léigessa d'innsaigid na mara mé.
ocus adubairt an taithech dá ngabthái sligthe in betha romum
mar do gabad an tslige sin nach mór do shligtib in betha dogé-
bainn co bráth. ocus adubartsa rissen in tslige d'fágbáil ocus
adubairt in taithech nach fágfadh. ocus do chomraicessa ocus in
taithech ocus do thuit in taithech liumsa . ocus do bádassa blia-
dain re hagaid na gabla mara sin. ocus i cionn na bliadna sin
rángas táirsi ar éigen ocus is bec nár marb sí mé.

Ocus do ghluaises romum ocus dochonnac dúnad ocus degárus
mór uaim . ocus tucas aithne gurab é dúnad an macáim ghlúna
duib é. ocus ‖ dorignessa fianboth ar faitche an dúnaid ocus
dochonncadar maithe ocus móruaisle an bhaile mé . ocus do cuired
laech láidir láncalma chugum d'fiarfaigid scél díom. ocus dar do
láimse féin a Chéin do tuit an laech sin liumsa . ocus dar do
láimse fós a Chéin do thuitedar trí cét laech díob liumsa sul
táinic tráth nóna. ocus ina degaid sin dochonnac macám óg éidigte
chugum ocus écosc filed air ocus errad filed uime . ocus d'fiarfaig
díomsa cár b'ainm mé ocus adubartsa gurab mé féin macám an

fagáin . ocus adubairtsen gur mac damsa é féin ocus do b'ingnad liumsa sin. ocus d'fiarfaig mise cá roibe an dias mac eile . ocus adubairt seisen co fuaradar bás ocus nach ac cathugud ná ac comrac fuaradar an bás sin . ocus d'innis nár adhlaic iad. ocus d'innis sé dam co roibe sé féin ar tuarastal ac macám an ghlúna duib. ocus do fiarfaigessa de an facaid sé a máthair .i. ingen an impir . ocus adubairtsen co facaid ocus nach tug aithne air . ocus do fiarfaiges anar imthig comrac nó cathugud air féin i farrad macáim an ghlúna duib ocus adubairtsen gur imthig. ocus adubairt gur marb sé derbráthair do macám an ghlúna duib ar muir an scáil : ocus is do ched macáim an ghlúna duib do marbas é. ocus d'innis dam mar do gab sé tigernas ar ghruagach an ghlenna. ocus dar do láimse a Chéin adubartsa rissen dul istech ocus a innsin d'ingin an impir gur mé féin do bí ann. ocus d'innis gurab é féin an tres mac do ruc sí do macám an fagáin ocus co roibe sé féin ar in faitche . ocus do gab lúthgáir mór ingen an impir trít sin ocus do chuir sí próinn céd do biad ocus do dig chugum . ocus do bádassa féin ocus mo mac i farrad a chéile an oidche sin. ocus do éirgemar co moch arna máirech ocus adubartsa rissen dul san dúnad ocus a innsin do macám an ghlúna duib gurab mé féin do bí ann ocus a innsin gur mac dam é féin. ocus d'innis an macám sin. ocus dar do láimse féin a Chéin do bádassa féin ocus mo mac re bliadain ann sin . ocus do marbmáis dias gach laei ocus do marbmáis cethrar laeithe eile do shluagaib na Gaethlaige. ocus i cionn na bliadna dochonncamar chugainn dias macám ocus do innsedar scéla dúinn ‖ ocus do fiarfaigedar scéla dinn. ocus d'innisessa dóib gur mé féin macám an fagáin ocus gur mac dam do bí am fochair. masad ar iadsan is dias mac duit sinne. ocus d'fiarfaigessa díob cinnus fuaradar bás. ní edamar ar iadsan cinnus fuaramar bás ná cinnus fuaramar betha fós . acht do haithbeoaiged sinn. ocus d'innis mise mo ghnímrad féin ocus gnímrad in macáim . ocus adubradarsan co coiscfidís feidm catha dinn re bliadain eile . ocus dorignedar sin. ocus i cionn an dara bliadain do bámar ár cethrar co hanfann ocus dochonncámar sluaig imda ac techt i tír san cuan . ocus issedh do bí ann sin .i. nái moga noch do chuir mac ríg na Sorcha dom iarraidse. ocus dochonncamar do'n leith ele dinn macám as ferr cruth ocus delb ocus innell dá facamar riam conuige in lá sin . ocus táinic mar a rabamairne ocus d'fiarfaig cé sinn féin . ocus d'innis mise gurab mé

féin macám an fagáin ocus gur triur mac dam do bí farum . ocus
adubairt seisen gur mac damsa é féin . ocus adubairt mise má
b'edh co naitheonainn féin ar na comarthaib noch dobérad seisen
dam. ocus is deimin ar in macám gurab mac duitse ocus d'ingin
ríg innse Orc fós mé . ocus is é m'ainm fós macám in uaignesa.
ocus ó'n oilén a rugad mé ainmnigter mé .i. oilén in uaignesa as
ainm dó . ocus is mór do siubal dorónas fós got iarraidse. ocus
lá dá rabas ag siubal i críochaib na Sorcha ocus do bádassa ag
dul re taeb dúnaid ríg na Sorcha ocus d'fiarfaigedar cé mé ocus
d'innisessa gurab mé macám an uaignesa . ocus fós d'innisessa
gur mac do macám in fagáin mé . ocus táinic mac ríg na Sorcha
amach ocus do chomraic riumsa ocus do tuit sé liumsa.

Ocus dá éis sin a Chéin d'innis mise mo ghnímrad féin ocus
gnímrad na macám risin dá bliadain . ocus adubairt macám in
uaignesa co coiscfedh sé féin comrac bliadna dinne. ocus d'inn-
saig sé na sluaig ocus do marb sé na nái moga . ocus do bí sé re
bliadain ac cathugud ocus ac sírmarbad na sluag . ocus dar do
láimse féin a Chéin do tuitedar leis uile fó deired . ocus dar do
láimse fós a Chéin do chomraic macám in uaignesa ocus macám
an ghlúna duib re chéle ocus ní dernad riam aenchomrac ba ferr
iná sin . ocus do tuit macám an ghlúna duib le macám an uaig-
nesa. ‖ ocus dar do láimse a Chéin do lingemarne fae in dúnad
dá éise sin ocus tucamarne ingen an impir linn ocus is í sin ben
atá agum ó shoin aleith. ocus dogénsa imtecht fesda a Chéin.
ocus atáid na mic sin co himresnach ac cennairc re chéile d'éis
an domain do gabáil dóib . óir ní háil leo tigernas do macám in
uaignesa ar son febais a máthar féin ocus ar son gurab sine iad
féin . ocus gidhed is ferr gaisged macáim in uaignesa ocus is cróda
é iná na macáim sin eile . ocus imtheochadsa anois a Chéin do
réidiugud aturru . ocus gurab soraid duitse ocus dar liumsa is maith
atá do chos anois . uair is do do leigius tánacsa.

Ocus ac sin leiges choise Chéin conuige sin *et reliqua* . ocus mé
féin mac . ccc .

. *Finit* .

[*Bruidhen chéise in Chorainn mar leanus*]

Selg fiadach ocus fianchoscairt do commórad le Fionn mac
Cumaill mic Airt mic Thrénmóir úi Bhaeiscne le fiannaib glan-
áilne gaedhal fó chríochaib caemáilne in Chorainn . ocus fá
thuathaib lánmhaisecha Luighne . ocus fó chríochaib Bréifne.
ocus fó ghlenntaib daingne docolais Dalláin . ocus fó chríochaib
cnuastorthacha Chairbre . ocus fó choilltib comdhaingne Chon-
chobair . ocus fó magaib réide rófhairsinge Chonaille.

Is ann sin do suidh Fionn mac Cumaill ina dhuma shelga i
mullach chéise áirde in Chorainn . ocus níor fhan i bfochair
Fhinn in tan sin acht a dhá choin .i. Bran ocus Sceolaing ocus
Conán mael mac Mórna. ocus ba binn le Fionn in sel sin beith
ac feithem is ac éistecht gotha na ngadhar ocus glaedh nglan
ngrennmar na ngasradh . luadhaile na laechradh lánlúthmar
ocus tormáin na dtréinfher ocus fedgaire na féinne fá fhoraoisib
fiadha fásaig na críche . gur ba chlos do na cóigcríochaib ba
choimnesa dóib na gártha selga do léicetar. innus gur cuired ||
fiada as fhásaigib . ocus míolta ar mullaigib . ocus sionnaig ar
sechrán . ocus bruic as bhroclasaib . ocus éin ar eitiollaig . ocus
do léicedh gach cú fhergach fhírneimnech dá héill fá'n tulaig
fá'n am sin.

Cid tra acht is é triath do bí ar chéis in Chorainn in tan sin .i.
Conarán mac Imideil taeisech do thuaith dé danann . ocus mar
do chualaid sestán sechránach ar na conaib adubairt rena thrí
ingenaib gránda [is iat] lán do dhraeidecht dul do dhígail in
fhiadaig ar Fhionn in rígfhéinnid. do chuatar na hingena co
dorus na huama do bí ar in tulaig ocus do shuidetar i bfochair a
chéile . ocus do chuiretar trí hiarnadha geinntlide gesrógacha ar
trí cuaillib fiarchama chuillinn ocus do bádar acá dtochardad
ar tuathal i ndorus na huamha. ní cian dóib amlaid sin in tan
táinic Fionn ocus Conán ar ur na huama co bfacatar na trí caill-
echa róghránda ina suide ac in obair sin i ndorus na huama. a
dtrí fuilt fhíorgarba forscaeilte forru . a sé súile siltecha caeir-
dherga leo . a dtrí beoil duba drochchuma . ocus fiacla fírghéra

fírneimnecha fóchama i gcarbaid gach drochmná díob . ocus a
dtrí muinéil chnámaltacha ac congbáil a gcenn ar na laech-
chaillechaib sin ||. a sé láma lánfhada leo . ocus ba shamail re had-
airc buinremair barrchacil buabail cach ionga fhíorgránda fher-
chonta bhí ar cach mér díob . ocus sé cosa fóchama foltchlúm-
acha cacilméracha fútha . ocus trí coigéla cruaidghéra ina lámaib
leo.

Do chuaid Fionn ocus Conán triasna hiarnada d'féchain na
gcaillech . ocus táinic crith in bháis forru cor chaillset a nert i
gcétóir ocus cor cenglad co daingen doscaeilte iat leisna caille-
chaib calma sin . táinic dias eile do'n fhéinn ocus clann Nemh-
nainn maraen riu . ocus tiagait triasna hiarnada mar a raibe
Fionn ocus Conán ocus do chaillset a mbríg ocus do cenglad i
gcuibrech chruaid leisna caillechaib cétna iat. ocus d'iomchratar
na curada leo isin uamaidh istech as a aithle.

Nír chian dóib in tan sin co dtáinic Oscar ocus mac Lugach
do láthair ocus maithe ocus móruaisle chlann mBaeiscne leo.
táncatar clanna Mórna fós do láthair . ocus ar bfaicsin na niarnad
nír fhan nert mná seolta i naen díob. táncatar clanna Chorcráin
do láthair . ocus ótchonncatar na hiarnada do chuaid a ngoil ocus
a ngaisced ar gcúl mar in || gcétna. acht chena do cenglad clanna
Smóil ocus in fhiann uile itir ísel is uasal . co rucatar na caillecha
leo iat ina gcimedaib crepailte cruadchuibrighte i bpollaib duib-
dhiamra ocus i ndroibhelaib dorcha doeolais.

Cid tra acht do b'iomda glám chon i ndorus na huama ac
iarraid a dtriath is a dtigernad tar éis a nimthechta ocus a naistir.
ocus do b'imda fiadh créchtach cnáimgerrtha ocus muc allta
arna mbuanmharbad . ocus bruic beoraebtha ocus míolta mon-
gruada muige arna móirbhreogad ar thaeb na tulcha ar gcengal
na druinge do bí acá niomchar conice sin.

Is ann sin táncatar na mná móra míleta merchalma sin do-
chum na háite irrabatar in fhiann cengailte ocus trí cloidhme
cruada claislethna ina lámaib leo. ocus d'féchatar uatha ar cach
taeb d'fios a bfaicfidís aenfer ná taistelach slige d'fiannaib Eirenn
co dtiubrataeis bás ocus buanoidhed dóib . ocus ó nach bfuaratar
sin do b'áil leo dul istech sin mbruidin do choscairt ocus do
chnáimgherrad na féinne can choigilt.

Nír chian dóib amlaid sin co bfacatar in taenóclaech mór
míleta merchalma déitghel || degcherdach chucu . ocus do b'é sin

in leoman lúthmar láinfergach ocus in confadh catha ocus in lóchrann loinnerdha lá na híorghaile .i. Goll móirmhenmnach mac Mórna mic Chormaic mic Maghtain mic Gharaid ghlúnduib mic Aeda dhuanaig mic Aeda chinn chlaire mic Chonaill mic Shaidbe (*sic*) mic Cheit mic Mágach mic Chairbre ríg Chonnacht. ocus arna fhaicsin do na trí mnáib duba duaibsecha droichdelbacha sin táncatar co prap ina choinne ocus do fheratar gleo gáibthech gér gráinemail re aroile. cid tra acht dó fergadh in curad co fíoradbal ocus do gab do builledaib buanbásacha ocus do béimennaib borba for na fiadmhnáib fíochmara fíorghránda sin . gur thógaib a chloidem claislethan cuilgdhírech ocus dobeir béim bithnertmar do na harrachtaib bhí ar a agaid .i. Caemóg chruadchomlannach ocus Cuillenn chennruad . co nderna sé oirdnecha certchomtroma commóra díob do'n aeinbhéim sin. ocus ba hé sin in tres bhuille as mó tucad in Eirinn ariam .i. buille tuc Fergus mac Rosa [ruaid] i gcath mórthána bó Cuailgne inar gherr sé na teora maela Mide d'acinbéim . ocus buille Chonaill ‖ chernaig do Chet mac Mágach . ocus in buille so Ghuill mic Mhórna d'ar marb sé Caemóg ocus Cuillenn cennruad dá ingin Chonaráin mic Imideil.

Is ann sin d'iad sinnser chloinne Chonaráin a lám i dtimchioll Ghuill do leith a dhroma .i. Iaran ní Chonaráin an fedh do bí sé ac díchennad na déise eile. iompaigios Goll fria dá haimdheoin ocus iadus a dhá láim lebhra lánfhada ina timchiollsa . co dtucatar coraigecht cróda glacláidir boirbnertmar dá chéile re hedh na huaire sin . co dtuc Goll aenchor curata calma do'n chaillig cor thrascair co lár ocus co lántalam í. ocus chenglus co daingen doscaeilte do iallach scéithe í . ocus nochtus a chloidem iarum do choscairt ocus do chnáimgherrad na caillige co ndubairt sí : a laeich nár leonad ocus a thréinfir nár thim ariam i gcath ná i gcomlann cuirim mo chorp ocus m'anam ar chomairce do ghoile ocus do ghaiscid . ocus bud ferr Fionn ocus in fhiann duit ar in chaillech co himlán gan fuiliugad gan foirdhergad ar aennech díob . ocus luigim fá na déib dá nadhraim co gcoimlíonfad duit anabraim.

Is ann sin scaeilios in rígmhílid do'n chaillig ocus téit rompu as a aithle cusin genoc irrabatar ‖ in fiann cengailte cruadchuibrigte ocus Fionn maraen riu . co ndubairt Goll : scaeilter d'Fergus fhinnbeoil ocus do aes eladan na féinne ar dtús . ocus

scaeilter d'Fionn ocus d'Oisín ocus do naei macaib fichet Mórna
ocus do'n fhéinn co coitchenn ó shoin immach. do scaeil in
chaillech díob amlaid sin . d'éirgetar in fhiann co hobann imm-
ach as in uaim iar sin ocus do shuidetar re taeb na tulcha. do
fhéch Fergus finnbheoil file na bfiann ar Gholl ocus do gab dá
admolad fó'n ngníom dorigne.

Nír chian dóib mar sin co bfacatar chucu in dúil duaibsech
doidelbach ocus in tarrachtach éigciallaide . i. senchaillech chnap-
ach chuislennchruaid rengach ocus co nanfadh mionabhall n ɔ
móráirne ar cach ruibe do na mailghib garba glaisliatha do bí
uirri . súile siltecha ar lasad ina cenn . srón mór ghorm ghlais-
lethan ós ur a sreingbheoil duib duaibsig dhroichdelbaig . ocus
gairbegar gránda d'fiaclaib coganta ina craeisbhél. láma caela
cruadchuislennacha ocus iongain fada ferchonta fírneimnecha
fuirre . éidedh daingen doibhriste uimpi . cloidem claislethan
coilgdírech rena sliasait . ocus sciath mór míleta ós áird a
droma. ‖

Táinic sí i bfiadnaise Fhinn fó'n gcuma sin ocus do chuir fó
ghesaib é fána sáith do chomrac aeinfir do thabairt di. adubairt
Fionn re hOisín : éirig a mic ar sé ocus cosc dúinn in tarracht
caillige úd . ní fétaim ar Oisín tar éis a bfuaras d'olc ocus do
maslugad ó na caillechaib chena . ocus is í so Iarnan ní Chonar-
áin ac tiacht do díogail a sethrach. ocus is amlaid do diult Oisín
ocus Oscar . ocus Conán . ocus mac Lugach . ocus Diarmait ó
Duibne . ocus Caeilte mac Rónáin . ocus Cairell . ocus maithe na
féinne [olchena] comrac na caillige do dénum . co ndubairt
Fionn co rachadh féin do chomrac ria. is ann sin adubairt Goll
mac Morna : a Fhinn ar sé ní cubaid duit comrac caillige . ocus
rachadsa do chomrac ria óir is ann derbtar in cara in uair as
mó in téicen.

Is ann sin d'éirig Goll co grodúrlam i gcomdáil na caillige.
ocus dorigne comrac mer menmnach míleta mórdálach ocus gleo
díscir dásachtach can fios time ná tláis ac cechtar díob ar a
chéile. cid tra acht chuirios Goll a lám i gcuibrech a scéithe ocus
tuc a cholg neimnech immach . co dtuc rot nurchair di gan
chaime gan chlaenad gur chuir tré [chobrad a] scéithe ‖ ocus
tré chroide na caillige do'n taeb thall é. is amlaid torchair an
chaillech ar in láthair sin.

Do chuaid Goll iar sin co céis in Chorainn iar marbad thrír

ingen gConaráin mic Imideil . ocus dorigne doighir doinnderg
lasrach do'n bhruidin ocus tuc na huile mhaithesa fuair innti
d'fiannaib Eirenn. tuc Fionn iar sin a ingen féin do Gholl .i.
Caem chneisghel . ocus is í ruc in mac oirderc do .i. Fed mac
Guill mic Mórna . ocus do marbad leisin bféinn é i gcionn a
shecht mbliadan ndéc ar in ráith chétna.

Conid í sin bruiden chéise Chorainn [conice sin].

. *Finit* .

[*Fotha chatha mhucrama ocus fochonn oidheda Lugaid meic chon in so*]

Ailill ólom mac moga Nuadat do shíol Eibir meic Míled
espáin. rí Muman didiu in tAilill. Sadb ingen Chuinn chét-
chathaig leis. trí meic di Eogan mac Aililla ocus Cian mac
Aililla ocus Cormac mac Aililla . diatát Eoganacht ocus Cianacht
ocus dáil Cais. dalta dana do Ailill ocus Saidb Lugaid mac con
do chorco lóigde . for oenghlún ocus oenchích ro alta ocus Eogan
mac Aililla.

Luid Ailill iarum aidchi samna do recare a ech i nAine
chliach . dérgaither dó istiolaig . ro lomad in tiolach innaidchi
sin ocus ní fes cia roslom. fecht fó dí dó fó'n innas sin . ba
ingnad leisseom. fóidis techta uad co Ferches mac Commáin
éices ro bái immairg Laigen . fáith side ocus féinnid. dolluid side
dia acallaim. tiagait a ndís aidchi samna issin tiolaig . anaid
Ailill istiolaig . bái Ferches frie anechtair. dofuit didiu cotlud for
Ailill oc coistecht fri fogeilt na cethra. dollotar as in tsíd ocus
Eogabal mac Durgabail rí in tsída ina ndiaid . ocus Aine ingen
Eogabail ocus timpán creda ina láim ocá sheinm dó ar a bélaib.
atraig dó in Ferches co tabairt buille dó . ro roith Eogabal reime
issa síd. atnuarat Ferches di gái mór corroemid a druim trít in
tan donnanic co Ailill. condránic side frisinningin. eiret ro búi
issuidiu ro den in ben a ó co ná farcaib feoil ná crocann fair ocus
co ná ro assair fair riam ó'nduair sin . conid Ailill ólom a ainm ó
shoin. olc ro bábair frim ar indAine : mo shárugud ocus marbad
m'athar . notsháraigiubsa ind .i. noconfáicébsa athgabáil lat in

tan immoscéram. ainm na ingine sin fil for in tiolaig .i. Aine
chliach. bruig ríg didiu domsod indAililla i comfocus do'n Máig
.i. uisce mór . is de asbert in file:—

  U isce Máige céin bad sruth . bad lustai ‖ cen fursunduth!
  fo bíth dothaet sech thoeb lis . Aedáin meic Melláin éicis

Luid dna fecht aile Eogan mac Aililla ocus Lugaid mac con
.i. a chomalta co hArt mac Cuinn dia mbái for cuairt Chonnacht
do thabairt ech ocus srian uad .i. bráthair máthar do Eogan. oc
techt dóib sech ammag co cualatar in ceol issin dus ibair ro búi
óssindes. berait leo co hAilill aridisi .i. in fer thucsat assin dus
ár bátar oc imresain imme corrucad aib breith dóib. fer bec . trí
thét ina thimpán. cia t'ainm. Fer fí mac Eogabail. cid dobrintái
or Ailill. atám oc imresain im in fersa. cinnas fir so. timpánach
maith. seinnter dún a cheol or Ailill. dogéntar or sé. ro sheph-
ainn dóib dna goltraige conadcorastar i ngol ocus i cói ocus
derchóiniud . ro ges dó anad de. ro sheinn dna gentraige conad-
corastar i ngen ngáire acht naptar ecnai a scaim. ro sephainn
dóib dna suantraige condacorastar i suan ó'n tráth co araile.
atrullaiseom iarsuidiu alleth dia tudchaid ocus forácaib droich-
imdel eturru ár ba sirsan leis.

Atragat iarsuidiu : beir breith dún a Ailill. bec torbai or
Ailill : cid atrubartbair in tan fríth in fer. atrubartsa or Lugaid :
lem a cheol. atrubartsa ar Eogan : is lem in ceolaid. is fíor or
Ailill : la Eogan in fer. is droichbreth or Lugaid. fíor dam or
Ailill. ní fíor or Lugaid : ní gnáth fíor fort beolu. ní tú as cóir dia
chairiugud or Eogan : aithech samlut. bad aithech samlumsa or
Lugaid loimérus a cenn sin díotsa ocus sailtérus fort lecain.
cinnas dogéntasu or Eogan. irrói chatha or Lugaid : allaasa i
ciunn mís dotéis co comairsem i ciunn abrat. ba fíor són imorro.
coindrecat dia mís cách cona shochraite co mbátar na dá idna
aigid i naigid.

Luid dna la mac con isin cath a aite .i. Lugaid lága mac moga
Nuadat. is and luid mac con imacallaim fria drúith. Dodera a
ainmside . do dairinib dó in tainriuth . comchosmail crotha ocus
delba in drúth fri mac con. maith or Lugaid : fóicéraid Eogan
comrac déise formsa innosa ocus donscéra a bruth mac indríg
ocus a adbar ocus ua araile. nímataet fort beolu ar in drúth : at
lomthrú. regatsa ar a chenn ar in drúth ocus do mionnsa for mo
chiunn ocus t'eirred imum conerbara cách is tusu dothaet and.

má beith ní iarum toitim damsa notbeirsiu as fó chétóir . ár
atbéra cách is tusu dofaeth and ocus mebais in cath iarsuidiu.
biaid imorro Eogan oc do chuingidsiu sechnón in chatha . dia
naicéra iarum do cholpthasu notgignether ón. ‖ dogníther ón.
marbthair in drúth. ro fitir imorro Eogan nár bu é Lugaid ro
marb. fecaid for a iarmoracht iar sain. ro mcbaid in cath or
cách : dorochair Lugaid. ba fíor són . máidid for Lugaid. at-
chondairc didiu Eogan dá cholptha Lugaid trésin sluag amail
snechta noenaidche ar thaitnemchi a dá cholptha . ro raith Eogan
ina diaid co tarlaic irchor fair conidnécmaing ina ghairr . is dc
atá brén gairr forndortai. in ránic in terchor ol sé. máidid iar
sain . is de ro chet :—

    C ath chinn ebrat ro mebaid . for mac con chétaib acan !
    ciunn secht mbliadan ní duibel . do fich mucrama matan

amail ba fíor són.

    Ní ro fhét Lugaid beith in Erinn iar sain la Eogan . co ndech-
aid reime in Albain for teiched ocus noconfes cairet ro chuaid.
ro chuaid Lugaid lága (.i. láigine mór no bíod ina láim) la mac
con . trí nónbair dóib nammá. issed didiu do chuatar corríg
nAlban . dosrionchoisc iarum Lugaid co mór a muintir ar ná bad
baeglach no beitís .i. ar ná tuctha aichne forru . ar dáig ná ro
marbtáis la ríg nAlban ar ríg nEirenn .i. Art mac Cuinn. ocus
asbert mac con fria muintir ar a ndernad cách díob riar araile
amail bad rí cach fer díob dialailiu . ocus dna conná abrad nech
a ainm féin frissium. fáilid friu imorro rí Alban. nocondernsat a
slonnud ocus noconfes can dóib acht a mbeith do ghaedelaib.
muc ocus ag cach nóna dóib i tech fó leith co cenn mbliadna. ba
hingnad iarum lasin ríg febas a ndelba ocus a nairechas ocus a
nengnama etir brisiud catha ocus imairec ocus chomlainn . ocus
buaid noenaig ocus chluiche ocus chéite . ocus imbert brandub
ocus buanbaig ocus fidchille . ocus nadraibe taeisech forru in
tsainriuth.

    Laa and didiu búi Lugaid oc imbert fidchille frisin ríg cona-
catar fer écosca ingnaid chucu istech. can do'n fhiur ucut ar in
rí. de ghaedelaib ol sé. cia dán airbere ar in rí. éicse ol sé.
scéla fer nEirenn lat ar in rí : in maith flaith Airt meic Cuinn.
is maith ol sé : ní thánic in Eirinn riam flaith samlaid. cia as rí
Muman ar in rí. Eogan mac Aililla ol sé . ár is senóir a athair:
ocus Lugaid mac con ar in rí. niconfessa a imthechta iarna inn-

arbud do Eogan mac Aililla. mór liach ón ar in rí : mairg Eire
ar a testá . ocus ceinél Lugaid ar in rí cinnas atá. nísfil ammaith
ol sé : acht i ndaeire ocus i ndochraite ocus i cumalacht do Eogan.
amail ro chuala Lugaid ón bátar fir óir ocus argait ina láim.
dobert a mér for dís fá thriar díob condaforlaig in tairinech búi
ar a bélaib. donéca in rí . ell chondalba dotic ale or in rí : is lói
atchuas a scél. luid Lugaid immach lasodain. maith a ócu ar in
rí : is é Lugaid téite immach . atchiusa ‖ issindábairt doringne.
comgairther fer aile dó arna bárach ocus adfiadar a scél cétna dó
is í indábairt chétna dogénai side. is fíor ar in rí : issé Lugaid in
so ocus is ar m'ómunsa nachasloinnet. doberthar tra múin impu
co fesamar . berar muc ocus ag for a cois dóib ocus apar friu
ammuinter féin dá nirgnum dóib. foscichret i crannchor iarum.
fáicébthair Lugaid fris anechtair . forcomoso frisin ferthaigis.
do chuaidseom imorro i crannchor indurgnama. maith or in rí
frisin ferthaigis : fionnta cia as tóisech fodla ocus arandéntar
bélaib. ní búi ann ón acht in rechtaire a oenur. fíor or in rí :
marbaid dam dreim de lochdaib. dobeir imorro luch for cuib-
renn cech fhir díob issí derg cona fionn ocus doberar ar a
mbélaib . ocus atrubrad friu co mairbfitís mani éstáis na lochtha.
imma dóib . ro bántá co mór iar sain . noco tucad chucu riam
ainceis bud doilgiu leo. cinnas atát or in rí. atát ina mbruc ocus
ammiasa ina fiadnaisi. is broc Muman dar miasa ón ar in rí : apar
friu mairbfiter mani éssait. nip sen ó a timarnad or Lugaid la
tabairt na lochad inna beolu . in rí ocá deiscin. dosmberat na fir
uile lasodain . búi fer dobrónach díob no scéad la tabairt erbaill
nallochad dia bélaib. colg dart bráigit or Lugaid : issithe lochad
co allos. sluicid iarum erball nallochad. dogniat ní airiut or in
rí ó'n dorus. dognímse errosom dna or Lugaid. in tusu in
Lugaid or in rí. issed mo ainm or Lugaid. fochen duit ám or in
rí : cid dia rotdichlis fhormsa. ar th'ómun ar Lugaid. do dígél-
ainnse th'osnaidsiu cosindiu dianotfesainn. domairsedsa cobair
cid indiu or Lugaid. rotbia imorro cobair or in rí : rí Alban
atomchomnaicse . ingen ríg Bretan mo máthair . ingen ríg Saxan
mo ben . nosbérsa lat uile frí dígail th'osnaide. am buidech de or
Lugaid. dosnuc didiu in toenfher for oensluagud uile in muin-
tirse. an ro bái iarum di longaib ocus libarnaib ocus bárcaib i
nairiur Saxan ocus Bretan tarchomlátha co mbátar i purt ríg i

nAlba ocus todlach mór di churachaib leo. asberatsom ba hoen-
droichet bái etir Eirinn ocus Albain di churchaib.

Dolluid Lugaid didiu cossindarba ocus cossin tromsluag mór
sain do dígail a ainchridi for firu Eirenn. nír bo ghor in mac
dosnuc. ro indretar diu in Eirinn co ro giallsat sochaide mór
díob dó. ocus nístarraid debaid corráncatar ‖ mag mucríma i
crích óc mbethrae fri Aidne atuaid. ó áth chliath dna sathuaid.

Mag mucríma didiu .i. muca geintlechta do dechatar a huaim
Chruachna. dorus iffirn na hEirenn sin. is eisti dna tánic in
teillén tréchenn ro fhásaig Eirinn. conid ro marb Amairgene
athair Conaill cernaig ar ghalaib oenfhir ar bélaib Ulad uili. is
eisti dna do dechatar indénlaith chruan co ro chríonsat in Eirinn
nach ní taidlitís a nanála condaromarbsat Ulaid dna as táiblib.
is eisti iarum do dechatar na mucasa. nach ní immathéigtís co
cenn secht mbliadan ní ásad arbar ná fér ná duille trít. baile
irrímtís ní antáis ann acht no théigtís i tuaith aile dia nirmastá
arrím. ní rímtís fó chomlíon .i. atát a trí ann ar in fer. is mó a
secht ar araile. atát a nói ann ol araile. oenmuc déc. trí muca
déc. attróithe arrím fó'ndinnas sain. forfhéimditís dna a nguin.
ár dia ndiubairgtís ní arthraigtís. fecht ann didiu luid Medb
Chruachan ocus Ailill dia rím .i. immaig mucríma. ro rímthea
leo iarum. ro búi Medb ina carput. ro leblaing muc díob tarsin
carpat. is imarcraid in muc sain a Medb or cách. ní bud hí seo
ol Medb la gabáil a colptha na muice. corroemid a croicenn
for a hétan condafargaib dna in crocann ina láim cossin cholpdu
ocus noconfes cia deochatar ó'nduair sin. is de sin atá mag
mucríma.

Rolléiced tra do mac con indred na hEirenn corránic mag
mucríma i nairthiur Chonnacht. is mithich ol Art mac Cuinn
debaid do na feraib. mithig imorro ar Eogan mac Aililla. luid
dna Eogan allá ria sin co Díl mac ú Chreca di Osairgib ro búi i
ndruim Díl. drúi side is é dall. tair liomsa or Eogan do shinn-
ath na fer ocus dia ndíchetal. maith or sé : regasa lat. abaid a
athair ol a ingen. ben oentama ón .i. Moncha ingen Díl. a ingen
ba hara dó. amail ro siachtadar mag cliach atgeoin imorro in
drúi for labrad Eogain ropad trú. maith a Eogain ar in drúi : in
fácbaisiu iartaige. ní mór itir ar Eogan. maith ám a ingen ar
Díl : fói la Eogan dús in biad ríge Muman uaimse co bráth.

dérgaiter do'n lánamain. maith a ngein concoimpred ann .i.
Fiacha muillethan mac Eogain.

Lesainm dna dósom fiacha .i. fer dá liach .i. allá dorónad marb-
thair a athair arna bárach . allá rucad marb a máthair allá sin.
liach dna cechtarnái díob sin conid de sin ráiter fer dá liach.
Fiacha muillethan dna is de ro ainmniged .i. ‖ rosgabsat idain
Moncha ingen Díl oc áth nemthenn for Siuir. olc ná bad matain
imbárach notassáitither ar a athair . dia mbad ann ar in drúi
forbiad Eirinn a ngein co bráth. fíor ám or sí : acht mani thí
triam thaebu ní tharga nach conair aile. téit uaidib issin nuisce.
cloch fil immedón indátha dosléice impe. cotomgaib or sí. búi
issin tuinide sin co tráth teirt arna bárach. is mithig tra ol a
hathair. do scuiredar tar a cenn . atbailet a beoil. ro lethai
didiu cenn inna nóiden forsin chloich conid de ro bói Fiacha
muillethain fair . athair Eoganachta uile.

Luid tra Art mac Cuinn dar Sinainn siar co mórshluagaib fer
nEirenn imme . dogenai Olc acha .i. goba di Chonnachtaib a
oeigedacht innaidchi riasin chath. bátar é dna a imráitiside :
is trom in dámsa donuc mac con cucaib . bad amnas dombúirfet
cucaib in damradsa Bretan ocus Alban . ní fil ammenmain for
teiched ár is fota a teiched co sléibe Elpa araill díob. is olc dna
a fhola indfir lastiagar issin cath . dligid Lugaid fiachu de di'n
chursa. cia mét di chlaind forácbaisiu a Airt ol sé. oenmac ar
Art. róbec ám or sé : fói la m'inginse (.i. Achtan a hainm) in-
nocht a Airt . atá i tairngire damsa ordan mór do gheinemain
uaimse. ba fíor són . ba mór a nordan .i. Cormac mac Airt meic
Chuinn. fóid lé innaidchi sin . is ann ro coimpred Cormac. asbert
fria nobérad mac ocus ropad rí Eirenn in mac sin. is ann atchuaid
di cach folach forfholaig dá tharmnugud do'n mac sin. ocus
asbert nó mairbfide arna bárach . ocus céilebraid di ocus asbert
fria arambérad a mac dá altrom co a charaitseom de Chonnacht-
aib . ocus luid dochum in chatha arna bárach.

Batar erlama imorro la Lugaid a chomairli .i. do chuaid leth a
fianlaig uad i talmain .i. dogníthe derc do'n chétfóit ocus cliatha
tairsiu . no briste in gae ar bulg ocus a rinn trésin cléith. áit ón
irraibe úire fer nEirenn. coimrigthe dna cos in ghaeidil di chois
indalbanaig ar ná digsitís na gaeidil for teiched . ocus dá bretnach
im ghaedel. ro suidigthe tra na dá indna do chechtar na dá leithe.
na ríg dna ro bátar i nairenuch in chatha .i. Lugaid mac con ocus

Lugaid lága ocus Béinne brit i nairenuch in dala indna . Art mac
Cuinn ocus Eogan mac Aililla ocus Corbchacht mac Aililla i
nairenuch in chatha aile. forruacart imorro Lugaid comrac déise
for Eogan. asbert Eogan nadragad ina aigid do'n chur sain ár
batar olca a fholaid fris. asbert dna Lugaid ná bad drúth dar a
chenn di'n chur sain cia dofóitsed . ár rop fherr leis coin fer
nEirenn d'á ithi oldás buith fria thír anechtair ní bad shire. ||

Ba dub imorro in taer uasaibseom colléic do na demnaib oc
irnaide na nanman truag dia tarrung dochum iffirn. acht dá
aingel amáin ní bátar ann . ós chiunn Airt imorro no bítísside
cach leth imatéiged issin tsluag fó bith fír naicnid na fíorflatha.

Is ann tra forfópart cechtar na dá ergal dochum araile. amnas
imorro in gres rollásat for cechtar na dá leithe . amainsi na taidb-
sin ro bátar ann .i. finn-nél na cailce ocus indaeil dochum inna nél
asnaib sciathaib ocus asnaib bocóitib ocá nesorgain de fhaebraib
na claideb ocus de imfhaebraib na ngae ocus na saiget iarna ndeg-
ursclugud do na curadaib . ocus béimnech ocus brioscbruar na-
mbocóiti iarna truastad de na colgaib ocus di na buirnib . in
tairbrech di na diubairgthib na narm . in toescach ocus in tions-
aitin na fola ocus na cró a ballaib na néclann ocus tré thoebu na
míled. is amlaid imorro ro bátar na dá Lugaid sechnón in
chatha amail bíte mathgamna etir banbraid ac fápo cach fhir ar
nuair uaidib . cathbarr cíorach má chenn cechtarnái ocus lúirech
iairn imbe ocus claideb mór ina láim. immusrubartatar forsna
sluagaib co ro thrascratar ilchéta díob. fó'n cosmailius cétna ro
bói Eogan mac Aililla ocus Corbchacht mac Aililla as indleith
aile. bá tnúthach ocus ba hinfhir in comracsa condráncatar fir
Eirenn ocus Alban .i. is bec nach saltrad cach fer for cosaib a
chéile ocondimthuargain. in tan tra ro bátar ciunn ar chiunn no
gonta in fer as in talmain dia díb culadaib condacuired dar cenn.
atosrerachtatar dóib as in talmain fir Alban co ro iadsat impu.
máidid iarum for Art mac Cuinn co feraib Eirenn co ro laad a
nár. sades ro memaid in maidm do áth chliath i crích óc mbethra.
atá a notharlaige frisinnáth atuaid .i. secht meic Aililla óluim.
atá dna turloch Airt airm i tall Lugaid lága mac moga Nuadat a
chenn de forsin chloich fil i turloch .i. in tan rombúi Béinne brit
oc béim a chinn de Eogan mac Aililla donarraid Lugaid lága. is
ann asbert ár rangab ell chondailbe : ó a díb nguaillib suas ataco-
maing Béinne .i. íselbéim benus Béinne . ardbéim benus Béinne.

dothaet mo recht as a riocht béimenn benus Béinne brit. dobert
béim lasodain do Béinne dar a muinél co mbúi a chenn for
bruinni Eogain. donairthe mac con oca sain . olc indimbeirt
sochraiti sin a Lugaid ar sé. cuma duit or Lugaid : dobérsa
cenn ríg Eirenn duit ‖ innosa tar a éissi. luid i naigid in madma
sathuaid arridisi co comairnic fri Art conid ro marb ocus déc-
maing a chenn de . is de atá turloch Airt i crích óc mbethra.

Gabais Lugaid mac con iarsain ríge nEirenn ar éicin co mbúi
i Temraig secht mbliadna lána . ocus gabais Chormac mac Airt
ina ucht i naltrom.

Beo imorro Ailill ólom beus ocus ba hé a annacul :—

    I t crína indiu mo chrúi . nisfeithet meic ná húi !
    is é mo thimna cen on . atbiur i ngra do mac con

Ba hé a annacol meic con i ndéid a drúith :—

    N í éla gáire . ó luid Dadera
    fó bíthin it máigine . dar éis drutháin Dáirine

Ba hé a hannacol Saidbe ingine Chuinn chétchathaig :—

    M airg damsa de mairg do chliu . dia fríth fer fíth ina eu !
    is de docer Art mac Cuinn . ocus secht meic mo Uluim
    M airg damsa de mairg do chliu . dia fríth fer fíth ina eu !
    foder écomlann do Art . ocer lige do Chorbchacht

Fecht and didiu dofeotar caercha glaisin na rígna indí Lugaid.
táncas irréir meic con. atbeirim or mac con na cáirig ind. ro
bói Cormac ina mac bec for dérgud ina fharrad . acc adaeteac or
sé : bad córu lomrad na cáirech illomrad na glaisne . ár ásfaid in
glaisen. ásfaid indolann forsnaib cáirib. is í indfhírbreth ón or
cách : is é dna mac na fíorflatha rodfuc. lais sin focheird leth in
taige fó'n aill . i. in leth irrucad in gúbreth . méraid co bráth fó'n
innas sain . i. in chloenfherta Temrach . is do sin ro cet :—

    R o huc Lugaid laechda eo . gubreth i ceo cruth atchiu !
    maraid dó ó shein co bráth . cloen indráth di'ndleith adiu

Bliadain do iar sain irrígu i Temraig ocus ní thánic fér tria
thalmain ná duille tré fhidbaid ná gráinne i narbur. rondlomsat
didiu fir Eirenn as a rígu ár ropo anflaith. luid siar iarum co
mórimirge dia thír. ní dechaid imorro Lugaid lága leis : áit or
sé i tuithchedsa frim bráthair fót bíthinsiu ocus i ndernas fingal
noco riocub arithisi . dombér i ndíol do mac indríg ro marbas.
co bo thrí didiu nonaithned mac con do Chormac ocus tintád
fris beus . céilebrais dó iarum. issed luid siar co Ailill . i. dia goirig-

ud . luid illes cucai . dobeir Sadb a dí láim má bráigit. ná éirg
a maccáin or sí : is olc in fer cosa téigi . ní dílgedach. fochen ón
or Ailill : tair chucum tra commaragba dún . co ndernair athair
díomsa ocus co ndernarsa mac díotsu ‖ ár ná filet macu lium
dom ghaire. dobeir iarum lecain fri lecain dó . donarraill imorro
co fiacail fidba ro bói ina chiunn ina lecain. rotánic ale or sé ocus
docóinfe colléic. luid uad immach lasodain . is and immaránic
fri Saidb. fé ón or sí ocá déicisiu :—

     I s é forgab dia tuit rí . ro géguin fiacail fidbúi ;
     ro gab suainiud do delbad . bá diorsan in céilebrad

Ba fíor són.

Tar éisi didiu tánic Ferches mac Commáin co hAilill. fé a
Fheirchis or Ailill : i ndiaid Lugaid duit . ré ciunn trí tráth ro
legai leithchenn Lugaid. luid Ferches ina diaid. ro siachtsom a
thír i suidiu . do rat a druim ri coirthi isin tsluag. conacatar ní
in Ferches. nachalléicid illé for Lugaid. sciathaigit indfhir
eturru. dosléici chuice darsin sluag connecmaing ina étan co ro
recart in coirthe fris aniar corosecai cen anmain. luid Ferches
imorro résin sluag issinnes co tochrad casnaide a ghaei dóib
forsinnuisce . is de atá es Ferchis . is do sein atbeired Sadb ingen
Chuind :—

     M airg damsa de mairg indiu . dia fríth fer síth inna éu ʃ
     issed nombéra do don . irchor Ferchis for mac con

Is and asbert Ailill :—

     T rícha bliadan mad cose . opsa senóir dímellte ʃ
     condomdersaig as mo ches . erchor meic Chommáin éices

Gabais Ailill iarsain ríge Muman secht mbliadna. cath maige
mucríma in sin i torchair Art mac Cuinn ocus secht meic Aililla
co nár fer nEirenn impu . dia nerbrad :—

     M atan maige mucríma . ina dtoetsat ríg ile ʃ
     ba diorsan do Art mac Chuinn . isoin adbaill in slige

Asberat imorro araile ro bái Lugaid mac con trícha bliadan
irríge nEirenn . *unde dicitur* :—

     G abais mac con tír mBanba . cach leth co glasmuir ngléidenn ʃ
     trícha bliadan án nalann . ro bói irrígu Eirenn

       . *Finit* .

[*Cath Chrionna in scél so síos mar lenus*]

Bái rí amra for Eirinn .i. [Cormac] ua Cuinn. búi rí for Ulltaib in [in]baid sin .i. Fergus duibdéd[ach]. bátar dá bhráthair la Fergus .i. Fergus foiltlebar ocus Fergus teine fó Bregu. is ann búi tech Cormaic i Temraig in tan sin . ocus tech gach áirdríg in Eirinn ar daigin féise Temrach do dénom .i. caeicdiges ria samfuin . ocus laithe na samna . ocus caeicdiges iarum. is aire no thinóldais cacha samna ár is ann ba haipche mes ocus toirthe dóib. is aire dogníthe féis Temrach . uair in smacht dognítís, fir Eirenn ann ní lámtha techt tairis nó go comraictís i cionn bliadna doridisi . ocus in tí no ticed thairis ba herfuacarthach ó fheraib Eirenn.

Do lotar diu Ulltaig do tomailt féise Temrach ocus mórthinól leo . ocus fáidit techta rempa d'fios a tige féin ocus do décsain na Temrach. is amlaid iarum fuaratar a tech gan tuigid gan técar iarna scáiled ocus iarna chethrugad do chethraib ocus do chonaib in rígbhaile. impóidit na techta ocus asbertadar nár bó inndola isin tech . ocus asbertsat nach bái Cormac i Temraig acht uathad. do lotar Ulaid iar sin in oenchomairle co fesdais cid dogéndais. is í comairle dorónsat idna catha do dhénom dóib ocus dul ar amus Chormaic . doberat iarum fesa co Cormac do thecht ar a gcionn ocus idna catha etorra. ní búi imorro Cormac líon catha dóib . acht issed doróine a nimgabáil. ocus do luid siar a Temraig ocus lotar a aes grada chuige . ocus aspert friu cia comairle dogéndais ocus cia hairm as a cuindigfedh sochraite. is ann aspert Cesarnn file Cormaic:—

A Chormaic mina cara cathbuadach cuindig do'n Mumain mílid trén tolc
tigernai bérus uruath neccraite uait . ná caith comarbas daim do cid
soer mag ríge rois . ar nárab rath Cuinn comardad cin comarbus necht

Aspert Cormac iarum mad inann comairle dobéra Cairpre ocus do rat Cesarnn is í dogén. is ann ispert Coirpre:—

C unla a mo chaemchormaic || . . . d duit fri fecht echtra . . .
diamba crinna comh . . . tarngarar bud bert . . . im mo
bráthair ronascar . . . riar finc. ol as mac meic . . . aid
comarba . nír bo tláith innsaigti . nimbes ómnech étuailgnech . nír bo
dersaid derchaeintech . ní bebais liac dia tionnscra tochluchud co tuctha
lat in caithmílid do'n Mhumain

Tadg éim mac Céin meic Aililla óluim is é dobeir cath Crinnai ocus is do atá i tarrngaire a thabairt . ocus mac ingine Chuinn a athair . ocus éirigsiu bu dhes co Tadg ocus tabair dó gach ní cuindigfios fort ar thecht lat do thabairt in chatha.

Do dechaid iarum Cormac co tech Aililla óluim ocus ro fáilt-niged co mór fris ann. is aire éimh do ruachtamar ar Cormac do chuingid bar fáiltesea. fagébasa sin ol iatsom .i. ar Cormac cas mac Oililla óluim ocus ar Fiacha muillethan mac Eogain ocus ar Oilill féisin . uair isat sin roptar comorbai do Oilioll in tan sin .i. Cormac ocus Fiacha muillethan . ocus is etorra ro rann a fherann . ár nír ba héidir leis bodéin a fhollamnacht .i. cach re cáille do Cormac ocus in cáille eile do Fhiacha do'n ferunn ó'n náth chliath co a chéile . ocus bái Tadg mac Céin i rígdamnacht etorra.

· Dorónsat comairle iarum etorra .i. Oilill ocus Cormac cas ocus Fiacha muillethan ocus is ed ro chinnset .i. eolas do thabairt ria Cormac co hairm i fuigbedh Lugaid lága do dhul lais bud thuaid do thabairt in chatha. do lotar iar sin co hairm i mbái Lughaid lága . ocus is ann búiside san Etharlaig conusuaradar ann gá fhothracad ocus sé díairm. dogniat imorro trí timchuarta díob ina thimchioll má cuairt . ocus tic Cormac cuige ocus nochtus a chloidem uas a chionn ocus atbert fris : bás uasat a Lugaid. bás uaim do chionn mo bháis ol Lughaid. do chenn díot a Lugaid ar Cormac. cenn uaim tar cenn mo chinn ar Lugaid. ní ghébsa ón ar Cormac minba cenn ríg i gcath. doberthar in ní sin ar Lugaid. ‖ ní ghébsa or Cormac me[nbud chenn Fergusa] duib-dédaig ríg Ulad. [fogébasa sin ar Lugaid. tabair t]hoinech inn ar Cormac. [dobeirim] ar sé. tócbaid Lugaid [a chenn] iar sin ocus asbert : nír bud slá[n duit] t'inchoisc . comairle in tsenchoma[irlig i]n sin . sech rop olc a thosach dún ocus bud olc a dheired. iar sin tra téit Cormac co Tadg ocus ro fher Tadg fáilte mhór fris. conad ann sin asbert Cormac fria Tadg : a ua Shadba ingine Chuinn chétcathaig tar do dingbáil dochraite dinn uair is duit tairngertar a dingbáil dinn. ní ragsa éim ol Tadg do thabairt chatha Chrinna . ár ní díom dlegar . ocus nocha nar m'ferunn áitigter ann . ocus nocha né mo thellach trebtar. is ann asbert Cormac : féch cia uainn diar bud tócha in rannsa Chuinn do chosnam . is ua Saidbe ingine Chuinn tusa a Taidg . ocus dia ro faghbainnse m'fherann dobertha duitse nanimthigfedh do charpat

ó'n uair nó brisfithe in cath co hoidche ocus dot cheinél co bráth
ocus do thuarastal rá taeib . ocus ní fil againn acht ár gcáirdes
do slonnud friotsa co tarta foirnn in furtacht as uaisle dúinn .i.
Temair do chosnam. ní gébsa éim do láim in ní sin ocus ní ragh
do cath fria hUlltaib. is ann asbert Cormac :—

Slán Cuinn céilebrad (ocus araile).

Táinic Tadg iarum la Cormac ocus dorónad fiad mór fris
conattuil Tadg tromchodlad ocus contarfas brinnu ocus tairchetal
neith búi ar chionn do. ocus bái Cormac cin chodlad oc éistecht
fris . *et dixit* Tadg:—

M ár ngal már ngrís már ngaes . már nindtech nécomlainn . doraecar
baes . mór faebar fultana ronar cailg . mór troch tall tromadbal doria-
dat mairg . mór colann coillfider . fuamnaigfiter sluaig . dia tibra tét-
béimenn . an claidem cruaid (ocus araile)

Iar cantain na láide sin do dhúiscestar Tadg ocus atbert ‖ a
láim dar a agaid ocus aspert : is mithig dúinn ascnam do thabairt
in chatha. is mithig éim ar Cormac . ocus ro chan in láid:—

N a brinna ón na brinna . dogní Tadc ria cath Crinna!
beitit mair de fó fhaebraib . is fuil tar taebaib gilla
M airg d'Ultaib ón mairg d'Ultaib . tachar friomsa fó'n cuchtair
tucsam sochraiti srethghlain . a Mumain lethain luchtmair
N a curaid ón na curaid . tucas liom as in Mumain!
beitit mná de fó achán . ocus biaidh athár Ulaid
C uirp fhaena ón cuirp faena . beit i Crinna cin chaema
issed innocht atchuala . ocus bud ruada raena
C ath Chrinna ón cath Chrinna . cuirfios Tadg caoca ngilla!
do shlonn Cesarnn is Cairbre . ó'n bfior a nairde a brinna

Táncatar iar sin co Crinna ocus atbert Tadg fri Cormac : tair
slóig do chur in chatha uair nach tánacsa acht uathad bec óm
thír .i. caeca caithmiled ocus tríochat ríg ocus Lugaid lága ocus mé
badéisin. ní thibérsa ámh sochraite lat do thabairt in chatha ar
Cormac . acht tabairse dilse mo chríche ocus m'ferainn féin damsa
ocus dobér féin an cath . nó tabairse in cath an líon tánacais ocus
beir t'ferann amail dorarngaired duit co bráth. dorigne iarum Tadg
cath dia mhuintir . ocus do rat a ghille uime fadéisin i tosach in
chatha . ocus do rat a óclaccha i medón an chatha . ocus do rat a
liatha fá deoid. uair as é bés ro búi in Eirinn co sin alléith i
tosach . ocus a nóclaecha i medón . ocus a ngille fá deoid . ocus is
aire dogníthe an ní sin oc feraib Eirenn co ro chaithed cách ní dia
saegul féin. is aire iarum do rat Tadg a ghille i tosach in chatha
ar nachasgabadh imecla oc faicsin na liath do letradh ína bfiiad-

naise. dogniat imorro Ulaid cath díob ann sin . ocus doberat a
liatha i tosach . ocus a nóclaccha i medón . ocus a ngille fá deoid.
dothoet iarum Cormac co Lugaid lága : a briathar ra cech flaith
ocus ra cech fírénach ar sé . cenn ríg i cath damsa uait i néraic
chinn mh'athar ro marbais i cath Mucraime . ocus curab é cenn
Fergusa duibdédaig ríg Ulad. ‖ dobretha duitse sin ar Lugaid.

Is ann sin do choiméirgetar na catha d'innsaigid araile. fos-
cuirset Ulaid bedga baeise díob gur chrithnaig in talam fá
chosaib na curad . co ro máidesdar dá ngroigib allmarda éiciall-
aide for dreimne ocus dásacht le meirblide na renn faebrach
forderg forórda . ocus le béimnig na sciath cródhonn catha . ocus
le sesdán na sleg slinnghel sithremar . ocus le dronghaire na
lúirech trebar taitnemach. is ann sin ro thuitset léith Ulad ocus
gille Muman comthuitim.

Do riacht Lugaid iarum trésin cath co Fergus ocus ro imir a
barainn for na slógaib nó go ráinic é . ocus ro ledradsom co mór
de séin ocus geibid chuige cenn Fergusa ocus nos benann de . ocus
do luid lasin cenn co hairm imbói Cormac ocus asbert fris : ac so
a Chormaic cenn ríg i cath amail ro gellas duit .i. cenn Fergusa
duibdédaig. bennacht do ghaile ocus do ghaiscid fort a Lugaid ar
Cormac : ní ferr lem cenn in ríg do thabairt dam inás cenn a dherb-
bráthar. in edh dorála ann ar Lugaid. is edh éicin ar Cormac.
doberat Ulaid ríge fó chétóir do Fhergus fhoiltlebar ocus doberat
cathbarr an ríg im a chenn ocus gairter gairm ríg de ac Ulltaib
ocus doberat cath for a seilb. maith tra a Lugaid ar Cormac : in
ní dorarngartaissiu damsa . cenn ríg i cath do rochtain damsa uait.
is réil duit innosa nach é cenn in ríg . uair atchiam in ríg beos
ocus a chathbarr im a chenn. is menann diu or Lugaid : cuiridh
supa sesca am chréchtaib dús in caemhsainn ní do'n Fhergus út.
dotoet ara Cormaic chuige ocus dobert na supa ina chréchtaib
co núrlainn a ghái féisin . ocus rossoich fó'n sluag fó'n innus sin.
is ann sin dorála do Thadg ocus d'Fergus foiltlebar comrac ocus
dia nóclaechaib. do luid Lugaid secha triasin cath do shaigid
Fhergusa ocus do bein a chinn de amail dorairngert ‖ . ocus ro
chomtuitset na hócláich anair ocus aniar comtuitim ocus búi
Tadg beos ina shesam. do luid Fergus co hairm in ro marbad
a bráthair ocus luid Lugaid ina diaid . ocus do chomraic dóib
co tall Lugaid a chenn de forsan chloich chétna i tall a chenn
dia bráthair. ocus dofuit a chathbarr dia chionn forsin chloich

ocus dobreth Lugaid a chenn ocus a falaig leis co Cormac ocus
atbert fris : cenn ríg i cath duit a Chormaic: buaid th'einig
ocus th'anma duit a Lugaid ar Cormac : ní ferr linn cenn
in ríg inás in cenn do ratais dúinn. cid ón nat é cenn in ríg
é. nat é imorro ar Cormac. fíorsum ar Lugaid. fíor ón ar
Cormac. fég lat a gille innosa ar Lugaid cinnus coindrecait
na catha nó in fil Tadg ina shesam beos. atá imorro ol in
gilla. cid dogniat innosa ar sé. atáit ol in gilla na laeich liatha
aniar ic saigid na ngilla sair. tabraid bioc supa am chréchtaib
co ro láar mo bhúrach mbáis for Ulltaib maille ra liathaib
Muman. ro gart gairm ríg la hUlltaib d'Fergus teine fó Breg-
aib ocus tucad cathbarr an ríg imbe . ocus lotar gilli Ulad
uime do thabairt in chatha. do lotar diu léith Mhuman im Tadg
ocus im Lugaid do'n leith eile do thabairt in chatha ocus ferthar
cath amhnas etorra. máidid for gillib Ulad ocus marbthar Fergus
teine fó Brega . ocus benaid Lugaid a chenn de forsin leic chétna
beos ocus dobreth lais co Cormac. is edh imorro aránaic Cormac
Deilenn drái do thabairt ina inadh ríg . ár rongeib óman ria
Lugaid. is edh imorro do ráid Deilenn nach rachadh nó go
tuctha saeire a cheineoil do . culaiti Brega. dobertar sin duit ar
Cormac. do luid diu Deilenn isin inad rígda ocus geibid cathbarr
in ríg ima chenn. dothoet imorrro Lugaid ocus cenn in Fergusa
déidenaig ina láim ar amus Chormaic . ocus do rat urchar ar amus
Chormaic do'n chionn co rusmarb Deilenn .i. i riocht Chormaic. ||
ocus sáiter a lia ann sin conad de atá duma Deilenn.

   Dothoet iarum Cormac co Lugaid ocus atbert fris : ní maith
romba dam a Lugaid oc marbad mo dhruad. ní hé rob áil dam
do mharbad ar Lugaid acht tu féin. is ann asbert in file:—

F or an aenlic oc ráith chró . ortta na trí Fergusó!
   coneibirt Cormac maile . nír cheiledar a laide

   Co cuala Lugaid in gáir mór fris atuaid : cia gáir dochluinim
innosa a ghilla ar Lugaid. gáir fher Muman i ndiaid in madma
ar in gilla. in tan búi ann co cuala in tromgháir ina nagaid
anair. cia gáir so anair a ghilla or Lugaid. gáir Ulad oc inntúdh
i nagaid in chatha ar an gilla. is ann atbert Cormac:—

E irig a Lugaid nach lac . d'innsaigid Echach gunnat!
   ocus adhail mar adraig . i cenn an máil a Mumain
E ochaid gunnat is gníom laeich . nocho monar macaeim maeith!
   is óman do Tadg romcar . in fer árd dá aithletrad

M airg cusambeir ruathar ríog . Eochaid gunnat as garb gníom !
  ní roich cét i cenn catha . i nagaid in árdflatha
M ithig duit fóiridin Taidg . éirig a Lugaid lángairg !
  gidat beoguin narbaidh nim . a meic Eoguin is éirig

Is fíor ar Lugaid : is Eochaid gunnat do dechaid innosa isin
chath ocus ní fuil fer a frithólma mina rísarsa chuige . ár ní hobair
gille óic amulchaig iarna chréchtnugad ocus iarna atchuma frithá-
lam in onchon sain . ocus in beg dom anmain fil indam is frissium
conméltar é ar Lugaid. adraig suas iar sin ocus téit co hairm i
rabatar cách ac cur in chatha ocus fechtair cath eturra . ocus ó
thairnic dóib a nairm uile do chaithem nocha dénadh in fer díob
acht inathar araile do tharraing cona láim . conad de atá áth an
inathair fri Crinna anair tuaid.

Máidid for Ulltaib iar sin . ocus atberat aineolaig Eochaid
gunnat do mharbad do Lugaid isin chath sin ocus ní fíor son.
ro bristea secht catha ‖ isin ló sin for Ulltaib .i. cath Crinna.
cath rátha cró . cath aircetrois . cath conachaid . cath sithbiu.
cath átha an inathair . cath droma fuait.

Doberat iar sin Ultu rige do Eirnemach ocus doberat cath for
a sheilbh i sithbiu . ocus máidid forro ocus marbtar ann Erne-
mach. do lotar iar sin co haircetros ocus ferait cath ann . ocus
máidid forro iar marbad a ríg ann. lotar as sin co conachad.
ocus mar in cétna co druim fuait . ocus nír lenad secha sin iat.

Dothoet Tadg iar sin co Cormac iar mbrised in chatha. an ní
do gellad damsa .i. a timchellfad mo charpat co haidche iar cur
in chatha a thabairt damsa. dobertar duitse in ní sin ar Cormac.
doberar carpat Cormaic ocus a ara .i. Maeldóit do breith eolais
do in conair no ragadh . ocus asbert Cormac fria Maeldóit : a
ghilla ar sé in tan bias Tadg ina niul tucsa agaid in charpait sair.
cia lóg doberthar damsa aire sin ol in gilla. saeire do chlainne
ocus do cheineoil co bráth or Cormac ocus ná tuc Tailltiu ná
Temair do Thadg. dogéntar in ní sin ar an gilla. dothoet Tadg
iar sin timchell a fherainn . ocus issedh dogníodh in gilla in tan
ba nél do Thadg agaid na nech ocus in charpait d'impód sair
doridise. an tan imorro no dhúisced Tadg no impoidedh in gilla
siar aigid na nech. do riachtsat co habainn Life fó'n innus sin
ocus ro b'fescar dóib : maith tra a ghilla ar Tadg : cia habann so.
Life éim or in gilla. in tucsam Themraig ocus Taillte linn a
ghiila or sé. ní thucsam or an gilla. in tucsam cechtar díob or

Tadg. ní tucsam ar an gilla. olc tra in ní sin or Tadg . ocus ní
ghéba greim duitse in ní ar a ndernais in aithrecadsa. benaid
Tadg a chlaidem as a thruaill ocus dogní teora bloga do Mhael-
dóit isin inad sin . conid iat sin cnuic Máildóit oc abainn Life ó
sin allé.

Luid Tadg iar sin co Temraig ‖ do chuinchid a leigis co
Cormac. dogéntar imorro do leiges ar Cormac . ocus doberthar
lega chucat. doberar iarum lega co Tadg ocus co Lugaid lága
ocus doberar cechtar díob i tech fó leith . ocus gelltar luaigidecht
mór do na legaib ar neim ocus ar dhacla ocus ar cholg do thab-
airt ina créchtaib ocus ina náladaib dia mudhugad ocus dia
marbad. ocus is é fáth ar ro deiliged cechtar de i tech fó leith ar
dáig ná haictís na hécóire dobertha i taoib araile díob. ro bátar
imorro fó'n ninnus sin corbat dithre acht bec. berar iarum fios ó
Tadg bud des co síol nOililla óluim .i. co Cormac cas ocus co
Fiacha muillethan mac Eogain do thabairt legh dóib chuige dia
fhios in bud inleigis é. luid Cormac co mbái oc agallaim Luig-
dech lága . uair forfhidir nach bad beo Lugaid. is ann asbert
Cormac : ar do ghail ocus ar do ghaisced a Lugaid ar sé uair
nach saeili do betha innosa abair frium citne abarta dorigne mo
athair .i. Art mac Cuinn ocá mharbad duitse ocus oc bein a chinn
de. fogébasa a fhios sin ar Lugaid : ro bebraig amail bhoc . ro
búirestar amail tarb . ro iachtastar amail mnái. ocus is aire do
ráid Lugaid sin óir ba dóig lais Cormac dia mharbad . ár ba ferr
lais bás d'fagbáil oldás beith mar do bói. táinic ferc ocus luinne
iar sin do Lugaid ocus ro líon at ocus infisiu é ar in ní ro fiafraig
Cormac de . ocus ro sceinnset a ghói cró as ann suide ocus inaraibe
do dhaelaib ocus do bhiasdaib ina mhedón co rabatar ar an
achad ina fhiadnaise triasin feirc táinic do. ocus rongab nertlic
ina láim dochum Cormaic co ro imgaib Cormac roime. ro diub-
raicsium rot nurchair do'n chloich co ndechaid comfhod ‖ fir i
talmain . conid é fatha térnóidh Luigdech do'n chur sain. do
riachtsat iar sain na lega andes co Tadg dús in bad inleigis é. ba
héinirt ocus ba diachrach ro bás oicesium co cualadar na lega
tarsin tech imach in cnet búi ann. cnet galair so ar fer díob ocun
ríg. cnet do rinn ol araile. cnet do míol beo ar an tres fer. ric a
les a leiges ol siat.

Tiagait iar sin na lega isin tech i mbúi Tadg ocus fásaigter in
tech impa. ní calma atáthar ann sin ol siat. ní calma éim or

Tadg. is menann diu ol in liaig ní bad fer do leith Chuinn bérus
do bhuaid acht mad meise. is ferr limsa ar Tadg mo buaid do
breith duitse iná do leith Cuinn. dotoetsat na lega iar sin co
Tadg ocus fásaigter in tech impa co ná búi ann acht Tadg ocus
na lega. ocus séitter builc gabann acu fó'n coltar cur bo derg.
ocus doberar fuasmhad de ar amus bronn Taidg co ro sceirt
úrmór a raibe ann do bhiastaib ocus dhaelaib ocus do gháib
cró ocus do cach ulc archena co rabatar ar lár i fiadnaise cháich.
doberar fó trí an innus sin ar amus a bhronn co nár fháçaib cnet
ná galar ann . co mba slán iar sin. marbus Tadg tra na lega tuc
na biasta ina mhedón.

Dothoet Tadg iar sin bud des dia thig . ocus triallus Cormac
gan in ferann do thabairt do co ro thinnscain Tadg do thabairt
chatha do Chormac im a ferann. conid í comairle doróine Cor-
mac dilse a ferainn co bráth do thabairt do amail dorarngair.
ocus is amlaid bias co bráth.

. *Finit* .

Echtra mac Echach muigmedoin.

Bai ri amra airegda for Eirinn .i. Eochaid muigmedóin. bádar
cóig meic aige . Brian . Ailill . Fiachra . Fergus . Niall. Moing-
fionn ingen Fidhaig máthair Briain ocus Fiachrach ocus Fergusa
ocus Aililla. Cairenn chasdub ingen Saxaill bailb rí Saxan
máthair Néill. ba miscais laisin mrígain in tí Niall . ár dar a cenn
dorigne in rí ria Cairinn é. ba mór dono dochraite Chairinne oc
in rígain . ocus ba hé méid na dochraiti corba héicin di uisce na
Temrach do tharraing do leith ocus cach cumal ar a riar ina
hagaid. ocus in tan ro bo torrach í for Niall ba héicen di sein uile
ar dáig co neipledh in lenab ina broinn.

Ráinic tra co ham túismeda di ocus ar a ái nír scar di'n fognam.
ruc sí iar sin mac forsin faidche na Temrach ocus sí fó leith ina
dromlaig . ocus nír lám in mac do ghabáil chuici do lár acht ro
fácaib isin inad sin fó na hethaidib . ocus nír lám nech d'feraib
Eirenn a breith leis ar uamain Moingfinni . ár ba mór a huaminsi
for cách. táinic Tórna éices iar sin ar lár na faidche ocus atchon-

dairc in náidin a aenur ocus na hethaideda ocá fhuabairt . ro gab
tra Tórna in mac ina ucht ocus ro faillsig do cach ní do biadh iar
sin . conebert:—

> M ochen áigedán . bad é Niall noeigiallach . rusfit ria re tuir . mórfaidter
> maige . sráinfiter geill . fírfiter catha . tacbfota Temrach . dúnadach
> femenmuigi . costadach maenmuigi . áirmítnech ármar . airsid Life.
> glúinfionn Codail . secht mbliadna fichet . fallamnaigtech Eirenn.
> ocus bad uada érnail co bráth . ár ba maith in tinnscetal ocus in forba
> Forghal foltgharb . co nebailt i niarnóin dia satarnn uas muir icht iarna
> geognad d'Eochaid mac Enna ceinnselaig

Ruc Tórna leis iar sin in mac ocus ronalt . ocus ní táinic
Tórna ná a dhalta co Temraig iar sin corbo inríge in mac . táinic
iar sin ocus Niall co Temraig . is ann tarla Cairenn dóib oc tab-
airt uisce do Temraig. asbert Niall fria iar sin : léic a aenur in
fognam ol sé. ní lámaim ol sisi frisin rígain. ní bia mo máthair
ol sé oc fognam ocus mé mo mac ríg Eirenn. do rad leis iar sin
í co Temraig ocus do chuir édach corcardu uimpi.

Ro gab ferg in rígan ocus ba holc léi sin. ba hé rádh fer
nEirenn ann sin bad é Niall bus rí taréis a athar . conid iarsin ro
ráid Moingfionn re hEochaid : beir breith itir do macaib ol sí
cia díob gébus t'forba. ní bér ol sé . acht béraid Sithchenn drái.
ro fáided iarsin co Sithchenn cosin ngabainn bái i Temraig . ocus
ba fáid amra side. ro loisc iar sin in gaba in cherdcha forro . do
riacht Niall immach ocus in inneoin cona ciop leis . Niall co
fortamlaidh ar in drái ocus bud inneoin fothamail é co bráth.
do riacht Brian ocus tuc na húird leis . Brian do bar cathráib ol
in drái. do riacht Fiachra derb corma ocus na builg lais . far
sciam ocus far ndán la Fiachra ol in drái. do riacht Ailill ocus in
comra a mbádar leis . Ailill da bar ndígail ol in drái. do rocht
Fergus ocus cual críonaig lais ocus crann iubair innti . Fergus
críon ol in drái. ba fíor ón . ár ní maith síol Fergusa cenmothá
aen .i. Cairech dergan cland Bairinn . conid de sin atá maide iub-
air i cuail críonaig. conid dia foirgell sin rochan in senchaid:—

> C óig meic Echach Niall inneoin . ollBrian órd fri tuargain ffor!
> Ailill comrar gái fri fine . Fiachra side Fergus críon
> I s lá Fiachra ól corma . is lá hAilill gái bodba!
> is lá Brian tocht isin chath . is lá Niall intinn arrad

Ro ba trom tra la Moingfinn an ní sin . connebairt fria mac-
aib : trodaidse ar sí bar cethrar mac co tí Niall da bar nedrain

ocus marbaid é. trodait iarum. ferr damsa a nedargain ol Niall. nathó ol Tórna. ba sidaig meic Moingfinni . conid de sin atá in senfocal.

Ro ráid diu Moingfionn ná biad ar in mbreith sin. ro fáidedh co Sithchenn cétna iat d'iarraid arm . dollotar iarum cosin ngobainn ocus doróine sé arma dóib . ocus in tarm as derscaigthe bái díob do rad illáim Néill ocus ro thidnaic na hairm ar chena do na macaib aile. éirgid festa do selgad ocus fromaid far narma ar in goba.

Do chuatar iartain na meic ocus dorónsat selgad . dosrálatar for merugud iar sain co fada iar niadad do gach leith umpu. ó ro ansat do'n merugud ro fadaigset teinid dóib . ocus ro fuinset ní do'n tseilg dóib ocus ro thomailset comdar dóithenaich. bátar i tart mór ocus i níotaid iar sin de'ndfulacht . tiagar d'iarraid uisce againn ar siad. rachadsa ar Fergus. do luid in gilla d'iarraid uisce conustarla dochum topair . ocus faghbus sentuinne oc coimét in topair. is amlaid bái in chaillech comba duibiter gual cach nalt ocus cach naighe di ó mullach co talam . ba samalta re herboll fiaideich in mong ghlas gháisechtach bái tria chleith a cennmullaich . conselgad glaisgég darach fo breith dia corrán glaisfhiacla bái ina cionn co roiched a hó . súile duba dethaige léi. srón cham chluasach . medón féithech brec bainnech ingalair léi. ocus luirgne fiara fochama is iat adbronnach lethantsluaistech . is í glúnmar glaisingnech. ba gráin tra tuarascbáil na caillige. amlaid sin ol in gilla. is amlaid éicin ol sí. in ac coimét in topair ‖ atái ol in gilla. issed ol sí. in cedaigi damsa ní do'n uisce dobreith lim ol sé. cedaigim ol sí acht conomthí aenphóc dom lecain duit. nathó ol seiseom. ní berar uisce uaim ol sisi. dobeirim mo briathar ol seisem conid taesca no eibélainn d'íotaid iná dobérainn póc duit. do luid iarsin in gilla co hairm irrabadar a bhráithre ocus ro ráid riu nach fuair uisce.

Do luid Oilill d'iarraid uisce . ocus do rála cosin topar cétna ocus ro ob póc ar in caillig . ocus rosaicen uisce ocus ní ro ataim in topar d'faghbáil.

Do luid Brian sinnser na mac iar sin d'iarraid uisce ocus do rála forsin topar cétna . ocus ro ob póc forsin tsendtuinn ocus rosaicen uisce.

Do luid Fiachra . ocus ro fuair in tobar ocus in caillech ocus ro iarr uisce. dobér ol sí ocus tug póc dam do. dobeir inn póice

uad di. inntadhall Temrach duitsiu ar sí. ba fíor ón . ro gab dias
dá shíolsom ríge nErenn .i. Dathí ocus Ailill molt ocus nír gab
nech do síol na mac eile .i. Brian . Ailill . Fergus. ro sái tra cen
uisce.

Do luid Niall d'iarraid uisce ocus do rála forsin topar cétna.
uisce damsa a ben ar sé. dobér ar sí ocus tuc póic dam. luigfed
la taeb póice do tabairt fria taeb. tairnidh uirri iar sin ocus dobeir
póc di. in tan imorro ro sill fuirri iar sin ní raibe ar doman ingen
bud cháime toichim ná tuarascbáil inásí. ba samalta ria deiredh
snechta i claidib cach nalt ó chionn co bonn di . rigte remra
rígnaide léi . méra séta sithlebra . colpada dírge datháille léi . dá
mhaelasa fhionndruine etir a troigtib míne maeithgela . ocus
lánbhrat lomarda lánchorcra uimpe . bretnais ghelairgid i tiom-
thach in bhruit . fiacla niamda niamanda léi . ocus rosc raegnaide
rómór . ocus bél partaingderg. is ilrechtach sin a bhen ar in mac.
fíor ón ar sí. cia thusa or in mac. misi in flaithes or sí. agus
asbert in so:—

> A rí Temra is mé in flaithes . adbér rit a mórmaithes !
> 　dot shíol go bráth uas gach claind . is é in fáth fíor fá a nabraim
> L et gart is céim garg fri gail . ní chaemsat fir t'fulachtain !
> 　bat teinn treorach ma clí amach . bat cend cróda comramach
> B ud let Temair taidlech tenn . is forlámas fer nEirenn !
> 　do chland ní scérthar fria rath . acht aendias do tsíol Fhiachrach
> F ir Muman cid cróda i cath . scérthar friu flaithes Temrach !
> 　ón mo ghuide brat cen bí . ní ghab díob Eire acht aenrí

Eirgid do saigid do bráithrech or sí festa ocus beir uisce lat.
ocus chena bud lat ocus lat chlaind co bráth in ríge ocus in for-
lámas cenmothá dias do shíol Fiachrach .i. Dathí ocus Ailill molt.
ocus aenrig a Mumain .i. Brian boroma. cen fresabra na ríga sin
uile. ocus amail adcondarcais missi co gránda conda aduathmar
ar tús ocus álainn fá deoid is amlaid sin in flaithes . uair ní
fogabar é cen chath ocus cen chongala . álainn maisech imorro rí
neiche fó deoid. acht chena ná tabairse in tuisce dot bráithrib co
tucat aisceda duit .i. co tucat a sinnseracht duit ocus co ro togba
th'arm edh láime uas a narmaibseom. dogéntar amlaid ol in
gilla.

Céilebrais in gilla iar sin di ccus beirid uisce dá bráithrib.
ocus ní tarad dóib co tucsat do cach coma ro iarr forro amail ro
thecaisc in ingen é. fonaiscid forro iarum cen tiachtain fris féin
ná fria chloind co bráth.

Lotar iar sin co Temraig. ro tógaibset iarum a narmu . ocus
ro tógaib Niall edh láime laeich uastu. deisetar ina suide ocus
Niall i medón etorro. ro fiarfaig in rí scéla díob iar sin. ro freg-
air Niall ocus ro innis a imtechta . ocus amail ro chuadar d'iarr-
aid uisce ocus amail ro ládar ,ar in topar ocus cosin mnái . ocus
amail ro thairrngírside dóib. cid fodera nach é in sinnser innisios
na scéla for Moingfionn .i. Brian. do radsam ár sinnseracht do
Niall ocus ár ríge in cétfhecht dar cenn uisce ar siat. do radsaid
do ghrés ar Sithchenn . ár bud leis ocus le a chloind chaidchi in
forlámas ocus ríge nEirenn ó'n uairse immach. ba fíor ón dono.
ár nír gab nech eile ríge nEirenn ó Niall allé acht nech no ua
cosin tolgbuillech Uisnig .i. Maelsechlainn mac Domnaill acht
mina gabad co fresabra . ár ro gab Fiachra a húib Néill in deis-
cirt nó in tuaiscirt .i. deichnebar Conaill ocus sé ríg dég Eogain
amail adfed :—

> I s eol dam in líon ro ghab . Eirinn ó Niall na nárdghal !
> ó flaith Laegaire mad chin . cusin tolgbuillech Uisnig
> L aegaire is a mac ní chél . Diarmaid ocus Tuathal trén !
> nónbar Aeda sláine sláin . 's mórsheiser cloindí Cholmáin
> S e rígte dég Eogain aird . deichnebar Conaill cruadghairg !
> do fhuair Niall fri soirthe seoin . ríge choidche a cheineoil
> . *Finit* .

Aided Crimthainn meic Fidaig ocus trí mac Echach muigmedóin .i. Brian . Ailill . Fiachra.

Rí uasal airmítnech ro gab rige nErenn fecht naill .i. Eochaid
muigmedóin mac Muiredaig thírig. bái banchéile a dingbála
lais .i. Mongfionn ingen Fidaig. bertsaide ceithre meic d'Eochaid.
Brian ocus Fiachra . Ailill ocus Fergus a nanmanna. atchí a
máthair aislingthe dóib . ba hí in aislingte a ndul i ndelbaib ceitre
con .i. Brian i ndeilb leomain ocus Fiachra i riocht míolchon.
Ailill i ndeilb gadair ocus Fergus i ndeilb madaid. no bídís iarum
oc imsrengail ocus oc coinghleic etorro. sráinis in míolchú for in
leoman cach re fecht i tosach . fortamlaid in leoman ann sein forsin
tríur eile ocus adnaigit co deaith ocus co ríarach cen chrithorcain
do. innisid Moingfionn do Sitchenn drái in fís. fíor ar in drái : bud

leoman láimtenach lonnainscech Brian ocus a síol dia éis . ocus
bat irgal neime fergaib cáich . ocus batidura ag fulang imfoch-
aide cháich forro. bud cuaig ocus bud tairchill diu Fiachra dia
éis . consela for Brian . consela diu Brian fairseom . téid cirghala
ocus imsherga etorro ocus rannfaider in ríge cach re fecht itir a
clannaib . acht chena fortamlaid síol mBriain fá deired for clann-
aib na mac eile combo leo anaenur in tairechas. bud gadar taf-
ainn imorro Ailill oc iarraid ocus oc cosnam críoch macdata dia
bráitríb. Fergus imorro ní bái acht broc a síolsaide aithech.
ocus is bec cid dia festar a cheinél.

Marb Eochaid iardtain . bái diu imchosnam dermair im forba
Echach itir a cóic macaib .i. Niall ina aenur di'n dara leith ocus
ceithre meic Moingfinne do'n leith eile. issedh tra ní arráinic
Moingfionn ó nach fuair chena in ríge dá mac .i. do Brian . ár ba
héside a lennán dia claind . a aslach for feraib Eirenn tria
impide ocus tria cherd ndráidechta . ár ba heolach side in cach
cerd ndráidechta ocus aimidechta . in ríge dia bráithrib fó bithin
co ro cuired sí Brian tar muir dia foglaim in mílte ocus comad
gaiscedach amra iardtain fri cosnum na ríge.

Luid iarum Brian dar muir . ocus ro foglaim suithe oc Senoll
mac Ongai i tuaisccert Alban corba treorach in gach cerd gaiscid
ocus engnama. iar forbad iarum a fogloma in tí Brian i cionn
secht mbliadan do dechaid anair iar sin. fer donn tailc tarbda co
sonairte ballraid . co nert nónbair . co comdheise engnama ó a
díb lámaib in tí Brian.

Bái Crimthann irríge nEirenn beos. ba saeth la Moingfinn
nach é Brian ba ríg. luid diu Crimthann for cuairt ríge in Albain.
ár is amlaid ro chinged rí Temrach for a cuairt ríge .i. i Temraig
i cóiced nGailian . ocus a sein for dá chóiced Muman . i cóiced
Olnécmacht i sennath . a sein i cóiced Ulad . in Albain a suidiu.
gabsad iarum meic Moingfinne foirnert ocus forlámas for forba
Crimthainn. [táinicsen] anair iarum iarna chloistin sin ocus ro
thinóil slóig ocus sochraiteda leis i Connachtaib do innarbad
mac a shethar as a ríge . cechaing iarum cor gab longport oc
Muaid oc Connachtaib. imorgenair comairle iarum la Moingfinn.
ocus is í comairle arriacht fled do thargad aici dia bráitrib i ninis
Dornnghlais for Muaid ua nAmalgaid . ocus a bráthair do ghairm
chuici ann amail bud do síth fria macaib . ocus neim do dháil
fair ann fó dáig na ríge do Bhrian,.

Tic ‖ diu Moingfionn iarum do thaig a bráthar . ocus doróine síth ceilge etorro ocus a clainn ocus beirid léi a bráthair do saigid na fleide. ó ro scaich iarum tesbénad na fleide dobert Moingfionn copán neime illáim a bráthar. nocho nib ar Crimthann nó co nebasa ar tús. ibid Moingfionn dig ocus ibid Crimthann iarum. atbail iarum Moingfionn aidche samna do sonnrad. conid sí aided Moingfinne bansídaide. conid de garar féil Moingfinne frisin samain ocon daescarshluag . ár ba chumachtach side ocus bantuathaid céin bái i colainn . conid de cuindgit mná ocus daescarsluag itcheda aidche samna fuirri.

Tic Crimthann atuaid iartain do fascnam a chríche bhunaid .i. fer Muman co ráinic sliab suide in ríg co nerbailt ann sin. conid de sin garar fert Crimthainn. do chuaid Fidach a athair ocus a máthair ocus a muime conice in baile i nerbailt Crimthann. ocus feraid nemféile truag ann ocus atbatatar a triur isin maigin sin . conid de ro chet in senchaid so:—

F ertán Crimthainn cid diatá . sloinnid sruithe senchasá !
  mac Fidaig do bí a rúine . i tilaig in phrímdúine
G abus Crimthann ríge réil . i focus i neitirchéin !
  for iath mBanba co mbladaib . ro bo dhamna mórghalair
O lc le Moingfinn co fáthaib . ríge do beith cá bráthair !
  ferr léi ríge cach tíre . cá mac féin is áirdríge
L ennán Moingfinne dia cloinn . Brian mac Echach imáloinn !
  is do ro b' áil di tria fell . ríghe nEirenn co coitchenn
D ogníther aici fledh mór . oc Moingfinn inna mórslógh !
  co ro dáiled dig thonnaich . for mac fidaig fíorghlonnaich
I s desen tug Moingfionn dig . illáim Crimthainn meic fidaig !
  ní rosib Crimthann in lionn . nó co rosib in Moingfionn
I bis Moingfionn copán cóir . is ibis Crimthann na deoid !
  cia rob [marb] in fer do'n lionn . is de sin ba marb Moingfionn
I ar sin tic Crimthann atuaid . tar crích Connacht claidebruaid !
  rob é fod a cháirde ann . adbath i fertán Crimthann
A r sin tic máthair in ríg . iar toirse ocus iar nimsním !
  dogniat a hathaig ar sár . in chathairse man fertán
A r sin tic Fidach andes . in senóir oide ár néces !
  ó do ró in cam ar chrád . ann is marb ocon bfertán
A cht cid carn Ferchair in dú . fil forsin chamsa itú !
  mad dia féghta slechta naill . mó as ainm do fert Crimthainn
A r sin táinic buime in ríg . ocus nír lugu a hímsním !
  is ní fil acht carnn namá . ó'n carn conice in fertán

Ní ro fogain tra ní do Moingfinn in celg sin do rad im a bráthair ocus bás do thoga di féin ar dáig comad é Brian bud rí ar a héissi . ár is é Niall náigiallach ro gab rige nEirenn ar éis Crim-

thainn. acht chena is é Brian ba tuairgnid catha fria láimsiden ac
tócbáil ghiall ocus chánadh do as cach tír.

Gabus Brian iarsin rige cúigid Chonnacht . gabus Fiachra diu
ó charn Feradaig co mag mucrama. bai imchosnam ocus tnúth
mór eitir Brian ocus Fiachra de sin co fás cocad etorro. doberar
cath damchluana etorro ocus máidid for Nathí ocus for a athair.
ocus éloid Nathí as ocus gabar Fiachra ann ocus ídnaicter co
Temraig illáim Néill a bráthar é. fásaid árdchocad mór deside
eitir Nathí ocus Bhrian arís . is ann bái a longport ac damchluain
i núib Briuin seola i nocus conmaicne cuile . Nathí co clannaib
Fiachra i nAidhne i nagaid Bhriain. doberar a dhrái co Brian .i.
Drithliu drái . ocus fiarfaigis de cinnus no biadh imscaradh a
cocaid ocus Nathí. asbert in drái comad é Nathí bud choscrach.
ocus co ngébadh ríge co sliab nEalpa. doberar a chlann co Brian
ocus bendachus iad . ocus asbert friu comad é Eichen a sinser bud
rí dóib dá éisseom. ceithre meic fichet ro bátar oc Brian . dia
nebairt in file:—

> B rian mac Echach muigmedóin . is maith a chlann can chaite!
> cliar dhrechach nár dhuibderóil . ceithre meic Fiachrach aice
> D ái galach fial foirglide . do chuaid a chlann i lithed!
> ferr in taenmac oirdnide . ná na ceithre meic fichet

Bendachus diu in sósar co mór .i. Dái galach . ocus ro tharrn-
gair do comad uad in ríge. tic Nathí co nidnaib catha lais do
saigid Bhriain áit i mbái uathad ina longpurt ocus ferthar cuib-
leng angbaid etorro . ocus sráinter for Brian ann sin cath dam-
chluana ocus lentar Brian as in chath co tulchaib Domnaill. ocus
marbus Crimthann mac Enna cheinnselaich é . ocus marbus Enna
emalach mac Briain Crimthann fó chétóir. ocus adnaicther Brian
isin maigin sin. tic iarum Beaedh rois caim iar céin móir iartain
ocus beirid taise Briain co ros caim leis co ro adnocht iad i ros
caim . conid de atá otharlige Briain andiu. marbtar diu Drithliu
drái for brú fionnlocha conid uad ainmnigter aenach nDrithliud.
conid díob sin ro chet in senchaid:—

> G abus Brian ríge rebach . for leith Chuind chaem chomramach!
> ba maith cadhus leithe Chuind . uair ná ro mair ua Oluim
> I cionn chúic mbliadan mbuada . ro bris in cath damchluana!
> ro mebaid for Nathí in cath . is ar Fiachra mac Echach
> G abtar Fiachra isin tres . berar co Temraig soirdes!
> cur cinned rí nEirenn de . a breith imon mbráthairse

I s de sin ro fás can brath . cocad ‖ Briain is clann Fiachrach!
    is de ro slecht ro chuala . for Brian degcath damchluana
M aith in dias adrochair ann . in rí as rígdamna Eirenn!
    do feill na fer imon nglenn . is de atá aenach nDrithlenn
B rian badna bertad agraid . mac Echach meic Muiredaig!
    laech do Laignib ro chuala . rombí i cath damchluana
I s di'n sceol sin ferrde de . do chóid Fiachra co ríge!
    's comad tuairgnid catha amáin . imon ríge do ghabáil

Léigid Niall náigiallach im Fiachra a geimil ann sin ocus
dobeir ríge Connacht do . ocus is é ba tuairgnid catha fri láim
Néill iar sin oc tobach giall co Temraig. berar Fiachra ocus mac
Amalgaid meic Fiachrach féisin i ngiallnus illáim Néill . conid i
ngiallnus i Temraig as marb Fiachra mac Nathí . conid uad úi
Fhiachrach cúile fabair i Mide.

Lotar tra meic Echach .i. Fiachra ocus Ailill do thobach
chána ocus ghiall i Mumain co sluag ocus co sochraite dermair.
tiagait rompo co Caenrige ua Cairpre. tinóilit iarum fir Muman
ina nagaid im Eochaid mac Crimthainn móir meic Fidaig ocus im
Maige mescorach co nidnaib catha inagaid Fiachrach. ba maith
ám in tí custáncas ann sin .i. Fiachra. ba laech ar ghaisced . ba
coichertaid catha ocus tíre ar gháis . ba rígda ar dheilb .i. laech
foltfionn lebar co mbenadh braine a dhá imdadh . conid de
dogarar Fiachra foltshnáithech de. doberait iarum fir Muman
cath do i Caenraige ocus gonuis Maide mescorach co hamnas
Fiachra isin chath. atchi iarum in cath for feraib Muman ocus
for Ernadaib ann sin tria nert imbualta ocus láiter ár forro.
dobeir iarum Fiachra caecait giall amMumain leis ocus dobeir a
láncháin . ocus luid reime iartain do fascnam co Temraig.

In tan iarum do rocht forraig i núib meic Uais mide atbath
Fiachra dá ghuin ann sin. ro claided a lecht . ocus ro laiged a
fhert . ocus ro hadnad a chluiche caeintech . ocus ro scríbad a
ainm ogaim. ocus ro hadnaiced na géill tucad andes ocus siat
beoa im fhert Fiachrach comba hail for Mumain do ghrés ocus co
mbudh inchomrama forro. issed adberaid cach fer oca cá cur beo
i talmain : is for uch dogníther na fertasa ar cách. bud é a ainm
ar in drái : forrach. conid do foirghell na ngníomsa ro chan in
sedchaid :—

M aicne Echach ard a nglé . im Niall im chánaid carné!
    im Fergus frosaib rinne . im trí macaib Mongfinne
M aith for Fiachra feochair gal . dar bo mac Dathí talchar!
    is Brian ar Banba brollach . ocus Ailill anghlonnach

A ichre triri rotangal . mairbtis im chrích do Chrimthann !
  gab a chrích in gcéin bái thair . for cuairt ardríg i nAlbain
A ilill is Brian breo dreman . is Fiachra fionn foiltlebar !
  rannsat Banba bailc tóla . trí cuibrenna commóra
D echaing cucu Crimthann cas . conuaill confíor conermas !
  is cachtsais cach colaech lais . i ninis dualaig Dornghlais
D o luid máthair mac nEchach . in brig Moingfionn mórbrethach !
  gaid cairdine co nglinne . do ríg daigrech Dairine
D obert ó brú na hinnse . dochum dige domillse !
  do cher mac meic Daire de . do thonnaig truim treimside
M ár in gníom dogein tria gus . bráthair Daire tria diumus !
  bad é ferta fáth co fí . cath cruaid curad Caenraigí
G ae do Fiachra fer togach . maidse Maide mescorach !
  ba hé treise do ghell guin . do slóg droma Eogabuil
E o dega deirg . . . a dreich meic meic Muiredaig (tírig) !
  nír bo thriamain cér bo thrú . tuc a Mumain máirghiallú
M eic na fer fichsatar cath . fri Fiachraidh frisin tirath !
  fil cúic deich díob dái fri dái . im fert Fiachrach i forrái
C ethrar do síol Bhreogain bháin . ro líonsat Eirinn imláin !
  Eiber is Lugaid nár lag . is Eiremón in tardmac

Táncatar fir Muman iartain aniar iar cloistin éga Fiachrach.
ocus gabtar Ailill la hEochaid mac Crimthainn meic Fidaig lá
ríg nEirenn. ba folaich lá firu Muman in ní sin uair ba dóig dóib
do tegmáil chucu mac na mná do marb a tigerna . ár rosaigedh
in fer sin a nenghresa fri críocha echtranda . ocus ro innsaig giall
cáich . ocus do rat iathu Eirenn ocus Alban fó smachtflaithes
Muman. dogníther guin galann ann sin d'Ailill . conid amlaid
sin fuair bás. bái cocad mór etorro fri ré ciana iar sin cona fotha
do chosnum in ferainn forsatáit aniu sin . ocus conid iat sin fotha
chocaid Chonnacht ocus fer Muman iartain ocus cach imfhorráin
forgeinset etorro . conid de asbert in senchaid :—

T rí meic Echach na ngníom ngrinn . Fiachra is Brian is Ailill !
  docher Fiachra iar ngleo i ngail . do ghuin Mhaige mhescoraig
O c dún Daire dabroc thall . ro geognad Brian na mbladbann !
  fuair Ailill ní congair cain . dig tonnaich lá hairdEochaid
I s iat sin aideda in trír . uallaich árdghasta im árdbríg !
  gníom árd na comlonn tiar thair . nír forlonn ar in triar sain

Lugaid mend mac Aengusa tírig meic Firchorp is é ro gab ar
éicin ferann Tuadmuman ar tús . ocus is de sin ráidter gairb-
fherann claidim Luigdech láimdeirg ár is iat dá ferann do
chosainset fir Muman ar éicin .i. ferann Osraige i néraic Edirsceoil
ro marbsat Laigin . ocus ferann Tuadmuman i néraic Chrim-
thainn meic Fidaig. acht chena ní dlegait sin ar a dlistenus sin

ár is do chúiced Chonnacht iar ndligiud roinne chóicid in ferainn sin Tuadmuma . ár is ó Luimnech co Drobaeis é.

Conid aided Crimthainn meic Fidaig ocus Moingfinne ocus trí mac Echdach muigmedóin . Fiachra . Brian . Ailill in sin.

. *Finit* .

Bruiden bheg na hAlmaine.

Fledh mhedarchaein mhóradbal do commórad le Fionn mac Cumaill mic Thrénmóir úi Bhaeiscne in Almhain lethanmóir Laigen . ocus in tan ba hollamh ionchaithme in fhled táncatar maithe ocus móruaisle na féinne dá caithem. ocus is iat do b'uaisle ocus do b'onóraige díob i nagaid Fhinn .i. Goll grennmar gníméchtach mac Mórna . Oisín fírghlic fírnimhnech mac Finn . Oscar anghlonnach mac Oisín . mac láimechtach Lugach. Diarmait drechsolus ua Duibne ocus Caeilte mac Rónáin . ocus clanna gusmara Duibdhíorma . ocus clanna Smóil . ocus aicme Duib dá boirenn . ocus Goll gulban . in Corr cosluath ocus a chlann .i. Conn . Donn . Aedh . ocus Anacán . Iobhar áirdéchtach mac Criomthainn chróda choscartaig ocus dias mhac do ríg Laigen . ocus fa daltada d'Fionn iat araen . ocus Coirell coscartach ua Conbroin. táncatar dochum na fleide dias mhac do ríg Alban ocus dronga diandásachtacha ‖ do macaib ríg ocus rouaisledh in domain maille friu.

Acht atá ní chena táncatar fianna Eirenn uile ann ocus do shuid Fionn isin fhochla féinneda [ar lár] na bruidne . ocus do suidh Goll grennmar mac Mórna isin fochla féinneda eile . ocus maithe a muintire féin fó gach aen acu. ocus do suid gach aen acu ó shoin amach do réir a nuaisle ocus a natharda ina ionad chinnte comadhais féin amail fa ghnáth in cach áit ocus cach aimsir roime sin dóib.

Is ann sin d'éirgetar fedhmanaig go fíoraichbéil re frestal ocus re friothólam na bruidne . ocus do ghlacatar cuirn chlochbuadacha co nemannaib glanáilne gloine ocus co gcerdacht chruithniamda for cach escar loinnerda láinghrésach lánálainn díob . ocus do dáiled deocha garga gabáiltecha do lenntaib réide rómhilse do

na deglaochaib sin... ocus d'éirig grenn ina ngiollanraid . mire
ocus menma ina míledaib . míne ocus macántas ina mnáib . fios
ocus fáistine ina bfiledaib.

Is ann sin ro éirig bollscaire co cert comathlam ocus do chroith
slabrad acarb iarnaide do chosc mogad ocus ladronn . ocus do
chroith slabrad sínte senaircit do chosc maithed ocus móruasal
na féinne ocus aeis dána ar chena . ocus d'éistetar cách co taei
tostadach. ‖ ocus do éirig Fergus finnbeoil .i. file Finn ocus na
féinne ocus do gab duana ocus dréchta ocus degdhána a shen
ocus a shinser i bfiadnaise Fhinn mic Chumaill. ocus do dhíol
Fionn ocus Oisín . Oscar ocus mac Lugach . in file co fíoraichbéil
do uaisle cacha maeine ocus cacha maithesa. ocus do chuaid iar
sin i bfiadnaise Ghuill mic Mhórna . ocus adubairt bruidne ocus
toghla . tána ocus tochmarca a shen ocus a shinser do . innus
cor ba subach soimenmnach meic Mórna ó na heladnaib sin.

Is ann sin adubairt Goll : cá hionad i bfuil m'echlach féin ar
sé. atáim sunn a rígfhéinnid ar sí. ar thucais mo chíos láime ó
Lochlannchaib chucum ar sé. tucas co derbta ar sí . ocus arna
rádh sin di ro éirig co prap príméscaid ocus do léic mar thort
mhuice móraichbéile nó mar eire laeich láidir mherchalma do ór
álainn aithlegtha ar lár na bruidne i bfiadnaise Ghuill . ocus do
scaeil in cumdach do bí ac imdíten in chíosa sin ocus do léic na
seoit saera somaisecha ar lár i bfiadnaise na bruidne sin. ocus do
díol Goll Fergus mar ba gnáth leis . ocus ní raibe file fiosach foc-
ailghér . ná degfher duasmhór dána . ná cruitire ceoilbhinn ‖ . ná
senchaide seolta snuadhfoclach . ná aenduine re heladain do
Eirennchaib ná d'Albanchaib dá raibe i mbruidin na hAlmaine
in oidche sin nach dtuc Goll comaein óir nó aircit nó iolmaeine
do cach aen díob.

Is ann sin do labair Fionn ocus adubairt : a Ghuill ar sé cá
fada atá in cíos út acutsa ar Lochlannchaib ocus mo chíos féin
orra . ocus co bfuil laech ac coimét mo chíosa is mo chána . mo
fiadaig ocus mo fhianchoscair innte. ocus is é in laech sin .i.
Ciarán mac Lathairne . ocus is curad cruadchomlannach in
tréinfher sin ocus atáit deich gcét laech lánchalma ar a theglach
féin.

Is ann sin do labair Goll le mac Cumaill . óir do thuic sé co
raib ferg ocus format ac Fionn fris . ocus adubairt : a Fhinn ar sé
is fada atá in cíos sin acumsa ar Lochlannchaib ó'n uair do chuir

z

th'athairse cocad ocus cuinnscleo orm . ocus do chuaid rí Eirenn cona chóicedachaib im agaidse le Cumall ocus do b'éicen dam Eire d'fácbáil dóib. ocus do ghluaises romam co Bretain . ocus do gabad in chríoch sin liom ocus do marbas in ríg féin ocus do chuires ár ar a mhuintir. ocus do chuir Cumall as sin mé. tiagaim as sin co Fionnlochlanncha ocus do thuit rí fionnlochlainn liom maille rena theglach . ocus ‖ do chuir Cumall as sin mé. ocus táncas as sin co hAlbain ocus do thuit rí Alban liom . ocus do chuir Cumall as sin mé. táncas as sin co Saxain ocus do thuit rí Saxan líom maille rena teglach . ocus do chuir Cumall as sin mé. ocus táncas co cath Cnuca ocus do thuit t'athair liom ann . ocus is í sin uair i fuarassa in cíos út ó Lochlannchaib ar Goll. ocus tucas thusa féin liom ar ndul co dúnad ríg Lochlainn ocus do chúic fir déc maraen riot . ocus ben ríg Lochlainn iar dtabairt grádha duit ocus do beith ar láim i gcarcair thalman ar fedh blíadna . ocus lá cinnte acu dochum báis d'imirt ort féin ocus ar do mhuintir. ocus dar do láimse a Fhinn do chuadassa co dúnad ríg Lochlainn ocus do marbas in ríg féin .i. Eogan mór . ocus do chuires ár a mhuintire ocus do bhenas a nór ocus a naircet díob. ocus d'fácbas ríg ar Lochlannchaib .i. Tine tréinnertmar mac Trioscaill ocus do naisces cíos dam féin ar Lochlannchaib. ocus ac sút é ar Goll. ocus a Fhinn ar sé ní cíos láime atá acutsa orra acht rígféinnidecht ocus maerchoiméta atá acut innte . ocus ní mhillfedsa sin iomat. ocus a Fhinn ar sé ná bíse ac tnúth liomsa fá'n gcíos út . óir dá bfaghbainn ní bud mhó iná sin is duitse ocus d'feraib Eirenn dobérainn é.

Is ann sin do fregair Fionn co fergach ‖ fírniata ocus adubairt : a Ghuill ar sé ro admais as in scél sin co dtáncais ó chathair na Beirbe co Cnucha ocus cor marbais m'athairse ann sin . ocus is dána duit sin d'insin damsa ar Fionn. dar do láimse ar Goll dá dtucthása esonóir dam mar thuc t'athair is é in díol cétna dobérainn ort mar thucas ar Chumall. a Ghuill ar Fionn do bud maith m'acfainnse ar gan sin do léicen let . óir cét féinned fíorchalma atá ar mo theglach i nagaid cach aein dá bfuil ar do theglachsa. mar sin do bí t'athair ar Goll ocus do dhíoglassa m'esonóir fair. ocus dogénainn mar in gcétna fortsa dá dtuillteá uaim é.

Do labair Cairell cneisghel ua Baeiscne ocus adubairt : a Ghuill ar sé is iomda fer do choiscis i dteglach Fhinn mic Chumaill. do labair Conán mael mallachtach mac Morna ac rád : luigim fám armgaiscid ar sé nach raibe Goll ariam dá laghad muinter do biadh aige nach mbiadh fer ocus cét ar a theglach ocus co gcoiscfedh gach aen acu thusa. in díobsan tusa a Chonáin chlaenchaintig chennluim ar Cairell. is díob a Chairill chiaraig chréchtingnig chnesbhrogaig bhecnertaig ar Conán . ocus do rachainn dá shuidem ortsa co raib in égcóir ac Fionn. ||

Is ann sin d'éirig Cairell ocus do buail dorn dána dásachtach ar Chonán. ocus ní hurramach do frecrad sin ac Conán . óir do buail in dara dorn ar Chairell i gcertlár a étain ocus a fhiacal. acht atá ní chena tucatar sáidhte seingmhera sárluatha firnimnecha i gcorpaib ocus i gcnesaib a chéile . cor ba buanraebtha bruinne ocus brollaige na ndeglaech sin ó'n móirghleo sin.

Is ann sin ro éirig dá mac Oscair mic Oisín .i. Echtach ocus Iollann . ocus dorignetar léibenna dlútha doscaeilte dá sciathaib ina dtimchioll ocus tucatar sáidte doimhne doleighis ar Chonán isin chomlann. arna fhaicsin sin do dhá mac Ghuill mic Mórna .i. Conán do bheith isin éicin sin . ro éirgetar ocus do ghoinset clann Oscair isin íorghail.

Is ann sin do éirig in leoman láidir lánchalma ocus in drecan dian dásachtach doedranda .i. Oscar anghlonnach mac Oisín. ocus do chuir a chulaid álainn óir fána chaemchorp .i. scaball cuanda cerdamail fána mhuinél . ocus a sciath mór míleta ar a láim chlí . ocus a chloidem cruaid cuilgdírech isin láim aroile do ocus do chuaid co rachtmar róaicentach d'furtacht a chloinne ocus Chairill a bráthar. cidedh níor nocht a chloidem || . acht do ghab dá órdúrladhaib .i. órd in cach láim do isin ghroidghleo sin. adubairt Conán re hOscar : dobeirim a bhuide risna déib do thecmáil i gcóir chomlainn friom a Oscair ar sé . óir snígfed snáithe do shaegail.

Is ann sin do chomraic Oscar ocus Conán re chéile . ocus do b'é críoch a ndála gur claeidhed Conán ocus gur bhain Oscar osnad égcomlainn as. d'féch Conán ar Art óc mac Mórna . ocus d'éirig in mílid mórárrachtach Art óc ocus do goinedh Oscar leis. níor fuilngedh sin le hOisín fíorláidir mac Finn ocus do goined Art óc leis. ro éirig Garbfoltach mac Mórna ocus do goined Oisín leis. ro éirig mac Lugach calma ocus do chuir a chulaid catha ocus cruadchomraic uime ocus do goined Garbfoltach leis. ro éirig Garadh uchtlethan mac Mórna ocus do goined mac Lugach leis.

Is ann sin ro éirig Faelán mac Finn cona thrí cét bráthar
maraen fris ocus do chuaid co láidir lánchalma isin chomrac
ocus do cuired meic Mórna dá náitib uile leis.

Is ann sin do éirig in leoman lánchalma . ocus in mílid
mórdhálach móirmenmnach . ocus in drecan dian dásachtach.
ocus in bheithir bharramail . ocus in barann buaintiodlaicech.
ocus in ursa forghaile . ocus in colamhan cruadchomlannach
cocaid .i. Goll grennmar ‖ gníméchtach gruadchorcra glainmen-
mnach mac Mórna . ocus do ghab a chulaid catha ocus comlainn
uime .i. scaball sciamda scoithbregh im a mhuinél . ocus a chotún
caemchadásach ciumaisghel im a chaeimchneis . ocus a chloidem
rinnghér ródhaingen sobhuailte ina dhorn doinningnech . ocus a
sciath mór míleta bocóitech ar a láim chlí. ocus do chuaid co
dána dásachtach dochoiscthe fó'n mbruidin . ocus níor fhác
tápar tromlasrach ná lóchrann loinnerda lántsólus isin mór-
bhruidin can múchad . ná bórd can blogha beca bélscaeilte do
dénam díob.

Is ann sin do ghoir Fionn a chaismirt catha .i. a scál coille co
congáirech . ocus adubairt re fiannaib Eirenn meic Mórna do
múchad ocus do marbad can choigilt.

Is ann sin dorignetar fianna Eirenn léibenna dlútha daingne
doscaeilte dá sciathaib ina dtimchioll . ocus do chuaid Fionn i
dtosach na dtréinfer sin ocus do ghabatar ac cnáimgherrad a
chéile can choigilt. is ann sin do ghab fiuchad feirge Goll . ocus
dorigne sciath daingen doibhriste de féin ar scáth a mhuintire.
is ann sin fá fíochmar na trénbuidne ocus na sárflatha . ocus fa
mer na mílid . ocus fa líonmar na laechrada . ocus fa chréchtach ‖
na caithmílid ó'n gcath nertmar nemcharthannach nimnech tuc-
sat na fíorlaeich sin dá chéile. do b'iomda ann sin fuil ac siled
ina srothaib re slesaib na saerchlann . ocus cnedha doimne do-
leighis forsin ndruing díobhálaig doedranda sin. do b'olc in áit
do dhuine anbfann eslán . nó do mhnaoi mhíonla mhéirlebair.
nó do shenóir aesda chianarrsa beith i mbruidin bic na hAlmaine
in oidche sin ac éistecht re hosnada óg ocus sen . ísel ocus uasal.
co hesbadach anbfann égcruaid dá núirled ocus dá nathchumad.
ocus do bátar ar in aiste sin ó thosach oidche co héirge gréine
arna márach can choigil dá chéile.

Is ann sin ro éirig in file fáthach focailghér ocus in degfer
duasmhór dána i. Fergus finnbheoil . ocus aes eladna na féinne

maraen fris . ocus do ghabatar a nduana ocus a ndegdánta ocus
a ndréchta degmholta do na laechradaib sin dochum a gcoiscthe
ocus a gcennsaigthe.

Iar sin do scuiretar dá núirliugad ocus dá nathchumad re ceol
na bfiled . ocus do léicetar a narma re lár ocus ro thócbatar na
filid na harma ocus do ghabatar gréim réidtig etorra. ocus adu-
bairt Fionn nach ‖ ndénfadh síth re clannaib Mórna co bfuigbedh
breith ríg Eirenn . ocus Aillbhe ingine Chormaic mic Airt mic
Chuinn chétchathaig . ocus Chairbre lifechair .i. rígdamhna Eir-
enn . ocus breith Fithail ocus Flaithrí . ocus barr na breithe do
beith ac Fionntan mac Bóchna . ocus adubairt Goll co dtiubradh
sin do. ocus do chuiretar coraigecht na bfiled orra araen fó
anmain i mbun na síthe sin . ocus do dhaingnigetar lá áirithe .i.
caeicdigis ó'n ló sin ar faidche na Temrach.

Do féchad uiresbada na féinne in tan sin ocus is é do b'esbadh
do mhuintir Fhinn .i. aenchét déc d'feraib is do mhnáib. ocus do
b'iomda rígain rathmar róuasal . ocus ainder álainn ilchrothach.
ocus maigden mhíonla mhilisbriathrach . ocus laech lánchalma
léidmech ar dtuitim ann sin. ocus do b'iomda srón arna crécht-
nugad . ocus súil arna hathchumad . cluas arna ciorrbugad ocus
cos arna cnáimgherrad . ocus lám ar ledrad . ocus corp arna
ciorrbad . ocus taeb arna tollad ac in ndruing do bí beo do
mhuintir Fhinn mic Chumaill in tan sin.

Imthúsa Ghuill ocus a dhegmuinntire .i. clanna Mórna níor ‖
thestaig uatha acht aenfer déc d'feraib ocus caeca ban . ocus ní
hé marbad na mban dorigned acht éc dóib re huaman ocus re
hecla. ocus do cuired dá leighios gach aen do ba inleighis díob.
ocus dorigned ferta fiordhoimne fótfairsinge do'n méit do mar-
badh díob ar gach leith.

Iar sin do glanadh in móirthech sin na hAlmaine ocus do suid
cach aen acu do réir a uaisle ocus a atharda. ceithre lá déc dóib
ar in órdugad sin . ocus i gcionn na ré ocus na haimsire sin téidit
co Temair . ocus do suid Cormac ocus Cairbre . Aillbe ocus
Fithal . Flaithrí ocus Fionntan mac Bóchna i nionad bhreithem-
nais. ocus do chuaid Fionn i gcionn a scél d'innsin ar dtús . ocus
a dubairt Goll : a Fhinn ar sé ní duit dobérmaeis innsin na scél
do biadh etrainn . óir dogéntása fírinne do'n bhréic ocus bréc
do'n fhírinne im agaidse. ocus tabram araen innsin ár scél
d'Fergus . ocus luiged fóna dhéib fírinne do dhénam etrainn.

Do aentaig Fionn sin ocus tuc Fergus daingniugad fó'n bfír-
inne do dénam . ocus ro innis gurab é Cairell do bhuail dorn ar
Chonán ó thús . ocus co dtáncatar dias mac Guill do chobair
Chonáin ‖ ocus co dtáinic Oscar d'furtacht a mhuintire féin. ocus
leissin gur éirgetar fianna Eirenn ocus clanna Mórna i nagaid a
chéile . ocus gur ghabatar ac cnáimgherrad a chéile can choigil ó
thús na hoidche co héirge gréine arna márach . ocus gurab iat
esbada muintire Finn mic Chumaill risin ré sin .i. aenchét déc
d'feraib ocus do mhnáib . ocus aenfer déc d'feraib is caeca ban
esbada cloinne Mórna . ocus fós co raibe in iomad esbadach díob
ó'n ruathar sin leith ar leith.

Is iongnad liom laghad díthe chloinne Mórna ar Cormac.
ocus in méit do bí ina nagaid. adubairt Fergus gurab é Goll do
chuaid ar scáth a scéithe ar a mhuintir féin . ocus is iat sin scéla
na bruidne sin a rí Eirenn ar Fergus. adubairt Flaithrí : einech-
lann do chlannaib Mórna ar sé ós orra do tosaiged in tadbar. ní
breith mhic ollaman sin ar Cormac . óir dleghaid cach óclaech
urraim dá thigerna. is fíor sin isin mbánbhualad ar Flaithrí . ocus
ní hedh i ndortad na fola. adubairt Fithal : saermaid clanna
Mórna can einechlann do thabairt uatha ós orra do tosaiged in
tadbar . ocus fós saermaid Fionn ar méit a esbadh can einechlann
do thabairt uada. adubairt Fionntan mac Bóchna : ‖ is breith
mic ollaman sin ar sé . ocus do mhol Cormac ocus Cairbre in
bhreith sin.

Iar sin do goiredh in fhiann do láthair ocus ro hinnsedh in
bhreith dóib . ocus dorigned síth etorra amlaid sin. conadh í sin
bruiden bec na hAlmaine conice sin.

. *Finit* .

[*Echtra Thaidg mheic Chéin in so síos*]

Fecht naen diam[búi Tadg] mac Céin meic Aililla óluim f[or
cuairt] rígdhamna i niarthar Mu[man] ocus a bhráithre bunaid
mar ae[n] ris .i. Airnelach ocus Eogan. trí chaegait laech ba hed
allíon. is í sin uair ocus aimser tháinic Cathmann mac Tabairn
.i. rí tíre fíráille Freisen in fer sin . ferann sein fhuil i comair

Espáine sairdhes . táinic in Cathmann sin foirenn nói long lán-
mhór a tírib Freisen for uiginnecht ocus for iarmoracht in mhára
co rabatar ic taiscelad an tíre .i. iarthair Muman co fuaradar
baegal an tíre má Beire do bhunadus . co táncatar i tír in loinges
cur hairged ocus cur hinnrad an tír leo . ocus ní ro airigset lucht
na críche iat no gur iadsat imá duineghabáil ocus imá bógabáil.
gur gabad muinnter Thaidg uile ann sin . ocus do chóid féin ar
éicin uathaib a los engnama ocus eisimil. do gabad ann tra Líban
ingen Chonchobair abratruaid ben Taidg meic Chéin . ocus a dhá
bráthair .i. Airnelach ocus Eogan . ocus rucait i nérnalaib braide
ocus gabála i lámaib ladrann ocus ar iocht allmarach no go rán-
catar Espáin ocus críocha Freisen. ocus adaidh Cathmann mhnái
Thaidg ar lebaid ocus ar láimdhérgad chuige féin . ocus adaidh
a dhá bráthair i ndaeire ocus i ndochraide .i. Eogan ag imchur
coitchenn tar cael uisce do bí isin tír . ocus Airnelach ac buain
chonnaid ocus ac dénam teined do'n tsluag . ocus ní tabartha acht
síol eorna ocus uisce criad círdhub dóib dá bfulang.

Imthúsa Taidg innister sunn bodesta. táinic dobrón ocus
domenma do i cinaid a bhráithrech ocus a mhná ocus a mhuinn-
tire do bhreith d'allmarchaib uada. térnádar imorro cethracha
laech dia mhuintir gan oirrlech do na hallmarchaib . ocus ro
marbsat fer gacha fir ocus tucsat éinfher do na hallmarchaib leo
illáim . ocus do innis sein dóib scéla in tíre as a táncus chuca. is
í comairle ro chinn Tadg ann sin curach caem comnart chóic ses
fichet do buanchórugad i ndechadh cethracha daimsheiche do
dhoinnlethar chruaid choirtigthe. ocus do órdaig iar sin gach ní
ba dior do trelmaib a curaig ‖ [do sheolchrannaib remaráir]de
rómhóra . ocus do luamhair[edib láineolacha . ocus do rámadaib]
lethanbasacha . ocus do shesaib so[dhaingne soshuidte arn]a
nionnsma ina ninadaib . [cor ba chomch]ubaid comdlúthta in
curach sin.

Ro thré[ntairrngetar ocus ro chuir]set iar sin in curach go
coimdíchra ar [muir . ar]aill do na hairsedaib i nartrach re frestal
na tonn tréntaidbsech tromuaine . ocus re héirge in mhara maigh-
rig mongruaid i móráirde . ocus re srothaib rogharba in rabarta.
ocus ro líonsat a curach do biadaib ocus do lóintib . giamad re
hed mbliadna do beidís for muir co raibe a bfulang ag na féinn-
edaib do dig ocus biad ocus bláithédach. ocus in tan ba herlam
na hóic atbert Tadg : a fhira ar sé tabraid bar curach ar muir

ocus triallam iarmoracht ár muinntire atát re hathaid inár néc-
mais . ocus atbert an láidh:—

C uirid bar curacli amach . for in muir nárd nainbthenach ꞉
　 for srothaib garba líth lem . for adba na bfionnfhaeilcnn
R ecmaid a les triall air sin . tar in muir nuair nanaithnid ꞉
　 fó dhiamair gach tíre de . for iarraid ár muinntire
T ar domgnas Neptuin anunn . go crích Freisen atfedhum ꞉
　 ocus mó d'esbaid dar muir . seoch in espaid tréuillig
T ioncaid bar rámada rib . cuirid uaib bar nairm amlaid ꞉
　 suidid for sesaib iar sin . ocus frestlaid gach nainbthin
D ogén luamairecht ládhaig . in churaig chaeim chomrámhaig ꞉
　 d'fácbáil iatha Banba bil . a fhiana calma cuirid

Cuirit iar sin a curach caem coimretha immach forsin naibéis
nanbail nemfoirchennaig . ocus tar tuile na dilenn tréine trom-
aidble . co nach facatar tír ná talam rompa ná dá néis acht léib-
enn na haibéise aidble. ocus atchualadar impaib iar sin coicedal
na nén niomda nanaithnid . ocus tromthairm in trethain trénad-
bail . ocus na bradána taidlecha táirrghela ic léimnig i timchell
in churaig immá gcuairt . ocus na tarbróin remardhonna rómóra
ina ndegaidside co scoiltdís in raen rámda ruithenda ocá rólen-
main . ocus na bleidmhíola móra muiride ina ndegaid sein . cur
ba aenach do na hócaib ‖ beith acá mídemain ocus acá m[óir-
dhécsain le hingan]taige a ninnill ocus a nórdaigthe [ocus a
nécsamlachta . uair] nár gnáthaigset ilpiasda aidbl[e aigénta ná
mórárrachta] muiride d'faicsin co sin. bátar [amlaid oc iomram
fors]in muir fri ré fichet lá ocus fichet oidche . [ocus ann sin]
adchonncatar uathaib tír thaidbsenach taebálainn toghaide . ocus
imrit gach ndírech ina dochum nó go riachtadar í. ocus tiagait
uile i tír ocus tairrngid a curach ann . ocus fadóit breoithe . ocus
tecat a bfianlóinte chuca . ocus notasloinget na laeich go léitmech.
ocus dogniat dérgada dóib forsin feor nálainn nuainecda . ocus
adagat ina suanaib óthá sin co solustráth éirge arna mhárach.
ocus éirgios Tadg co moch arna mhárach ocus téit do thaisdiul
ocus do shúr in tíre . ocus do chur a chuarta dús in raibe áitreb
dhaeine ná ainmided sin innse. adracht Tadg iar sin ocus ro
ghab a eirred catha uime . ocus do éirgetar tríocha laech dá
mhuintir immaille fris fó a narmgaisced. ocus tiagat rempa ocus
sirit in toilén . ocus ní uaradar áitreb dáine idir ann acht mad
treoit caerach uile. ocus ba díaisnéise a méid . ár nibdar luga
ináit cich aidble ocus in toilén uile lán dá nolainn . ocus fuaradar

aentrét dírecra dermair do reithedaib aidble ann . ocus bái
aeinreithe ann ro derrscaig díob uile. nái nadarca fair . ocus do
ratside turrac tairptech ar na tréinferaib . ocus impóit muinter
Taidg co fraechda fris ocus ferthar gleo etorra . ocus brisis an
reithe cúic sgéith dá sciathaib do'n scainnir sin. tairrngios Tadg
iarum in gái doimghabála diubraicthe ocus tuc urchar aghmar
do'n reithe co rosmarb . ocus eire in nónbair ar fhichit do bátar ᵛ
is edh búi ann re imchur. ocus tucsat leo cusin curach ocus
urlamaigid ocus inneonait co hathlam gur ba biad inchaithme do
na hócaib é. ocus tinólait mór do'n olainn ar a háille ocus ar a
hingantaige ocus ar a haidble ocus do chuirset isin churach. trí
hoidche do bátar isin oilén ocus molt gach noidche do dhíolad
na deigfir. ocus fuaratar cnáma dímóra dáine ann ocus ní fes
dóibsium cia bás ruc iat . in dáine ro ort . nó in támh ‖ [nó te]idm
rostromdíthig . nó in iat na reitheda [ro]smarb.

Fácbait iar sin in toilén sin ocus imrit rempa . ocus fogabat dá
oilén ingnathacha in teolus do chuatar ocus loin imda ingantacha
inntib. araile díob i méit ilar nó chorr ocus siat corcra ocus cinn
uaine orthaib ocus uige gorma glanchorcra acu . ocus aduadar
dáine díobsom ní do na hugaib sin ocus do fhásad celtchair
clúim i cétóir tré gach aen no ithed . ocus in tan dognídís fothra-
cad uisce téiged díob i cétóir in clúm sin. ocus in tallmarach
bái acu is é tuc in teolus sin dóib . ár ro búiside for uidigecht in
mara fecht naill in chonair do chuatarsom.

Imrid rempa iar sin fria ré caeicdigis ar mís ocus ní fhuaradar
tír ná talam frisin ré sin . co nebert in tallmarach : atám ar sé ar
merugad mhara . ocus rucad sinn i naicéin domain diginn na
haibéise aidble. adracht in ghaeth gharbglórach iar sin . ocus
táinic tairm mhór isin muir co raibe ina tulchaib tócbálacha ocus
ina sléibtib dímóra doimthechta. do gab egla mór muintir
Taidg meic Chéin re faghbáil na ndoinenn ocus na nderdan .i. in
ní nár ghnáthaigset d'fulang ná d'faghbáil conuice sin. adaidh
Tadhg iar sin ag grésacht ocus ag gríosad a mhuinntire ocus
asbert friu fritháilem na fairge co feramail . ocus atbert:—

E irgid a óga Muman . a iarsma na nárdchurad ⁏
   cosnaid bar mbethaid uile . fái trethnaib in tromthuile
M araid re hathaid dá néis . dúib as oirches a faisnéis ⁏
   do gach aen bíos i ngábad . beodacht orro d'fuláram
M einic térnus mór in mod . sochaide dá mbí i ngábod ⁏
   ocus téit éc nech aile . ge biadh céd gá ingaire

Ocus a fhira ar sé dénaid calma ocus cosnaid bar mbethaid
fria tonnaib na haibéise allmarda atá oc éirge fri slesaib an
churaig cucaib. adracht Tadg a aenar forsin dara leith do'n
churach ocus a mhuinnter uile isin leith araill ocus is é Tadg ba
fhortaile ar na féinnedaib . ocus ro shódad a aenar in curach
forsna nái feraib fichet . ocus do roiched uaid taescad ocus tirmu-
gud in churaig maille fris sin. táinic cóir na gaeithe do na
hócaib iar sin . ocus tócbat a seol ocus ba lughaide ro línta in
curach forra. ocus tic féth ‖ forsin fairge ocus do íslig in muir
. . ghor co mbói ina finntéicle álainn airl . . co raibe lon-
ghaire na nén nilarda nanai[thnid] impaib do gach áird. ocus
dochiat uathaib iar sin samail tíre taebáille taitnemaige ocus
dogniat subáchas ocus somenma re faicsin an tíre . ocus ro
soichset in tír ocus fuaradar innber álainn uchtuainecda ann.
ocus grian glantobrach go taithnem aeinghel arcait . ocus bra-
dána baillbreca bitháille co ndathaib dígraise donnchorcra orra.
ocus caillte caema cennchorcra um srothaib taithnemacha in tíre
i táncatar. is álainn an tírse a óca ar Tadg . ocus mochen dámad
betha bhunaid beith innti . ocus atbert Tadg in láidh:—

A lainn in tír i tánac . mochen rí dámad dela!
  lim ní bud olc a hiarraid . a diamair is a feda
T ír coimtech mar thír nime . ro bud toirthech iarsuide!
  ní fhedar ór ní am aithned . in fil ann áitreb duine
D ámad dam ro bud duthaig . ní sheichénainn nach inbaid!
  ac dercad ar a hénaib . is ac fégain a fidraid
D o thréicfinn talam tairthech . idir míol ocus duine!
  gidedh sin ro bud chuma . is beith sunna iarsuide
A m sanntach ar a sirthin . in daigthír inamtáraill!
  nocha nfaca a macsamla . is amra ocus is álainn

Is álainn ocus is toirthech an tírse i táncamar ar Tadg . ocus
tiagam i tír ar sé ocus tócbaid bar curach ocus tirmaigid é. tiag-
ait rompa ann sin fiche laech láidir ocus fácbait fiche eile oc
coimét a curaig. ocus gér ba mór d'fuacht ocus d'ainmne ocus do
dhoininn ocus do dherdan fuaradar ní raibe saint bhíd ná theined
ar na trénferaib iar rochtain in tíre i táncatar . ár ba lór do bhiud
ocus do shásad dóib bolad craeb cumra corcarghlan na críche
sin. tecait rempa iar sin ar fut na coille bu choimnesa dóib ocus
fuaradar aballghort co nablaib caema cennchorcra . ocus co
ndairghib duillecha datháille . ocus go collaib cnóbhuide crob-
aingecha. ingnad lem a fhira ar Tadg in ní dobeirim dom áidh.

geimred againne inár tír féin innosa ocus samrad sunna ‖ [is]in
tírse ar Tadhg. ba hanb[ail áibnes in bai]le irriachtadar. ocus
fácbait [é ocus fogab]at fionnchoill álainn iar [sin ocus b]a mór
febas a bolaid ocus a [boltanais ocus cae]ra corcra cruinne fuirre.
ba méidither [cenn fi]r gach caer díob. énlaith álainn édrocht oc
tomailt na gcaer fínemna. ocus ba hécsamail an énlaith búi ann
.i. eoin ghela co cennaib corcra ocus co nguilbnib órda. canait
ceol ocus airphéited oc tomailt na gcaer. ocus ba sirrechtach
sainemail in ceol sin. ár no choidéldáis aes othair ocus aes ath-
ghaeta fris. conid do sin ro chan Tadg an láidsi síos:—

B inn lem menmain mar mhidim. faeide in cheoilse dochluinim!
    ní sám scarad gé scaraim. acht anad mar a bfuilim
C óicedal ciuin én nidan. cáin in scél fris a scarub!
    do'n cheol chanait gan phudar. lem do bud umal anud
N ocho dímiad mo ráithe. is is fírian in fríthe!
    seol roscadach gach ráithe. in ceol sostadach síthe
R ígda in rian rathmar ráidim. in fhiann athlam is áibinn!
    suairc in ténlorg én álainn. ní scélborb amar scáilim
A bla cumra for conair. ocus a nabla foraib!
    romgab foltnugad subach. fá boltnugad a mbolaid
N í gluais gaeth ar chrann duille. im a bharr maeth comaille!
    imda ann mes for cranna. talla for cnes na caille
A cná cosbuide at mára. for na sostuide saera!
    atát na congaib cuana. ann for na collaib caema
G otha a hén mar atchluinim. as trén mothaigios m'ainim!
    in drem dar linn dochluinim. lem as binn is as raibinn

Táncatar rompa iar sin co mag mor mín scoithsemrach fó
drúcht mela. mag coimréid comárd esein gan ísel gan árd acht
trí cnuic áille airegda ann ocus trí dúin díthoglaide i nimel na
cnoc sin. tiagaitsium rompa ar fud in mhoige mhínálainn sin
co ráncatar in cnoc ‖ ba choimnesa dóib. ocus fu[aratar in ingen]
coirpgel ann ba ferr de [mnáib in domain ocus : mochen do thecht]
rotfia do betha ocus do bith[fritháilem a Thaidg meic] Chéin or
sí. in cétna duitsi mad dlig[er uaim. ocus cissi do] chomainm a
bhen bhúilid binnbriathr[ach ar sé]. ingen Goithniad ben tSlánge
meic Dela meic Loith misi ar sí. is maith ana ráidi a rígan ar
Tadg. ocus innis uait damsa gach gabáil ro gabastar Eirinn ocus
gach bérla do fhogain do gach gabáil ó ré Chesra co gabáil mac
Míled ar Eirinn. am eolach dá innisi ar an ingen. ocus adu-
bratar an laid:—

I s maith ro ráidi a ben. a ingen Gothniad ghrinnghel!
    foda d'aimseraib dar linn. ó do bhádais in Eirinn

N ímaráidi in focal féig . a meic suchraid trebairtréin !
    ní búi Eire uirre d'ainm . re linn Shláinge gá sírgairm

A m aineolach féin rá fes . a rígan chruthach gan ches !
    gnáithbérla na ngabal ngrinn . cétna tharla for Eirinn

A bhra do Chesair ghlain ghlé . gréc do Pharthólón féiné !
    gréc is laitin líth co ngail . ac Neimed cona mhuinntir

G réc laitin bretnais co mblaid . ac feraib bolg co mborrfaid !
    ocus belgaid bérla binn . rosfognadh dóib mar deirim

G ermáin ac tuathaib dé dron . laitin gréc gaeidelg belgod !
    cicluces ainm dénma amach . do bérla na fomarach

B érla teibide co tenn . gaeidelg sciamda gá scríbenn !
    at fine gaeidil co daith . duit a Thaidg curab trénmaith

Maith atá sin a ben ar Tadg : isat fisid fíreolach ocus innis
dúinn cia in dún rígda romór so thall ar imel oirrtherach in
árdchnuic ocus in múr do marmair ghil uime. dún na rígraide sin
ar an ingen. cia rígrad sin ar Tadg. rígrad Eirenn ar an ingen : ó
Eiremón mac Míled go Conn cétchathach . is é Conn do chóid fá
dheired ann. cia ainm an tírese ar Tadg. inis locha a sídaib so ar
sí . ocus dá ríg atá fuirre .i. Ruadrach mac Buidb ocus Dergcroiche
mac Buidb. cia atá ‖ [isin] dún mór medónach út co ndath óir fair.
ní misi dogéna a fhaisnéis ná a innísi duit ar sí . acht éirig cusin
cnoc medónach út ocus fogéba a fios ann. téit in ingen uathaib
iar sin co dún na marmaire gile. tecaitsium rompa .i. Tadg cona
muintir nó co ráncatar in cnoc medónach . ocus fuaratar rígan
chaenchruthach ann ocus tlacht órda uimpi. marthain duit a
Thaidg ar sí. a chommáin sin uaim duit a ingen ar Tadg. cian
ó do bái i tarrngaire duit tuidecht in turus so a Thaidg ar sí.
cia do chomainm a ben ar Tadg. Cesair ingen Betha meic Naei
ráidter friomsa . ocus is mé céitben do riacht Eirinn ria ndílinn
ocus triar fer immaille friom .i. Bith ocus Fionntan ocus Ladra.
ocus ó tháncamar asin chrích nirchradaig nanshodhaig sin atám-
aid i mbethaid shuthain isin tírse. isat ben fhesach fhíreolach
amlaid sin ar Tadg. am eolachsa ám ar Cesair ar gach ndruing
ocus ar gach ndíne ro ghab Eirinn cusandiu. cia ainm na hinn-
sise ar Tadg. fiarfaigid iar fios sin ar in ben. ní fhedar ar Tadg
in inann scéla latsa ocus lasin ingin ro agaillsem riam. is inann
ón ol sí : inis derglocha ainm na hinnsise .i. loch derg atá innti
ocus inis ann ocus sonnach óir uile ina timchioll. inis *Patmos* a
hainm . ocus is innti atát na huile naeim ocus fíréin rosfogain do
dia. ocus ní facadar súile dáine riam iat . ár ní fétait ár ndercane
taidbred ná tadall forro le ruithne na diadachta ocus leisin ima-

calluim fil orro ó dhia ocus ó na ainglib . ocus do chan an ingen
an láid:—

I   nis locha deirg co ndlús . lasna rígaib a himthús !
    inis ináitreb dia dil . ní fétait dáine a deicsin
F frinne ro fogain dóib . ó do scarsat fri hécóir !
    is imda fer saer iar sin . ocus naem san innse sin
R echt aicnid ra búi re hedh . oc in dreim atám tuiremh !
    ó ré dílinne na dtrét . a bfírinne gá coimét
G ach rí chongbus in recht rán . doneoch chreitios Críost comlán !
    bud chaem a taitnem maile . a naitreb sin innsese ||

Fionnam uait a ben ar Tadg cia fil isin d[ún] atchiam ocus
in múr álainn órda uim[e]. ní annsa ar an ingen : gach rí ocus
gach oirrig ocus gach fer uasal óirdnide doneoch ocá raibe ard-
chomas Eirenn ó ár naimsirne co haimsir mac Míled is iat atá
isin dún út . idir Pharrthalón . ocus Neimid . ocus feraib bolg.
ocus tuathaib dé danann. maith sin a ben ar Tadg : at fesach
fíreolach. am eolachsa ám ar Cesair senchas in domain . ár is é
so cethramad parrthas in talman do shunnrad .i. inis Daleb i
ndeiscert in talman . ocus inis Ercandra i tuaiscert in talman .i.
do'n leith i tuaidh do'n oilén dub uiscide . ocus parrthas Adaim.
ocus in tailén atáithíse in cethramad tír i náitrebait síol Adaim
doneoch atá firénach díob. cia bíos isin dún oiregda atchiam
ocus in múr airgdide uime. ní hedh fil ann nach fetar ocus ní
aibér frib ar an ingen . acht éirgid gusin cnoc nálainn út ocus
fogébthái a fhios ann. tiagait rempa co ráncatar in tres cnoc.
ocus fosad florálainn i mullach in chnuic ocus lánama mín mac-
aemda co nécusc nálainn nanaesda impaib ocus siat i fosmullach
in chnuic. pudralla caema co foirnéim óir forro . tlachta caema
cudrama do édach álainn uainecda impaib a ndís. ocus dar le
gach nech ba aenathair ocus aenmáthair ó ar chinnset . ár ní
raibe écsamlacht écoisc ná inill etorro. slabrada dergóir imma
mbraigdib aníos ocus muinceda óir foraib anuas . is ann adubairt
Tadg:—

C aem inad atá bar codhnach . caem dé ó a ndáilsebair . cáin cruthach
    bar caemghnúise . gignithir ó déib uaisle adartha . a degchlann tsaer
    thaitnemach . na ndé cumachtach caem

Is ann ro chansatsom :—

F ó Tadg . in tuir trén . fer co rath . scáilid cloth . brúigid cath . i cró
    cruaid . curad cain . breisim búid . borb a brig . rathmar rian . rí co
    rath . maith a chiall . mór a rath . détla in donn . garg a ghleo . trén
    an triath . ní fial fó

B ennacht foraib ar Tadhg : is maith bar caeineiberta ‖ . . . . eis . is
rathmar bar ngnáis . . . acis . is suairc bar sellad . . . nad.
is laithmech bar ndliged . . . at sacra bar sonarc . at [lebra bar
n]dladfholt . ná am léicid gan a[m]arc. is beirid mo bennacht

Cia do chomainm a chaeimrigan ar Tadg . ocus can do
cheinél. ní annsa ol sí : Ueniusa m'ainm . ocus ingen do
Adam mé . ár ceithri hingena atám isna ceithrib tírib diamra
dráidechta do innis an ingen uachtarach duit .i. Ueniusa ocus
Letiusa ocus Aliusa ocus Eleusa ár nanmanna . cionta imarbais
ár máthar tucad orainn gan ár mbeith i naeininad . ocus is aire
tucad sinn isna sosaidib suarcasa ar ár nóige ocus ar ár nionn-
racus do choisecramar do dhia. cia in gilla óg ilchrothachsa it
fharrad ar Tadg. slonnadh fadéisin duit ar an ingen . ár atá
innscne ocus urlabra aige. is amlaid búi in macaem ocus aball
caem cumra co ndath óir fair ina láim. ocus no chaithed tres de
ocus ní fa lugaide é gach a caithed. ocus ba hé sin biad no
imfhuilnged iat a ndís tré bithu . ocus ní théiged aes ná urchra
air ná orrosom iarna chaitium. fhregrus in macaem Tadhg con-
debairt : mac do Chunn chétchathach mise ar in macaem. in tu
Connla ar Tadg. is mé imorro ar in macaem . ocus in ingen
ilchrothach so tuc mé conice so. is cosmail ocus is cubaid ar
Tadg. tucassa grád carthanach do ar an ingen . ocus tucas
chugam isin chríchsi é . ocus is é ár náibnes ár ndís beith oc
silled ocus oc sírdhécsain araile ocus ní dénmait col ná corbad
eile acht sin. is aebda ocus is ait sin ar Tadg . ocus cia fuil isin
dún álainn oiregda út atchiam ocus in múr airgdide imme. ní
fhuil én nduine ann ar an ingen. cid ón ar Tadg. i comair na
ríg bfírén ghébus Eirinn iar creidium atá in dún soin . ocus inne
choimédus é nó co tísad na flaithe fírénda sin inn ar an ingen.
ocus a anam a Thaidg ar sí fogébasa inad urdalta ann. cinnus
ón ar Tadg. creit in coimde uilechumachtach ar sí ocus fogéba
in tech út co fuigell ‖ mbrátha ocus flaith dé [ina diaid. admaim]
ocus adraim ocus ailim é [ar Tadg. tiag]am romainn anosa
ar i[n ingen co bfaicem sui]dechad na tegdaise úd. d[o ragainn]
dámad ched dúin[n] ar Tadg. is ced [ar in ingen. táin]ic Tadg
cona muintir roime iar sin ocus in lánama chédna immaille friu
do shaigid in dúin ina raibe in múr marmaire . ocus ní mór mad
do lúbad rinn an fheoir álainn uaine fó bonnaib míne maeithgela
na lánaman sin. tecait rompa isin sduaghdorus stiallarchobrach

.

cona cennphartaib óir fhorloiscthe. tecait i sraith suairc srethnaide arna coimecar do mharmair mhíngil is sí gorm glanchorcra co rángadar in tech adbal oiregda i mbói in rígrad rathmar roálainn. ba shuairc ocus ba sochartha in tech sin. úrlár álainn airgidide cona cetra doirrsib dígraise datháille do'n ór fhorloiscthe. lega cristail ocus carmogail arna necar ocus arna nórdugad isin fraigid fhírálainn fionndruine comba comsolus lá ocus agaid ann le taitnem na leg lógmar. gabus in ingen oc innisi suidigte ocus tuarascbála in tige dóib ocus adubairt : atámaid airithe ann so i comair gach ríg ocus gach cóicedaig ocus gach cinedaig in Eirinn. ocus do chan in láidh:—

E ire do ronnad i cóic . la cúic macaib ua tribhóit!
suidechad in tíre atái . fó'n ninnus sin ar aenchái
L aechrad Laigen línmar sluag . imon tuir óir ní dímbuan!
fá Fhionn ua mBáiscne mbladach . fá'n cur cróda comramach
F ir Muman is mór a mblad . ar in slios tall co trebar!
im Aengus im Chorc chuimnech . is im Lorc ua laechLuigdech
L aechrad Chonnacht fá garg gail . fá Eochaid mac Muiredaig!
isin tulchain tréin trebair . gusin mairgreit méinemail
C etra meic dec Néill na clann . ar in slios tuaid ní chélam!
ocus medón in toige . do'n dreim álainn foltbuide
A airrther d'Ulltaib emna . cusna cathaib coimferda!
cróda in fairenn ar gach maig . fá Chairell mac Muiredaig
F ine Temrach sosad sluaig . idir in[d]es is ituaid! ||
[bias] ar taeb in tige thall . saer in fine dá tabram
[A t] mór na slóig sin uile . nochar gein díob én nduine!
lembud haithrech is fíor sin . beith tré thaithlech istig sin
T usa ocus cách chinnfios uait . a Thaidg tháinic in tsaerchuairt!
beimítne féin sliocht amne . sin inadsa it fhiadnaise

Déchaid Tadg uad fiarlait in rígthige rómóir confacaid dosaball díonmór fó bláth ocus fó thorad abaid. crét in aballsa thall ar Tadg. is é torad na habla sin ar an ingen bus biad do'n tsluag bias isin tig seo . ocus aball d'ablaib na habla sin tuc Connla chucamsa . ocus do ráid in láid:—

A ball fíona for a lár . osasdar sluag Fódla féig!
is éided is sásad slán . násad nár nach tréiceb féin
R athmar in crann cumra caem . sásad clann a abla óir!
craeb dhathglan rén cuibde cáil . renab dáig suirge gach slóig
D ecair dul uada co bráth . in crann buada co mbláth caem!
nech dá nanann fóna bláth . ní benann rú co gnáth gaeth

Is ann sin adubairt an ingen re Tadg : déne oirisem ocus anadh ann so . ocus ní hacamsa atá críoch do bethad d'innisin duit ocus fogéba nech innisfios duit ar sí. do scarsat in lánama sin friu ann sin . ocus do bí do thaitnemaige in tige nach tucadar duba ná dobrón dá náidh d'éis na lánaman sin dá fácbáil.

Nír chian dóib co facadar banntracht álainn ilchrothach dá ninnsaigid ocus ingen mhaisech míndelbach etorra ba saeire ocus ba sercaige do mnáib domain re a décsain. ocus ó do rócht co láthair adubairt : mochen duit a Thaidg ol sí. a chommáin sin uaim duit ar Tadg . ocus cia thusa a ingen ar sé. Clíodna cheinn-fionn ingen Genainn meic Triuin do tuathaib dé Danann . lennán Chiabáin chasmongaig meic Echach airmdheirg. ocus atám re hathaid sin innsese . ocus is uaim shloinnter tonn Chlídna i críchaib Muman. ocus is é as biad ocus as betha dúinn torad na habla atchonnacais ó chianaib. ba háibnes ocus ba hurgairdiugad le Tadg ocus le a mhuintir beith oc éistecht re hurlabra na hingine. is a haithle sin do ráid Tadg : is mithigh dúinn triall ocus imthecht ‖ d'iarraid ár muinntire. maith linne g[ach fosad] ocus gach fuirech bias oraib againn ar an [ingen]. ocus mar do bátar ar na bríathraib sin confacad[ar] tri heoin áille tré shlios an tige istech chuca .i. én gorm co cenn corcra . ocus én corcra co cenn uaine . ocus én brec condath óir for a chenn. ocus suidit forsin abaill nálainn búi ina bfiadhnaise . ocus caithit aball gacha heoin ocus canait ceol milis múisicda co coidéldáis othair fris. ragait latsa na heoin út ar Clídna . ocus bérait eolus duit . ocus dogénat ceol ocus airfíted dúib . ocus ní bia duba ná dobrón oraib ar muir ná ar tir nó co róisdí Eirinn. ocus beir in copán álainn uainecda so lat ar Clídna . ocus atáit buada imda air . uair gid uisce dháilter inn bud fíon fó chédóir. cia bhaile i ndernad é ar Tadg. ní annsa ar an ingen : bleidmíol do chuir in muir isin purtsa i táncabairse . ocus ro coscrad againne é ocus fríth i medón a chroide in cupán sin . ocus is é a ainm in biasdain. ocus ná scaradh do lámsa fris . ocus bíodh ina chomartha acut . in tan élóbhus uait fogéba tu bás gar dá éise. ocus is ann fogeba bás isin ghlinn fuil ar bhrú na Bóinne . ocus fásfaid in talam ann sin ina chnuc adbul ocus is é ainm bias air croide eisse. ocus is ann adhnaicfetsa do chorpsa iarnatghuin do oss allaid anfosaid artosaig . ocus notmuirbfit allmaraig iar sin ocus ticfa th'anam lemsa conicce so ‖ . ocus géba corp étrom áierda umat iar sin . ocus beimít sunna co lá in mhesraigte. ocus beir in téidedsa umat ar an ingen . ocus gid mór do chathaib ocus do chomlannaib chuirfios tu bud slán dot anmain gé créchtnaigter do chorp. ocus do

ghabastar Tadg oc céilebrad do'n ningin ocus dorónsat in láid
etarra :—

M ithidh dún imthecht co humal . tar in linnmhuir lethain !
    fácbam in crích corcra cubaid . tír re [a]ndocra dedail
B eith at ingnuis dam is docair . ar innmus ná ar echaib !
    scarthain risin slóg saer suthain . nachar chlaen re clethaib
A Thaidg shaeir shubaig a Temraig . a fhir chubaid chornaig !
    a fhlaith mhór co sostain sebraig . lér cosnad gach congail
I ré déidenach do bethad . gléideired do thachair !
    ragat féin a chraeb sheng shuthain . ar do chenn dom chathraig
A chuiléin ghaiscid nach gléghann . ro thaisdil tír tséimseng !
    a fhir delbda as lánmhaith luadaill . uait beidh delbna Eirenn
G einfidit uait in drong díona . in slóg lonn bud laemda !
    drem nachat fiarshlata faena . na Cianachta caema
B ud mor do fhlaithes ria chaithem . flaithes ná bud fhrithir !
    bud rathmar gach slógad soithim ‖ . do mhóradh as mithid

Triallait rompa iar sin as in tegdais taidlig taithnemaig i
rabatar . ocus téit inningen leo dia nidlacad nó co riachtadar in
port ar fácaibset a muinntir ocus a curach. ocus feraid in ingen
fírcháine fáilte frisin ndreim ro búi isin purt ac coiméd in chur-
aig . ocus tucsatsom comáin a fáilte di. ro fiafraig in ingen díob
cia fod do bátar isin tír. dar linn ar siat ní fhuilmíd acht aenlá
innti. atátháise bliadain chomlán innti ar an ingen . ocus ní
fhuarabair biad ná dig frisin ré sin . ocus gid fada no biadh sib
sunn ní biadh fuacht ná íta ná ocaras oraib. moghenar do biadh
do gnáth isin bethaid sin ar muinntir Taidg. is mithid dúinn triall
ocus ascnam d'fácbáil an tíre taitnemaig atám ar Tadg . gid doilig
ocus gid decrach linn imthecht. ocus asbert in ingen :—

D énaid imthecht beirid lib . bennachtain mbuain mbithfáilid !
    solad co soirbe bar sét . in coimde do bar coimét
D áib a dhrem dhétla dhámach . a chomann saer soghrádach !
    ó thárla scarthain dúinn de . bar marthain is bar coimde
I nmain in curach glan glé . imthigis muir gan míné !
    inmain in lucht as líth lem . fidraid a ucht chum Eirenn
C aem in curach cubal Taidg . maith imthigios gach énaird !
    is suairc in ghasrad ghlan ghlé . ro taistil tír tarngairé
I nmain lem in laech líth ngal . atchiu thall for an imram !
    imrid é uile énar . in duine co ndeigdénam

Imrit rompa a curach caem coimretha tar drumcla na haibéise
anbhaile . ocus do gabsat na heoin ac cantain chiuil ocus airfítid
dóib. ocus gér dhubach dobrónach iat roime iar scarthain risin
tír toirthig as a táncatar ro fáiltnig ocus ro áilgenaig ‖ airfíted
ocus ilcheol na nén niamda nairbitnech comtar subaig somen-

2 A

mnaig uile iat . ocus in tan ro dercsat dia néis ní facatar in tír as
a táncatar ár tucad [di]cheltcair dhiamair dráidechta tairrsi fó
chédóir.

Seolait rempa iar sain ar in fairge fria ré dhá tráth déc ocus
siat i suanaib sírchodalta nó co ráncatar críocha Freisen . ocus ro
rathaigset iar sin cuan ocus calad do ghabáil dóib ocus anait na
heoin ina tost. ocus do éirgedar na hóic ocus do chuatar i tír ar
tinnenus . ocus do ghabsat ag cumadh a comairle cinnus do
ragdáis ar iarmoracht a mná ocus a muinntire. is ann sin adub-
airt Tadg : raghatsa m'aenar ar sé do shur ocus do thaistel in
tíre. ocus tucad a arm ocus a éided dá innsaigid . ocus do imthig
an táirsid gan óman ocus do ghab ac siubal in tíre co talchair nó
co ráinic gusin ngabail mara do bí etorra ocus dúnad in ríg.
ocus do chóid co hor in chalaid dá chuartugad . ocus dochonn-
aic in curach isin chuan ar a comair . ocus do iarrastar Tadg in
tethar do imluchtad. ocus do éirig óglách in imluchtaid ocus
táinic ina agaid ocus do ghabastar ac midhemain in mhíled.
ocus do fháiltnig a aicned re hinnell in óclaeich ocus re comrád
in churad ó atchuala a urlabra. ocus do imrestar an curach co
coimnertmar chuige ocus do chuaid i calad i cédóir . ocus do
aithin Tadg mar atchonnaic ar in cuan é. ocus gid é Tadg nír
urusa do degaithne ar a derbbráthair . dóig ro chlaechmhó cruth
ocus delb in deglaeich ó mhogsainecht in mara ocus gan aithne
in fhedma sin as a óige aige. ar a ái sin tra do aithnetar craid-
eda na curad a chéile . ocus tucsat póga co díchra dúthrachtach ||
dá chéile ocus suidit i farrad araile ar an fheorainn . ocus fia-
fraigis Tadg scéla Airnelaig ocus na hingine d'Eoghan . ocus
dorónsat an láid etorra:—

> S céla agut a Eogain . innis co daith a dheoraid!
> sloinn a fhir co míne nglac . imthús in tíre i tánac
>
> I n mair Airnelach mét ngluinn . degua Oililla óluim!
> nó in tesda Líban mo ben . in rígan ghasda ghruaidgel
>
> I s é Airnelach co fíor . gilla teined in tréinríg!
> is agat mhnái a Thaidg na tres . atá in dúnsa co díles
>
> A tá fós do ben fá bhuaid . ingen an fhir abradruaid!
> nír mhill in rí gá raba . a hóige ná a haentama
>
> I s é dobeir oirnn a fhir . beith mar tám sin tír thoirthig!
> grian is ésca ó'n coimde chain . atát oirnne fá anmain
>
> M ór d'ulc uaramar dar linn . ó ro fhácsamar Eirinn!
> a Thaidg co ngalaib géra . ac sin duit ár móirscéla

As a haithle sin do ghab Tadg ac aithfiarfaigid scél d'Eogan

cinnus do bí in dúnad fá daingne ocus fá deithide . nó in raibe
lucht fala ná fíochmairechta gun ríg nó nech do choisén a chrích
ris nó agá raibe innell aimlesa in airdríg. atáit co deimin a dheg-
laeich ar Eogan . ocus is buadach in tráth tháncabair . ocus ní
fada ó do fóbradh an dúnadsa d'innsaigid. cia dogénadh in
gníom sin ar Tadg. dá mac ríg róuaisle atát isin tírse . ocus
d'fuil ocus d'fialus in airdríg iat sein .i. Eochaid airmderg ocus
Tuire tortbuillech dá mac bráthar in ríg Chathmainn . ocus atáit
re bliadain oc foghail ocus ac díbfeirg ar in tírse. ocus do bátar
andé ar in oirersa . ocus rucad mise dá nacallaim ocus do fia-
fraigse scéla in dúnaidse díom. ocus do ghabsat gum ghuide co
gér . ocus ag cuimniugad m'escáirdis ocus m'esanóra frisin ríg ‖
ocá raba i ndaeire ocus i ndochar . ocus nír chuiressa díom nach
díngninn a ndubratar .i. brath in áirdríg dá escáirdib. ocus do
chuadassa dá innisi d'Airnelach . ocus ro ghabsam aires risna
hócaib sin itús na hoidche innocht isin inad so do dul d'innsaigid
in dúnaid ocus d'faghbáil araig ar an áirdríg. ocus do innisemar
do'n rígain in rún sin ocus ro fháiltig a haicned uime . uair nír
charasdar in chaeimrígan Cathmann ocus nír chuir do chétghrád
carthanachsa ar cúla. ocus ó fuaramarne inntinn na hingine ocus
ár naicenta i naeininad . ocus in dámraid dhíbfeirge dhegshluaig
.i. bráithre bunaid in ríg . is í comair[le] ro chinnsem innsaigid in
airdríg innocht. ocus is amlaid as dénta duitse anois ó atá banais
na hingine urlam ocus ó tháinic cenn in cháirde ro chuindig ar
Cathmann . éirig i mesc do mhuinntire dá mbrosdugad. ocus
ragatsa ar amus in fedha út airm i fuilit dá mac ríg thíre Freisen
.i. Eochaid airmderg ocus Tuire tortbhuillech . ocus innisfet dóib
do thuarascbáilsiu ocus do thuidecht isin tírse do dhígail do
mhná ocus do mhuinntire . ocus d'ár mbreithne as in ndáire ocus
as in ndochraite atám . ocus gellfat ríge na críche seo do na
curadaib. ocus adér friu tuidecht urthosach na hoidchesea at
choinnese chum na cathrach dá coiminnsaigid.

Adubairt Tadg iarum re hEogan na comráidte sin do chríoch-
nugad . ocus Airnelach ocus an ingen d'agallaim ocus techt d'inn-
isin scél do féin. ocus do innis féin ní dá aister ocus dá uath-
básaib ocus dá ingantaib d'Eogan . ocus ro scarsat ré a chéile co
comaentadach ann sin.

Imthúsa Thaidg ‖ táinicsein co suntach somenmach do shaigid

a mhuinntire . ocus do fháiltigetar na hóic ac faicsin Taidg cusin trácht uair do ghab ecla ocus imshníom iat im a fhad do bí ina nécmais. ocus ro fiarfaigset scéla in tíre de . ocus do ghabsom co subach ocá slonnad ocus do innis a imthúsa ó thus co deired dóib. ocus ba mór lúdh na laechraide do na scélaib sin . ocus do médaigset a menmanna ótchualatar Eogan ocus Airnelach do mharthain sin chrích ar a gcionn . ocus do ráid Tadg in láid :—

M aith bar turus tar muir menn . a ócu innse hEirenn!
   mór ningnad fuair sib re sel . co ráncabair tír Freisen
D o chuadas turus ága . uaib a ghasrad ghlédána!
   d'acallaim Eogain cen ail . bráthair ágmar Airnelaig
D o innis scéla doilge . as teinn lem chraide a choimde!
   a mbeith féin i ndaeire de . ac sluag adbul na hinnse
A dhámbráthair is mo ben . atáit isin dún daingen!
   ac ríg Freisen ní fó lem . a hócu a hinis Eirenn
M adham beosa buan in f herg . a bhuiden ágmar airmderg!
   dígélat féin ar in flaith . anderna rium gid rómaith

Dénaid éirge a dhegmuinnter ar Tadg . ocus tiagam i coinne na curad do ghell inár comdáil. ocus do éirgetar in bhuiden chróda churad sin i timchell Taidg dá thrénchoimét . ocus ráncatar rómpa do'n ruathar soin gusin calad i ndénad Eogan in timluchtad. ocus ba hurthosach oidche do na hócaib ann sin. ocus i naeinfecht do Thadg isin trácht ocus d'Eochaid airmderg ocus do Thuire thortbuillech do'n táib eile ina arrthaist. ocus do bátar oc acallaim araile tar in ngabail mara co muinnterda . ocus ro fhersat na freisenaig fáilte re Tadg cona thréinferaib. ocus mar ‖ do bátar ar na briathraib sin confhacatar Eogan ina ethar dá ninnsaigid . ocus táinic airm i mbói Tadg ocus do innis scéla in dúnaid do . ocus mar do acaill Airnelach ocus in ingen ocus na slóig ar suide do thochaithiumh na troimfhleide. ocus do innis tegh nóla in áirdríg arna ecar ocus maithe thíre Freisen co fosaid oc fledachad ann . ocus forcla na fuirece arna dháil ar na degshlógaib comdar mescda medarcháine. ocus adubairt re Tadg gur ba ham innsaigte na hárdchathrach. ocus do himluchtad le hEogan chum a chéile na curaid co rabadar re taeb in dúnaid. ocus ó rángadar na rígmacáim sin co Tadg dorónsat a cura ocus a muinnteras fris . ocus tucsat a láma i láim Taidg ar in tulach. ocus tucsomh ratha tar nach ticthe do na tréinferaib im ríge

thíre Freisen do na feraib sin dámad iat bud coscarach ó'n chath-
ugad. ocus do b'é líon na laechraide ar in láthair sin secht cét
curad arna coimecar. a nimthúsa conuice sin. ||

Imthúsa in allmaraig do bí i farrad Thaidg ar in turus soin
inneoch ro gabad im chenn na cédimresna ag na curadaib i
niathaib Eirenn. is é ruc eolas ocus oirbert do Thadg ar in turus
sin . ocus do bísein ar in láthair ag daingniugud do na curadaib
re chéile ocus ní tucsat dá núidh feichem ná forchoimét fair.
ocus táinic báidh ocus connailbe ina chraide odchualaid innell
oidheda in áirdríg gá órdugad. || [ocus d'élaig da]r deired na
degbuidne sin [d'innsaigid in] dúnaid co deibidech do tha[bairt
rabaid do'n] ríg rómpa soin ocus táin[ic cusin] dúnad. ocus mar
do bí ac roch[tain doruis na bru]idne dochonnaic in taeinfer
[chuige] .i. Airnelach mac Céin . ocus do fiarfaig scéla de creit in
deibedh nó in deithnes bái fair. mór [a] aba ocus a adbar dam.
dóig atá Tadg mac Céin cona chuingedaib a hiathaib Eirenn do
bar ninnsaigid do dhígail a mhná ocus a muintire oraib . ocus atá
Tuire tortbhuillech ocus Eochaid airmderg ina fharrad . ocus
romléic thart d'innsaigid in ríg le rabad. ó atchualaid Airnelach
esein ro iadastar a dhá láim lebarghasda má ormnaib in allma-
raig ocus do chuir tar dorus in dúnaid amach é . ocus ruc lais ar
faithche in dúnaid ocus rosdíchenn co degthapaid an danar. do
riacht iar sin Tadg cona tréinferaib ar in faitche . ocus do éirig
Airnelach ina nagaid ocus do toirbir do pógaib iat co cáirdemail.
ocus ro léicset ar amus in dúnaid co díghair ocus ráncatar gan
airiugad inn . dóig ní raibe dóirseoracht air fó'n nam sin. ocus
do bhensat re cnes na bruidne do'n bhreisim sin . ocus tucsat
gáirthe groidbidgacha i timchell na tegdaise . ocus do chuirset
teinnte ocus tennala ina taebaib.

Imthúsa slóig na bruidne. ó atchualatar na hilgáirthe árda
esmuinnterda sin do éirgetar co hathlam ocus do ghabsat a
nairm ocus a nilfhaebair dá ninnsaigid. ocus is amlaid do bátar
slóig in dúnaid fá an tráth sin ar chaei mheisce ocus mheraigte.
ocus is iat ba huaisle ocus ba hoiregda do bí i farrad in ríg in tan
sin .i. Illan[n] áithesach énmac in áirdríg . ocus Conán codaid-
chenn táisech teglaig in tréinríg . ocus dá chét déc do churadaib
críche Freisen ina farrad. || táncatar iar sin [ocus is amlaid fuair]set
ina imdaid é [ocus a chulaidh] chatha ocus chomlainn uime . [ocus
tucatar ruathar dar] dóirrsib na bruidne [amach gur múchad] na

teinnte leisna tréin[feraib ocus co tucadh] ár ocus esbada ar na
hócaib. [nír fuilnged] eitir ag na hEirennchaib na hainicne ocus
na hesbada sin ó na hallmarchaib. ocus do innsaigetar arís
dochum na bruidne dá baeglugad ocus ro fregrait co hainmín ag
na hallmarchaib. is ann sin do aithin Tadg dá muintir cródacht
ocus curatacht do dhénam. ocus cinnemain ar cách isin chaithír-
gail. ro fregrad ag na hEirennchaib esein ocus do gabsat co dúr
ocus co díchra ag díthiugad na nallmarach. is ann sin dorála
Eogan coscarach mac Céin ocus Conan codaitchenn táisech teg-
laig in tréinríg i coinne a chéile isin chathugad. ocus dorónsat
comrac nemfhuis niata naimdid. is ann sin táncatar nónbar
curad do lucht chúlchoiméta Chonáin do'n taeib eile d'Eogan dá
áirrlech. ocus ba hí críoch a cuinnscleo adrochair Conán cona
nónbar laech le hEogan co hathlam isin imresain. ocus gidh
Eogan ní derna acht cenn Conáin do chommáidium ocus ro
thuitestar isin chosair chró chédna. ó atchonnaic Illann áithesach
na héchta ocus na hesbada sin do éirig a fherg. ocus do árdaig
a aicned ótchonnaic a muinnter do mharbad ocus do mhudugad.
ocus táinic reime do chuartugad in chatha. ocus tarla Tuire
tortbhuillech dá innsaigid ocus do chomraic do na curadaib i
cédóir isin chathláthair. ocus ba choimtrén in comrac uair ro
chomthuitset na curaid isin chliathad. otchonnaic Tadhg ocus
Eochaid airmdérg na héchta sin ocus a muinnter bhunaid do
baeglugad do léicedar fó na sluagaib ocus tucadar ár ocus esbada
aidble orro. condrochratar dá chét curad leisna caithmíledaib ||
[do'n chu]musc sin. ocus nír ansat na hallmaraig [fris]na hógaib
isin inad sin. co fríth baegal na bruidne do'n bhreisim sin. co
riacht Tadg cona Eirennchaib uime co himdaidh in ríg bhaile i
mbói. ro len Eochaid ocus Airnelach na hallmaraig ocus ro
ghabsat gá ndíthiugad ocus gá ndianmarbad in céin ro ansat re
hurlaide do na hócaib. ocus ar nimpódh do na háirsedaib fuar-
adar Tadg ocus Cathmann ag comthuarcain a chéile ar chertlár
na bruidne. ocus tucastair Cathmann tríocha troimchrécht ar
Tadg isin tres sin. ocus tucastar Tadg in talam uachtarach air-
ṣium .i. ro scarasdar comarba in chuirp re a cholainn .i. in cenn.
ocus do chommáidh cenn ocus coscar Cathmainn iar sin.

Otchuala imorro in rigan .i. Líban ingen Chonchobair abratru-
aid na hilaige ocus na héchta sin táinic d'innsaigid a céile gan
cháirde gan choigill. ocus ro ghab ag lúthgáir ocus ac lainnige

ima lennán . ocus do ba bhuide faicsin in churad do'n chaeimríg-
ain. ocus do bátar co cenn cian caeicdigis isin cathraig sin . ocus
do ríogadh Eochaid airmdherg do'n dula sin ar chríochaib fíor-
áilne Freisen. ocus tucsat a ngéill ocus a mbraigde do Thadg.
ocus ro gabastar Tadg láma ar a mhuinntir fá imthecht . ocus do
ráid friu innsaigid in mara co menmnach. ocus tuc seoit ocus
ionnmusa ocus édála as in cathraig sin . ocus tucastar Líban a
bhainchéile ocus a dhá bráthair .i. Eogan ocus Airnelach. ocus
do riacht Eirinn iar mbuaid ocus coscar . ocus do ráid Tadg in
láid ar deired in sceoil:—

> M ithig dúinne triall d'ár toig . a mhuinntir álainn inmoin

[*cætera desiderantur*]

Incipit Bóroma.

Airdrí ro gab for Eirinn .i. Tuathal techtmar mac Fiachach
fionnfolaid meic Fergusa finnfechtnaig . is é in Tuathal sain ro
gab Eirinn ar éicin. is leis ro marbad Ellim mac Conrach i cath
Aichle i taeb Temrach . ocus ro bris cóic catha fichet for Ultaib.
ocus a cóic fichet aile for Laigniu . ocus a cóic déc ar fichit for
firu Muman . ocus a cóic fichet for Connachta. i ndígail sain
marbtha a athar ocus a shenathar sain ro marbsat aithechtuatha
Eirenn . ár is for aithechtuathaib Eirenn ro bris Tuathal techt-
mar na cathasa uile. condeisid i Temraig iartain ocus condernad
féis Temrach leis . co táncatar fir Eirenn chucai feraib mnáib
sceo macaib ocus ingenaib . ocus co tardsat ráth fris na nuile
ndúl ná coiséntáis ríge nEirenn fris nach fria shíol co bráth. it
iat so ríg na cóiced bátar ac indféis sin .i. Fergus febail rí Ulad.
Eogan mac Aililla érann rí chóicid Chonrái . Eogan mac Daire
rí chóicid Echach meic Luchtai . Conrach mac Deirg rí Chonn-
acht . Eocho mac Echach doimlén for Laignib.

Bátar dana dá ingin grádacha la Tuathal .i. Fithir ocus
Dáirine a nanmann. cotarat Eocho mac Echach Doimlén rí
Laigen inningen ba siniu .i. Fithir . ár ní ba gnáth sósar d'féis i
fiadnaise sinsir in tan sin in Eirinn. ‖ dosrat iarum Eocho a
mnái leis co ráith imil illaignib . dalta dil imorro do ríg Chonn-

acht indingen sin Tuathail. atbertatar imorro Laigin fris : is ferr
indingen ro fhácbais . conid iar sain do chuaidsium fó thuaid
aridisc co Temraig conerbairt fri Tuathal : marb ar sé indingen
rucassa lcm ocus bad áil lem th'ingensa aile do thabairt. atrub-
airt Tuathal : dá mbiadh ar sé ingen ar chaccait acum dobertha
duitsiu co tormaltá ben díob. tucad do iar sin indingen aile .i.
Dáirine . dalta saide dana do ríg Ulad . ocus dosrat leis co ráith
imil áit imbái indingen aile ar a ciunn. amail atchonnairc imorro
Fithir Dáirine atbail Fithir de náire fó chétóir . amail atchonn-
airceside éc a sethar atbail de chumaid. doringned iar sain a tan-
ach na dá ingen . conaprad cách : is garb in tonachsa . conid aire
ráidter garbthanach.

Ránic iarum fírinne in sceoil sin co Temraig co Tuathal.
rucad fios iartain ó Thuathal co ríg Connacht .i. co haite
Fithirni . ocus co ríg Ulad .i. co haite Dáirine. ro thinólsatsaide
a sluagu leo co áit imbái Tuathal techtmar . ó do chomraic
imorro dóib i naeninud atbert Tuathal : is mór ar sé in técht do-
ringne rí Laigen bás mo dám ingen do thuidecht trína cheilg. is
amlaid ro bói cá rád is doringne láid :—

F ithir ocus Dáirine . dá ingen Tuathal turaig !
   marb Fithir do náirine . marb Dáirine dá cumaid
A t aidble na hécóra . atbeirim ropa déta !
   at troma na tuicthena . a tabairt í ndáil néca
D o aenlamnad ructhasom . dá ingen Tuathail trétaig !
   at tréna na tuicthena . innuair aile la hécaib
F ithir álainn in málla . ingen airdríg na Temra !
   ro b'í a tochmarc dingbála . in ben do rat rí Berba
M á dorochair Dáirine . ac rig Laigen do líonaib !
   atbiursa ni maigine . is díomsa tic a díogail
M á ro thuitset m'ingenrad . ráidim rib ní rád clithe !
   dígéltar ar Laignechaib . ar na laechaib alLife

Issed tra ro ráidset Connachta ná gébtáis ó Laignib cen chath.
issed a cétna ro ráidsetar Ulaid. atrubairt imorro rí Eirenn : ní
lainn lemsa ar sé cath do thabairt do Laignib . ocus cid ed mad
í bar comairlesc téiged cách ina chomair chucu. ba hé imorro
allíon uile dá míle déc. ro gabsat tra cóiced Connacht rempu dar
Gualu co Nás corragbaiset longphort ann. atráchtatar imorro
sluaig Temrach im ríg nEirenn dar Graifrenn . dar Buaidgein.
dar Ríge . dar mag Nuadat co Nás . conragbaiset longphort ann.

Atráchtatar dana Ulaid dar Esa . dar Odba . dar Fithairt . dar
Faendruim co Lethduma ‖ . ocus ro gabsat longphort ann. ceng-

ait imorro Laigin ina ndáil co fersat cath fri hUltu co torchair
ann Fergus febail rí Ulad ocus borbraige Ulad ar chena.

Atráchtatar na sluaig ar chena ocus ro loiscset Nás ocus Ailinn.
Maistin ocus Ráirinn . ocus ro múirsetar báirc mBresail. báirc side
feda nemchríonda doringned oc Bresal brathairchenn . oc airdríg
in domain. fochengat Laigin ina ndáil . nái míle allíon Laigen.
co ro chuirset cath oc ráith imil frisanapar in garbthanach indiu.
ro ferad cath fíochda amnas eturru corráimid for Laignib uair ní
ro damad fíor comlainn dóib. ro marbad tra Eocho mac Echach
doimlén rí Laigen sin chath sin ocus fiche ríg maille ris. ó thaite
fhogmair co taite samna do leith Chuinn ac innriud Laigen con-
dernsat Laigin síd fá deoid ra Tuathal .i. éraic a ingen dó . ocus
ro fhácaib ríge Laigen oc Erc mac Echach doimlén. issí so
imorro innéraic .i. trí chaecait cét bó . trí chaecait cét muc . trí
chaecait cét lennbhrat . trí chaecait cét slabrad airgit . trí chaec-
ait cét molt . trí chaecait cét coire uma . coire mór uma i téigtís
dá muic déc ocus dá ag déc i tech Temrach féin . tríocha bó
fionn óidherg collaegaib a comdatha ocus co nascaib créduma.
ocus co mbuairgib créduma . ocus conacóidib créduma fair sin
anuas. is de sin ro cet :—

T uathal techtmar techta in talman . tictís co Tuathal dia thaig ‹
  deich cét do chathaib ro chuibsig . cóic achaid Uisnig ro air

I s é Tuathal tall a cinnu . de na cóicedaib cen chleith ‹
  is é dorinne fhlesc láma . tinne dána tána eich

D á ingin ac Tuathal techtmar . cuma cen co ructáis lib ‹
  siniu a meic inát a méra . giliu inát néla do nim

F ithir is Dáirine donnghel . inniasat dúib immar bias ‹
  dá ingin ac Tuathal techtmar . ba holc duachad debtha in dias

F ithir fuair tochmarc i Temraig . tennáil tigi Rosa ruaid ‹
  Eocho mac Echach a hAilinn . ba trebthach a ainim dual

A lainn in bhen ben mheic Echach . ingen Tuathail tulcha glais ‹
  co ro bhris a céile a connail . far sub sléibe Chollain chais

G eibidsium reime co Temraig . taeibghel truisten nár ba thúr ‹
  anaid sí thes ar mag Mugna . buidiu iná mes cumra a cúl

O ro siacht in fer sain Temraig . tiolach ‖ i toimled mid Medb ‹
  innisid a mnái do moichég . ro bái for droichsét co derb

R osfrecair fíorflaith fer fuinid . atrubairt ris i ráith móir ‹
  rotfia Dáirine ní daidbir . co láimire d'failgib óir

D o uc leis a mnái co Maistin . maethnáidiu temra Dathí ‹
  fuair sidéic a siair i sláinte . do chiaid fhir na báirce í

R o b'olc lé sárgud a sethar . im a céile ní ro cheil ‹
  atbail náidhenán de náire . cáigherán oc Sláine sein

M ar atbath Dáirine donnghel . do décsain ar Fithir finn !
   is dia cumaid as marb Fithir . uch ropo fhrithir in rinn
N ostic in sruth sain ria samain . sruth mná Nechtain cussin neim !
   ro bái longphort acu in Almain . co taite samraid iar sein
S irset in cóiced im Charman . ó Charman co Comar cas !
   ní hénairt immar dorigned . ruc éraic a ingen as
A dbal innéraic rá háirim . innisios fer brec nach beo !
   trí chaecait cét bó cach bliadna . ba ghairit lán liamna leo
T rí chaecait cét slabrad nargaid . álainn ro thaitnítís thall !
   is adbal ocus ní saebghó . slabrad cacha aenbhó ann
T rí chaecait cét muc no méthtáis . immórchailltib imbít luin !
   trí chaecait cét moltrad mongach . nocho nolc in chongab chruid
T rí chaecait cét lennbhrat Life . líogda lethtáis dar a lár !
   trí chaecait cét nanart niomda . condath nadarc miorrda mán
T rí chaecait cét coire numa . imbeirbthea mid maige Mháin !
   molt rismbenad ucht aroile . ba hé lucht in choire cháim
C oire uma díob i Temraig . dá muic déc ann síos má sech !
   in dá muic déc nocho díorad . issed ro líonad a leth
C ert co líon na muc sain d'aigib . ed nostailled aice thall !
   is de sin ba lán in caire . do cuirthea ár aige ann
O ré Tuathail dóib cá tobuch . co ré Fionnachta na forc !
   dá fhichit ríg do chlaind Tuathail . rosben a bruachaib bríg molt

Dorochair tra Tuathal iar sain indál Araide immónai in chatha
la Mál mac Rochraide iar forba deich mbliadan ar chét . ocus
tríocha bliadan díob dó irríge nEirenn. ro gab iar sain Mál mac
Rochraide ríge nEirenn ocus ruc inmboroma. rosfuc iar sain
Feidlimid rechtaid ó Choin chorb ocus ro marbad Cú corb la
Feidlimid i cath. rosfuc dna Conn mac Feidlimid iar niolchath-
aib. rosfuc Conaire cliamain Cuinn. ro gab tra Art ríge nEirenn
ocus bái oc iarraid na borama ocus nísfuair cen chatha. rosfuc
Cormac mac Airt. rosfuc Fergus duibdédach aenbliadain.

   Iar sain gabaid Cairpre lifechair ocus ro bái oc tobuch na
borroma for Laignib. issed imorro ro ráid Bresal bélach mac
Fiacha baccid nach tibred cen chath. doringned iarum léir-
thinól leithe ‖ Chuinn la Cairpre lifechair co Cnámros illaignib.
ro tinólait dana Laigin conice in garbthonaig ocus ro iarfaig
Bresal díob : cinnus dobéram in cath . ocus doringne láid :—

D énaid dún bar comairle . a lucht in chóicid chnedaig !
   apraid rinn a róLaigniu . in síd as lib nó in debaid
N ím choimlíon in chathasa . d'feraib na hEirenn uile !
   atmaim dúib in fathasa . nocho cheilim ar dhuine
S óid gái ar uathad sochuide . ac na feraib a Fánait !
   is snám i tuinn rothuile . ríge neich ocá námait

I s uainne na hécóra . is sinn ro bhris in caemna !
   is aire isam édána . ní fes nach fhorm bus raena
A nas fherr dot chomairlib . a meic Fhiachach na tána !
   airisem ri róLaignib . fios uait co Fionn innága
F ianna Finn co faebraige . tinóil a meic na flatha !
   bít acut i naenbaile . remut féin i cenn chatha
F ionn fer álainn úirdnide . isat iolarda a scéla !
   dá tóra Fionn almhaine . armshlaide ar sain déna

Tiagar tra uait a Bhresail ar maithe in chóicid d'innsaigid
Fhinn meic Chumaill. ní bad nech aile ar Bresal acht mé féin
ocus bar maithese lem. tánic iarom reime fó des corrinn deiscirt
risanapar rinn Dubáin ailithir indiu . áit israibe Fionn mac
Cumaill. ro fóchtait scéla do ríg Laigen i tig rígfhéinneda
Eirenn .i. Finn meic Chumaill. ro innis iar sin in rí a écomnarta
ocus ro ráid : ní dúthchu ar sé do'n tí thiocfad do díchur in chíosa
dochraidse de chóiciud Laigen . ocus is amlaid ro bái cá rád
ocus doringne láid :—

A Fhinn in néirgi ri báig . in bia is Laigin d'aenláim !
   má thici éirig ferchath . ra prímthuathaib na Temrach
I n cualadais in cáin truim . berair uainn illeth Cuinn !
   tríocha bó is nái míle . do buaib caema coimdíne
I n cualadaissiu Laigin . do thuitim inaenmaigin !
   nó in cualadais fhichit ríog . do thuitim trísin míghníom
O r memais mo chride cain . acht mani díoglar m'athair !
   mani imriu a uabar ard . ar Choirpriu life lángharg
M airg triallus cen luing dar ler . mairg triall a hard inísel !
   mairg baile bíos ar dá raind . mairg dobeir sár for saerchlaind
A meic Chumaill aidble glonn . geib imut is imthigeom !
   beirid bar narmu co grinn . ocus éirgid a fhiann Fhinn

Ro éirig iar sin Fionn ocus a fhiann maille ris . ocus ro gabsat
rompo ocus allám chlé ra Berbai corrinn rois bruic ós Berbai. ro
shuid in rígfhéinnid for drumain uas in rus . atchonnaic sluag
sírechtach séimide ina mbuidnib suas dochum nime ocus anuas.
cia sluag sút bar indfhiann. aingil sin bar Fionn .i. teglach ríg
nime ocus talman . ocus tailchinn ticfat ifus áit i fuilet na hain-
gil út.
   Bátar imorro trí derbchomdaltai d'Fiunn issin baile .i. trí meic ‖
Fhiacha meic Chonga . ba hiat a nanmannsaide .i. Molling luath.
Cellach cael . ocus Braen. níor ba chian dóib ann sin co facatar
chucu Molling luath. ocá fhaicsin do Fhiunn is ann doringne in
láid seo:—

M olling luath Cellach braen bil . trí meic Fiacha cosin neim !
  druim ndubghlaise i fuilet airm . ní ba uadaib ainm fair sein
D o ragat sunna dá néis . bad glan a séis imon ros !
  bad chich let aingil ó dia . ní bad bá duille for dos
B rénainn biorra Brénainn fáith . ní ba tláith thicfait in ros !
  do raga ina ndiaid do'n ghlinn . Molling fáid co cétaib cros
D ia dom dhítin dia dom fhius . dia dom choimét d'iplib dos !
  coragba ra hanmain Fhinn . tairngirios Molling sin ros
T ellach Brénainn isin druim . in tellachsa tellach Finn !
  in tres tellach as dech lem . tellach as fherr teg Molling

Iar sain iarfaigis Molling luath : cid má táncabair illé. is ann
atbert Fionn : rí Laigin tánic d'accáine a imnid ocus a fhoiréicne
frinn .i. fir Eirenn im Chairpre lifechair do fhuacradh chatha fair
nó do breith na bórrama . is adlaic linne tochta imbáig Laigen.
issed imorro ro ráid Molling ra Fionn can tocht uathad i cenn
ríg Eirenn co feraib Eirenn imme. is é imorro líon ro bói Fionn
ann sin cóic cét déc rígféinned ocus deichenbar ar fhichit cach
rígfhéinneda díobsaide. ro ráid imorro Molling luath ra Fionn :
airis acainne innocht ocus fogéba airigthe imda . ced fata etir na
hinadaib as a fuigbither doberthar inaenbhaile. is amlaid ro bái
cá acallaim ocus doringne láid:—

R otfiasu imbrocros . a Fhinn innágha
  mónainn na móna . saill muice slángha
D ercain a dithruib . staec thuirc na tuinne
  eoin airir Lemna . iaich Berba bruinne
F ulacht Chinn tíre . iasc inbir Fhéile
  feoil daim chnuic Chláire . saill bruic a Béire
C nái alleitir fhaelchon . a fiodh dá ruba
  sméra na gréine . sléibe dá duma
N a habla áilne . a fedaib cua
  na háirne a hEiblinn . fid fáinghlinn fua
S uba a sléib Bairche . rotbia co háilgen
  láig bheca ar bheraib . a fedaib cáibden
C óic cét déc rígfer . atát fót riagail
  tríocha fer fáilid . cach áinfir d'fiannaib
P ill cuilcthe clúime . dúib cen choll ngeise
  brothracha beca . lepa cach deise
L epaid ard áibinn . rotfiasu féine
  comól ra sláinte . fáilte ra féile
A iris rit mhuintir . a mheic na flatha
  ní maith rí uathad . oc tabairt chatha
I s comrac bidbad . sluag Bregh is Berba
  atrochair th'athair . ra cathaib Temra
N a ceithri chóicid . la Coirpre nuachar
  mairg bíos ‖ cen bráthair . sóid gái for uathad

D áirine is Fithirt . má fríth mór nimned
is fuilled nága . dála in dá ingen

E ocho mac Echach . co cétaib dethach
ro b'é in bíodc ruanaid . gníom nuabair nEchach

T ánic ra hEchaid . a breith co huathad
atrochair Eochaid . sin chath ac Tuathal

R ici a les muintir . sin maig immárach
dá tí in Coirpre . bad é in goirgne glámach

A iris ra Laignib . ra laechraid mBerba
ná digis t'aenur . i cenn ríg Temra

N á bít it écmais . t'fiann álainn amra
nár thuiti i tétnais . ac ríogaib Banba

F ir Eirenn uile . atát inaenmaig
is lór do chruaidneim . aiged ra faebraib

F ios uait co Fiacha . co fer na neime
fios uait co hAgruan . co harmruad neine

F ios uait co Dicoll . co druim dá chonar
fios uait inAdar . co Donn mac nDogar

F ios uait co Cémán . co crotaib Aine
fios co hAed mbóinne . fios uait co Sláinge

I s ann atá Dubán . [dub] ac druim Dáile
do maithib na féinne . Lugaid is gáine

I s ann atá Idlann . indún ós leiter
is ann atá Garad . isin ghlinn i Ceipten

B resal ua Báiscne . do bráthair féine
Crimthann ard armruad . dithrabach déine

M aelchruinn a cremchoill . Maelugra innastair
Flaitches in ghaiscid . is Cuan in chascair

I nmain éim seiser . Garbdaire Daelgus
Miledán Uargus . Ethladán Aengus

G atal a gatlaig . Bran ó thul tuinne
Guaire na háibe . Dub dáile duinne

F erscar is Cara . tiocfait dot chabair
Ferdomon fuilech . Cellach cinn mhagair

C uana ó chreic éiscne . Fer uaine a hAidne
Dubróit dubdola . Fer aba a hAilbe

I mchian is Ruadchú . Nertach is Lia
triar tenn do rat roa . as ferr rotfia

Ro choiméirig iar sain indfhiann ocus ro léicsed dá conaib. dercais in rígféinnid for a chonaib ocus for a shluag ocus is ann atbert : is conair chuan innocht ros mbroc . ocus doringne in láid :—

R os mbroc indiu is conair chuan . romuir ruad etir dá all ?
cian gairit tiocfait náim ann . is bad teg Molling a ham

B aethláig mera nach mín céim . cailig fheda im in fiod ngluair ?
giugrainn gerga cocrait gáir . sám ra brocnait beith na huaim

U anbach tonn tarclaim ra hor . condál con fá chétaib cuan !
    rosbia tailchinn dar linn láin . focherdfat imme ar nuair
G áir na Gairbe clithar fid . maigre ina srib ‖ suas do ráith !
    allgaire cuach mellach linn . eicet cor finn foscad tráid
T áidiu grianach géntar leis . beith ar a greis bad maith lem !
    cian gairit tiocfat náim inn . Molling ainm in tí isa chell
.A r cúl ra doithnen nán ndian . ár naiged ra sliab dá raen !
    arráir dúinn i sléib dá thorc . innocht co ros mbroc na mbraen
F uinsid anuad ó dubnóin duinn . dar tuinn sruthra sáile sing !
    i fiad feimin i fiod crot . fácaib ros mbroc ná bí inn
A ibinn lem réclam dhaim dhéin . résin féin i fiod dá dall !
    ráimtén tuinne dar táib chuain . fogar esa uair ra hall
I lle alle dá chét naem . do ria do'n raen co ros mbroc !
    sesca bliadan cheithre chét . co tóirset tailcinn in port
N í bad sinn ón ní bad sinn . dobéra in cíossa co grinn !
    ní bad chath is ní bad chrech . ní bad nech acht mad Molling
D ofaeth linn ón dofaeth linn . Fathaid tualaing comól grinn !
    indíogail mheic Bhresail bháin . dofaethsat flaithe Fáil finn
G lórach for dubghlais innocht . feraid folc for fiod dá brón !
    nocho ní cheilios a tairm . sneigios risin Gairb a glór
G lór na gáithe trésin sín . mar as deoin re ríg na mbreth !
    in tuisce síos ina ráin . in sáile aníos immasech
S nigid snechta do cech raen . d'innaib craeb a caillid chuan !
    atracht snechta d'fiannaib Fáil . is ard gáir in mara muad
E nghuba esa ra haill . fuaim chroite Brain broscar niad !
    cáisecha Duibdíothruib déin . fodhordán Céin meic dá rian
C omnuall na nela do'n tuinn . esnad daim duinn díograis bann !
    fodórd féinne ra fuaim sreb . éngháir ra gren gníom nad gann
B ad adba chaingen can chacht . bad adba aingel mon port !
    adba iath adba én mbec . adba lec ngér ros na mbroc

Ro gabsat do rígbruidin Molling luaith . ro cóirgit cách díob
ar miadaib ocus ar honóirib . ro cachainté ceoil cor ba chairche
chiuil uile in teg sain ó'n chúil co araile.

Batár triar óclách i fiadnaise indféinneda . ba sed a nanmann
Miledán . ocus Eithledán . ocus Enán na huarboithe. Enán na
huarboithe immedón eturru. fís Enáin sunn for bóromai:—

Ba sed atchonnairc cléirich ac aiffriund ina fhiadnaise co
nétaigib srebnaide sróldai impu . é féin eturru ac dénam indaiff-
rind leo. ba hiat cléirig bátar ann Molling cona muintir iartain.
ro éirig iar sain Enán ocus ro fhég imme in sluag . ocus ba ‖
hiongnad leis in sluag atchonnairc annsaide . ocus doringne láid
ocus ro thiorchan co tiocfaitís cléirig:—

R os mbruic baile buiredach . ós tuinn Berba bánghlaine.
    tailchinn ina tromdámaib . contrebfat re a thaeb

bad é in tinad arduasal . bad cenn uide ailithrech.
        inaimsir na naem
A ille uathmar eidnénach . inad na nos naltaide.
  rosbia Brénainn borrfadach . atchonnarc im shuan
  gáir na Gairbe gainmige . ra tul tuinne tulghuirme.
        glenn oilénach uar
T áidiu corach caimlinntech . fa hur cairrge craebghlaise.
  doróiset sunn sochaide . dá himthecht ar dia
  dá chét naem conárghlaine . muinter choimded chumachtaig.
  Molling luam na fírinne . cid fota daria
A tchuala na haiffrenna . atchonnarc na saltracha
        na sreith taeb ra taeb
  croimchinn atachonnacsa . cona crannaib croimchenna.
  atchonnac na tailchenna . is taidbsiu na naem
M olling luam na fírinne . fáid meic Maire mórghlonnaig.
  mise for a chomairce . co bráth ó indiu immach
  beit cléirig na comnaide . uas altóirib ainglide.
  do raga fer foluaimnech . atuaid ammaig rath
T aige arda airerda . cruaide ocus comnarta.
        filet sunn innocht
  epscuip ocus áncharait . uasail ocus ailethraig.
        dá néis irros mbroc

Tri lá ocus trí aidche d'Fiunn cona fhéinn isindinud sain co
torachtatar fianna Eirenn as cech áird chuice . táncatar uile rempo
iartain co ráith imil risanapar in garbthonach indiu . is ann sin ro
iarfaig in rígféinnid Fionn mac Cumaill : cáit sunn ar sé ropsat
mairb na hingena triasamberar in cíossa a Laignib . ro múined
dó iar sain in tionad ocus deisid Fionn issindinud sin ocus dorin-
gne láid:—

M ór in gníom doringned sunn . má fuaratar fír forlunn !
  dá ingin ríg Temrach tuaid . ropsat mairb ann fri aenuair
E ocho mac Echach na nath . ránic reime tech Temrach !
  ropa chliamain ro bái than . do ríg Themra do Thuathal
D á ingin oc Tuathal trén . Fithirt is Dáirine a tér !
  Dáirine is Fithirt cen ail . dá ingin Tuathail techtmair
T ucad d'Eochaid Fithirt fhinn . i Temraig ós raenaib rinn !
  ba roga nuachair cen ach . ingen Tuathail na Temrach
C eisid in rí ar Fithirt finn . ropa ghníom écóir imghrinn !
  nó co tuc Dáirine lais . anall ó Themraig thaebglais
M ar dorocht Dáirine donn . rop adbal in tanforlonn !
  marb Fithirt de náire de . marb do chumaid Dáirine
D ogníther tanach co trén . i tig meic Echach doimlén !
  d'ingenaib in ríg co rath . conid de atá garbthonach
R o soich Temraig fios in sceoil . ropa ghníom áigsech aichbeoil !
  tríocha ar trí caecdaib ammaig . marba do mnáib dá cumaid ‖

E irgit sluaig Ulad innáig . ocus anairdrí d'aenláim !
    eirgit sluaig Temrach na tlacht . ocus sluaig chóicid Chonnacht
C onrach mac Deirg ba trén smacht . is é ropa rí Chonnacht !
    Fergus febail fáth co ngail . is é ropa rí d'Ultaib
D alta ríg Connacht na cath . rop í Fithirt na príomrath !
    dalta ríg Ulad na nech . rop í Dáirine doinnghel
R í Temrach dá míle déc . issed tánic sunn ar sét !
    sé míle d'Ultaib cen acht . sé míle do shluag Chonnacht
C omraicit i Temraig tréin . im in ngníom náigsech naichbéil !
    dogniat comairle co mblad . la ríg Temra la Tuathal
I s ferr lemsa iná cath . atrubairt rí na Temrach !
    ní háil dam cath co cruaide . do shluag Berba bratuaine
A dubairt rí na Cruachna . a haithesc febda fuachda !
    ní bad choma acht cath mór mer . gébat ó rígraid Laigen
A trubairt rí na hEmna . a haithesc fuachda febda !
    conná gébad acht mad cath . ó Laignib arna bárach
R o ráid rí Temrach . aithesc allata imlán !
    taet cách uaib ina chomair . fó Laignib in laechdolaid
G absat sluaig Ulad ré cách . dar Esa dar Odba ngnáth !
    dar Fithart cusna fonna . dar faenlergaib Faendroma
R o gabsat sluaig na Cruachna . dar Gualu ba ghníom fuachda !
    ráncatar Nás líonaib nath . .sin matain arna bárach
R o gabsat sluaig na Temra . dar Graifrenn ba ghníom febda !
    dar mag Muagenn líth nad lac . dar Ríge is dar mag Nuadat
C engait Laigin ina ndáil . fó chomrepinn fó chombáig !
    cor thuit Fergus fáth nguba . ar in leirg ós lethduma
I nnister do ríg Themra . mar dorochair rí Emna !
    issed atrubairt rí Breg . is ascalt ríg a muinter
L oiscther Nás is Ailenn án . loiscther Maistiu mílib dál !
    loiscther Ráiriu ba ruad d'fuil . ocus múirther barc Bresuil
G absatar na sluaig iar sin . co ráncatar ráith imil !
    sluaig na Temrach tolaib tlacht . ocus sluaig chóicid Chonnacht
C engait Laigin ina ndáil . dá ríg Temrach ba trénbáig !
    co ro fhersatar cath cruaid . ra ráith nimil anairthuaid
T inól Laigen lathar nglé . cóic míle is ceithri mílé !
    cóic míle déc mór indnim . is sé míle ina naigid
B rister ar Laignib nallong . uair fuaratar écomlonn !
    marbthair ríg Laigen sin chath . ocus térnaid rí Temrach
I mpáid rí Temrach fa thuaid . co riacht Temraig in tromshluaig !
    iar marbad in fhichet ríg . ruc leis éraic cen imshním
T rícha bó atiat finnfherga . bat imlána óidherga !
    nói míle bó do ríg Breg . inéraic a dá ingen
A trian isin Temair truim . is amlaid rainnit leith Cuinn !
    a trian in Emain cen acht . a trian i Cruachain chonnacht
M ór de rígaib tiar is tair . rosteclaim co roich Temraig !
    in tsechtmad bliadain ba bhrón . is ann berair incháin mhór

Bátar iarom indfiann innaidche sin oc in garbthonaig. ro éirgi-
set immucha arna bárach i comdáil ríg Laigen. táncatar tra

tromlach na féinne ocus tromlach cúicid Gailian ocus tucsat ‖ a naigid innaenfecht for leth Cuinn . is ann bátarsaide oc Cnám- ros. ro cuired cath cruaid combágach comramach eturru leith for leith. ar a ái sin ní ro fhulangair do leith Chuinn co ráimit forru ocus co ro marbait nái míle díob im thrí macu Cairpre life- chair .i. Eochaid . ocus Eochaid doimlén . ocus Fiacha roiptine dianebrad :—

> I n cath ac Cnámross . ní chélam coscrad síthe
> im thrí rígu . docherdatar ann trí trí míle

Ní rucad tra in bórama iar sain alLaignib co ro marbait in trícha rígingen ocus cét ningen im cach naeningin i Temraig la Dunlang mac Ennai niad . diambái in chlaenferta i Temraig . co ro athsnaidmed in bórama doridise for Laignib. is mór cath tra ro fhersat Laigin ó shein mán mbórama co ro gab Laegaire mac Néill ríge nEirenn . ocus ité in so na catha sin ocus na héchta .i. cath maige Nuadat ria mBresal mbélach beus cath Chruachain chlaenta ria Labraid for Eochaid muigmedóin. dá chath déc ro bris Enna for Niall náighiallach . marbad dana Néill náigiallaig ac muir nicht la Eochaid mac Ennai.

Gabaid iar sain Laegaire mac Néill ríge nEirenn . ocus tinólais leth Cuinn leis do thobuch na bórama ocus tic ar sluagud ilLaig- nib. is é ba rí Laigen in tan sin Enna ceinnselach mac Labrada meic Bhresail bhélaig. tinólait iarom Laigin im Enna ocus doberat cath do Laegaire .i. cath átha dara for Berba. máidid ann for Laegaire ocus marbthair dergár leithe Chuinn ann . ocus tinó- laiter a cinn co ndernad carn díob ar brú na Berba immaip Ailbe . irgabthair dana Laegaire mac Néill féin ann. ro ghel dana ná toibéchad trí bithu in mbórama ocus a anacul. do rat iarum ráthachas na ndúl dar a chenn ná ticfad dá tobuch tria bithu ilLaignib. ocus issed ón ná ro chomaill. uair tháinicsium i ciunn dá bliadan colleith co ro gab bú oc síd Nechtain . conid aire sin tucsat na dúile dáil báis do Laegairiu i taeb Chaise .i. talam dá shlucud . ocus grian dá loscud . ocus gaeth do dula uad . is de sin ráidter :—

> A tbath Laegaire mac Néill . i taeb Chaise glas a tír !
> dúile dé darstánic dáil . rucsat dáil báis forsin ríg

Ro gab Ailill molt mac Daithí ríge nEirenn iar sain ocus toib- gid in mbórama. itiat so dana na catha ro bhrisiset Laigin for

Ailill molt ocus forsna rígaib aile ro gab indegaid Aililla muilt co Aed mac Ainmeirech ‖ . cath luachra Breg . cath dumai Aichir. cath Ocha . for Ailill molt in sin . isin chath dhéidenach dorochair Ailill molt la Crimthann mac Ennai. cath Grainne . cath Tortan . cath droma Ladgainn . cath breg Eile . cath Fremann mide ré Failge rot (*nomen illius magni regis*) mac Catháir. ocht catha fichet ré mac nDúnlaing tré bréithir mBrígte. cath maige ochtair for Lugaid mac Laegaire . cath droma damaige . cath Dúin másc . cath Ocha alachath . cath Slaibre . cath Chinn sraithe. cath Fionnabrach ria nAilill mac nDúnlaing . cath ria Coirpre illadach . cath droma Laegaire ria nAengus ocus Fergus dá mac Crimthainn meic Ennai for Diarmait mac Cerbaill. cia no thoibgitís tra na ríg no gheibtís Themraig in mbóroma is sochaide díob nach beired cen chath.

Gabaid Aed mac Ainmeirech ríge nEirenn. itiat so meic Aeda .i. Domnall ocus Maelcoba cléirech . Gabrán ocus Cumascach. tánic in Cumascach sin d'acallaim a athar ocus issed ro ráide fris : bad adlaic damsa saerchuairt maccaemnachta Eirenn do dénam ocus biaid ben cech ríg in Eirinn aidche acum. tánic iarum Cumascach reime for saerchuairt na hEirenn co tóracht dar Ríge anall ar amus Laigen . ceithri catha a líon. is é ba rí Laigen in tan sin Brandub mac Echach meic Muiredaig meic Aengusa brugaig meic Feidlimthe meic Ennai cheinnselaig. ro innised iarum do Brandub mac ríg Eirenn dá innsaigid ar saerchuairt . atbert Brandub : tiagar ar sé inanaigid ocus apar friu co ná filimse ann acht do chuadas imBretnaib do thobuch chíosa ocus chána. ocus déntar a coinnmhed ó Bóinn co hInneoin ocus marbad cách a choinnim . ocus ticed Cumascach féin chucamsa co trí chét mac ríg imme ocus dobérsa mo mnái dó amail do ratsat ríg na cóiced ar chena. doringned tra in coinnmed . ocus do riacht in cethramad cath díob co tech mBranduib co belach ndubthaire risanapar belach Conghlais indiu. deisid iarum Cumascach for erlainn in baile . táncas dá fhrestul ocus do ratait iat uile inaentech.

Isindló sin tánic Maedóc ua Dúnlaing d'innsaigid Branduib ocus aisceda leis .i. aél . ocus coire . ocus sciath . ocus claidem. bái acá tespénad do'n ríg ocus doringne láid mbic :—

F uilet sunn aisceda ríg . a meic Echach cen imsním !
aél co mbrannaib braine . sciath is chlaidem is chaire

I n taél allus in bíd . issed as chubaid ra hairdríg !
in coire do bruith na noin . ro órdaig Críst in comgor ||
I n sciath ra hucht in chatha . inaigid na nanflatha !
in claideb do chlód na gcath . bíd acut a meic Echach
C onnláid cerd Brígte ní chél . is é doringne innaél !
Grésach doringne in caire . do mac Néill do Laegaire
C laideb Crimthainn sciath Ennai . is uaimse dorogébai !
aél meic indéicis Fhinn . coire Dubthaig ó dhuiblinn
D o rat Laegaire na lenn . do Dubthach d'ollom Eirenn !
do rat Dubthach dian a ghal . d'Fiac do mac a shethar
T uc Fiac do Dhúnlang do'n réim . do rat Dúnlang é d'Ailéill !
do rat Ailell damsa iar suin . dosbiurtsa duitsiu a Bhranduib
M aithe na cruid beiri lat . aél is choire comnart !
claideb Crimthainn arnat chuir . sciath Ennai as comderg ra fuil
I s mise Maedóc nammed . tussu Brandub rí Laigen !
mise ac crábud 's ac comaid . tussu ac éirge ra folaid

Tiomnais Maedóc céilebrad iartain do Bhrandub ocus dogní
na briathra becasa :—

M' aél trébenn torcbálach . tucad lem do Bhrandub bhorbdálach . mo
choire dron dergdualach . tucad uaim do mac Echach ardbuadach.
cét tinne ro fhiala . talla ann frí béim naéla

Imthigis Maedóc iartain . ro gab dana Brandub étach mogad
imme . ocus ro ghairm Aengus mac Airmedaig ríg ua Failge
chuice ocus atbert fris : éirgem ar sé ocus cuirem in coire út for
teinid ocus líonam é do mucaib ocus do martaib. ro tócbad leo
iarum in coire for teinid ocus ro líonad do thorcaib ocus do
martaib é . ro hatád torc trichemruad móirtheined imme co rom-
berbastar.

Ba hann sin ro ráid mac ríg Eirenn : cáit ar sé atá ben Bran-
duib. docuas ar cenn na rígna uad . tánic in rígan dá acallaim
ocus ro fher fáilte ri mac ríg Eirenn : tabair ar sí aiscid damsa
uait. cia aiscid chonnaigi ar mac ríg Eirenn. ní annsa ar sí.
dál damsa ar sí cen m'astúd co táir dam rainn do'n tsluag ocus
co ro chennagar m'einech uaidib. do ratad éim disi innaiscid sin.
ocus ro imthig reimpe iar sain corránic clithar diamair dúine
Buichet . ocus fácbais in mbaile uile.

Ba hann sin tánic Glasdám cáinte meic ríg Eirenn cona nón-
bur cáinte imme d'iarraid airigthe forsna luchtairib. atbert
Brandub ris : in tu féin dobéra béim naeoil duit nó in mise.
issed atbert in cáinte : tabairsiu ar sé. do rat imorro Brandub
innaél sin choire ocus dobert nái naisle d'aenbéimim aníos.
atnaid in cáinte acá fhégad . dar bréithir bar in cáinte ní tidnacul

mogad acht tidnacul ríg . ocus ruc leis coricc in tech irraibe mac
in ríg ocus isscd a cétna ro ráidsidc.

Is sin tan sin atbcrt Brandub ra Aengus mac nAirmedaig :
líontar ar sé bara acainn ocus berar do mac ríg Eirenn. doring-
ned tra amlaid sin ocus ro thócbatar na dá ríg forru in bara .i.
Brandub ocus Acngus ocus dosberat slaet de i fiadnaise ríg
Eircnn . ocus táncatar rempo immach ocus ro iadsatar in ríg-
chomlai móir in rígthige dar a néise . uair bái nert nónbair in
cach fhiur díob. do ratait ceithrc tcintc iar sain sin teg .i. tcine
cacha slcsa . ocus is ann sin ro ráid Cumascach : cia gabus in tcg
forainn. mise ar Brandub. ba hann sin atrubairt Glasdám cáintc :
ná déntar mcbal fhormsa ar sé . uair ro chaithes do biad. ní
dingéntar ar Brandub : dring risin tech ar sé ocus ling dar féice
in tige . ocus ling dar barr na lasrach immach ocus bad slán duit
uainne. atchluini sút a Chumascaig ar in cáinte . geib m'étachsa
immut ar in cáinte ocus éirc immach. ro chuaid iarum Cumas-
cach fó'n innas sain immach ocus ro brised co mór. ro gab reime
iartain co hanfann co mónaid Cumascaig i ciunn faitche chille
rannairech. ba hann sin doréla chuicc Lóichine lonn sen ua
Lonáin airchinnech cille rannairech ocus benais a chenn de iarna
shlonnud dó . ocus ruc leis in cenn co hairm imbái Brandub ocus
ro thespén dó in cenn. conid aire sin do ratad sáire do chill
rannairech.

Is sin tan sin tánic epscop Aedáin dá ninnsaigid .i. epscop
glinne dá loch . ba mac máthar side do Aed mac Ainmeirech.
issed ro ráid in cléirech : at móra ar sé na héchta so doringsid.
cia forsandigéltar iat ar Brandub. ro recart in cléirech : is cet liom
ar sé cid for mac mo máthar .i. for Aed mac Ainmeirech . ocus
doringne láid : guidim coimdid cumachtach . coimsid cille ran-
nairech . *et cetera alibi in hoc libro scripsimus* . ‖

[G uidim coimdid cumachtach . coimdid cille rannairech !
    ro b'é dígal Chumascaig . guin Aeda meic Anmairech
G uin Aeda meic Ainmeirech . atá dúib i tairngire !
    rí in talman do thurchairthe . is adbal indainbtine
T rí catha meic airdEchach . co Aed inna urnaide !
    ticfa uair na dergmaitne . is bud cruaid in comraicthe
G uin Aeda iar nguin Chumascaig . dogéntar mar áirmimse !
    sé míle mar máidimse . scél fíre issed ráidimse
B ud garb gleo na cétáine . do Themraig na torcraide !
    ní bud suail in lechtlaige . bias re rígaib Lorcmaige

B eitit mná can muintera . beitit fir i fuiledaib !
   beitit meic for merugud . do sceol meic meic Muiredaig
B ud chotach bud chomfosad . cé beit catha coimdéine !
   bud chumtach bud chomraichne . ra hUltaib innershléibe
I s í seo mo chomairle . do mac Echach ainbtenach !
   ná bíodh in rí róbladach . im shíd ra mac Ainmerach
I s í seo mo chomairle . mairg nach dogní dormuine !
   mairg fhaemus a ainfine . mairg mhórus a mhogduine
D ar Scadarc re sciathbuidin . doria mac meic Muiredaig !
   dar Muintech dar Muinigin . dar Dáimne co nduibfedaib
D ar Etar dar ardchaillid . doria forgla ár tionuailne !
   dar ard mBresta mbladáibe . dar ses Sláine sriobuaine
D ar fé cusna fidlesaib . dar romag re roshluagaib !
   doria rena rodhiormaib . bud chomraicte comhuabair
B eit fir ina faenligi . re mac Echach erbadaig !
   snigfid fuil dar fidrengaib . suidfit bruin for bernadaib
A tchiu goa gérghorma . ós a sluag collíonmaire !
   atchiu adbar ármaige . ós rennaib a ríograide
A tchiu chath can chuntabairt . atchiu in badb cá tharrngaire !
   atchiu adbar íorgaile . ac sluag Berba barrglaine
A tchiu maidm ar mórshluagaib . nocho lem nach duainmiobair !
   atchiu braen dar sáirshlegaib . atchiu Aed in uairiolaig
A tchiu ár ar Eoganchaib . atchiu lén ar Aidnechaib !
   atchiu leth Cuinn comchubaid . do thuitim re Laignechaib
A tchiu ár inaenbaile . ar leith Chuinn in chomlongaid !
   atchiu chlaind Néill niamchoraig . is a naigthe inaenchonair
A tchiu mana mórchatha . for leith Chuinn co comramaib !
   atchiu degríg ndagLaigen . do dréim dar a normanaib
C reitim Isu narchainglech . in ruire cá ruibimse !
   rí nime ní cheilimse . is é in coimdiu ghuidimse ||

Issed ro ráid epscop Aedáin ra Brandub : tiagar uait co
hAilech co tech Aeda meic Ainmeirech ocus innister dó a mac
do marbad. conid ann atbert Brandub : cuirfiter ar sé . ocus
doringne láid :—

T iagar techta uainn co hAilech . co ríg Eirenn niorradach !
   inniset do ríg in tochair . mar dorochair Cumascach
R op í in choinnem neimnech námat . mac in daigríg deoradhaig !
   issed tánicside ar sét . trí fichit cét d'Eoganchaib
D obcirthe chuice ina lepaid . do mac ríg na Samhuaire !
   ben cech airdríg fhuair in Eire . do ríg Eirne adhuaire
T éiged Munchorach is Murchad . co teg Aeda daigfledaig !
   téiged Ciar caille is Daelgus . is Aengus mac Airmedaig
I nniset ar cholbu Ailig . in dáil imma tiagatsom !
   ocus ná léicetsom sech láim . in mbáig imma tiagatsom

Dollotar iarum na techta fo thuaid co ráncatar Ailech. ro iar-

faig rí Eirenn scéla díob. issamlaid ‖ ro bái in rí ocus corn ina
láim ac ól meda . issed ro ráidset na techta : na scéla filet acainn
ní innisfem iat cen lóg. ac sco in corn so dúib bar Aed . conid
de atá corn Laigen in Ailiuch. ro innisetar a scéla iar sain : ro
marbad ar siat do macsu ocus ár a muintirc acainn. atchual-
amarne chena na scéla sin ocus ar a ái roseisidse imshlán . ocus
dá roisemne in bar ndegaidse ar sé adchichistí. táncatar na
techta rempo atuaid iar sain co tórachtatar bail irraibe Bran-
dub. ocus ro innisetar dó dál ríg Eirenn ilLaignib do dígail a
meic.

Do ringned tra léirthionól leithe Chuinn la Aed mac Ainmeir-
ech ocus táncatar rempo co Ríge. ro hinnised do Brandub fir
Eirenn do beith ac Ríge. is ann dana bái Brandub in tan sin i
Scadairc i ndeisciurt ua Ceinnselaig . ocus tánic reime fa thuaid
dar Muintech . dar Muinichin . dar Dáimne . dar Etar . dar Ard-
chaillid . dar ard mBresta . dar Sláine . dar Fé . i mbelach ndub-
thaire risanapar belach Conghlais . co a dún féin.

Is ann sin tánic epscop Aedáin d'innsaigid Branduib. scéla
lat a chléirig ar Brandub. leth Cuinn ac baeth eba ac dún Buaice
ar epscop Aedáin : ar ngabáil dúnaid ocus longphuirt leo ann.
imthigsiu a chléirig arsa Brandub do innsaigid meic do máthar
.i. co Aed mac Ainmeirech . ocus iarr fosad fair dún co tóirset ar
slóig chucuinn ocus fogéba síd nó debaid iar sain. ro chuaid in
cléirech reime iar sain co pupaill ríg Eirenn ocus ro ferad fáilte
fris. ro iarfaigit scéla de . issed ro ráid in cléirech Brandub do
beith ac ráith Branduib for in tSláine. cid má tánacsu ar Aed.
do chuingid fhosaid fortsu ra síd nó ra debaid ar in cléirech. ní
fhuigbesiu in fosad sin ar Aed co ro benta do láim do na trí
ballaib filet acut dá ndeine do chlaind. oclaigther in cléirech
annsaide ocus atbert : máramfhitirse dia ar sé co tuca sodh meic-
thíre na trí baill filet acutsu conice in tulaig út tall. ocus ba fíor
ón . conid de sin dogairther tréball ó shein illé.

Ro éirig iar sain rí Eirenn ocus ro gab recht é . ocus ro éirgiset
fir Eirenn ocus táncatar rempo ocus epscop Aedáin leo. ráncatar
iar sain co belach dúin bolg . ro iarfaig in rí : cá hainm in bel-
aigse. belach dúin bolg sain. ciata builg itir ón ar in rí. builg
lóin fer nEirenn faicfiter ann innocht ac Laignechaib ar in cléir-
ech. ráncatar iar sain ‖ conice in lic . ro iarfaig in rí : cá hainm na
glaislice móire seo. lec chomairt chnáma sin ar in cléirech. cata

cnáma itir ón ar in rí. uair as fuirri brisfiter do chnámasu ocus
benfaider do chenn díotsu innocht ar in cléirech. ráncatar rempo
co bernaid na sciath : cia hainm na bernadsa ar in rí. berna na
sciath sain ar in cléirech. cata scéith itir ón ar in rí. scéith
Chonaill ocus Eogain faicebtair ann innocht.

Luidset fir Eirenn dar in mbernaid sin ocus gabsatar fir
Eirenn dúnad ocus longport ann sin. gabais epscop Aedáin
reime co dú imbái Brandub. iarfacht Brandub scéla dó . atbert in
cléirech fir Eirenn do ghabáil longpuirt ac cill Bélat . ocus ro ráid
ná fuair féin honóir.

Is ann atbert Brandub : cáide do chomairle dún a chléirig. ní
annsa ar epscop Aedáin : tuimther rígchaindell rómór acut i clud
na rátha so immuig . ocus tabar trí chét seisrech ocus dá dam
déc in cach sheisrig . ocus curtar cléib gela forthaib ocus ócláig
imda isna cliabaib sin ocus tuige ós a cennaib . ocus biad féin
forsin tuige anuas. tabraiter chucut trí caecait ech ainriata . ocus
cenglaiter builg ina nerblaib ocus líonaiter na builg sin do mion-
chlochaib do chur sceoin for gregaib Eirenn. bíodh in chaindell
mór út remut ocus in rígchoire má cenn co rois medón longpuirt
fer nEirenn . cuir techta innairet sin d'innsaigid ríg Eirenn ocus
apar ris co mberthar biad Laigen dó innocht.

Doringned in chomairle sin la Brandub . innairet ro bás imme
sin atbert Brandub : is ferr damsa féin ar sé dul d'fégad in tsluaig
ocus tairsiu liom a chléirig. ragat bar in cléirech.

Tánic iar sain Brandub sé fichit óclách ocus aenech leo .i. ech ac
Brandub . ocus luid in cléirech ina charput leo ótá sin co ráncatar
lethtáib sída Nechtain. dercais in cléirech uad síos for in long-
port ocus atchonnairc amail elta ilarda cach datha cen ghluasacht
ós chiunn in longpuirt. iarfaigis in cléirech : cata elta ilarda ata-
ciam. meirgeda fer nEirenn sin ar Brandub ar slataib ocus ar
gáib uas bothaib fer nEirenn . conid ann atbert in cléirech na
rannusa :—

A tchiusa na meirgi . is mana catha
    mar bít eoin ar luamain . co ndeilb cacha datha
M airg tánic a turus . ua Néill as a taigib
    bad ghním co ngonaib . dothaeth rígrad Ailig
N ocho nasa a náirim . gním Laigen ardunchaig
    dá ro thuit dá ndebthaib . Ailill mór mac Criomthainn
C id Crimthann a athair . re taeb Ennai aignig
    nochor ba ghníom dochair . dorochair oc Laignib

N ochor b'asa a náirim . gním Laigen ard amra! ||
　　dar chuirset a Temraig . Conn cétchathach calma
M airg benus ra Brandub . borrfad mara romra
　　ra fínscoith na Temra . ra bile nard nOdba
I　s aice dorochair . Fínghin flaith na Muman
　　is aice dorochair . Maelmada is Maelmudach
I　s aice dorochair . Irladach mac Cobthaig
　　is aice dorochair . Flannacán mac Donnchaid
D obarficfa imbárach . in tairdrí gatbiusa
　　bad chomraicthe flatha . d'fius in chatha atchiusa

Imthigis epscop Acdáin uaidib dá chill féin . confaca iar sain
Brandub in sliab lán do maccaemaib ocus is iat maccáime bátar
ann maccáime Ulad im Diarmait mac Aeda róin . táncatar meic
ríg Laigen ocus teglach Branduib ina timchell ocus ro gabait ar
braigtib iat. cia sib ar siat. macrad Ulad sinn ar siat má mac
ríg Ulad. ro innised sin de Ultaib. ro éirgiset iar sain Ulaid .i.
secht cét ocus secht míle a líon etir laech ocus chléirech . ránc-
atar i comfochraib do Bhrandub ocus ro ráidsetar : cid márag-
bais ár macu ar siat. do ghait bar neceng catha díomsa ar Bran-
dub. gétair díotsu co bráth bar rí Ulad . ocus dogéntar cró
cotaig ocus aentad etrainn . ocus issed són ro tairrngeired tria
aislingthe Chonchobair meic Fhachtna . ocus ro innis rí Ulad in
taislingthe ocus atbert ;—

A tchonnarc aislingthe ningnad dá mbá im shuan!
　　in fitir nech uaib a fhiodrad sin tsluag
A tchonnacas dabaich nglaine co néim nóir!
　　acum ar certlár mo thaige oc Brega oc Bóinn
T rian na dabcha d'fuilib dáine ingnad dál!
　　ní raibe acht aentrian do lemnacht ar a lár
T rian aile ba fíon foirclid ingnad lem!
　　dáine cromchenna rostimchell dar muir menn
L aigin uile ciarsat ile línib glonn!
　　tucassa dóib serc mo chride is mo chonn

Atchonnairc iarum Conchobar innaislingthe sin . ocus is amlaid
atchonnaic Laigin ocus Ulaid mán dabaig ocá hól ocus : ro fetarsa
ar sé is é in cotach ro tairrngeired ann sin . uair is í indfuil atches
issin dabaich fuil na dá cóiced i comrac . is é in lemnacht in
chanóin choimdeta chanait cléirig na dá chóiced . is é in fíon
corp Críost ocus a fhuil edprait na cléirig . ocus bái cá míniugud
amlaid sin ocus doringne láid :—

D énaid dún ár cotach . rop chotach trí bithu
　　risna fedaib fína . risna ríga alLifiu

B rigit acá choimét . Maedóc ó dún inne
   Molling thes na táiden . Abbán Cáimghen glinne
E pscop Sinchen sochla . Mochalmóc ó'n chaba
   is Mobiu na rográd . Comgall Colmán ela
A lucht na dá chóiced . clothaige in bar scélaib
   nárap dáil bus sia . ra táib dia dénaid ‖

Deisetar náim Laigen ocus Ulad sin tsléib iar sain ocus
dogniat a cotach cen taithmech tria bithu. atbert Brandub iar
sain ri ríg [Ulad] deiliugud longpuirt ra ríg Eirenn. cinnas ro
fhétfamne ón bar rí Ulad. ní annsa bar Brandub : geibidse long-
port ar sé bail atá longport ríg Eirenn . dogéntar debaid rib ocus
ná fuilngidse í ocus deiligid friu amlaid. dorignset Ulaid amail
atbert Brandub friu. atráchtatar Conall ocus Eogan chucu ocus
ro marb dá cét díob résiu tarnaic a netrain. doslúiset Ulaid as
saide co hinis Ulad ocus ro chlaidset clad impu innti dá slegaib
ocus ro chuirset a neochu eturru ocus dhaingen na móna.

Ro impá doridise epscop Aedáin ar amus Branduib ocus issed
ro ráide : mór ám ar sé in dímiad tuc mac mo máthar damsa .i.
Aed mac Ainmeirech . ocus digélaid dia fair . ocus doringne in
rannsa :—

L usán meic Aeda meic Ainmeirech . faicebtair ac Laignib in liagmaire
   béraid fiach ciar ar uilinn . co cill cuilinn siaramain

Tuitfid ó'ndfiach é for faidche chille chuilinn ocus dogénat
macrad chille chuilinn liathróit de co cenn secht mbliadan.
doroiset scol cille dara ocus gétaid fer díob in liathróit sin . dog-
énasaide sprédaire de ocus biaid aice co cenn secht mbliadan aile.
doroiset scol cl[éirech] mór Maedóc co cill dara ocus gétaid fer
díobsaide in sprédaire sin . ocus ní fhaicimse a díol ó shein
immach. in sliab so imorro indernad in cotach bud shliab in
chotaig a ainm ó shunn immach ocus sliab Nechtain a ainm
conice so. imthigid in cléirech iartain.

Gabaid imorro Brandub for a aeneoch d'iarraid chomlainn ar
feraib Eirenn. is é tánic dá innsaigid ó fheraib Eirenn Blát-
ach táisech scuir ríg Eirenn ocus ech ríg Eirenn fái. amlaid
imorro bái Blátach is é neimnech náintide . ní theilged urchor
imroill. ar a ái sin tra ní ro ghaib greim dósom sain . ár dofuit
la Brandub ocus ro ben a chenn de for áth blatachta frisanapar
áth mblathcha indiu.

·Luid Brandub iar sain aithle in choscair sin ocus ech ríg

Eirenn leis. tinólaiter iar sain a dhamrada chuice ocus a ghrega amail ro fhorchan epscop Aedáin. is ann atbert Brandub : in faghbaim ar sé nech no digsed do brath in longpuirt ocus in ríg ocus no biadh ann ar ár ciunn co roismís . ocus rosbia coma aire sin .i. rosbia nem ó chléirchib Laigen dá marbthair . dá térna dana rosbia a thuath féin saer ocus mo chuibrennsa féin dó ocus d'fiur a inaid. tucait cuir ris sin. ragatsa ann ar Rón cerr mac Dubánaig meic ríg ua Máil : tabar dana ar sé fuil láig ocus taes secail dam co ro cuimilter dam . tabar cochall forcrach ocus tiag. doringned amlaid sin corraibe amail cach lobar. tucad cos chrainn dó. ro chuir a ghlún ina geibis. luid reime fo'n innas sain ocus claideb aice fó a étuch co dú ‖ irrabatar maithe Eirenn indorus pupla Aeda meic Ainmeirech. ro iarfaigit scéla de ocus ba sed ro ráide a thuidecht ó chill Bhélat : do chuadas do long-purt Laigen ó maitin ocus táncas dar m'éis . ocus ro loited mo both is mo bhró is mo rua mór is m'eclas. fiche liolgach uaimse inaníoc sain ar rí Eirenn dia térnúrsa do'n tsluagudsa . ocus éirg innunn sin pupaill ocus inad nónbair duit ann ocus dechmad mo chuibrinnse ocus mírenna in teglaig . cid dogniat Laigin ar in rí. atát ac irlamugud bíd duitse ocus ní fhuarabairse riam biad dámba sáthchu sib . atát ac bruth a muc ocus a mart ocus a tinne. mallacht dá chiunn bar ceinél Eogain ocus Conaill. dá shúil churaid i ciunn in chlaim atascím ar in rí. mairg duitsiu do menma ra ríge nEirenn mása rem shúilibse geibios ecla thú. ní hed de shodain ar in rí : tiagar uainn ar chenn Duib dúin ríg Airgiall. doriacht iar sain Dub dúin. atbert rí Eirenn ris : éirg ar rí Eirenn ocus cath Airgiall lat co bun Aife fo des ocus conice in cruadabaill . ocus dénaid foraire ann ná tucat Laigin amus longpuirt forainn. gabsat rempo amail ro fhorchongair forro Aed.

Is ann sin atbert Aed mac Ainmeirech rá ghilla : tuc let cocholl Choluim chille dam co raib immum innocht corop díon dam é for Laignib. uair ro ghell Coluim cille dósom ná mairfide é as a chocholl.

Fecht aile iarum ro iarfaig Aed do Cholum chille : cia líon a chléirig ar sé doneoch tharradais féin do ríogaib ragus dochum nime. issed ro ráid Coluim cille : is deimin ar sé nach fetar acht trí ríg nammá .i. Daimín dam argait rí Airghiall . ocus Ailill banda rí Connacht . ocus Feradach fionn mac Duach de chorco

Laighde rí Osairge. cia maith dorignsetsaide for Aed sech na
ríogaib aile. ní annsa ar Coluim cille : Daim dam argait tra ní
dechaid cléirech fá éra uaid . ocus ní ro imdherg cléirech . ocus
ní ro chráid chill ná neimed . ocus ro thidnaic mór do'n choimdid.
ro chuaidsium iarum dochum nime ar in cennsa sain doringne ri
muinntir in choimded . ocus atát na cléirig ac gabáil a écnarc-
asom. Ailill banda imorro is as so fóuairside cennsa in choimded.
cath chúla chonaire ro chuirseom ra clannaib Fiachrach corr-
áimit fairsium sin chath sin co nerbairtsium fria araid carpait : fég
dúin dar th'ais ocus fionn lat in mór in marbad ocus in focus
dúin lucht in marbtha. ro fhég in tara dar a ais ocus issed ro
ráid : is dofholochta in marbad marbtair do muintersu ar sé. || ní
hé a naithber féin téit fhorro ar sé acht aithber m'uabairse ocus
m'ainfírinne . ocus impá dún in carpat ina naigid ar sé . uair dá
marbthar mise ar fhuid bud tesarcan do shochaide. ro himpád
in carpat iartain inaigid na námat . ocus dorigne in tAilill dian-
aithirge iartain ocus dorochair lá naimtib. fuair dana in fer sain
cennsa in choimded ar Coluim cille.

Feradach fionn mac Duach imorro rí Osairge fer sanntach
díchuibsech atacomnaicside . ocus cin co cluined acht mad aens-
crepul óir nó airgit ac duine ina thír dobeired ar éicin chuice féin
co cuired i cumtaigib corn ocus crannóc ocus claideb ocus fidch-
ell. ro gab iarum treblait dofholochta iartain é . ro tinóilit chuice
a sheoit co mbátar ina thuilg aice féin. táncatar a námait (.i.
clanda Connla) iartain do ghabáil tige fair . táncatar imorro a
meic chuiceseom do breith na sét leo. ní berthai a macu ar sé.
uair ro chráidessa sochaide im na sétaib sin is tol liom ar dia mo
chrád féin ifus impu ocus a mbreith dom dheoin dom náimtib
uaim ar dáig ná romchráide in coimdiu thall. ro imthigset a
meic uadsom iartain . ocus ro gab féin for dianaithrige ocus fuair
bás ó a naimtib ocus fogheib cennsa in choimded.

Meise féin dana ar Aed in faghbaim cennsa in choimded. ní
faghbasu itir ón for Coluim cille. a chléirig dana ar eiseom
faghaib ó'n choimdid dam can mo choscur do breith do Laignib.
is doilig liomsa ón bar Coluim cille . uair díob mo máthair ocus
táncatar Laigin chucum co Durmag ocus ro fhuaipretar troscad
form co tucainn aiscid meic sethar . ocus issed chonnaigsetar
fhorm cen choscor do breith do ríg echtrann uaidib . ocus ro

ghellassa dóibsium ón. acht chena ac seo mo chocholl duit ocus ní mairbfider thu as diambé immut.

Is é sin tra in cocholl ro iarr Aed for a ghilla innuair út. issed imorro atbert in gilla : ro fhácsam ar sé ac Ailiuch in cocholl sain. atbert dana Aed : is dóchaide ar sé m'fácbáilse innocht la Laignib.

Imthús Branduib sunna. rosnglámaigit leis a ghrega ocus a dhamrada . ocus ro chóraig a chatha . ocus ro imthig reime ra deim na haidche co cualatar Airgialla thsit sait ocus broscar in mórshluaig . ocus ráimtén na grega . ocus teinmnedach na damraide fá na fénaib. atráchtatar Airgialla fó a nidnaib . cia so bar Airgialla. ní annsa . gillanrad Laigen fó biud do ríg Eirenn. atráchtatar Airgialla suas ocus in lám dobeired in fer suas fogeibed mart nó muic fó a láim. ‖ fíor dóib bar rí Airgiall : léicid sechaib iat. imthigem diu bar Airgialla : ná ro der[maiter ár cuit] do'n chomrainn sin. luidset Airgialla rempo dá mbothaib longpuirt. lotar rempo Laigin co cnoc na caindle immedón in longpuirt ocus gatait in choire di'n chaindil. cá soillse [sút] atchiam bar in rí. ní annsa bar in clam : in biad doriacht. ro éirig in clam ocus ro ben a chois crainn de ocus rosiacht a lám a chlaideb. ro tairntea a naireda do na damradaib . ocus ro léicthea na graige fó scoraib fer nEirenn co ndechatar i fénscor co ro bhrisiset botha ocus puiple fer nEirenn. atráchtatar Laigin as a cliabaib amail buinne dilenn do aillib . inimdhornaib a claideb . i cuslaigib a sciath . inataib allúirech. cia so bar ceinél Conaill ocus Eogain. lucht taisbénta in bíd ar in clam. indeo ale bar cách : is sochaide iat. ocus ro éirigset Conall ocus Eogan . ocus cid iatsaide ropsat láma in net nathrach. doringned cró sleg ocus sciath aco má ríg nEirenn ocus tucad é for a ech ocus rucsat leo co bernaid na sciath . fácbaiter scéith fer nEirenn ra hucht na bernad sin. beirid Rón cerr muscul ar amus ríg Eirenn ocus marbais nónbar cá innsaigid . ocus tánic Dub dúin rí Airgiall eturru ocus comraicis dó ocus do Rón cherr ocus tuitis Dub dúin leis. beirid Rón cerr doridise muscul ar amus ríg Eirenn . ocus tic Fergus mac Flathrái ri tulcha óc eturru ocus tuitis Fergus la Rón cerr. beirid Rón cerr iar sain muscul ar amus in ríg . ocus geibis a chois ocus trascrais chuice é dá eoch ocus benaid a chenn de for in lic chommaig chnám. gabais chuice a théig ocus dórt[ais] a mírenna eisti ocus cuiris in cenn innti . ocus gabais reime fó láim for lergaib in tsléibe ocus anais ann co maitin. ro lensat dana Laigin iartain leth Cuinn ocus cuirit a ndergár . luid cách arna bárach co coscur ocus commáidib conice bail irraibe Brandub. tic dana Rón cerr ocus cuiris cenn Aeda meic Ainmcirech ina fhiadnaise. conid cath dúin bolg sin for borama. isin chathsa ro marbad Bec mac Cuanach.

Ro thoibgiset iarum in mborama .i. Colmán rímid ocus Aed uairidnach . Maelcoba . Suibne menn . Domnall mac Aeda . Cellach ocus Conall cael dá mac Máilcóba . Bláthmac ocus Diarmait. gabais iartain mac Bláthmaic ríge nEirenn ocus ní thuc in mborama . co ro tinólad leis tuaiscert nEirenn ocus atnaig can a cháin ocus ro ráid :—

> D énaid dúinn bar comairle . a chenéil Eogain ‖ [ailig] ⁏
> [in ragam] fó róLaignib . nó in anfam ac ár taigib
> T abram linn ár mbóramai . immandernad in debaid ⁏
> tiagam illeith mór Moga . na sluaig na saiget segair
> [D énam] sluaiged sírbága . innised cách dá chéile ⁏
> [tabram ár co]nairmchrechaib . for róLaignib condéine

[Táncatar] Conall ocus Eogan is Airgialla . fir Breg [ocus Míde c]o lerg mná fine. lotar Laigin [ina ciunn] . is é ba rí Laigen in tan sin Faelán m[ac Colmáin . ocus ro chui]r[setar] cath. memais for Sechnasach ocus cuirther ár leithe Chuinn . fácthair in boroma ac Laignib.

Gabais Cennfaelad mac [Crunn]máil ceithri bliadna co torchair la Finnachta. gabais Finnachta fledach mac Dúnchada iar sain ríge nEirenn fiche mbliadan . ocus beirid in mbóroma fó dí cen fhresabrad. in tres fecht tánic dá tobuch ro éirgetar Laigin ina aigid. dorónad móirthinól leithe Chuinn laissium co lathraig Muiredaig i cóicrích Laigen ocus Míde. ro saig a fhios sain co Bran mac Conaill . tinóltair laisside Laigin combátar etir laech ocus chléirech co hAilinn. ní thánic . dana Molling leo ocus tiagair ar a chenn Molling uaidib . ocus is ann bói Moling in tan sin ac ros bruic risanabar teg Moling in tan so . uair ó thánic Molling ó shruthair Ghuaire nochonfuair inad árais nó co tóracht co ros mbruic . *unde* Molling *cecinit* :—

> C uice seo ro dhálussa . is ann dogén mo thrátha ⁏
> ní scér risinnárussa . nó co tí laithe brátha
> I s ann ro bias m'acarda . mo tháidiu ós in tuile ⁏
> ní mór mo sháith chotulta . cot atach a mheic Mhuire

R os neidnech na habnaire . ros ndubghlaise co ndremna !
   druim ndáile druim ndamgaire . ros bruic ar brú na Berba
M é Molling na fírinne . teg Molling bias ar m'árus !
   do deoin ríg na dílinne . is chuice seo ro dhálus

Mar doriacht in fios sain dochum Molling ro thinóil a muintir
ocus dorigne in láid :—

I nmain triar a Chríst ghrinn ghluair . ragus lemsa ar chenn in bhuair !
   Forannán Aed mac Senaig . is Colmán ó chluain chredail
I nmain triar ná táraill ces . do ragat lemsa romles !
   Dubthach Dubán dichlis brón . ocus Cuan ó chl[ochán] mór
I nmain cóicer comall nath . Ailgenach is Fulartach :
   Momenóc Milóc na mionn . ocus Fionnbarr fial forfhionn
I nmain cethrar comall nán . Elchomach ocus Aedán !
   Sarnatán Colmnatán cain . nocho limsa nach inmain

As a aithle sin gabais Molling reime co hAilinn áit irrabatar
Laigin ocus ro ferad fíorcháin fáilte acu fri Moling . ocus deisid
Molling for láim ríg Laigen.

Isin tan sin ro ráid Bran : cá comairle dogénam .i. in cath
dobéram do leith Chuinn nó in ammuinigin ár naem chena rag-
mait d'iarraid a maithme na borama . ocus más ammuinigin naem
cia do naemaib Laigen ‖ chuirfimid d'iarraid maithim na borama.
ocus is amlaid ro bái cá rád ocus dorigne in láid :—

T iorchan dúin a Thuathail . meic Aililla uathmair.
   cia ghébus Laigniu alluathmaig . tacair [cruai]d tria báig
C ia do naemaib Laigen . fedaib maigib maigen.
   cia naem do'n dreim daigfer . diongbus di in pláig
I nní Brigit buadach . nó inné Fiontan sluagmar.
   nó inné Maedóc ruarach . nó Molaise stuagmar.
       nó inné . . . .
I nné Brénainn gabra . nó inné Cainnech [amra].
   nó inné Lachtáin láinghel . diongbus ní as ár cionn
N ó inné Fiac temrach . nó Tigernach trednach.
       nó inné Fiachra fionn
C ia do'n chóiciur cheoluch . a haentelluch treoruch.
   Dagán epscop Eogan . ocus Abbán áinghel.
       ocus Cáimghen cóir
I nné Mochua chluana . dolcáin cosna buadaib.
   cona sheisiur buaduch . bérus uan in cíos
I nné Colum tíre . nó inné Báithín brígach.
   nó inné Maedóc ferna . febda in fer cen scíos
I nné Ingall cráibdech . nó Itharnaisc áilgen.
   nó inné epscop Colmán . nó Comgán in ghlinn
N ó inné Berchán rocháid . nó Eimín cen fodháil.
   nó Mochua mac Lonáin . nó inné Molling

N ó innirscartad comlainn . nó innaiged ra dodraing.
    ra Finnachta in tsluaig
N ó inné cruas ár catha . má tuitfet meic fhlatha.
    bérus an ffor uainn
M olling lasar daiged . tonn líonta na nairer.
    dogéna les cáich
I s é in torcda trétaib . is é in barr uas gécaib.
    mac Failléin in fáidh
I s é in sról dar sluagaib . is é in long ar luamain.
    is é in calainn míos
R étlu ruis bhruic bhuada . atchluinim atchuala.
    bérus uainn in cíos
I s é in tucht fichtech . is é in chaindel chrithrech.
    is uabar in rád
I s é *Daniel* gáidel . is é luam na táiden.
    ua Dega na ndám
E ch cacha ríg ruirech . screpul cacha cuiled.
    uam dom Molling
U inge d'ór cach aicme . . innaicme.
    d'ú Fheradaig fhinn
S crepul cacha deoraid . nochon . . ar.
    etir thair is tiar
C aera cach mná cerna . samasc cacha selba.
    do mac Fhailléin fhial
R agaid mise ria . corop deoin re dia.
    co ro gabar mo dhuain
I in bhórama shaidbir . berar uaib for Laignib.
    co bráth [nocho mberthar] . nocho nerthar bad . .
R osiasa tír nAeda . nocho nfaigiub caemna.
    ac iarraid bar cruid
R agatsa bar conair . [mo shét] corop soraid.
    dar toraib cach tuir

Is ann sain atbert Bran airdchenn ac nertad Molling:—

E irig a Molling . combuaid chrábaid ghrinn.
    déna ní as les linn . is éirg fa thuaid
N árap grian tria thech . nárap dál má sech.
    corop sochar sluaig
C orop rathmar ciuin . nárap é in lá liuin. ||
    nárap dígair duairc . níratrágbus ces.
    nírap fes na cuairt
M echsa is m'eirred gnáth . béra uaim re cách.
    co tí bráth bad buaid
R otfia ros cain . is rotfia dún mBrain.
    rotfia Gáisit ghluair
D ot mac is dot ua . ríge dóib dorua.
    ní cheilim ar chách
I n a tardais dam . bad móide do blad.
    nó co tóra in bráth

B órroma bar mbuair . nocho bérthar uaib.
    a Bhrain airdchinn áin
C éin bérsa for nim . nísbérat na fir.
    do chlannaib Néill náir
D ergfaide bar rinn . atbeir rib Molling.
    bad áigsech bar nord
F innachta ro faeth . immar ro thuit Aed.
    imbelaig dúin bolg
R o thuit Faelchú féig . ocus Raen mac Néill.
    ro fácsat a fadb
D o faeth Dáire dian . Labrán fionn na ngiall.
    i cath ruis dá charn
N á fuirig do báig . acht éirig ra dáil.
    do bhriathar bhláith bhinn
R otfia cocholl sróill . bia ar mo lethláim lóir.
    is éirig a Molling

Ro éirig Molling iartain ocus atbert ra tollchenn chluana ena risin filid tuidecht leis co teg ríg Eirenn combad é no gabad in duain molta doringne Molling. is ann ro ráid Molling na briathrasa oc tennad a étaig:—

I nanmaim na trínóite . trínóit cáta nem
athair mac is spirut naeb . is araen dom reb
I nanmaim a dhaenachta . meic in choimded cháid
inanmaim a dhéachta . Isu uasail áin
I nanmaim na narchaingel . atát aice ar nim
inanmaim na nardapstol . filet má ghnúis ghil
L eis comus ár mbethaigte . ra coimsid na cland
leis comus ár marbthane . in tan tic in tam

Gabsat rompo iartain co teg Cobthaig meic Cholmáin inúib Faeláin ocus ro diurad fled forro corbatar daethanaig. atbertatar a chliar risin fer ndána : is bec linne ar siat beith duitsiu i cléir chléirig. mássed bar in file fácbam na clércha ocus tiagam rempo co teg ríg Eirenn. ro gabsat rempo iarum co teg Finnachta. mar ráncatar ro gab in fer dána duain Molling ocus atbert issé doringne.

Imthúsa Molling . ro éirigside arna bárach ocus ní fríth in chliar. is fíor ar Molling : élúd ram duainse doringne in fer dána ocus recfaid í ra ríg Eirenn. ro chuaid Molling reime immuinél fionnmhaige risanapar mag nechain indiu . immag cláraig suas co ránic collathrach Muiredaig. ro éirgiset maccáime fer nEirenn dóib má Doinnghilla mac Finnachta iarna turchlos sin dóib reime . dosbertatar frois .i. do fhótaib do chlochaib ocus do chepaib conna . . . gabais reime . . . ríg ocus ní

fuair . . . ocus ba nár leis. [éirgios Colga] mac Maenaig
meic Dubánaig [ocus Diarmait mac] Colgan reime ocus tócbus
[Diarmait] mac Colgan a ghlún reime . ocus is ann ‖ bátar
for uaithne cherna in cholbai. rosbennach Molling iartain in
Colgain sin ocus in Diarmait mac Colgan. dorála agallam iartain
ar amus na macraide cétna . ocus ro diubairgset innag nall-
aid co tarla erchor díob i tengaid orcan Doinnghillai meic Finn-
achta combo marb de fó chétóir inosnaid Molling . co tucad gáir
mór ghubai ann. cá guba mór so bar Finnachta. do macsu
Doinnghilla dorochair ann im einechsa ar Molling. todúisc in
mac a chléirig ar Finnachta ocus rotfia a lóg. ní iarraim ar
Molling ar mo duain ocus ar todiuscud do meic ocus ar nem
duit féin acht cáirde mán mborrama colluan. rotfiasu sin bar in
rí. ro éirig Molling chuice ocus ro naidm in trínóit ocus in
cetharsoiscéla coimdeta fair ocus tairthis baeth naraig fair.
gabais in cléirech a duain:—

  F innachta a huib Néill . amail gréin a trácht !
    is í in barc uas in tuinn . is í in tonn uas tracht
  I s é in cath ar tír . ar ná lámat ríg a ngres !
    is é rí Temra catiath . is é in triath dá tic alles
  I s é in tuile glonn ri gail . is é in tonn immaig 's amach !
    is é rí na Temrach tuaid . is é in tiarn cruaid resin cath
  I s é cride cherna Chuinn . bile Temrach tinn i tinn !
    is é in Finnachta nach fann . is é in crann fingarta finn
  A tchuala ra senaib sunn . ferr molad iná cach mod !
    ná fitir Finnachta fial . co nach cian mharus in crod
  T éit in crod a seilb cach áin . ac síol nAdaim im gharuair !
    baegal cách nech fó nim nár . téit má sech in saegal suaill
  C oirpre is Cormac is Art . Conn ra riced rígleptha !
    ciar gabsat Temair co tenn . dar lem is ferr Finnachta

Mesu a chách linn do dhál ar in rí bréc do rád duit .i. in duan
doringne Tollchenn file do reic duit. atbert Molling : más é
doringne éirgedh ocus geibedh a dhuain. ro éirig in fili ocus do
chuaid ina chenn ocus issed ro ráid:—

    D ríbar drábar . cerca is cábail
      lachain odra . lodra lomna áraig
    C locha eore . datha déine
      benna Cuailnge . buaidre céille
    C iall ar esbaid . grian ard uismid
      gaeth na sidi . Lifi lusmair
    M olling luaimnech . luam na fírbreth
      feidm tenn treorach . ac deilb fírbreth

M ise romom . co muir mideng
　　ticfa thorom . grogoll triball
M ise imbárach . co muir míllach
　　d'es ruaid rámach . iar nuaim trílech

Eirgid in fer dána iar sain ocus beirid side dian dasachtach co tuinn dúine meic Fhánat allátuaid d'es ruaid co rosbáid ann. mar atchonnairc Finnachta sain ro gab a chois fó'n chléirech ocus cen a oclugud ris ní bad mó . ocus a mac do thodiuscud dó ocus cech ní má tánic fogébad. ro éirig Molling iartain co mbái ós chionn in meic . ocus ro guid in coimdid co díchra ‖ co ro thodúisig dia fairsium mac Finnachta. is ann atbert Molling:—

C ríost conic mo chrí . nachumthair tríst tré
　　corop glan mo ghleo . céin beo for bithché
D oinngilla co tí . a rí catá in reo
　　mad cet ra mac ndé . corop é in mac beo
C orop é in mac beo . mac Finnachtai in tsluaig
　　mac beo mac in máil . ar dáil co dia luain
C ian gairit co bráth . bud é in guth gnáth grinn
　　in luansa ra luad . bid é luan Molling
B id dál fhota í . ní bad dál tar ais
　　ní luan trátha fois . acht luan brátha brais
E irig suas co héim . do réir choimded cháid
　　a Dhoinngilla dhéin . nárap léim sech láim
A r dia dogní in síd . nárap díol iar scís
　　isteg atá in pháis . con ná dig darís
A enmac Muire as mó . uas cach cuire atchí
　　coimde nimi núi . mo choimge is mo chrí

Tánic tra Molling reime atuaid d'innsaigid Laigen ar maithim na bórama. ro chuala dana Adamnán in scél sain .i. maithem na borama do Molling ocus cáirde do thabairt impe co luan. tánic reime co dú irraibe Finnachta . ro chuir Adamnán cléirech dá muintir ar chenn Finnachta co tísed dá acallaim. is ann ro búi Finnachta oc imbirt fhidchilli. tair d'acallaim Adamnáin ar in cléirech. ní rag ar Finnachta co táir in cluiche seo. tánic in cléirech co Adamnán ocus ro innis dó in frecra sin. atbert Adamnán : imthigsiu ar sé Adamnan ocus abair frissium gébadsa caecait salm innairet . ocus atá salm sin chaecait sin gétus ríge ar a chlaindsium ocus ar a úib ocus ar fer a chomanma. tánic in cléirech co Finnachta ocus ro innis dó. ní thuc Finnachta dá úid sein co tarnaic in cluiche sin d'immirt. tair d'acallaim Adamnáin ar in cléirech. ní rag Finnachta co táir in cluiche seo. ro innis in cléirech sin do Adamnán. imthig

doridisi ar Adamnán ar a amus ocus apair ris gébatsa caecait
aile sunna . ocus atá salm innti dobéra gairde sacgail dósom. ro
chuaid in cléirech ocus ro innis d'Finnachta ocus ní tharat Finn-
achta dá úid co tarnic dó in cluiche sin. ro ráid in cléirech in
tres fecht ra Finnachta. ní rag ar Finnachta co táir in cluiche
seo. tánic in cléirech co Adamnán ocus ro innis dó. innsaigsiu é
ar Adamnán ocus abair ris gébatsa caecait innairet sain ocus atá
salm innti gétus fairsium cennsa in choimded d'faghbáil. ro
chuaid in cléirech ocus ro innis d'Finnachta. mar atchuala Finn-
achta éside ro chuir in fidchill co tric tinnesnach uad ocus tánic
reime co dú irraibe Adamnán. cid tuca duit a Fhinnachtai ar
Adamnán ná tánacais risin cét techtairib. ní annsa ar Finnachta :
in ra máidis riomsa ar Finnachta .i. cen nech dom chlaind do
ghabáil ríge nEirenn ocus cen fher mo chomanma . fóal lemsa
sain. a ní dana ro ghellais dam .i. gairde saegail . étrom ‖ dana
liom sain. dáig ro ghell Molling nem dam. in tres ní dana ro
ghellaissiu dam .i. can chennsa in choimded d'faghbáil ní ro
fhuilngessa sain do chloistecht can tuidecht fót guthsu. is dó
doringne dia sin uair inní ro ghell Molling dó ar maithim na
borama ní ro chetaig do Adamnán a imdiubairt imme. in fíor
maithem na borama duitsiu co dia luain ar Adamnán. is fíor ar
in rí. rotmelladsu deside bar Adamnán . uair luan laithe brátha
atbert in cléirech. mani thís tairis indiu ní ticfaider co bráth.
roptar carait imorro Adamnán ocus Finnachta ó ro búi Finnachta
ina rígdamna ocus Adamnán ina fhoglaintid óc.

Is in tan sin doringne Adamnán na runnusa:—

A ndiu cia chenglaid chuacha . in rí crínliath cen déta ɂ
   in dál do maith do Molling . deithfir do'n ching nísnéta

D ámad mise Finnachta . in Finnachta flaith Temra ɂ
   co bráth nocho tibérainn . ní dingénainn na nderna

C ach rí nach maithenn a chíos . is fata bhít a scéla ɂ
   mairg do rat in dáil do rat . in tí as lac is dó as méla

D oarnachtar do ghaesa . is ar baesa combine ɂ
   mairg rí ro maith in cíosa . a Iosa nemda nime

S ochla cach nech ó threbus . is mairg lenus do liathu ɂ
   fata in dálsa má cate . bad fate comma fiachu

D amsam ríse ruadus chrú . ro thairnfinn mo bídbadú ɂ
   ro thóicébainn mo dionngna . ropsat iomda m'írgalú

R optís imda m'írgala . mo bretha niptís guacha ɂ
   roptís fíora mo dála . roptís lána mo thuatha

R optís imfhaicse m'airde . roptís daingne mo dhaingne ɂ
   in dálsa cia mad tecmaing . nocho legfainn re Laigne

G uidimse itche for dia . nachontháir bás ná bac ul!
   co ro thérna indiu Molling . ní thaeth do rinn ná d'faebur
M ac Failléin fer dar múru . ní chlóifither for cúlu!
   ro fitir rúnu meic dé . ro fitir mac dé a rúnu
T rí caecait salm cach dia . issed geibius ar dia!
   tri caecait bocht seol sairthe . issed biathus cach naidche
I n bile buada bisig . in fisid cosna fesaib!
   long lerda fofhuair fáilte . tonn Berba báirce Bresail
I n long d'ór as lán inne . in clár d'ór ós na clanna!
   éicne dubghlaise duinne . fuaim tuinne tolg fri halla

Iar sain atráchtatar fir Eirenn i ndiaid Molling . ocus is and bói
Molling ac tórainn inaid muilinn i fornocht conacatar cucu Finn-
achta co feraib Eirenn. ótchonnaic Molling iat is and atbert:—

A mo choimdiu chumachtaich . dorigne gach rí fó nim!
   a rí ro fitir cach rún . co . . . . . . ‖
F innachta ón Finnachta . tarncatar a rígleptha!
   mo mallacht is mallacht ríg nemda . for ríg Temra for Finnachta
F innachta ón Finnachta . tarncatar a rígleptha!
   a ríge sech cach ro theirinn . ní cheilim for Finnachta
T airnébtait na hanflaithe . tóicébdait na fingarta!
   bennacht ar shíol nDiarmata . mallacht ar síol Finnachta
A deich ruc in mboroma . a dá fichit fingarta!
   ó Thuathal thechtmar na ndíne . nó co ríge Finnachta
M ise ruc in mbórromai . do Laignib co fulachtain!
   ó úib Néill can nert doilge . a mo choimdiu chumachtaich

Gabais Molling reime darsinnáth anonn ocus benais a chloc
ocus cuiris scén fó buaib Laigen co riacht cach bó díob a díon
ocus a daingen. dorónsat leth Cuinn cró bodba impu . is and sin
atbert Molling:—

C orbar cairrge ar dairge donna . corbar tonna ar ghlaislinne!
   corbar clocthige ós chella . nírap ella aislinge

Ránic reime Molling siar conice dú itá cros Molling . ro shuid
and ocus doringne in rann:—

S uidem sunn suide nága . eirgem ra bága buada!
   cipé bés for ghreis Cholaim . ní bia a cholainn fó chuana
M o mallacht ar Finnachta . ocus mallacht ríg nime!
   ro impá form Finnachta . ní bad airdide a fhine
A Bhrigit chille dara . a meic Tháil ó chill chuilinn!
   ocus a mheic Mhuire . is let cach suide shuidim

Is iar sain ro ráid Molling : ricfaide a les cobair and so i
tráthsa. ro foillsiged do Mothairén éside ro búi inairiucht ríg
Laigen. is airc ar sé do Molling i tráthsa . ocus dámad maith
risin çoimdid ropad maith linne ceo do chur thairsiu. tucad in

ceo thairsiu ocus cia thucad ní fhetatarsom a thabairt . ocus
andar leo atchonncatar a námait iat. gabsat rompo co háth Laeg-
aire . áit irrucad Labraid loingsech . ba hand atbert Molling : cia
fil sin baile út i cluinem in cloc. is and atbert Colmnait in
chaillech fris : monuar tra a chléirig . andar lem is uamain rot-
medhair . cell usaille sin ar in chaillech. atbert Molling : cá broc
bennchoprach mór sút atchiam i cúil na cetharda. cell dara sin
ar in chaillech. conid and doringne Molling in etarghuide seo :—

A Bhrigit bennach ar sét . nachartáir bét ar ár cunirt !
   a chaillech alLife lán . co rísem slán ár tech uait
A Bhrigit bennach ár sét . bí féin acár nimchoimét !
   cid cian cid gairit ár techt . do spirut nár comaitecht
A Bhrigit réidig mo rót . a chaillech óg éimid út !
   tair dár cobair co fa chét . corop soraid ár sét chút
B ladfhocal ón bladfocal . a Chríst tair dom anacul !
   a Bhrigit scar os mo chionn . do bhrat fionn dom anacul
A meic Tháil ón a meic Tháil . a chléirig úirdnide áin !
   a Bhrigit ‖ ilLife luirc . meic uilc ní thíset nár ndáil
A Máilruain ón a Máilruain . a Michíl árchaingil uaig !
   nirbar lobair corbar tréin . corop éim ár cobair uaib
I tche thenn ón itche thenn . Mochua chluana dolcáin lem ! ·
   má atá Usaille ina chill . taet co gcluc binn ar ár cenn
B eo mo rí ón beo mo rí . mairid méraid mac dé bhí !
   ar cach rámut ar bithché . ria sluag námat conartí
N ert dé lenn ón nert dé lenn . ar náragbaither ár nell !
   a Cháimgin cháid má atái it ghlinn . ra báig Molling tócaib cenn
C omgán beo ón Comgán beo . dom anacul ar cach ngleo !
   Molaise co cétaib naem . ocus Airnín araen leo
L estar óir ón lestar óir . Aed mac Eogain chluana móir !
   imda ríograd imma lecht . rop líonmar oc techt nár tóir
T ipra ghlain ón tipra ghlain . Dílgedach mac Cairpre chain !
   do maithib domain in fer . mochen a chobair indfir
S ruith in dám ón sruith in dám . Dagán ocus Báithín bán !
   dár nanacul ar cach ngort . ná hágam olc iná hág
E pscop Ith ón epscop Ith . Cruad ocus Elcho cen chlith !
   guidet in coimdid fó leith . dar mbreith sech coibdin sech creich
E pscop Ith átha fadat . sech na sluagu nár sagat !
   immainn acainn ar cach ngleo . epscop Ith dár nimdeigleo
A dmuiniursa Mothairén . a chomairge is robalc !
   romainse cacha trátha . epscop naem átha fadat
A r cach nolc atágursa . bágursa mac nAengusa !
   áilim Mothairén in breo . tabrad ceo darm chaemusa
A chaillech ó'n chetharlocht . a dinn caillech sonaide !
   a Chrón a ingen Shétnai . bennach sét mo chonaire
A Thacáin a ailithir áin . fhuil i tír ua Crimthannáin !
   ní thíset námait nár ndáil . ní rabat cár nimgabáil

C luin ár nuall ón cluin ár nuall . a Mhenóc ruis muchnaig muaid !
  a Choluim meic Chathbaid áin . a Choluim cháid ó chluain uail
I n buarsa thucas atuaid . slán romfháicfe slán romfhuair !
  a Chelláin a chell for sléib . tair fó bhéim in bhennáin bhuain
M aedóc mín ón Maedóc mín . ticcd dar cech saebrót saer !
  Colum cille Comgall cáid . Molling na ndáil más í a chóir
A Mhunnu réidig mo rót . a Abáin caemaig ár sét !
  a Mhaedóc dar toraib tuath . ná hágamne uath ná héc
C ros dé bí ón cros dé bí . ra bruinne cach uilc fó thrí !
  uair nach ágamar mac ndé . cia bé ní ágamar ní
A trácht immum as cach áird . atrácht d'imdegail mo luirg !
  ingen Taláin árd a grád . atrácht do lár mhuige luirg
A Cholmáin shléibe in mhesa . atát i péin mo chosa !
  a epscuip átha fadat . is uair charait inosa
A rí rún ón a rí rún . a naem Pátraic fhil indún !
  cépedh leth tiasam ar sét . rop soraid bés cach raen rún
T air dár ndíon ón tair dár ndíon . a Mhuire a máthair in ríg !
  a émnat a fhidnat án . a cholmnat bhán is a bhríg

. Finit .

[*Mionannala sunna . mar atá ó ríge do ghabáil do Shuibne mhenn anuas go dtí bás Conghaile chinn mhagair .i. ó aois Chríost sé céd a cúig dég gusin mbliadain secht gcéd a deich.*]

A.D. 615 . . . lá dana do Shuibne mhenn ina ghilla óg ina thig féin ro búi acá rád re a mhnái : is ingnad lem ol sé a laighet ro gab cinél nEogain tigernas for chách innosa. is ed ro ráid in ben [tré] chinél fochuitbeda : cid duitsiu ar sí cen chruas do dénum ocus dul rempu do chogud for cách ocus coscar do breith co meinic. is amlaid sin bias ar eisium.

Tánaicsium ar sain immach ocus sé armtha sin matain arna márach . ocus dorála óclách do lucht in tíre do ocus sé armtha. ocus doróine comrac fris corro ghiall do rinn ghái do. ocus is amlaid sin ro thionóil sluag do ar éicin ocus ro gab Suibne ríge Eirenn.

Is rá réside ro búi cogad itir na dá Fhiachna .i. Fiachna mac Demain ocus Fiacha mac Baetáin. issí máthair in Fhiachna sin

ro ráid in tan tucad máthair í ac faicsin di in mic thíre ac dulu
fó na caeirib ocus acá marbad : ro bud maith lium or sí mac do
gheinemain uaim ocus uaitsiu dobéradh in aradhain út for do
chinedhsa. ní thí ar in saegal in mac sin ar in tathair. cidedh
tra rug sí Fiachna iartain ocus tucad for altrum.

Tánic fecht naen ann do thig a athar ocus a máthar . acht nír
ba hinmain risin nathair é ar a dhúire ocus ar aicniud a máthar
do beith aice. beiridh iarum a máthair lé hé in naracul fó leith
ocus fritháilter ann é ocus a aite. tic in mac iar sin immach ocus
a fhuigell feola ar biur ina láim do maccaemaib aile . ocus issed
thánaic dochum in taige rígda irraibe a athair. mar achonnaic in
tathair é chuige ro oslaic do choin ghairc ro búi aice ocus ro
ghrés fá a mhac é. is isin uair chétna tánaic in seig chuige ar tí
na feola . ro fritháilsium imorro in coin ocus in seig .i. do rat
buille do'n bhiur cona fheoil i cracs in chon co ránaic i cride in
chon . ocus ro gab di'n láim aile in seig. ra faicsin imorro dá
máthair in chon do'n dara leith dá mac ocus na seige di'n leith
aile ro bíodc . ocus is é méit na bíodca co ná ro choimpert riam
ina broinn ó shin illé.

In cocad tra rómhór ro búi itir na dá Fiachna remráidte ba hé
Fiachna mac Baetáin ro beiredh coscar do ghrés . ocus ní namá
no beired coscar do Fhiachna mac Demain acht ro beired coscar
do na huilib rígaib no thecmad ris. mac do'n Fhiachna mac
Baetáin sin in Mongán erdairc . cia atberad gúshenchaidi comad
mac do Mhanannán é ocus condigsed irrechtaib imda ní creidte
sin [acht] ro b'fer fesa mhóir in Mongán ocus ro ba gér gaeth
glic a intlecht.

Lá tra thánaic in Mongán sin ocus a máthair ris ocus buidne
móra immaille friu ar fut trága atchonnaic in máthair cloich
nálainn co ndathaib imda sin tráig . ocus ro thócaib in chloich
ocus ro thaisilb do'n mac. in chloch sin atchísiu a máthair ar in
mac is di muirbfidter meise. ro bíodc in máthair co mór acá
chloistecht sin ocus dorigne min uile do'n chloich. issed ro ráid
in mac : is dímáin in saethar sin a máthair . uair gé doghnéis
luaithred di ocus cia chuiri fó thalmain is di muirbfidter do
macsa. ro chuaid in máthair iar sin illuing ocus in chloch ina
luaithred immedón indbhréite ‖ le edh radairc issin muir co ná
faca tír ná talam uaithe . ocus ro chuir isin muir in brét cona
luaithred inn.

625. I ciunn bliadan imda iartain tra táinic coblach mor a Bret-
naib corro aircset na ferannu comfochraibe dóib co tánaic Mon-
gán co sluagaib immaille fris co tuc maidm forru . ocus ro cuirit
ar éicin ina longaib iat. ro gab imorro aen díob cloich assin
tráig ocus do rat urchor di co tarla i cenn Mongáin co torchair.
ocus ba hí cloch búi ann in chloch út arna cur do na tonnaib
rempu conice in tráig ocus arna dénum do'n luaithred út ro búi
issin bréit. tucad iarum aithne ar in chloich ocus ba marb Mongán
de sin .i. i naenmad bliadain déc Shuibne minn. ocus tuc in
Mongán ria néc in chloich illáim a máthar ocus tuc in máthair
aithne fuirri. ro búi dono in fer ro marb eisium ocus lucht a
luinge uile for cumus ocus ní ro léic Mongán duine díob do
marbad acht allécon as . acht chena ciarbo mhór in coblach ní
ránic díob uile gan marbad ocus gan bádad dar muir soir acht
aen duine namá.

Adubairt dono Mongán ac éc ria máthair : biatsa beo i ceirt-
chiunn bhliadna im adnacul ocus oslaicse in adnacol. ro mellad
dana in máthair uair ní thuc aithne ar in mbissex . uair ba bhliad-
ain bhissexa in bhliadain . ocus ní issindló chóir thánaic. in ló
thánic imorro fuair tes i curp a meic ocus allus teg triana thaeb
ocus fuil ac siledh dar a srónaib ocus sé ag fuabairt éirge (*si verum
est*). bliadain co fuillium iartain dá athair ina bethaid.

626. Fiachna mac Demain imorro arna foruaisliugud co meinic
ó Fhiachna mac Baetáin ro fiarfaig de sochaide . ocus ro fiarfaig
dono co sunnradach do bráthair óc dó ro búi i ndaltus Chomgaill
cid fodera a foruaisliugud in mheince seo ocus a mélachtnugud
ó Fiachna mhac Bhaetáin. issed ro fhrecair dalta Comgaill : in
fetar ar sé cia uaib as deithitnecha ar a ndein Comgall érnaidhte
.i. in dar muintir a athar dogní indúthrachtacha indás foirrne
ocus sinn dá fhaemad co dúthrachtach chucainn. is fíor sain ar
in rí . ocus ní léigfither dosum in fad sain.

Tánic indrí fó chétóir co sluag mór maille ris do innsaigid
Chomgaill . ocus ro fhiarfaig do Chomgull cia uainn risnat mó
ghuidi in coimdid a chléirig ol sé. guidim foraib maraen or Com-
gall .i. ar chiniud mo athar ocus ar chiniud ro fhaem mé co dúth-
rachtach. cia uainn dana ar in rí risnat mó dobeiri dúthracht do
chride at érnaidhte. re ciniud m'athar ar Comgall. truag truag
sin a dhuine náim ar sé : is sochaide d'ár saerchlannaib ne ro mar-
bad ocus ro gabad trít sin . meise féin imorro ar sé ro bad ferr

mo beith marb indás a mheince tucad méla form . ocus mása
maith lat airchis co luath díomsa ocus dom chiniud mhélacht-
naighte nó beimít inár naimtib duit. issed ro ráid Comgall :
fechtnaighte isintsacgulsa ifus iarrai nó in flaithes nime thall.
issed ro ráid in rí : coscar ar sé do breith dam dom naimtib . ocus
a maithis ocus a faidb d'faicsin i mbrait agum . ocus in rí ruc mo
choscar ǁ co meinic anallana a marbad lem . ocus corob ceol oc
fledaib innisin a náir ocus a marbtha a bélaib bard.

Ba tuirsech tra Comgall do'n sgeol sin . ocus ro gairmedh
Fiachna mac Baetáin chuige ocus issed ro ráid ris : cá rogha
bheirisiu ar sé : in coscar do breith mar rucais anallana ocus
nem thall do ghait fort . nó do marbad i gcath le mac nDemain
ocus do beith i flaithes nime tria bithu. is ferr lium arsa Fiachna
mac Baetáin saegal gairit acum i fus ocus beith i flaithius nime
tria bithu. ro altaig Comgall a buide sin re dia. ro bui dana
druth Fiachna meic Baetáin oc cloistecht risin comrád sin ocus a
chluas risin tech . ro altaig iartain Comgall comad in naenfecht
foghabadsom bás ocus a tigerna isin chath . ocus amail búi i
comaentaidh a tigerna ifus isin tsaegul co mbiadh immaille fris i
flaithius nime. ro ráid Comgall : doghéna dia amlaid . ocus amail
atáisiu ifus ac molad do thigerna biasu co honórach ac cloistecht
re ceol mbinn muinntire nime ac molad mheic Mhuire.

Ro thinóilset tra leth for leth in dá Fiachna ó a nuilib brígaib
dochum in chatha . in Fiachna imorro no beiredh buada conice
so ro foruaisliged sin chath so . ocus in Fiachna ro cláitea ann is
é ruc in coscar . ocus ro marbad Fiacha mac Baetáin rí Ulad
amlaid sin la Fiachna mac nDemain. nír bha chian imorro iart-
ain saegal Fiachna meic Demain . uair ro thinóilsium tinól mór
lais in Ultaib ocus ro marbadsom tria inntledhaib a námat.
innistir imorro co mbíodh fer síde oc acallaim in Fiachna meic
Demain sin . acht chena ropo deman iar fíor in fer síde sin. ro
fiarfaig Fiachna dá deman in tan táncatar na námaid i gcom-
fochraib do : cate órd in tsluaigse ocus mo órdsa orse Fiachna.
issed ro ráid in deman : cia de na dá fót shalchasa atchí ar in
deman . beir rogha cá fót ar a dtuitfi . ár is ar nechtar díob
fogabai bás amail ro airlestair th'airledh. conid de sin atá in
senfhocal airdirc .i. amail ro airlestair a deman Fiachna. ro
marbad iarum amlaid sin Fiachna mac Demain.

628. Ro marbad tra amlaid Suibne menn la Maelcoba mac

Fiacha rí Ulad i gciunn cheithre mbliadan déc (la Conghal claen mac Scannláin rocher ocus ní la Maelcoba mac Fiachna).

Domnall mac Aeda meic Ainmirech dono ro gab ríge nEirenn i ndegaid Shuibne . a scélasaide imorro ocus a imthechta innister ar cath maige rath 636. inochtmad bliadain flatha Domnaill ro cuired cath maige rath.

643. Conall ocus Cellach dá mac Maeilecoba ro gabsat ríge nEirenn iartain. Diarmait ocus Blathmac dá mac Aeda sláine ro gabsat Eirinn as a naithleside. is ina naimsirside ro innarb Scandlán mór rí Osraide corca Laigde co comlán de chrích Osraide.

649. Is in naimsir na ríg so ro marbad Raigellach mac Fuatach rí Chonnacht .i. *in sexto anno.* is amlaid imorro ro búi in Raigellach ocus sé sártholach meblach . mac bráthar dono aice ocus cia ro ba háil do a marbad ní ruc fair co nderna ‖ a thruagugud féin tria nemchaithium bíd . uair ní chaithed di biud acht mad luaba caerach ocus ro ráid is i ngalar ro búi . ocus ane ba mór in galar irraibesium .i. in format .i. in pian as mó isin tsaegul ifus in format uair as é iráilios ar in mbráthair in bráthair aile do marbad.

Ro líon imorro re caeile in Raigellach amlaid sin triasin format ocus triasin nemchaithium bíd cor ba chomfocus bás do. ro chuir techtairi d'innsaigid a bráthar co tísedh dá acallaim amail bad ré néc. in bráthair imorro ní dechaid fó chétóir induair ro gairmedh uair rop aithnid do celga a shinnsir bráthar . acht ro irnaidh re tinól sochaide leis . ocus is amlaid tánaic istech irraibe Raigellach ocus a claidme nocht fó a coim acá shluag ocus siat immá gcuairt i timchiull a tigerna.

Raigellach imorro ciar ba himda do féin de sluag ní hinntib ro thairisnig acht is ina chelgaib féin . ocus issed ro ráid : uch uch tra ol sé is mór in tolcus ocus in tróighe i bfuilimse in tan ná tabair mo bráthair ocus in tí dúthracur do ghabáil ríge im degaid ocus as mó grád lium do dháinib taeb frium nó go fuil sluag acá choimét. amail tra atlóchursa do dia do beithsiu dom chiniud féin ocus do beith dingbála do gabáil mo flaithesa im degaid . acht méit na haingidechta duit sluag lat dot choimét forumsa ocus mé re bruinne báis ar ndula as mo chuirp ocus mo cholna. ó ro chuala im bráthair óg na briathra sin táinic a chride co mór fair ocus ro theilg frosa móra do déraib.

Tánaic arna márach ní as uaithe dia fhius. tánaic in tres lá co

lánuaithed . ro scinnset imorro muinnter in Raigellaig fairsium
ann sin ocus ro marbsat é. ro éirig Raigellach iarum amail bad i
sláinte . acht chena is ann sin nár ba shlánsom eitir ar marbad a
bráthar . ocus ro gab oc fledugud co subach forbfáilid.

Mairenn dana ben Ragallaig ro fiarfaig dá druid uair ro ba
reimfhisid ar todóchaide é : in fhechtnaige mór or sí i fuil Rag-
allach ar tuitim a námat uile lais ocus ar mbeith i sainmige lán-
móir innosa. ocus is aire ro fiarfaigsidi ar dáig forfitir co fuig-
bedh Raigellach a aidhed ó námait éicin cen co fitir cia hé. ro
fhrecair in fáith ocus issed ro ráid : in rí ro marb a bráithre uile
tiocfaidter ó a chlainn féin ris cen co sáilenn . ocus tusa féin
imorro tiocfaidter ret rath colluath ocus bid é torad do bhronn
tiocfus riut. issed imorro adubairt Raigellach riasi in chlann
dobéradh sí a marbad co díchelta arna breith fó chétóir co ná
tíosadh in timnedh út dóib triana claind.

Nír ba chian tra iartain corruc Mairenn ingen . ocus adubairt
rá muicide a breith leis dá marbad. ótchonnaic in muicide gnúis
na náiden tánaic a cride fuirri ocus ro chuir isin téig chétna arís
í ocus ro idhnaic co dorus mná cráibdige ro búi i gcomfochraib
do . ocus ra fácaib ann sin í ar chrois i bfarrad na hecailse.
tánaic in fhedb chráibdech immach mochtráth . ocus fuair in
téig ar beinn na croise ocus ro fégh crét bhúi innti. ótchonnaic
in náidin mbic innti ro grádaig fó chétóir í ocus ro ail co heclasta ||
í . ocus ní raibe in nEirinn uile bud chaeime atás. ránaic clú a
socraidechta co cluasa Raigellaig . ocus ro chuir Raigellach techta
uada d'innsaigid mhuime na hingene do chuinchid na hingene
uirri ocus ní thuc in mhuime do í. rucad chuigesium ar éicin
iartain í as in neimiud irraibe . ocus ótchonnaic in rí í ro róghrád-
aig ocus ro búi a ingen féin co colach aice. ro gab dana Mairenn
ac adéitchiugud in ghníma sin ocus acá ardarcugud . ocus ro
élaid d'innsaigid Dhiarmata ruanada ríg Eirenn dar Sionainn ar
snám co hailech Muirinne . ocus is ó'n Muirinn fuair in tailech a
ainm.

Ránaic tra fó Eirinn clú induilcsiu. ropo tochrád tra do naem-
aib Eirenn sin. tánaic Féichín fabhair d'innsaigid Raigellaig dia
chairiugud . ocus táncatar náim imda immaille ris co ro scaradh
ocus ní derna forru uile a legun. ocus ro throiscset fair . uair is é
so mét in ghráda do rat di dámad táisecha a carpatsi comad
éicin disi a hagaid do impód frissium . dámad túisecha a charp-

atsom no impádsom a agaid fuirrisi . ar dáig imorro ná dernad
nech aile in Eirinn a lethéite sin.

643. Ro ghuidset na náim co faghbadsom bás siu bad belltainc . ocus comad ó dhrochdáinib ocus comad do armaib delóirib
ocus comad i gcuithe shaluch . ocus dorála amlaid sin uile. in
nimorach belltainc imorro dorála agh allaid arna lot ocus sé ina
rith ina chennsom isin innse imbúi Raigellach ocus sé ac coimét
na hinnse. mar atchonnaic chuige indagh nallaid ro gab a ghái
ocus tuc buille de isin agh ó'n tslios co a chéile do . ro chuaid in
tag ar snám uad . ro chuaidsium in nethar i ndegaid indaighe.
ro chuaid in tag sel fata ó'n loch co tárla é dochum bachlach ro
bhátar oc buain mónadh . ocus ro marbsat indag ocus ra rannsat
eturru. tánaic in rí dá ninnsaigid ocus doróine bagar mór orra
irroinn in aige allaid eturru . ocus adubairt riu do chur uatha
feola indaige. issed imorro ro chinnset na bachlaig acu marbad
indríg Raigellaig riasiu dobértáis dó in fheoil ar éicin ocus issed
ón ro chomaillset. ro ghabsat leit do na ruamaib bátar ina lámaib ina chenn co fargsat cen anmain é amail ro ghellsat na náim.
ba de ro chan Muirenn in bhen ro búi aicesium .i. muime Diarmata :—

  B ái uile orba Briuin ba rogellach . co dé domnaig luide do aisnig
    cách dia comarbus . iar mbreith indríg do baislic
  N ochoncechar do mac . céin nombeo etir laecha
    's issed laithi sinsiti . bruinne ríg selga saetha

649. I sechtmad bliadain flatha in Diarmatasa dorónad tinól
leo d'innsaigid Guaire aidhne arna imcháined co mór ó Shinig
chró ar mbreith a bó do Ghuaire aidne . ocus issed atbeiredh sí
fri Diarmait ruanaid ac tabairt imchosáite eturru ocus Guaire :—

  A Dhiarmait a mallchobair . uamain Guaire fonfodair !
    ár it anmann cláite cath . tair chucainn a dhuinebath ||
  L ec do Dhiarmait ná ráid fris . in cath ní hórd irradais !
    déna coirm dó mar atá . fóidh chuga do toidebá
  R uanaid asberti co se . frissium ar méit a áine !
    indiu is lobrán cen áille . Diarmait mac Aeda sláine
  T ríocha tinne ríocha bó`. fuirec chiníl Fhergusó !
    icdai dartaid i gciunn gait . inna forreith do Diarmait
  B et fir mhóir ar macáin bhic . co tí ár cobair ó Ghrip !
    bud daim riata láig ár mbó . co tí cobair Dhiarmató

Ro íc ní disi in chosáit sin. ránaic Diarmaid ruanaid cona

shluagaib co Sinainn . ro búi dana tinól mór ac Guaire aidne ar a chiunn.

Ro chuir dana Guaire Cuimín fota mac Fiachna comarba Brénainn d'innsaigid Diarmata do chuinncid cháirde cheitre nuair fichet fair cen tuidecht tar Sinainn siar. is ann imorro dorála Diarmait do Chuimín ar in cleith oc leith na Sinna ocus ro ráid Cuimín a aithesc fris. ro frecart dono Diarmait co subach forbfáilid ocus ro ráid : ní mór na cuingi . ocus ciamad ní bud mó chuindigfitheá fogébthá. másedh dana ar Cuimín impa conice in mbruach alltarach. atbeirimse mo bréithir ám a chinn ecna ocus crábaid Eirenn ar Diarmait ná rag for cúla nó co faghar síd nó cath. tair dono ar Cuimene conice in mbruach aile. toingim do dhia ar Diarmait dá tecmaigtheása ní as faite sair dam ní ticfainn dar do shárugud fria ré na cáirde sin chuingi.

Bátar a ndís ann sin co matain in rí ocus in cléirech . issed dana do ráid Cuimine frissium : is ingnad lemsa a rí do choscraigese i gcathaib ocus i gcoimlengaib ocus uaitecht ocus éitche in tsluaigse atchím acut . uair cid imda in sluagsa is rólia in tsluaig fuil at agaid . is áilne dono ocus is socraidhe co rómór. nach fetradhaisse a chléirig or Diarmait nach ar líon na cruth brister cath acht amail as áil ra dia . ocus dono amail atbeirise ar sluaigne do beith dodelb nocha niat na crotha caema bhrisios cath acht na crideda cruaide. ocus dana ní i ndáinib namá sin acht i nanmannaib aile . uair cid in taenmhactíre marbaidh ocus taifnidh trét imda na caerach . ocus ní namá acht taifnidh na táinte bó ocus marbaidh ilimda díob. in segh dana ocus in sebac taifnidh na heonu cidat mó ocus cidat áilne indátsom. a rí ar Cuimín cia fáth arandebartaisse conid mar as áil ra dia brister cath. cid ón a chléirig . nach fíor conid in tí acá mbí in fhírinne bhrisios ar fer na bréice nó na hainbfírinne . uair Críost amail atbertáise is uaitedh ro búi in nagaid diabail ocus na nIudaidedh. ocus cidedh ar a ái is dosum ro ba chalma uair as aice ro búi in fhírinne. is lór damsa diu in sluag fuil acum in nagaid Chonnacht uair as iat atá ar ainbfírinne.

Ro chomraicset tra Connacht im Ghuaire ocus Diarmait ruanaid cona shluag ocus ro ferad cath cruaid feochair fíochda eturru. ar a ái tra memaid in cath for Guaire ocus ro marbad ár Connacht ann ocus ár fer Muman . im in dá Chuan tháncatar na sochraide. tré bréithir Cháimín tra ro brisedh in cath sin for

Guaire . uair ro búi Cáimín trí tráth ina throscud for Ghuaire. diandebairt Cáimín : mad cóir la dia in tí fil ac comthairisium friumsa ‖ ní ro thairissiu fria naimtiu . conid ann atbert in taingel re Cáimín in so . condebairt:—

> I n cath i ninis cheltra . fiche lobar fa nerta !
> is é in lobar bus trén . is é in trén bus techta

Tánaic dono Guaire ocus tuc a óighréir do Cháimín ocus do slécht do. ní fuil festa ar Cáimín a chumang dam cen buaid do breith dot naimtib díot . acht chena is comluath sin ocus dobérat do réir féin duit . conid an ispert Cáimín:—

> A mbiat faebra fri faebra . ocus indna fri hindna
> bidat aithrech a Ghuaire . cléirchen fristarlais tinne
> D o arbart mac dé . fri hathlath uaire
> cride Guaire fó na triuna . inna triuna fó Guaire

Ro teich dana Guaire aidne as in chath remráidte iar cur áir a muinntire ocus tánaic a aenar co mainistir mbic irraibe aenbann-scal cráibdech . ocus ro búi in bannscal acá fhiarfaigid de cuich é. atbert Guaire ro ba fer gráda do Ghuairiu é. is truag linn ar sí in rí sin as mó dérc ocus einech in nEirinn do beith i madh-maim ria naimtib ocus dergár a muinntire do chur . ocus ro chuaid in bannscal conice in sruth comfochraib ar chenn uisce dar cosa innaeighed thánaic dá hinnsaigid . atchonnairc in mbra-tán mór isinnuisce ocus nír fhét a marbad co táinic d'innsaigid innaeiged bhúi aici. táinic iarum Guaire immach ocus ro bris góilmech in bratáin co tric isinnuisce . ocus tuc leis é istech ocus ro irlamaig é ocus ruc a bhuide ra dia beith ar aenbratán ind-oidche sin ocus co mbátar deich mairt aice adaig eile . ocus do-róine in rann:—

> A tlóchur do dia an étad . anocht dom féis éinécad !
> rombúise adaig aile . dombert deich mbú mac Maire

Ro airg dana Diarmait a haithle in madma Connachtu . ocus do rat íc a bó do'n chaillig ro aer é .i. do Shinich chró . conid aire sin ro chan Sinech chró:—

> C ach mac tigern timchraide . tathat airle limsa de !
> dothaet deisel in broga . leis fuigell mo ruanoda
> N í for braigtib dam ná bó . cláiter colg mo ruanadó !
> is for rígaib fochertfait . indiu in duibgen lá Diarmait
> G uaire mac Colmáin in rí . ro chac for craeba Aidní !
> ro lá bualta mét chinn bhó . ar uaman mo ruanadhó

O ro breca braenán cró . léine dhenngorm Diarmató !
errad fir chlóus catha . ní coimthig cin ildatha
O ro breca braenán cró . bruinne gabra Diarmató !
uisce asaneghar Grib . ní lusta oc in sacairbic
O léicither immásech . cranna fianna for cach leth !
ní bad ecmaing casal cró . for crunn a durn Diarmató
O ro sernathar gái bic . i tosuch in imairic !
is iat dias céta ric . a ghabar ocus Diairmit

Dorónad ann sin comairle ac Guaire ocus ac Connachta in cathugud beus dogéntáis . nó in braigte dobértáis do Diarmait ocus Guaire do giallad do rinn ghái do . ocus issíside comairle dorónsatarsom, táinic iarum Guaire d'innsaigid Dhiarmata . ro gab dono in chaillech na runnu remráidte i fiadnaise Ghuaire . is ann ro ráid Guaire:—

· A tnúu ón atnúu . dorís Sinech comlúu !
nochusfuigéba lá biu . atabiu comlúu

Is ann ispert sí:—

A tnúu ón atnúu . ní ric Sinech co crúu !
ní fil occa cá imfochaid . cid nach cidfiter núu

Iar sin tra ro ghiall Guaire do chinn chloidim do Dhiarmait. is é in giallad sin .i. rinn in ghái ‖ nó in chloidim do thabairt i mbél itir a fhiaclaib in neich no ghiallus ann ocus sé faen.

Induair bhúi Guaire amlaid sin ispert Diarmait : ro fionnfamne innos ar sé in dar dia nó in dar adbchlos chena dogní Guaire inneinech mór so. ro iráil ar druth dá muinntir ocus ar bhocht chlam thruag ní d'iarraid ar Ghuaire. ní damsa ar in clam. dobeirt a delg óir do . ár ní raibe innmus aile aice. téit uad in bocht. tic fer do muinntir Dhiarmata i ndegaid in boicht ocus beirid in delg uad ocus dobeir do Diarmait. tic in bocht arís co Guaire co gcránach ocus innisid do in delg do breith uad . ocus tic cride Guaire fair ocus atnaid a chrios co nór do'n bocht . ocus imthigid in bocht. tic fer do muinntir Dhiarmata ina degaid ocus beirid in crios uad ocus atnaid do Diarmait. tic in bocht doridise co Guaire ocus Guaire faen ocus rinn cloidim Dhiarmata itir a fhiaclaib . ocus ótchonnairc in mbocht co tuirsech ro máid sruth mór dér dar a ghruadaib. ro fiarfaig Diarmait desium : in ar a thróige let beith fóm chumachtainse chii. dobeirim mo bréithir ar Guaire nach aire acht ar thróige lem in bocht út. is ann sin ro ráid Diarmait : éirig ar sé ocus ní bia tu fóm chumachtaibse. uair atá tu fó smacht ríg as ferr indúsa .i. fó smacht ríg nime ocus talman ocus ní bia smacht uaimsiu fort . acht chena ná hairg dam muintir mo máthar. dorónsat amlaid síd Diarmait ocus Guaire . ocus adubairt Diarmait rissium : tair do aenuch Thaillten co tucarsa mo thigcrnas duit i bfiadnaise fher nEircnn. conad amlaid sin ro comallad briathar Cáimín.

Téit iarum Guaire do aenuch Thaillten ocus miach mór aircit lais dá fhodail do fheraib Eirenn. tuc imorro Diarmait ar feraib Eirenn ná ro lámair truag ná trén díob ní do chuingid for Guaire issin aenach. ro shuid iarum Guaire for laim Dhiarmata i farrad ríg Eirenn issinnaenach. dá lá dó amlaid sin . in tres lá is ann adubairt Guaire fri Diarmait : epscop chucum ar sé co ndcrnar m'fáisitin do ocus corromongthar. can ón ar Diarmait. bás im chomfocus ar Guaire . can as tuicise ón ar Diarmait. ní annsa ol Guaire : fir Eirenn inaeninadh ocus cen truag díob dom atchuingid. ní thairmescfaidter im chách a fechtsa ní do chuingid fortsa or Diarmait : ac so miach arcait uaimse duit. ac or Guaire : atá arcat co lór acum féin.

Atrácht Guaire iartain ocus ro thairbir do chách as a dhíb lámaib . ocus atberatsom ro ba lethfota in dara lám dó acá síned ar amus na mbocht ó'n uair sin. ocus tuc Diarmait a chenn in nucht Ghuaire ocus ro ghabsat fir Eirenn uile do aenchiunn comairle Guaire ó shin immach.

Ba rómór tra la Connachta einech Guaire ocus ba mór leo no thidnaicedh do chrud dar tír immach. ro bátar acá rád ra Cáimin innse celtra tairmesc in tidnacail sin imbe. atbert Cáimín : ní thairmeisciubsa imbe . acht chena guidimse in coimde co tí dá shíol nech thinóilfios ó fheraib Eirenn immuig na tibrasum immach. ocus issed ón ro comallad . uair do rat mac Lonán ar a dhán ó fheraib Eirenn ní nach lugha iná a tuc Guaire immach.

Is é in Guaire sin ro búi lá in inis cheltra isindeclais ocus Cuimín fota ocus Cáimín . eclais mór ón dorónad la Cáimín dar éise Choluim. crét dámad maith lat allán acut ‖ isindeclaissi a Ghuaire ol Cuimín fota. ní annsa ol Guaire : ro bud maith lium allán óir ocus aircit acum . ocus ní dá thaiscedh acht dá tidnacul ar m' anmain do bochtaib ocus adailcnechaib in choimded. ocus tusa a Chuimín ol Guaire : cid diamad maith lat allán do beith acut. ro bud maith lium ol Cuimín a lán do lebraib do beith acum ocus a tuidecht do aes léighinn co ro forchantáis in cined daenda. ocus tusa a Cháimín ol iatsum : cid diamad maith lat a

lán ocut. ní annsa . ro bud maith lium a lán do shaeth ocus do
ghalar fám churp ol Cáimín co ná digsedh cnáim re chéile i
talmain díom.

Dorigne dia amlaid sin .i. do rat dia in saegal co himda do
Ghuaire . ocus ba shái ecna ocus foirchetail Cuimín. acht chena
ní raibe rath foirchetail for Chuimín ó ro escain Mochúta lis
mór é tria foirchetal a muintire féin ina fhiadnaise isin meithil
co mbátar ina test . condebert Mochúta : cid mór a sacthar foir-
chetail Chuimín ar sé nírab lia indás bó mael odar i mbuaile na
tibra trít foirchetal ó'n tsaegul. Cáimín imorro ro gab teine buirr
é ocus ní dechaid cnáim dia chnámaib rá chéile i talmain.

Aena mac ú Laigse comarba Ciaráin is é rop anmchara do
Ghuaire. ro gabad mac baintrebthaige la Guaire aidne ina
lubghurt . tic in baintrebthach d'innsaigid Aena d'accáine in
imnid sin ris. ní fuil acumsa ar Aena ní aile duit acht geib in
rann so dó. tánaic in chaillech reimpi co Guaire ocus ro ghab in
rann do :—

> A Ghuaire in imráidi . imghlasad iar nimbáini !
>   seis duit t'aenarán cin nech . in núir chille meic Duach
> A mendocán imráidim . ocus dna cáin innláidim !
>   cech aen [dar]ráinic a les . ní dechaid cin domainches

Is é mo domainchessa ar sí m'aenmhacán . fogabasa sin dana
or Guaire ocus digéltair sin for Aena. ba fíor són . ro marb
bachlach do muinntir Chluana ech Aena ocá thafunn as a ghort.
ro gabad in bachlach oc Aena corro naidmed cét mbó ar in
mbachlach i níc in eich. táinic in bachlach ar sin co Guaire dá
faighde. gab in rannsa do Aena ar Guaire. tánaic in bachlach
reime co hAena ocus do gab in rann .i.

> D o mac Laigse ba mór gó . in aenchenn ar in cét mbó !
>   in mór do dul ar in mbec . in fubann in tsacairbec

Is fuba imorro ol Aena : ní iarrubsa fortsa acht aenbhó. ro búi
dana a leithéite sin co meinic itir Aena ocus Ghuaire.

665 . Ba marba tra na rígse .i. Blathmac ocus Diarmait i
ndechmad bliadain a flatha .i. Blathmac do'n buidechair i Cal-
adh truim i mBuaighnib . ba marb dana Diarmait isin inud
chétna ocus sé sínte re crois ina shesam. ac faicsin Laigen dó
chuice dá marbad do chuaid a ainim as.

671 . Sechnasach mac Blathmaic imorro as a naithle ro ghab
ríge nEirenn . ocus Dubhdúin do Chairbrib ro marb i bfill Sech
nasach.

2 D

675. Cennfaela mac Crunnmacil mcic Blathmaic ina dhegaid sin ceithre bliadna . corro marbad la Finnachta mac Dúnchada mcic Aeda sláine in Airchcltra i cath. Finnachta fledach mac Dunchada ro gab iar sin fichit bliadan co torchair la Congalach ocus la hAed mac nDluthaig i ngrellaig Dolluid.

In Finnachta tra ba dhaidbir do chonáich ar tús é . ocus ro búi ben aicc ‖ ocus tegh. ní raibe imorro do sheilb aice acht acndamh ocus aenbhó. fecht naen doróla rí bfer Rois for sechrán ocus merugud i comfochraib a boithesium . ní raibe reimpi riam adaig ba mesum indás in adaig sin de ghaillim ocus do shnechta ocus do dorchataid . ocus in teg dar ba háil do'n ríg cona mhnái ocus cona muinntir dola ní raibe a chumang dóib ra méit na dorchatad ocus na doininne rochtain . ocus ba hé a nimráidte tairisem fó bunaib na crann. atchuala dana Finnachta in timrádhad sin . uair nír bo chian uaidib a both Fhinnachta . ocus tánaic ar a chiunn ar in sligid ocus issed ro ráid riu bad chóra dóib tuidecht dá tig boichtsium indás imtecht na hoidche doirche ocus mét na doininne. issed ro ráid in rí ocus a muinnter : is cóir nanabra . is maith linn a rád frinn. táncatar iarum lais dia thig ocus ro ba mó mét in tige indás a shaidbre. do rat imorro Finnachta buille i cenn a dhaim ocus in buille aile i cenn a bó. ro irlamaigset imorro muinter in ríg féin co tric ocus co tinnesnach do biur ocus do choire . ocus ro chaithset corbat sáithich. ro chotlaigset ar sin co tánaic in maiten.

Ro ráid rí fer Rois rá mhnái féin sin maitin : ná fetar a bhen or sé ciarbo daidbir anallana in tegsa gurab daidbre innosa ar marbad a aenbhó dúinne. is fíor tra sin ar in ben ocus is cóir a saidbriugud uaimse do réir mo midemnaisse . ocus cid mór laighet dobérasa do'n fhiur dobérsa in cutruma cétna do'n mnái. is maith nanabrai ar flaith fer Rois.

Do rat tra rí fer Rois airge lánmhóir do buaib ocus muca ‖ imda ocus cáirig imda cona mbuachaillib do Fhinnachta. do rat dana a ben do mnái Fhinnachta in cétna do buaib ocus mucaib ocus cháirib . ocus do ratsat dana dóib étaige maithe. ocus cich derscnaigte .ocus capaill chalma . ocus cach ní ar chena ráncatar a les di'n tsaegul.

Nír ba chian tra iarum in uair thánaic in Finnachta marcshluag mór do thaig shethar do arna chuired ó'n tsiair ocus frithaigid aici fair. oc tuidecht dóib ina nimrim is ann doróla dóib Adam-

nán ina scolaide oc tuidecht ar fut na sliged cétna ocus ballán
lán do lomaim ar a muin . ocus oc teiched do riasin marcshluag
di'n tsligid dorála a chos fri cloich ocus dorochair corro thuit in
ballán dá muin ocus co nderna brioscbhruar de . ocus ciarbo
luath do na hechaib nír bo nemluaithe do Adamnán cona bhallán
bhriste fair ocus sé dubach dobrónach.

Otchonnairc Finnachta é ro máid a fháitfedh fair ocus ro búi
cá rád : dogéna sin fáilid díotsa arís ár isim comraithnechsa fri
cach nimnedh ocus díchumang . fogébasa a fhoglaintich ar sé
coimdhídnad uaimse. ocus ro búi dá rád re hAdamnán : ná bí co
dubach. is ed ro ráid Adamnán : a degduine ar sé atá a dhamna
ocum . uair trí meic léiginn maithe atát in naentaig ocus atámne
trí gillai oco ocus issed bís gilla ar timchell ocainn oc iarair neich
do'n chóiciur aile . ocus damsa ránaic indiu. ro chuaid dana in
tirdhálta ro búi acumsa dóib fó lár . ocus indni is doilgiu in
ballán iasachta do bhrised ocus cin a íoc acum. ‖ íocfatsa in
ballán ar Finnachta . ocus tucsa lat in triur mac léiginn fuil ar do
scáth anocht cin biad ocus in dá gilla conice in tech dá tiagam
ocus fogébat biad ocus lionn ann. dorigned samlaid sin . tuc
leis Adamnán na cléirig ocus ro cóirged in tech lenna . a leth do
chléirchib ann ocus indleth aile do laechaib.

Aite imorro Adamnáin ro líonad é ó rath in spirta náim ocus ó
spirut fháistine ocus issed ro ráid : bud airdrí Eirenn in fer dá
tucad in fhledsa innocht . ocus bud cenn crábaid ocus ecna
Eirenn Adamnán . ocus bud é anmchara Finnachta . ocus biaid
Finnachta i bfechtnaige mór nó corro ailbéimnige sé do Adam-
nán.

Nír bo chian d'aimsir iarum co tánaic Finnachta ocus rí fer Rois
a chara féin leis d'innsaigid bráthar a athar .i. Chinnfaelad d'iarr-
aid fherainn fair . do rat dana Cennfaelad ardmaeraigecht na
Mide uile ó Shionainn co fairrce dó .i. ar ceithre tuathaib fichet.
ro búi Finnachta fri ré naimsire amlaid sin ocus tánaic dá chom-
airle lá ann fria charait féin .i. fri ríg fer Rois dá fhiarfaigid de
créd dogénad uair nír bo lór lais beus beith immara bí. do rat-
saide dna comairle cruaid cróda do ocus issed ro ráid fris : nach
roinnenn slige Asail for sé Mide for dó. dénasa in dara leth do'n
Mide combad tairise dúthrachtach duit í . ocus mar bus tairise
duit in leth sin déna comdáil frisindleth aile ocus marb a ndeg-
dáine ocus a suinn chathaigte . ocus ní namá bias ríge na Mide

ocut acht biaid cid ríge na Temrach beus mad áil lat. dorigne
iarum Finnachta in chomairle sin ocus ro fuacair cath iartain for
bráthair a athar .i. Cennfaelad. ótchuala ben Chinnfaelad sin
ro búi ac béim ar a fer immón macraigecht do rat do'n Finn-
achta . is ann ro ráid in ben in rann :—

> R o iadsat im Finnachta . fianna iarthair in tíre !
> ro maelad mór a choire . im Chennfaelad a ríge

675. Do ratad cath co cróda iarum itir Fhinnachta ocus Chenn-
faelad . ocus ro marbad Cennfaelad ann ocus sochaide immaille
fris . ro gab iarum Finnachta airdríge nEirenn ra ré fichet
mbliadan.

Is é in Finnachta ro maith in borama do Molling arna tobach
la cethrachait ríg remesium anall .i. ó Thuathal techtmar co Finn-
achta. tánaic iarum Molling ó Laignib uile do iarraid maithme
na boraime ri lá ocus adaig . ocus andar lá Finnachta ba haenlá
ocus aenadaig . ocus ní ba hedh ac Molling acht tria bithu. do
rat iarum Finnachta in cáirde sin imorro . táinic Molling reime
immach ocus issed ro ráid : tucais cáirde impi tria bithu. ro
thuic dana Finnachta corro mell Molling é . ocus atrubairt fria
muintir : éirgid colluath i ndegaid in duine náim ocus abraid fris
ná tucassa cáirde acht aenlá co naidche do . uair dar lem ar sé
ro mell in duine naem mé . ár ní fuil achtmad lá ocus adaig isin
mbith uile. ó ro fitir Molling imorro co ticfaidthea ina degaid ro
reth co tric tinnesnach co ránaic a tech ocus ní rucsat itir
muinter in ríg fair. atberat araile co ruc Molling duan lais do'n
ríg . ocus is fíor sin imorro conid í so in duan .i. ||

> F innachta for úib Néill . amail gréin i tracht !
> is é in barc uas tuinn . is é in tonn uas tracht
> I s é in cath for tír . ar ná lámat ríg a ngres !
> is é rí Temra catiath . is é in triath dá tic alles
> I s é in tuile glonn fri gail . is é in tonn immaig 's immach !
> is é rí na Temrach tuaid . is é in tiarn cruaid résin cath
> I s é cride cerna Chuinn . bile Temra tinn i tinn !
> is é in Finnachta nach fann . is é in crann ffugharta finn
> A tchuala ria senaib sunn . ferr molad iná cach mod !
> nach fitir Finnachta fial . connach cian marus in crod
> T éit in crod a seilb cach áin . ac síol Adaim im gharuar !
> baegal cach nech fó nim náir . téit fá sech a saegal uad
> C oirpre is Cormac ocus Art . Conn ria riched rígleptha !
> cia ro gabsat Temair tenn . dar lem is ferr Fínnachta

Ro maithed tra in borama cidbé mod do Molling . ocus ciarbo
haithrech la Finnachta nír fhét a tobach arís ó Laignib.

Atberat araile dana is do chiunn nime ro maith Finnachta in
borama *et hoc verius est*. uair táinic Adamnán fó chétóir d'inn-
saigid Fhinnachta dar éis Molling ocus ro chuir cléirech dia
muintir ar chenn Fhinnachta co tísedh dia acallaim. is ann búi
Finnachta ac imbirt fhidchille. tair do acallaim Adamnáin or in
cléirech. ní rag ol Finnachta co tair in cluichese. tánaic in
cléirech reime co dú irraibe Adamnán ocus ro innis dó frecra
Finnachta. éirgse chuicesium ar Adamnán ocus abair ris co
ngébatsa caecait salm indairet sin . ocus atá salm isin chaecait
sin ocus iarrfatsa ar in gcoimdid sin salm sin connach géba mac
ná ua dósum ná fer comanma ríge nEirenn co bráth. ní tarat
dana Finnachta do mod sain acht ro imbir a fidchill co ruc in
cluiche. tair do acallaim Adamnáin or in cléirech. ní ragh or
Finnachta co tair in cluichese. ro innis in cléirech do Adamnán.
abairsiu frissium ar Adamnán gébatsa caecait aile sunn . ocus atá
salm isin chaecait sin ocus iarfatsa for in gcoimdid isin tsalm sin
gairde shaegail dosum. do innis in cléirech sin do Finnachta. ní
tarat Finnachta dá úid acht ro imbir a chluiche co tarnacair do
ar in fidchill. tair do acallaim Adamnáin or in cléirech. ní rag
ar Finnachta co tair in cluichese. tánaic in cléirech d'innsaigid
Adamnáin ocus ro innis do frecra Finnachta. éirgsiu ar Adamnán
ar amus Finnachta . ocus abair fris gébatsa in tres caecait ocus
atá salm isin chaecait sin ocus cuindechsa ar in coimdid cin
flaithes nime do faghbáil dósum. ro innis in cléirech sin do Finn-
achta. mar atchuala Finnachta sin ro chuir in fidchill uad co tric
ocus táinic conice bail irraibe Adamnán. cid dotuc innosa ar
Adamnán ocus ná tánacais risin céttechtairecht. issed fodera ar
Finnachta : in tómaithem dorónais form .i. cin mac ná ua uaim
ná fer mo chomanma do ghabáil ríge Eirenn ocus gairde shaeg-
ail do beith ocum . étrom forum sin . do gell Molling nem dam.
ocus ro gellaisse innosa cin chennsa in choimded d'faghbáil dam.
is uime thánac ocus ní fhuil a fhulangsaide acumsa. ǁ in fíor or
Adamnán in borama do maithem duit lá ocus adaig do Molling.
is fíor or Finnachta. ro mellad tu ar Adamnán . uair is inann
sin ocus a maithem tria bithu. ocus is amlaid ro búi oc tabairt
achmasáin do . ocus ro chan :—

I ndiu cia chenglaid cuaca . in ri crínliath cin déta !
  in buar do maith do Moling . deithbir do'n ching nisnéta
D ámad meise Finnachta . [is comad mé] flaith Temra !
  co bráth nocha tibérainn . 's ní dingénainn nanderna

C ach rí nach maithenn a chíos . is fata bít a scéla !
mairc do rat in dáil do rat . in tí as lag is dó as méla
D oarnacair do ghaesa . is ar baesa co mbine !
mairc rí ro maith in cíossa . a Iossa nemda nime
S ochla cach nech ó threbus . is mairc lenus do liatha !
fata in dálsa mad caide . is faite comad fiacha
D ámsam ríse ruadus crú . ro tairnfinn mo bídbada !
ro thóicébainn mo diongna . ropsat iomda m'írgala
R optís imda m'írgala . nio bretha niptís guacha !
roptís fíora mo dála . roptís lána mo tuatha
R optís imfaicse m'airde . roptís daingne mo chaingne !
in dálsa ciamad tecmaing . nocha lecfainn re Laigne
G uidimse itche for dia . nachomtair bás ná baegal !
co ro térna indiu Molling . ní taeth do rinn ná d'faebar
M ac Failléin fer dar múra . ní chláidfiter dar cúla !
ro fhitir rúna meic dé . ro fhitir mac dé a rúna
T rí caecait salm cach dia . issed ghaibius ar dia !
trí caecait bocht seol soirthe . issed biathus cach noidche
I n bile buada bisig . in fisid cosna fesaib !
long lerda fofuair fáilte . tonn Berba báirce Bresail
I ndlong óir is án inne . in clár óir ós na clanna !
éicne Dubghlaise duinne . fuaim tuinne tonn fri halla

695. Ro thairn tra Finnachta a chenn in nucht Adamnáin
ocus dorigne aithirge i fiadnaise Adamnáin . ocus ní ro ghat
Adamnán fair in ní ro gell Molling do ar maithem na boraime .i.
flaithes nime. induair tra ro búi Finnachta ocus a mac Bresal
ina pupaill is ann táncatar a bráithre adbart naigthe do .i. Aed
mac Dluthaig ocus Congalach cin airiugud isin phupaill . ocus ro
marbsat Finnachta ocus a mac ocus ro ghatsat a cinn ar in cléith
díob. Loingsech mac Aengusa ro ghab ríge nEirenn i ndegaid
Fhinnachta ra ocht mbliadnaib.

697. Ec Molling i cétbliadain ríge Loingsich . issin bliadain
chétna cáin Adamnáin fó Eirinn.

699. In cethramad bliadain a flaithesa atches na trí sciatha
ocus siat ac cathugud anair siar amal bud tonna mara cenn i
cenn . sciath glégel . ocus sciath condath tinedh . ocus sciath
condath fola. issed ro tuicedh as sain na huilc tháncatar iartain
.i. innile Eirenn uile d'éc || acht bec . ocus ane ní in Eirinn namá
sin acht issindEoraip uile.

700. Issin bliadain ba nesa dana .i. i cóicedh bliadain flatha
Loingsich ba marba ermór dáine Eirenn . ocus gorta dírecra
conithdís na dáine ní nach adha d'innisin.

702. I sechtmad bliadain flatha Loingsich doríla itir Irgalach

mac Conaing ocus Adamnán ar sárugud Adamnáin do Irgalach
im marbad Néill a bráthar ar chomairce Adamnáin. issed do-
gníodh Adamnán troscad cach noidche ocus cin chotlud ocus bad
in nuiscib uaraib do thimdibe shaegail Irgalaig. issed imorro
dogníodh in coraidh esein .i. Irgalach a fhiarfaigid do Adamnán :
crét dogénasu innocht a chléirig. ní ba háil do Adamnán bréc
do ráda . ro innisedh dó co mbiadh i troscad cin chotlud in nuisce
fhuar co maitin. dogníodh in tIrgalach na cétna .i. dá shaerad ar
escaine Adamnáin. issed chena ro mell Adamnán eisium .i. ro
búi Adamnán cá rád re cléirech dá mhuintir : bísiu innocht im
riochtsa ocus m'étachsa immut . ocus dá tí Irgalach dá fhiarfaigid
díot crét dogéna innocht abairsiu bad fledugud ocus cotlad dogéna
ar dáig condernasom na cétna . uair asa re hAdamnán bréc do
rádha dia fiur muintire indás do féin.

Tánaic iarum Irgalach d'innsaigid in chléirig sin ocus indar
leis ba hé Adamnán búi ann. ro fiarfaig de : crét dogénu innocht
a chléirig ar Irgalach. fledugud ocus cotlad ar in cléirech. dor-
óine dana Irgalach fledugud ocus cotlad indadaig sin . doróine
dana Adamnán troscad ocus frithaire ocus beith issin abainn co
matain.

In tan imorro ro búi Irgalach ina chotlud issed atchonnairc
Adamnán do beith conice a brághait issinnuisce . ocus ro bídg
co mór tríd sin in tí Irgalach as a chotlud ocus ro innis dá mnái.
in bhen imorro ba humal inísil í do'n choimdid ocus do Adamnán
uair ba torrach í ocus ba hecal lé a cland do lot tria escaine
Adamnáin . ocus ro bíodh co meinic ac guide Adamnáin cen a
cland d'escaine. ro éirig Irgalach iarum mochtráth arna márach
ocus dorála Adamnán ina agaid ocus issed ro ráid Adamnán
fris : a mic mallachtnaig ar sé ocus a dhuine as cródham ocus as
mesam dorigne dia . bíodh a fhios acut conid gairit corotscérthar
ri flaithes ocus raga dochum nifirn. ótchuala ben Irgalaig sin
tánaic ar amus Adamnáin ocus ro luig fó a chosaib ocus adrub-
airt : ná hescain damsa in gen fil im broinn. issed ro ráid Adam-
nán : bad rí co deimin ar sé in gen fil it brú . ocus bad briste a
lethsúil innosa tria escaine a athar. ocus is amlaid sin dorála.
rucad in mac fó chétóir ocus is amlaid ro búi ocus sé leth-
chaech.

702. Isin bliadain ba nesam .i. i sechtmad bliadain flatha
Irgalaig ro marbad in tIrgalach sin . ocus ro choinfec in adaig

riana marbad amail ro marbad. tánaic iarum in tIrgalach in lá
ar faicsin indaislingthe sin ar charraic áird immach . atchuala in
guth árd .i. fó na ferannaib comfhoicse dáib ar sé ocus dóighid ǁ
ocus loiscid ocus airgid iat. atchonnairc as a aithle sin na sluaig
ocus na sochaide oc innred in ferainn . ocus tánaicsium co háird
i náird ocus inis mac Nesain . ocus issinduair sin dorála coblach
bretnach do chur i purt ann ocus anfadh lánmór dóib. ro chonn-
aic dana míllid bretnach díob sin aislinge indadaig reime .i. trét
do thorcaib do chrithugud imme ocus in torc ba móam ann do
marbad dó d'aenbuille saighte. ocus issed ón ro fíorad . uair ba
hé Irgalach in torc mór sin ocus ba hiat a sluag pecach mallacht-
achsom in trét. ó'n milid sin imorro ro marbadsom Irgalach
induair sin d'aenbuille saigte.

703. In nochtmad bliadain flatha in Loingsich remráidte
dorónad mórshluaiged leis i Connachtaib dá narccain ocus dá
ninnriud. ro bátar dana filid Loingsich ac aerad ríg Chonnacht
.i. Chellaig mic Ragallaig . ocus bítís cá rád nár ba chubaid do
shenríg chriothánach mar Chellach comtócbáil nó commórtus ria
ríg nEirenn . ocus cia dognédh ro bud fair bud maidm.

Acht chena ní hamlaid sin dorála acht a chotarsna . uair
ótchonnairc in Cellach rí Chonnacht a thír ocus a thalam cállot
ocus cá harcain ro ghairm chuice in dá nDúnchad .i. Dúnchad
muirisce ocus in Dúnchad aile . ocus ro chinn reime aice combad
iat ro biad irríge Chonnacht dá éise féin. ro búi féin imorro arna
fothracad ocus ar cur ola ocus luibe imda fó a rígdae. do rat fer
do'n dís remthechtaig .i. in dá Dúnchad dá leith deis ocus fer
aile dá leith chlí . ocus ro chóraig Connachtu imme dochum in
chatha. ro ling féin iarum .i. Cellach as a charput immach co
fata ocus co tric . ocus do chuala cách brisclech a chnám in
tsenórach ac léim as a charput . ocus ro ráid ar sin ó ghuth mór
ac léim dochum na cath co máidmech : a Chonnachta ar se dít-
nid ocus coimétaid féin sáire . uair ní sáire ocus ní beoda in
cined fuil in bar nagaid indáthái . ocus ní mó dorónsat do maith
cusindiu . ocus is amlaid ro búi cá ráda sin ocus a guth for crith
ocus a shúile for lasair.

Do ratsat iarum Connachta dá núid sin . ocus ro gab in rí
criothánach sin rempaib i gcenn ríg Eirenn . ocus ro máidh
rempu iartain ocus ro marbad Loingsech rí Eirenn ann ocus
dergár a muintire imbe . ocus a trí mic ocus dá mac Colgan.

ocus Dub díberg mac Dúnghaile . ocus Eochaid lemna . ocus
Fergus forcraith . ocus Conall gabra. i quart íd iuil [*sexta hora
diei sabbati*] ro cuiredh in cathsa .i. cath Chorainn. is triasna
rannaibse imorro ro cuired in cath . Conall menn *cecinit*:—

> R ombasa adaig i gCorann . basa uacht basa omann !
> manbad daghóca lasmbá . i Corann mac nDúnchadá
> D ia tí Loingsech do'n Bhanna . cona tríochait cét imme !
> giallfaidh cid lebar a biach . Cellach liath locha cimme
> T escaid Cellach ceirtle cruinn . . . .
> cró trí rinne bodb moslinge . la ríg láimderg locha cimme
> B a uilg thuilg ón ba uilg thuilg . matan romba oc glais chuilg !
> beothsa luige ann do chailg . airdríg Eirenn imme chuird ‖

Ro chuaid iar sin Cellach mac Ragallaig in naithrige do eclais
ocus ro fácaib in dá Dúnchad issin ríge † 705. ba marb i gciunn
dá bliadain iartain in Cellach.

704. Fógartach mac Néill ro gab arís aenbliadain ríge nEir-
enn .i. uair ro gab arís . ocus tánic sluag ilLaignib ocus do ratsat
Laigin cath do .i. cath Chlaenta . ocus ro máid fair ocus ro
cuired dergár a muinntire im Bodbchad mac nDiarmata ruanaid
lá féile Mártain.

Issin bliadain sin ro faemsat fir Eirenn aensmacht ocus aen-
riagail uile ó Adamnán . uair fairenn in Eirinn ac aentaid re
Colum cille im chéilebrad na cásc ar cethramain déc ésca apriel
ocus im berrad Símoin druad . fairenn aile ac seichem Pátraic im
chéilebrad na cásc ar cethramain déc ésca apriel ar domnach . in
tres fairenn imorro ro lensat sligid eturru sin. co ro buaidredh in
Eirinn uile trít sin re reimhes fata ocus co tarat dia dígla móra
for feraib Eirenn trít sin . co tánaic Adamnán arna innarbad a
habdaine Ia ar ngabáil do féin na riagla rómáinche i senab Chant-
abric . uair is seichem Choluim chille ro búi for tús aice. Béd
innisis sin issin stair Béid. issin bliadain sin ba marb Adamnán
féin [*ix. kal. Dec.*].

705. Conghal cennmagair mac Fergusa fánat ua Domnaill mic
Aeda mic Ainmirech ro gab ríge nEirenn iartain.

707 . Dorónad sluaiged issin bliadain tánaiste leis i Connacht-
aib corro losc ocus corro innrestair co mág Muirisce. dorónad
dana mórsluaiged leis issin tres bliadain do dílárugud Laigen.
ro tinólad iarum sochraite lánmór leithe Chuinn lais co ráinic in
núib Faeláin . ocus ba hé fa ríg Laigen in tan sin Faelán . ocus
mar atchualasaide in scél sin .i. Congal do gabáil longphuirt

ina thír . is í comairle dorigne techta do chur dá innsaigid ocus
innmus imda leo dá thabairt do Chongal dar cenn sída d'fagh-
báil uad. ótchuala imorro Congal sin .i. techta ríg Laigen
chuice ocus a mbeith ar sligid dá innsaigid doróinesium innell
celcach fair féin ocus for a bráthair ocus for a sluag. uair is
bés do na rígaib cia biadh do niurt sluaig aco foruaisliugud a
námat celca ocus airdhe as a clóidet a námait do chumad ocus do
chórugud . uair is cuma leo cid tré niurt cid tré cheile foruais-
ligid a námait. amail doróine Congal ceile sunna .i. atrubairt re
maithib a shluaigid fácbáil in longpuirt co tráth éirge arna
márach ocus can beith ar chiunn techta Laigen itir issin long-
purt . ocus aithig ocus dáine dodelba do beith ina ninadaib ocus
iat diétaig immesium sechnón in longpuirt . ocus eisium diétaig
feisin. ocus ro chuir gilla a eich féin ar in tsligid ar chiunn na
techta ‖ ocus ro ráid risin ngilla : deróilig mise amail as mó ro
fhétfa . ocus maslaig . ocus abair ní mé féin ar imniud ocus ar
tróige . co tucat Laigin d'éislis sinn ocus co ná dernat ní dinn.
ocus tánaic in gilla ocus dorigne amail asrubairt Congal fris.

Congal féin imorro mar atchuala na techta chuice ro gab étach
deróil imme ocus ro shuid immesc na naithech amail bitis iat a
degdáinesium iat . ocus tucad eirín ceirce chuice ar mbrissiud a
coise . ocus ro búi ac frithgnam mór ac cengal choise indeirín.
mar atchonncatar na techta sin .i. deróile shuidigte indríg ocus
éitche in tslóig issed ráidset eturru féin : ní dénaimne ní di'n
rígsiu nach dá sluag . mad ár ninnmus imorro nó ár naisceda do
thabairt dó ní delb dúinn itir. rucait na techta ar nacallaim
Chongail i tech saluch ocus tucad muc ina fionna dóib do biud.
ocus táncatar rempaib arna márach d'innsaigid Laigen ocus
Faeláin ocus ro innisetar a scéla . ocus issed ro ráidset nár ba ní
Congal ocus a sluag . ocus nár ba rí . ocus nár thabarta bráigde
ná tigernus dóib.

Imthúsa Congail imorro . ar nimthecht na techta ro tinóiled a
maithe chuice ocus dorónsat a comairle. ocus issí comairle do-
rónsat dul fó Laignib ocus a ndógh ocus alloscad ocus ammarbad.
ocus dorónsat amlaid sin .i. ro loiscset ocus ro aircset mág
Laigen uile ocus ro marbsat dergár dáine. acht chena ní ro
thócaib in rí cenn dóib. uair ní tharat dá úidh itir iat acht is
nemhní dorigne díob. ar dá fáth ón .i. ar scélaib na techta
ocus ar in madmaim do rat lá féile Mártain reime for Fógartach.

acht chena is mó ro chreitsium do na loisctib atchonnaic féin iná
dá techtaib.

Ro búi tra Congal fri ré lethbliadna ac dógh ocus ac innriud
Laigen amlaid sin ocus ní tharat Faelán cath ná debaid dóib.
conid aire sin chairig Congal co mór ríg Laigen . connebairt:—

> C id dás ón cid dás in ríg . nad aig eochu as a tír ⸗
> de ghregaib námat is lán . Life laigen la Faelán

Ocus adubairt dana:—

> C éilebair dam a Life . lór ronanassa it ghnáis ⸗
> álainn berrthán filed fort . rob slán co folt a dún Náis
> R o berrad Life laigen . la Congal cantais suirisc ⸗
> ba hinann deimes dirruisc . diamberrtha ocus mág Muirisc

Acht chena ro búi aenlaech lángharc lánbheoda di Laignib in
tan sin .i. Cuan fithise a ainm . ocus no marbadh sé sochaide di
mhuintir Chongail cach lái ocus dongonadh sochaide ocus ticedh
slán ó leith Chuinn uile cen guin cen forgam ar luaithe a eich.
uair cid mór d'echaib maithe no léigthea fria ní beirtís fuirri.

Lá naen ann tánaic Congal do acallaim Chuain fithise ocus
glenn eturru . ocus ro ráid Congal fris : cid fodera duit in ingreim
ghaibi dom shluag. issed ro ráid Cuan : is fiarfaigid dar cubus
ón sain ar Cuan . uair ra fitir tu conid dúr in ningreim gheibi
dom shluag ám. issed ro ráid Cuan conid ar in ningreim romóir
dognísiu ar m'athardasa atúsa acat ingreimsiu . ocus dámad
immar mise cách duit ní bud maith do thurus alLaignib. is fíor
ám sin ar Congal . ocus ní braise duit a rád uair atát do ghníma
mar atát t'focail. cid tám cen charatrad do dénam ‖ meise ocus
tusa ar Congal . ocus ro bud charatrad tarbach dot atharda sin.
acht is amlaid sin dogénainn caratrad frit dá crechtása in tech
sin friumsa ar a dá luach. ná habairse sin itir a rí bar Cuan :
dobeirim mo bréithir ná bia in techsa ar maithius fó nech do
leith Chuinn ac ingreim Laigen ocus meise im bethaid. ar do
chubus diu frit a Chuain ar Congal can a chinél indeich sin . ocus
can as a fuair sí in róluas út fil innti. dar mo chubus ón ar Cuan
is láir nach rómaith im chaistialsa féin fosruc í . ocus is ann ro
hailed ocus ro lesaiged im feranusa.

Ro scarsat fói sin .i. in rí ocus Cuan . ocus ro ghairm in rí a
degmarcaig féin chuice ocus ro ráid friu : lenaid Cuan indiu ar sé
co dorus a chaisteoill féin ocus ní bia docair diu dáib ar sé breith

ar indech ucut cona marcach itir a hingeilt ocus na heich itir ro hailedh í. ocus dorignset marcsluag Congail amail adrubairt friu. ocus do lensat Cuan co ráncatar bail imbíodh in tech for ingeilt cach lái ocus bail irrucad í. ocus ní raibe ech bud luaithe conice sin andás. ocus ro ba mór in fothram ocus in talamchumscugud ro búi oc echaib leithe Chuinn ina degaid. ocus ro búi a sliocht i clochaib ocus i talmain re ré cian re dreema na hérma. co raibe spunc áiblech teined in taer dar a néisc. cid tra acht rucad ar Chuan fithise ann sin. ocus ní ro damad fíor do feraib dó. acht dorónad guin galann de ocus ro marbad ocus ro díchennad ocus dorónad a iolach commáidme. ocus táncatar tar a nais co mbuaid ocus coscur ocus cenn Cuain leo ocus a ech conice longport in ríg Congaile. ocus ro fersat in tsluaig uile gáir commáidme im chenn Cuain fhithise. *unde* Congal *cecinit*:—

A irpéite na hócasa. iar ninnriud indLifise
álainn fogar ina caithise. im chenn Chuain fhithise

Imthúsa imorro Laigen. ro thinóilset itir laechu ocus chléirig in néninad. ocus nír ba maith a menma ar milliud a tíre ocus ar marbad Chuain. ocus ro bátar cá rád nár bud urusa dóib cath do thabairt do Chongal ar a chruas féin ocus ar imat a sluag. ocus issed ro ráidset co tibérthai sáire a chloinne ocus a chiniuil ó rígaib Laigen co bráth do'n mhílid no muirbfedh Congal. ocus co tibérthai nem ó na cléirchib do.

Ro gab imorro mílid do Laignib dar cenn nime ó na cléirchib do ocus sáire dá chinél ó na rígaib tuidecht co longport Congaile do marbad Chongail. ocus is amlaid tánaic ocus dá gái dímóra ina láim mar bud dá reic no biadh. induair iarum doriacht tiugh in tsluaig do fiarfaig fer díob de : a ócláig ar sé in náil duit ga díob sin do reic. is áil ar sé amail mesfus indrí cechtar de. táncatar rempa dar na buidne ocus dar na dóirseoireda conice bail i mbúi in rí ocus tuc in mílid buille do ghái dímór díob ina ucht do'n ríg. ocus ba dímáin ón. uair do búi d'amainse indríg co raibe clár cruaidiubair comlethan ‖ re a ucht co ro ben re a smeich ocus is annsaide dorála in gái ocus a inar sróill dar in clár. ocus issed ro ráid in mílid laignech ac tabairt in buille issin ríg : a rí ar sé mes dam in gáise. issed ro ráid in rí ar tabairt in fhorgaim inn : fég lat ar sé in ferr é antás in clár fuil etrom ocus é.

Ro éirgetar imorro cúlchométaide indríg do marbad in míled. conndebairt in rí : suidid ocus ná marbaid etir é. acht ro fiar-

faig de : cá lóg ar sé ra gellsat Laigin duit ar thuidecht dom
marbadsa. ro gellsat imorro a chléirich nem dam . ocus ro gellsat
a ríg sáire dom chinél co bráth. biasu ar in rí acom chúlchoim-
étsa ocus bad éicin do Laignib na comada sin do thabairt duitsiu.

Ocus is ann dorála in rí induair sin fó bun darach ocus snechta
mór ann ocus mes abaidh fuirri indam sin. ocus ar mbeith do'n
laech laignech ar in láthair ro gab format drong do na míledaib
immón fedhmannus do ratad dó . conndebairt fer do mhuintir
Chongail : is ferr dam ar sé a dhcrbad in chúlchoimétaide tairise
út ac ríg Eirenn. diubraicfet indaballsa ar amus chinn indríg
ocus dá tecmad in taball i cenn indríg seochu ní luga no tecmad
cloch nó crann ina chenn. ro diubraic iarum ar amus chinn indríg
indaball . ro frítháil imorro in cúlchoimétaide laignech sin co ro
roinn innaball ar dó do chlaidium co tarat buille do'n fhiur do
diubraic ina chenn co ro marb. ro impád in rí dá tig iar mbuaid
choscair ocus iar ndígail a senathar for Laignib.

† 710. Marb Congal iarum i ciunn secht mbliadan do thámh.
et cetera.

                                  . *Finit* .

[*Iartaighe na hingine colaighe do Ghrécaib*]

Bái rí amra do Ghrécaib indúnud fecht and . dúnad dana lasna
rígu thair do ghrés . oc ól ocus oc tomailt bíte na rígna i foss.
tic fis scél do'n ríg : ordan ocus airechas duit a rí . rucad ingen
duit aráir. rop sén slán or in rí : bendacht for broind roduc.
ordan duit a rí ar óchtigern and : rucad mac damsa aráir. tabar
indingen dó dana or in rí . bés dóib dana do ghrés mac berar
inoenaidchi fri ingin ernascar cechtarnái diarailiu . cid marb
nechtar de fó chétóir in tí mérus and dia chongbáil co idan do
ghrés cen chomrac ri nech aile. arnascar dana do mac indócthi-
gern ingen in ríg . ro alt trá indingen co dígrais fri légend ocus
gáis ocus eladain comba frie no bíd imchomarc a hathar ocus a
chomairle. inaracul fó leith ón . ocus ní búi nech no lámad techt
i sodain acht nech no bíd ocá timthirecht. is isi dana no dáiled ‖
in dáil ndéidenaig cach naidche combad chomman ocus cretair

ciped dosnecmad ó'n tráth co araile. do théiged ina maclassaib
co ngcibed innescra condáiled isna curnu . imdasóad immach iar
sin. roscarastar sí didiu gilla caem ro bái issin tegluch . do chui-
redar saide fecht and cosna ingena isa tech . ní thudchaid assa
tig comtar carait ocus indingen. fecht and ro fói in gilla lasin-
ningin isindaracul . dolluid in rí do'n dorus . oslaicid or in rí.
atraig indingen ocus dobeir in colcaid dar in gilla . gaibid in rí
condeissid forsin cholcaid . deissid sí dana ina fharrad combátar
inimacallaim co tráth nóna. luid in rí immach . marb in fer búi
fó'n cholcaid . ba tor do na ingenaib a ní sin. dolluid dana bach-
lach mór do dorus tige naningen . gairit chucu . doberat biad dó :
beir uan in faistin ucut . rotbia a lóg. cengaltair iarum : cuire uait
fó'n all. bid ferrde diandigiusa let or sisi. téit sí leisseom : cuiri
uait fó'n all. ambúi in bachlach oc suide dobeir sí dí láim friu
andís condarala fó'nnglend . bid ferrde dó rún or sí. maith tra ar
in tócthigern : is mithig indingen do'n macsa. a tabairt dana or
in rí : atá sunn út ingen óc álaind condagcheniul ocus condaglé-
gund. dothaetsaide dana do fhéis. lee. cid dogénsa or sisi : ro
festar formsa mo bét ocus nomloiscfider fó chétóir . déini mo
chobair or sí fria séitchi .i. fói lassin fer im riochtsa . diacomair
frit iarum condechasa dar th'éisi. domratadsa dana do fhiur or
siside. doberam comairli dana fair sin dorísi. bertairseom i tech
cucaiseom .i. tech dorcha connámonaicced dóib co arna bárach.
léicthirseom chucu . fochen duit or sí : tair cot ócrígain . do maith
ocus líth dúib ocus maccaib ocus ingenaib. fóid sí fó leith co
comarnaic indlánamain. ó ro chotail in gilla : nomléicse sinninad
sin or sí a fechtsa. nithó or a séitig conaccara cách in fer con-
dránic frim. maith or sisi. contolat. luid sí immach condaig
caindil ocus dosbeir fó dúpla in taige co ro lassa a tech. atraig
in gilla do thessarcain in tige. uisce assindiaenai or sí frisinnin-
ailt. luidside dondiaenai . gaibid sí inna diaid . ó ro bái indinailt
oc tairniud forsinnuisciu gaibid sí a dá cois co ro fhuirim a cend
fó'n uisciu condaromarb . nistarlaic suas. riasiu rised sí rothess-
airc in gilla. catá mo inailtse or sí : monuar mása bádud ro
báided. condaccatar marb . feccaid sí for a cóine. cumma lat or
in gilla. fóid sí leisseom iar sin . téit leis dochum a thíre. marb
a hathairsi iar sin . ro gab airdrí aile istír. marb dana a céilisi.
mór a orddan indríg ro gab and . mór ‖ dana a horddansi . con-
gaired sí dana do'n ríg do thabairt ascada di. tánic sí cosinríg.

feraid in rí fáilti móir frie . bíd for tomaltaib immaille frisuide.
in fail anmcharait ocutsu or sí. fil imorro or in rí : fer amra. bid
é bus anmchara damsa or sisi. téit sí didiu do gabáil anmchairddi.
carttair cách immach . dobeir sí a coibsena cen fhorclith. ó ro
chuala in fer gráid in mbáis do dénam di ocus in delb ró chaem
ro fhecc for a guide. nithó or sí : cid andorónad and do báis
bés ní ro phendsemmar ind . noco tuillfem dana fris. ní ro lil in
cléirech isna coibsenaib . céilebraid sí do'n ríg. téit in rí iar sin
do acallaim indanmcharat . adfet do'n ríg coibsena na caillige.
olc sin or in rí. congairther in ben doridisi do'n ríg. maith a ben
or sé : in dartais do choibsena. tó or sí. in rotguidsiu in cléirech.
ní ba mé asbéra. olc sin or in rí : éirgg ass a chléirig or sé baile
ná clórsa th'imrádud. rucad leis in ben condernad tech ndarach
di for comruc teora sliged cen dorus ass acht seinistri beca.
forrácbad sí and sin. dobeirtís dóine irescha mírend beca di
innund. secht mbliadna di fó'ndalt sin condernai iachtlaind cáil
truaig di. adfiadar do'n ríg beith di imbethaid beus . oslaicthir
fuirri corrucad inucht leis corrabas co a lessugud cor bo hí as
móráilliu ro bái. togai do ríg tra or in rí í sin condigis chucai
ocus biasa fót anmcháirde. domratassa do ríg or sisi .i. do'n
chomdid . ní pa ferr in rí cosa ragthar and . noco chloemchlód
de céin bam beo . dísert ocus eclas do dénam damsa letsu. do-
gníth ón . ro línad in dísert do buaib ocus damaib ocus echaib
ocus ór ocus argut. tair dot dentu trá or in rí. condig cléirech
remum ind .i. anmchara. coich side or in rí. mo anmchara féin
or sisi ronimderggas. nóib side imorro i suidiu ar anderna d'aith-
rige . co tudchaid chuice. bátar didiu inandísiurt condeochatar
dochum nime ocus condéntáis ferta móra erthu . conid sí cathair
addaig as dech fil la grécu in chathair ro gabad impu. rop é
tra iartaige na hingine colaige do ghrécaib in sin.

                                    . *Finit* .

[*Ní d'iongantaib aenaig Taillten in so*]

Ferthair oenach Tailten la Diarmait mac Cerbaill . Ciarán
mac intsaeir a anmchara issindoenuch ina fharrad. agtair cluich-
eda ocus ferthair graifni indoenaig. tic ben do saigid a fir issind-
oenuch ocus atnaig oc liamain a fir for mnái aile . ocus ro búi
in fer oc éiligud in gníma sin. gébatsa a luige fó láim Chiaráin
ar in ben. dobeir in fer a luigi fó láim Chiaráin nár bo chintach
issin gním ro lí a ben féin ocus ba bréc dó. geibid dana cnoc
aillsi for muineol áit imbái lám in chléirig fair . ocus téit a chenn
de combói i fiadnaisi fer nEirenn oc imthecht issindoenuch is é
can chenn co ro mórad ainm dé ocus Ciaráin issin mírbail sin.

Rucad in díchennach la Ciarán co cluain iar sain dia lesugud
airet no chinnfed dia a bethu. ocus ro bói co cenn secht mbliadan
ina bethaid oc na manchaib dar éis Chiaráin . co tucad ben
chuice fecht ann ocus co ro aentadaig fria ocus co ro toirrched in
ben de ocus co ruc mac . conid é sen Sogain imMide *ut alii
dicunt.* iar comrac dosom imorro frisin mnái atbath fó chétóir.
co ro hadnacht leisna clérchu i ciunn airtherach imaire Chomgaill
áit i fail cros Chomgaill indiu . co fil lec ocus lige Ambacuc and
sin i cuimnigud in sceoil do chách. id ingnad d'ingantaib oenaig
Tailten in sin.

Ingnad aile in so beus do ingantaib indoenaig cétna .i. faicsin
na trí long ar imram issindáeor uasa ocus fir Eirenn im Domnall
mac Murchada oc ferthain indoenaig.

. *Finit* .

C. Green & Son, Printers, 178, Strand.

www.ingramcontent.com/pod-product-compliance
Lightning Source LLC
Chambersburg PA
CBHW021339110726
47900CB00005B/1538